FRIEDRICH SCHILLER

DIE GROSSEN DRAMEN

Herausgegeben und
mit einem Nachwort versehen
von Helmut Koopmann

ARTEMIS & WINKLER

Der Text folgt der Ausgabe Friedrich Schiller:
Sämtliche Werke in 5 Bänden. Nach den Ausgaben letzter Hand unter Hinzuziehung der Erstdrucke und Handschriften.
München: Winkler 1968.
Band I: Dramen I (⁶1997).
Band II: Dramen II, Dramenfragmente (⁷1997).

Die Deutsche Bibliothek verzeichnet diese Publikation
in der Deutschen Nationalbibliographie;
detaillierte bibliographische Daten
sind im Internet unter http://dnb.ddb.de abrufbar.

Umschlaggestaltung: Groothuis, Lohfert, Consorten (Hamburg)
Druck und Bindung: Friedrich Pustet, Regensburg
ISBN 3-538-06993-x
www.patmos.de

DIE RÄUBER

Ein Trauerspiel

Personen

Maximilian, *regierender Graf von Moor*
Karl | *seine Söhne*
Franz |
Amalia, *seine Nichte*
Spiegelberg |
Schweizer |
Grimm |
Schufterle | *Libertiner, nachher Banditen*
Roller |
Razmann |
Kosinsky |
Hermann, *Bastard eines Edelmannes*
Eine Magistratsperson
Daniel, *ein alter Diener*
Ein Bedienter
Räuber
Volk

Der Ort der Handlung ist Deutschland.
Das Stück spielt in der Zeit als der ewige Landfriede in Deutschland errichtet ward.

ERSTER AUFZUG

Erster Auftritt

Franken.
Saal im Moorischen Schloß.

Franz. Der alte Moor.

FRANZ: Aber ist Euch auch wohl, Vater? Ihr seht so blaß.

DER ALTE MOOR: Ganz wohl, mein Sohn – was hattest du mir zu sagen?

FRANZ: Die Post ist angekommen – ein Brief von unserm Korrespondenten in Leipzig –

DER ALTE MOOR *begierig*: Nachrichten von meinem Sohne Karl?

FRANZ: Hm! Hm! – So ist es. Aber ich fürchte – wenn Ihr krank seid – nur die leiseste Ahndung habt es zu werden, so laßt mich – ich will zu gelegener Zeit zu Euch reden. *Halb vor sich*: Diese Zeitung ist nicht für einen zerbrechlichen Körper.

DER ALTE MOOR: Gott! Gott! was werd ich hören?

FRANZ: Laßt mich vorerst auf die Seite gehen, und eine Träne des Mitleids vergießen, um meinen verlornen Bruder. – Ich sollte schweigen auf ewig – denn er ist Euer Sohn; ich sollte seine Schande verhüllen auf ewig – denn er ist mein Bruder. – Aber Euch zu gehorchen ist meine erste traurige Pflicht – darum vergebt mir.

DER ALTE MOOR: O Karl! Karl! wüßtest du wie deine Aufführung das Vaterherz foltert! Wie eine einzige frohe Nachricht von dir meinem Leben zehen Jahre zusetzen würde – da mich nun jede, ach! – einen Schritt näher ans Grab rückt!

FRANZ: Ist es das, alter Mann, so lebt wohl – wir alle würden noch heute die Haare ausraufen über Euerem Sarge.

DER ALTE MOOR: Bleib! – Es ist noch um den kleinen kurzen Schritt zu tun – laß ihm seinen Willen. *Indem er sich niedersetzt.* Die Sünden seiner Väter werden heimgesucht im dritten und vierten Glied – laß ihn's vollenden.

FRANZ *nimmt den Brief aus der Tasche*: Ihr kennt unsern Korrespondenten! Seht! den Finger meiner rechten Hand wollt ich drum geben, dürft ich sagen, er ist ein Lügner, ein schwarzer giftiger Lügner. – Faßt Euch! Ihr vergebt mir, wenn ich Euch den Brief nicht selbst lesen lasse – noch dürft Ihr nicht alles hören.

DER ALTE MOOR: Alles, alles – mein Sohn, du ersparst mir die Krücke.

FRANZ *liest*: „Leipzig vom 1. Mai. Dein Bruder scheint nun das Maß seiner Schande gefüllt zu haben; ich wenigstens kenne nichts über dem was er würklich erreicht hat, wenn nicht sein Genie das meinige hierin übersteigt. Gestern um Mitternacht hatte er den großen Entschluß, nach vierzigtausend Dukaten Schulden – ein hübsches Taschengeld Vater – nachdem er zuvor die Tochter eines reichen Bankiers allhier entehrt, und ihren Galan, einen braven Jungen von Stand, im Duell auf den Tod verwundet, mit sieben andern, die er mit in sein Luderleben gezogen, dem Arm der Justiz zu entlaufen" – Vater! Um Gotteswillen Vater! wie wird Euch?

DER ALTE MOOR: Es ist genug – Laß ab mein Sohn!

FRANZ: Ich schone Eurer – „man hat ihm Steckbriefe nachgeschickt, die Beleidigte schreien laut um Genugtuung; ein Preis ist auf seinen Kopf gesetzt – der Name Moor" – Nein! meine arme Lippen sollen nimmermehr einen Vater ermorden! *Zerreißt den Brief.* Glaubt es nicht Vater! glaubt ihm keine Silbe!

DER ALTE MOOR *weint bitterlich*: Mein Name! Mein ehrlicher Name!

FRANZ: O daß er Moors Namen nicht trüge! daß mein Herz nicht so warm für ihn schlüge! Die gottlose Liebe, die ich nicht vertilgen kann, wird mich noch einmal vor Gottes Richterstuhl anklagen!

DER ALTE MOOR: Oh – meine Aussichten! Meine goldenen Träume!

FRANZ: Das weiß ich wohl. Das ist es ja was ich eben sagte. Der feurige Geist, der in dem Buben lodert, sagtet Ihr immer, der ihn für jeden Reiz von Größe und Schönheit so empfindlich macht; diese Offenheit die seine Seele auf dem Auge spiegelt, diese Weichheit des Gefühls, dieser männliche Mut, dieser kindische Ehrgeiz, dieser unüberwindliche Starrsinn, und alle diese schöne glänzende Tugenden, die im Vatersöhnchen keimten, werden ihn dereinst zu einem warmen Freund eines Freundes, zu einem trefflichen Bürger, zu einem Helden, zu einem großen großen Manne machen – – Seht

Ihr's nun Vater! – Der feurige Geist hat sich entwickelt, ausgebreitet, herrliche Früchte hat er getragen. Seht diese Offenheit, wie hübsch sie sich zur Frechheit herumgedreht hat; seht diese Weichheit, wie zärtlich sie für Koketten girret, wie so empfindsam für die Reize einer Phryne! Seht dieses feurige Genie, wie es das Öl seines Lebens in sechs Jährchen so rein weggebrannt hat, daß er bei lebendigem Leibe umgeht, und da kommen die Leute, und sind so unverschämt und sagen: c'est l'amour qui a fait ça! Ah! seht doch diesen kühnen unternehmenden Kopf, wie er Plane schmiedet und ausführt, vor denen die Heldentaten eines Cartouches und Howards verschwinden! – Und wenn erst diese prächtigen Keime zur vollen Reife erwachsen – was läßt sich auch von einem so zarten Alter Vollkommenes erwarten? – Vielleicht Vater erlebet Ihr noch die Freude, ihn an der Fronte eines Heeres zu erblicken, das in der heiligen Stille der Wälder residieret, und dem müden Wanderer seine Reise um die Hälfte der Bürde erleichtert. – Vielleicht könnt Ihr noch, eh Ihr zu Grabe geht, eine Wallfahrt nach seinem Monumente tun, das er sich zwischen Himmel und Erden errichtet. – Vielleicht, o Vater, Vater, Vater – seht Euch nach einem andern Namen um, sonst deuten Krämer und Gassenjungen mit Fingern auf Euch, die Euren Herrn Sohn auf dem Leipziger Marktplatz im Porträt gesehen haben.

DER ALTE MOOR: Und auch du mein Franz, auch du? O meine Kinder! wie sie nach meinem Herzen zielen!

FRANZ: Ihr seht, ich kann auch witzig sein; aber mein Witz ist Skorpionstich. – Und dann der trockne Alltagsmensch, der kalte, hölzerne Franz, und wie die Titelchen alle heißen mögen, die Euch der Kontrast zwischen ihm und mir mochte eingegeben haben, wann er Euch auf dem Schoße saß oder in die Backen zwickte – der wird einmal zwischen seinen Grenzsteinen sterben, und modern und vergessen werden, wenn der Ruhm dieses Universalkopfs von einem Pole zum andern fliegt – ha! mit gefaltnen Händen dankt dir o Himmel! der kalte, trockne, hölzerne Franz – daß er nicht ist wie dieser!

DER ALTE MOOR: Vergib mir mein Kind; zürne nicht auf einen Vater, der sich in seinen Planen betrogen findet. Der Gott, der mir durch Karln Tränen zusendet, wird sie durch dich mein Franz aus meinen Augen wischen.

FRANZ: Ja Vater, aus Euren Augen soll er sie wischen. Euer

Franz wird sein Leben dran setzen, das Eurige zu verlängern. Euer Leben ist das Orakel, das ich vor allem zu Rate ziehe, über dem was ich tun will, der Spiegel durch den ich alles betrachte. – Keine Pflicht ist mir so heilig die ich nicht zu brechen bereit bin, wenn's um Euer kostbares Leben zu tun ist. – Ihr glaubt mir das?

DER ALTE MOOR: Du hast noch große Pflichten auf dir mein Sohn – Gott segne dich für das was du mir warst und sein wirst!

FRANZ: Nun sagt mir einmal – wenn Ihr diesen Sohn nicht den Euren nennen müßtet, Ihr wäret ein glücklicher Mann?

DER ALTE MOOR: Stille! o stille! da ihn die Wehmutter mir brachte, hub ich ihn gen Himmel und rief: bin ich nicht ein glücklicher Mann?

FRANZ: Das sagtet Ihr. Nun habt Ihr's gefunden? Ihr beneidet den schlechtesten Eurer Knechte, daß er nicht Vater ist zu diesem – Ihr habt Kummer solang Ihr diesen Sohn habt. Dieser Kummer wird wachsen mit Karln. Dieser Kummer wird Euer Leben untergraben.

DER ALTE MOOR: Oh! er hat mich zu einem achtzigjährigen Manne gemacht.

FRANZ: Nun also – wenn Ihr dieses Sohnes Euch entäußertet?

DER ALTE MOOR *auffahrend*: Franz! Franz! was sagst du? Du willst ich soll meinen Sohn verfluchen?

FRANZ: Nicht doch! nicht doch! Euren Sohn sollt Ihr nicht verfluchen. Was heißt Ihr Euren Sohn? – Dem Ihr das Leben gegeben habt, wenn er sich auch alle ersinnliche Mühe gibt, das Eurige zu verkürzen?

DER ALTE MOOR: Ein unzärtliches Kind! Ach! aber mein Kind doch! mein Kind doch!

FRANZ: Ein allerliebstes köstliches Kind, dessen ewiges Studium ist, keinen Vater zu haben. – O daß Ihr's begreifen lerntet! daß Euch die Schuppen fielen vom Auge! Aber Eure Nachsicht muß ihn in seinen Liederlichkeiten befestigen; Euer Vorschub ihnen Rechtmäßigkeit geben. Ihr werdet freilich den Fluch von seinem Haupte laden; aber auf Euch, Vater, auf Euch wird der Fluch der Verdammnis fallen.

DER ALTE MOOR: Gerecht! sehr gerecht! – Mein, mein ist alle Schuld!

FRANZ: Wie viele Tausende, die voll sich gesoffen haben vom Becher der Wollust, sind durch Leiden gebessert worden. Und ist nicht der körperliche Schmerz, der jedes Übermaß begleitet, ein Fingerzeig des göttlichen Willens. Sollte ihn der Mensch durch seine grausame Zärtlichkeit verkehren? Soll der Vater das ihm anvertraute Pfand auf ewig zugrund richten? Bedenkt Vater, wenn Ihr ihn seinem Elend auf einige Zeit preisgeben werdet, wird er nicht entweder umkehren müssen, und sich bessern? Oder er wird auch in der großen Schule des Elends ein Schurke bleiben, und dann – wehe dem Vater der die Ratschlüsse einer höheren Weisheit durch Verzärtlung zernichtet! – Nun Vater?

DER ALTE MOOR: Ich will ihm schreiben, daß ich meine Hand von ihm wende.

FRANZ: Da tut Ihr recht und klug daran.

DER ALTE MOOR: Daß er nimmer vor meine Augen komme.

FRANZ: Das wird eine heilsame Wirkung tun.

DER ALTE MOOR *zärtlich*: Bis er anders worden.

FRANZ: Schon recht, schon recht; – aber, wenn er nun kommt mit der Larve des Heuchlers, Euer Mitleid erweint, Eure Vergebung sich erschmeichelt, und morgen hingeht und Eurer Schwachheit spottet, im Arm seiner Huren? – Nein Vater! Er wird freiwillig wiederkehren, wenn ihn sein Gewissen rein gesprochen hat.

DER ALTE MOOR: So will ich ihm das auf der Stelle schreiben.

Er will gehen.

FRANZ: Halt! noch ein Wort! Vater! Eure Entrüstung, fürchte ich, möchte Euch zu harte Worte in die Feder werfen, die ihm das Herz zerspalten würden – und, dann – glaubt Ihr nicht, daß er das schon für Verzeihung nehmen werde, wenn Ihr ihn noch eines eigenhändigen Schreibens wert haltet? Darum wird's besser sein, Ihr überlasset das Schreiben mir.

DER ALTE MOOR: Tu das mein Sohn. – Ach! es hätte mir doch das Herz gebrochen! Schreib ihm – –

FRANZ *schnell*: Dabei bleibt's also?

DER ALTE MOOR: Schreib ihm, daß ich tausend blutige Tränen, tausend schlaflose Nächte – aber bring meinen Sohn nicht zur Verzweiflung.

FRANZ: Wollt Ihr Euch nicht zu Bette legen Vater? Es griff Euch hart an.

DER ALTE MOOR: Schreib ihm, daß die väterliche Brust – ich sage dir, bring meinen Sohn nicht zur Verzweiflung.

Geht kummervoll ab.

FRANZ *begleitet ihn mit spöttischen Blicken*: Tröste dich Alter! –

Du wirst ihn nimmer an diese Brust drücken! Der Weg darzu ist ihm verrammelt, wie der Himmel der Hölle. Er war aus deinen Armen gerissen, ehe du wußtest, daß du es wollen könntest. – Ich muß doch diese Papiere zusammenlesen, wie leicht könnte jemand meine Handschrift kennen? *Er liest die zerrissenen Briefstücke zusammen.* Da müßt ich ein erbärmlicher Stümper sein, wenn ich's nicht einmal so weit gebracht hätte, einen Sohn vom Herzen des Vaters abzulösen, und wär er mit ehernen Banden daran geklammert – Glück zu Franz! weg ist das Schoßkind! – Ein Riesenschritt zum Ziele! – Und ihr muß ich diesen Karl aus dem Herzen reißen, und wenn das Herz mitgehen sollte. *Auf und ab gehend mit großen Schritten.* Ich habe große Rechte, mit der Natur zu grollen, und bei meiner Ehre! ich will sie geltend machen! Warum mußte sie mir diese Bürde von Häßlichkeit aufladen? Warum gerade nur mir? *Auf den Boden stampfend.* Mord und Tod! Warum nur mir! Nicht anders als ob sie bei meiner Geburt einen Rest gesetzt hätte! – Sie verschwor sich wider mich schon in der Stunde meines Werdens – Wohlan! so verschwör ich mich hier wider sie auf ewig. – Ihre schönsten Werke will ich zerstören, da ich sie nicht kann Bruder und Schwester nennen. – Den Bund der Seelen will ich zerreißen, da er mich ausschließt. Sie versagte mir das süße Spiel des Herzens, der Liebe überredendes Geschwätze – so will ich meine Wünsche ertrotzen mit herrischer Gewalt, so will ich ausrotten um mich her, was mich einschränkt, daß ich nicht Herr bin. –

Zweiter Auftritt

Amalia *kommt langsam durch die hintern Zimmer.*

FRANZ: Sie kömmt! – Aha! meine Arzneien würken! – Das lehrt mich ihr Gang – ich liebe sie nicht – – aber ich will nicht haben, daß ein anderer durch so viel Reize glücklich werde. – In meinem Arm sollen sie ihr Grab finden und niemand geblüht haben. – Holla! sieh doch! was macht sie da?

AMALIA *hat ohne ihn bemerkt zu haben, einen Blumenstrauß zerrissen, und zertritt ihn mit Füßen.*

FRANZ. *Er tritt näher, hämisch:* Was wohl diese arme Violen ausbaden müssen ...

AMALIA *fährt zusammen und mißt ihn mit einem langen Blick:* Du hier? Erwünscht! – Dich wollt ich eben haben, dich allein! – Dich in der ganzen weiten Schöpfung allein!

FRANZ: Glücklich! glücklich! Und ich allein dir jetzt alles in der ganzen weiten Schöpfung?

AMALIA: Du! Einzig du – heiß und hungrig hab ich nach dir gelechzt! Bleib, ich beschwöre dich! – Ich mache mir Luft, wenn ich meinen Schmerz in dein Angesicht geifern kann, Giftmischer!

FRANZ: Mir diese Begegnung? Kind, du bist am Unrechten; geh zum Vater.

AMALIA: Vater? – Ha, ein Vater der seinen Sohn auftischt der Verzweiflung! daheim labt er sich mit süßem, köstlichem Wein, und pflegt seiner morschen Glieder in Kissen von Eider, während sein großer herrlicher Sohn darbt. – Schämt euch, ihr Unmenschen! schämt euch, ihr Drachenseelen, ihr Schande der Menschheit! – Sein einziger Sohn!

FRANZ: Ich dächte, er hätt ihrer zween.

AMALIA: Ja, er verdient solche Söhne zu haben, wie du bist. Auf seinem Todbette wird er umsonst die welken Hände ausstrecken nach seinem Karl, und schaudernd zurückfahren, wenn er die eiskalte Hand seines Franzes faßt. – Oh! es ist süß, es ist köstlich süß, von deinem Vater verflucht zu werden!

FRANZ: Du schwärmst, meine Liebe, du bist zu bedauren.

AMALIA: Oh! ich bitte dich – bedaurest du deinen Bruder? – Nein, Unmensch, du hassest ihn! Du hassest mich doch auch?

FRANZ: Ich liebe dich wie mich selbst, Amalia.

AMALIA: Wenn du mich liebst, kannst du mir wohl eine Bitte abschlagen?

FRANZ: Keine, keine! wenn sie nicht mehr ist als mein Leben.

AMALIA: Oh, wenn das ist! Eine Bitte, die du so leicht, so gern erfüllen wirst – *stolz:* Hasse mich! Ich müßte feuerrot werden vor Scham, wenn ich an Karln denke, und mir eben einfiele, daß du mich nicht hassest. Du versprichst mir's doch? Jetzt geh, und laß mich.

FRANZ: Allerliebste Träumerin! wie sehr bewundere ich dein sanftes liebevolles Herz. *Ihr auf die Brust klopfend.* Hier, hier herrschte Karl wie ein Gott in seinem Tempel, Karl stand vor dir im Wachen, Karl regierte in deinen Träumen, die ganze Schöpfung schien dir nur in den einzigen zu zerfließen, den einzigen widerzustrahlen, den einzigen dir entgegenzutönen.

AMALIA *bewegt*: Ja wahrhaftig, ich gesteh es. Euch Barbaren zum Trutz will ich's vor aller Welt gestehen – ich lieb ihn!

FRANZ: Unmenschlich, grausam! diese Liebe so zu belohnen! die zu vergessen. –

AMALIA *auffahrend*: Was, mich vergessen?

FRANZ: Hattest du ihm nicht einen Ring an den Finger gesteckt? Einen Diamantring zum Unterpfand deiner Treue! – Freilich nun, wie kann auch ein Jüngling den Reizen einer Metze Widerstand tun? Wer wird's ihm auch verdenken, da ihm sonst nichts mehr übrig war wegzugeben – und bezahlte sie ihn nicht mit Wucher dafür mit ihren Liebkosungen, ihren Umarmungen?

AMALIA *aufgebracht*: Meinen Ring einer Metze?

FRANZ: Pfui, pfui! das ist schändlich. Wohl aber, wenn's nur das wäre! – Ein Ring, so kostbar er auch ist, ist im Grunde bei jedem Juden wiederzuhaben – vielleicht mag ihm die Arbeit daran nicht gefallen haben – vielleicht hat er einen schönern dafür eingehandelt.

AMALIA *heftig*: Aber meinen Ring – ich sage meinen Ring?

FRANZ: Keinen andern, Amalia – Ha! solch ein Kleinod, und an meinem Finger – und von Amalia! – Von hier sollt ihn der Tod nicht gerissen haben – nicht wahr, Amalia? Nicht die Kostbarkeit des Diamantes, nicht die Kunst des Gepräges – die Liebe macht seinen Wert aus. – Liebstes Kind, du weinest? Wehe über den, der diese köstliche Tropfen aus so himmlischen Augen preßt! – ach! und wenn du erst alles wüßtest, ihn selbst sähest, ihn unter der Gestalt sähest? –

AMALIA: Ungeheuer! wie, unter welcher Gestalt?

FRANZ: Stille, stille, gute Seele, frage mich nicht aus! *Wie vor sich, aber laut:* Wenn es doch wenigstens nur einen Schleier hätte, das garstige Laster, sich dem Auge der Welt zu entstehlen! aber da blickt's schrecklich durch den gelben bleifarbenen Augenring; – da verrät sich's im totenblassen eingefallenen Gesicht, und dreht die Knochen häßlich hervor – da stammelt's in der halb verstümmelten Stimme – da predigt's fürchterlich laut vom zitternden hinschwankenden Gerippe – da durchwühlt es der Knochen innerstes Mark, und nistet abscheulich in den Gruben der viehischen Schande. – Pfui, pfui! mir ekelt. – Du hast jenen Elenden gesehen, Amalia, der in unserem Siechenhause seinen Geist auskeuchte, die Scham schien ihr scheues Auge vor ihm zuzublinzen –

du ruftest Wehe über ihn aus. Ruf dies Bild noch einmal ganz in deine Seele zurück, und Karl steht vor dir! – Seine Küsse sind Pest, seine Lippen vergiften die deinen!

AMALIA: Schamloser Lästerer! *Sich abwendend.*

FRANZ: Graut dir vor diesem Karl? Ekelt dir schon vor dem matten Gemälde? Geh, gaff ihn selbst an, deinen schönen, englischen, göttlichen Karl! Geh, sauge seinen balsamischen Atem ein, und laß dich von den Ambrosiadüften begraben, die aus seinem Rachen dampfen! *Amalia verhüllt sich das Gesicht.* Welches Aufwallen der Liebe! welche Wollust in der Umarmung – Aber ist es nicht ungerecht einen Menschen um seiner siechen Außenseite willen zu verdammen? Auch im elendesten Krüppel kann eine große liebenswürdige Seele, wie ein Rubin aus dem Schlamme glänzen. *Boshaft lächelnd.* Auch aus blattrichten Lippen kann ja die Liebe – Freilich, wenn das Laster auch die Festen des Charakters erschüttert, wenn mit der Keuschheit auch die Tugend davonfliegt, wie der Duft aus der welken Rose verdampft – wenn mit dem Körper auch der Geist zum Krüppel verdirbt –

AMALIA *froh aufspringend*: Ha! Karl! Nun erkenn ich dich wieder! du bist noch ganz! ganz! alles war Lüge! – Weißt du nicht, Bösewicht, daß Karl unmöglich das werden kann?

FRANZ *steht einige Zeit tiefsinnig, dann dreht er sich plötzlich um zu gehen.*

AMALIA: Wohin so eilig, fliehst du vor deiner eigenen Schande?

FRANZ *mit verhülltem Gesicht*: Laß mich, laß mich! – meinen Tränen den Lauf lassen – tyrannischer Vater! den besten deiner Söhne so hinzugeben dem Elend – der rings umgebenden Schande – Laß mich, Amalia! ich will ihm zu'n Füßen fallen, auf den Knien will ich ihn beschwören, den ausgesprochenen Fluch auf mich, auf mich zu laden – mich zu enterben – mich – mein Blut – mein Leben – alles –

AMALIA *fällt ihm um den Hals*: Bruder meines Karls, bester, liebster Franz!

FRANZ: O Amalia! wie lieb ich dich um dieser unerschütterten Treue gegen meinen Bruder. – Verzeih, daß ich es wagte, deine Liebe auf diese harte Probe zu setzen! – Wie schön hast du meine Wünsche gerechtfertigt! – Mit diesen Tränen, diesen Seufzern, diesem himmlischen Unwillen – auch für mich, für mich – unsere Seelen stimmten so zusammen.

AMALIA *schüttelt den Kopf*: Nein, nein, bei jenem keuschen Lichte des Himmels! kein Äderchen von ihm, kein Fünkchen von seinem Gefühle –

FRANZ: Es war ein stiller heiterer Abend, der letzte, eh er nach Leipzig abreiste, da er mich mit sich in jene Laube nahm, wo ihr so oft zusammensaßet in Träumen der Liebe – stumm blieben wir lang – zuletzt ergriff er meine Hand und sprach leise mit Tränen: ich verlasse Amalia, ich weiß nicht – mir ahndet's, als hieß es auf ewig – verlaß sie nicht, Bruder! sei ihr Freund – ihr Karl – wenn Karl – nimmer – wiederkehrt – *Er stürzt vor ihr nieder, und küßt ihr die Hand mit Heftigkeit.* Nimmer, nimmer, nimmer wird er wiederkehren, und ich hab's ihm zugesagt mit einem heiligen Eide!

AMALIA *zurückspringend*: Verräter, wie ich dich ertappe! In ebendieser Laube beschwur er mich, keiner andern Liebe – wenn er sterben sollte – siehst du, wie gottlos, wie abscheulich du – geh aus meinen Augen!

FRANZ: Du kennst mich nicht, Amalia, du kennst mich gar nicht!

AMALIA: O ich kenne dich, von jetzt an kenne ich dich – und du wolltest ihm gleich sein? Vor dir sollt er um mich geweinet haben? Vor dir? Ehe hätt er meinen Namen auf den Pranger geschrieben! Geh den Augenblick!

FRANZ: Du beleidigst mich!

AMALIA: Geh, sag ich. Du hast mir eine kostbare Stunde gestohlen, sie werde dir an deinem Leben abgezogen.

FRANZ: Du hassest mich.

AMALIA: Ich verachte dich, geh!

FRANZ *mit den Füßen stampfend*: Wart! so sollst du vor mir zittern! Mich einem Bettler aufopfern! *Zornig ab.*

AMALIA: Geh Lotterbube! – Jetzt bin ich wieder bei Karln. – Bettler, sagt er? So hat die Welt sich umgedreht, Bettler sind Könige, und Könige sind Bettler! – Ich möchte die Lumpen, die er anhat, nicht mit dem Purpur der Gesalbten vertauschen; – der Blick, mit dem er bettelt, das muß ein großer, ein königlicher Blick sein – ein Blick, der die Herrlichkeit, den Pomp, die Triumphe der Großen und Reichen zernichtet! In den Staub mit dir, du prangendes Geschmeide! *Sie reißt sich die Perlen vom Hals.* Seid verdammt, Gold und Silber und Juwelen zu tragen, ihr Großen und Reichen! Seid verdammt, an üppigen Mahlen zu zechen! Verdammt, euren Gliedern wohlzutun auf weichen Polstern der Wollust! Karl! Karl! so bin ich dein wert. – *Ab.*

Dritter Auftritt

An den Grenzen von Sachsen.
Gasthof.

Karl Moor *unmutig auf und nieder.*

Wo die Kerls auch herumschlendern? – Gewiß haben sie einen Ritt gemacht. – He! noch mehr Wein her! – Und es wird Abend und keine Post noch da – *Die Hand vor die Brust.* Knabe! Knabe! Wie dir's hier klopft! – Wein! Wein! Ich brauche heut meinen Mut zwiefach – sei's zur Freud oder zur Verzweiflung. *Man wartet auf, er trinkt und setzt das Glas ungestüm nieder.* Über die verfluchte Ungleichheit in der Welt! – Das Geld verrostet in den Kisten ausgedörrter Pickelheringe und Armut legt Blei an die kühnste Unternehmung der Jugend. – Kerls die zehenmal krepieren, eh sie ihre Zinsen überrechnen, trippelten mir die Schwelle ab, eine Handvoll elende Schulden einzutreiben – so warm ich ihnen die Hand drückte – Nur noch einen Tag – Umsonst! Bitten – Schwüre – Tränen prallten ab von ihrer bockledernen Seele.

Vierter Auftritt

Spiegelberg *mit Briefen.* Voriger.

SPIEGELBERG: Pest! Pest! Ein Streich auf den andern! Vermaledeit! Weißt du Moor? Weißt du? – Man möchte rasend werden.

MOOR: Was denn wieder?

SPIEGELBERG: Du fragst? – Lies – lies selbst – Niedergelegt ist unsere Wirtschaft – Friede in Deutschland – der Teufel hole die Pfaffen.

MOOR: Friede in Deutschland!

SPIEGELBERG: Es ist zum Aufhängen – Und das Faustrecht abgeschafft für immer. – Alle Fehden bei Todesstraf verboten. – Mord und Tod! – Krepier Moor! – Federn werden kritzeln, wo sonst unsre Schwerter durchhauten.

MOOR *wirft sein Schwert nieder*: So mögen denn Memmen und Schurken das Regiment führen, und Männer ihre Schwerter zerbrechen. – Friede in Deutschland! – Geh, diese Zeitung hat dich auf ewig schwarz gebrandmarkt. – Gänsekiele für Schwerter – Nein! ich mag nicht daran denken – Ich soll meine Lippen pressen in eine Schnürbrust, und meinen Willen in Gesetze schnüren. – Friede in Deutschland! Fluch über den Frieden der zum Schneckengang verderbt, was Adlerflug geworden wäre. – Der Friede hat noch keinen großen Mann gebildet, aber der Krieg brütet Kolosse und Helden aus. – *Bedeutend.* – Ah! daß der Geist Hermanns noch in der Asche glimmte – Stelle mich vor ein Heer Kerls wie ich, und aus Deutschland – aus Deutschland – Doch! Nein! nein! Laß! Es soll herunter! Seine Stunde ist gekommen. – Kein freier Aderschlag in Barbarossas Enkel mehr übrig – Ich will's Fechten verlernen in meinen väterlichen Hainen.

SPIEGELBERG: Wie zum Teufel? Du wirst doch den verlornen Sohn nicht spielen wollen? – Ein Kerl wie du, der mit dem Degen mehr auf die Gesichter geschrieben hat als drei Schreiber in einem Schaltjahr ins Befehlbuch sudeln. Pfui! schäm dich! – Das Unglück muß einen großen Mann nicht zur Memme machen.

MOOR: Ich will ihn spielen Moritz, und ich schäme mich nicht. Nenn es Schwäche daß ich meinen Vater ehre – es ist die Schwäche eines Menschen, und wer sie nicht hat, muß entweder ein Gott oder – ein Vieh sein. Laß mich immer mitten inne bleiben.

SPIEGELBERG: Geh, geh! Du bist nicht mehr Moor. Weißt du noch wie tausendmal du die Flasche in der Hand den alten Filzen hast aufgezogen, und gesagt: Er soll nur drauflosschaben und -scharren, du wollest dir dafür die Gurgel absaufen – weißt du noch? He? weißt du noch? O du heilloser, erbärmlicher Prahlhans! Das war noch männlich gesprochen und edelmännisch, aber –

MOOR: Verflucht seist du, daß du mich dran erinnerst! Verflucht ich, daß ich es sagte! Aber es war nur im Dampfe des Weins, und mein Herz hörte nicht was meine Zunge prahlte.

SPIEGELBERG *schüttelt den Kopf*: Nein! nein! Nein! das kann nicht sein. Unmöglich Bruder, das kann dein Ernst nicht sein. Sag, Brüderchen, ist es nicht die Not die dich so stimmt. Oh! so laß dir nicht bange sein, wenn's auch aufs Äußerste kommt. Der Mut wächst mit der Gefahr; die Kraft erhebt sich im Drang. Das Schicksal muß große Männer aus uns haben wollen, weil's uns so quer durch den Weg streicht.

MOOR *ärgerlich*: Ich wüßte nicht worzu wir den Mut noch haben sollten, und noch nicht gehabt hätten.

SPIEGELBERG: So? und du willst also deine Gaben in dir verwittern lassen? dein Pfund vergraben? Meinst du, deine Stinkereien in Leipzig machen die Grenzen des menschlichen Witzes aus? Da laß uns erst in die große Welt kommen. Paris und London! – wo man Ohrfeigen einhandelt, wenn man einen mit dem Namen eines ehrlichen Mannes grüßt. Da ist es auch ein Seelenjubilo, wenn man das Handwerk ins Große praktiziert. – Du wirst gaffen! Du wirst Augen machen! Wart, wie man Handschriften nachmacht, Würfel verdreht, Schlösser aufbricht, und den Koffern das Eingeweide ausschüttet. – Das sollst du noch von Spiegelberg lernen! Den Schuft soll man an den nächsten besten Galgen knüpfen, der bei geraden Fingern verhungern will.

MOOR *beißend*: Wie? Du hast es so weit gebracht?

SPIEGELBERG: Ich glaube gar, du setzest ein Mißtrauen in mich. Wart, laß mich erst warm werden; du sollst Wunder sehen; dein Gehirnchen soll sich im Schädel umdrehen, wenn mein kreißender Witz in die Wochen kommt. *Auf den Tisch schlagend.* Aut Caesar, aut nihil! Du sollst eifersüchtig über mich werden.

MOOR *sieht ihn an*: Moritz!

SPIEGELBERG *steht auf, hitzig*: Ja! eifersüchtig – giftig sollst du, sollt ihr alle über mich werden. Ich will Pfiffe ausspinnen, darüber euch der Verstand stillestehen soll. – Wie es sich aufhellt in mir! Große Gedanken dämmern auf in meiner Seele! Riesenplane gären in meinem schöpfrischen Schädel. Verfluchte Schlafsucht! *Sich vor'n Kopf schlagend.* die bisher meine Kräfte in Ketten schlug, meine Aussichten sperrte und spannte; ich erwache, fühle wer ich bin – wer ich werden muß! Geh, laß mich! Ihr alle sollt noch von mir das Gnadenbrot haben!

MOOR: Du bist ein Narr. Der Wein bramarbasiert aus deinem Gehirne.

SPIEGELBERG *hitziger*: „Spiegelberg", wird es heißen, „kannst du hexen Spiegelberg? Es ist schade, daß du kein General worden bist, Spiegelberg, wird der König sagen, du hättest die Türken durch ein Knopfloch gejagt. Ja, hör ich die Doktors jammern, es ist unverantwortlich, daß der Mann nicht die Medizin studiert hat, er hätte ein neues Kropfpulver erfunden. Ach! und daß er das Kamerale nicht zum Fach genommen hat, werden die Sullys in ihren Kabinetten seufzen, er hätte aus Steinen Louisdor hervorgezaubert." Und Spiegelberg wird es heißen in Osten und Westen – und in den Kot mit euch ihr Memmen, ihr Kröten, indes Spiegelberg mit ausgespreiteten Flügeln zum Tempel des Nachruhms emporsteigt.

MOOR: Glück auf den Weg! Steig du auf Schandsäulen zum Gipfel der Ehre. Im Schatten meiner väterlichen Haine, in den Armen meiner Amalia lockt mich ein edler Vergnügen. Schon die vorige Woche hab ich meinem Vater um Vergebung geschrieben, hab ihm nicht den kleinsten Umstand verschwiegen, und wo Aufrichtigkeit ist, ist auch Mitleid und Hülfe. Laß uns Abschied nehmen Moritz. Wir sehen uns heut, und nie mehr. Die Post ist angelangt. Die Verzeihung meines Vaters ist schon innerhalb dieser Stadtmauren.

Fünfter Auftritt

Schweizer. Grimm. Roller. Schufterle *treten auf.*

ROLLER: Wißt ihr auch, daß man uns auskundschaftet? –

GRIMM: Daß wir keinen Augenblick sicher sind, aufgehoben zu werden?

MOOR: Mich wundert's nicht. Es gehe wie es will! Saht ihr den Razmann nicht? sagt er euch von keinem Brief, den er an mich hätte?

ROLLER: Schon lang sucht er dich, ich vermute so etwas.

MOOR: Wo ist er? wo, wo? *Will eilig fort.*

ROLLER: Bleib! wir haben ihn hieher beschieden. Du zitterst? –

MOOR: Ich zittre nicht. Warum sollt ich auch zittern? Kameraden! Dieser Brief – freut euch mit mir! Ich bin der Glücklichste unter der Sonne, warum sollt ich zittern?

SCHWEIZER *setzt sich an Spiegelbergs Platz, und trinkt seinen Wein aus.*

SECHSTER AUFTRITT

RAZMANN *tritt auf.*

MOOR *fliegt ihm entgegen*: Bruder, Bruder, den Brief! den Brief!

RAZMANN *gibt ihm den Brief, den er hastig aufbricht*: Was ist dir? wirst du nicht wie die Wand?

MOOR: Meines Bruders Hand!

ROLLER: Was treibt denn der Spiegelberg?

GRIMM: Der Kerl ist unsinnig. Er macht Gestus, wie beim St.-Veitstanz.

SCHUFTERLE: Sein Verstand geht im Ring herum. Ich glaub er macht Verse.

ROLLER: Spiegelberg! He Spiegelberg! – Die Bestie hört nicht.

GRIMM *schüttelt ihn*: Kerl! träumst du, oder? –

SPIEGELBERG *der sich die ganze Zeit über mit den Pantomimen eines Projektmachers im Stubeneck abgearbeitet hat, springt wild auf:* La bourse ou la vie! *und packt Schweizern an der Gurgel, der ihn gelassen an die Wand wirft; alle lachen. Moor läßt den Brief fallen, und will hinausrennen. Alle fahren auf.*

ROLLER *ihm nach*: Moor! wohinaus, Moor? was beginnst du?

GRIMM: Was hat er, was hat er? Er ist bleich wie die Leiche.

MOOR: Verloren, verloren! *Rennt hinaus.*

GRIMM: Das müssen schöne Neuigkeiten sein! Laß doch sehen!

ROLLER *nimmt den Brief von der Erde, und liest*: „Unglücklicher Bruder!" Der Anfang klingt lustig. „Nur kürzlich muß ich dir melden, daß deine Hoffnung vereitelt ist – du sollst hingehen, läßt dir der Vater sagen, wohin dich deine Schandtaten führen. Auch sagt er, werdest du dir keine Hoffnung machen, jemals Gnade zu seinen Füßen zu erwimmern, wenn du nicht gewärtig sein wollest, im untersten Gewölb seiner Türme mit Wasser und Brot so lang traktiert zu werden, bis deine Haare wachsen wie Adlersfedern, und deine Nägel wie Vogelsklauen werden. Das sind seine eigene Worte. Er befiehlt mir den Brief zu schließen. Leb wohl auf ewig! Ich bedaure dich –

Franz von Moor."

SCHWEIZER: Ein zuckersüßes Brüderchen! In der Tat! – Franz heißt die Kanaille?

SPIEGELBERG *sachte herbeischleichend*: Von Wasser und Brot ist die Rede? Ein schönes Leben! Da hab ich anders für euch gesorgt! Sagt ich's nicht, ich müßt am Ende für euch alle denken?

SCHWEIZER: Was sagt der Schafskopf? Der Esel will für uns alle denken?

SPIEGELBERG: Hasen, Krüppel, lahme Hunde seid ihr alle, wenn ihr das Herz nicht habt, etwas Großes zu wagen.

ROLLER: Nun, das wären wir freilich, du hast recht – aber wird es uns auch aus dieser vermaledeiten Lage reißen, was du wagen wirst? Wird es? –

SPIEGELBERG *mit einem stolzen Gelächter*: Armer Tropf! aus dieser Lage reißen? Ha ha ha! – Aus dieser Lage reißen? – Und auf mehr raffiniert dein Fingerhut voll Gehirn nicht? und damit trabt deine Mähre zum Stalle? Spiegelberg müßte ein Tropf sein, wenn er mit dem nur anfangen wollte. Zu Helden, sag ich dir, zu Freiherrn, zu Fürsten, zu Göttern wird's euch machen!

RAZMANN: Das ist viel auf einen Hieb, wahrlich! Aber es wird wohl eine halsbrechende Arbeit sein, den Kopf wird's wenigstens kosten.

SPIEGELBERG: Dich nicht Razmann! dafür steh ich dir – es will nichts als Mut, denn was den Witz betrifft, den nehm ich ganz über mich. Mut, sag ich, Schweizer! Mut, Roller, Grimm, Razmann, Schufterle! Mut! –

SCHWEIZER: Mut? Wenn's nur das ist – Mut hab ich genug um barfuß mitten durch die Hölle zu gehen.

ROLLER: Mut genug, mich unterm lichten Galgen mit dem leibhaftigen Teufel um einen armen Sünder zu balgen.

SPIEGELBERG: So gefällt mir's! Wenn ihr Mut habt, so tret einer auf und sag: er habe noch etwas zu verlieren und nicht alles zu gewinnen. *Es erfolgt eine große Pause.* Keine Antwort?

ROLLER: Nun! was bedarf's des langen Geplauders? Wenn's ein Gescheiter begreifen, und ein Mann ausführen kann – heraus mit der Sprache.

SPIEGELBERG: Also denn! *Er stellt sich mitten unter sie mit beschwörendem Ton:* Wenn noch ein Tropfen deutschen Heldenbluts in euren Adern rinnt – kommt! wir wollen uns in den böhmischen Wäldern niederlassen, dort eine Räuberbande zusammenziehen, und – was gafft ihr mich an? – Ist euer bißchen Mut schon verdampft?

ROLLER: Du bist wohl nicht der erste Gauner, der über den hohen Galgen weggesehen hat – und doch – was hätten wir sonst noch für eine Wahl übrig?

SPIEGELBERG: Wahl? Was? nichts habt ihr zu wählen! Wollt ihr im Schuldturm stecken, und zusammenschnurren bis man zum Jüngsten Tag posaunt? Wollt ihr euch mit der Schaufel und Haue um einen Bissen Brot abquälen? Wollt ihr an der Leute Fenster mit einem Bänkelsängerlied ein mageres Almosen erpressen? Oder wollt ihr zum Kalbfell schwören – und da ist erst noch die Frage, ob man euren Gesichtern traut – und dort unter der milzsüchtigen Laune eines gebieterischen Korporals das Fegfeuer zum voraus abverdienen? Oder bei klingendem Spiel nach dem Takt der Trommel spazierengehen, oder im Galliotenparadies das ganze Eisenmagazin Vulkans hinterherschleifen? Seht, das habt ihr zu wählen, da ist es beisammen, was ihr wählen könnt!

ROLLER: Du bist ein Meisterredner, Spiegelberg, wenn's darauf ankommt, aus einem ehrlichen Mann einen Halunken zu machen – Aber sag doch einer, wo der Moor bleibt? –

SPIEGELBERG: Ehrlich, sagst du? Meinst du, du seiest nachher weniger ehrlich, als du itzt bist? Was heißt du ehrlich? Reichen Filzen ein Dritteil ihrer Sorgen vom Halse schaffen, die ihnen nur den goldnen Schlaf verscheuchen; das stockende Geld in Umlauf bringen, das Gleichgewicht der Güter wiederherstellen, mit einem Wort, das goldene Alter wieder zurückrufen, dem lieben Gott von manchem lästigen Kostgänger helfen, ihm Krieg, Pestilenz, teure Zeit und Doktors ersparen – und so bei jedem Braten den man ißt, den schmeichelhaften Gedanken zu haben: den haben dir deine Finten, dein Löwenmut, deine Nachtwachen erworben – von Groß und Kleinen respektiert zu werden.

ROLLER: Und endlich gar bei lebendigem Leibe gen Himmel fahren, und trotz Sturm und Wind, trotz dem gefräßigen Magen der alten Urahne Zeit unter Sonn und Mond und allen Fixsternen schweben, wo selbst die unvernünftigen Vögel des Himmels herbeigelockt, ihr himmlisches Konzert musizieren? Nicht wahr? – Und wenn Monarchen und Potentaten von Motten und Würmern verzehrt werden, die Ehre haben zu dürfen, von Jupiters königlichem Vogel Visiten anzunehmen? – Moritz, Moritz, Moritz! nimm dich in acht! nimm dich in acht, vor dem dreibeinichten Tiere.

SPIEGELBERG: Und das schröckt dich, Hasenherz? Ist doch schon manches Universalgenie, das die Welt hätte reformieren können, unter freiem Himmel verfault; und spricht man nicht von so einem jahrhunderte-, jahrtausendelang, da mancher

König und Kurfürst in der Geschichte überhüpft würde, wenn sein Geschichtschreiber die Lücke in der Sukzessionsleiter nicht scheute, und sein Buch dadurch nicht um ein paar Oktavseiten größer würde, die ihm der Verleger mit barem Gelde bezahlt. – Und, wenn dich der Wanderer so hin und her fliegen sieht im Winde – der muß auch kein Wasser im Hirn gehabt haben, brummt er in den Bart, und seufzt über die elenden Zeiten.

RAZMANN: Meisterlich, Spiegelberg, meisterlich! Du hast wie ein anderer Orpheus die heulende Bestie mein Gewissen in den Schlaf gesungen. Nimm mich ganz, wie ich da bin.

GRIMM: Und laß es auch Prostitution heißen; – was folgt? – Kann man nicht auf den Fall immer ein Pülverchen mit sich führen, das einen so im stillen über den Acheron fördert, wo kein Hahn darnach kräht. – Frisch Bruder Moritz! So lautet auch Grimms Katechismus. *Er gibt ihm die Hand.*

SCHUFTERLE: Blitz! Es ist eine Auktion in meinem Kopf – Quacksalber – Lotterie, Goldmacher durcheinander und Gauner. Wer am meisten bietet der hat mich. – Nimm diese Hand Vetter!

SCHWEIZER *kommt langsam näher und reicht ihm die Hand*: Moritz – du bist ein großer Mann! oder besser: es hat ein blindes Schwein eine Eichel gefunden.

ROLLER *nach einigem Nachdenken, wobei er einen langen Blick auf Schweizern heftet*: Und auch du Freund? *Streckt ihm die rechte Hand hin mit Wärme.* Roller mit Schweizer – und ging's auch in die Hölle!

SPIEGELBERG *froh aufspringend*: Den Sternen zu, Kameraden – freie Passage zu Cäsar und Catilina! – Frisch! Stürzt die Gläser! – Es lebe der Gott Merkur!

ALLE *stürzen die Gläser*: Lebe!

SPIEGELBERG: Und nun brecht auf. Ans Werk! Heut übers Jahr muß jeder von uns eine Grafschaft überbieten können.

SCHWEIZER *in den Bart*: Wenn er nicht auf dem Rad liegt.

Sie wollen gehen.

ROLLER: Sachte Kinder, sachte! Wohin? Das Tier muß auch seinen Kopf haben. Ohne Oberhaupt ging Rom und Sparta zugrunde.

SPIEGELBERG *geschmeidig*: Ja! haltet! Roller sagt recht – und das muß ein verschmitzter, erleuchteter Kopf sein – ein feiner politischer Kopf muß das sein – Ha! *Mit verschränkten Armen mitten unter sie hinstehend.* Wenn ich euch darum betrachte, was ihr vor wenig Augenblicken waret, was ihr jetzt seid, durch einen glücklichen Gedanken seid – Ja freilich, freilich müßt ihr einen Chef haben – und ein solcher Gedanke, sprecht selber! konnte nur aus einem verschmitzten, politischen Kopfe springen.

ROLLER: Wenn sich's hoffen ließe – träumen ließe – aber ich verzweifle an seiner Einwilligung.

SPIEGELBERG *schmeichelhaft*: Und warum verzweiflen Brüderchen? – So schwer es auch ist, das kämpfende Schiff gegen Sturm und Wellen zu lenken – so schwer sie auch drückt die Last der Kronen – sag's keck heraus Kind. Vielleicht – vielleicht – läßt er sich doch noch erweichen.

ROLLER: Und Büberei ist das Ganze, wenn er nicht an der Spitze steht – ohne den Moor sind wir Leib ohne Seele.

SPIEGELBERG *unwillig von ihm weg*: Stockfisch!

Siebenter Auftritt

MOOR *tritt herein in wilder Bewegung, und läuft heftig im Zimmer auf und nieder, mit sich selber.*

MOOR: Menschen! – Menschen! falsche, heuchlerische Krokodilbrut! Ihre Augen sind Wasser! Ihre Herzen sind Erz! Küsse auf den Lippen! Schwerter im Busen! Löwen und Leoparde füttern ihre Jungen, Raben tischen ihren Kleinen auf dem Aas, und er, er – Bosheit hab ich dulden gelernt, kann dazu lächeln, wenn mein erboster Feind mir mein eigen Herzblut zutrinkt – aber wenn Vaterliebe zur Megäre wird; o so fange Feuer männliche Gelassenheit, verwildere zum Tiger sanftmütiges Lamm, und jede Faser recke sich auf zu Grimm und Verderben.

ROLLER: Höre Moor! was denkst du davon? Ein Räuberleben ist doch auch besser, als bei Wasser und Brot im untersten Gewölbe der Türme?

MOOR: Warum ist dieser Geist nicht in einen Tiger gefahren, der sein wütendes Gebiß in Menschenfleisch haut? Ist das Vatertreue? Ist das Liebe für Liebe? Ich möchte ein Bär sein, und die Bären des Nordlands wider dies mörderische Geschlecht anhetzen – Reue, und keine Gnade! O ich möchte das Weltmeer vergiften, daß sie den Tod aus allen Quellen saufen! Vertrauen, unüberwindliche Zuversicht, und kein Erbarmen!

ROLLER: So höre doch, Moor, was ich dir sage!

MOOR: Es ist unglaublich, es ist ein Traum – So eine rührende Bitte, so eine lebendige Schilderung des Elends und der zerfließenden Reue – die wilde Bestie wär in Mitleid zerschmolzen! Steine hätten Tränen vergossen, und doch – man würde es für ein boshaftes Pasquill aufs Menschengeschlecht halten, wenn ich's aussagen wollte – und doch, doch – oh! daß ich durch die ganze Natur das Horn des Aufruhrs blasen könnte, Luft, Erde und Meer wider das Hyänengezücht ins Treffen zu führen!

GRIMM: Höre doch, höre! Vor Rasen hörst du ja nicht.

MOOR: Weg! weg von mir! Ist dein Name nicht Mensch? Hat dich das Weib nicht geboren? – Aus meinen Augen du mit dem Menschengesicht! – Ich hab ihn so unaussprechlich geliebt! So liebte kein Sohn, ich hätte tausend Leben für ihn – *Schäumend auf die Erde stampfend.* Ha! – wer mir jetzt ein Schwert in die Hand gäbe, dieser Otterbrut eine brennende Wunde zu versetzen! Wer mir sagte, wo ich das Herz ihres Lebens erzielen, zermalmen, zernichten – Er sei mein Freund, mein Engel, mein Gott – ich will ihn anbeten!

ROLLER: Ebendiese Freunde wollen wir ja sein, laß dich doch weisen!

GRIMM: Komm mit uns in die böhmischen Wälder; wir wollen eine Räuberbande sammeln, und du –

Moor stiert ihn an.

SCHWEIZER: Du sollst unser Hauptmann sein! Du mußt unser Hauptmann sein!

SPIEGELBERG *wirft sich wild in einen Sessel*: Sklaven und Memmen!

MOOR: Wer blies dir das Wort ein? Höre, Kerl! *Indem er Grimm hart ergreift.* Das hast du nicht aus deiner Menschenseele hervorgeholt! Wer blies dir das Wort ein? Ja, bei dem tausendarmigen Tod! Das wollen wir, das müssen wir! Der Gedanke verdient Vergötterung! – Räuber und Mörder! – So wahr meine Seele lebt, ich bin euer Hauptmann!

ALLE *mit lärmendem Geschrei*: Es lebe der Hauptmann!

SPIEGELBERG *aufspringend vor sich*: Bis ich ihm hinhelfe!

MOOR: Siehe, da fällt's wie der Star von meinen Augen! Was für ein Tor ich war, daß ich ins Keficht zurück wollte! –

Mein Geist dürstet nach Taten, mein Atem nach Freiheit – Mörder und Räuber! – Mit diesem Wort war das Gesetz unter meine Füße gerollt. – Menschen haben Menschheit vor mir verborgen, da ich an Menschheit appellierte; weg dann von mir Sympathie und menschliche Schonung! – Ich habe keinen Vater mehr, ich habe keine Liebe mehr, und Blut und Tod soll mich vergessen lehren, daß mir jemals etwas teuer war! Kommt! kommt! – Oh! ich will mir eine fürchterliche Zerstreuung machen – Es bleibt dabei, ich bin euer Hauptmann! und Glück zu dem Meister unter euch, der am wildesten sengt, am gräßlichsten mordet, denn ich sage euch, er soll königlich belohnet werden. – Tretet her um mich ein jeder, und schwöret mir Treu und Gehorsam zu, bis in den Tod.

ALLE *geben ihm die Hand*: Bis in den Tod!

Spiegelberg wütend auf und nieder.

MOOR: Und nun bei dieser männlichen Rechte, schwör ich euch hier, treu und standhaft euer Hauptmann zu bleiben bis in den Tod! Den soll dieser Arm gleich zur Leiche machen, der jemals zagt oder zweifelt, oder zurücktritt! Ein gleiches widerfahre mir von jedem unter euch, wenn ich meinen Schwur verletze! Seid ihr's zufrieden?

ALLE *mit aufgeworfenen Hüten*: Wir sind's zufrieden.

SPIEGELBERG *lacht ergrimmt in die Faust.*

MOOR: Nun dann, so laßt uns gehen! Fürchtet euch nicht vor Tod und Gefahr, denn über uns waltet ein unbeugsames Fatum! Jeden ereilet endlich sein Tag, es sei auf dem weichen Küssen von Pflaum, oder im rauhen Gewühl des Gefechts, oder auf offnem Galgen und Rad. Eins davon ist unser Schicksal.

Sie gehen ab.

SPIEGELBERG *der zurückblieb*: Dein Register hat ein Loch! Du hast Verräterei weggelassen.

Geht ab. Der Vorhang fällt.

ZWEITER AUFZUG

Erster Auftritt

Franz von Moor
nachdenkend in seinem Zimmer.

Der Arzt macht mir so lange. – Das Leben eines Alten ist doch eine Ewigkeit. – Müssen denn aber meine hochfliegenden Plane den Schneckengang der Lebenskraft halten? Wer es verstünde dem Tod einen neuen Weg in das Schloß des Lebens zu bahnen? – Den Körper vom Geist aus zu verderben – Ha! ein Originalwerk! Wer das zustand brächte. – Ein zweiter Kolumbus in das Reich des Todes! – Sinne nach, Moor – das wäre eine Kunst würdig dich zum Erfinder zu haben ... Und wie ich nun werde zu Werk gehen müssen? ... Welche Gattung von Empfindungen wohl die Lebenskraft am grimmigsten anfeinden? – Zorn? – Dieser heißhungrige Wolf überfrißt sich so gern ... Gram? – Dieser Wurm schleicht mir zu langsam ... Furcht? – Die Hoffnung läßt sie nicht umgreifen ... *Boshaft fragend:* Sind das all die Henker des Menschen? – Ist das Arsenal des Todes so bald erschöpft? – Hum! hum! *Tief sinnend:* Wie? ... Nun? ... Was? – Ha! *Auffahrend:* Schreck! was kann der Schreck nicht? Was kann Vernunft, Hoffnung, Religion wider dieses Giganten eiskalte Umarmung? – Und doch? doch? Wenn er auch diesem Sturme stünde? – Oh! so komm du mir zu Hülfe Jammer und du Reue höllische Furie, grabende Schlange, die ihren Fraß wiederkäut, und du heulende Selbstverklagung, die du dein eigen Haus verwüstest, und deine eigene Mutter verwundest – Und kommt auch ihr mir zu Hülfe wohltätige Grazien selbst, sanftlächelnde Vergangenheit, und du mit dem überquellenden Füllhorn blühende Zukunft, haltet ihm in euren Spiegeln die Freuden des Himmels vor, wenn euer fliehender Fuß seinen geizigen Armen entgleitet – So fall ich Streich auf Streich, Sturm auf Sturm dieses zerbrechliche Leben an, bis den Furientrupp zuletzt schließt – die Verzweiflung! Triumph! Triumph! – Der Plan ist fertig. –

Zweiter Auftritt

Franz. Hermann.

FRANZ *entschlossen*: Wohlan denn! *Hermann tritt auf*. Ha! Deus ex machina! Hermann!

HERMANN: Zu Euren Diensten gnädiger Junker!

FRANZ *gibt ihm die Hand*: Die du keinem Undankbaren erweisest.

HERMANN: Ich hab Proben davon.

FRANZ: Du sollst mehr haben mit nächstem – mit nächstem, Hermann! – Ich habe dir etwas zu sagen, Hermann.

HERMANN: Ich höre mit tausend Ohren.

FRANZ: Ich kenne dich; du bist ein entschlossener Kerl – Soldatenherz – Haar auf der Zunge! – Mein Vater hat dich sehr beleidigt, Hermann!

HERMANN: Der Teufel hole mich, wenn ich's vergesse!

FRANZ: Das ist der Ton eines Mannes! Rache geziemt einer männlichen Brust. Du gefällst mir, Hermann. Nimm diesen Beutel, Hermann. Er sollte schwerer sein, wenn ich erst Herr wäre.

HERMANN: Das ist ja mein ewiger Wunsch, gnädiger Junker; ich dank Euch.

FRANZ: Wirklich, Hermann? Wünschest du wirklich, ich wäre Herr? – Aber mein Vater hat das Mark eines Löwen, und ich bin der jüngere Sohn.

HERMANN: Ich wollt, Ihr wäret der ältere Sohn, und Euer Vater hätte das Mark eines schwindsüchtigen Mädchens.

FRANZ: Ha! wie dich der ältere Sohn dann belohnen wollte! Wie er dich aus diesem unedlen Staub, der sich so wenig mit deinem Geist und Adel verträgt, ans Licht emporheben wollte! – Dann solltest du, ganz wie du da bist, mit Gold überzogen werden, und mit vier Pferden durch die Gassen dahinrasseln; wahrhaftig das solltest du! – Aber ich vergesse wovon ich dir sagen wollte – Hast du das Fräulein von Edelreich schon vergessen, Hermann?

HERMANN: Wetter Element! was erinnert Ihr mich an das?

FRANZ: Mein Bruder hat sie dir weggefischt.

HERMANN: Er soll dafür büßen.!

FRANZ: Sie gab dir einen Korb. Ich glaube gar, er warf dich die Treppen hinunter.

HERMANN: Ich will ihn dafür in die Hölle stoßen.

FRANZ: Er sagte: man raune sich einander ins Ohr, dein Vater habe dich nie ansehen können, ohne an die Brust zu schlagen und zu seufzen: Gott sei mir Sünder gnädig!

HERMANN *wild*: Blitz, Donner und Hagel, seid still!

FRANZ: Er riet dir, deinen Adelbrief im Aufstreich zu verkaufen, und deine Strümpfe damit flicken zu lassen.

HERMANN: Alle Teufel! ich will ihm die Augen mit den Nägeln auskratzen.

FRANZ: Was? du wirst böse? Was kannst du böse auf ihn sein? Was kannst du ihm Böses tun? Was kann so eine Ratze gegen einen Löwen? Dein Zorn versüßt ihm seinen Triumph nur. Du kannst nichts tun, als deine Zähne zusammenschlagen, und deine Wut an trocknem Brote auslassen.

HERMANN *stampft auf den Boden*: Ich will ihn zu Staub zerreiben.

FRANZ *klopft ihm auf die Achsel*: Pfui! Hermann, du bist ein Kavalier. Du mußt den Schimpf nicht auf dir sitzen lassen. Du mußt das Fräulein nicht fahrenlassen, nein, das mußt du um alle Welt nicht tun, Hermann! Hagel und Wetter! Ich würde das Äußerste versuchen, wenn ich an deiner Stelle wäre.

HERMANN: Ich ruhe nicht, bis ich ihn und ihn unterm Boden habe.

FRANZ: Nicht so stürmisch, Hermann! komm näher – du sollst Amalia haben!

HERMANN: Das muß ich, trotz dem Teufel! das muß ich!

FRANZ: Du sollst sie haben, sag ich dir, und das von meiner Hand. Komm näher, sag ich – du weißt vielleicht nicht, daß Karl so gut als enterbt ist?

HERMANN *näher kommend*: Unbegreiflich, das erste Wort, das ich höre.

FRANZ: Sei ruhig, und höre weiter! du sollst ein andermal mehr davon hören – ja, ich sage dir, seit eilf Monaten so gut als verbannt. Aber schon bereut der Alte den voreiligen Schritt, den er doch, *Lachend.* will ich hoffen, nicht selbst getan hat. Auch liegt ihm die Edelreich täglich hart an mit ihren Vorwürfen und Klagen. Über kurz oder lang wird er ihn in allen vier Enden der Welt aufsuchen lassen, und gute Nacht, Hermann! wenn er ihn findet. Du kannst ihm ganz demütig die Kutsche halten, wenn er mit ihr in die Kirche zur Trauung fährt.

HERMANN: Ich will ihn am Altar erwürgen!

FRANZ: Der Vater wird ihm bald die Herrschaft abtreten, und in Ruhe auf seinen Schlössern leben. Itzt hat der stolze Strudelkopf den Zügel in Händen, itzt lacht er seiner Hasser und Neider – und ich, der ich dich zu einem wichtigen großen Mann machen wollte, ich selbst Hermann, werde tief gebückt vor seiner Türschwelle –

HERMANN *in Hitze*: Nein! so wahr ich Hermann heiße, das sollt Ihr nicht! Wenn noch ein Fünkchen Verstand in diesem Gehirne glimmt! das sollt Ihr nicht.

FRANZ: Wirst du es hindern? Auch dich, mein lieber Hermann, wird er seine Geißel fühlen lassen, wird dir ins Angesicht speien, wenn du ihm auf der Straße begegnest, und wehe dir dann, wenn du die Achsel zuckst oder das Maul krümmst – siehe, so steht's mit deiner Anwerbung ums Fräulein, mit deinen Aussichten, mit deinen Entwürfen.

HERMANN *entschlossen*: Sagt mir! was soll ich tun?

FRANZ: Höre dann, Hermann! daß du siehst, wie ich mir dein Schicksal zu Herzen nehme als ein redlicher Freund – geh – kleide dich um – mach dich ganz unkenntlich, laß dich beim Alten melden, gib vor, du kämest geradenwegs aus Ungarn, hättest mit meinem Bruder dem letzten Treffen beigewohnt – hättest ihn auf der Walstatt den Geist aufgeben sehen –

HERMANN: Wird man mir glauben?

FRANZ: Hoho! dafür laß mich sorgen! Nimm dieses Paket. Hier findest du deine Kommission ausführlich, und Dokumente darzu, die den Zweifel selbst glaubig machen sollen. – Mach itzt nur, daß du fortkommst, und ungesehen! Spring durch die Hintertüre in den Hof, von da über die Gartenmauer – Die Katastrophe dieser Tragikomödie überlaß mir!

HERMANN: Und die wird sein: Vivat der neue Herr, Franziskus von Moor!

FRANZ *streichelt ihm die Backen*: Wie schlau du bist? – Denn siehst du, auf diese Art erreichen wir alle Zwecke zumal und bald. Amalia gibt ihre Hoffnung auf ihn auf. Der Alte mißt sich den Tod seines Sohnes bei, und – er kränkelt – ein schwankendes Gebäude braucht des Erdbebens nicht, um übern Haufen zu fallen – er wird die Nachricht nicht überleben – dann bin ich sein einiger Sohn – Amalia hat ihre Stützen verloren, und ist ein Spiel meines Willens, da kannst du leicht denken – kurz alles geht nach Wunsch – aber du mußt dein Wort nicht zurücknehmen.

HERMANN: Was sagt Ihr? *Frohlockend.* Eh soll die Kugel in ihren Lauf zurückkehren, und in dem Eingeweid ihres

Schützen wüten – Rechnet auf mich! laßt nur mich machen – Adieu!

FRANZ *der ihm noch nachruft*: Was du tust, das tust du dir. – *Folgt ihm mit den Augen bis ans Ende der Bühne, und bricht dann in ein weinerlich Lachen aus.* Ganz Eifer! Ganz Wille! Wie bereitwillig der übertölpelte Tor itzt über die Linien des braven Mannes hinwegvoltigiert, ein Gut zu erhaschen, dessen Unmöglichkeit ausfindig zu machen, nichts weiter braucht, als nur nicht wahnwitzig zu sein. – – *Ärgerlich.* Nein es ist unverzeihlich! dieser hier ist selbst ein Schurke und doch traut er dem ehrlichen Gesicht eines andern. – Sorglos geht er hin, einen redlichen Mann zu betrügen, und wird es in Ewigkeit nicht vergeben, daß man ihn hat betrügen können. – Ist das der gepriesene Unterkönig der Schöpfung? So vergib mir mütterliche Natur, daß ich mit dir um sein Ebenbild zankte, und hilf mir auch gütigst noch von dem wenigen Überrest. – Meine Achtung hast du verloren, Mensch, und mit dieser auch das einzige erhebende Bewußtsein, daß sich jemandes Bosheit an dir versündigen könne. *Geht ab.*

Dritter Auftritt

Des alten Moors Schlafzimmer.

Der alte Moor. Amalia.

AMALIA: Leise – leise – er schlummert! *Sie stellt sich vor den Schlafenden.* Wie lieb! wie ehrwürdig! – Ehrwürdig, wie man die Heiligen malt – Nein! ich kann dir nicht zürnen! weißlockigtes Haupt! dir kann ich nicht zürnen! – Schlummere im Rosenduft – *Indem sie Rosen um ihn streut.* Im Rosenduft erscheine Karl deinen Träumen – erwache im Rosenduft, ich will hingehen und unter Rosmarin entschlummern.

Sie will sich entfernen.

DER ALTE MOOR *träumend*: Mein Karl! mein Karl! mein Karl!

AMALIA *steht still, und kommt langsam zurück*: Horch! erhört hat die Bitte sein Engel. – *Sehr nah zu ihm tretend.* Süße zu atmen ist die Luft, mit der sein Name sich mischet – Ich will hierbleiben.

DER ALTE MOOR *immer im Traum*: Bist du da? Bist du's wirklich? – Ach! – Sieh mich nicht an mit dem Jammerblick! – Ich bin elend genug. *Bewegt sich unruhig.*

AMALIA *weckt ihn schnell*: Steht auf, Oheim. Es war nur ein Traum.

DER ALTE MOOR *halb wach*: Er war nicht da? Drückt ich nicht seine Hände? Zieh ich nicht den Duft seiner Rosen? Garstiger Franz, willst du ihn auch meinen Träumen entreißen?

AMALIA *zurückfahrend*: Merkst du's Amalia?

DER ALTE MOOR *ermuntert sich*: Wo bin ich? Du hier meine Nichte?

AMALIA: Ihr schlieft einen beneidenswürdigen Schlummer.

DER ALTE MOOR: Mir träumte von meinem Karl. Warum hab ich nicht fortgeträumt? Vielleicht hätt ich Verzeihung erhalten aus seinem Munde.

AMALIA *mit verschönertem Gesicht*: Engel grollen nicht – Er verzeiht Euch. *Sanft seine Hand drückend.* Vater Karls! ich verzeih Euch.

DER ALTE MOOR: Nein meine Tochter! Die Totenfarbe deiner Wangen zeugt wider dein Herz. Armes Mädchen! ich zerstörte die Freuden deiner Jugend. Vergib nicht – nur verfluche mich nicht.

AMALIA: Die Liebe hat nur einen Fluch gelernt. Diesen mein Vater. *Sie küßt seine Hand mit Zärtlichkeit.*

DER ALTE MOOR *der aufgestanden ist*: Was find ich da? Rosen, Mädchen? Rosen streust du dem Mörder deiner Liebe?

AMALIA: Rosen dem Vater meines Geliebten *Ihm um den Hals fallend.* dem ich sie itzt nicht streuen kann.

DER ALTE MOOR: Und gerner gestreuet hättest – Doch meine Liebe hast du's unwissend getan – Kennst du dieses Gemälde? *Indem er den Vorhang von einer Malerei hinwegnimmt.*

AMALIA *die darauf zustürzt*: Karls!

DER ALTE MOOR: So sah er, als er ins sechszehnte Jahr ging. Itzt ist er anders. O es wütet in meinem Innern. Diese Milde ist Menschenhaß, dieses Lächeln Verzweiflung. Nicht wahr Amalia? Es war an seinem Geburtstage – in der Jasminlaube, als du ihn maltest?

AMALIA: O nie vergessen werd ich diesen Tag! Nie erleben werd ich ihn wieder! wie er mir gegenübersaß; der rote Widerstrahl der Abendsonne brannte in seinem Gesicht, seine braunen Locken flogen mutwillig im Winde. Bei jedem Pinselstrich überstürzte das Mädchen die Malerin; der Pinsel fiel, meine zitternden Lippen tranken die Züge durstig hinweg. Die ganze Fülle des Originals wuchs in mein Herz ein – auf dem Tuch lagen die Splitter dieses Bildes, matt und sterbend, wie die Erinnerung an das gestrige Adagio.

DER ALTE MOOR: Fahre fort, fahre fort. Deine Phantasien verjüngen mich wieder. O meine Tochter! eure Liebe machte mich so glücklich.

AMALIA *verweilt mit dem Aug auf dem Gemälde*: Nein! nein! Er ist's nicht! Bei Gott! das ist Karl nicht – Hier, hier *Auf Herz und Stirne zeigend.* So ganz, so anders. Die träge Farbe reicht nicht den himmlischen Geist nachzuspiegeln, der in seinem feurigen Auge herrschte. Weg damit, dies ist so menschlich! Ich war eine Stümperin.

Vierter Auftritt

Daniel.

DANIEL: Es wartet draußen ein Mann auf Euch. Er bittet vorgelassen zu werden; er hab an Euch eine wichtige Zeitung.

DER ALTE MOOR: Mir ist auf der Welt nur etwas wichtig, du weißt's Amalia – Ist's ein Unglücklicher, der meiner Hülfe bedarf? Er soll nicht mit Seufzen von hinnen gehen.

Daniel ab.

AMALIA: Ist's ein Bettler, er soll eilig heraufkommen.

DER ALTE MOOR: Amalia, Amalia! schone meiner!

Fünfter Auftritt

Franz, Hermann *verkappt*, Daniel. Vorige.

FRANZ: Hier ist der Mann. Schröckliche Botschaften, sagt er, warten auf Euch. Könnt Ihr sie hören?

DER ALTE MOOR: Ich kenne nur eine. Tritt her mein Freund, und schone mein nicht! Reicht ihm einen Becher Wein!

HERMANN *mit veränderter Stimme*: Gnädiger Herr! laßt es einen armen Mann nicht entgelten, wenn er wider Willen Euer Herz durchbohrt. Ich bin ein Fremdling in diesem Lande, aber Euch kenn ich sehr gut, Ihr seid der Vater Karls von Moor.

DER ALTE MOOR: Woher weißt du das?

HERMANN: Ich kannte Euren Sohn –

AMALIA *auffahrend*: Er lebt? Lebt? Du kennst ihn? Wo ist er, wo, wo? *Will hinwegrennen.*

DER ALTE MOOR: Du weißt von meinem Sohn?

HERMANN: Er studierte auf der hohen Schule zu Leipzig. Von da zog er, ich weiß nicht wie weit, herum. Er durchschwärmte Deutschland in die Runde, und, wie er mir sagte, mit unbedecktem Haupte, barfuß, und erbettelte sein Brot vor den Türen. Fünf Monate darauf brach der leidige Krieg zwischen Polen und den Türken wieder aus, und da er auf der Welt nichts mehr zu hoffen hatte, zog ihn der Hall von König Matthias von Ungarn siegreicher Trommel nach Pest. Erlaubt mir, sagte er, zum König, daß ich den Tod sterbe auf dem Bette der Helden, ich hab keinen Vater mehr! –

DER ALTE MOOR: Sieh mich nicht an, Amalia!

HERMANN: Man gab ihm eine Fahne. Er flog Matthias' Siegesflug mit. Wir kamen zusammen unter ein Zelt zu liegen. Er sprach viel von seinem alten Vater und von bessern vergangenen Tagen – und von vereitelten Hoffnungen – uns standen die Tränen in den Augen.

DER ALTE MOOR *verhüllt sein Haupt in das Kissen*: Stille, o stille!

HERMANN: Acht Tage darauf war ein heißes Treffen – ich darf Euch sagen, Euer Sohn hat sich gehalten wie ein wackerer Kriegsmann. Er tat Wunder vor den Augen der Armee. Fünf Regimenter mußten neben ihm wechseln, er stand. Feuerkugeln fielen rechts und links, Euer Sohn stand. Eine Kugel zerschmetterte ihm die rechte Hand, Euer Sohn nahm die Fahne in die Linke, und stand –

AMALIA *in Entzückung*: Und stand, Vater und stand –

HERMANN: Ich traf ihn am Abend der Schlacht, niedergesunken unter Kugelgepfeife; mit der Linken hielt er das stürzende Blut, die Rechte hatte er in die Erde gegraben. Bruder! rief er mir entgegen, es lief ein Gemurmel durch die Glieder, der General sei vor einer Stunde gefallen – Er ist gefallen, sagt ich und du? – Nun, wer ein braver Soldat ist, rief er, und ließ die linke Hand los, der folge seinem General wie ich! Bald darauf hauchte er seine große Seele dem Helden zu.

FRANZ *wild auf Hermann losgehend*: Daß der Tod deine verfluchte Zunge versiegle! Bist du hieher kommen, unserm Vater den Todesstoß zu geben? – Vater! Amalia! Vater!

HERMANN: Es war der letzte Wille meines sterbenden Kameraden. Nimm dies Schwert, röchelte er, du wirst's meinem alten Vater überliefern, das Blut seines Sohnes klebt daran, er ist gerochen, er mag sich weiden. Sag ihm, sein Fluch hätte mich gejagt in Kampf und Tod, ich sei gefallen in Verzweiflung! Sein letzter Seufzer war Amalia.

AMALIA *wie aus einem Todesschlummer aufgejagt*: Sein letzter Seufzer, Amalia!

DER ALTE MOOR *gräßlich schreiend, sich die Haare ausraufend*: Mein Fluch hat ihn gejagt in den Tod! Gefallen in Verzweiflung!

HERMANN: Hier ist das Schwert, und hier ist auch ein Porträt, das er zu gleicher Zeit aus dem Busen zog! Es gleicht diesem Fräulein auf ein Haar. Dies soll meinem Bruder Franz, sagte er – ich weiß nicht was er damit sagen wollte.

FRANZ *wie erstaunt*: Mir? Amalias Porträt? Mir, Karl, Amalia? Mir?

AMALIA *heftig auf Hermann losgehend*: Feiler, bestochener Betrüger! *Faßt ihn hart an.*

HERMANN: Das bin ich nicht, gnädiges Fräulein. Sehet selbst, ob's nicht Euer Bild ist – Ihr mögt's ihm wohl selbst gegeben haben.

FRANZ: Bei Gott! Amalia, das deine! Es ist wahrlich das deine!

AMALIA *gibt ihm das Bild zurück*: Mein, mein! O Himmel und Erde.

DER ALTE MOOR *schreiend, sein Gesicht zerfleischend*: Wehe, Wehe! mein Fluch ihn gejagt in den Tod! Gefallen in Verzweiflung!

FRANZ: Und er gedachte meiner in der letzten schweren Stunde des Scheidens – meiner! Englische Seele – da schon das schwarze Panier des Todes über ihm rauschte – meiner! –

DER ALTE MOOR *lallend*: Mein Fluch ihn gejagt in den Tod, gefallen mein Sohn in Verzweiflung! –

HERMANN *unruhig und bewegt*: Den Jammer steh ich nicht aus. Lebt wohl, alter Herr! *Leise zu Franz:* Warum habt Ihr auch das gemacht, Junker? *Geht schnell ab.*

AMALIA *aufspringend, ihm nach*: Bleib, bleib! Was waren seine letzte Worte?

HERMANN *zurückrufend*: Sein letzter Seufzer war Amalia. *Ab.*

AMALIA: Sein letzter Seufzer war Amalia! – Nein, du bist kein Betrüger! So ist es wahr – wahr – er ist tot! – Tot! – *Hin und her taumelnd, bis sie umsinkt.* Tot – Karl ist tot –

FRANZ: Was seh ich? Was steht da auf dem Schwert? Geschrieben mit Blut – Amalia!

AMALIA: Von ihm?

FRANZ: Seh ich recht, oder träum ich? Sieh da mit blutiger Schrift: Franz, verlaß meine Amalia nicht! Sieh doch, sieh doch! und auf der andern Seite: Amalia! deinen Eid zerbrach der allgewaltige Tod. – Siehst du nun, siehst du nun! Er schrieb's mit erstarrender Hand, schrieb's mit dem warmen Blut seines Herzens, schrieb's an der Ewigkeit feierlichem Rande!

AMALIA: Heiliger Gott! es ist seine Hand. – Er hat mich nie geliebt! *Schnell ab.*

FRANZ *auf den Boden stampfend*: Verzweifelt! meine ganze Kunst erliegt an dem Starrkopf.

DER ALTE MOOR: Wehe, Wehe! verlaß mich nicht meine Tochter! – Franz, Franz! gib mir meinen Sohn wieder!

FRANZ: Wer war's, der ihm den Fluch gab? Wer war's, der seinen Sohn jagte in Kampf und Tod und Verzweiflung? – Oh! er war ein trefflicher Jüngling – Fluch über seine Henker!

DER ALTE MOOR *schlägt mit geballter Faust wider Brust und Stirn*: Fluch! Fluch! Verderben! Fluch über mich selber! Ich bin der Vater, der seinen großen Sohn erschlug. Mich liebt' er bis in Tod! Mich zu rächen rannte er in Kampf und Tod! Ungeheuer! Ungeheuer! *Wütet wider sich selber.*

FRANZ: Er ist dahin, was helfen späte Klagen! *Höhnisch lachend.* Es ist leichter morden, als lebendig machen.

DER ALTE MOOR: Und du hast mir den Fluch aus dem Herzen geschwätzt, du – du – Meinen Sohn mir wieder!

FRANZ: Reizt meinen Grimm nicht. Ich verlaß Euch im Tode! –

DER ALTE MOOR: Scheusal! Scheusal! schaff mir meinen Sohn wieder!

Fährt aus dem Sessel, will Franzen an der Gurgel fassen, der ihm entspringt. Ab.

Sechster Auftritt

Der alte Moor.

Tausend Flüche donnern dir nach! Du hast mir meinen Sohn aus den Armen gestohlen. *Voll Verzweiflung hin und her geworfen im Sessel.* Wehe, Wehe! verzweiflen, aber nicht sterben! – Sie fliehen, verlassen mich im Tode – meine gute Engel fliehen von mir, weichen alle die Heilige vom eisgrauen Mörder. – Wehe! Wehe! will mir keiner das Haupt halten, will keiner die ringende Seele entbinden? Keine Söhne! keine Töchter! keine Freunde! – Menschen nur – will keiner – allein – verlassen – Wehe! Wehe! – Verzweiflen aber nicht sterben! *Er sinkt entkräftet auf den Sessel zurück.*

AMALIA *tritt langsam näher, erblickt ihn, mit einem plötzlichen Schrei*: Tot! Alles tot! *Ab, in Verzweiflung.*

Siebenter Auftritt

Die böhmischen Wälder.

Razmann *von der einen Seite.* Spiegelberg *mit einem Räubertrupp von der andern.*

RAZMANN: Willkommen Kriegskamerad! Willkommen in den böhmischen Wäldern! *Sie fallen sich um den Hals.* Wo schlug dich der Blitz in der Welt herum? Wo führt dich das Wetter her, mein teurer Kollega?

SPIEGELBERG: Siedendwarm von der Messe zu Leipzig. Das war ein Jux. Frag nur den Schufterle. Er läßt dich herzlich grüßen zur glücklichen Retour – hat sich unterwegs zur großen Bande eures Hauptmanns geschlagen. *Indem er sich auf die Erde wirft.* Und wie habt ihr gelebt die Zeit über? Wie geht die Hantierung? – O ich könnte dir Streiche auftischen den langen Tag, daß du's Fressen drüber vergäßest.

RAZMANN: Das glaub ich – das glaub ich. Du hast von dir hören lassen in den Blättern. Aber zum Henker; wo treibst du all das Geschmeiß zusammen? – Hagel und Wetter! Bringst ja Rekruten mit eine ganze Herde; du trefflicher Werber.

SPIEGELBERG: Gelt! Und das ist dir eine Pastete zusammen – du kannst deinen Hut an die Sonne hängen, Bruder, und ich wette sie stehlen ihn dir herunter, als ob das Auge der Welt den schwarzen Star gehabt hätte!

RAZMANN *lacht*: Du wirst dem Hauptmann mit den Herren willkommen sein – Er hat auch schon brave Kerl angelockt.

SPIEGELBERG *giftig*: Geh mir mit deinem Hauptmann – und die meinen dagegen – Pah –

RAZMANN: Nun ja! Sie mögen hübsche Fingerchen haben – aber ich sage dir der Ruf unsers Hauptmanns hat auch schon ehrliche Kerls in Versuchung geführt.

SPIEGELBERG: Desto schlimmer.

Achter Auftritt

Grimm *im vollen Lauf.* Vorige.

razmann: Wer da? Was gibt's da? Passagiers im Wald?

grimm: Hurtig, hurtig! wo sind die andern? – Tausendsappermentl! ihr steht da, und plaudert! Wißt ihr denn nicht – wißt ihr denn gar nicht? – Und Roller –

razmann: Was denn, was denn?

grimm: Roller ist gehangen, noch vier andre mit. –

razmann: Roller? Was? Seit wann? – Woher weißt du's?

grimm: Schon über drei Wochen sitzt er, und wir erfahren nichts; schon drei Rechtstäge sind über ihn gehalten worden,und wir hören nichts; man hat ihn auf der Tortur examiniert, wo der Hauptmann sei? – Der wackere Pursche hat nichts bekannt; gestern ist ihm der Prozeß gemacht worden, diesen Morgen ist er dem Teufel mit Extrapost zugefahren.

razmann: Vermaledeit! weiß es der Hauptmann?

grimm: Erst gestern erfährt er's. Er schäumt wie ein Eber. Du weißt, er hat immer am meisten gehalten auf Roller, und nun die Tortur erst – Strick und Leiter sind schon an den Turm gebracht worden, es half nichts; er selbst hat sich schon in Kapuzinerskutte zu ihm geschlichen, und die Person mit ihm wechseln wollen; Roller schlug's hartnäckig ab; itzt hat er einen Eid geschworen, daß es uns eiskalt über die Leber lief, er wolle ihm eine Todesfackel anzünden, wie sie noch keinem König geleuchtet hat, die ihnen den Buckel braun und blau brennen soll. Mir ist bang für die Stadt. Er hat schon lang eine Pike auf sie, weil sie so schändlich bigott ist, und du weißt, wenn er sagt: Ich will's tun! so ist's soviel, als wenn's unsereiner getan hat.

razmann: Aber ach! Der arme Roller! der arme Roller! –

spiegelberg: Memento mori! Aber das regt mich nicht an. *Trillert ein Liedchen.*

Geh ich vorbei am Rabensteine,
So blinz ich nur das rechte Auge zu
Und denk, du hängst mir wohl alleine;
Wer ist ein Narr, ich oder du?

razmann *aufspringend*: Horch ein Schuß.

Schießen und Lärmen.

SPIEGELBERG: Noch einer!
RAZMANN: Wieder einer! Der Hauptmann!

Hinter der Szene gesungen.

Die Nürenberger henken keinen,
Sie hätten ihn dann vor.

Da Capo.

SCHWEIZER. ROLLER *hinter der Szene*: Holla ho! Holla ho!
RAZMANN: Roller! Roller! Holen mich zehen Teufel!
SCHWEIZER. ROLLER *hinter der Szene*: Razmann! Grimm! Spiegelberg! Razmann!
RAZMANN: Roller! Schweizer! Blitz, Donner, Hagel und Wetter!

Fliegen ihm entgegen.

Neunter Auftritt

Räuber Moor *zu Pferd.* Schweizer, Roller, Schufterle, Räubertrupp *mit Kot und Staub bedeckt, treten auf.*

RÄUBER MOOR *vom Pferd springend*: Freiheit! Freiheit! – – Du bist im trocknen, Roller! – Führt meinen Rappen ab, und wascht ihn mit Wein. *Wirft sich auf die Erde.* Das hat gegolten!
RAZMANN *zu Roller*: Nun bei der Feueresse des Plutos! Bist du vom Rad auferstanden?
SPIEGELBERG: Bist du sein Geist? Oder bin ich ein Narr? Oder bist du's würklich?
ROLLER *in Atem*: Ich bin's, leibhaftig. Ganz. Wo glaubst du, daß ich herkomme?
GRIMM: Da frag die Hexe! Der Stab war schon über dich gebrochen?
ROLLER: Das war er freilich, und noch mehr. Ich komme recta vom Galgen her, laß mich nur erst zu Atem kommen. Der Schweizer wird dir erzählen. Gebt mir ein Glas Brandenwein! – Du auch wieder da, Moritz? Ich dachte dich anderswo wiederzusehen – Gebt mir doch ein Glas Brandenwein! Meine Knochen fallen auseinander – O mein Hauptmann! Wo ist mein Hauptmann?
RAZMANN: Gleich, gleich! – So sag doch, so schwätz doch! Wie bist du davonkommen? Wie haben wir dich wieder? Der Kopf geht mir um. Vom Galgen her, sagst du?
ROLLER *stürzt ein Glas Brandenwein hinunter*: Ah, das schmeckt,

das brennt ein! Geradesweges vom Galgen her! sag ich. Ihr steht da, und gafft, und könnt's nicht träumen – ich war auch nur drei Schritte von der Sakermentsleiter, auf der ich in den Schoß Abrahams steigen sollte – so nah, so nah – hättest mein Leben um eine Prise Schnupftabak haben können. Dem Hauptmann dank ich Luft, Freiheit und Leben.

SCHWEIZER: Es war ein Spaß, der sich hören läßt. Wir hatten den Tag vorher durch unsere Spionen Wind bekommen, der Roller liege tüchtig im Salz, und wenn der Himmel nicht beizeit noch einfallen wollte, so werde er morgen am Tag – das war als heut – den Weg alles Fleisches gehen müssen. – Auf! sagt der Hauptmann; was wagt ein Freund nicht. – Wir retten ihn oder retten ihn nicht, so wollen wir ihm wenigstens doch eine Todesfackel anzünden, wie sie noch keinem König geleuchtet hat, die ihnen den Buckel braun und blau brennen soll. Die ganze Bande wird aufgeboten. Wir schicken einen Expressen an ihn, der's ihm in einem Zettelchen beibrachte, das er ihm in die Suppe warf.

ROLLER: Ich verzweifelte an dem Erfolg.

SCHWEIZER: Wir paßten die Zeit ab, bis die Passagen leer waren. Die ganze Stadt zog dem Spektakel nach; Reuter und Fußgänger durcheinander und Wagen; der Lärm und der Galgenpsalm johlten weit. Itzt, sagt der Hauptmann, brennt an! Die Kerl flogen wie Pfeile, steckten die Stadt an dreiunddreißig Ecken zumal in Brand, warfen feurige Lunden in die Nähe des Pulverturms in Kirchen und Scheunen – Mordbleu! es war keine Viertelstunde vergangen, der Nordostwind, der auch seinen Zahn auf die Stadt haben muß, kam uns trefflich zustatten, und half die Flamme bis hinauf in die obersten Giebel jagen. Wir indes Gasse auf, Gasse nieder, wie Furien – Feuerjo! Feuerjo! durch die ganze Stadt – Geheul – Geschrei – Gepolter – fangen an die Brandglocken zu brummen, knallt der Pulverturm in die Luft als wär die Erde mitten entzweigeborsten, und der Himmel zerplatzt, und die Hölle zehentausend Klafter tiefer versunken.

ROLLER: Und itzt sah mein Gefolge zurück – da lag die Stadt wie Gomorrha und Sodom; der ganze Horizont war Feuer, Schwefel und Rauch; vierzig Gebürge brüllen den infernalischen Schwank, in die Runde herum nach; ein panischer Schreck schmeißt alle zu Boden – itzt nutz ich den Zeitpunkt, und risch, wie der Wind! – ich war losgebunden, so nah war's dabei – da meine Begleiter versteinert wie Lots Weib zurückschauen, Reißaus! zerrissen die Haufen! Davon! Sechzig Schritte weg werf ich die Kleider ab, stürze mich in den Fluß, schwimm unterm Wasser fort, bis ich glaubte ihnen aus dem Gesichte zu sein. Mein Hauptmann schon parat mit Pferden und Kleidern – so bin ich entkommen. Moor! Moor! möchtest du bald auch in den Pfeffer geraten, daß ich dir Gleiches mit Gleichem vergelten kann!

RAZMANN: Ein bestialischer Wunsch, für den man dich hängen sollte. – Aber es war ein Streich zum Zerplatzen.

ROLLER: Es war Hülfe in der Not; ihr könnt's nicht schätzen. Ihr hättet sollen – den Strick um den Hals – mit lebendigem Leibe zu Grabe marschieren wie ich, und die sakermentalischen Anstalten und Schinderszeremonien, und mit jedem Schritt, den der scheue Fuß vorwärts wankte, näher und fürchterlich näher die verfluchte Maschine, wo ich einlogiert werden sollte, im Glanz der schröcklichen Morgensonne steigend, und die laurenden Schindersknechte, und die gräßliche Musik – noch raunt sie in meinen Ohren – und das Gekrächz hungriger Raben, die von meinem halbfaulen Antezessor zu dreißigen aufflogen, und alles das, alles – und obendrein noch der Vorschmack der Seligkeit, die mir blühete! Nein, bei allen Schätzen des Mammons! ich möchte das nicht zum zweitenmal erleben. Sterben ist etwas mehr als Harlekins Sprung, und Todesangst ist ärger als sterben.

SPIEGELBERG: Und der hüpfende Pulverturm – Drum stank auch die Luft so nach Schwefel, stundenweit, als würde die ganze Garderobe des Molochs unter dem Firmament ausgelüftet –

SCHWEIZER: Macht sich die Stadt eine Freude daraus, meinen Kameraden wie ein verhetztes Schwein abtun zu sehen, was zum Henker! sollen wir uns ein Gewissen daraus machen, unserem Kameraden zulieb die Stadt draufgehen zu lassen? Weißt du nicht Schufterle, wieviel es Tote gesetzt hat?

SCHUFTERLE: Dreiundachtzig sagt man. Der Turm allein hat ihrer sechzig zu Staub zerschmettert.

RÄUBER MOOR *sehr ernst*: Roller, du bist teuer bezahlt.

SCHUFTERLE: Pah! pah! Was heißt aber das? – Ja, wenn's Männer gewesen wären – aber da waren's Wickelkinder, die ihre Laken vergolden; eingeschnurrte Mütterchen, die ihnen die Mücken wehrten; ausgedörrte Ofenhocker, die keine Türe mehr finden konnten – Was leichte Beine hatte, war ausgeflogen der Komödie nach, und nur der Bodensatz der Stadt blieb zurück, die Häuser zu hüten.

RÄUBER MOOR: O der armen Gewürme! Greise sagst du, und Kinder? –

SCHUFTERLE: Ja zum Teufel! Und Kranke, Kindbetterinnen darzu, und hochschwangere Weiber. Wie ich von ohngefähr so an einer Baracke vorbeigehe, hör ich drinnen ein Gezeter; ich guck hinein, und wie ich's beim Licht besehe, was war's? Ein Kind war's, noch frisch und gesund, das lag auf dem Boden unterm Tisch, und der Tisch wollte eben angehen – Armes Tierchen! sagt ich, du verfrierst ja hier, und warf's in die Flamme –

RÄUBER MOOR: Wirklich, Schufterle? – Und diese Flamme brenne in deinem Busen, bis die Ewigkeit grau wird! – Fort Ungeheuer! Laß dich nimmer unter meiner Bande sehen! *Es entsteht ein Gemurmel.* Murrt ihr? Überlegt ihr? – Wer überlegt, wann ich befehle? – Fort mit ihm, sag ich! – Es sind noch mehr unter euch, die meinem Grimm reif sind. Ich kenne dich, Spiegelberg. Aber ich will nächstens unter euch treten, und fürchterlich Musterung halten.

Sie gehen zitternd ab.

Zehnter Auftritt

Räuber Moor *allein, heftig auf und ab gehend.*

Höre sie nicht, Rächer im Himmel! – Was kann ich dafür? Was kannst du dafür, wenn deine Pestilenz, deine Teuerung, deine Wasserfluten, den Gerechten mit dem Bösewicht auffressen? Wer kann der Flamme befehlen, daß sie nicht auch durch die gesegneten Saaten wüte, wenn sie das Genist der Hornissel zerstören soll? – Da steht der Knabe, schamrot und ausgehöhnt vor dem Auge des Himmels, der sich anmaßte mit Jupiters Keile zu spielen, und Pygmäen niederwarf, da er Titanen zerschmettern sollte – Geh, geh! Du bist der Mann nicht, das Rachschwert Gottes zu regieren, du erlagst bei dem ersten Griffe; – hier entsag ich dem frechen Plane, gehe, mich in irgendeine Kluft der Erde zu verkriechen, wo der Tag vor meiner Schande zurücktritt.

Er will fliehen.

Eilfter Auftritt

Roller *eilig.* Voriger.

ROLLER: Sieh dich vor, Hauptmann! Es spukt! Ganze Haufen böhmischer Reuter schwadronieren im Holz herum – Der höllische Blaustrumpf muß ihnen verkrätscht haben –

Zwölfter Auftritt

Grimm. Vorige.

GRIMM: Hauptmann, Hauptmann! Sie haben uns die Spur abgelauert – rings ziehen ihrer etliche Tausend einen Kordon um den mittlern Wald.

Dreizehnter Auftritt

Spiegelberg. Vorige.

SPIEGELBERG: Weh, Weh, Weh! Wir sind gefangen, wir sind gerädert, wir sind gevierteilt! Viele tausend Husaren, Dragoner und Jäger sprengen um die Anhöhe, und halten die Luftlöcher besetzt.

Räuber Moor geht ab.

Vierzehnter Auftritt

Schweizer, Razmann, Schufterle, Räubertrupp *von der andern Seite hereinkommend.* Vorige drei.

SCHWEIZER: Haben wir sie aus den Federn geschüttelt? Freu dich doch Roller! Das hab ich mir lang gewünscht, mich mit so Kommißbrotrittern herumzuhauen. – Wo ist der Hauptmann? Ist die ganze Bande beisammen? Wir haben doch Pulver genug?

RAZMANN: Pulver die schwere Menge. Aber unser sind achtzig in allem, und so immer kaum einer gegen ihrer zwanzig.

SCHWEIZER: Desto besser! Sie setzen ihr Leben an zehen Kreuzer, fechten wir nicht für Hals und Freiheit? – Wir wollen über sie her wie die Sündflut und auf ihre Köpfe herabfeuren wie Wetterleuchten. – Wo, zum Teufel! ist denn der Hauptmann?

SPIEGELBERG: Er verläßt uns in dieser Not. Können wir denn nicht mehr entwischen?

SCHWEIZER: Entwischen? So wollt ich doch, daß du im Kot ersticktest, feige Seele du! Hast immer ein großes Maul; aber wenn du zwei Fäuste siehst – Memme, zeige dich itzt, oder man soll dich in eine Sauhaut nähen, und durch Hunde verhetzen lassen.

RAZMANN: Der Hauptmann, der Hauptmann!

Fünfzehnter Auftritt

Räuber Moor *langsam vor sich*. Vorige.

RÄUBER MOOR: Ich habe sie vollends ganz einschließen lassen itzt müssen sie fechten wie Verzweifelte. *Laut.* Kinder! Nun gilt's! wir sind verloren, oder wir müssen fechten wie angeschossene Eber.

SCHWEIZER: Ha! ich will ihnen mit meinen Fangern den Bauch schlitzen. Führ uns an, Hauptmann! Wir folgen dir in den Rachen des Todes.

RÄUBER MOOR: Ladet alle Gewehre! Es fehlt doch an Pulver nicht?

SCHWEIZER *springt auf*: Pulver genug, die Erde gegen den Mond zu sprengen!

RAZMANN: Jeder hat fünf Paar Pistolen geladen, jeder noch drei Kugelbüchsen darzu.

RÄUBER MOOR: Gut, gut. Und nun muß ein Teil auf die Bäume klettern, oder sich ins Dickicht verstecken, und Feuer auf sie geben im Hinterhalt –

SCHWEIZER: Da gehörst du hin, Spiegelberg!

RÄUBER MOOR: Wir andern, wie Furien, fallen ihnen in die Flanken.

SCHWEIZER: Darunter bin ich, ich!

RÄUBER MOOR: Zugleich muß jeder sein Pfeifchen hören lassen, im Wald herumjagen, daß unsere Anzahl schröcklicher werde: auch müssen alle Hunde los, und in ihre Glieder gehetzt werden, daß sie sich trennen, zerstreuen, und euch in den Schuß rennen: Wir drei, Roller, Schweizer und ich fechten im Gedränge.

Sechszehnter Auftritt

Es kommt ein Kommissarius. Vorige.

GRIMM: Seht! Da kommt schon so ein Hetzhund der Gerechtigkeit angestiegen.

SCHWEIZER: Schmeißt ihn nieder. Laßt ihn nicht zum Wort kommen.

RÄUBER MOOR: Stille doch! ich will hören.

DER KOMMISSAR: Mit eurer Erlaubnis ihr Herren. Ich bin ein Bevollmächtigter des Gerichts, und draußen achthundert, die jedes Haar auf meinem Kopfe bewachen.

SCHWEIZER: Eine herzbrechende Klausel, sich den Magen hier warm zu halten.

RÄUBER MOOR: Schweig Kamerad! Sagen Sie kurz mein Herr! Was haben Sie anzubringen?

DER KOMMISSAR: Mich sendet die hohe Obrigkeit, die über Leben und Tod spricht. Ein Wort an dich – zwei an die Bande.

RÄUBER MOOR *an seinen Degen gestemmt*: Zum Exempel –

KOMMISSAR: Entsetzlicher Mensch! Picht nicht das Blut des ermordeten Reichsgrafen an deinen verfluchten Fingern? Hast du nicht das Heiligtum des Herrn mit diebischen Händen durchbrochen, und mit einem Schelmengriff die geweihten Gefäße des Nachtmahls entwandt? Wie? hast du nicht Feuerbrände in unsere gottesfürchtige Stadt geworfen? und den Pulverturm über die Häupter guter Christen herabgestürzt? *Mit zusammengeschlagenen Händen:* Greuliche, greuliche Frevel, die bis zum Himmel hinaufstinken, das Jüngste Gericht waffnen, daß es reißend daherbricht! Reif zur Vergeltung, zeitig zur letzten Posaune.

RÄUBER MOOR: Meisterlich geraten bis hieher! Aber zur Sache! Was läßt mir der hochlöbliche Magistrat durch Sie kundmachen?

KOMMISSAR: Was du nie wert bist zu empfangen – Schau um dich, Mordbrenner! Was nur dein Auge absehen kann, bist du eingeschlossen von unsern Reutern – hier ist kein Raum zum Entrinnen mehr – So gewiß Kirschen auf diesen Eichen wachsen, und diese Tannen Pfirsiche tragen, so gewiß werdet ihr unversehrt diesen Eichen und diesen Tannen den Rücken kehren.

RÄUBER MOOR: Hört ihr's wohl, Schweizer und Roller? – Aber nur weiter!

KOMMISSAR: Höre dann, wie gütig, wie langmütig das Gericht mit dir Böswicht verfährt. Wirst du itzt gleich zum Kreuz kriechen, und um Gnade und Schonung flehen, siehe, so wird dir die Strenge selbst Erbarmen, die Gerechtigkeit eine liebende Mutter sein – sie drückt das Auge bei der Hälfte deiner Verbrechen zu, und läßt es – denk doch! – Und läßt es bei dem Rade bewenden.

SCHWEIZER: Hast du's gehört, Hauptmann? Soll ich hingehen, und diesem abgerichteten Schäferhund die Gurgel zusammenschnüren, daß ihm der rote Saft aus allen Schweißlöchern sprudelt? –

ROLLER: Hauptmann! – Sturm! Wetter und Hölle! – Hauptmann! – Wie er die Unterlippe zwischen die Zähne klemmt! Soll ich diesen Kerl das oberst zuunterst unterm Firmament wie einen Kegel aufsetzen.

RÄUBER MOOR: Weg von ihm! Wag es keiner ihn anzurühren! – *Zum Kommissarius:* Sehen Sie, mein Herr! Hier stehen neunundsiebenzig, deren Hauptmann ich bin, und weiß keiner auf Wink und Kommando zu fliegen oder nach dem Takt der Kanonen zu tanzen, und draußen stehen achthundert unter Musketen ergraut. – Aber hören Sie nun! so redet Moor, der Mordbrenner Hauptmann: Wahr ist's, ich habe den Reichsgrafen erschlagen, die Dominikuskirche angezündet, und geplündert, hab Feuerbrände in eure bigotte Stadt geworfen, und den Pulverturm über die Häupter guter Christen herabgestürzt. – Aber das ist noch nicht alles. Ich habe noch mehr getan. *Er streckt seine rechte Hand aus.* Bemerken Sie die vier kostbaren Ringe, die ich an jedem Finger trage. – Diesen Rubin zog ich einem Minister vom Finger, den ich auf der Jagd zu den Füßen seines Fürsten niederwarf. Er hatte sich aus dem Pöbelstande zu seinem ersten Günstling emporgeschmeichelt; der Fall seines Nachbars war seiner Hoheit Schemel – Tränen der Waisen huben ihn auf. Diesen Demant zog ich einem Generalkassierer ab, der Ehrenstellen und Ämter an die Meistbietenden verkaufte und den traurenden Patrioten von seiner Türe stieß. – Diesen Achat trag ich einem Pfaffen zur Ehre, den ich mit eigner Hand erwürgte, als er auf offener Kanzel geweint hatte, daß die Inquisition so in Verfall käme. – Ich könnte Ihnen noch mehr Geschichten von meinen Ringen erzählen, wenn mich nicht schon die paar Worte gereuten, die ich mit Ihnen verschwendet habe.

KOMMISSAR: Daß ein Bösewicht noch so stolz sein kann!

RÄUBER MOOR: Nicht genug – itzt will ich stolz reden. Geh hin, und sage dem hochlöblichen Gericht, das über Leben und Tod würfelt – Ich bin kein Dieb, der sich mit Schlaf und Mitternacht verschwört, und auf der Leiter groß und herrisch tut – was ich getan habe, werd ich ohne Zweifel einmal im Schuldbuch des Himmels lesen; aber mit seinen erbärmlichen Verwesern will ich kein Wort mehr verlieren. Sag ihnen, mein Handwerk ist Wiedervergeltung – Rache ist mein Gewerbe. *Er kehrt ihm den Rücken zu.*

KOMMISSAR: Du willst also nicht Schonung und Gnade? – Gut, mit dir bin ich fertig. *Wendet sich zu der Bande.* So höret dann ihr, was die Gerechtigkeit euch durch mich zu wissen tut! – Werdet ihr itzt gleich diesen verurteilten Missetäter gebunden überliefern, seht, so soll euch die Strafe eurer Greuel bis auf das letzte Andenken erlassen sein – Die heilige Kirche wird euch verlorene Schafe mit erneuerter Liebe in ihren Mutterschoß aufnehmen, und jedem unter euch soll der Weg zu einem Ehrenamt offenstehen. Leset selbst, hier ist der Generalpardon unterschrieben. *Er reicht Schweizern ein Papier mit triumphierendem Lächeln.* Nun, nun? Wie schmeckt das, E. Majestät? – Frisch also! Bindet ihn, und seid frei!

RÄUBER MOOR: Hört ihr's auch? Hört ihr? Was stutzt ihr? Was steht ihr verlegen da? Sie bietet euch Freiheit, und ihr seid wirklich schon ihre Gefangene. – Sie schenkt euch das Leben, und das ist keine Prahlerei, denn ihr seid wahrhaftig gerichtet. – Sie verheißt euch Ehren und Ämter, und was kann euer Los anders sein, wenn ihr auch obsiegtet, als Schmach und Fluch und Verfolgung. Sie kündigt euch Versöhnung vom Himmel an, und ihr seid wirklich verdammt. Es ist kein Haar an keinem unter euch, das nicht in die Hölle fährt. Überlegt ihr noch? Wählt ihr noch? Ist es so schwer zwischen Himmel und Hölle zu wählen? Helfen Sie doch mein Herr!

KOMMISSAR: Wie heißt der Teufel, der aus ihm spricht? Der Kerl macht mich wirbeln.

RÄUBER MOOR: Wie? noch keine Antwort? Denkt ihr wohl gar mit den Waffen noch durchzureißen? Schaut doch um euch, schaut doch um euch! Das werdet ihr doch nicht denken, das wäre itzt kindische Zuversicht. – Oder schmeichelt ihr euch wohl gar, als Helden zu fallen, weil ihr saht, daß ich mich aufs Getümmel freute? – O glaubt das nicht! Ihr seid nicht Moor. – Ihr seid heillose Diebe! Elende Werkzeuge meiner größeren Plane, wie der Strick verächtlich in der Hand des Henkers! – Diebe können nicht fallen, wie Helden fallen. – Diebe haben das Recht vor dem Tode zu zittern. – Höret, wie ihre Hörner tönen! Sehet, wie drohend ihre Säbel daherblinken! Wie? noch unschlüssig? Seid ihr toll? Seid ihr wahnwitzig? – Ich dank euch mein Leben nicht, ich schäme mich eures Opfers!

Man hört in der Ferne Trompeten.

KOMMISSAR *äußerst erstaunt*: Ich werde unsinnig, ich laufe davon! Hat man je von so was gehört?

RÄUBER MOOR: Oder fürchtet ihr wohl, ich werde mich selbst erstechen, und durch einen Selbstmord den Vertrag zernichten, der nur an dem Lebendigen haftet? Nein, Kinder! das ist eine unnütze Furcht. Hier werf ich meinen Dolch weg, und meine Pistolen und dies Fläschchen mit Gift, das mir noch wohl kommen sollte. – Was, noch unschlüssig? Oder glaubt ihr vielleicht, ich werde mich zur Wehr setzen, wenn ihr mich binden wollt? Seht! hier bind ich meine rechte Hand an diesen Eichenast, ich bin ganz wehrlos, ein Kind kann mich umwerfen – Wer ist der erste, der seinen Hauptmann in der Not verläßt?

ROLLER *in wilder Bewegung*: Und wenn die Hölle uns neunfach umzingelte! *Schwenkt seinen Degen.* Wer kein Hund ist, rette den Hauptmann!

SCHWEIZER *zerreißt den Pardon, und wirft die Stücke dem Kommissar ins Gesicht*: In unsern Kugeln Pardon! Fort Kanaille! Sag dem Senat, der dich gesandt hat, du träfst unter Moors Bande keinen einzigen Verräter an. – Rettet, rettet den Hauptmann!

ALLE *lärmen*: Rettet, rettet, rettet den Hauptmann!

RÄUBER MOOR *sich losreißend freudig*: Itzt sind wir frei – Kameraden! Ich fühle eine Armee in meiner Faust. – Tod oder Freiheit! Wenigstens sollen sie keinen lebendig haben!

Man bläst zum Angriff. Lärm und Getümmel. Sie gehen ab mit gezogenen Degen.

DRITTER AUFZUG

Erster Auftritt

Amalia *nachdenkend im Garten.* Franz *tritt auf. Beide in tiefer Trauer.*

FRANZ: Schon wieder hier, eigensinnige Schwärmerin? Du hast dich vom frohen Mahle hinweggestohlen, und den Gästen die Freude verdorben.

AMALIA: Schade für diese unschuldige Freuden! Das Totenlied muß noch in deinen Ohren murmeln, das deinem Vater zu Grabe hallte –

FRANZ: Willst du denn ewig klagen? Laß die Toten schlafen, und mache die Lebendigen glücklich! Ich komme –

AMALIA: Und wenn gehst du wieder?

FRANZ: O weh! kein so finsteres stolzes Gesicht! Du betrübst mich, Amalia. Ich komme dir zu sagen –

AMALIA: Ich muß wohl hören, Franz von Moor ist ja gnädiger Herr worden.

FRANZ: Ja recht, das war's, worüber ich dich vernehmen wollte – Maximilian ist schlafen gegangen in der Väter Gruft. Ich bin Herr. Aber ich möchte es vollends ganz sein, Amalia. – Du weißt, was du unserm Hause warst; du warst gehalten wie Moors Tochter, selbst den Tod überlebte seine Liebe zu dir; das wirst du wohl niemals vergessen? –

AMALIA: Niemals, niemals. Wer das auch so leichtsinnig beim frohen Mahle hinwegzechen könnte!

FRANZ: Die Liebe meines Vaters mußt du in seinen Söhnen belohnen; und Karl ist tot – staunst du? Schwindelt dir? Ja wahrhaftig, der Gedanke ist auch so schmeichelnd erhaben, daß er selbst den Stolz eines Weibes betäubt. Franz tritt die Hoffnungen der edelsten Fräuleins mit Füßen; Franz kommt, und bietet einer armen ohne ihn hülflosen Waise sein Herz, seine Hand, und mit ihr all sein Gold an und all seine Schlösser und Wälder – Franz, der Beneidete, der Gefürchtete erklärt sich freiwillig für Amalias Sklaven –

AMALIA: Warum spaltet der Blitz die ruchlose Zunge nicht, die das Frevelwort ausspricht! Du hast meinen Geliebten ermordet, und Amalia soll dich Gemahl nennen! Du –

FRANZ: Nicht so ungestüm, allergnädigste Prinzessin! – Freilich krümmet Franz sich nicht, wie ein girrender Seladon vor dir – Freilich hat er nicht gelernt, gleich dem schmachtenden Schäfer Arkadiens dem Echo der Grotten und Felsen seine Liebesklagen entgegenzujammern. – Franz spricht, und wenn man nicht antwortet, so wird er – befehlen.

AMALIA: Wurm du, befehlen? Mir befehlen? – Und wenn man den Befehl mit Hohnlachen zurückschickt?

FRANZ: Das wirst du nicht. Noch weiß ich Mittel, die den Stolz eines einbildischen Starrkopfs so hübsch niederbeugen können – Kloster und Mauren!

AMALIA: Bravo! herrlich! Und in Kloster und Mauren mit deinem Basiliskenanblick auf ewig verschont, und Muße genug an Karln zu denken, zu hangen. Willkommen mit deinem Kloster! Auf, auf mit deinen Mauren!

FRANZ: Haha! ist es das? – Gib acht! itzt hast du mich die Kunst gelehrt, wie ich dich quälen soll. – Diese ewige Grille von Karln soll dir mein Anblick gleich einer feuerhaarigen Furie aus dem Kopfe geißeln; das Schreckbild Franz soll hinter dem Bilde deines Lieblings im Hinterhalt lauren, gleich dem verzauberten Hunde, der auf unterirdischen Goldkästen liegt. – An den Haaren will ich dich in die Kapelle schleifen, den Degen in der Hand, dir den ehelichen Schwur aus der Seele pressen.

AMALIA *gibt ihm eine Maulschelle*: Nimm erst das zur Aussteuer hin!

FRANZ *aufgebracht*: Ha! wie das zehnfach und wieder zehnfach geahndet werden soll! – Nicht meine Gemahlin – die Ehre sollst du nicht haben – meine Mätresse sollst du werden, daß die ehrlichen Bauerweiber mit Fingern auf dich deuten, wenn du es wagst und über die Gasse gehst. Knirsche nur mit den Zähnen – speie Feuer und Mord aus den Augen – mich ergötzt der Grimm eines Weibes; er macht dich nur schöner, begehrenswerter. Komm – dieses Sträuben wird meinen Triumph zieren und mir die Wollust in erzwungnen Umarmungen würzen. – Komm mit zum Altar – itzt gleich sollst du mit mir gehn. *Will sie fortreißen.*

AMALIA *fällt ihm um den Hals*: Verzeih mir Franz! *Wie er sie umarmen will, reißt sie ihm den Degen von der Seite und tritt hastig zurück.* Siehst du Bösewicht was ich jetzt aus dir machen kann? – Ich bin ein Weib, aber ein rasendes Weib – Wag es einmal – dieser Stahl soll deine Brust mitten durchrennen, und der Geist meines Oheims wird mir die Hand dazu führen. Fleuch auf der Stelle! *Sie jagt ihn davon.*

AMALIA: Ah! wie mir wohl ist! – Itzt kann ich frei atmen. – Ich fühlte mich stark wie das funkensprühende Roß, grimmig wie die Tigerin dem siegbrüllenden Räuber ihrer Jungen nach. – In ein Kloster sagt er – dank dir für diese glückliche Entdekkung – Itzt hat die betrogene Liebe ihre Freistatt gefunden – das Kloster – ist die Freistatt der betrogenen Liebe. *Ab.*

Zweiter Auftritt

Gegend an der Donau.

Die Räuber *gelagert auf einer Anhöhe unter Bäumen, die Pferde weiden am Hügel hinunter.*

RÄUBER MOOR: Hier muß ich liegen bleiben. *Wirft sich auf die Erde.* Meine Glieder wie abgeschlagen. Meine Zunge trokken, wie eine Scherbe. Ich wollt euch bitten, mir eine Handvoll Wassers aus diesem Strome zu holen; aber ihr seid alle matt bis in den Tod.

Schweizer hat sich unter Moors Rede unvermerkt weggeschlichen um ihm Wasser zu holen.

GRIMM: Auch ist der Wein all in unsern Schläuchen. Wie herrlich die Sonne dort untergeht.

RÄUBER MOOR *in den Anblick verschwemmt*: So stirbt ein Held anbetenswürdig!

GRIMM: Du scheinst tief gerührt.

RÄUBER MOOR: Da ich noch ein Bube war – war's mein Lieblingsgedanke, wie sie zu leben, zu sterben wie sie. *Mit verbissenem Schmerz.* Es war ein Bubengedanke!

GRIMM: Das will ich hoffen!

RÄUBER MOOR *drückt den Hut übers Gesicht*: Es war eine Zeit – laßt mich allein Kameraden!

GRIMM: Moor! Moor! Was zum Henker! – Wie er seine Farbe verändert!

RAZMANN: Alle Teufel! Was hat er? Wird ihm übel?

RÄUBER MOOR: Es war eine Zeit, wo ich nicht schlafen konnte, wenn ich mein Nachtgebet vergessen hatte.

GRIMM: Bist du wahnsinnig? Willst du dich von deinen Bubenjahren hofmeistern lassen?

RÄUBER MOOR *legt sein Haupt auf Grimms Brust*: Bruder! Bruder!

GRIMM: Wie? Sei doch kein Kind, ich bitte dich –

RÄUBER MOOR: Wär ich's – Wär ich's wieder! –

GRIMM: Pfui! pfui! Heitere dich auf! Sieh diese malerische Landschaft – den lieblichen Abend –

RÄUBER MOOR: Ja, Freunde; diese Welt ist so schön –

GRIMM: Nun! das war wohl gesprochen.

RÄUBER MOOR: Diese Erde ist so herrlich –

GRIMM: Recht – recht – so hör ich's gerne!

RÄUBER MOOR: Und ich so häßlich, auf dieser schönen Welt! – Und ich ein Ungeheuer auf dieser herrlichen Erde! *Zurückgesunken.* Der verlorne Sohn! –

GRIMM: O weh! O weh!

RÄUBER MOOR: Meine Unschuld! Meine Unschuld! – Seht es ist alles hinausgegangen, sich im fröhlichen Strahl des Frühlings zu sonnen. Warum ich allein die Hölle saugen aus den Freuden des Himmels? – Daß alles so glücklich ist! Durch den Geist des Friedens alles so verschwistert! – Die ganze Welt eine Familie und ein Vater dort oben – mein Vater nicht! – Ich allein der Verstoßene, der verlorne Sohn! – Ich allein ausgemustert aus den Reihen der Reinen. – *Wild zurückfahrend.* Umlagert von Mördern – von Nattern umzischt – angeschmiedet an das Laster, mit eisernen Ketten –

RAZMANN *zu den übrigen*: Unbegreiflich! Ich hab ihn nie so gesehen.

RÄUBER MOOR *mit Wehmut*: Daß ich wiederkehren dürfte in meiner Mutter Leib! Daß ich ein Bettler geboren werden dürfte! Nein! ich wollte nicht mehr, o Himmel! – Daß ich werden dürfte wie dieser Taglöhner einer! – O ich wollte mich abmüden, daß mir das Blut von den Schläfen rollte – mir die Wollust eines einzigen Mittagsschlafes zu erkaufen – die Seligkeit einer einzigen Träne.

GRIMM *zu den andern*: Nur Geduld! der Paroxysmus ist schon im Fallen.

RÄUBER MOOR: Es war eine Zeit, wo sie mir so gerne flossen! – O ihr Tage des Friedens! Du Schloß meines Vaters – ihr grünen, schwärmerischen Täler! O all ihr Elysiumsszenen meiner Kindheit! – Werdet ihr nimmer zurückkehren? – Nimmer mit köstlichem Säuseln meinen brennenden Busen kühlen? – Traure mit mir Natur! Sie werden nimmer zurückkehren; nimmer mit köstlichem Säuseln meinen brennenden Busen kühlen – Dahin! dahin! unwiederbringlich!

Dritter Auftritt

Die Vorigen. Schweizer, *der mit Wasser im Hut zurückkommt.*

SCHWEIZER: Trink Hauptmann – hier ist Wasser genug, und frisch wie Eis.

GRIMM: Du blutest ja – was hast du gemacht?

SCHWEIZER: Narr, einen Spaß der mich bald zwei Beine und einen Hals gekostet hätte. Wie ich so auf dem Sandhügel am Fluß hintrolle, glitsch, so rutscht der Plunder unter mir ab, und ich zehn rheinländische Schuh lang hinunter – da lag ich, und wie ich mir eben meine fünf Sinne wieder zurechtsetze, treff ich dir das klarste Wasser im Kies. Genug diesmal für den Tanz dacht ich, dem Hauptmann wird's wohl schmecken.

MOOR *gibt ihm den Hut zurück, und wischt ihm sein Gesicht ab*: Sonst sieht man ja die Narben nicht, die die böhmischen Reuter in deine Stirne gezeichnet haben – Dein Wasser war gut Schweizer – Diese Narben stehen dir schön.

SCHWEIZER: Pah! hat noch Platz genug für ihrer dreißig.

MOOR: Ja Kinder – es war ein heißer Nachmittag – und nur einen Freund verloren. – Mein Roller starb einen schönen Tod. Man würde einen Marmor auf seine Gebeine setzen, wenn er nicht mir gestorben wäre. Nehmt vorlieb mit diesem. *Er wischt sich die Augen.* Wieviel waren's doch von den Feinden, die auf dem Platz blieben?

SCHWEIZER: Sechzig Husaren – dreiundneunzig Dragoner, gegen vierzig Jäger – zweihundert in allem.

MOOR: Zweihundert für einen! – Jeder von euch hat Anspruch an diesen Scheitel! *Er entblößt sich das Haupt.* Hier heb ich meinen Dolch auf! So wahr meine Seele lebt! Ich will euch niemals verlassen –

SCHWEIZER: Schwöre nicht! Du weißt nicht, ob du nicht noch glücklich werden, und bereuen wirst –

MOOR: Bei den Gebeinen meines Rollers! Ich will euch niemals verlassen!

Vierter Auftritt

Kosinsky *kommt.* Vorige.

KOSINSKY *vor sich*: In diesem Revier herum, sagen sie, werd ich ihn antreffen – He! holla! Was sind das für Gesichter? –

Sollten's – wie wenn's diese – sie sind's, sind's! – Ich will sie anreden.

GRIMM: Gebt acht, wer kommt da?

KOSINSKY: Meine Herrn verzeihen Sie! Ich weiß nicht, gehe ich recht, oder unrecht?

MOOR: Und wer müssen wir sein, wenn Sie recht gehen?

KOSINSKY: Männer!

SCHWEIZER: Ob wir das auch gezeigt haben, Hauptmann?

KOSINSKY: Männer such ich, die dem Tod ins Gesicht sehen, und die Gefahr wie eine zahme Schlange um sich spielen lassen; die Freiheit höher schätzen, als Ehre und Leben, deren bloßer Name, willkommen dem Armen und Unterdrückten, die Beherztesten feig, und Tyrannen bleich macht.

SCHWEIZER *zum Hauptmann*: Der Bursche gefällt mir. – Höre, guter Freund! Du hast deine Leute gefunden.

KOSINSKY: Das denk ich, und will hoffen, bald meine Brüder. – So könnt ihr mich dann zu meinem rechten Manne weisen, denn ich such euren Hauptmann, den großen Grafen von Moor.

SCHWEIZER *gibt ihm die Hand mit Wärme*: Lieber Junge, wir duzen einander.

MOOR *näher kommend*: Kennen Sie auch den Hauptmann?

KOSINSKY: Du bist's – in dieser Miene – wer sollte ihn ansehen, und einen andern suchen? *Starrt ihn lang an.* Ich habe mir immer gewünscht, den Mann mit dem vernichtenden Blicke zu sehen, wie er saß auf den Ruinen von Karthago – itzt wünsch ich es nicht mehr.

SCHWEIZER: Blitzbub!

MOOR: Und was führt Sie zu mir?

KOSINSKY: O Hauptmann! Mein mehr als grausames Schicksal. – Ich habe Schiffbruch gelitten auf der ungestümen See dieser Welt, die Hoffnungen meines Lebens hab ich müssen sehen in den Grund sinken, und blieb mir nichts übrig, als die marternde Erinnerung ihres Verlustes, die mich wahnsinnig machen würde, wenn ich sie nicht durch anderwärtige Tätigkeit zu ersticken suchte.

MOOR: Schon wieder ein vom Himmel Verworfener! – Nur weiter.

KOSINSKY: Ich wurde Soldat. Das Unglück verfolgte mich auch da. – Ich machte eine Fahrt nach Ostindien mit; mein Schiff scheiterte an Klippen – nichts als fehlgeschlagene Plane! Ich höre endlich weit und breit erzählen von deinen Taten, Mordbrennereien, wie sie sie nannten, und bin hieher gereist dreißig Meilen weit, mit dem festen Entschluß unter dir zu dienen, wenn du meine Dienste annehmen willst – Ich bitte dich, würdiger Hauptmann, schlage mir's nicht ab!

SCHWEIZER *mit einem Sprung*: Heisa! heisa! So ist ja unser Roller zehenhundertfach vergütet! Ein ganzer Mordbruder für unsere Bande.

MOOR: Wie ist dein Name.

KOSINSKY: Kosinsky.

MOOR: Wie Kosinsky? Weißt du auch, daß du ein leichtsinniger Knabe bist, und über den großen Schritt deines Lebens weggaukelst, wie ein unbesonnenes Mädchen. – Hier wirst du nicht Bälle werfen oder Kegelkugeln schieben, wie du dir einbildest.

KOSINSKY: Ich weiß, was du sagen willst – Ich bin vierundzwanzig Jahr alt, aber ich habe Degen blinken gesehen, und Kugeln um mich surren gehört.

MOOR: So junger Herr? – Und hast du dein Fechten nur darum gelernt, arme Reisende um einen Reichstaler niederzustoßen, oder Weiber hinterrücks totzustechen? Geh, geh! Du bist deiner Amme entlaufen, weil sie dir mit der Rute gedroht hat.

SCHWEIZER: Was zum Henker, Hauptmann! Was denkst du? Willst du diesen Herkules fortschicken? Sieht er nicht gerade so drein, als wollt er den Marschall von Sachsen mit einem Kochlöffel über den Ganges jagen?

MOOR: Weil dir deine Lappereien mißglücken, kommst du, und willst ein Schelm, ein Meuchelmörder werden? – Mord, Knabe, verstehst du das Wort auch? Du magst ruhig schlafen gegangen sein, wenn du Mohnköpfe abgeschlagen hast, aber einen Mord auf der Seele zu tragen –

KOSINSKY: Jeden Mord, den du mich begehen heißt, will ich verantworten.

MOOR: Was? bist du so klug? Willst du dich anmaßen einen Mann mit Schmeicheleien zu fangen? Woher weißt du, daß ich nicht böse Träume habe, oder auf dem Todbett nicht werde blaß werden? Wieviel hast du schon getan, wobei du an Verantwortung gedacht hast?

KOSINSKY: Wahrlich! noch sehr wenig; aber doch diese Reise zu dir, edler Graf!

MOOR: Hat dir dein Hofmeister die Geschichte des Robins in die Hände gespielt. – Man sollte dergleichen unvorsichtige Kanaillen auf die Galeere schmieden – die deine kindische Phantasie erhitzte, und dich mit der tollen Sucht zum großen Mann ansteckte? Kützelt dich nach Namen und Ehre? willst du Unsterblichkeit mit Mordbrennereien erkaufen? Merk dir's, ehrgeiziger Jüngling! Für Mordbrenner grünet kein Lorbeer! Auf Banditensiege ist kein Triumph gesetzt – aber Fluch, Gefahr, Tod, Schande – siehst du auch das Hochgericht dort auf dem Hügel? –

SPIEGELBERG *unwillig auf und ab gehend*: Ei, wie dumm! Wie abscheulich, wie unverzeihlich dumm! Das ist die Manier nicht! Ich hab's anderst gemacht.

KOSINSKY: Was soll der fürchten, der den Tod nicht fürchtet?

MOOR: Brav! Unvergleichlich! Du hast dich wacker in den Schulen gehalten, du hast deinen Seneca meisterlich auswendig gelernt. – Aber lieber Freund, mit dergleichen Sentenzen wirst du die leidende Natur nicht beschwätzen; damit wirst du die Pfeile des Schmerzens nimmermehr stumpf machen. – Besinne dich recht, mein Sohn! *Er nimmt seine Hand.* Denk, ich rate dir als ein Vater – lern erst die Tiefe des Abgrunds kennen, ehe du hineinspringst! – Wenn du noch in der Welt eine einzige Freude zu erhaschen weißt – es könnten Augenblicke kommen, wo du – aufwachst – und dann – möcht es zu spät sein. Du trittst hier gleichsam aus dem Kreise der Menschheit – entweder mußt du ein höherer Mensch sein, oder du bist ein Teufel. – Noch einmal mein Sohn! Wenn dir noch ein Funken von Hoffnung irgend anderswo glimmt, so verlaß diesen schröcklichen Bund; man kann sich täuschen – glaube mir, man kann das für Stärke des Geistes halten, was doch am Ende Verzweiflung ist. – Glaube mir, mir! und mach dich eilig hinweg.

KOSINSKY: Nein! ich fliehe itzt nicht mehr. Wenn dich meine Bitten nicht rühren, so höre die Geschichte meines Unglücks. – Du wirst mir dann selbst den Dolch in die Hände zwingen, du wirst – lagert euch hier auf dem Boden, und hört mir aufmerksam zu!

MOOR: Ich will sie hören.

KOSINSKY: Wisset also, ich bin ein böhmischer Edelmann, und wurde durch den frühen Tod meines Vaters Herr eines ansehnlichen Ritterguts. Die Gegend war paradiesisch – denn sie enthielt einen Engel – ein Mädchen geschmückt mit allen Reizen der blühenden Jugend, und keusch wie das Licht des Himmels. Doch, wem sag ich das? Es schallt an euren Ohren vorüber – ihr habt niemals geliebt, seid niemals geliebt worden –

SCHWEIZER: Sachte, sachte! Unser Hauptmann wird feuerrot.

MOOR: Hör auf! Ich will's ein andermal hören – morgen, nächstens, oder – wenn ich Blut gesehen habe.

KOSINSKY: Blut, Blut – höre nur weiter! Blut sag ich dir, wird deine ganze Seele füllen. Sie war bürgerlicher Geburt, eine Deutsche – aber ihr Anblick schmelzte die Vorurteile des Adels hinweg. Mit der schüchternsten Bescheidenheit nahm sie den Trauring von meiner Hand, und übermorgen sollte ich meine Amalia vor den Altar führen.

MOOR *steht schnell auf.*

KOSINSKY: Mitten im Taumel der auf mich wartenden Seligkeit, unter den Zurüstungen zur Vermählung – werd ich durch einen Expressen nach Hof zitiert. Ich stellte mich. Man zeigte mir Briefe, die ich geschrieben haben sollte, voll verräterischen Inhalts. Ich errötete über der Bosheit – man nahm mir den Degen ab, warf mich ins Gefängnis, alle meine Sinnen waren hinweg.

SCHWEIZER: Und unterdessen – nur weiter! Ich rieche den Braten schon.

KOSINSKY: Hier lag ich einen Monat lang, und wußte nicht, wie mir geschah. Mir bangte für meine Amalia, die meines Schicksals wegen jede Minute einen Tod würde zu leiden haben. Endlich erschien der erste Minister des Hofs, wünschte mir zur Entdeckung meiner Unschuld Glück; mit zuckersüßen Worten, liest er mir den Brief der Freiheit vor, und gibt mir meinen Degen wieder. Itzt im Triumphe nach meinem Schloß, in die Arme meiner Amalia zu fliegen. – Sie war verschwunden. In der Mitternacht sei sie weggebracht worden, wüßte niemand, wohin? und seitdem mit keinem Aug mehr gesehen. Hui! schoß mir's auf wie der Blitz. Ich fliege nach der Stadt, sondiere am Hof – alle Augen wurzelten auf mir, niemand wollte Bescheid geben – endlich entdeck ich sie durch ein verborgenes Gitter im Palast – sie warf mir ein Billettchen zu.

SCHWEIZER: Hab ich's nicht gesagt?

KOSINSKY: Hölle, Tod und Teufel! Da stand's! Man hatte ihr

die Wahl gelassen, ob sie mich lieber sterben sehen, oder die Mätresse des Fürsten werden wollte. Im Kampf zwischen Ehre und Liebe entschied sie für das zweite, und *Lachend:* ich war gerettet.

SCHWEIZER: Was tatst du da?

KOSINSKY: Da stand ich, wie von tausend Donnern getroffen! – Blut! war mein erster Gedanke, Blut! mein letzter. Schaum auf dem Munde renn ich nach Haus, wähle mir einen dreispitzigen Degen, und damit in aller Jast in des Ministers Haus, denn nur er – er nur war der höllische Kuppler gewesen. Man muß mich von der Gasse bemerkt haben; denn wie ich hinauftrete, waren alle Zimmer verschlossen. Ich suche, ich frage: er sei zum Fürsten gefahren, war die Antwort. Ich mache mich geradenwegs dahin; man wollte nichts von ihm wissen. Ich gehe zurück, sprenge die Türen ein, find ihn, wollte eben – aber da sprangen fünf bis sechs Bediente aus dem Hinterhalt, und entwanden mir den Degen.

SCHWEIZER *stampft auf den Boden*: Und er kriegte nichts, und du zogst leer ab?

KOSINSKY: Ich ward ergriffen, angeklagt, peinlich prozessiert, infam – merkt's euch – aus besonderer Gnade, infam aus den Grenzen gejagt, meine Güter fielen als Präsent dem Minister zu, meine Amalia bleibt in den Klauen des Tigers, verseufzt und vertrauert ihr Leben, während daß meine Rache fasten, und sich unter das Joch des Despotismus krümmen muß.

SCHWEIZER *aufstehend, seinen Degen wetzend*: Das ist Wasser auf unsere Mühle! Hauptmann! Da gibt's was anzuzünden!

MOOR *der bisher in heftigen Bewegungen hin und her gegangen, springt rasch auf, zu den Räubern*: Ich muß sie sehen – auf! rafft zusammen – du bleibst, Kosinsky – packt eilig zusammen!

DIE RÄUBER: Wohin? Was?

MOOR: Wohin? Wer fragt wohin? *Heftig zu Schweizern:* Verräter, du willst mich zurückhalten? Aber bei der Hoffnung des Himmels! –

SCHWEIZER: Verräter ich? – Geh in die Hölle, ich folge dir!

MOOR *fällt ihm um den Hals*: Bruderherz! Du folgst mir – sie weint, sie vertrauert ihr Leben. Auf! hurtig! Alle! nach Franken! in acht Tagen müssen wir dort sein.

Sie gehen ab.

VIERTER AUFZUG

Erster Auftritt

Galerie im Moorischen Schloß.

Räuber Moor. Amalia*. *Verweilen vor einem Gemälde.*

RÄUBER MOOR *sehr bewegt*: Ein fürtrefflicher Mann!

AMALIA: Graf Brand scheint viel Anteil an ihm zu nehmen.

RÄUBER MOOR *in den Anblick versunken*: O ein fürtrefflicher Mann – ein göttlicher Mann! – Und er sollte dahin sein?

AMALIA: Dahin – wie unsre besten Freuden dahingehen. *Sanft seine Hand ergreifend:* Graf! es reift keine Seligkeit unter dem Monde.

RÄUBER MOOR: Sehr wahr – sehr wahr – Und sollten Sie schon diese traurige Erfahrung gemacht haben? – Noch können Sie nicht zweiundzwanzig Jahr alt sein.

AMALIA: Und habe sie gemacht – alles lebt, um traurig wieder zu sterben – wir gewinnen nur darum – wir interessieren uns nur darum, daß wir wieder mit Schmerzen verlieren.

RÄUBER MOOR *sieht ihr scharf ins Gesicht*: Sie verloren schon etwas?

AMALIA: Nichts – Alles – Nichts –

RÄUBER MOOR: Und wollen es vergessen lernen in diesem heiligen Kleide da –

AMALIA: Morgen, hoff ich – Wollen wir weitergehen Herr Graf?

RÄUBER MOOR: So eilig? – Wes ist das Bild rechter Hand dort? Mir deucht, es ist eine unglückliche Physiognomie.

AMALIA: Dies Bild linker Hand ist der Sohn des Grafen, der wirkliche Herr.

RÄUBER MOOR: Der einige Sohn?

AMALIA: Kommen Sie – kommen Sie!

RÄUBER MOOR: Aber dies Bild rechter Hand?

AMALIA: Sie wollen nicht in den Garten gehn?

RÄUBER MOOR: Aber dies Bild rechter Hand? – Du weinst Amalia?

AMALIA *entfernt sich schnell.*

* Ein Nonnengewand liegt auf dem Tisch.

Zweiter Auftritt

Räuber Moor *allein.*

Sie liebt mich! Sie liebt mich! Verräterisch rollten die Tränen von ihren Wangen! Sie liebt mich? – Ist das der Sofa, wo ich an ihrem Halse in Wonne schwamm? Sind das die väterlichen Säle? – Die goldenen Maienjahre der Knabenzeit leben wieder auf in der Seele des Elenden! – Hier solltest du wandeln, dereinst ein großer – stattlicher – gepriesener Mann – hier dein Bubenleben in Amalias aufblühenden Kindern zum zweitenmal leben – hier der Abgott deines Volkes – Nein! Ich geh in mein Elend zurück. – Lebe wohl teures Vaterhaus! Einst sahst du den Knaben Karl – und der Knabe Karl war ein glücklicher Knabe. – Itzt sahst du den Mann – und er war in Verzweiflung. *Er kehrt schnell nach dem äußersten Ende der Bühne, wo er plötzlich stille steht, mit Wehmut:* Sie nimmer sehen? – Kein Lebewohl mehr – keinen Kuß auf ihre süßen Lippen? – Nein! Sehen muß ich sie noch – umarmen muß ich sie – Es soll mich zermalmen! – Den Gifttrunk dieser Wollust muß ich noch in mich schlürfen, und dann fort – so weit mich ein Segel führt, und – Verzweiflung. *Er geht ab.*

Dritter Auftritt

Franz v. Moor *in tiefen Gedanken.*

Weg mit diesem Bild! – Weg! Feige Memme! Was zagst du? und vor wem? Ist mir's nicht die wenige Stunden, die dieser Graf in meinen Mauren zubringt, als schlich immer ein Spion der Hölle meinen Fersen nach? – Ich sollt ihn kennen! Es ist so etwas Großes – Oftgesehenes in seinem wilden sonneverbrannten Gesicht, das mich beben macht. *Auf und nieder, endlich zieht er die Glocke.* Holla! Franz! Sieh dich vor! Dahinter steckt irgendein verderbenträchtiges Ungeheuer!

Vierter Auftritt

Daniel *kommt.* Voriger.

DANIEL: Was steht zu Befehl mein Gebieter?

FRANZ *nachdem er ihn lange bedeutend betrachtet:* Nichts! Fort! Fülle einen Becher Wein – aber hurtig. *Daniel ab.*

Fünfter Auftritt

Franz.

Was gilt's? Dieser beichtet, wenn ich ihn auf die Folter spanne. Ins Auge will ich ihn fassen, so starr, daß sein getroffenes Gewissen mitten durch die Larve erblassen soll. *Er steht forschend dem Porträt Karls gegenüber.* Sein langer Gänsehals – sein schwarzes überwachsendes, buschigtes Augenbraun – seine feuerwerfenden Augen! *Plötzlich zusammenfahrend.* Schadenfrohe Hölle: Jagst du mir diese Ahndung ein? Es ist Karl! –

Sechster Auftritt

Daniel *mit Wein.*

FRANZ: Stell ihn hieher – Sieh mir fest ins Auge! – Wie deine Knie schlottern! – wie du zitterst! Gesteh Alter! was hast du getan?

DANIEL: Nichts, so wahr Gott lebt und meine arme Seele.

FRANZ: Trink diesen Wein aus! – Was? Du zauderst? Heraus! Schnell! Was hast du in den Wein geworfen?

DANIEL: Hilf Gott! Was? Ich? in den Wein?

FRANZ: Gift hast du in den Wein geworfen. Bist du nicht bleich wie Schnee? Gesteh! gesteh! Wer hat's dir gegeben? Nicht wahr der Graf – der Graf hat dir's gegeben?

DANIEL: Der Graf? Jesus Maria! Der Graf hat mir nichts gegeben.

FRANZ *greift ihn hart an*: Ich will dich würgen, daß du blau wirst, eisgrauer Lügner du! Nichts? – Und was stecket ihr denn so beisammen? Er und du und Amalia? und was flistertet ihr immer zusammen? Läßt sie nicht so freche Blicke auf dem Buben herumlaufen, mit denen sie doch gegen alle Welt sonst so sittsam tut? Sah ich's nicht, wie sie ein paar diebische Tränen in den Wein fallen ließ, den er hinter meinem Rücken so hastig in sich stürzte, als wenn er das Glas mit hineinziehen wollte. Ja! das sah ich – durch den Spiegel sah ich's mit diesen meinen Augen.

DANIEL: Das weiß der allwissende Gott, wenn ich von all dem eine Silbe verstehe.

FRANZ: Willst du es leugnen? Willst du mich ins Angesicht Lügen strafen? Was für Kabalen habt ihr angezettelt mich aus dem Weg zu räumen? Nicht wahr? Mich im Schlaf zu erdrosseln? Mir beim Bartscheren die Gurgel abzuschneiden? Mich im Wein oder im Schokolade zu vergiften – heraus damit! oder mir in der Suppe den ewigen Schlaf zu geben? Heraus! geschwind! ich weiß alles.

DANIEL: So helfe mir Gott, wenn ich in Not bin, wie ich Euch jetzt nicht anders sage, als die reine lautere Wahrheit.

FRANZ: Diesmal will ich dir verzeihen. Aber gelt! Er steckte dir gewiß Geld in deinen Beutel? Er drückte dir die Hand stärker als der Brauch ist? So ungefähr, wie man sie seinen alten Bekannten zu drücken pflegt?

DANIEL: Niemals, mein Gebieter.

FRANZ: Er sagte dir zum Exempel: daß er dich etwa schon kenne – daß du ihn fast kennen solltest – daß dir einmal die Decke von den Augen fallen würde – daß – was? davon sollt er dir niemals gesagt haben?

DANIEL: Nicht das mindeste.

FRANZ: Daß er sich rächen wolle – aufs grimmigste rächen wolle?

DANIEL: Nicht einen Laut davon.

FRANZ: Was? Gar nichts? Besinne dich recht – daß er den alten Herrn sehr genau – besonders genau gekannt – daß er ihn liebe – ungemein liebe, wie ein Sohn liebe.

DANIEL: Etwas dergleichen erinnere ich mich von ihm gehört zu haben.

FRANZ *erschrocken*: Hat er? Hat er wirklich? Er sagte, er sei mein Bruder?

DANIEL: Nein! das sagte er nicht. Aber wie ihn das Fräulein in der Galerie herumführte – ich horchte an der Türe – stand er beim Porträt des Herrn selig plötzlich still wie vom Donner gerührt – Das Fräulein deutete drauf hin und sagte: „Ein fürtrefflicher Mann!“ „Ja ein fürtrefflicher Mann“, gab er zur Antwort, indem er sich die Augen wischte.

FRANZ: Genug. Geh! Lauf! Spring! Hole mir Hermann.

Daniel ab.

Siebenter Auftritt

Franz.

Es ist am Tag. Es ist Karl! – Er wird auftreten und fragen: Wo ist mein Erbe? – Hab ich darum meine Nächte verpraßt, darum Felsen hinweggeräumt, und Abgründe eben gemacht? bin ich darum gegen alle Instinkte der Menschheit rebellisch worden, daß mir zuletzt dieser unstete Landstreicher durch meinen künstlichsten Wirbel tölple? Sachte! nur sachte! Es ist nur noch Spielarbeit übrig – so eine Art von Mord – der ist ein Stümper, der sein Werk nur auf die Hälfte bringt, und dann weggeht, und müßig zugafft, wie es weiter damit werden wird.

Achter Auftritt

Hermann *kommt.*

FRANZ: Ha! willkommen mein Euryalus! meiner Künste rüstiges Werkzeug!

HERMANN *kurz und störrig*: Ihr ließet mich holen Graf.

FRANZ: Daß du das Siegel drückest auf dein Meisterstück –

HERMANN *in den Bart*: Wirklich?

FRANZ: Den letzten Pinselstrich ans Gemälde.

HERMANN: Potz!

FRANZ *stutzt*: Soll ich etwa den Wagen vorfahren lassen? Wollen wir's auf der Spazierfahrt ins reine bringen?

HERMANN *trotzig*: Ohne Umstände, wenn's Euch gefällig ist. – Zu dem, was wir heute miteinander ins reine bringen werden, mag wohl dieser Quadratschuh Raumes hinreichen. – Allenfalls könnt ich ein paar Worte vorausschicken, Eurer Lunge für die Zukunft zu schonen.

FRANZ *zurückgezogen*: Hm! – und was wär dieses?

HERMANN *hämisch*: „Du sollst Amalien haben – haben von meiner Hand –"

FRANZ *erstaunt*: Hermann!

HERMANN *wie oben, immer den Rücken gegen Franz gekehrt*: „Amalia ist ein Spiel meines Willens – da kannst du leicht denken – kurz! alles geht nach Wunsch –" *Bricht in ein wütendes Lachen aus – darauf trotzig zu Franz*: Was habt Ihr mir zu sagen Graf Moor?

FRANZ *ausweichend*: Nichts dir – ich schickte nach Hermann.

HERMANN: Ohne Seitensprung! – warum ward ich hieher gesprengt? – Wieder der Narr zu sein wie vordem, und dem Diebe beim Einbrechen die Leiter zu halten? Mich zu Eurem Bärnhäuter zu verdingen um einen Schilling? Oder war es nicht so?

FRANZ *besonnen*: Ja recht! – daß wir die Hauptsache nicht verplaudern – Mein Kammerdiener wird dir schon gesteckt haben – Ich wollte dich nur über die Aussteuer hören.

HERMANN: Ich glaube, Ihr foppt mich – oder schlimmer – schlimmer sage ich, wenn's nicht gefoppt ist. – Moor nehmt Euch in acht – macht mich nicht rasend Moor. Wir sind allein; hab ich doch ohnehin noch einen ehrlichen Namen mit Euch wett zu spielen. Trauet dem Teufel nicht, den Ihr selbst warbet.

FRANZ *mit Ehre*: Gilt diese Begegnis deinem gnädigen gebietenden Herrn? – Zittre Sklave!

HERMANN *mit Spott*: Doch wohl nicht gar vor Eurer Ungnade? – Eure Ungnade dem, der mit sich selbst grollt! Pfui Moor! Schon verabscheu ich den Schurken in Euch, macht nicht, daß ich auch noch den Gecken belache. Ich kann Gräber sprengen, und Tote auferstehen heißen – Wer ist nun Sklave?

FRANZ *sehr geschmeidig*: Freund! sei vernünftig und nicht treulos.

HERMANN: Schweigt. Hier ist Fluch die beste Vernunft, und Aberwitz hieß hier die Treue. Treue! Wem? Treue dem ewigen Lügner? – O meine Zähne werden klappern um diese Treue, wenn eine kleine Dosis von Untreue damals mich zum Heiligen gemacht hätte – Doch! Geduld! Geduld! Die Rache ist pfiffig.

FRANZ: Ah gut! recht gut daß ich mich erinnere. Du hast neulich einen Beutel mit hundert Louis in diesem Zimmer verloren. Fast wäre das vergessen worden. Nimm zurück, Kamerad, was dein ist. *Dringt ihm einen Beutel auf.*

HERMANN *wirft ihm solchen verächtlich vor die Füße*: Den Fluch über die Ischariotsmünze! Es ist das Handgeld der Hölle – Schon einmal dachtet Ihr, meine Armut zur Kupplerin meines Herzens zu machen – aber gefehlt Graf, unendlich gefehlt – Jener Beutel voll Gold kommt mir trefflich zustatten – gewisse Leute zu verköstigen.

FRANZ *erschrocken*: Hermann! Hermann! Laß mich gewisse Dinge nicht träumen von dir – wenn du mehr tätest als du solltest – Du wärst entsetzlich, Hermann!

HERMANN *frohlockend*: Wär ich? Wär ich wirklich? Nun dann, zur Nachricht, Graf! *Bedeutend:* Ich mäste Eure Schande, und füttere Euer Gericht. Einst will ich's Euch auftischen zum Schmaus, und die Völker der Erde zur Tafel laden. *Höhnisch:* Ihr versteht mich doch mein souveräner, gnädiger gebietender Herr?

FRANZ *springt auf außer Fassung*: Ha! Teufel, falscher Spieler! *Die Faust wider die Stirn.* Und mein Glück zu knüpfen an die Launen eines Schwindelkopfs! – das war dumm!

Wirft sich sprachlos in einen Sessel.

HERMANN *pfeift durch die Finger*: Fi! des verschmitzten Künstlers! –

FRANZ *beißend*: So ist es doch wahr, und abermal wahr! Kein Faden ist so fein gesponnen unter der Sonne, der so schnell risse als die Bande des Bubenstücks! – –

HERMANN: Sachte! sachte! Sind denn die Engel aus der Art geschlagen, daß die Teufel anfangen zu moralisieren?

FRANZ *steht schnell auf, zu Hermann mit hämischen Lächeln*: Und bei dieser Entdeckung werden gewisse Leute wohl auch viel Ehre aufheben?

HERMANN *klatscht in die Hände*: Meisterlich! Unvergleichlich! Ihr spielt Eure Rolle zum Küssen! Erst den leichtglaubigen Toren in den Sumpf gezogen, und darauf fein das hämische Weh über dir Sünder! – *Mit Lächeln und Zähnknirschen:* O wie fein die Beelzebub raffinieren! – Doch Graf! *Indem er ihn auf die Achsel klopft.* Ausgelernt haben wir noch nicht – bei Gott! du mußt erst hören was der Verlierer wagt. – Feuer ins Pulvermagazin sagt der Kaper und hinauf in die Luft – Freund und Feind!

FRANZ *geht schnell nach der Wand und greift nach einer Pistole*: Hier ist Verräterei, Entschlossenheit –

HERMANN *zieht ebenso schnell eine Terzerole aus der Tasche und schlägt an*: Gebt Euch keine Müh. Auf den Fall versieht man sich bei Euch.

FRANZ *läßt die Pistole fallen und wirft sich sinnlos in den Sessel*: Doch nur so lang reinen Mund, bis ich – mich näher bedacht habe!

HERMANN: Bis Ihr ein Dutzend Meuter gedungen, mir die Zunge zu lähmen auf lange? Nicht wahr? Aber *Ihm ins Ohr:*

das Geheimnis liegt im Papiere, und – meine Erben brechen es auf. *Er geht ab.*

Neunter Auftritt

Franz *aufgestanden.*

Franz! Franz! was war das? Wo blieb dein Mut, dein sonst so fertiger Witz? – Weh! Weh! auch meine Kreaturen verraten mich. – Die Pfeiler meines Glücks fangen an mürbe zu werden, und herein bricht wütend der Feind. – Wohl! es gilt einen raschen Entschluß! – Wie? wenn ich selbst hinginge – ihm den Degen in den Leib bohrte hinterrücks? . . . Ein verwundeter Mann ist ein Knabe. – Frisch! Ich will's wagen *Er geht starken Schritts nach dem Ende der Bühne, bleibt aber plötzlich in schröckhafter Erschlaffung stehen. . .* Wer schleicht hinter mir? *Die Augen gräßlich rollend . . .* Gesichter wie ich noch keine sah – schneidende Triller – Mut hab ich gewiß – Mut, wie einer – Wenn mich ein Spiegel verriete? Oder mein Schatten? Oder der Wind meiner mörderischen Bewegung? – Huh! huh! – Schrecken grieselt in meinen Locken – Durch meine Knochen Zermalmung *Er läßt den Dolch aus dem Kleide fallen.* Feig bin ich nicht – allzu weichherzig bin ich – Ja! so ist es! – Es sind die Zuckungen der sterbenden Tugend – Ich bewundre sie – Ein Ungeheuer müßt ich sein, wollt ich die Hand legen an meinen leiblichen Bruder – Nein! nein! nein! das sei ferne! – Diese Reliquien der Menschheit in mir will ich in Ehren halten – Ich will nicht töten – Du hast gesiegt Natur – auch ich fühle noch etwas, das der Liebe gleicht – Er lebe. *Ab.*

Zehnter Auftritt

Ein Garten.

Vorn eine Laube, zu der verschiedne Bogengänge führen.

Amalia *allein.*

Du weinst Amalia? – – Und das sprach er mit einem Ausdruck – einem Ausdruck – Mir war's, als ob die Zeit sich verjüngte – die goldnen Frühlinge der Liebe blüheten auf in den

Worten – die Nachtigall schlug wie damals, die Blumen dufteten wie damals, und ich lag wonnetrunken an seinem Halse. – Gewiß! wenn die Geister der Abgeschiedenen unter den Lebenden wandeln, so ist dieser Fremdling Karls Engel! – Siehst du, falsches treuloses Herz, wie schlau du deinen Meineid beschönigst? – Nein! nein! Weg aus meiner Seele, du Frevelbild! Hinweg ihr verräterischen gottlosen Wünsche! – Im Herzen wo Karl begraben liegt, soll kein Erdensohn nisten. – Doch! doch! Warum meine Gedanken so ewig, so allmächtig nach diesem Unbekannten? Verwachsen in das Bild meines Einzigen? Zerschmolzen – untergegangen in das Bild meines Einzigen? Du weinst Amalia? – – Ha! flieh! flieh! Morgen bin ich eine Heilige. *Sie steht auf.* Heilige? Armes Herz! welch ein Wort war das? Einst in mein Ohr flötend so süß – Itzt! itzt! – Du hast geheuchelt mein Herz! Überredetest mich: Überwindung wär's! Lügnerisch Herz! Es war Verzweiflung.

Sie setzt sich auf das Kanapee und verhüllt sich das Gesicht.

Eilfter Auftritt

Hermann *kommt durch einen Bogengang.*

HERMANN *vor sich*: Der Anfang ist gemacht – Nun mag der Sturm weiter wüten, und sollt er mir auch bis an die Gurgel schwellen. *Laut:* Fräulein Amalia! Fräulein Amalia!

AMALIA *schrickt zusammen*: Ein Auflauscher! was suchst du hier?

HERMANN: Bringe Zeitungen, spaßhaft, lustig und fürchterlich. Seid Ihr aufgelegt Beleidigungen zu vergeben, so sollt Ihr Wunderdinge hören.

AMALIA: Für Beleidigungen hab ich kein Gedächtnis; mit Neuigkeiten verschone!

HERMANN: Beweint Ihr nicht einen Geliebten?

AMALIA *mißt ihn mit einem großen Blick*: Kind des Unglücks! Was berechtiget dich zu der Frage?

HERMANN *düster vor sich nieder*: Haß und Liebe.

AMALIA *bitter*: Liebt denn unter diesem Himmelsstrich jemand?

HERMANN *wild umschauend*: Bis zum Schelmenstück! – – – Starb Euch nicht kürzlich ein Oheim?

AMALIA *zärtlich*: Ein Vater seiner Tochter!

HERMANN: Sie leben. *Er stürzt hinaus.*

Zwölfter Auftritt

Räuber Moor *durch den Bogengang.*

AMALIA *die wie versteinert gestanden fährt halb rasend auf*: Karl lebt! *Sie will ihm nachstürzen, und stößt – auf den Räuber.*

RÄUBER MOOR: Wohin so stürmisch mein Fräulein?

AMALIA *prallt bebend zurück*: Krach unter mir, Erde! – Dieser!

RÄUBER MOOR: Ich kam um Abschied zu nehmen. Doch! – Himmel! – Auf welcher Wallung muß ich Ihnen begegnen?

AMALIA: Gehen Sie Graf – Bleiben Sie – O mir Glücklichen, wären Sie nur itzt nicht gekommen! – Wären Sie nie gekommen!

RÄUBER MOOR: Glücklich wären Sie dann gewesen? – Leben Sie wohl! *Dreht sich plötzlich um zu gehn.*

AMALIA *hält ihn auf*: Um Gottes willen! Bleiben Sie. – Das war nicht meine Meinung. *Die Hände ringend.* Gott! und warum war sie das nicht? – Graf! was tat Ihnen das Mädchen, das Sie zur Verbrecherin machen? Was tat Ihnen die Liebe, die Sie zerstören?

RÄUBER MOOR: Sie ermorden mich Fräulein.

AMALIA: Mein Herz so rein, eh meine Augen Sie sahen. – O daß sie verblindeten diese Augen, die mein Herz verunreinet haben!

RÄUBER MOOR: Mir! – mir diesen Fluch mein Engel! Ihre Augen sind unschuldig, wie Ihr Herz –

AMALIA: Ganz seine Blicke! – Graf ich bitte Sie – kehren Sie diese Blicke von mir, die mein Innerstes empören. Ihn – ihn selbst heuchelt sie mir in diesen Blicken vor, Phantasie die Verräterin. – Gehen Sie, kommen Sie in Krokodilgestalt wieder, und mir ist besser.

RÄUBER MOOR *mit dem vollen Blick der Liebe*: Du lügst Mädchen!

AMALIA *zärtlicher*: Und solltest du falsch sein Graf? Solltest du kurzweilen mit meinem schwachen weiblichen Herzen? – Doch! wie kann Falschheit in einem Auge wohnen, das seinen Augen aus dem Spiegel gleicht – Ach! und erwünscht wenn es so wäre! Glücklich! wenn ich dich hassen müßte! – Weh mir! wenn ich dich nicht lieben könnte.

RÄUBER MOOR *preßt ihre Hand wütend an den Mund.*

AMALIA: Deine Küsse brennen wie Feuer.

RÄUBER MOOR: Meine Seele brennt in ihnen.

AMALIA: Geh – noch ist es Zeit! – Noch! Stark ist die Seele des Mannes. – Leuchte mir vor mit deinem Mute, Mann mit der starken Seele.

RÄUBER MOOR: Dein Zittern entnervet den Starken. Ich wurzle hier, *Sein Gesicht an ihren Busen verbergend.* und hier will ich sterben.

AMALIA *sehr zerstört*: Weg – Laß mich – was hast du gemacht Mann? – Weg mit deinen Lippen – *Sie kämpft ohnmächtig gegen seine Bestürmung.* Gottloses Feuer schleicht in meinen Adern – *Zärtlich und unter Tränen:* Und mußtest du kommen aus fernen Landen eine Liebe zu stürzen die dem Tode trotzte? *Sie drückt ihn fester an die Brust.* Gott vergebe dir's Jüngling!

RÄUBER MOOR *an ihrem Halse gefesselt*: Wenn das die Trennung der Seele vom Körper ist, so ist Sterben das Meisterstück des Lebens – –

AMALIA *mit Wehmut und schwärmend*: Hier wo du itzt stehst, stand er tausendmal, und neben ihm die, die neben ihm Himmel und Erde vergaß. – Hier durchhüpfte sein Aug die um ihn prangende Natur; sie schien den großen belohnenden Blick zu empfinden; und sich unter dem Wohlgefallen ihres Fürsten zu verschönen. – Hier hielt er mit himmlischer Musik die Nachtigallen gefangen – hier an diesem Busch pflückte er Rosen, und pflückte die Rosen für mich – hier, hier lag er an meinem Halse – brannte sein Mund auf dem meinen – *Räuber Moor seiner nicht mehr mächtig, berührt ihren Mund, und ihre Küsse begegnen sich. Moor hängt stürmisch an ihren Lippen, sie sinkt halb ohnmächtig auf das Kanapee.* Strafe mich Karl! Mein Eid ist gebrochen!

RÄUBER MOOR *tritt halb wahnwitzig von ihr hinweg*: Irgendeine Hölle muß auf mich lauern! Ich bin so glücklich! *Starrt sie an.*

AMALIA *hat ihren Ring erblickt und fährt ungestüm auf vom Kanapee*: Was? Du noch am Finger der Verbrecherin! Solltest du Zeuge sein, wie Amalia ihrer Eide spottet? – Herab mit dir! *Sie reißt den Ring vom Finger, und gibt ihn dem Räuber.* Nimm ihn – nimm ihn geliebter Verführer – Und mit ihm mein Heiligstes, mein Alles – meinen Karl! *Sie stürzt in den Sofa zurück.*

RÄUBER MOOR *erblaßt*: Du dort oben! war das deine Meinung? – Das ist ebender Ring, den ich ihr selber gab, zum Zeichen des Bundes – Fahr in die Hölle Liebe! Ich hab meinen Ring wieder!

AMALIA *erschrocken*: Gott! was ist dir? – Wild rollen deine Augen – Bleich wie Schnee deine Lippen! – Weh mir! Rauscht sie so schnell dahin die Wonne des Verbrechens!

RÄUBER MOOR *mit Überwindung*: Nichts! nichts! – *Starr in die Höhe:* Noch bin ich ein Mann! – *Er zieht seinen Ring herab, und steckt ihn Amalien an den Finger.* Nimm auch diesen – diesen, süße Furie meines Herzens – und mit ihm mein Heiligstes, mein Alles – meine Amalia!

AMALIA *aufgesprungen*: Deine Amalia?

RÄUBER MOOR *mit Wehmut*: Oh! sie war ein so liebes Mädchen, und treu, wie ein Engel. Einen Demant gab sie mir beim Abschied – einen Brillantring ließ ich ihr zurück zum Zeugen des Bundes. Sie hörte, ich sei gestorben, und blieb treu dem Gestorbenen. Sie hörte wieder, ich lebe, und wird treulos dem Lebendigen. Ich fliege in ihre Arme – Meine Wollust war wie der Unsterblichen – Fühle den Donnerschlag, der mein Herz traf, Amalia! Meinen Brillanten gibt sie mir wieder. Ich – gab ihr den Demant.

AMALIA *starrt verwundernd in den Boden*: Seltsam! Fürchterlich seltsam!

RÄUBER MOOR: Wohl fürchterlich und seltsam! Gutes Kind, viel – sehr viel hat der Mensch noch zu lernen, eh er das Wesen über ihm auslernt, das seiner Eide lacht, und weint über seine Plane – Meine Amalia ist ein unglückliches Mädchen!

AMALIA: Unglücklich – weil sie dich von sich stieß.

RÄUBER MOOR: Unglücklich – weil sie mich zwiefach umarmet.

AMALIA *mit sanftem Schmerz*: Oh! dann gewiß unglücklich! Das liebe Mädchen! Sie sei meine Schwester! – Aber noch gibt es eine bessere Welt. –

RÄUBER MOOR: Wo die Schleier fallen, und die Liebe mit Entsetzen zurückprallt. – Ewigkeit heißt ihr Name. – Meine Amalia ist ein unglückliches Mädchen!

AMALIA *etwas leichtfertig*: Sind es alle die dich lieben und Amalia heißen?

RÄUBER MOOR: Alle – wenn sie wähnen einen Engel zu umhalsen, und – einen Totschläger in den Armen finden. – Meine Amalia ist ein unglückliches Mädchen!

AMALIA *im Ausbruch der schmerzlichsten Empfindung*: Ich beweine sie!

RÄUBER MOOR *nimmt ihre Hand, und hält ihr den Ring vor die Augen*: Weine über dich selber! *Er stürzt hinaus.*

AMALIA *hat den Ring erkannt*: Karl! Karl! O Himmel und Erde! *Sinkt nieder.*

DREIZEHNTER AUFTRITT

Wald; Mond; Nacht.
Ein altes verfallenes Raubschloß vorn auf der Bühne.

DIE RÄUBERBANDE *gelagert auf dem Boden.* SPIEGELBERG, RAZMANN *kommen in ein Gespräch.*

RAZMANN: Es wird Nacht – und der Hauptmann noch nicht da?

SPIEGELBERG: Ein Wort im Vertrauen Razmann. – Hauptmann sagst du? Wer hat ihn zum Hauptmann über uns gesetzt? oder hat er nicht diesen Titel usurpiert, der von Rechts wegen mein ist? – Wie? setzen wir darum unser Leben auf den Sprung eines Würfels? Baden wir darum alle Milzsuchten des Schicksals aus, daß wir am Ende noch von Glück sagen, die Leibeignen eines Sklaven zu sein? – Leibeigne, da wir Fürsten sein könnten! – Bei Gott, Razmann! Das hat mir niemals gefallen.

RAZMANN: Beim Donner! Mir auch nicht – aber was machen?

SPIEGELBERG: Fragst du mich das, und bist doch der Spitzbuben einer? – Razmann, wenn du bist wofür ich dich immer hielt – Razmann – man vermißt ihn – gibt ihn halb verloren – Razmann – mich deucht, seine schwarze Stunde schlägt. Wie? Nicht in die Luft springst du, da dir die Glocke zur Freiheit läutet? Hast nicht einmal so viel Mut, einen kühnen Wink zu verstehen?

RAZMANN: Ha Satan! worin verstrickst du meine Seele?

SPIEGELBERG: Hat's gefangen? – Gut! so folge! Ich hab mir's gemerkt, wohin er geschlichen ist. Komm! Zwei Pistolen fehlen selten, und dann –

SCHWEIZER *der in die Höhe springt*: Ha! Bestie! Eben recht erinnerst du mich an die böhmischen Wälder! – Warst du nicht die Memme die anhob zu schnadern als sie riefen der Feind kommt? – Ich habe damals bei meiner Seele geflucht – Fahr hin Meuchelmörder!

Sie ziehen ihre Degen und kommen ins Handgemeng.

RÄUBER *in Bewegung*: Mordjo! Mordjo! – Schweizer – Spiegelberg – Reißt sie auseinander.

SCHWEIZER *der ihn erstochen hat*: Da! – Und so krepier du! — Friede Kameraden – Laßt euch die Hasenjagd nicht aufwecken – die Bestie ist dem Hauptmann immer giftig gewesen, und hat keine Narbe auf ihrer ganzen Haut. – Ha! über den Racker! von hinten her will er Männer zuschanden schmeißen? Männer von hinten her! – Ist uns darum der helle Schweiß über die Backen gelaufen, daß wir aus der Welt schleichen wie Schurken? Bestie du! haben wir uns darum unter Feuer und Rauch gebettet, daß wir zuletzt wie Ratten verrecken?

GRIMM: Aber zum Teufel! Der Hauptmann wird rasend werden.

SCHWEIZER: Dafür laß mich sorgen. – Der Schufterle hat's auch so gemacht, aber dafür hängt er itzt auch in der Schweiz, wie's ihm mein Herr prophezeit hat.

Man hört schießen.

GRIMM *aufspringend*: Horch ein Pistolschuß! *Man schießt zum zweitenmal.* Noch einer! Holla! der Hauptmann!

KOSINSKY: Nur Geduld! Er muß zum drittenmal schießen.

Man hört noch einen Schuß.

GRIMM: Er ist's! Ist's! Salvier dich, Schweizer! Laßt uns ihm antworten.

Sie blasen in die Hörner.

VIERZEHNTER AUFTRITT

RÄUBER MOOR *tritt auf.* VORIGE.

SCHWEIZER *ihm entgegen*: Sei willkommen mein Hauptmann! – Ich bin ein bißchen vorlaut gewesen seit du weg bist *Er führt ihn an die Leiche.* Sei du Richter zwischen mir, und diesem. – Von hinten hat er dich ermorden wollen.

RÄUBER MOOR *in den Anblick verloren, bricht heftig aus*: O unbegreiflicher Finger der rachekundigen Nemesis! War's nicht dieser, der mir das Sirenenlied trillerte? – Weihe dies Schwert der dunklen Vergelterin – Das hast du nicht getan Schweizer.

SCHWEIZER: Bei Gott ich hab's wahrlich getan und es ist beim Teufel nicht das Schlechteste, was ich in meinem Leben getan habe. *Wirft den Degen über ihn und geht unwillig ab.*

RÄUBER MOOR *nachdenkend*: Ich verstehe – Lenker im Himmel! – Ich verstehe – die Blätter fallen vom Stamme – Mein Herbst ist kommen – Schafft mir diesen aus den Augen.

Spiegelbergs Leiche wird hinweggetragen.

GRIMM: Gib uns Ordre Hauptmann! was sollen wir weiter tun?

RÄUBER MOOR: Bald – bald ist alles erfüllet. Ich habe mich selbst verloren, seit ich dort war – Nehmt eure Hörner und spielt – Ich muß mich zurückwiegen in die Tage meiner Kraft. – Spielt!

KOSINSKY: Es ist Mitternacht Hauptmann. Wie Blei liegt der Schlaf in uns – seit drei Tagen kein Auge zu.

RÄUBER MOOR: Sinkt denn der balsamische Schlaf auch auf die Augen der Schelmen? Warum fliehet er mich? – Ich bin nie ein Feiger gewesen, oder ein schlechter Kerl. – Spielt, befehl ich! – Musik muß ich hören, daß mein schlafender Genius wieder aufwacht.

Sie spielen einen Marsch.

RÄUBER MOOR *der während der Musik tief in sich gekehrt auf und nieder gegangen, unterbricht sie schnell*: Hinweg! Gute Nacht! Morgen höret ihr weiter.

RÄUBER *legen sich auf die Erde*: Gute Nacht Hauptmann!

Sie schlafen ein.

Fünfzehnter Auftritt

Räuber Moor *allein wach.*
Tiefe Stille.

Eine lange – lange gute Nacht; kein Morgen wird sie mehr röten! – – – Glaubt ihr, ich werde zittern? Geister meiner Erwürgten! Ich werde nicht zittern. – Euer banges Sterbegewinsel, euer schwarz gewürgtes Gesicht, eure fürchterlich klaffenden Wunden sind ja nur Glieder einer unzerbrechlichen Kette des Schicksals, und hängen zuletzt an meinen Feierabenden, an den Launen meiner Ammen und Hofmeister, am Temperament meines Vaters, am Blut meiner Mutter. – Warum hat mein Perillus einen Ochsen aus mir gemacht, daß die Menschheit in meinem glühenden Bauche bratet? *Er setzt die Pistole an.* Zeit und Ewigkeit! – über diesem Rohr sich umarmend! – Grauser Schlüssel! der das Gefängnis des

Lebens hinter mir schließt, und vor mir aufriegelt die Behausung der ewigen Freiheit. – Sage mir, o sage mir! – Wohin? Wohin wirst du mich führen? Fremdes, nie umsegeltes Land! – Siehe, die Menschheit erschlappt unter diesem Bilde – die Spannkraft des Endlichen läßt nach, und die Phantasie, der mutwillige Affe der Sinne, gaukelt unserem Kleinmut seltsame Schatten vor. – Nein! Nein! ein Mann muß nicht straucheln. – Sei wie du willst, namenloses Jenseits! – Bleibt mir nur dieses mein Selbst getreu. – Sei wie du willst, wenn ich nur mich selbst mit hinübernehme. – Außendinge sind nur die Farbe des Geistes – Ich selbst bin mein Himmel und meine Hölle! *Den Blick starr hinausgeheftet:* Wenn du mir irgendeinen eingeäscherten Weltkreis allein ließest, den du aus deinen Augen verbannt hast, wo die einsame Nacht, und die ewige Wüste meine Aussichten sind? – – Ich würde dann das schweigende Leere mit meinen Träumen bevölkern, und hätte die Ewigkeit zur Muße, das verworrene Bild des allgemeinen Elends zu zergliedern. – – – Oder willst du mich durch immer neue Geburten, und immer neue Schauplätze des Elends von Stufe zu Stufe – zur Vernichtung? – führen? Kann ich nicht die Lebensfäden die mir jenseits gesponnen sind, so leicht zerreißen wie diesen? – Du kannst mich zu nichts machen – Diese Freiheit kannst du mir nicht nehmen. *Er lädt die Pistole. Plötzlich hält er ein.* Und soll ich für Furcht eines qualvollen Lebens sterben? Soll ich dem Elend den Sieg über mich einräumen? – Nein! ich will's dulden! *Er wirft die Pistole weg.* Die Qual erlahme an meinem Stolz! Ich will's vollenden!

Immer finstrer; es schlägt zwölf Uhr.

Sechszehnter Auftritt

Hermann *kommt durch den Wald. Hernach die* Stimme des alten Moors *im Turm.*

hermann: Horch! Horch! grausig heulet der Kauz! – Zwölf schlägt's drüben im Dorf – Wohl! Wohl! alles liegt schlafen – nur das böse Gewissen wacht, und – die Rache. – *Er tritt an den Turm und pocht.* Komm herauf Jammermann! – Turmbewohner! Deine Mahlzeit ist bereitet.

räuber moor *tritt bebend zurück*: Was soll das bedeuten?

EINE STIMME *aus dem Turm*: Wer pocht da? He? Bist du's Hermann mein Rabe?

HERMANN: Bin's, Hermann dein Rabe. Steig herauf ans Gitter und iß. – Fürchterlich trillern deine Schlafkameraden. Alter – – dir schmeckt's?

DIE STIMME: Hungerte mich sehr. Habe Dank, Rabensender fürs Brot in der Wüste! – Und wie geht's meinem lieben Kind, Hermann?

HERMANN: Stille! – Horch! – Geräusch, wie von Schnarchenden – Hörst du nichts?

STIMME: Wie? Hörst du etwas?

HERMANN: Den Wind pfeifen durch die Ritzen des Turmes. – Eine Nachtmusik davon einem die Zähne klappern und die Nägel blau werden. – Horch! Noch einmal! – Immer ist mir als hört ich ein Schnarchen. Du hast Gesellschaft Alter – Hu! hu! hu!

STIMME: Siehst du etwas?

HERMANN: Leb wohl! Leb wohl! – Grausig ist diese Wüste. – Steig hinunter ins Loch – Nahe dein Retter! dein Rächer – *Er will fliehen.*

RÄUBER MOOR *tritt mit Entsetzen hervor*: Steh!

HERMANN *steht still*: Wer da?

RÄUBER MOOR: Steh! Rede! Wer bist du? Was hast du hier zu tun? Rede!

HERMANN *kommt vorwärts*: Gewiß! seiner Auflaurer einer! Ich fürchte nichts mehr. *Zieht den Degen:* Wehre dich Schurke! Du hast deinen Mann vor dir.

RÄUBER MOOR *schlägt ihm den Degen weit weg*: Antwort will ich. Wofür das bübische Degenspiel? – Von Rache sprachst du? – Rache kömmt mir zu – unter diesem Monde! Wer will mir ins Handwerk greifen.

HERMANN *bebt erschrocken zurück*: Bei Gott! den gebar das Weib nicht! – Sein Betasten entnervt wie der Tod.

DIE STIMME *im Turm*: Weh! Weh! bist du's Hermann, der da redet? Mit wem redest du Hermann?

RÄUBER MOOR: Drunten noch jemand? was geht hier vor? – *Läuft dem Turme zu.* Irgendein Ungeheuer von Geheimnis liegt in diesem Turme verlarvt – Mit dem Degen will ich's entlarven.

HERMANN *kommt schüchtern näher*: Furchtbarer Fremdling! Bist du vielleicht der satanische Poltergeist dieser Wüste? – oder bist du der Sbirren der dunkeln Vergeltung einer, die durch die Unterwelt patrouillieren gehen, und die Geburten der Mitternacht mustern – Oh! wenn du der bist, so sei willkommen an diesem Turme!

RÄUBER MOOR: Erraten Nachtwanderer. Würgengel ist mein Name. Fleisch und Blut hab ich wie du? Ist's ein Gefangener, den die Menschen abschüttelten? ich will seine Ketten lösen. – Stimme! noch einmal! Wo ist die Türe?

HERMANN: Ebenso leicht sprengt Beelzebub die Tore des Himmels, als du diese – Geh heim Starker! der Witz der Lotterbuben geht über die Sennen der Männer.

Schlägt mit dem Degen an den Turm.

RÄUBER MOOR: Aber nicht über den Witz der Diebe! *Er zieht Hauptschlüssel heraus.* Ich danke dir Gott, daß du mich stelltest an die Spitze der Beutelschneider! – Diese Schlüssel verlachen die Fürsicht der Hölle – *Er nimmt einen Schlüssel und öffnet den Turm. Aus dem Grund steigt ein Alter ausgemergelt wie ein Gerippe. Moor springt erschrocken zurück.* Entsetzliches Blendwerk! Mein Vater!

Siebenzehnter Auftritt

Der alte Moor. Vorige.

DER ALTE MOOR: Habe Dank o Gott! Erschienen ist die Stunde der Erlösung.

RÄUBER MOOR: Geist des alten Moors! Was hat dich beunruhigt in deinem Grabe? Hast du eine Sünde in jene Welt geschleppt, die dir den Eingang in die Pforten des Paradieses verrammelt? Ich will beten, ich will Messen lesen lassen, den irrenden Geist in seine Heimat zu senden. Hast du das Gold der Witwen und Waisen unter die Erde gegraben, das dich zu dieser mitternächtlichen Stunde heulend herumtreibt? Ich will den unterirdischen Schatz aus den Klauen des Zauberhundes reißen, und wenn er tausend rote Flammen auf mich speit, und seine spitzen Zähne gegen meinen Degen bleckt. Oder kommst du, auf meine Frage, die Rätsel der Ewigkeit zu entfalten? Rede! Rede! Ich bin der Mann der bleichen Furcht nicht.

DER ALTE MOOR: Ich bin kein Geist. Taste mich an. Ich lebe. O ein elendes erbärmliches Leben!

RÄUBER MOOR: Was? Du bist nicht begraben worden?

DER ALTE MOOR: Ich bin begraben worden. Das heißt: Ein toter Hund liegt in meiner Väter Gruft – Und ich – drei volle Monde schmacht ich schon in diesem finstern Turme, von keinem Strahle beschienen, von keinem warmen Lüftchen angeweht, wo wilde Raben krächzen, und mitternächtliche Uhue heulen.

RÄUBER MOOR: Himmel und Erde! Wer hat das getan?

HERMANN *mit grimmiger Freude*: Ein Sohn!

DER ALTE MOOR: Verfluch ihn nicht!

RÄUBER MOOR: Ein Sohn? *Wütend gegen Hermann stürzend.* Schlangenzüngiger Lügner! Ein Sohn? Sprich das: Sohn nochmal, und ich bohre zehen Schwerter in deine lästernde Gurgel! Ein Sohn?

HERMANN: Und wenn die Hölle dabei bankerott würde! Sein Sohn, sag ich!

RÄUBER MOOR *erstarrt wie eine Statue*: O ewiges Chaos!

DER ALTE MOOR: Wenn du ein Mensch bist, und ein menschliches Herz hast – Erlöser! den ich nicht kenne, oh! so höre den Jammer eines Vaters, den ihm seine Söhne bereitet haben. – Drei Monde schon hab ich's tauben Felsenwänden zugewinselt; aber ein hohler Widerhall äffte meine Klagen nur nach. – Darum wenn du ein Mensch bist und ein menschliches Herz hast –

RÄUBER MOOR: Diese Beschwörung könnte die Wölfe auffordern.

DER ALTE MOOR: Ich lag eben auf dem Siechbette, hatte kaum einige Kräfte nach einer harten Krankheit gesammelt, so brachte man einen Mann zu mir, der meldete, mein Erstgeborner sei gefallen in der Schlacht, und sein letztes Lebewohl, und daß ihn mein Fluch gejagt hätte in Kampf, und Tod, und Verzweiflung.

HERMANN: Gelogen! Garstig gelogen! Dieser Schurke war ich selbst – erkauft von ihm mit Gold und Versprechungen, Euch das Nachsuchen zu legen, und den Garaus zu machen durch die Trauerpost.

DER ALTE MOOR: Du? du? O Himmel! Und es war abgekartet – und ich war betrogen?

RÄUBER MOOR *tritt außer sich auf die Seite*: Hörst du's Moor? Hörst du's? Es fängt an zu tagen! Fürchterlich! fürchterlich!

HERMANN: Tretet mich breit wie eine Natter! Ich war sein Helfershelfer; unterdrückte die Briefe Eures Karls; verfälschte die Eurigen und unterschob andere feindseligen Inhalts. So hinterging man Euch – so zwackte man ihn aus Eurem Testament und Herzen.

RÄUBER MOOR *in der entsetzlichsten Bedrängnis*: Und darum Räuber und Mörder! *Die Faust wider Brust und Stirne.* O ich blöder! blöder! blöder Tor! – Spitzbübische Künste! Und darum Mordbrenner und Mörder! *Halb rasend auf und nieder.*

DER ALTE MOOR *mit gemildertem Zorn*: Franz! Franz! – doch ich will nicht fluchen! – Und daß ich nichts sah, nichts merkte! Weh über den blinden Verzärtler!

RÄUBER MOOR *plötzlich stillstehend*: Und im Turme der Vater? *Den Schmerz in sich pressend.* Ich habe hier nichts zu zürnen. *Zum alten Moor mit erzwungner Ruhe.* Redet weiter.

DER ALTE MOOR: Ich ward ohnmächtig, bei der Botschaft. Man muß mich für tot gehalten haben, denn als ich wieder zu mir selber kam, lag ich schon in der Bahre, und ins Leichentuch gewickelt wie ein Toter. Ich kratzte an dem Deckel der Bahre. Er ward aufgetan. Es war finstere Nacht, mein Sohn Franz stand vor mir. – Was? rief er mit entsetzlicher Stimme, willst du denn ewig leben? – und gleich flog der Sargdeckel wieder zu. Der Donner dieser Worte hatte mich meiner Sinne beraubt; als ich wieder erwachte, fühlt ich den Sarg erhoben und fortgeführt in einem Wagen eine halbe Stunde lang. Endlich ward er geöffnet – ich stand am Eingang dieses Gewölbes, mein Sohn vor mir, und der Mann, der mir das blutige Schwert von Karln gebracht hatte. – Zehnmal umfaßt ich seine Knie, und bat und flehte, und umfaßte sie und beschwur – das Flehen seines Vaters reichte nicht an sein Herz – Hinab mit dem Balg! donnerte es von seinem Munde, er hat genug gelebt, und hinab ward ich gestoßen ohne Erbarmen, und mein Sohn Franz schloß hinter mir zu.

RÄUBER MOOR: Es ist nicht möglich, nicht möglich! Ihr müßt Euch geirrt haben.

DER ALTE MOOR: Ich kann mich geirrt haben. Höre weiter, aber zürne doch nicht! So lag ich zwanzig Stunden, und kein Mensch gedachte meiner Not. Auch hat keines Menschen Fußtritt je diese Einöde betreten, denn die allgemeine Sage geht, daß die Gespenster meiner Väter in diesen Ruinen rasselnde Ketten schleifen, und in mitternächtlichen Stunden ihr Totenlied raunen. Endlich hört ich die Tür wieder aufgehen;

dieser Mann brachte mir Brot und Wasser, und entdeckte mir, wie ich zum Tod des Hungers verurteilt gewesen, und wie er sein Leben in Gefahr setze, wenn es herauskäme, daß er mich speise. So ward ich kümmerlich erhalten diese lange Zeit; aber der unaufhörliche Frost – die faule Luft meines Unrats – der grenzenlose Kummer – meine Kräfte wichen, mein Leib schwand; tausendmal bat ich Gott mit Tränen um den Tod – aber das Maß meiner Strafe muß noch nicht gefüllet sein – oder muß noch irgendeine Freude meiner warten, daß ich so wunderbarlich erhalten bin. Aber ich leide gerecht – Mein Karl! mein Karl! – und er hatte noch keine graue Haare.

RÄUBER MOOR: Es ist genug. Auf! ihr Klötze, ihr Eisklumpen! Ihr trägen fühllosen Schläfer! Auf! will keiner erwachen?

Er tut einen Pistolschuß über die schlafenden Räuber.

Achtzehnter Auftritt

Die Vorigen *und* die Räuber, *die aus dem Schlaf aufspringen.*

DIE RÄUBER *aufgejagt*: He, holla! holla! was gibt's da?

MOOR: Hat euch die Geschichte nicht aus dem Schlummer gerüttelt? Der ewige Schlaf würde wach worden sein! Schaut her! schaut her! die Gesetze der Welt sind Würfelspiel worden; das Band der Natur ist entzwei; die alte Zwietracht ist los; der Sohn hat seinen Vater erschlagen.

DIE RÄUBER: Was sagt der Hauptmann?

MOOR: Nein, nicht erschlagen! Das Wort ist Beschönigung! – der Sohn hat den Vater tausendmal gerädert, gespießt, gefoltert, geschunden! die Worte sind mir zu menschlich – worüber die Sünde rot wird, worüber der Kannibale schaudert, worauf seit Äonen kein Teufel gekommen ist. – Der Sohn hat seinen eigenen Vater – o seht her, seht her! er ist in Ohnmacht gesunken – in diesen Turm hat der Sohn seinen Vater – Frost – Blöße – Hunger – Durst – o seht doch, seht doch! – es ist mein eigner Vater, ich will's nur gestehn.

DIE RÄUBER *springen herbei und umringen den Alten*: Dein Vater? dein Vater?

SCHWEIZER *tritt ehrerbietig näher, fällt vor ihm nieder*: Vater meines Hauptmanns! Ich küsse dir die Füße! du hast über meinen Dolch zu befehlen.

MOOR: Rache! Rache! Rache dir! grimmig beleidigter, entheiligter Greis! So zerreiß ich von nun an auf ewig das brüderliche Band. *Er zerreißt sein Kleid von oben an bis unten.* So verfluch ich jeden Tropfen brüderlichen Bluts im Antlitz des offenen Himmels! Höre mich Mond und Gestirne! Höre mich mitternächtlicher Himmel, der du auf die Schandtat herunterblicktest! Höre mich dreimalschrecklicher Gott, der da oben über dem Monde waltet, und rächt und verdammt über den Sternen, und feuerflammt über der Nacht! Hier knie ich – hier streck ich empor die drei Finger in die Schauer der Nacht – hier schwör ich, und so speie die Natur mich aus ihren Grenzen wie eine bösartige Bestie aus, wenn ich diesen Schwur verletze, schwör ich das Licht des Tages nicht mehr zu grüßen, bis des Vatermörders Blut, vor diesem Steine verschüttet, gegen die Sonne dampft! *Er steht auf.*

DIE RÄUBER: Es ist ein Belialsstreich! Sag einer, wir seien Schelmen! Nein bei allen Drachen! So bunt haben wir's nie gemacht!

MOOR: Ja! und bei allen schrecklichen Seufzern derer, die jemals durch eure Dolche starben, derer, die meine Flamme fraß und mein fallender Turm zermalmte – eh soll kein Gedanke von Mord oder Raub Platz finden in eurer Brust, bis euer aller Kleider von des Verruchten Blute scharlachrot gezeichnet sind. – Das hat euch wohl niemals geträumet, daß ihr der Arm höherer Majestäten seid? Der verworrene Knäul unsers Schicksals ist aufgelöst! Heute, heute hat eine unsichtbare Macht unser Handwerk geadelt! Betet an vor dem, der euch dies erhabene Los gesprochen, der euch hieher geführt, der euch gewürdiget hat die schreckliche Engel seines finstern Gerichtes zu sein! Entblößet eure Häupter! Kniet hin in den Staub, und stehet geheiliget auf!

Sie knien.

SCHWEIZER: Gebeut Hauptmann! was sollen wir tun?

MOOR: Steh auf Schweizer, und rühre diese heilige Locken an! *Er führt ihn zu seinem Vater und gibt ihm eine Locke in die Hand.* Du weißt noch, wie du einsmals jenem böhmischen Reuter den Kopf spaltetest, da er eben den Säbel über mich zuckte, und ich atemlos und erschöpft von der Arbeit in die Knie gesunken war? dazumal verhieß ich dir eine Belohnung, die königlich wäre; ich konnte diese Schuld bisher niemals bezahlen.

SCHWEIZER: Das schwurst du mir, es ist wahr, aber laß mich dich ewig meinen Schuldner nennen!

MOOR: Nein, itzt will ich bezahlen. Schweizer, so ist noch kein Sterblicher geehrt worden wie du! – Räche meinen Vater!

Schweizer steht auf.

SCHWEIZER: Großer Hauptmann! Heut hast du mich zum erstenmal stolz gemacht! – Gebeut, wo, wie, wann soll ich ihn schlagen?

MOOR: Die Minuten sind gezählt, du mußt eilends gehn. – Lies dir die würdigsten aus der Bande, und führe sie gerade nach des Edelmanns Schloß! Zerr ihn aus dem Bette, wenn er schläft, oder in den Armen der Wollust liegt; schlepp ihn vom Mahle weg, wenn er besoffen ist; reiß ihn vom Kruzifix, wenn er betend davor auf den Knien liegt! Aber ich sage dir, ich schärf es dir hart ein, liefre ihn mir nicht tot! Dessen Fleisch will ich in Stücken reißen, und hungrigen Geiern zur Speise geben, der ihm nur die Haut ritzt, oder ein Haar kränkt! Ganz muß ich ihn haben, und wenn du ihn ganz und lebendig bringst, so sollst du eine Million zur Belohnung haben; ich will sie einem Könige mit Gefahr meines Lebens stehlen, und du sollst frei ausgehn, wie die weite Luft. – Hast du mich verstanden, so eile davon!

SCHWEIZER: Genug Hauptmann – Hier hast du meine Hand darauf: Entweder, du siehst zwei zurückkommen, oder gar keinen. Schweizers Würgengel kommt.

Ab mit einem Geschwader und Hermann.

MOOR: Ihr übrigen zerstreut euch im Wald – Ich bleibe.

FÜNFTER AUFZUG

ERSTER AUFTRITT

Aussicht von vielen Zimmern.

FRANZ *im Schlafrock hereingestürzt. Sogleich* DANIEL.

FRANZ: Verraten! Verraten! Geister ausgespien aus Gräbern – Losgerüttelt das Totenreich aus dem ewigen Schlaf brüllt wider mich Mörder! Mörder! – wer regt sich da?

DANIEL *ängstlich*: Hilf Himmel! Seid Ihr's gestrenger Herr, der so gräßlich durch die Gewölbe schreit, daß alle Schläfer auffahren?

FRANZ: Schläfer? Wer heißt euch schlafen? Es soll niemand schlafen in dieser Stunde. Hörst du? Alles soll aufsein – in Waffen – alle Gewehre geladen. – Sahst du sie dort im Bogengang hinschweben?

DANIEL: Wen gnädiger Herr?

FRANZ: Wen? Dummkopf! wen? So kalt, so leer fragst du, wen? hat mich's doch angepackt wie der Schwindel! wen? Eselskopf! wen? Geister und Teufel! Wie weit ist's in der Nacht?

DANIEL: Eben itzt ruft der Nachwächter zwei an.

FRANZ: Was? will diese Nacht währen bis an den Jüngsten Tag? Hörtest du keinen Tumult in der Nähe? Kein Siegsgeschrei? Kein Geräusch galoppierender Pferde? wo ist Kar – der Graf, will ich sagen?

DANIEL: Ich weiß nicht, mein Gebieter.

FRANZ: Du weißt's nicht? Du bist auch unter der Rotte? Ich will dir das Herz aus den Rippen stampfen! mit deinem verfluchten: ich weiß nicht! Was? auch Bettler wider mich verschworen? Himmel, Hölle! alles wider mich verschworen?

DANIEL: Mein Gebieter –

FRANZ: Nein! ich zittere nicht! Es war ledig ein Traum. Die Toten stehen noch nicht auf. – Wer sagt, daß ich zittre und bleich bin? Es ist mir ja so leicht, so wohl.

DANIEL: Ihr seid totenbleich, Eure Stimme ist bang und lallet.

FRANZ: Ich habe das Fieber; ich will morgen zur Ader lassen.

DANIEL: O Ihr seid ernstlich krank.

FRANZ: Ja freilich, freilich! das ist's alles. – Und Krankheit verstöret das Gehirn, und brütet tolle und wunderliche Träume aus. – Träume bedeuten nichts – nicht wahr Daniel? Träume kommen ja aus dem Bauche und Träume bedeuten nichts. – Ich hatte soeben einen lustigen Traum.

Er sinkt ohnmächtig nieder.

DANIEL: Gott was ist das! Georg! Konrad! Bastian! Martin! so gebt doch nur eine Urkund von euch! *Rüttelt ihn.* So nehmt doch nur Vernunft an! So wird's heißen, ich habe ihn tot gemacht. Gott erbarme sich meiner!

FRANZ *verwirrt*: Weg! – weg! was rüttelst du mich so, scheußliches Totengerippe? – Die Toten stehen noch nicht auf –

DANIEL: O du ewige Güte! Er hat den Verstand verloren.

FRANZ *richtet sich matt auf*: Wo bin ich? – Du Daniel? was hab ich gesagt? Merke nicht drauf! Ich hab eine Lüge gesagt, es sei was es wolle – Komm! hilf mir auf! – Es ist nur ein

Anstoß von Schwindel – weil ich – weil ich – nicht ausgeschlafen habe.

DANIEL: Ich will Hülfe rufen, ich will nach Ärzten rufen.

FRANZ: Bleib! setz dich neben mich auf diesen Sofa – So – du bist ein gescheuter, ein guter Mann. Laß dir's erzählen.

DANIEL: Itzt nicht, ein andermal! Ich will Euch zu Bette bringen. Ruhe ist Euch besser.

FRANZ: Nein, ich bitte dich, laß dir erzählen, und lache mich derb aus! – Siehe, mir deuchte, ich hätte ein königlich Mahl gehalten, und mein Herz wäre guter Dinge, und ich läge berauscht im Rasen des Schloßgartens, und plötzlich – plötzlich, aber ich sage dir, lache mich derb aus! –

DANIEL: Plötzlich?

FRANZ: Plötzlich traf ein ungeheurer Donner mein schlummerndes Ohr; ich taumelte bebend auf, und siehe, da war mir's, als säh ich aufflammen den ganzen Horizont in feuriger Lohe, und Berge und Städte und Wälder, wie Wachs im Ofen zerschmelzen, und eine heulende Windsbraut fegte von hinnen Meer, Himmel und Erde. –

DANIEL: Das ist ja das leibhafte Konterfei vom Jüngsten Tag.

FRANZ: Nicht wahr? das ist tolles Zeug? Da trat einer hervor, der hatte in seiner Hand eine eherne Waage, die hielt er zwischen Aufgang und Niedergang, und sprach: Tretet herzu, ihr Kinder des Staubes. – Ich wäge die Gedanken!

DANIEL: Gott erbarme sich meiner!

FRANZ: Schneebleich stunden alle; ängstlich klopfte die Erwartung in jeglicher Brust. Da war mir's, als hört ich meinen Namen zuerst genannt aus den Wettern des Berges, und mein innerstes Mark gefror in mir, und meine Zähne klapperten laut.

DANIEL: O Gott vergeb Euch!

FRANZ: Das tat er nicht! – Siehe, plötzlich erschien ein alter Mann, schwer gebeugt von Gram, angebissen den Arm von wütendem Hunger; aller Augen wandten sich scheu vor dem Mann; ich kannte den Mann; er schnitt eine Locke von seinem silbernen Haupthaar, warf sie hin – hin – und – da hört ich eine Stimme schallen aus dem Rauche des Felsen: Gnade! Gnade jedem Sünder der Erde und des Abgrunds! Du allein bist verworfen! – *Tiefe Pause.* Nun warum lachst du nicht?

DANIEL: Kann ich lachen, wenn mir die Haut schaudert? Träume kommen von Gott.

FRANZ: Pfui doch, pfui doch! sage das nicht! Heiß mich einen Narren, einen aberwitzigen, abgeschmackten Narren! Tue das, lieber Daniel, ich bitte dich drum, spotte mich tüchtig aus!

DANIEL: Träume kommen von Gott. Ich will für Euch beten. *Ab.*

FRANZ: Pöbelweisheit! Pöbelfurcht! – Es ist ja noch nicht ausgemacht, ob das Vergangene nicht vergangen ist, oder ein Auge findet über den Sternen – Hum! hum! – Wer raunte mir das ein? Rächet denn droben über den Sternen einer? – Nein, nein! – Ja, ja! fürchterlich zischelt's um mich: Richtet droben einer über den Sternen? Entgegengehen dem Rächer über den Sternen diese Nacht noch! Nein! sag ich – Elender Schlupfwinkel, hinter den sich deine Feigheit verstecken will – öd, einsam, taub ist's droben über den Sternen – Wenn's aber doch etwas mehr wäre? Nein, nein, es ist nicht! Ich will's, es ist nicht! Wenn's aber doch wäre? Weh mir, wenn's nachgezählt worden wäre! wenn's dir vorgezählt würde diese Nacht noch! – Warum schaudert mir's so durch die Knochen? – Sterben! warum packt mich das Wort so? Rechenschaft geben dem Rächer droben über den Sternen – und wenn er gerecht ist – wenn er gerecht ist?

Zweiter Auftritt

Ein Bedienter *eilig.*

BEDIENTER: Amalia ist entsprungen, der Graf ist plötzlich verschwunden.

Dritter Auftritt

Daniel *kommt ängstlich.*

DANIEL: Gnädiger Herr, es jagt ein Trupp feuriger Reuter die Steig herab, schreien Mordjo, Mordjo – das ganze Dorf ist in Alarm.

FRANZ: Geh, laß alle Glocken zusammen läuten, alles soll in die Kirche – auf die Knie fallen alles – beten für mich – alle Gefangene sollen los sein und ledig; ich will den Armen alles doppelt und dreifach wiedergeben; ich will – so geh doch –

so ruf doch den Beichtvater, daß er mir meine Sünden hinwegsegne – Bist du noch nicht fort?

Das Getümmel wird hörbarer.

DANIEL: Gott verzeih mir meine schwere Sünde! Wie soll ich das wieder reimen? Ihr habt ja immer das liebe Gebet über alle Häuser hinausgeworfen, habt mir so manche – –

FRANZ: Nichts mehr davon – Sterben! siehst du? Sterben? Es wird zu spät. *Man hört Schweizern toben.* Bete doch! Bete!

DANIEL: Ich sagt's Euch immer – Ihr verachtet das liebe Gebet so – aber gebt acht, gebt acht! Wenn die Not an Mann geht, wenn Euch das Wasser an die Seele geht – –

SCHWEIZER *auf der Gasse*: Stürmt! Schlagt tot! Brecht ein! Ich sehe Licht, dort muß er sein.

FRANZ *auf den Knien*: Höre mich beten Gott im Himmel! – Es ist das erste Mal – Erhöre mich Gott im Himmel!

SCHWEIZER *immer auf der Gasse*: Schlag sie zurück Kamerad – der Teufel ist's und will euren Herrn holen – wo ist der Schwarze mit seinen Haufen? – Postier dich ums Schloß Grimm – Lauf Sturm wider die Ringmauer!

GRIMM: Holt ihr Feuerbrände – wir hinauf oder er herunter – ich will Feuer in seine Säle schmeißen.

FRANZ *betet*: Ich bin kein gemeiner Mörder gewesen mein Herr Gott! – hab mich nie mit Kleinigkeiten abgegeben mein Herr Gott! –

DANIEL: Gott sei uns gnädig! Auch seine Gebete werden zu Sünden.

Es fliegen Steine und Feuerbrände. Die Scheiben fallen. Das Schloß brennt.

FRANZ: Ich kann nicht beten – hier, hier! *Auf Brust und Stirn schlagend.* Alles so öd – so verdorret. *Steht auf.* Nein, ich will auch nicht beten –

DANIEL: Jesus Maria! Helft – rettet – das ganze Schloß steht in Flammen!

FRANZ: Hier nimm diesen Degen. Hurtig – jag mir ihn hinterrücks in den Bauch, daß nicht diese Buben kommen und treiben ihren Spott mit mir.

Das Feuer nimmt überhand.

DANIEL: Bewahre! bewahre! Ich mag niemand zu früh in den Himmel fördern, viel weniger zu früh – *Er entrinnt.*

Vierter Auftritt

Franz *ihm graß nachstierend, nach einer Pause.*

In die Hölle willst du sagen? – Wirklich! ich wittere so etwas – Sind das ihre hellen Triller? Hör ich euch zischen ihr Nattern des Abgrunds? – Sie dringen herauf – belagern die Türe – warum zag ich so vor dieser bohrenden Spitze? – Die Türe kracht – stürzt – unentrinnbar.

Er springt in die Flamme. Die eindringenden Räuber ihm nach.

Fünfter Auftritt

Der Schauplatz, wie in dem letzten Auftritt des vorigen Aufzugs.

Der alte Moor *auf einem Stein sitzend.* Räuber Moor *gegenüber.* Räuber *hin und her im Wald.*

räuber moor: Er war Euch lieb Euer andrer Sohn?

der alte moor: Du weißt es, o Himmel! Warum ließ ich mich doch durch die Ränke eines bösen Sohnes betören? Ein gepriesener Vater ging ich einher unter den Vätern der Menschen. Schön um mich blühten meine Kinder voll Hoffnung. Aber – O der unglückseligen Stunde! – Der böse Geist fuhr in das Herz meines zweiten, ich traute der Schlange – verloren meine Kinder beide! *Verhüllt sich das Gesicht.*

räuber moor *geht weit von ihm weg.*

der alte moor: O ich fühl es tief was mir Amalia sagte; der Geist der Rache sprach aus ihrem Munde. Vergebens ausstrecken deine sterbenden Hände wirst du nach einem Sohn; vergebens wähnen zu umfassen die warme Hand deines Karls, der nimmermehr an deinem Bette steht –

räuber moor *reicht ihm die Hand mit abgewandtem Gesicht.*

der alte moor: Wärst du meines Karls Hand! – Aber er liegt fern im engen Hause, schläft schon den eisernen Schlaf, höret nimmer die Stimme meines Jammers – weh mir! sterben in den Armen eines Fremdlings – Kein Sohn mehr – kein Sohn mehr, der mir die Augen zudrücken könnte –

räuber moor *in der heftigsten Bewegung*: Itzt muß es sein – itzt – Verlaßt mich *Zu den Räubern:* Und doch – kann ich ihm denn seinen Sohn wiederschenken – Ich kann ihm seinen Sohn doch nicht mehr schenken – Nein, ich will's nicht tun.

DER ALTE MOOR: Wie Freund? Was hast du da gemurmelt?

RÄUBER MOOR: Dein Sohn – ja alter Mann – *Stammelnd:* Dein Sohn – ist – ewig verloren.

DER ALTE MOOR: Ewig?

RÄUBER MOOR *in der fürchterlichsten Beklemmung gen Himmel sehend*: Oh! nur diesmal – laß meine Seele nicht matt werden – nur diesmal halte mich aufrecht!

DER ALTE MOOR: Ewig sagst du?

RÄUBER MOOR: Frage nichts weiter. Ewig, sagt ich.

DER ALTE MOOR: Fremdling! Fremdling! warum zogst du mich aus dem Turm?

RÄUBER MOOR: Und wie? – Wenn ich itzt seinen Segen weghaschte – haschte wie ein Dieb, und mich davonschliche mit der göttlichen Beute – *Stürzt vor ihm nieder.* Ich zerbrach die Riegel deines Turmes – Küsse mich göttlicher Greis!

DER ALTE MOOR *drückt ihn wider sein Herz*: Denk es sei Vaters Kuß; so will ich denken, ich küsse meinen Karl! – Du kannst auch weinen?

RÄUBER MOOR *sehr gerührt*: Ich dacht, es sei Vaters Kuß. *An seinem Hals. Pause. Man hört ein verwirrtes Getöse, und erblickt den Schein von Fackeln. Moor springt auf.* Horch! die Rache ruft! Sie kommen! *Er wirft einen vollen Blick auf den Alten, und schaut grimmiger auf.* Flamme mich in tigrische Mordsucht, leidendes Lamm; dir will ich ein Opfer bringen, daß die schauende Sterne über mir sollen dunkel werden, und in Todesschauer erstarren soll die Natur.

Fackeln sichtbarer. Der Lärm hörbarer. Wiederholte Pistolenschüsse.

DER ALTE MOOR: Weh! Weh! Wes ist das wilde Getöse? – Sind's die Handlanger meines Sohnes? Wollen sie mich vom Turme schleppen zum Blocke?

RÄUBER MOOR *auf der andern Seite. Die Hände gefalten mit Inbrunst.* Höre die Andacht des Mordbrenners, Richter im Himmel! – Mach ihn unsterblich! – Raff ihn nicht weg beim ersten Streich. Mach jeden Herzstoß zu einem Labsal – jeden Schwertstoß zu einem Erquicktrunk!

DER ALTE MOOR: Weh! was murmelst du, Fremdling? – Fürchterlich! Fürchterlich!

RÄUBER MOOR: Ich bete.

Wilde Musik der kommenden Räuber.

DER ALTE MOOR: Oh! auch meines Franzen gedenke in deinem Gebet! –

RÄUBER MOOR *mit verbißnem Rasen*: Ich gedenke.

DER ALTE MOOR: Aber ist das der Ton eines Beters? Hör auf – hör auf – Mir schaudert vor deiner Andacht.

Sechster Auftritt

Schweizer *voran.* Ein Zug Räuber, Franz von Moor, *Ketten schleifend in der Mitte.*

SCHWEIZER: Triumph Hauptmann! – Hier ist der Bube – Meine Ehre ist gelöst.

GRIMM: Gerissen aus den Flammen seines Schlosses – Seine Vasallen geflohen –

KOSINSKY: Sein Schloß hinter ihm in Asche – Versunken seines Namens Gedächtnis.

Es erfolgt eine grauenvolle Pause auf dem Schauplatz. Räuber Moor tritt langsam hervor.

RÄUBER MOOR *zu Franz mit dumpfer gelassener Stimme*: Kennst du mich?

FRANZ VON MOOR *steht, den Blick in den Boden gewurzelt, keine Antwort.*

RÄUBER MOOR *wie oben, indem er ihn zu seinem Vater führt*: Kennst du diesen?

FRANZ VON MOOR *taumelt durchdonnert zurück*: Zermalmet mich Donner des Himmels! Mein Vater!

DER ALTE MOOR *wendet sich bebend ab*: Geh – Gott vergebe dir – Ich vergesse –

RÄUBER MOOR *fürchterlich streng*: Und mein Fluch hänge sich tausendpfündig an diese Bitte, und lähme ihren Flug zum Erhörer! – Kennst du diesen Turm auch?

FRANZ VON MOOR *heftig zu Hermann*: Was Ungeheuer? Bis zu diesem Turm verfolgte dein Familienhaß meinen Vater?

HERMANN: Bravo! bravo! So ist doch kein Teufel so lüderlich seinen Vasallen in der letzten Lüge zu verlassen!

RÄUBER MOOR: Genug. Diesen Alten führt tiefer in den Wald. Zu dem, was ich itzt tun werde, bedarf ich keiner Vatertränen. *Sie führen den alten Grafen, der wie betäubt ist, vom Schauplatz.* Näher, Banditen! *Sie formieren einen halben Mond um die beiden und hängen schauernd über ihren Flinten.* Nun! keinen Laut weiter – so wahr ich Vergebung der Sünden hoffe! Dem ersten der nur die Zunge rührt, eh ich's befehle, kracht diese gezogene Pistole. – Stille!

FRANZ VON MOOR *zu Hermann im Ausbruch der äußersten Wut*: Ha Schandbube! daß ich nicht all mein Gift in diesem Schaum auf dein Angesicht geifern kann! – O es ist bitter!

Weinend in die Ketten beißend.

RÄUBER MOOR *in majestätischer Stellung*: Ein Bevollmächtigter des Weltgerichts steh ich da. – Einen Rechtshandel will ich schlichten, den kein Reiner schlichtet – Sünder sitzen zu Gerichte – Ich der größeste obenan! – Dolche seien die Lose – Wer neben diesem nicht rein steht wie ein Heiliger, trete ab vom Gerichte, und zerbreche seinen Dolch – Laßt fallen! *Die Räuber werfen alle ihre Dolche unzerbrochen auf die Erde. Räuber Moor zu Franz*: Sei stolz! du hast heute Missetäter zu Engeln gemacht! – Noch einen Dolch vermißt ihr? *Er zieht den seinigen. Große Pause.* Seine Mutter war auch meine Mutter – *Zu Kosinsky und Schweizer*: Richtet ihr! *Er zerbricht seinen Dolch, und tritt tiefgerührt auf die Seite.*

SCHWEIZER *nach einer Pause*: Steh ich nicht da wie ein Schulbube und zermartre mein Gehirn mit Erfindung? – So reich an Freuden das Leben, so arm an Qualen der Tod! *Auf den Boden stampfend.* Sprich du! ich erlahme.

KOSINSKY: Denk an den Graukopf! Blick seitwärts nach diesem Turm und begeistre dich. Ich bin ein Schüler; schäme dich Meister!

SCHWEIZER: Bin ich doch grau worden in Auftritten des Jammers, und soll nun zum Bettler verarmen an diesem! – Frevelte er nicht an diesem Turme? Richten wir nicht an diesem Turme? Hinunter mit ihm! – In diesem Turm verfaul er lebendig!

DIE RÄUBER *beistimmend mit Getöse*: Hinunter! hinunter! *Stürmen auf Franz zu.*

FRANZ VON MOOR *springt seinem Bruder in die Arme*: Rette mich von den Klauen der Mordbrenner! Rette mich Bruder!

RÄUBER MOOR *sehr ernst*: Du hast mich zu ihrem Fürsten gemacht! – *Franz stürzt erschrocken zurück.* Wirst du mich noch bitten?

RÄUBER *lärmen ungestümer*: Hinunter! hinunter!

RÄUBER MOOR *tritt zu ihm edel und mit Schmerz*: Sohn meines Vaters! Du hast mir meinen Himmel gestohlen. Diese Sünde sei dir genommen – Fahr in die Hölle Rabensohn! – Ich vergebe dir Bruder! *Er umarmt ihn und eilt von dem Schauplatz. Franz wird hinabgestoßen, und über ihm Gelächter.*

RÄUBER MOOR *kommt nachdenkend zurück*: Es ist vollendet! Lenker der Dinge habe Dank! Es ist vollendet! – *Verweilt über einen großen Gedanken.* Wenn dieser Turm wäre das Ziel gewesen, zu dem du mich führtest auf blutvollen Wegen? Wenn ich darum das Haupt der Sünder bin worden? – – – Ewige Vorsicht! hier schaudre ich – und bete an! – Wohl! ich vertraue dir, und mach Feierabend am Ziele. – In seiner schönsten Schlacht fällt der Sieger so schön – In diesem Abendrot will ich erlöschen! Laßt mir den Vater kommen.

Einige Räuber gehen und bringen den alten Grafen geführt.

DER ALTE MOOR: Wohin wollt ihr mit mir? Wo ist mein Sohn?

RÄUBER MOOR *mit Würde und Gelassenheit ihm entgegen*: Planet und Sandkorn haben ihren gemessenen Platz in der Schöpfung – auch dein Sohn hat den seinen. Sei ruhig, und setz dich nieder.

DER ALTE MOOR *bricht in Tränen aus*: Kein Kind mehr? Kein Kind mehr?

RÄUBER MOOR: Sei ruhig, und setz dich nieder.

DER ALTE MOOR: O der gutherzigen Barbaren! Aus dem Turm reißen sie einen sterbenden Greisen ihn zu grüßen: deine Kinder sind geschlachtet! O ich bitte euch, vollendet eure Barmherzigkeit und stoßt mich wieder hinunter.

RÄUBER MOOR *ergreift seine Hand mit Heftigkeit und hält sie mit Wärme gen Himmel*: Lästre nicht! alter Mann! Lästre den Gott nicht, vor dem ich heute freudiger bete. Schlimmere, als du bist, haben ihn heute von Angesicht zu Angesicht gesehen.

DER ALTE MOOR *scharf*: Und würgen gelernt?

RÄUBER MOOR *böse*: Sechzigjähriger! kein solch Wort mehr. *Sanfter und mit Schmerz:* Wenn seine Gottheit selbst die Sünder erwärmt, sollen die Heilige sie zurückstoßen? Und wo würdest du Worte finden, ihm Abbitte zu tun, wenn er dir heute – einen Sohn getauft hätte?

DER ALTE MOOR *bitter*: Tauft man heute mit Blut?

RÄUBER MOOR *stutzend*: Wie sagst du? – Redet denn auch Verzweiflung die Wahrheit – Ja, alter Mann, auch mit Blut kann die Vorsicht taufen – Mit Blut hat sie dir heute getauft – Ihre Wege seltsam und fürchterlich – aber Freudentränen am Ziele!

DER ALTE MOOR: Wo werd ich sie weinen?

RÄUBER MOOR *der ihm in die Arme stürzt*: Am Herzen deines Karls!

DER ALTE MOOR *im Ausbruch der höchsten Freude*: Mein Karl lebt!

RÄUBER MOOR: Dein Karl lebt! – Dir vorausgeschickt zum Retter, zum Rächer! So lohnte dir dein begünstigter Sohn! *Auf den Turm zeigend.* – So rächet sich dein verlorener Sohn! *Er drückt ihn wärmer an die Brust.*

RÄUBER: Volk im Wald! Stimmen!

RÄUBER MOOR *fährt auf*: Ruft die andern. *Die Räuber ab. Moor mit sich selber.* Es ist Zeit mein Herz – den Wollustbecher vom Mund, eh er vergiftet.

DER ALTE MOOR: Sind diese Männer deine Freunde? Fast fürchte ich ihre Blicke.

RÄUBER MOOR: Alles mein Vater! – dieses frage mich nicht.

Siebenter Auftritt

Amalia *mit fliegenden Haaren.* Die ganze Bande *folgt hinter ihr, und sammelt sich im Hintergrunde der Bühne.*

AMALIA: Die Toten, schreit man, seien erstanden auf seine Stimme – Mein Oheim lebendig – aus diesem Turme – Karl! Oheim! wo find ich sie?

RÄUBER MOOR *zurückbebend*: Wer bringt dies Bild vor meine Augen?

DER ALTE MOOR *rafft sich zitternd auf*: Amalia! Meine Nichte! Amalia!

AMALIA *stürzt dem Alten in die Arme*: Dich wieder mein Vater – und meinen Karl – und alles!

DER ALTE MOOR: Mein Karl lebt – du – ich – lebt alles! Alles! Mein Karl lebt!

RÄUBER MOOR *rasend zu der Bande*: Brecht auf Brüder! der Erzfeind hat mich verraten.

AMALIA *entspringt dem Vater und eilt auf den Räuber zu, und umschlingt ihn, entzückt*: Ich hab ihn! o ihr Sterne! ich hab ihn!

RÄUBER MOOR: Reißt sie von meinem Halse! – Tötet sie! Tötet ihn! Mich! Euch! Alles! Die ganze Welt geh zugrunde!

AMALIA: Bräutigam! Bräutigam! Du rasest! Ha! vor Entzückung! Warum bin ich auch so fühllos? Mitten im Wonnewirbel so kalt?

DER ALTE MOOR: Kommt Kinder! Deine Hand Karl – deine, Amalia – O ich hoffte nie, daß mir vor dem Grabe die Wollust würde! – Ich will sie zusammenfügen auf ewig.

AMALIA: Ewig sein! Ewig! Ewig! Ewig mein! O ihr Mächte des Himmels! entlastet mich dieser tödlichen Wollust, daß ich nicht unter dem Zentner vergehe!

RÄUBER MOOR *losgerissen von Amalien*: Weg! Weg! – Unglückseligste der Bräute! – Schau selbst! frage selbst! höre! – Unglückseligster der Väter! laß mich immer ewig davonrennen.

AMALIA: Wohin? Was? Liebe! Ewigkeit! Wonne Unendlichkeit! und du fliehst?

DER ALTE MOOR: Mein Sohn flieht? Mein Sohn flieht?

RÄUBER MOOR: Zu spät! Vergebens! – Dein Fluch Vater! – frage mich nichts mehr – ich bin – ich habe – dein Fluch – dein vermeinter Fluch! *Gefaßter:* So vergeh dann, Amalia! Stirb Vater! stirb durch mich zum zweitenmal! diese deine Retter sind Räuber und Mörder! Dein Sohn ist – ihr Hauptmann!

DER ALTE MOOR: Gott! Meine Kinder! *Er stirbt.*

AMALIA *stumm und starr wie eine Bildsäule.*

DIE GANZE BANDE *in fürchterlicher Pause.*

RÄUBER MOOR *wider eine Eiche rennend*: Die Seelen derer, die ich erdrosselte im Genusse der Liebe – derer die ich zerschmetterte im heiligen Schlafe – derer – Hahaha! hört ihr den Pulverturm knallen über dem Stuhl der Gebärerin? Seht ihr die Flammen lecken an den Wiegen der Säuglinge? Das ist Brautfackel! das ist Hochzeitmusik! – Oh! er vergißt nicht – er weiß zu mahnen! Darum von mir die Wonne der Liebe! darum mir zum Gerichte die Liebe! – das ist Vergeltung!

AMALIA *wie erwacht aus einem Donnerschlag, lallend*: Es ist wahr! Herrscher im Himmel! Er sagt: es ist wahr! – Was hab ich getan, ich unschuldiges Lamm? – Ich hab diesen geliebt!

RÄUBER MOOR: Das ist mehr als ein Mann erduldet. Hab ich doch den Tod aus mehr denn tausend Röhren auf mich zupfeifen gehört, und bin ihm keinen Fußbreit gewichen; soll ich itzt erst lernen beben wie ein Weib? beben vor einem Weibe? – Nein! ein Weib erschüttert meine Mannheit nicht, Blut! Blut! – Es wird vorübergehen. Blut will ich saufen – und ich poche dem Tyrannen Verhängnis. *Er will davon.*

AMALIA *fällt ihm in die Arme*: Mörder! Teufel! Ich kann dich Engel nicht lassen.

RÄUBER MOOR *steht verwundernd still*: Träum ich? Ras ich? Hat die Hölle eine neue Finte ersonnen, ihr satanisches Kurzweil mit mir zu treiben? – Sie liegt am Halse des Mordbrenners!

AMALIA: Ewig! Unzertrennlich!

RÄUBER MOOR: Noch liebt sie mich! Noch! – rein bin ich wie das Licht! Sie liebt mich mit all meinen Sünden. *In Freude geschmolzen.* Die Kinder des Lichts weinen am Halse begnadigter Teufel – Meine Furien erdrosseln hier ihre Schlangen – die Hölle ist zernichtet – Ich bin glücklich!

Er verbirgt sein Gesicht an ihrem Busen. Eine Gruppe voll Rührung. Pause.

GRIMM *grimmig hervortretend*: Halt ein Verräter! gleich laß diesen Arm fahren – oder ich will dir ein Wort sagen, daß dir die Ohren gellen und deine Zähne vor Entsetzen klappern.

SCHWEIZER *streckt das Schwert zwischen beede*: Denk an die böhmischen Wälder! hörst du? zagst du? An die böhmischen Wälder sollst du denken. Treuloser! wo sind deine Schwüre? Vergißt man Wunden so bald – da wir Glück – Ehre und Leben in die Schanze schlugen für dich? da wir dir stunden wie Mauren – Hubst du da nicht deine Hand zum eisernen Eid auf, schwurst uns nie zu verlassen, wie wir dich nicht verlassen haben? Ehrloser! Treuvergessener! und du willst abfallen, wenn ein Weib weint?

DIE RÄUBER *durcheinander, reißen ihre Kleider auf*: Schau her! Schau! Kennst du diese Narben? Mit unserm Herzblut haben wir dich zum Leibeignen angekauft – Unser bist du, und wenn der Erzengel Michael mit dem Moloch ins Handgemeng darüber kommen sollte! Marsch mit uns! Opfer um Opfer! Liebe um Treue! Ein Weib um die Bande!

RÄUBER MOOR *läßt Amalien fahren*: Es ist aus! – Ich wollte umkehren und zu meinem Vater gehen; aber der im Himmel sagt: Nein! – Rolle doch deine Augen nicht so Amalia – Er bedarf ja meiner nicht – Hat er nicht Geschöpfe die Fülle – Einen kann er so leicht missen. Dieser Eine nun bin ich. Kommt Kameraden. *Er dreht sich nach der Bande.*

AMALIA *reißt ihn zurück*: Halt! Halt! einen Stoß! Einen Todesstoß! Neu verlassen! Zieh den Degen und erbarme dich.

RÄUBER MOOR: Das Erbarmen ist in die Bären gefahren. Ich töte dich nicht.

AMALIA *seine Knie umfassend*: O um Gotteswillen! um aller Erbarmungen willen! Ich will ja nicht Liebe mehr – weiß ja wohl, daß droben unsere Sterne feindlich voneinander fliehen – Tod ist meine Bitte nur. Sieh! meine Hand zittert. Ich habe das Herz nicht – zu stoßen. Mir bangt vor der blitzenden Schneide. Dir ist's so leicht, du bist Meister im Morden. Zieh den Degen, und ich bin glücklich.

RÄUBER MOOR *sehr streng*: Willst du allein glücklich sein? Fort! Ich töte kein Weib.

AMALIA: Ha Würger! du kannst nur die Glücklichen töten, die Lebenssatten gehst du vorüber. *Flehend gegen die Bande:* So erbarmet euch meiner ihr Schüler des Henkers. Es ist ein so blutdürstiges Mitleid in euren Blicken, das den Elenden Trost ist. Drückt ab – Euer Meister ist ein feigherziger Prahler.

Einige Räuber zielen.

RÄUBER MOOR *außer Fassung*: Zurück Harpyien! *Er tritt mit Majestät darzwischen.* Wag es einer in mein Heiligtum zu brechen! Sie ist mein – *Indem er sie mit starken Armen umfaßt.* Und nun ziehe an ihr der Himmel, die Hölle an mir – Die Liebe über den Eiden! *Er hebt sie hoch auf und schwingt sie in dieser Gruppe unerschrocken gegen die ganze Bande.* Was die Natur aneinanderschmiedet – wer wird es scheiden?

RÄUBER *schlagen an*: Wir.

RÄUBER MOOR *bitter lachend*: Ohnmächtige! *Er läßt Amalien halb entseelt auf den Stein nieder.* Blick auf, meine Verlobte! Priestersegen wird uns nicht vereinen, aber ich weiß etwas Bessers. *Er nimmt Amaliens Halstuch hinweg, und entblößt ihr den Busen – zu der Bande gelassener.* Schaut diese Schönheit, ihr Männer – *Zärtlich traurig.* Schmelzt sie Banditen nicht? *Nach einer Pause sanfter.* Schaut mich an Banditen – Jung bin ich, und liebe – hier werd ich geliebt – angebetet. Bis ans Tor des Paradieses bin ich gekommen – *Weich und bittend.* Sollten mich meine Brüder zurückschleudern?

RÄUBER *stimmen ein Gelächter an.*

RÄUBER MOOR *entschlossen*: Genug! bis hieher Natur! Itzt fängt der Mann an! – Auch ich bin der Mordbrenner einer – und *Ihnen entgegen mit unbeschreiblicher Hoheit.* euer Hauptmann! Mit dem Schwert wollt ihr mit eurem Hauptmann rechten, Banditen? *Mit gebietender Stimme:* Streckt die Gewehre! Euer Herr spricht mit euch!

RÄUBER *werfen erschrocken ihre Waffen zur Erde.*

RÄUBER MOOR: Seht! nun seid ihr nichts mehr, als Kinder, und ich – bin frei. Frei muß Moor sein, wenn er groß sein will. Um ein Elysium der Liebe ist mir dieser Triumph nicht feil. *Er zieht den Degen.* Nennt es nicht Wahnwitz Banditen, was ihr das Herz nicht habt Größe zu nennen. Der Witz der Verzweiflung überflügelt den Schneckengang der ruhigen Weisheit. – Taten, wie diese, überlegt man, wenn sie getan sind – Ich will hernach davon reden.

Er stürzt auf Amalien zu, und wirft sie mit einem Degenstoß nieder.

RÄUBER *klatschen lärmend in die Hände*: Bravo! bravo! Das heißt seine Ehre lösen wie ein Räuberfürst! Bravo!

RÄUBER MOOR *stellt sich vor Amalien und bewacht sie mit ausgestrecktem Degen*: Nun ist sie mein! – Mein! – Oder die Ewigkeit ist die Grille eines Dummkopfs gewesen. Eingesegnet mit dem Schwert, hab ich heimgeführt meine Braut, vorüber an all den Zauberhunden meines Feindes Verhängnis. *Von ihr weg mit stolzen Schritten.* Noch manchen Tanz darf die Erde um die Sonne tun, eh sie eine zweite Tat wie diese erschwingt. *Zärtlich zu Amalien.* Und er muß süß gewesen sein der Tod von Bräutigams Händen? Nicht wahr Amalia?

AMALIA *sterbend im Blut*: Süße. *Sie streckt ihre Hand aus und stirbt.*

RÄUBER MOOR *zu der Bande mit Majestät*: Nun ihr erbärmlichen Gesellen? Nicht wahr? So hoch schwindelte eure Schurkenforderung nie? – Ein Leben habt ihr mir geopfert, ein Leben das schon verfallen war – ein Leben voll Abscheulichkeit und Schande – Ich hab euch einen Engel geschlachtet, *Wirft den Degen mit Verachtung unter sie.* Banditen! Wir sind quitt – Über dieser Leiche liegt meine Handschrift zerrissen – Euch schenk ich die eurige.

RÄUBER *drängen sich zu*: Deine Leibeigenen wieder bis in den Tod.

RÄUBER MOOR: Nein! nein! nein! Gewiß sind wir fertig. Leise flüstert mein Genius: „Geh nicht weiter Moor. Hier ist der Markstein des Menschen – und der deine." – Nehmt ihn zurück diesen blutigen Busch. *Er wirft seinen Busch auf die Erde.* Wer Lust hat, Hauptmann zu sein nach mir, mag ihn aufheben.

RÄUBER: Ha! Mutloser! wo sind deine hochfliegenden Plane? Sind's Seifenblasen gewesen, die beim Todesröcheln eines Weibes zerplatzen?

RÄUBER MOOR *mit Würde*: Untersucht nicht, wo Moor handelt, das ist mein letzter Befehl – Kommt! schließt einen

Kreis um mich, und vernehmt das Testament eures sterbenden Hauptmanns. *Er heftet einen verweilenden Blick auf die Bande.* Ihr seid treu an mir gehangen. – Treu ohne Beispiel – hätt euch die Tugend so fest verbrüdert als die Sünde – ihr wäret Helden worden, und die Menschheit spräch eure Namen mit Wonne. Gehet hin, und opfert eure Gaben dem Staate. Dienet einem Könige, der für die Rechte der Menschheit streitet – Mit diesem Segen seid entlassen. *Zu Schweizer und Kosinsky:* Ihr bleibet.

Die übrigen Räuber gehen langsam und bewegt von der Bühne.

Achter Auftritt

Räuber Moor. Schweizer. Kosinsky.

RÄUBER MOOR: Gib mir deine Rechte, Kosinsky; Schweizer, deine Linke. *Er nimmt ihre Hände und steht mitten zwischen beiden. Zu Kosinsky*: Du bist noch rein junger Mann – unter den Unreinen der einzige Reine! *Zu Schweizern:* Tief hab ich diese Hand getaucht in Blut – Ich bin's, der's getan hat. Mit diesem Händedruck nehm ich zurück was mein ist. Schweizer! du bist rein. *Er hält ihre Hände mit Inbrunst gen Himmel.* Vater im Himmel! hier geb ich sie dir wieder – Sie werden wärmer an dir hangen, als deine Niemalgefallenen – das weiß ich gewiß.

Schweizer und Kosinsky fallen sich von beiden Seiten herüber um den Hals.

RÄUBER MOOR: Itzt nicht – nur itzt nicht meine Lieben. Schonet meines Muts in dieser richtenden Stunde. – Eine Grafschaft ist mir heute zugefallen – ein Schatz, worauf noch kein Fluch den Harpyienflügel schlug – Teilt sie unter euch Kinder, werdet gute Bürger, und wenn ihr gegen zehn, die ich zugrund richtete, nur einen glücklich macht, so wird meine Seele gerettet. – Geht – kein Lebewohl – dort sehen wir uns wieder – oder auch nicht wieder – Fort! Schnell! Eh ich weich werde.

Beide gehen ab mit verhüllten Gesichtern.

Neunter Auftritt

Räuber Moor *allein, sehr heiter.*

Und auch ich bin ein guter Bürger – Erfüll ich nicht das entsetzlichste Gesetz? Ehr ich es nicht? Räch ich es nicht? – Ich erinnere mich, einen armen Offizier gesprochen zu haben, als ich herüberkam, der im Taglohn arbeitet, und eilf lebendige Kinder hat – Man hat hundert Dukaten geboten, wer den großen Räuber lebendig liefert – Dem Mann kann geholfen werden. *Er geht ab.*

KABALE UND LIEBE

Ein bürgerliches Trauerspiel

Personen

Präsident von Walter, *am Hof eines deutschen Fürsten*
Ferdinand, *sein Sohn*, *Major*
Hofmarschall von Kalb
Lady Milford, *Favoritin des Fürsten*
Wurm, *Haussekretär des Präsidenten*
Miller, *Stadtmusikant, oder wie man sie an einigen Orten nennt, Kunstpfeifer*
Dessen Frau
Luise, *dessen Tochter*
Sophie, *Kammerjungfer der Lady*
Ein Kammerdiener des Fürsten
Verschiedene Nebenpersonen

ERSTER AKT

Erste Szene

Zimmer beim Musikus.

Miller *steht eben vom Sessel auf, und stellt seine Violoncell auf die Seite. An einem Tisch sitzt* Frau Millerin *noch im Nachtgewand, und trinkt ihren Kaffee.*

MILLER *schnell auf und ab gehend*: Einmal für allemal. Der Handel wird ernsthaft. Meine Tochter kommt mit dem Baron ins Geschrei. Mein Haus wird verrufen. Der Präsident bekommt Wind, und – kurz und gut, ich biete dem Junker aus.

FRAU: Du hast ihn nicht in dein Haus geschwatzt – hast ihm deine Tochter nicht nachgeworfen.

MILLER: Hab ihn nicht in mein Haus geschwatzt – hab ihm's Mädel nicht nachgeworfen; wer nimmt Notiz davon? – Ich war Herr im Haus. Ich hätt meine Tochter mehr koram nehmen sollen. Ich hätt dem Major besser auftrumpfen sollen – oder hätt gleich alles Seiner Exzellenz dem Herrn Papa stecken sollen. Der junge Baron bringt's mit einem Wischer hinaus, das muß ich wissen, und alles Wetter kommt über den Geiger.

FRAU *schlürft eine Tasse aus*: Possen! Geschwätz! Was kann über dich kommen? Wer kann dir was anhaben? Du gehst deiner Profession nach, und raffst Scholaren zusammen, wo sie zu kriegen sind.

MILLER: Aber, sag mir doch, was wird bei dem ganzen Kommerz auch herauskommen? – Nehmen kann er das Mädel nicht – Vom Nehmen ist gar die Rede nicht, und zu einer daß Gott erbarm? – Guten Morgen! – Gelt, wenn so ein Musje von, sich da und dort, und dort und hier schon herumbeholfen hat, wenn er, der Henker weiß was als? gelöst hat, schmeckt's meinem guten Schlucker freilich, einmal auf süß Wasser zu graben. Gib du acht! gib du acht! und wenn du aus jedem Astloch ein Auge strecktest, und vor jedem Blutstropfen Schildwache ständest, er wird sie, dir auf der

Nase, beschwatzen, dem Mädel eins hinsetzen, und führt sich ab, und das Mädel ist verschimpfiert auf ihr Leben lang, bleibt sitzen, oder hat's Handwerk verschmeckt, treibt's fort. *Die Faust vor die Stirn.* Jesus Christus!

FRAU: Gott behüt uns in Gnaden!

MILLER: Es hat sich zu behüten. Worauf kann so ein Windfuß wohl sonst sein Absehen richten? – Das Mädel ist schön – schlank – führt seinen netten Fuß. Unterm Dach mag's aussehen, wie's will. Darüber kuckt man bei euch Weibsleuten weg, wenn's nur der liebe Gott Parterre nicht hat fehlen lassen – Stöbert mein Springinsfeld erst noch dieses Kapitel aus – heh da! geht ihm ein Licht auf, wie meinem Rodney, wenn er die Witterung eines Franzosen kriegt, und nun müssen alle Segel dran, und drauflos, und – ich verdenk's ihm gar nicht. Mensch ist Mensch. Das muß ich wissen.

FRAU: Solltest nur die wunderhübsche Billetter auch lesen, die der gnädige Herr an deine Tochter als schreiben tut. Guter Gott! Da sieht man's ja sonnenklar, wie es ihm pur um ihre schöne Seele zu tun ist.

MILLER: Das ist die rechte Höhe. Auf den Sack schlagt man; den Esel meint man. Wer einen Gruß an das liebe Fleisch zu bestellen hat, darf nur das gute Herz Boten gehen lassen. Wie hab ich's gemacht? Hat man's nur erst so weit im reinen, daß die Gemüter topp machen, wutsch! nehmen die Körper ein Exempel; das Gesind macht's der Herrschaft nach und der silberne Mond ist am End nur der Kuppler gewesen.

FRAU: Sieh doch nur erst die prächtigen Bücher an, die der Herr Major ins Haus geschafft haben. Deine Tochter betet auch immer draus.

MILLER *pfeift*: Hui da! Betet! Du hast den Witz davon. Die rohe Kraftbrühen der Natur sind Ihro Gnaden *zartem* Makronenmagen noch zu hart. – Er muß sie erst in der höllischen Pestilenzküche der Bellatristen künstlich aufkochen lassen. Ins Feuer mit dem Quark. Da saugt mir das Mädel – weiß Gott was als für? – überhimmlische Alfanzereien ein, das läuft dann wie spanische Mucken ins Blut und wirft mir die Handvoll Christentum noch gar auseinander, die der Vater mit knapper Not soso noch zusammenhielt. Ins Feuer sag ich. Das Mädel setzt sich alles Teufelsgezeug in den Kopf; über all dem Herumschwänzen in der Schlaraffenwelt findet's zuletzt seine Heimat nicht mehr, vergißt, schämt sich, daß sein Vater Miller der Geiger ist, und verschlägt mir am End einen wackern ehrbaren Schwiegersohn, der sich so warm in meine Kundschaft hineingesetzt hätte – – Nein! Gott verdamm mich *Er springt auf, hitzig:* Gleich muß die Pastete auf den Herd, und dem Major – ja ja dem Major will ich weisen, wo Meister Zimmermann das Loch gemacht hat.

Er will fort.

FRAU: Sei artig Miller. Wie manchen schönen Groschen haben uns nur die Präsenter – –

MILLER *kommt zurück und bleibt vor ihr stehen*: Das Blutgeld meiner Tochter? – Schier dich zum Satan infame Kupplerin! – Eh will ich mit meiner Geig auf den Bettel herumziehen, und das Konzert um was Warmes geben – eh will ich mein Violoncello zerschlagen, und Mist im Sonanzboden führen, eh ich mir's schmecken laß von dem Geld, das mein einziges Kind mit Seel und Seligkeit abverdient. – Stell den vermaledeiten Kaffee ein, und das Tobakschnupfen, so brauchst du deiner Tochter Gesicht nicht zu Markt zu treiben. Ich hab mich satt gefressen, und immer ein gutes Hemd auf dem Leib gehabt, eh so ein vertrackter Tausendsasa in meine Stube geschmeckt hat.

FRAU: Nur nicht gleich mit der Tür ins Haus. Wie du doch den Augenblick in Feuer und Flammen stehst! Ich sprech ja nur, man müß den Herrn Major nicht disguschtüren, weil Sie des Präsidenten Sohn sind.

MILLER: Da liegt der Has im Pfeffer. Darum, just eben darum, muß die Sach noch heut auseinander. Der Präsident muß es mir Dank wissen, wenn er ein rechtschaffener Vater ist. Du wirst mir meinen roten plüschenen Rock ausbürsten, und ich werde mich bei Seiner Exzellenz anmelden lassen. Ich werde sprechen zu Seiner Exzellenz: Dero Herr Sohn haben ein Aug auf meine Tochter; meine Tochter ist zu schlecht zu Dero Herrn Sohnes Frau, aber zu Dero Herrn Sohnes Hure ist meine Tochter zu kostbar, und damit basta! – Ich heiße Miller.

Zweite Szene

Sekretär Wurm. Die Vorigen.

FRAU: Ah guten Morgen, Herr Sekertare. Hat man auch einmal wieder das Vergnügen von Ihnen?

WURM: Meinerseits, meinerseits, Frau Base. Wo eine Kavaliersgnade einspricht, kommt mein bürgerliches Vergnügen in gar keine Rechnung.

FRAU: Was Sie nicht sagen, Herr Sekertare! Des Herrn Majors von Walter hohe Gnaden machen uns wohl je und je das Bläsier, doch verachten wir darum niemand.

MILLER *verdrüßlich*: Dem Herrn einen Sessel, Frau. Wollen's ablegen, Herr Landsmann?

WURM *legt Hut und Stock weg, setzt sich*: Nun! Nun! Und wie befindet sich denn meine Zukünftige – oder Gewesene? – Ich will doch nicht hoffen – kriegt man sie nicht zu sehen – Mamsell Luisen?

FRAU: Danken der Nachfrage Herr Sekertare. Aber meine Tochter ist doch gar nicht hochmütig.

MILLER *ärgerlich, stößt sie mit dem Ellnbogen*: Weib!

FRAU: Bedauern's nur, daß sie die Ehre nicht haben kann vom Herrn Sekertare. Sie ist eben in die Meß, meine Tochter.

WURM: Das freut mich, freut mich. Ich werd einmal eine fromme christliche Frau an ihr haben.

FRAU *lächelt dumm-vornehm*: Ja – aber Herr Sekertare –

MILLER *in sichtbarer Verlegenheit kneipt sie in die Ohren*: Weib!

FRAU: Wenn Ihnen unser Haus sonst irgendwo dienen kann – Mit allem Vergnügen Herr Sekertare –

WURM *macht falsche Augen*: Sonst irgendwo! Schönen Dank! Schönen Dank – Hem! hem! hem!

FRAU: Aber – wie der Herr Sekertare selber die Einsicht werden haben –

MILLER *voll Zorn seine Frau vor den Hintern stoßend*: Weib!

FRAU: Gut ist gut, und besser ist besser, und einem einzigen Kind mag man doch auch nicht vor seinem Glück sein. *Bäurisch-stolz:* Sie werden mich je doch wohl merken Herr Sekertare?

WURM *rückt unruhig im Sessel, kratzt hinter den Ohren und zupft an Manschetten und Chapeau*: Merken? Nicht doch – O ja – Wie meinen Sie denn?

FRAU: Nu – Nu – ich dächte nur – ich meine. *Hustet.* Weil eben halt der liebe Gott meine Tochter barrdu zur gnädigen Madam will haben –

WURM *fährt vom Stuhl*: Was sagen Sie da? Was?

MILLER: Bleiben sitzen! Bleiben sitzen Herr Sekretarius. Das Weib ist eine alberne Gans. Wo soll eine gnädige Madam herkommen? Was für ein Esel streckt sein Langohr aus diesem Geschwätze?

FRAU: Schmäl du solang du willst. Was ich weiß, weiß ich – und was der Herr Major gesagt hat, das hat er gesagt.

MILLER *aufgebracht, springt nach der Geige*: Willst du dein Maul halten? Willst das Violoncello am Hirnkasten wissen? – Was kannst du wissen? Was kann er gesagt haben? – Kehren sich an das Geklatsch nicht Herr Vetter – Marsch du in deine Küche – Werden mich doch nicht für des Dummkopfs leiblichen Schwager halten, daß ich obenaus woll mit dem Mädel? Werden doch das nicht von mir denken Herr Sekretarius?

WURM: Auch hab ich es nicht um Sie verdient Herr Musikmeister. Sie haben mich jederzeit den Mann von Wort sehen lassen, und meine Ansprüche auf Ihre Tochter waren so gut, als unterschrieben. Ich habe ein Amt das seinen guten Haushälter nähren kann, der Präsident ist mir gewogen, an Empfehlungen kann's nicht fehlen, wenn ich mich höher poussieren will. Sie sehen, daß meine Absichten auf Mamsell Luisen ernsthaft sind, wenn Sie vielleicht von einem adelichen Windbeutel herumgeholt – –

FRAU: Herr Sekertare Wurm! Mehr Respekt, wenn man bitten darf –

MILLER: Halt du dein Maul sag ich – Lassen Sie es gut sein, Herr Vetter. Es bleibt beim alten. Was ich Ihnen verwichenen Herbst zum Bescheid gab, bring ich heut wieder. Ich zwinge meine Tochter nicht. Stehen Sie ihr an – wohl und gut, so mag sie zusehen, wie sie glücklich mit Ihnen wird. Schüttelt sie den Kopf – noch besser – – in Gottes Namen wollt ich sagen – so stecken Sie den Korb ein, und trinken eine Bouteille mit dem Vater – Das Mädel muß mit Ihnen leben – ich nicht – warum soll ich ihr einen Mann, den sie nicht schmecken kann, aus purem klarem Eigensinn an den Hals werfen? – Daß mich der böse Feind in meinen eisgrauen Tagen noch wie sein Wildpret herumhetze – daß ich's in jedem Glas Wein zu saufen – in jeder Suppe zu fressen kriege: Du bist der Spitzbube der sein Kind ruiniert hat!

FRAU: Und kurz und gut – ich geb meinen Konsenz absolut nicht; meine Tochter ist zu was Hohem gemünzt, und ich lauf in die Gerichte, wenn mein Mann sich beschwatzen läßt.

MILLER: Willst du Arm und Bein entzwei haben, Wettermaul?

WURM *zu Millern*: Ein väterlicher Rat vermag bei der Tochter viel, und hoffentlich werden Sie mich kennen, Herr Miller?

MILLER: Daß dich alle Hagel! 's Mädel muß Sie kennen. Was ich alter Knasterbart an Ihnen abkucke, ist just kein Fressen fürs junge naschhafte Mädel. Ich will Ihnen aufs Haar hin sagen, ob Sie ein Mann fürs Orchester sind – aber eine Weiberseel ist auch für einen Kapellmeister zu spitzig. – Und dann von der Brust weg, Herr Vetter – ich bin halt ein plumper gerader teutscher Kerl – für meinen Rat würden Sie sich zuletzt wenig bedanken. Ich rate meiner Tochter zu keinem – aber Sie mißrat ich meiner Tochter, Herr Sekretarius. Lassen mich ausreden. Einem Liebhaber, der den Vater zu Hilfe ruft, trau ich – erlauben Sie – keine hohle Haselnuß zu. Ist er was, so wird er sich schämen, seine Talente durch diesen altmodischen Kanal vor seine Liebste zu bringen – Hat er 's Courage nicht, so ist er ein Hasenfuß, und für den sind keine Luisen gewachsen – – Da! hinter dem Rücken des Vaters muß er sein Gewerb an die Tochter bestellen. Machen muß er, daß das Mädel lieber Vater und Mutter zum Teufel wünscht, als ihn fahrenläßt – oder selber kommt, dem Vater zu Füßen sich wirft, und sich um Gottes willen den schwarzen gelben Tod, oder den Herzeinzigen ausbittet. – Das nenn ich einen Kerl! Das heißt lieben! – und wer's bei dem Weibsvolk nicht so weit bringt, der soll – – auf seinem Gänsekiel reiten.

WURM *greift nach Hut und Stock, und zum Zimmer hinaus*: Obligation, Herr Miller.

MILLER *geht ihm langsam nach*: Für was? Für was? Haben Sie ja doch nichts genossen, Herr Sekretarius. *Zurückkommend:* Nichts hört er und hin zieht er – – Ist mir's doch wie Gift und Operment, wenn ich den Federnfuchser zu Gesichte krieg. Ein konfiszierter widriger Kerl, als hätt ihn irgendein Schleichhändler in die Welt meines Herrgotts hineingeschachert – Die kleinen tückischen Mausaugen – die Haare brandrot – das Kinn herausgequollen, gerade als wenn die Natur für purem Gift über das verhunzte Stück Arbeit meinen Schlingel da angefaßt, und in irgendeine Ecke geworfen hätte – Nein! Eh ich meine Tochter an so einen Schuft wegwerfe, lieber soll sie mir – Gott verzeih mir's –

FRAU *spuckt aus, giftig*: Der Hund! – Aber man wird dir's Maul sauber halten.

MILLER: Du aber auch mit deinem pestilenzialischen Junker – Hast mich vorhin auch so in Harnisch gebracht – Bist doch nie dummer, als wenn du um Gottes willen gescheit sein solltest. Was hat das Geträtsch von einer gnädigen Madam und deiner Tochter da vorstellen sollen? Das ist mir der Alte. Dem muß man so was an die Nase heften, wenn's morgen am Marktbrunnen ausgeschellt sein soll. Das ist just so ein Musje, wie sie in der Leute Häusern herumriechen, über Keller und Koch räsonieren, und springt einem ein nasenweises Wort übers Maul – Bumbs! haben's Fürst und Matreß und Präsident, und du hast das siedende Donnerwetter am Halse.

DRITTE SZENE

LUISE MILLERIN *kommt, ein Buch in der Hand.* VORIGE.

LUISE *legt das Buch nieder, geht zu Millern und drückt ihm die Hand*: Guten Morgen lieber Vater.

MILLER *warm*: Brav meine Luise – Freut mich, daß du so fleißig an deinen Schöpfer denkst. Bleib immer so, und sein Arm wird dich halten.

LUISE: O ich bin eine schwere Sünderin, Vater – War er da Mutter?

FRAU: Wer mein Kind?

LUISE: Ah! ich vergaß, daß es noch außer ihm Menschen gibt – Mein Kopf ist so wüste – Er war nicht da? Walter?

MILLER *traurig und ernsthaft*: Ich dachte, meine Luise hätte den Namen in der Kirche gelassen?

LUISE *nachdem sie ihn eine Zeitlang starr angesehen*: Ich versteh Ihn Vater – fühle das Messer, das Er in mein Gewissen stößt; aber es kommt zu spät. – Ich hab keine Andacht mehr Vater – der Himmel und Ferdinand reißen an meiner blutenden Seele, und ich fürchte – ich fürchte – *Nach einer Pause:* Doch nein, guter Vater. Wenn wir ihn über dem Gemälde vernachlässigen, findet sich ja der Künstler am feinsten gelobt. – Wenn meine Freude über sein Meisterstück mich ihn selbst übersehen macht, Vater, muß das Gott nicht ergötzen?

MILLER *wirft sich unmutig in den Stuhl*: Da haben wir's! Das ist die Frucht von dem gottlosen Lesen.

LUISE *tritt unruhig an ein Fenster*: Wo er wohl jetzt ist? – Die vornehmen Fräulein, die ihn sehen – ihn hören — ich bin ein schlechtes vergessenes Mädchen. *Erschrickt an dem Wort, und stürzt ihrem Vater zu.* Doch nein! nein! verzeih Er mir. Ich beweine mein Schicksal nicht. Ich will ja nur wenig — an ihn denken – das kostet ja nichts. Dies bißchen Leben – dürft ich es hinhauchen in ein leises schmeichelndes Lüftchen, sein Gesicht abzukühlen! – Dies Blümchen Jugend – wär es ein Veilchen, und er träte drauf, und es dürfte bescheiden unter ihm sterben! – Damit genügte mir, Vater. Wenn die Mücke in ihren Strahlen sich sonnt – kann sie das strafen, die stolze majestätische Sonne?

MILLER *beugt sich gerührt an die Lehne des Stuhls, und bedeckt das Gesicht*: Höre Luise – Das bissel Bodensatz meiner Jahre, ich gäb es hin, hättest du den Major nie gesehen.

LUISE *erschrocken*: Was sagt Er da? Was? Nein! Er meint es anders der gute Vater. Er wird nicht wissen, daß Ferdinand mein ist, mir geschaffen, mir zur Freude vom Vater der Liebenden. *Sie steht nachdenkend.* Als ich ihn das erstemal sah – *Rascher:* und mir das Blut in die Wangen stieg, froher jagten alle Pulse, jede Wallung sprach, jeder Atem lispelte: er ist's, und mein Herz den Immermangelnden erkannte, bekräftigte, er ist's, und wie das widerklang durch die ganze mitfreuende Welt. Damals – o damals ging in meiner Seele der erste Morgen auf. Tausend junge Gefühle schossen aus meinem Herzen, wie die Blumen aus dem Erdreich, wenn's Frühling wird. Ich sah keine Welt mehr, und doch besinn ich mich, daß sie niemals so schön war. Ich wußte von keinem Gott mehr, und doch hatt ich ihn nie so geliebt.

MILLER *eilt auf sie zu, drückt sie wider seine Brust*: Luise – teures – herrliches Kind – Nimm meinen alten mürben Kopf – nimm alles – alles! – den Major – Gott ist mein Zeuge – ich kann dir ihn nimmer geben. *Er geht ab.*

LUISE: Auch will ich ihn ja jetzt nicht mein Vater. Dieser karge Tautropfe Zeit – schon ein Traum von Ferdinand trinkt ihn wollüstig auf. Ich entsag ihm für dieses Leben. Dann, Mutter – dann, wenn die Schranken des Unterschieds einstürzen – wenn von uns abspringen all die verhaßte Hülsen des Standes – Menschen nur Menschen sind – Ich bringe nichts mit mir, als meine Unschuld, aber der Vater hat ja so oft gesagt, daß der Schmuck und die prächtigen Titel wohlfeil werden wenn Gott kommt, und die Herzen im Preise steigen. Ich werde dann reich sein. Dort rechnet man Tränen für

Triumphe, und schöne Gedanken für Ahnen an. Ich werde dann vornehm sein Mutter – Was hätte er dann noch für seinem Mädchen voraus?

FRAU *fährt in die Höhe*: Luise! Der Major! Er springt über die Planke. Wo verberg ich mich doch?

LUISE *fängt an zu zittern*: Bleib Sie doch Mutter.

FRAU: Mein Gott! Wie seh ich aus. Ich muß mich ja schämen. Ich darf mich nicht vor Seiner Gnaden so sehen lassen. *Ab.*

Vierte Szene

Ferdinand von Walter. Luise.

Er fliegt auf sie zu – sie sinkt entfärbt und matt auf einen Sessel – er bleibt vor ihr stehn – sie sehen sich eine Zeitlang stillschweigend an. Pause.

FERDINAND: Du bist blaß Luise?

LUISE *steht auf und fällt ihm um den Hals*: Es ist nichts. Nichts. Du bist ja da. Es ist vorüber.

FERDINAND *ihre Hand nehmend und zum Munde führend*: Und liebt mich meine Luise noch? Mein Herz ist das gestrige, ist's auch das deine noch? Ich fliege nur her, will sehn ob du heiter bist, und gehn und es auch sein – Du bist's nicht.

LUISE: Doch, doch, mein Geliebter.

FERDINAND: Rede mir Wahrheit. Du bist's nicht. Ich schaue durch deine Seele, wie durch das klare Wasser dieses Brillanten. *Er zeigt auf seinen Ring.* Hier wirft sich kein Bläschen auf, das ich nicht merkte – kein Gedanke tritt in dies Angesicht, der mir entwischte. Was hast du? Geschwind! Weiß ich nur diesen Spiegel helle, so läuft keine Wolke über die Welt. Was bekümmert dich?

LUISE *sieht ihn eine Weile stumm und bedeutend an, dann mit Wehmut*: Ferdinand! Ferdinand! Daß du doch wüßtest, wie schön in dieser Sprache das bürgerliche Mädchen sich ausnimmt –

FERDINAND: Was ist das? *Befremdet:* Mädchen! Höre! Wie kommst du auf das? – Du bist meine Luise. Wer sagt dir, daß du noch etwas sein solltest. Siehst du Falsche, auf welchem Kaltsinn ich dir begegnen muß. Wärest du ganz nur Liebe für mich, wann hättest du Zeit gehabt eine Vergleichung zu machen. Wenn ich bei dir bin, zerschmilzt meine Vernunft in einen Blick – in einen Traum von dir, wenn ich weg bin, und du hast noch eine Klugheit neben deiner Liebe? – Schäme dich! Jeder Augenblick, den du an diesen Kummer verlorst, war deinem Jüngling gestohlen.

LUISE *faßt seine Hand indem sie den Kopf schüttelt*: Du willst mich einschläfern Ferdinand – willst meine Augen von diesem Abgrund hinweglocken, in den ich ganz gewiß stürzen muß. Ich seh in die Zukunft – die Stimme des Ruhms – deine Entwürfe – dein Vater – mein Nichts. *Erschrickt, und läßt plötzlich seine Hand fahren.* Ferdinand! ein Dolch über dir und mir! – Man trennt uns!

FERDINAND: Trennt uns! *Er springt auf.* Woher bringst du diese Ahndung Luise? Trennt uns? – Wer kann den Bund zwoer Herzen lösen, oder die Töne eines Akkords auseinanderreißen? – Ich bin ein Edelmann – Laß doch sehen, ob mein Adelbrief älter ist, als der Riß zum unendlichen Weltall? oder mein Wappen gültiger als die Handschrift des Himmels in Luisens Augen: Dieses Weib ist für diesen Mann? – Ich bin des Präsidenten Sohn. Ebendarum. Wer, als die Liebe, kann mir die Flüche versüßen, die mir der Landeswucher meines Vaters vermachen wird?

LUISE: O wie sehr fürcht ich ihn – Diesen Vater!

FERDINAND: Ich fürchte nichts – nichts – als die Grenzen deiner Liebe. Laß auch Hindernisse wie Gebürge zwischen uns treten, ich will sie für Treppen nehmen und drüber hin in Luisens Arme fliegen. Die Stürme des widrigen Schicksals sollen meine Empfindung emporblasen, Gefahren werden meine Luise nur reizender machen. – Also nichts mehr von Furcht meine Liebe. Ich selbst – ich will über dir wachen wie der Zauberdrach über unterirdischem Golde – Mir vertraue dich. Du brauchst keinen Engel mehr – Ich will mich zwischen dich und das Schicksal werfen – empfangen für dich jede Wunde – auffassen für dich jeden Tropfen aus dem Becher der Freude – dir ihn bringen in der Schale der Liebe. *Sie zärtlich umfassend.* An diesem Arm soll meine Luise durchs Leben hüpfen, schöner als er dich von sich ließ soll der Himmel dich wiederhaben, und mit Verwunderung eingestehn, daß nur die Liebe die letzte Hand an die Seelen legte –

LUISE *drückt ihn von sich, in großer Bewegung*: Nichts mehr! Ich bitte dich, schweig! – Wüßtest du – Laß mich – du weißt nicht, daß deine Hoffnungen mein Herz, wie Furien, anfallen. *Will fort.*

FERDINAND *hält sie auf*: Luise? Wie! Was! Welche Anwandlung?

LUISE: Ich hatte diese Träume vergessen und war glücklich – Jetzt! Jetzt! Von heut an – der Friede meines Lebens ist aus – Wilde Wünsche – ich weiß es – werden in meinem Busen rasen. – Geh – Gott vergebe dir's – Du hast den Feuerbrand in mein junges friedsames Herz geworfen, und er wird nimmer nimmer gelöscht werden.

Sie stürzt hinaus. Er folgt ihr sprachlos nach.

Fünfte Szene

Saal beim Präsidenten.

DER PRÄSIDENT, *ein Ordenskreuz um den Hals, einen Stern an der Seite, und* SEKRETÄR WURM *treten auf.*

PRÄSIDENT: Ein ernsthaftes Attachement! Mein Sohn? – Nein Wurm, das macht Er mich nimmermehr glauben.

WURM: Ihro Exzellenz haben die Gnade mir den Beweis zu befehlen.

PRÄSIDENT: Daß er der Bürgerkanaille den Hof macht – Flatterien sagt – auch meinetwegen Empfindungen vorplaudert – Das sind lauter Sachen, die ich möglich finde – verzeihlich finde – aber – und noch gar die Tochter eines Musikus sagt Er?

WURM: Musikmeister Millers Tochter.

PRÄSIDENT: Hübsch? – Zwar das versteht sich.

WURM *lebhaft*: Das schönste Exemplar einer Blondine, die, nicht zu viel gesagt, neben den ersten Schönheiten des Hofes noch Figur machen würde.

PRÄSIDENT *lacht*: Er sagt mir Wurm – Er habe ein Aug auf das Ding – das find ich. Aber sieht Er mein lieber Wurm – daß mein Sohn Gefühl für das Frauenzimmer hat, macht mir Hoffnung, daß ihn die Damen nicht hassen werden. Er kann bei Hof etwas durchsetzen. Das Mädchen ist schön, sagt Er, das gefällt mir an meinem Sohn, daß er Geschmack hat. Spiegelt er der Närrin solide Absichten vor? Noch besser – so seh ich, daß er Witz genug hat, in seinen Beutel zu lügen. Er kann Präsident werden. Setzt er es noch dazu durch? Herrlich! das zeigt mir an, daß er Glück hat. – Schließt sich die Farce mit einem gesunden Enkel –

Unvergleichlich! so trink ich auf die guten Aspekten meines Stammbaums eine Bouteille Malaga mehr, und bezahle die Skortationsstrafe für seine Dirne.

WURM: Alles was ich wünsche, Ihr' Exzellenz, ist, daß Sie nicht nötig haben möchten diese Bouteille zu Ihrer Zerstreuung zu trinken.

PRÄSIDENT *ernsthaft*: Wurm, besinn Er sich, daß ich, wenn ich einmal glaube, hartnäckig glaube, rase, wenn ich zürne – Ich will einen Spaß daraus machen, daß Er mich aufhetzen wollte. Daß Er sich seinen Nebenbuhler gern vom Hals geschafft hätte, glaub ich Ihm herzlich gern. Da Er meinen Sohn bei dem Mädchen auszustechen Mühe haben möchte, soll Ihm der Vater zur Fliegenklatsche dienen, das find ich wieder begreiflich – und daß Er einen so herrlichen Ansatz zum Schelmen hat, entzückt mich sogar – Nur mein lieber Wurm, muß Er mich nicht mit prellen wollen. – Nur versteht Er mich, muß Er den Pfiff nicht bis zum Einbruch in meine Grundsätze treiben.

WURM: Ihro Exzellenz verzeihen. Wenn auch wirklich – wie Sie argwohnen – die Eifersucht hier im Spiel sein sollte, so wäre sie es wenigstens nur mit den Augen und nicht mit der Zunge.

PRÄSIDENT: Und ich dächte, sie bliebe ganz weg. Dummer Teufel, was verschlägt es denn Ihm, ob Er die Karolin frisch aus der Münze, oder vom Bankier bekommt. Tröst Er sich mit dem hiesigen Adel; – wissentlich oder nicht – bei uns wird selten eine Mariage geschlossen, wo nicht wenigstens ein halb Dutzend der Gäste – oder der Aufwärter – das Paradies des Bräutigams geometrisch ermessen kann.

WURM *verbeugt sich*: Ich mache hier gern den Bürgersmann, gnädiger Herr.

PRÄSIDENT: Überdies kann Er mit nächstem die Freude haben, Seinem Nebenbuhler den Spott auf die schönste Art heimzugeben. Eben jetzt liegt der Anschlag im Kabinett, daß, auf die Ankunft der neuen Herzogin, Lady Milford zum Schein den Abschied erhalten, und, den Betrug vollkommen zu machen, eine Verbindung eingehen soll. Er weiß Wurm, wie sehr sich mein Ansehen auf den Einfluß der Lady stützt – wie überhaupt meine mächtigsten Springfedern in die Wallungen des Fürsten hineinspielen. Der Herzog sucht eine Partie für die Milford. Ein anderer kann sich melden – den

Kauf schließen, mit der Dame das Vertrauen des Fürsten anreißen, sich ihm unentbehrlich machen – damit nun der Fürst im Netz meiner Familie bleibe, soll mein Ferdinand die Milford heuraten – – Ist Ihm das helle?

WURM: Daß mich die Augen beißen – – Wenigstens bewies der Präsident hier, daß der Vater nur ein Anfänger gegen ihn ist. Wenn der Major Ihnen ebenso den gehorsamen Sohn zeigt, als Sie ihm den zärtlichen Vater, so dörfte Ihre Anfoderung mit Protest zurückkommen.

PRÄSIDENT: Zum Glück war mir noch nie für die Ausführung eines Entwurfes bang, wo ich mich mit einem: Es soll so sein, einstellen konnte. – Aber seh Er nun Wurm, das hat uns wieder auf den vorigen Punkt geleitet. Ich kündige meinem Sohn noch diesen Vormittag seine Vermählung an. Das Gesicht, das er mir zeigen wird, soll Seinen Argwohn entweder rechtfertigen, oder ganz widerlegen.

WURM: Gnädiger Herr, ich bitte sehr um Vergebung. Das finstre Gesicht, das er Ihnen ganz zuverlässig zeigt, läßt sich ebensogut auf die Rechnung der Braut schreiben, die Sie ihm zuführen, als derjenigen, die Sie ihm nehmen. Ich ersuche Sie um eine schärfere Probe. Wählen Sie ihm die untadelichste Partie im Land, und sagt er ja, so lassen Sie den Sekretär Wurm drei Jahre Kugeln schleifen.

PRÄSIDENT *beißt die Lippen*: Teufel!

WURM: Es ist nicht anders. Die Mutter – die Dummheit selbst – hat mir in der Einfalt zu viel geplaudert.

PRÄSIDENT *geht auf und nieder, preßt seinen Zorn zurück*: Gut! Diesen Morgen noch.

WURM: Nur vergessen Ewr. Exzellenz nicht, daß der Major – der Sohn meines Herrn ist.

PRÄSIDENT: Er soll geschont werden, Wurm.

WURM: Und daß der Dienst, Ihnen von einer unwillkommenen Schwiegertochter zu helfen –

PRÄSIDENT: Den Gegendienst wert ist, Ihm zu einer Frau zu helfen? – Auch das Wurm.

WURM *bückt sich vergnügt*: Ewig der Ihrige, gnädiger Herr.

Er will gehen.

PRÄSIDENT: Was ich Ihm vorhin vertraut habe Wurm. *Drohend:* Wenn Er plaudert –

WURM *lacht*: So zeigen Ihr' Exzellenz meine falschen Handschriften auf. *Er geht ab.*

PRÄSIDENT: Zwar du bist mir gewiß. Ich halte dich an deiner eigenen Schurkerei, wie den Schröter am Faden.

EIN KAMMERDIENER *tritt herein*: Hofmarschall von Kalb –

PRÄSIDENT: Kommt, wie gerufen. – Er soll mir angenehm sein.

Kammerdiener geht.

Sechste Szene

Hofmarschall von Kalb, *in einem reichen aber geschmacklosen Hofkleid, mit Kammerherrnschlüsseln, zwei Uhren und einem Degen, Chapeau-bas und frisiert à la Hérisson. Er fliegt mit großem Gekreisch auf den Präsidenten zu, und breitet einen Bisamgeruch über das ganze Parterre.* Präsident.

HOFMARSCHALL *ihn umarmend*: Ah guten Morgen mein Bester! Wie geruht? Wie geschlafen? – Sie verzeihen doch, daß ich so spät das Vergnügen habe – dringende Geschäfte – der Küchenzettel – Visitenbilletts – das Arrangement der Partien auf die heutige Schlittenfahrt – Ah – und denn mußt ich ja auch bei dem Lever zugegen sein, und Seiner Durchleucht das Wetter verkündigen.

PRÄSIDENT: Ja Marschall. Da haben Sie freilich nicht abkommen können.

HOFMARSCHALL: Obendrein hat mich ein Schelm von Schneider noch sitzen lassen.

PRÄSIDENT: Und doch fix und fertig?

HOFMARSCHALL: Das ist noch nicht alles. – Ein Malheur jagt heut das andere. Hören Sie nur.

PRÄSIDENT *zerstreut*: Ist das möglich?

HOFMARSCHALL: Hören Sie nur. Ich steige kaum aus dem Wagen, so werden die Hengste scheu, stampfen und schlagen aus, daß mir – ich bitte Sie! – der Gassenkot über und über an die Beinkleider sprützt. Was anzufangen? Setzen Sie sich um Gottes willen in meine Lage Baron. Da stand ich. Spät war es. Eine Tagreise ist es – und in dem Aufzug vor Seine Durchleucht! Gott der Gerechte! – Was fällt mir bei? Ich fingiere eine Ohnmacht. Man bringt mich über Hals und Kopf in die Kutsche. Ich in voller Karriere nach Haus – wechsle die Kleider – fahre zurück – Was sagen Sie? – und bin noch der erste in der Antichamber – Was denken Sie?

PRÄSIDENT: Ein herrliches Impromptu des menschlichen Witzes – Doch das beiseite Kalb – Sie sprachen also schon mit dem Herzog?

HOFMARSCHALL *wichtig*: Zwanzig Minuten und eine halbe.

PRÄSIDENT: Das gesteh ich! – und wissen mir also ohne Zweifel eine wichtige Neuigkeit?

HOFMARSCHALL *ernsthaft nach einigem Stillschweigen*: Seine Durchleucht haben heute einen Merde d'Oye-Biber an.

PRÄSIDENT: Man denke – Nein Marschall, so hab ich doch eine bessere Zeitung für Sie – daß Lady Milford Majorin von Walter wird, ist Ihnen gewiß etwas Neues?

HOFMARSCHALL: Denken Sie! – Und das ist schon richtig gemacht?

PRÄSIDENT: Unterschrieben, Marschall – und Sie verbinden mich, wenn Sie ohne Aufschub dahin gehen, die Lady auf seinen Besuch präparieren, und den Entschluß meines Ferdinands in der ganzen Residenz bekanntmachen.

HOFMARSCHALL *entzückt*: O mit tausend Freuden mein Bester – Was kann mir erwünschter kommen? – Ich fliege sogleich – *Umarmt ihn.* Leben Sie wohl – In Dreiviertelstunden weiß es die ganze Stadt. *Hüpft hinaus.*

PRÄSIDENT *lacht dem Marschall nach*: Man sage noch, daß diese Geschöpfe in der Welt zu nichts taugen – – Nun muß ja mein Ferdinand wollen, oder die ganze Stadt hat gelogen. *Klingelt.* – WURM *kommt.* Mein Sohn soll hereinkommen.

Wurm geht ab. Der Präsident auf und nieder gedankenvoll.

SIEBENTE SZENE

FERDINAND. DER PRÄSIDENT. WURM, *welcher gleich abgeht.*

FERDINAND: Sie haben befohlen, gnädiger Herr Vater –

PRÄSIDENT: Leider muß ich das, wenn ich meines Sohns einmal froh werden will – Laß Er uns allein, Wurm. – Ferdinand, ich beobachte dich schon eine Zeitlang, und finde die offene rasche Jugend nicht mehr, die mich sonst so entzückt hat. Ein seltsamer Gram brütet auf deinem Gesicht – Du fliehst mich – Du fliehst deine Zirkel – Pfui! – Deinen Jahren verzeiht man zehn Ausschweifungen vor einer einzigen Grille. Überlaß diese mir, lieber Sohn. Mich laß an deinem Glück arbeiten, und denke auf nichts, als in meine Entwürfe zu spielen. – Komm! Umarme mich Ferdinand.

FERDINAND: Sie sind heute sehr gnädig mein Vater.

PRÄSIDENT: Heute du Schalk – und dieses heute noch mit der herben Grimasse? *Ernsthaft:* Ferdinand! – Wem zulieb hab ich die gefährliche Bahn zum Herzen des Fürsten betreten? Wem zulieb bin ich auf ewig mit meinem Gewissen und dem Himmel zerfallen? – Höre Ferdinand – (Ich spreche mit meinem Sohn) – Wem hab ich durch die Hinwegräumung meines Vorgängers Platz gemacht – eine Geschichte, die desto blutiger in mein Inwendiges schneidet, je sorgfältiger ich das Messer der Welt verberge. Höre. Sage mir Ferdinand: Wem tat ich dies alles?

FERDINAND *tritt mit Schrecken zurück:* Doch mir nicht mein Vater? Doch auf mich soll der blutige Widerschein dieses Frevels nicht fallen? Beim allmächtigen Gott! Es ist besser, gar nicht geboren sein, als dieser Missetat zur Ausrede dienen.

PRÄSIDENT: Was war das? Was? Doch! ich will es dem Romanenkopfe zugut halten – Ferdinand – ich will mich nicht erhitzen vorlauter Knabe – Lohnst du mir also für meine schlaflosen Nächte? Also für meine rastlose Sorge? Also für den ewigen Skorpion meines Gewissens? – Auf mich fällt die Last der Verantwortung – auf mich der Fluch, der Donner des Richters – Du empfängst dein Glück von der zweiten Hand – das Verbrechen klebt nicht am Erbe.

FERDINAND *streckt die rechte Hand gen Himmel:* Feierlich entsag ich hier einem Erbe, das mich nur an einen abscheulichen Vater erinnert.

PRÄSIDENT: Höre junger Mensch, bringe mich nicht auf. – Wenn es nach deinem Kopfe ginge, du kröchest dein Leben lang im Staube.

FERDINAND: Oh, immer noch besser, Vater, als ich kröch um den Thron herum.

PRÄSIDENT *verbeißt seinen Zorn:* Hum! – Zwingen muß man dich, dein Glück zu erkennen. Wo zehn andre mit aller Anstrengung nicht hinaufklimmen, wirst du spielend, im Schlafe gehoben. Du bist im zwölften Jahre Fähndrich. Im zwanzigsten Major. Ich hab es durchgesetzt beim Fürsten. Du wirst die Uniform ausziehen, und in das Ministerium eintreten. Der Fürst sprach vom Geheimenrat – Gesandtschaften – außerordentlichen Gnaden. Eine herrliche Aussicht dehnt sich vor dir. – Die ebene Straße zunächst nach dem

Throne – zum Throne selbst, wenn anders die Gewalt so viel wert ist, als ihre Zeichen – das begeistert dich *nicht*?

FERDINAND: Weil meine Begriffe von Größe und Glück nicht ganz die Ihrigen sind – Ihre Glückseligkeit macht sich nur selten anders als durch Verderben bekannt. Neid, Furcht, Verwünschung sind die traurigen Spiegel, worin sich die Hoheit eines Herrschers belächelt. – Tränen, Flüche, Verzweiflung die entsetzliche Mahlzeit, woran diese gepriesenen Glücklichen schwelgen, von der sie betrunken aufstehen, und so in die Ewigkeit vor den Thron Gottes taumeln – Mein Ideal von Glück zieht sich genügsamer in mich selbst zurück. In meinem Herzen liegen alle meine Wünsche begraben. –

PRÄSIDENT: Meisterhaft! Unverbesserlich! Herrlich! Nach dreißig Jahren die erste Vorlesung wieder! – Schade nur, daß mein fünfzigjähriger Kopf zu zäh für das Lernen ist! – Doch – dies seltne Talent nicht einrosten zu lassen, will ich dir jemand an die Seite geben, bei dem du dich in dieser buntscheckigen Tollheit nach Wunsch exerzieren kannst. – Du wirst dich entschließen – noch heute entschließen – eine Frau zu nehmen.

FERDINAND *tritt bestürzt zurück*: Mein Vater?

PRÄSIDENT: Ohne Komplimente – Ich habe der Lady Milford in deinem Namen eine Karte geschickt. Du wirst dich ohne Aufschub bequemen, dahin zu gehen, und ihr zu sagen, daß du ihr Bräutigam bist.

FERDINAND: Der Milford mein Vater?

PRÄSIDENT: Wenn sie dir bekannt ist –

FERDINAND *außer Fassung*: Welcher Schandsäule im Herzogtum ist sie das nicht! – Aber ich bin wohl lächerlich, lieber Vater, daß ich Ihre Laune für Ernst aufnehme? Würden Sie Vater zu dem Schurken Sohne sein wollen, der eine privilegierte Buhlerin heuratete?

PRÄSIDENT: Noch mehr. Ich würde selbst um sie werben, wenn sie einen Fünfziger möchte – Würdest du zu dem Schurken Vater nicht Sohn sein wollen?

FERDINAND: Nein! So wahr Gott lebt!

PRÄSIDENT: Eine Frechheit, bei meiner Ehre! die ich ihrer Seltenheit wegen vergebe –

FERDINAND: Ich bitte Sie Vater! lassen Sie mich nicht länger in einer Vermutung, wo es mir unerträglich wird, mich Ihren Sohn zu nennen.

PRÄSIDENT: Junge bist du toll? Welcher Mensch von Vernunft würde nicht nach der Distinktion geizen, mit seinem Landesherrn an einem dritten Orte zu wechseln?

FERDINAND: Sie werden mir zum Rätsel mein Vater. Distinktion nennen Sie es – Distinktion, da mit dem Fürsten zu teilen, wo er auch unter den Menschen hinunterkriecht?

PRÄSIDENT *schlägt ein Gelächter auf.*

FERDINAND: Sie können lachen – und ich will über das hinweggehen Vater. Mit welchem Gesicht soll ich vor den schlechtesten Handwerker treten, der mit seiner Frau wenigstens doch einen ganzen Körper zum Mitgift bekommt? Mit welchem Gesicht vor die Welt? Vor den Fürsten? Mit welchem vor die Buhlerin selbst, die den Brandflecken ihrer Ehre in meiner Schande auswaschen würde?

PRÄSIDENT: Wo in aller Welt bringst du das Maul her, Junge?

FERDINAND: Ich beschwöre Sie bei Himmel und Erde! Vater, Sie können durch diese Hinwerfung Ihres einzigen Sohnes so glücklich nicht werden, als Sie ihn unglücklich machen. Ich gebe Ihnen mein Leben, wenn das Sie steigen machen kann. Mein Leben hab ich von Ihnen, ich werde keinen Augenblick anstehen, es ganz Ihrer Größe zu opfern. – Meine Ehre, Vater – wenn Sie mir diese nehmen, so war es ein leichtfertiges Schelmenstück mir das Leben zu geben, und ich muß den Vater wie den Kuppler verfluchen.

PRÄSIDENT *freundlich, indem er ihn auf die Achsel klopft*: Brav, lieber Sohn. Jetzt seh ich, daß du ein ganzer Kerl bist, und der besten Frau im Herzogtum würdig. – Sie soll dir werden – Noch diesen Mittag wirst du dich mit der Gräfin von Ostheim verloben.

FERDINAND *aufs neue betreten*: Ist diese Stunde bestimmt, mich ganz zu zerschmettern?

PRÄSIDENT *einen laurenden Blick auf ihn werfend*: Wo doch hoffentlich deine Ehre nichts einwenden wird?

FERDINAND: Nein mein Vater. Friederike von Ostheim könnte jeden andern zum Glücklichsten machen. *Vor sich, in höchster Verwirrung:* Was seine Bosheit an meinem Herzen noch ganz ließ, zerreißt seine Güte.

PRÄSIDENT *noch immer kein Aug von ihm wendend*: Ich warte auf deine Dankbarkeit, Ferdinand –

FERDINAND *stürzt auf ihn zu und küßt ihm feurig die Hand*: Vater! Ihre Gnade entflammt meine ganze Empfindung – Vater!

meinen heißesten Dank für Ihre herzliche Meinung – Ihre Wahl ist untadelhaft – aber – ich kann – ich darf – Bedauern Sie mich – Ich kann die Gräfin nicht lieben.

PRÄSIDENT *tritt einen Schritt zurück*: Holla! Jetzt hab ich den jungen Herrn. Also in diese Falle ging er, der listige Heuchler – Also es war nicht die Ehre, die dir die Lady verbot? – Es war nicht die Person sondern die Heurat die du verabscheutest? –

FERDINAND *steht zuerst wie versteinert, dann fährt er auf, und will fortrennen.*

PRÄSIDENT: Wohin? Halt! Ist das der Respekt den du mir schuldig bist? *Der Major kehrt zurück.* Du bist bei der Lady gemeldet. Der Fürst hat mein Wort. Stadt und Hof wissen es richtig. – Wenn du mich zum Lügner machst, Junge – vor dem Fürsten – der Lady – der Stadt – dem Hof mich zum Lügner machst – Höre Junge – oder wenn ich hinter gewisse Historien komme: – Halt! Holla! Was bläst so auf einmal das Feuer in deinen Wangen aus?

FERDINAND *schneeblaß und zitternd*: Wie? Was? Es ist gewiß nichts, mein Vater!

PRÄSIDENT *einen fürchterlichen Blick auf ihn heftend*: Und wenn es was ist – und wenn ich die Spur finden sollte, woher diese Widersetzlichkeit stammt? – – Ha Junge! der bloße Verdacht schon bringt mich zum Rasen. Geh den Augenblick. Die Wachparade fängt an. Du wirst bei der Lady sein, sobald die Parole gegeben ist – Wenn ich auftrete, zittert ein Herzogtum. Laß doch sehen, ob mich ein Starrkopf von Sohn meistert. *Er geht und kommt noch einmal wieder.* Junge, ich sage dir, du wirst dort sein, oder fliehe meinen Zorn. *Er geht ab.*

FERDINAND *erwacht aus einer dumpfen Betäubung*: Ist er weg? War das eines Vaters Stimme? – Ja! ich will zu ihr – will hin – will ihr Dinge sagen, will ihr einen Spiegel vorhalten – Nichtswürdige! und wenn du auch noch dann meine Hand verlangst – Im Angesicht des versammelten Adels, des Militärs und des Volks! – Umgürte dich mit dem ganzen Stolz deines Englands – Ich verwerfe dich – ein teutscher Jüngling!

Er eilt hinaus.

ZWEITER AKT

Ein Saal im Palais der Lady Milford; zur rechten Hand steht ein Sofa, zur linken ein Flügel.

Erste Szene

LADY, *in einem freien aber reizenden Negligé, die Haare noch unfrisiert, sitzt vor dem Flügel und phantasiert;* SOPHIE, *die Kammerjungfer, kommt von dem Fenster.*

SOPHIE: Die Offiziers gehen auseinander. Die Wachparade ist aus – aber ich sehe noch keinen Walter.

LADY *sehr unruhig, indem sie aufsteht und einen Gang durch den Saal macht*: Ich weiß nicht, wie ich mich heute finde, Sophie – Ich bin noch nie so gewesen – Also du sahst ihn gar nicht? – Freilich wohl – Es wird ihm nicht eilen – Wie ein Verbrechen liegt es auf meiner Brust – Geh Sophie – Man soll mir den wildesten Renner herausführen, der im Marstall ist. Ich muß ins Freie – Menschen sehen und blauen Himmel, und mich leichter reiten ums Herz herum.

SOPHIE: Wenn Sie sich unpäßlich fühlen, Mylady – berufen Sie Assemblee hier zusammen. Lassen Sie den Herzog hier Tafel halten, oder die l'Hombretische vor Ihren Sofa setzen. Mir sollte der Fürst und sein ganzer Hof zu Gebote stehn, und eine Grille im Kopfe surren?

LADY *wirft sich in den Sofa*: Ich bitte, verschone mich. Ich gebe dir einen Demant für jede Stunde, wo ich sie mir vom Hals schaffen kann. Soll ich meine Zimmer mit diesem Volk tapezieren? – Das sind schlechte erbärmliche Menschen, die sich entsetzen, wenn mir ein warmes herzliches Wort entwischt, Mund und Nasen aufreißen, als sähen sie einen Geist – Sklaven eines einzigen Marionettendrahts, den ich leichter als mein Filet regiere. – Was fang ich mit Leuten an, deren Seelen so gleich als ihre Sackuhren gehen? Kann ich eine Freude dran finden, sie was zu fragen, wenn ich vorausweiß, was sie mir antworten werden? Oder Worte mit ihnen wechseln, wenn sie das Herz nicht haben, andrer Meinung als ich zu sein? – Weg mit ihnen! Es ist verdrüßlich, ein Roß zu reiten, das nicht auch in den Zügel beißt. *Sie tritt zum Fenster.*

SOPHIE: Aber den Fürsten werden Sie doch ausnehmen Lady?

Den schönsten Mann – den feurigsten Liebhaber – den witzigsten Kopf in seinem ganzen Lande!

LADY *kommt zurück*: Denn es ist sein Land – und nur ein Fürstentum, Sophie, kann meinem Geschmack zur erträglichen Ausrede dienen – Du sagst, man beneide mich. Armes Ding! Beklagen soll man mich vielmehr. Unter allen, die an den Brüsten der Majestät trinken, kommt die Favoritin am schlechtesten weg, weil sie allein dem großen und reichen Mann auf dem Bettelstabe begegnet – Wahr ist's, er kann mit dem Talisman seiner Größe jeden Gelust meines Herzens, wie ein Feenschloß, aus der Erde rufen. – Er setzt den Saft von zwei Indien auf die Tafel – ruft Paradiese aus Wildnissen – läßt die Quellen seines Landes in stolzen Bögen gen Himmel springen, oder das Mark seiner Untertanen in einem Feuerwerk hinpuffen – – Aber kann er auch seinem Herzen befehlen, gegen ein großes feuriges Herz groß und feurig zu schlagen? Kann er sein darbendes Gehirn auf ein einziges schönes Gefühl exequieren? – Mein Herz hungert bei all dem Vollauf der Sinne, und was helfen mich tausend beßre Empfindungen, wo ich nur Wallungen löschen darf?

SOPHIE *blickt sie verwundernd an*: Wie lang ist es denn aber, daß ich Ihnen diene, Mylady?

LADY: Weil du erst heute mit mir bekannt wirst? – Es ist wahr, liebe Sophie – ich habe dem Fürsten meine Ehre verkauft, aber mein Herz habe ich frei behalten – ein Herz, meine Gute, das vielleicht eines Mannes noch wert ist – über welches der giftige Wind des Hofes nur wie der Hauch über den Spiegel ging – Trau es mir zu, meine Liebe, daß ich es längst gegen diesen armseligen Fürsten behauptet hätte, wenn ich es nur von meinem Ehrgeiz erhalten könnte, einer Dame am Hof den Rang vor mir einzuräumen.

SOPHIE: Und dieses Herz unterwarf sich dem Ehrgeiz so gern?

LADY *lebhaft*: Als wenn es sich nicht schon gerächt hätte? – Nicht jetzt noch sich rächte? — Sophie *Bedeutend, indem sie die Hand auf Sophiens Achsel fallen läßt*: Wir Frauenzimmer können nur zwischen Herrschen und Dienen wählen – aber die höchste Wonne der Gewalt ist doch nur ein elender Behelf, wenn uns die größere Wonne versagt wird, Sklavinnen eines Manns zu sein, den wir lieben.

SOPHIE: Eine Wahrheit, Mylady, die ich von Ihnen zuletzt hören wollte!

LADY: Und warum, meine Sophie? Sieht man es denn dieser kindischen Führung des Zepters nicht an, daß wir nur für das Gängelband taugen? Sahst du es denn diesem launischen Flattersinn nicht an – diesen wilden Ergötzungen nicht an, daß sie nur wildere Wünsche in meiner Brust überlärmen sollten?

SOPHIE *tritt erstaunt zurück*: Lady?

LADY *lebhafter*: Befriedige diese! Gib mir den Mann, den ich jetzt denke – den ich anbete – sterben, Sophie, oder besitzen muß. *Schmelzend:* Laß mich aus seinem Mund es vernehmen, daß Tränen der Liebe schöner glänzen in unsern Augen, als die Brillanten in unserm Haar *Feurig:* und ich werfe dem Fürsten sein Herz und sein Fürstentum vor die Füße, fliehe mit diesem Mann, fliehe in die entlegenste Wüste der Welt – –

SOPHIE *blickt sie erschrocken an*: Himmel! was machen Sie? Wie wird Ihnen Lady?

LADY *bestürzt*: Du entfärbst dich? — Hab ich vielleicht etwas zuviel gesagt? – O so laß mich deine Zunge mit meinem Zutrauen binden – höre noch mehr – höre alles –

SOPHIE *schaut sich ängstlich um*: Ich fürchte Mylady – ich fürchte – ich brauch es nicht mehr zu hören.

LADY: Die Verbindung mit dem Major – Du und die Welt stehen im Wahn, sie sei eine Hofkabale – Sophie – erröte nicht – schäme dich meiner nicht – sie ist das Werk – meiner Liebe.

SOPHIE: Bei Gott! Was mir ahndete!

LADY: Sie ließen sich beschwatzen, Sophie – der schwache Fürst – der hofschlaue Walter – der alberne Marschall – Jeder von ihnen wird darauf schwören, daß diese Heurat das unfehlbarste Mittel sei, mich dem Herzog zu retten, unser Band um so fester zu knüpfen. — Ja! es auf ewig zu trennen! auf ewig diese schändliche Ketten zu brechen! – Belogene Lügner! Von einem schwachen Weib überlistet! – Ihr selbst führt mir jetzt meinen Geliebten zu. Das war es ja nur was ich wollte – Hab ich ihn einmal – hab ich ihn – o dann auf immer gute Nacht abscheuliche Herrlichkeit –

Zweite Szene

Ein alter Kammerdiener des Fürsten, *der ein Schmuckkästchen trägt.* Die Vorigen.

KAMMERDIENER: Seine Durchlaucht der Herzog empfehlen sich Mylady zu Gnaden, und schicken Ihnen diese Brillanten zur Hochzeit. Sie kommen soeben erst aus Venedig.

LADY *hat das Kästchen geöffnet und fährt erschrocken zurück*: Mensch! was bezahlt dein Herzog für diese Steine?

KAMMERDIENER *mit finsterm Gesicht*: Sie kosten ihn keinen Heller.

LADY: Was? Bist du rasend? Nichts? – und *Indem sie einen Schritt von ihm wegtritt.* du wirfst mir ja einen Blick zu, als wenn du mich durchbohren wolltest – Nichts kosten ihn diese unermeßlich kostbaren Steine?

KAMMERDIENER: Gestern sind siebentausend Landskinder nach Amerika fort – Die zahlen alles.

LADY *setzt den Schmuck plötzlich nieder, und geht rasch durch den Saal, nach einer Pause zum Kammerdiener*: Mann, was ist dir? Ich glaube, du weinst?

KAMMERDIENER *wischt sich die Augen, mit schrecklicher Stimm, alle Glieder zitternd*: Edelsteine wie diese da – Ich hab auch ein paar Söhne drunter.

LADY *wendet sich bebend weg, seine Hand fassend*: Doch keinen Gezwungenen?

KAMMERDIENER *lacht fürchterlich*: O Gott – Nein – lauter Freiwillige. Es traten wohl so etliche vorlaute Bursch vor die Front heraus, und fragten den Obersten, wie teuer der Fürst das Joch Menschen verkaufe? – aber unser gnädigster Landesherr ließ alle Regimenter auf dem Paradeplatz aufmarschieren, und die Maulaffen niederschießen. Wir hörten die Büchsen knallen, sahen ihr Gehirn auf das Pflaster sprützen, und die ganze Armee schrie: Juchhe nach Amerika! –

LADY *fällt mit Entsetzen in den Sofa*: Gott! Gott! – Und ich hörte nichts? Und ich merkte nichts?

KAMMERDIENER: Ja gnädige Frau – warum mußtet Ihr denn mit unserm Herrn gerad auf die Bärenhatz reiten, als man den Lärmen zum Aufbruch schlug? – Die Herrlichkeit hättet Ihr doch nicht versäumen sollen, wie uns die gellenden Trommeln verkündigten, es ist Zeit, und heulende Waisen dort einen lebendigen Vater verfolgten, und hier eine wütende Mutter lief, ihr saugendes Kind an Bajonetten zu spießen, und wie man Bräutigam und Braut mit Säbelhieben auseinanderriß, und wir Graubärte verzweiflungsvoll dastanden, und den Burschen auch zuletzt die Krücken noch nachwarfen in die Neue Welt – Oh, und mitunter das polternde Wirbelschlagen, damit der Allwissende uns nicht sollte beten hören–

LADY *steht auf, heftig bewegt*: Weg mit diesen Steinen – sie blitzen Höllenflammen in mein Herz. *Sanfter zum Kammerdiener:* Mäßige dich armer alter Mann. Sie werden wiederkommen. Sie werden ihr Vaterland wiedersehen.

KAMMERDIENER *warm und voll*: Das weiß der Himmel! Das werden sie! – Noch am Stadttor drehten sie sich um, und schrieen: „Gott mit euch, Weib und Kinder – Es leb unser Landesvater – am Jüngsten Gericht sind wir wieder da!“ –

LADY *mit starkem Schritt auf und nieder gehend*: Abscheulich! Fürchterlich! – Mich beredete man, ich habe sie alle getrocknet die Tränen des Landes – Schrecklich, schrecklich gehen mir die Augen auf – Geh du – Sag deinem Herrn – Ich werd ihm persönlich danken. *Kammerdiener will gehen, sie wirft ihm ihre Goldbörse in den Hut.* Und das nimm, weil du mir Wahrheit sagtest –

KAMMERDIENER *wirft sie verächtlich auf den Tisch zurück*: Legt's zu dem übrigen. *Er geht ab.*

LADY *sieht ihm erstaunt nach*: Sophie, spring ihm nach, frag ihn um seinen Namen. Er soll seine Söhne wiederhaben. *Sophie ab. Lady nachdenkend auf und nieder. Pause. Zu Sophien, die wiederkommt:* Ging nicht jüngst ein Gerüchte, daß das Feuer eine Stadt an der Grenze verwüstet, und bei vierhundert Familien an den Bettelstab gebracht habe? *Sie klingelt.*

SOPHIE: Wie kommen Sie auf das? Allerdings ist es so, und die mehresten dieser Unglücklichen dienen jetzt ihren Gläubigern als Sklaven, oder verderben in den Schachten der fürstlichen Silberbergwerke.

BEDIENTER *kommt*: Was befehlen Mylady?

LADY *gibt ihm den Schmuck*: Daß das ohne Verzug in die Landschaft gebracht werde! – Man soll es sogleich zu Geld machen, befehl ich, und den Gewinst davon unter die vierhundert verteilen, die der Brand ruiniert hat.

SOPHIE: Mylady, bedenken Sie, daß Sie die höchste Ungnade wagen.

LADY *mit Größe*: Soll ich den Fluch seines Landes in meinen Haaren tragen? *Sie winkt dem Bedienten, dieser geht.* Oder willst du, daß ich unter dem schrecklichen Geschirr solcher Tränen zu Boden sinke? – Geh Sophie – Es ist besser falsche Juwelen im Haar, und das Bewußtsein dieser Tat im Herzen zu haben.

SOPHIE: Aber Juwelen, wie diese! Hätten Sie nicht Ihre schlechtern nehmen können. Nein wahrlich Mylady! Es ist Ihnen nicht zu vergeben.

LADY: Närrisches Mädchen! Dafür werden in einem Augenblick mehr Brillanten und Perlen für mich fallen, als zehen Könige in ihren Diademen getragen, und schönere –

BEDIENTER *kommt zurück*: Major von Walter –

SOPHIE *springt auf die Lady zu*: Gott! Sie verblassen –

LADY: Der erste Mann der mir Schrecken macht – Sophie – Ich sei unpäßlich Eduard – Halt – Ist er aufgeräumt? Lacht er? Was spricht er? O Sophie! Nicht wahr, ich sehe häßlich aus?

SOPHIE: Ich bitte Sie Lady –

BEDIENTER: Befehlen Sie, daß ich ihn abweise?

LADY *stotternd*: Er soll mir willkommen sein. *Bedienter hinaus.* Sprich Sophie – Was sag ich ihm? Wie empfang ich ihn? – Ich werde stumm sein. – Er wird meiner Schwäche spotten – Er wird – o was ahndet mir – Du verlässest mich Sophie? – Bleib – Doch nein! Gehe! – So bleib doch.

Der Major kommt durch das Vorzimmer.

SOPHIE: Sammeln Sie sich. Er ist schon da.

DRITTE SZENE

FERDINAND VON WALTER. DIE VORIGEN.

FERDINAND *mit einer kurzen Verbeugung*: Wenn ich Sie worin unterbreche, gnädige Frau –

LADY *unter merkbarem Herzklopfen*: In nichts, Herr Major, das mir wichtiger wäre.

FERDINAND: Ich komme auf Befehl meines Vaters.

LADY: Ich bin seine Schuldnerin.

FERDINAND: Und soll Ihnen melden, daß wir uns heuraten – So weit der Auftrag meines Vaters.

LADY *entfärbt sich und zittert*: Nicht Ihres eigenen Herzens?

FERDINAND: Minister und Kuppler pflegen das niemals zu fragen.

LADY *mit einer Beängstigung, daß ihr die Worte versagen*: Und Sie selbst hätten sonst nichts beizusetzen?

FERDINAND *mit einem Blick auf die Mamsell*: Noch sehr viel, Mylady.

LADY *gibt Sophien einen Wink, diese entfernt sich*: Darf ich Ihnen diesen Sofa anbieten?

FERDINAND: Ich werde kurz sein, Mylady.

LADY: Nun?

FERDINAND: Ich bin ein Mann von Ehre.

LADY: Den ich zu schätzen weiß.

FERDINAND: Kavalier.

LADY: Kein beßrer im Herzogtum.

FERDINAND: Und Offizier.

LADY *schmeichelhaft*: Sie berühren hier Vorzüge, die auch andere mit Ihnen gemein haben. Warum verschweigen Sie größere, worin Sie einzig sind?

FERDINAND *frostig*: Hier brauch ich sie nicht.

LADY *mit immer steigender Angst*: Aber für was muß ich diesen Vorbericht nehmen?

FERDINAND *langsam und mit Nachdruck*: Für den Einwurf der Ehre, wenn Sie Lust haben sollten, meine Hand zu erzwingen.

LADY *auffahrend*: Was ist das Herr Major?

FERDINAND *gelassen*: Die Sprache meines Herzens – meines Wappens – und dieses Degens.

LADY: Diesen Degen gab Ihnen der Fürst.

FERDINAND: Der Staat gab mir ihn, durch die Hand des Fürsten – Mein Herz Gott – mein Wappen ein halbes Jahrtausend.

LADY: Der Name des Herzogs –

FERDINAND *hitzig*: Kann der Herzog Gesetze der Menschheit verdrehen, oder Handlungen münzen, wie seine Dreier? – Er selbst ist nicht über die Ehre erhaben, aber er kann ihren Mund mit seinem Golde verstopfen. Er kann den Hermelin über seine Schande herwerfen. Ich bitte mir aus, davon nichts mehr Mylady – Es ist nicht mehr die Rede von weggeworfenen Aussichten und Ahnen – oder von dieser Degenquaste – oder von der Meinung der Welt. Ich bin bereit, dies alles mit Füßen zu treten, sobald Sie mich nur überzeugt haben werden, daß der Preis nicht schlimmer noch als das Opfer ist.

LADY *schmerzhaft von ihm weggehend*: Herr Major! Das hab ich nicht verdient.

FERDINAND *ergreift ihre Hand*: Vergeben Sie. Wir reden hier ohne Zeugen. Der Umstand, der Sie und mich – heute und nie mehr – zusammenführt, berechtigt mich, zwingt mich, Ihnen mein geheimstes Gefühl nicht zurückzuhalten. — Es will mir nicht zu Kopfe, Mylady, daß eine Dame von so viel Schönheit und Geist – Eigenschaften, die ein Mann schätzen würde – sich an einen Fürsten sollte wegwerfen können, der nur das Geschlecht an ihr zu bewundern gelernt hat, wenn sich diese Dame nicht schämte, vor einen Mann mit ihrem Herzen zu treten.

LADY *schaut ihm groß ins Gesicht*: Reden Sie ganz aus.

FERDINAND: Sie nennen sich eine Britin. Erlauben Sie mir – ich kann es nicht glauben, daß Sie eine Britin sind. Die freigeborene Tochter des freiesten Volks unter dem Himmel – das auch zu stolz ist, fremder Tugend zu räuchern – kann sich nimmermehr an fremdes Laster verdingen. Es ist nicht möglich, daß Sie eine Britin sind – oder das Herz dieser Britin muß um so viel kleiner sein, als größer und kühner Britanniens Adern schlagen.

LADY: Sind Sie zu Ende?

FERDINAND: Man könnte antworten, es ist weibliche Eitelkeit – Leidenschaft – Temperament – Hang zum Vergnügen. Schon öfters überlebte Tugend die Ehre. Schon manche, die mit Schande in diese Schranke trat, hat nachher die Welt durch edle Handlungen mit sich ausgesöhnt, und das häßliche Handwerk durch einen schönen Gebrauch geadelt — Aber woher denn jetzt diese ungeheure Pressung des Landes, die vorher nie so gewesen? – Das war im Namen des Herzogtums. – Ich bin zu Ende.

LADY *mit Sanftmut und Hoheit*: Es ist das erstemal, Walter, daß solche Reden an mich gewagt werden, und Sie sind der einige Mensch, dem ich darauf antworte – Daß Sie meine Hand verwerfen, darum schätz ich Sie. Daß Sie mein Herz lästern, vergebe ich Ihnen. Daß es Ihr Ernst ist, glaube ich Ihnen nicht. Wer sich herausnimmt, Beleidigungen dieser Art einer Dame zu sagen, die nicht mehr als eine Nacht braucht, ihn ganz zu verderben, muß dieser Dame eine große Seele zutrauen, oder – von Sinnen sein – Daß Sie den Ruin des Landes auf meine Brust wälzen, vergebe Ihnen

Gott der Allmächtige, der Sie und mich und den Fürsten einst gegeneinanderstellt. – Aber Sie haben die Engländerin in mir aufgefodert, und auf Vorwürfe dieser Art muß mein Vaterland Antwort haben.

FERDINAND *auf seinen Degen gestützt*: Ich bin begierig.

LADY: Hören Sie also, was ich, außer Ihnen, noch niemand vertraute, noch jemals einem Menschen vertrauen will. — Ich bin nicht die Abenteurerin, Walter, für die Sie mich halten. Ich könnte großtun und sagen: Ich bin fürstlichen Geblüts – aus des unglücklichen Thomas Norfolks Geschlechte, der für die schottische Maria ein Opfer war – Mein Vater, des Königs oberster Kämmerer wurde bezüchtigt, in verräterischem Vernehmen mit Frankreich zu stehen, durch einen Spruch der Parlamente verdammt, und enthauptet. – Alle unsre Güter fielen der Krone zu. Wir selbst wurden des Landes verwiesen. Meine Mutter starb am Tage der Hinrichtung. Ich – ein vierzehenjähriges Mädchen – flohe nach Teutschland mit meiner Wärterin – einem Kästchen Juwelen – und diesem Familienkreuz, das meine sterbende Mutter mit ihrem letzten Segen mir in den Busen steckte.

FERDINAND *wird nachdenkend, und heftet wärmere Blicke auf die Lady.*

LADY *fährt fort mit immer zunehmender Rührung*: Krank – ohne Namen – ohne Schutz und Vermögen – eine ausländische Waise kam ich nach Hamburg. Ich hatte nichts gelernt, als das bißchen Französisch – ein wenig Filet, und den Flügel – desto besser verstund ich auf Gold und Silber zu speisen, unter damastenen Decken zu schlafen, mit einem Wink zehen Bediente fliegen zu machen, und die Schmeicheleien der Großen Ihres Geschlechts aufzunehmen. – Sechs Jahre waren schon hingeweint. – Die letzte Schmucknadel flog dahin – Meine Wärterin starb — und jetzt führte mein Schicksal Ihren Herzog nach Hamburg. Ich spazierte damals an den Ufern der Elbe, sah in den Strom, und fing eben an zu phantasieren, ob dieses Wasser oder mein Leiden das tiefste wäre? – Der Herzog sah mich, verfolgte mich, fand meinen Aufenthalt – lag zu meinen Füßen, und schwur, daß er mich liebe. *Sie hält in großen Bewegungen inne, dann fährt sie fort mit weinender Stimme.* Alle Bilder meiner glücklichen Kindheit wachten jetzt wieder mit verführendem Schimmer auf – Schwarz wie das Grab graute mich eine trostlose Zukunft an – Mein Herz brannte nach einem Herzen – Ich sank an das seinige. *Von ihm wegstürzend.* Jetzt verdammen Sie mich!

FERDINAND *sehr bewegt, eilt ihr nach, und hält sie zurück*: Lady! o Himmel! Was hör ich? Was tat ich? – – Schrecklich enthüllt sich mein Frevel mir. Sie können mir nicht mehr vergeben.

LADY *kommt zurück, und hat sich zu sammeln gesucht*: Hören Sie weiter. Der Fürst überraschte zwar meine wehrlose Jugend – aber das Blut der Norfolk empörte sich in mir: Du eine geborene Fürstin, Emilie, rief es, und jetzt eines Fürsten Konkubine? – Stolz und Schicksal kämpften in meiner Brust, als der Fürst mich hieher brachte, und auf einmal die schauderndste Szene vor meinen Augen stand. – Die Wollust der Großen dieser Welt ist die nimmersatte Hyäne, die sich mit Heißhunger Opfer sucht. – Fürchterlich hatte sie schon in diesem Lande gewütet – hatte Braut und Bräutigam zertrennt – hatte selbst der Ehen göttliches Band zerrissen – – hier das stille Glück einer Familie geschleift – dort ein junges unerfahrnes Herz der verheerenden Pest aufgeschlossen, und sterbende Schülerinnen schäumten den Namen ihres Lehrers unter Flüchen und Zuckungen aus – Ich stellte mich zwischen das Lamm und den Tiger; nahm einen fürstlichen Eid von ihm in einer Stunde der Leidenschaft, und diese abscheuliche Opferung mußte aufhören.

FERDINAND *rennt in der heftigsten Unruhe durch den Saal*: Nichts mehr Mylady! Nicht weiter!

LADY: Diese traurige Periode hatte einer noch traurigern Platz gemacht. Hof und Serail wimmelten jetzt von Italiens Auswurf. Flatterhafte Pariserinnen tändelten mit dem furchtbaren Zepter, und das Volk blutete unter ihren Launen – Sie alle erlebten ihren Tag. Ich sah sie neben mir in den Staub sinken, denn ich war mehr Kokette, als sie alle. Ich nahm dem Tyrannen den Zügel ab, der wollüstig in meiner Umarmung erschlappte – dein Vaterland, Walter, fühlte zum erstenmal eine Menschenhand, und sank vertrauend an meinen Busen. *Pause, worin sie ihn schmelzend ansieht:* O daß der Mann, von dem ich allein nicht verkannt sein möchte, mich jetzt zwingen muß, groß zu prahlen, und meine stille Tugend am Licht der Bewunderung zu versengen! – Walter, ich habe Kerker gesprengt – habe Todesurteile zerrissen, und manche entsetzliche Ewigkeit auf Galeeren verkürzt. In unheilbare Wunden hab ich doch wenigstens stillenden Balsam gegossen – mächtige Frevler in Staub gelegt, und die verlorne Sache der Unschuld oft noch mit einer buhlerischen Träne gerettet – Ha Jüngling! wie süß war mir das! Wie stolz konnte mein Herz jede Anklage meiner fürstlichen Geburt widerlegen! – Und jetzt kommt der Mann, der allein mir das alles belohnen sollte – der Mann, den mein erschöpftes Schicksal vielleicht zum Ersatz meiner vorigen Leiden schuf – der Mann, den ich mit brennender Sehnsucht im Traum schon umfasse –

FERDINAND *fällt ihr ins Wort, durch und durch erschüttert*: Zuviel! Zuviel! Das ist wider die Abrede, Lady. Sie sollten sich von Anklagen reinigen, und machen mich zu einem Verbrecher. Schonen Sie – ich beschwöre Sie – schonen Sie meines Herzens, das Beschämung und wütende Reue zerreißen –

LADY *hält seine Hand fest*: Jetzt oder nimmermehr. Lange genug hielt die Heldin stand – Das Gewicht dieser Tränen mußt du noch fühlen. *Im zärtlichsten Ton:* Höre Walter – wenn eine Unglückliche – unwiderstehlich allmächtig an dich gezogen – sich an dich preßt mit einem Busen voll glühender unerschöpflicher Liebe – Walter – und du jetzt noch das kalte Wort Ehre sprichst – Wenn diese Unglückliche – niedergedrückt vom Gefühl ihrer Schande – des Lasters überdrüssig – heldenmäßig emporgehoben vom Rufe der Tugend – sich so in deine Arme wirft. *Sie umfaßt ihn, beschwörend und feierlich.* Durch dich gerettet – durch dich dem Himmel wiedergeschenkt sein will, oder *Das Gesicht von ihm abgewandt, mit hohler bebender Stimme:* deinem Bild zu entfliehen, dem fürchterlichen Ruf der Verzweiflung gehorsam, in noch abscheulichere Tiefen des Lasters wieder hinuntertaumelt –

FERDINAND *von ihr losreißend, in der schrecklichsten Bedrängnis*: Nein, beim großen Gott! Ich kann das nicht aushalten – Lady, ich muß – Himmel und Erde liegen auf mir – ich muß Ihnen ein Geständnis tun, Lady.

LADY *von ihm wegfliehend*: Jetzt nicht! Jetzt nicht, bei allem was heilig ist – In diesem entsetzlichen Augenblick nicht, wo mein zerrissenes Herz an tausend Dolchstichen blutet – Sei's Tod oder Leben – ich darf es nicht – ich will es nicht hören.

FERDINAND: Doch, doch beste Lady. Sie müssen es. Was ich Ihnen jetzt sagen werde, wird meine Strafbarkeit mindern.

und eine warme Abbitte des Vergangenen sein – Ich habe mich in Ihnen betrogen, Mylady. Ich erwartete – ich wünschte, Sie meiner Verachtung würdig zu finden. Fest entschlossen Sie zu beleidigen, und Ihren Haß zu verdienen, kam ich her – Glücklich wir beide, wenn mein Vorsatz gelungen wäre! *Er schweigt eine Weile, darauf leiser und schüchterner:* Ich liebe, Mylady – Liebe ein bürgerliches Mädchen – Luisen Millerin – eines Musikus Tochter. *Lady wendet sich bleich von ihm weg, er fährt lebhafter fort:* Ich weiß, worein ich mich stürze; aber wenn auch Klugheit die Leidenschaft schweigen heißt, so redet die Pflicht desto lauter – Ich bin der Schuldige. Ich zuerst zerriß ihrer Unschuld goldenen Frieden – wiegte ihr Herz mit vermessenen Hoffnungen, und gab es verräterisch der wilden Leidenschaft preis. – Sie werden mich an Stand – an Geburt – an die Grundsätze meines Vaters erinnern – aber ich liebe – Meine Hoffnung steigt um so höher, je tiefer die Natur mit Konvenienzen zerfallen ist. – Mein Entschluß und das Vorurteil! – Wir wollen sehen, ob die Mode oder die Menschheit auf dem Platz bleiben wird. *Lady hat sich unterdes bis an das äußerste Ende des Zimmers zurückgezogen, und hält das Gesicht mit beiden Händen bedeckt. Er folgt ihr dahin.* Sie wollten mir etwas sagen, Mylady?

LADY *im Ausdruck des heftigsten Leidens*: Nichts Herr von Walter! Nichts, als daß Sie sich und mich und noch eine Dritte zugrund richten.

FERDINAND: Noch eine Dritte?

LADY: Wir können miteinander nicht glücklich werden. Wir müssen doch der Voreiligkeit Ihres Vaters zum Opfer werden. Nimmermehr werd ich das Herz eines Mannes haben, der mir seine Hand nur gezwungen gab.

FERDINAND: Gezwungen Lady? Gezwungen gab? und also doch gab? Können Sie eine Hand ohne Herz erzwingen? Sie einem Mädchen den Mann entwenden, der die ganze Welt dieses Mädchens ist? Sie einen Mann von dem Mädchen reißen, das die ganze Welt dieses Mannes ist? Sie Mylady – vor einem Augenblick die bewunderswürdige Britin? – Sie können das?

LADY: Weil ich es muß. *Mit Ernst und Stärke:* Meine Leidenschaft, Walter, weicht meiner Zärtlichkeit für Sie. Meine Ehre kann's nicht mehr – Unsre Verbindung ist das Gespräch des ganzen Landes. Alle Augen, alle Pfeile des Spotts sind auf mich gespannt. Die Beschimpfung ist unauslöschlich, wenn ein Untertan des Fürsten mich ausschlägt. Rechten Sie mit Ihrem Vater. Wehren Sie sich so gut Sie können. – Ich laß alle Minen sprengen.

Sie geht schnell ab. Der Major bleibt in sprachloser Erstarrung stehn. Pause. Dann stürzt er fort durch die Flügeltüre.

Vierte Szene

Zimmer beim Musikanten.

Miller. Frau Millerin. Luise *treten auf.*

MILLER *hastig ins Zimmer*: Ich hab's ja zuvor gesagt!

LUISE *sprengt ihn ängstlich an*: Was, Vater, was?

MILLER *rennt wie toll auf und nieder*: Meinen Staatsrock her – hurtig – ich muß ihm zuvorkommen –und ein weißes Manschettenhemd! – Das hab ich mir gleich eingebildet!

LUISE: Um Gottes willen! Was?

MILLERIN: Was gibt's denn? Was ist's denn?

MILLER *wirft seine Perücke ins Zimmer*: Nur gleich zum Friseur das! – Was es gibt? *Vor den Spiegel gesprungen.* Und mein Bart ist auch wieder fingerslang – Was es gibt? – Was wird's geben, du Rabenaas? – Der Teufel ist los, und dich soll das Wetter schlagen.

FRAU: Da sehe man! Über mich muß gleich alles kommen.

MILLER: Über dich? Ja blaues Donnermaul und über wen anders? Heute früh mit deinem diabolischen Junker – Hab ich's nicht im Moment gesagt? – Der Wurm hat geplaudert.

FRAU: Ah was! Wie kannst du das wissen?

MILLER: Wie kann ich das wissen? – Da! – unter der Haustüre spukt ein Kerl des Ministers, und fragt nach dem Geiger.

LUISE: Ich bin des Todes.

MILLER: Du aber auch mit deinen Vergißmeinnichtsaugen. *Lacht voll Bosheit.* Das hat seine Richtigkeit, wem der Teufel ein Ei in die Wirtschaft gelegt hat, dem wird eine hübsche Tochter geboren – Jetzt hab ich's blank!

FRAU: Woher weißt du denn, daß es der Luise gilt? – Du kannst dem Herzog rekommendiert worden sein. Er kann dich ins Orchester verlangen.

MILLER *springt nach seinem Rohr*: Daß dich der Schwefelregen von Sodom! – Orchester! – Ja, wo du Kupplerin den Diskant wirst heulen, und mein blauer Hinterer den Konterbaß vorstellen. *Wirft sich in seinen Stuhl.* Gott im Himmel!

LUISE *setzt sich totenbleich nieder*: Mutter! Vater! Warum wird mir auf einmal so bange?

MILLER *springt wieder vom Stuhl auf*: Aber soll mir der Dintenkleckser einmal in den Schuß laufen! Soll er mir laufen! – Es sei in dieser oder in jener Welt – Wenn ich ihm nicht Leib und Seele breiweich zusammendresche, alle zehen Gebote und alle sieben Bitten im Vaterunser, und alle Bücher Mosis und der Propheten aufs Leder schreibe, daß man die blaue Flecken bei der Auferstehung der Toten noch sehen soll –

FRAU: Ja! fluch du und poltre du! Das wird jetzt den Teufel bannen. Hilf heiliger Herregott! Wohinaus nun? Wie werden wir Rat schaffen? Was nun anfangen? Vater Miller, so rede doch! *Sie läuft heulend durchs Zimmer.*

MILLER: Auf der Stell zum Minister will ich. Ich zuerst will mein Maul auftun – Ich selbst will es angeben. Du hast es vor mir gewußt. Du hättest mir einen Wink geben können. Das Mädel hätt sich noch weisen lassen. Es wäre noch Zeit gewesen – aber nein! – Da hat sich was makeln lassen; da hat sich was fischen lassen! Da hast du noch Holz obendrein zugetragen! – Jetzt sorg auch für deinen Kuppelpelz. Friß aus, was du einbrocktest. Ich nehme meine Tochter in Arm, und marsch mit ihr über die Grenze.

Fünfte Szene

FERDINAND VON WALTER, *stürzt erschrocken und außer Atem ins Zimmer.* DIE VORIGEN.

FERDINAND: War mein Vater da?

LUISE *fährt mit Schrecken auf*: Sein Vater! allmächtiger Gott!

FRAU *schlägt die Hände zusammen*: Der Präsident! Es ist aus mit uns!

MILLER *lacht voll Bosheit*: Gottlob! Gottlob! Da haben wir ja die Bescherung!

Alle zugleich

FERDINAND *eilt auf Luisen zu, und drückt sie stark in die Arme*: Mein bist du, und wärfen Höll und Himmel sich zwischen uns.

LUISE: Mein Tod ist gewiß – Rede weiter – Du sprachst einen schrecklichen Namen aus – dein Vater?

FERDINAND: Nichts. Nichts. Es ist überstanden. Ich hab dich ja wieder. Du hast mich ja wieder. O laß mich Atem schöpfen an dieser Brust. Es war eine schreckliche Stunde.

LUISE: Welche? Du tötest mich!

FERDINAND *tritt zurück, und schaut sie bedeutend an*: Eine Stunde, Luise, wo zwischen mein Herz und dich eine fremde Gestalt sich warf – wo meine Liebe vor meinem Gewissen erblaßte – wo meine Luise aufhörte, ihrem Ferdinand alles zu sein – –

LUISE *sinkt mit verhülltem Gesicht auf den Sessel nieder.*

FERDINAND *geht schnell auf sie zu, bleibt sprachlos mit starrem Blick vor ihr stehen, dann verläßt er sie plötzlich, in großer Bewegung*: Nein! Nimmermehr! Unmöglich Lady! Zuviel verlangt! Ich kann dir diese Unschuld nicht opfern – Nein beim unendlichen Gott! ich kann meinen Eid nicht verletzen, der mich laut wie des Himmels Donner aus diesem brechenden Auge mahnt – Lady blick hieher – hieher du Rabenvater – Ich soll diesen Engel würgen? Die Hölle soll ich in diesen himmlischen Busen schütten? *Mit Entschluß auf sie zueilend.* Ich will sie führen vor des Weltrichters Thron, und ob meine Liebe Verbrechen ist, soll der Ewige sagen. *Er faßt sie bei der Hand, und hebt sie vom Sessel.* Fasse Mut meine Teuerste! – Du hast gewonnen. Als Sieger komm ich aus dem gefährlichsten Kampf zurück.

LUISE: Nein! Nein! Verhehle mir nichts. Sprich es aus das entsetzliche Urteil. Deinen Vater nanntest du? Du nanntest die Lady? – Schauer des Todes ergreifen mich – Man sagt, sie wird heiraten.

FERDINAND *stürzt betäubt zu Luisens Füßen nieder*: Mich, Unglückselige!

LUISE *nach einer Pause, mit stillem bebenden Ton und schrecklicher Ruhe*: Nun – was erschreck ich denn? – Der alte Mann dort hat mir's ja oft gesagt – ich hab es ihm nie glauben wollen. *Pause, dann wirft sie sich Millern laut weinend in den Arm.* Vater, hier ist deine Tochter wieder – Verzeihung Vater – Dein Kind kann ja nicht dafür, daß dieser Traum so schön war, und – – so fürchterlich jetzt das Erwachen – –

MILLER: Luise! Luise! – O Gott sie ist von sich – Meine Tochter, mein armes Kind – Fluch über den Verführer! – Fluch über das Weib, das ihm kuppelte!

FRAU *wirft sich jammernd auf Luisen*: Verdien ich diesen Fluch, meine Tochter? Vergeb's Ihnen Gott, Baron – Was hat dieses Lamm getan, daß Sie es würgen?

FERDINAND *springt an ihr auf, voll Entschlossenheit*: Aber ich will seine Kabalen durchbohren – durchreißen will ich alle diese eiserne Ketten des Vorurteils – Frei wie ein Mann will ich wählen, daß diese Insektenseelen am Riesenwerk meiner Liebe hinaufschwindeln. *Er will fort.*

LUISE *zittert vom Sessel auf, folgt ihm*: Bleib! Bleib! Wohin willst du? – Vater – Mutter – in dieser bangen Stunde verläßt er uns?

FRAU *eilt ihm nach, hängt sich an ihn*: Der Präsident wird hieher kommen – Er wird unser Kind mißhandeln – Er wird uns mißhandeln – Herr von Walter, und Sie verlassen uns?

MILLER *lacht wütend*: Verläßt uns! Freilich! Warum nicht? – Sie gab ihm ja alles hin! *Mit der einen Hand den Major, mit der andern Luisen fassend.* Geduld Herr! der Weg aus meinem Hause geht nur über diese da – Erwarte erst deinen Vater, wenn du kein Bube bist – Erzähl es ihm, wie du dich in ihr Herz stahlst, Betrüger, oder bei Gott, *Ihm seine Tochter zuschleudernd, wild und heftig:* du sollst mir zuvor diesen wimmernden Wurm zertreten, den Liebe zu dir so zuschanden richtete.

FERDINAND *kommt zurück, und geht auf und ab in tiefen Gedanken*: Zwar die Gewalt des Präsidenten ist groß – Vaterrecht ist ein weites Wort – der Frevel selbst kann sich in seinen Falten verstecken – er kann es weit damit treiben – Weit! Doch aufs Äußerste treibt's nur die Liebe – Hier Luise! Deine Hand in die meinige. *Er faßt diese heftig.* So wahr mich Gott im letzten Hauch nicht verlassen soll! – Der Augenblick, der diese zwo Hände trennt, zerreißt auch den Faden zwischen mir und der Schöpfung.

LUISE: Mir wird bange! Blick weg! Deine Lippen beben. Dein Auge rollt fürchterlich –

FERDINAND: Nein Luise. Zittre nicht. Es ist nicht Wahnsinn was aus mir redet. Es ist das köstliche Geschenk des Himmels, Entschluß in dem geltenden Augenblick, wo die gepreßte Brust nur durch etwas Unerhörtes sich Luft macht – Ich liebe dich Luise – Du sollst mir bleiben, Luise – Jetzt zu meinem Vater.

Er eilt schnell fort und rennt – gegen den Präsidenten.

Sechste Szene

Der Präsident *mit einem* Gefolge von Bedienten. Vorige.

PRÄSIDENT *im Hereintreten*: Da ist er schon.

ALLE *erschrocken.*

FERDINAND *weicht einige Schritte zurück*: Im Hause der Unschuld.

PRÄSIDENT: Wo der Sohn Gehorsam gegen den Vater lernt?

FERDINAND: Lassen Sie uns das – –

PRÄSIDENT *unterbricht ihn, zu Millern*: Er ist der Vater?

MILLER: Stadtmusikant Miller.

PRÄSIDENT *zur Frau*: Sie die Mutter?

FRAU: Ach ja! die Mutter.

FERDINAND *zu Millern*: Vater, bring Er die Tochter weg – Sie droht eine Ohnmacht.

PRÄSIDENT: Überflüssige Sorgfalt. Ich will sie anstreichen. *Zu Luisen:* Wie lang kennt Sie den Sohn des Präsidenten?

LUISE: Diesem habe ich nie nachgefragt. Ferdinand von Walter besucht mich seit dem November.

FERDINAND: Betet sie an.

PRÄSIDENT: Erhielt Sie Versicherungen?

FERDINAND: Vor wenig Augenblicken die feierlichste im Angesicht Gottes.

PRÄSIDENT *zornig zu seinem Sohn*: Zur Beichte deiner Torheit wird man dir schon das Zeichen geben. *Zu Luisen:* Ich warte auf Antwort.

LUISE: Er schwur mir Liebe.

FERDINAND: Und wird sie halten.

PRÄSIDENT: Muß ich befehlen, daß du schweigst? – Nahm Sie den Schwur an?

LUISE *zärtlich*: Ich erwiderte ihn.

FERDINAND *mit fester Stimme*: Der Bund ist geschlossen.

PRÄSIDENT: Ich werde das Echo hinauswerfen lassen. *Boshaft zu Luisen:* Aber er bezahlte Sie doch jederzeit bar?

LUISE *aufmerksam*: Diese Frage verstehe ich nicht ganz.

PRÄSIDENT *mit beißendem Lachen*: Nicht? Nun! ich meine nur – Jedes Handwerk hat, wie man sagt, seinen goldenen Boden – auch Sie, hoff ich, wird Ihre Gunst nicht verschenkt haben – oder war's Ihr vielleicht mit dem bloßen Verschluß gedient? Wie?

FERDINAND *fährt wie rasend auf*: Hölle! was war das?

LUISE *zum Major mit Würde und Unwillen*: Herr von Walter, jetzt sind Sie frei.

FERDINAND: Vater! Ehrfurcht befiehlt die Tugend auch im Bettlerkleid.

PRÄSIDENT *lacht lauter*: Eine lustige Zumutung! Der Vater soll die Hure des Sohns respektieren.

LUISE *stürzt nieder*: O Himmel und Erde!

FERDINAND *mit Luisen zu gleicher Zeit, indem er den Degen nach dem Präsidenten zückt, den er aber schnell wieder sinken läßt*: Vater! Sie hatten einmal ein Leben an mich zu fodern – Es ist bezahlt. *Den Degen einsteckend.* Der Schuldbrief der kindlichen Pflicht liegt zerrissen da –

MILLER *der bis jetzt furchtsam auf der Seite gestanden, tritt hervor in Bewegung, wechselsweis für Wut mit den Zähnen knirschend, und für Angst damit klappernd*: Ewr. Exzellenz – Das Kind ist des Vaters Arbeit – Halten zu Gnaden – Wer das Kind eine Mähre schilt, schlägt den Vater ans Ohr, und Ohrfeig um Ohrfeig – Das ist so Tax bei uns – Halten zu Gnaden.

FRAU: Hilf Herr und Heiland! – Jetzt bricht auch der Alte los – über unserm Kopf wird das Wetter zusammenschlagen.

PRÄSIDENT *der es nur halb gehört hat*: Regt sich der Kuppler auch? – Wir sprechen uns gleich Kuppler.

MILLER: Halten zu Gnaden. Ich heiße Miller, wenn Sie ein Adagio hören wollen – mit Buhlschaften dien ich nicht. Solang der Hof da noch Vorrat hat, kommt die Lieferung nicht an uns Bürgersleut. Halten zu Gnaden.

FRAU: Um des Himmels willen, Mann! Du bringst Weib und Kind um.

FERDINAND: Sie spielen hier eine Rolle mein Vater, wobei Sie sich wenigstens die Zeugen hätten ersparen können.

MILLER *kommt ihm näher, herzhafter*: Teutsch und verständlich. Halten zu Gnaden. Ewr. Exzellenz schalten und walten im Land. Das ist meine Stube. Mein devotestes Kompliment, wenn ich dermaleins ein pro memoria bringe, aber den ungehobelten Gast werf ich zur Tür hinaus – Halten zu Gnaden.

PRÄSIDENT *vor Wut blaß*: Was? – Was ist das? *Tritt ihm näher.*

MILLER *zieht sich sachte zurück*: Das war nur so meine Meinung, Herr – Halten zu Gnaden.

PRÄSIDENT *in Flammen*: Ha Spitzbube! Ins Zuchthaus spricht dich deine vermessene Meinung – Fort! Man soll Gerichtsdiener holen. *Einige vom Gefolg gehen ab; der Präsident rennt voll Wut durch das Zimmer.* Vater ins Zuchthaus – an den Pranger, Mutter und Metze von Tochter! – Die Gerechtigkeit soll meiner Wut ihre Arme borgen. Für diesen Schimpf muß ich schreckliche Genugtuung haben – Ein solches Gesindel sollte meine Plane zerschlagen, und ungestraft Vater und Sohn aneinanderhetzen? – Ha Verfluchte! Ich will meinen Haß an eurem Untergang sättigen, die ganze Brut, Vater, Mutter und Tochter, will ich meiner brennenden Rache opfern.

FERDINAND *tritt gelassen und standhaft unter sie hin*: O nicht doch! Seid außer Furcht! Ich bin zugegen. *Zum Präsidenten mit Unterwürfigkeit:* Keine Übereilung mein Vater! Wenn Sie sich selbst lieben, keine Gewalttätigkeit – Es gibt eine Gegend in meinem Herzen, worin das Wort Vater noch nie gehört worden ist – Dringen Sie nicht bis in diese.

PRÄSIDENT: Nichtswürdiger! Schweig! Reize meinen Grimm nicht noch mehr.

MILLER *kommt aus einer dumpfen Betäubung zu sich selbst*: Schau du nach deinem Kinde, Frau. Ich laufe zum Herzog. Der Leibschneider – das hat mir Gott eingeblasen! – Der Leibschneider lernt die Flöte bei mir. Es kann mir nicht fehlen beim Herzog. *Er will gehen.*

PRÄSIDENT: Beim Herzog sagst du? – Hast du vergessen, daß ich die Schwelle bin, worüber du springen oder den Hals brechen mußt? – Beim Herzog du Dummkopf? – Versuch es, wenn du, lebendig tot, eine Turmhöhe tief, unter dem Boden im Kerker liegst, wo die Nacht mit der Hölle liebäugelt, und Schall und Licht wieder umkehren, raßle dann mit deinen Ketten und wimmre: Mir ist zuviel geschehen!

SIEBENTE SZENE

GERICHTSDIENER. DIE VORIGEN.

FERDINAND *eilt auf Luisen zu, die ihm halb tot in den Arm fällt*: Luise ! Hilfe! Rettung! Der Schrecken überwältigte sie.

MILLER *ergreift sein spanisches Rohr, setzt den Hut auf, und macht sich zum Angriff gefaßt.*

FRAU *wirft sich auf die Knie vor den Präsident.*

PRÄSIDENT *zu den Gerichtsdienern, seinen Orden entblößend*: Legt Hand an im Namen des Herzogs – Weg von der Metze,

Junge – Ohnmächtig oder nicht – Wenn sie nur erst das eiserne Halsband umhat, wird man sie schon mit Steinwürfen aufwecken.

FRAU: Erbarmung Ihro Exzellenz! Erbarmung! Erbarmung!

MILLER *reißt seine Frau in die Höhe*: Knie vor Gott alte Heulhure, und nicht vor – – Schelmen, weil ich ja doch schon ins Zuchthaus muß.

PRÄSIDENT *beißt die Lippen*: Du kannst dich verrechnen, Bube. Es stehen noch Galgen leer. *Zu den Gerichtsdienern:* Muß ich es noch einmal sagen?

GERICHTSDIENER *dringen auf Luisen ein.*

FERDINAND *springt an ihr auf, und stellt sich vor sie, grimmig*: Wer will was? *Er zieht den Degen samt der Scheide, und wehrt sich mit dem Gefäß.* Wag es, sie anzurühren, wer nicht auch die Hirnschale an die Gerichte vermietet hat. *Zum Präsidenten:* Schonen Sie Ihrer selbst. Treiben Sie mich nicht weiter mein Vater.

PRÄSIDENT *drohend zu den Gerichtsdienern*: Wenn euch euer Brot lieb ist, Memmen –

GERICHTSDIENER *greifen Luisen wieder an.*

FERDINAND: Tod und alle Teufel! Ich sage: Zurück – Noch einmal. Haben Sie Erbarmen mit sich selbst. Treiben Sie mich nicht aufs Äußerste, Vater.

PRÄSIDENT *aufgebracht zu den Gerichtsdienern*: Ist das euer Diensteifer, Schurken?

GERICHTSDIENER *greifen hitziger an.*

FERDINAND: Wenn es denn sein muß *Indem er den Degen zieht, und einige von denselben verwundet.* so verzeih mir, Gerechtigkeit!

PRÄSIDENT *voll Zorn*: Ich will doch sehen, ob auch ich diesen Degen fühle.

Er faßt Luisen selbst, zerrt sie in die Höh und übergibt sie einem Gerichtsknecht.

FERDINAND *lacht erbittert*: Vater, Vater, Sie machen hier ein beißendes Pasquill auf die Gottheit, die sich so übel auf ihre Leute verstund, und aus vollkommenen Henkersknechten schlechte Minister machte.

PRÄSIDENT *zu den übrigen*: Fort mit ihr!

FERDINAND: Vater, sie soll an den Pranger stehn, aber mit dem Major, des Präsidenten Sohn – Bestehen Sie noch darauf?

PRÄSIDENT: Desto possierlicher wird das Spektakel – Fort!

FERDINAND: Vater! ich werfe meinen Offiziersdegen auf das Mädchen – Bestehen Sie noch darauf?

PRÄSIDENT: Das Portepee ist an deiner Seite des Prangerstehens gewohnt worden – Fort! Fort! Ihr wißt meinen Willen.

FERDINAND *drückt einen Gerichtsdiener weg, faßt Luisen mit einem Arm, mit dem andern zückt er den Degen auf sie*: Vater! Eh Sie meine Gemahlin beschimpfen, durchstoß ich sie – Bestehen Sie noch darauf?

PRÄSIDENT: Tu es, wenn deine Klinge auch spitzig ist.

FERDINAND *läßt Luisen fahren, und blickt fürchterlich zum Himmel*: Du Allmächtiger bist Zeuge! Kein menschliches Mittel ließ ich unversucht – ich muß zu einem teuflischen schreiten – Ihr führt sie zum Pranger fort, unterdessen *Zum Präsidenten ins Ohr rufend:* erzähl ich der Residenz eine Geschichte, wie man Präsident wird. *Ab.*

PRÄSIDENT *wie vom Blitz gerührt*: Was ist das? – Ferdinand – Laßt sie ledig. *Er eilt dem Major nach.*

DRITTER AKT

ERSTE SZENE

Saal beim Präsidenten.

DER PRÄSIDENT *und* SEKRETÄR WURM *kommen.*

PRÄSIDENT: Der Streich war verwünscht.

WURM: Wie ich befürchtete gnädiger Herr. Zwang erbittert die Schwärmer immer, aber bekehrt sie nie.

PRÄSIDENT: Ich hatte mein bestes Vertrauen in diesen Anschlag gesetzt. Ich urteilte so: Wenn das Mädchen beschimpft wird, muß er, als Offizier, zurücktreten.

WURM: Ganz vortrefflich. Aber zum Beschimpfen hätt es auch kommen sollen.

PRÄSIDENT: Und doch – wenn ich es jetzt mit kaltem Blut überdenke – Ich hätte mich nicht sollen eintreiben lassen. Es war eine Drohung, woraus er wohl nimmermehr Ernst gemacht hätte.

WURM: Das denken Sie ja nicht. Der gereizten Leidenschaft ist keine Torheit zu bunt. Sie sagen mir, der Herr Major habe immer den Kopf zu Ihrer Regierung geschüttelt. Ich glaub's. Die Grundsätze, die er aus Akademien hieherbrachte, wollten mir gleich nicht recht einleuchten. Was sollten auch die phantastischen Träumereien von Seelengröße und persönlichem Adel an einem Hof, wo die größte Weisheit diejenige ist, im rechten Tempo, auf eine geschickte Art, groß und klein zu sein. Er ist zu jung und zu feurig, um Geschmack am langsamen krummen Gang der Kabale zu finden, und nichts wird seine Ambition in Bewegung setzen, als was groß ist und abenteuerlich.

PRÄSIDENT *verdrüßlich*: Aber was wird diese wohlweise Anmerkung an unserm Handel verbessern?

WURM: Sie wird Ewr. Exzellenz auf die Wunde hinweisen, und auch vielleicht auf den Verband. Einen solchen Charakter – erlauben Sie – hätte man entweder nie zum Vertrauten, oder niemals zum Feind machen sollen. Er verabscheut das Mittel, wodurch Sie gestiegen sind. Vielleicht war es bis jetzt nur der Sohn, der die Zunge des Verräters band. Geben Sie ihm Gelegenheit, jenen rechtmäßig abzuschütteln. Machen Sie ihn durch wiederholte Stürme auf seine Leidenschaft glauben, daß Sie der zärtliche Vater nicht sind, so dringen die Pflichten des Patrioten bei ihm vor. Ja, schon allein die seltsame Phantasie, der Gerechtigkeit ein so merkwürdiges Opfer zu bringen, könnte Reiz genug für ihn haben, selbst seinen Vater zu stürzen.

PRÄSIDENT: Wurm – Wurm – Er führt mich da vor einen entsetzlichen Abgrund.

WURM: Ich will Sie zurückführen, gnädiger Herr. Darf ich freimütig reden?

PRÄSIDENT *indem er sich niedersetzt*: Wie ein Verdammter zum Mitverdammten.

WURM: Also verzeihen Sie – Sie haben, dünkt mich, der biegsamen Hofkunst den ganzen Präsidenten zu danken, warum vertrauten Sie ihr nicht auch den Vater an? Ich besinne mich, mit welcher Offenheit Sie Ihren Vorgänger damals zu einer Partie Piquet beredeten, und bei ihm die halbe Nacht mit freundschaftlichem Burgunder hinwegschwemmten, und das war doch die nämliche Nacht wo die große Mine losgehen, und den guten Mann in die Luft blasen sollte – Warum zeigten Sie Ihrem Sohne den Feind? Nimmermehr hätte dieser erfahren sollen, daß ich um seine Liebesangelegenheit wisse. Sie hätten den Roman von seiten des Mädchens unterhöhlt, und das Herz Ihres Sohnes behalten. Sie hätten den klugen General gespielt, der den Feind nicht am Kern seiner Truppen faßt, sondern Spaltungen unter den Gliedern stiftet.

PRÄSIDENT: Wie war das zu machen?

WURM: Auf die einfachste Art – und die Karten sind noch nicht ganz vergeben. Unterdrücken Sie eine Zeitlang, daß Sie Vater sind. Messen Sie sich mit einer Leidenschaft nicht, die jeder Widerstand nur mächtiger machte – Überlassen Sie es mir, an ihrem eigenen Feuer den Wurm auszubrüten, der sie zerfrißt.

PRÄSIDENT: Ich bin begierig.

WURM: Ich müßte mich schlecht auf den Barometer der Seele verstehen, oder der Herr Major ist in der Eifersucht schrecklich, wie in der Liebe. Machen Sie ihm das Mädchen verdächtig – – Wahrscheinlich oder nicht. Ein Gran Hefe reicht hin, die ganze Masse in eine zerstörende Gärung zu jagen.

PRÄSIDENT: Aber woher diesen Gran nehmen?

WURM: Da sind wir auf dem Punkt – Vor allen Dingen, gnädiger Herr, erklären Sie sich mir, wieviel Sie bei der fernern Weigerung des Majors auf dem Spiel haben – in welchem Grade es Ihnen wichtig ist, den Roman mit dem Bürgermädchen zu endigen, und die Verbindung mit Lady Milford zustand zu bringen?

PRÄSIDENT: Kann Er noch fragen Wurm? – Mein ganzer Einfluß ist in Gefahr, wenn die Partie mit der Lady zurückgeht, und wenn ich den Major zwinge, mein Hals.

WURM *munter*: Jetzt haben Sie die Gnade und hören. – Den Herrn Major umspinnen wir mit List. Gegen das Mädchen nehmen wir Ihre ganze Gewalt zu Hilfe. Wir diktieren ihr ein Billetdoux an eine dritte Person in die Feder, und spielen das mit guter Art dem Major in die Hände.

PRÄSIDENT: Toller Einfall! Als ob sie sich so geschwind hin bequemen würde, ihr eigenes Todesurteil zu schreiben?

WURM: Sie muß, wenn Sie mir freie Hand lassen wollen. Ich kenne das gute Herz auf und nieder. Sie hat nicht mehr als zwo tödliche Seiten, durch welche wir ihr Gewissen bestürmen können – ihren Vater und den Major. Der letztere bleibt ganz und gar aus dem Spiel, desto freier können wir mit dem Musikanten umspringen.

PRÄSIDENT: Als zum Exempel?

WURM: Nach dem, was Ewr. Exzellenz mir von dem Auftritt in seinem Hause gesagt haben, wird nichts leichter sein, als den Vater mit einem Halsprozeß zu bedrohen. Die Person des Günstlings und Siegelbewahrers ist gewissermaßen der Schatten der Majestät – Beleidigungen gegen jenen sind Verletzungen dieser – Wenigstens will ich den armen Schächer mit diesem zusammengeflickten Kobold durch ein Nadelöhr jagen.

PRÄSIDENT: Doch – ernsthaft dürfte der Handel nicht werden.

WURM: Ganz und gar nicht – Nur insoweit als es nötig ist, die Familie in die Klemme zu treiben – Wir setzen also in aller Stille den Musikus fest – Die Not um so dringender zu machen, könnte man auch die Mutter mitnehmen – sprechen von peinlicher Anklage, von Schafott, von ewiger Festung, und machen den Brief der Tochter zur einzigen Bedingnis seiner Befreiung.

PRÄSIDENT: Gut! Gut! Ich verstehe.

WURM: Sie liebt ihren Vater – bis zur Leidenschaft möcht ich sagen. Die Gefahr seines Lebens – seiner Freiheit zum mindesten – Die Vorwürfe ihres Gewissens den Anlaß dazu gegeben zu haben – Die Unmöglichkeit, den Major zu besitzen – endlich die Betäubung ihres Kopfs, die ich auf mich nehme – Es kann nicht fehlen – Sie muß in die Falle gehn.

PRÄSIDENT: Aber mein Sohn? Wird der nicht auf der Stelle Wind davon haben? Wird er nicht wütender werden?

WURM: Das lassen Sie meine Sorge sein, gnädiger Herr – Vater und Mutter werden nicht eher freigelassen, bis die ganze Familie einen körperlichen Eid darauf abgelegt, den ganzen Vorgang geheimzuhalten, und den Betrug zu bestätigen.

PRÄSIDENT: Einen Eid? Was wird ein Eid fruchten, Dummkopf?

WURM: Nichts bei uns gnädiger Herr. Bei dieser Menschenart alles – Und sehen Sie nun, wie schön wir beide auf diese Manier zum Ziel kommen werden – Das Mädchen verliert die Liebe des Majors, und den Ruf ihrer Tugend. Vater und Mutter ziehen gelindere Saiten auf, und durch und durch weich gemacht von Schicksalen dieser Art, erkennen sie's noch zuletzt für Erbarmung, wenn ich der Tochter durch meine Hand ihre Reputation wiedergebe.

PRÄSIDENT *lacht unter Kopfschütteln*: Ja! ich gebe mich dir überwunden, Schurke. Das Geweb ist satanisch fein. Der Schüler übertrifft seinen Meister – – Nun ist die Frage, an wen das Billett muß gerichtet werden? Mit wem wir sie in Verdacht bringen müssen?

WURM: Notwendig mit jemand, der durch den Entschluß Ihres Sohnes alles gewinnen oder alles verlieren muß.

PRÄSIDENT *nach einigem Nachdenken*: Ich weiß nur den Hofmarschall.

WURM *zuckt die Achseln*: Mein Geschmack wär er nun freilich nicht, wenn ich Luise Millerin hieße.

PRÄSIDENT: Und warum nicht? Wunderlich! Eine blendende Garderobe – eine Atmosphäre von Eau de mille fleurs und Bisam – auf jedes alberne Wort eine Handvoll Dukaten – und alles das sollte die Delikatesse einer bürgerlichen Dirne nicht endlich bestechen können? – O guter Freund. So skrupulös ist die Eifersucht nicht. Ich schicke zum Marschall. *Klingelt.*

WURM: Unterdessen, daß Ewr. Exzellenz dieses, und die Gefangennehmung des Geigers besorgen, werd ich hingehen, und den bewußten Liebesbrief aufsetzen.

PRÄSIDENT *zum Schreibpult gehend*: Den er mir zum Durchlesen heraufbringt, sobald er zustand sein wird. *Wurm geht ab. Der Präsident setzt sich zu schreiben; ein Kammerdiener kommt; er steht auf, und gibt ihm ein Papier.* Dieser Verhaftsbefehl muß ohne Aufschub in die Gerichte – ein andrer von euch wird den Hofmarschall zu mir bitten.

KAMMERDIENER: Der gnädige Herr sind soeben hier angefahren.

PRÄSIDENT: Noch besser – Aber die Anstalten sollen mit Vorsicht getroffen werden, sagt ihr, daß kein Aufstand erfolgt.

KAMMERDIENER: Sehr wohl, Ihr' Exzellenz.

PRÄSIDENT: Versteht ihr? Ganz in der Stille.

KAMMERDIENER: Ganz gut, Ihr' Exzellenz. *Ab.*

ZWEITE SZENE

DER PRÄSIDENT *und* DER HOFMARSCHALL.

HOFMARSCHALL *eilfertig*: Nur en passant mein Bester – Wie leben Sie? Wie befinden Sie sich? – Heute abend ist große

Opera Dido – das süperbeste Feuerwerk – eine ganze Stadt brennt zusammen – Sie sehen sie doch auch brennen? Was?

PRÄSIDENT: Ich habe Feuerwerks genug in meinem eigenen Hause, das meine ganze Herrlichkeit in die Luft nimmt – Sie kommen erwünscht, lieber Marschall, mir in einer Sache zu raten, tätig zu helfen, die uns beide poussiert oder völlig zugrund richtet. Setzen Sie sich.

HOFMARSCHALL: Machen Sie mir nicht angst, mein Süßer.

PRÄSIDENT: Wie gesagt – poussiert oder ganz zugrund richtet. Sie wissen mein Projekt mit dem Major und der Lady. Sie begreifen auch, wie unentbehrlich es war, unser beider Glück zu fixieren. Es kann alles zusammenfallen Kalb. Mein Ferdinand will nicht.

HOFMARSCHALL: Will nicht – will nicht – ich hab's ja in der ganzen Stadt schon herumgesagt. Die Mariage ist ja in jedermanns Munde.

PRÄSIDENT: Sie können vor der ganzen Stadt als Windmacher dastehen. Er liebt eine andere.

HOFMARSCHALL: Sie scherzen. Ist das auch wohl ein Hindernis?

PRÄSIDENT: Bei dem Trotzkopf das unüberwindlichste.

HOFMARSCHALL: Er sollte so wahnsinnig sein, und sein Fortune von sich stoßen? Was?

PRÄSIDENT: Fragen Sie ihn das und hören Sie, was er antwortet.

HOFMARSCHALL: Aber mon Dieu! Was kann er denn antworten?

PRÄSIDENT: Daß er der ganzen Welt das Verbrechen entdecken wolle, wodurch wir gestiegen sind – daß er unsere falschen Briefe und Quittungen angeben – daß er uns beide ans Messer liefern wolle – Das kann er antworten.

HOFMARSCHALL: Sind Sie von Sinnen?

PRÄSIDENT: Das hat er geantwortet. Das war er schon willens ins Werk zu richten – Davon hab ich ihn kaum noch durch meine höchste Erniedrigung abgebracht. Was wissen Sie hierauf zu sagen?

HOFMARSCHALL *mit einem Schafsgesicht*: Mein Verstand steht still.

PRÄSIDENT: Das könnte noch hingehen. Aber zugleich hinterbringen mir meine Spionen, daß der Oberschenk von Bock auf dem Sprunge sei, um die Lady zu werben.

HOFMARSCHALL: Sie machen mich rasend. Wer sagen Sie? Von Bock sagen Sie? – Wissen Sie denn auch, daß wir Todfeinde zusammen sind? Wissen Sie auch, warum wir es sind?

PRÄSIDENT: Das erste Wort, das ich höre.

HOFMARSCHALL: Bester! Sie werden hören und aus der Haut werden Sie fahren – Wenn Sie sich noch des Hofballs entsinnen – – es geht jetzt ins einundzwanzigste Jahr – wissen Sie, worauf man den ersten Englischen tanzte, und dem Grafen von Meerschaum das heiße Wachs von einem Kronleuchter auf den Domino tröpfelte – Ach Gott! das müssen Sie freilich noch wissen!

PRÄSIDENT: Wer könnte so was vergessen?

HOFMARSCHALL: Sehen Sie! Da hatte Prinzessin Amalie in der Hitze des Tanzes ein Strumpfband verloren. – Alles kommt, wie begreiflich ist, in Alarm – von Bock und ich – Wir waren noch Kammerjunker – wir kriechen durch den ganzen Redoutensaal, das Strumpfband zu suchen – endlich erblick ich's – von Bock merkt's – von Bock darauf zu – reißt es mir aus den Händen – ich bitte Sie! – bringt's der Prinzessin und schnappt mir glücklich das Kompliment weg – Was denken Sie?

PRÄSIDENT: Impertinent!

HOFMARSCHALL: Schnappt mir das Kompliment weg – Ich meine in Ohnmacht zu sinken. Eine solche Malice ist gar nicht erlebt worden. – Endlich ermann ich mich, nähere mich Ihrer Durchlaucht und spreche: Gnädigste Frau! von Bock war so glücklich, Höchstdenenselben das Strumpfband zu überreichen, aber wer das Strumpfband zuerst erblickte, belohnt sich in der Stille und schweigt.

PRÄSIDENT: Bravo Marschall! Bravissimo!

HOFMARSCHALL: Und schweigt – Aber ich werd's dem von Bock bis zum Jüngsten Gerichte noch nachtragen – der niederträchtige kriechende Schmeichler! – und das war noch nicht genug – Wie wir beide zugleich auf das Strumpfband zu Boden fallen, wischt mir von Bock an der rechten Frisur allen Puder weg, und ich bin ruiniert auf den ganzen Ball.

PRÄSIDENT: Das ist der Mann, der die Milford heuraten, und die erste Person am Hof werden wird.

HOFMARSCHALL: Sie stoßen mir ein Messer ins Herz. Wird? Wird? Warum wird er? Wo ist die Notwendigkeit?

PRÄSIDENT: Weil mein Ferdinand nicht will, und sonst keiner sich meldet.

HOFMARSCHALL: Aber wissen Sie denn gar kein einziges Mittel, den Major zum Entschluß zu bringen? – – Sei's auch noch so bisarr! so verzweifelt! – Was in der Welt kann so widrig sein, das uns jetzt nicht willkommen wäre, den verhaßten von Bock auszustechen?

PRÄSIDENT: Ich weiß nur eines, und das bei Ihnen steht.

HOFMARSCHALL: Bei mir steht? Und das ist?

PRÄSIDENT: Den Major mit seiner Geliebten zu entzweien.

HOFMARSCHALL: Zu entzweien? Wie meinen Sie das? – und wie mach ich das?

PRÄSIDENT: Alles ist gewonnen, sobald wir ihm das Mädchen verdächtig machen.

HOFMARSCHALL: Daß sie stehle, meinen Sie?

PRÄSIDENT: Ach nein doch! Wie glaubte er das? – daß sie es noch mit einem andern habe.

HOFMARSCHALL: Dieser andre?

PRÄSIDENT: Müßten Sie sein, Baron.

HOFMARSCHALL: Ich sein? Ich? – Ist sie von Adel?

PRÄSIDENT: Wozu das? Welcher Einfall! – eines Musikanten Tochter.

HOFMARSCHALL: Bürgerlich also? Das wird nicht angehen. Was?

PRÄSIDENT: Was wird nicht angehen? Narrenspossen! Wem unter der Sonne wird es einfallen, ein paar runde Wangen nach dem Stammbaum zu fragen?

HOFMARSCHALL: Aber bedenken Sie doch, ein Ehmann! Und meine Reputation bei Hofe!

PRÄSIDENT: Das ist was anders. Verzeihen Sie. Ich hab das noch nicht gewußt, daß Ihnen der Mann von unbescholtenen Sitten mehr ist als der von Einfluß. Wollen wir abbrechen?

HOFMARSCHALL: Seien Sie klug Baron. Es war ja nicht so verstanden.

PRÄSIDENT *frostig*: Nein – nein! Sie haben vollkommen recht. Ich bin es auch müde. Ich lasse den Karren stehen. Dem von Bock wünsch ich Glück zum Premierminister. Die Welt ist noch anderswo. Ich fodre meine Entlassung vom Herzog.

HOFMARSCHALL: Und ich? – Sie haben gut schwatzen, Sie! Sie sind ein Stuttierter! Aber ich? – Mon Dieu! Was bin dann ich, wenn mich Seine Durchleucht entlassen?

PRÄSIDENT: Ein Bonmot von vorgestern. Die Mode vom vorigen Jahr.

HOFMARSCHALL: Ich beschwöre Sie, Teurer, Goldner! – Ersticken Sie diesen Gedanken! Ich will mir ja alles gefallen lassen.

PRÄSIDENT: Wollen Sie Ihren Namen zu einem Rendezvous hergeben, den Ihnen diese Millerin schriftlich vorschlagen soll?

HOFMARSCHALL: Im Namen Gottes! Ich will ihn hergeben.

PRÄSIDENT: Und den Brief irgendwo herausfallen lassen, wo er dem Major zu Gesicht kommen muß.

HOFMARSCHALL: Zum Exempel auf der Parade will ich ihn als von ohngefähr, mit dem Schnupftuch herausschleudern?

PRÄSIDENT: Und die Rolle ihres Liebhabers gegen den Major behaupten?

HOFMARSCHALL: Mort de ma vie! Ich will ihn schon waschen! Ich will dem Naseweis den Appetit nach meinen Amouren verleiden.

PRÄSIDENT: Nun geht's nach Wunsch. Der Brief muß noch heute geschrieben sein. Sie müssen vor Abend noch herkommen, ihn abzuholen, und Ihre Rolle mit mir zu berichtigen.

HOFMARSCHALL: Sobald ich sechszehn Visiten werde gegeben haben, die von allerhöchster Importance sind. Verzeihen Sie also, wenn ich mich ohne Aufschub beurlaube. *Geht.*

PRÄSIDENT *klingelt*: Ich zähle auf Ihre Verschlagenheit, Marschall.

HOFMARSCHALL *ruft zurück*: Ah mon Dieu! Sie kennen mich ja.

Dritte Szene

Der Präsident *und* Wurm.

WURM: Der Geiger und seine Frau sind glücklich und ohne alles Geräusch in Verhaft gebracht. Wollen Ewr. Exzellenz jetzt den Brief überlesen?

PRÄSIDENT *nachdem er gelesen*: Herrlich! Herrlich Sekretär! Auch der Marschall hat angebissen! – Ein Gift, wie das müßte die Gesundheit selbst in eiternden Aussatz verwandeln – Nun gleich mit den Vorschlägen zum Vater, und dann warm zu der Tochter.

Gehen ab zu verschiedenen Seiten.

VIERTE SZENE

Zimmer in Millers Wohnung.

LUISE *und* FERDINAND.

LUISE: Ich bitte dich, höre auf. Ich glaube an keine glückliche Tage mehr. Alle meine Hoffnungen sind gesunken.

FERDINAND: So sind die meinigen gestiegen. Mein Vater ist aufgereizt. Mein Vater wird alle Geschütze gegen uns richten. Er wird mich zwingen, den unmenschlichen Sohn zu machen. Ich stehe nicht mehr für meine kindliche Pflicht. Wut und Verzweiflung werden mir das schwarze Geheimnis seiner Mordtat erpressen. Der Sohn wird den Vater in die Hände des Henkers liefern – Es ist die höchste Gefahr – – und die höchste Gefahr mußte dasein, wenn meine Liebe den Riesensprung wagen sollte. – – Höre Luise – ein Gedanke, groß und vermessen wie meine Leidenschaft drängt sich vor meine Seele – Du Luise und ich und die Liebe! – Liegt nicht in diesem Zirkel der ganze Himmel? oder brauchst du noch etwas Viertes dazu?

LUISE: Brich ab. Nichts mehr. Ich erblasse über das, was du sagen willst.

FERDINAND: Haben wir an die Welt keine Foderung mehr, warum denn ihren Beifall erbetteln? Warum wagen, wo nichts gewonnen wird und alles verloren werden kann? – Wird dieses Aug nicht ebenso schmelzend funkeln, ob es im Rhein oder in der Elbe sich spiegelt oder im Baltischen Meer? Mein Vaterland ist, wo mich Luise liebt. Deine Fußtapfe in wilden sandigten Wüsten ist mir interessanter, als das Münster in meiner Heimat – Werden wir die Pracht der Städte vermissen? Wo wir sein mögen, Luise, geht eine Sonne auf, eine unter – Schauspiele, neben welchen der üppigste Schwung der Künste verblaßt. Werden wir Gott in keinem Tempel mehr dienen, so ziehet die Nacht mit begeisternden Schauern auf, der wechselnde Mond predigt uns Buße, und eine andächtige Kirche von Sternen betet mit uns. Werden wir uns in Gesprächen der Liebe erschöpfen? – Ein Lächeln meiner Luise ist Stoff für Jahrhunderte, und der Traum des Lebens ist aus, bis ich diese Träne ergründe.

LUISE: Und hättest du sonst keine Pflicht mehr, als deine Liebe?

FERDINAND *sie umarmend*: Deine Ruhe ist meine heiligste.

LUISE *sehr ernsthaft*: So schweig und verlaß mich – Ich habe einen Vater, der kein Vermögen hat, als diese einzige Tochter – der morgen sechzig alt wird – der der Rache des Präsidenten gewiß ist. –

FERDINAND *fällt rasch ein*: Der uns begleiten wird. Darum keinen Einwurf mehr, Liebe. Ich gehe, mache meine Kostbarkeiten zu Geld, erhebe Summen auf meinen Vater. Es ist erlaubt einen Räuber zu plündern, und sind seine Schätze nicht Blutgeld des Vaterlands? – Schlag ein Uhr um Mitternacht wird ein Wagen hier anfahren. Ihr werft euch hinein. Wir fliehen.

LUISE: Und der Fluch deines Vaters uns nach? – ein Fluch Unbesonnener, den auch Mörder nie ohne Erhörung aussprechen, den die Rache des Himmels auch dem Dieb auf dem Rade hält, der uns Flüchtlinge, unbarmherzig, wie ein Gespenst, von Meer zu Meer jagen würde? – Nein mein Geliebter! Wenn nur ein Frevel dich mir erhalten kann, so hab ich noch Stärke, dich zu verlieren.

FERDINAND *steht still und murmelt düster*: Wirklich?

LUISE: Verlieren! – O ohne Grenzen entsetzlich ist der Gedanke – Gräßlich genug, den unsterblichen Geist zu durchbohren, und die glühende Wange der Freude zu bleichen – Ferdinand! dich zu verlieren! – Doch! Man verliert ja nur, was man besessen hat, und dein Herz gehört deinem Stande – Mein Anspruch war Kirchenraub, und schauernd geb ich ihn auf.

FERDINAND *das Gesicht verzerrt, und an der Unterlippe nagend*: Gibst du ihn auf.

LUISE: Nein! Sieh mich an lieber Walter. Nicht so bitter die Zähne geknirscht. Komm! Laß mich jetzt deinen sterbenden Mut durch mein Beispiel beleben. Laß mich die Heldin dieses Augenblicks sein – einem Vater den entflohenen Sohn wiederschenken – einem Bündnis entsagen, das die Fugen der Bürgerwelt auseinandertreiben, und die allgemeine ewige Ordnung zugrund stürzen würde – Ich bin die Verbrecherin – mit frechen törichten Wünschen hat sich mein Busen getragen – mein Unglück ist meine Strafe, so laß mir doch jetzt die süße schmeichelnde Täuschung, daß es mein Opfer war – Wirst du mir diese Wollust mißgönnen?

FERDINAND *hat in der Zerstreuung und Wut eine Violine ergriffen, und auf derselben zu spielen versucht – Jetzt zerreißt er die Saiten, zerschmettert das Instrument auf dem Boden, und bricht in ein lautes Gelächter aus.*

LUISE: Walter! Gott im Himmel! Was soll das? – Ermanne dich. Fassung verlangt diese Stunde – es ist eine trennende. Du hast ein Herz, lieber Walter. Ich kenne es. Warm wie das Leben ist deine Liebe, und ohne Schranken, wie's Unermeßliche – Schenke sie einer Edeln und Würdigern – sie wird die glücklichsten ihres Geschlechts nicht beneiden – – *Tränen unterdrückend.* mich sollst du nicht mehr sehn – Das eitle betrogene Mädchen verweine seinen Gram in einsamen Mauren, um seine Tränen wird sich niemand bekümmern – Leer und erstorben ist meine Zukunft – Doch werd ich noch je und je am verwelkten Strauß der Vergangenheit riechen. *Indem sie ihm mit abgewandten Gesicht ihre zitternde Hand gibt.* Leben Sie wohl Herr von Walter.

FERDINAND *springt aus seiner Betäubung auf*: Ich entfliehe, Luise. Wirst du mir wirklich nicht folgen?

LUISE *hat sich im Hintergrund des Zimmers niedergesetzt, und hält das Gesicht mit beiden Händen bedeckt*: Meine Pflicht heißt mich bleiben und dulden.

FERDINAND: Schlange, du lügst. Dich fesselt was anders hier.

LUISE *im Ton des tiefsten inwendigen Leidens*: Bleiben Sie bei dieser Vermutung – sie macht vielleicht weniger elend.

FERDINAND: Kalte Pflicht gegen feurige Liebe! – Und mich soll das Märchen blenden? – Ein Liebhaber fesselt dich, und Weh über dich und ihn, wenn mein Verdacht sich bestätigt.

Geht schnell ab.

FÜNFTE SZENE

LUISE *allein.*

Sie bleibt noch eine Zeitlang ohne Bewegung und stumm in dem Sessel liegen, endlich steht sie auf, kommt vorwärts, und sieht furchtsam herum.

Wo meine Eltern bleiben? – Mein Vater versprach in wenigen Minuten zurück zu sein, und schon sind fünf volle fürchterliche Stunden vorüber – Wenn ihm ein Unfall – Wie wird mir? – Warum geht mein Odem so ängstlich?

Jetzt tritt WURM *in das Zimmer, und bleibt im Hintergrund stehen, ohne von ihr bemerkt zu werden.*

Es ist nichts Wirkliches – Es ist nichts als das schaudernde Gaukelspiel des erhitzten Geblüts – Hat unsre Seele nur einmal Entsetzen genug in sich getrunken, so wird das Aug in jedem Winkel Gespenster sehn.

Sechste Szene

Luise *und* Sekretär Wurm.

WURM *kommt näher*: Guten Abend Jungfer.

LUISE: Gott! Wer spricht da? *Sie dreht sich um, wird den Sekretär gewahr, und tritt erschrocken zurück:* Schrecklich! Schrecklich! Meiner ängstlichen Ahndung eilt schon die unglückseligste Erfüllung nach! *Zum Sekretär mit einem Blick voll Verachtung:* Suchen Sie etwa den Präsidenten? Er ist nicht mehr da.

WURM: Jungfer, ich suche Sie.

LUISE: So muß ich mich wundern, daß Sie nicht nach dem Marktplatz gingen.

WURM: Warum eben dahin?

LUISE: Ihre Braut von der Schandbühne abzuholen.

WURM: Mamsell Millerin, Sie haben einen falschen Verdacht –

LUISE *unterdrückt eine Antwort*: Was steht Ihnen zu Diensten?

WURM: Ich komme, geschickt von Ihrem Vater.

LUISE *bestürzt*: Von meinem Vater? – Wo ist mein Vater?

WURM: Wo er nicht gern ist.

LUISE: Um Gottes willen! Geschwind! Mich befällt eine üble Ahndung – Wo ist mein Vater?

WURM: Im Turm, wenn Sie es ja wissen wollen.

LUISE *mit einem Blick zum Himmel*: Das noch! das auch noch! – – Im Turm? Und warum im Turm?

WURM: Auf Befehl des Herzogs.

LUISE: Des Herzogs?

WURM: Der die Verletzung der Majestät in der Person seines Stellvertreters –

LUISE: Was? Was? O ewige Allmacht!

WURM: Auffallend zu ahnden beschlossen hat.

LUISE: Das war noch übrig! Das! – freilich, freilich, mein Herz hatte noch außer dem Major etwas Teures – Das durfte nicht übergangen werden – Verletzung der Majestät – Himmlische Vorsicht! Rette, o rette meinen sinkenden Glauben! – und Ferdinand?

WURM: Wählt Lady Milford oder Fluch und Enterbung.

LUISE: Entsetzliche Freiheit! – und doch – doch ist er glücklicher. Er hat keinen Vater zu verlieren. Zwar keinen haben ist Verdammnis genug! – Mein Vater auf Verletzung der Majestät – mein Geliebter die Lady oder Fluch und Enterbung – Wahrlich bewundernswert! Eine vollkommene Büberei ist auch eine Vollkommenheit – Vollkommenheit? Nein! dazu fehlte noch etwas – – Wo ist meine Mutter?

WURM: Im Spinnhaus.

LUISE *mit schmerzvollem Lächeln*: Jetzt ist es völlig! – völlig, und jetzt wär ich ja frei – Abgeschält von allen Pflichten – und Tränen – und Freuden. Abgeschält von der Vorsicht. Ich brauch sie ja nicht mehr – *Schreckliches Stillschweigen.* Haben Sie vielleicht noch eine Zeitung? Reden Sie immerhin. Jetzt kann ich alles hören.

WURM: Was geschehen ist, wissen Sie.

LUISE: Also nicht, was noch kommen wird? *Wiederum Pause, worin sie den Sekretär von oben bis unten ansieht.* Armer Mensch! Du treibst ein trauriges Handwerk, wobei du ohnmöglich selig werden kannst. Unglückliche machen ist schon schrecklich genug, aber gräßlich ist's, es ihnen verkündigen – Ihn vorzusingen den Eulengesang, dabeizustehn, wenn das blutende Herz am eisernen Schaft der Notwendigkeit zittert, und Christen an Gott zweifeln. – Der Himmel bewahre mich! und würde dir jeder Angsttropfe, den du fallen siehst, mit einer Tonne Golds aufgewogen – ich möchte nicht du sein – – Was kann noch geschehen?

WURM: Ich weiß nicht.

LUISE: Sie wollen nicht wissen? – Diese lichtscheue Botschaft fürchtet das Geräusch der Worte, aber in der Grabstille Ihres Gesichts zeigt sich mir das Gespenst – Was ist noch übrig – Sie sagten vorhin, der Herzog wolle es auffallend ahnden? Was nennen Sie auffallend?

WURM: Fragen Sie nichts mehr.

LUISE: Höre Mensch! Du gingst beim Henker zur Schule. Wie verstündest du sonst, das Eisen erst langsam-bedächtlich an den knirschenden Gelenken hinaufzuführen, und das zuckende Herz mit dem Streich der Erbarmung zu necken? – Welches Schicksal wartet auf meinen Vater? – Es ist Tod in dem, was du lachend sagst, wie mag das aussehen, was du an dich hältst? Sprich es aus. Laß mich sie auf einmal haben die ganze zermalmende Ladung. Was wartet auf meinen Vater?

WURM: Ein Kriminalprozeß.

LUISE: Was ist aber das? – Ich bin ein unwissendes unschuldiges Ding, verstehe mich wenig auf eure fürchterliche lateinische Wörter. Was heißt Kriminalprozeß?

WURM: Gericht um Leben und Tod.

LUISE *standhaft*: So dank ich Ihnen!

Sie eilt schnell in ein Seitenzimmer.

WURM *steht betroffen da*: Wo will das hinaus? Sollte die Närrin etwa? – Teufel! sie wird doch nicht – Ich eile nach – ich muß für ihr Leben bürgen. *Im Begriff, ihr zu folgen.*

LUISE *kommt zurück, einen Mantel umgeworfen*: Verzeihen Sie, Sekretär. Ich schließe das Zimmer.

WURM: Und wohin denn so eilig?

LUISE: Zum Herzog. *Will fort.*

WURM: Was? Wohin? *Er hält sie erschrocken zurück.*

LUISE: Zum Herzog. Hören Sie nicht? Zu ebendem Herzog, der meinen Vater auf Tod und Leben will richten lassen – Nein! Nicht will – muß richten lassen, weil einige Böswichter wollen; der zu dem ganzen Prozeß der beleidigten Majestät nichts hergibt, als eine Majestät und seine fürstliche Handschrift.

WURM *lacht überlaut*: Zum Herzog!

LUISE: Ich weiß, worüber Sie lachen – aber ich will ja auch kein Erbarmen dort finden – Gott bewahre mich! nur Ekel – Ekel nur an meinem Geschrei. Man hat mir gesagt, daß die Großen der Welt noch nicht belehrt sind, was Elend ist – nicht wollen belehrt sein. Ich will ihm sagen was Elend ist – will es ihm vormalen in allen Verzerrungen des Todes, was Elend ist – will es ihm vorheulen in Mark und Bein zermalmenden Tönen, was Elend ist – und wenn ihm jetzt über der Beschreibung die Haare zu Berge fliegen, will ich ihm noch zum Schluß in die Ohren schrein, daß in der Sterbestunde auch die Lungen der Erdengötter zu röcheln anfangen, und das Jüngste Gericht Majestäten und Bettler in dem nämlichen Siebe rüttle. *Sie will gehen.*

WURM *boshaft freundlich*: Gehen Sie, o gehen Sie ja. Sie können wahrlich nichts Klügeres tun. Ich rate es Ihnen, gehen Sie, und ich gebe Ihnen mein Wort, daß der Herzog willfahren wird.

LUISE *steht plötzlich still*: Wie sagen Sie? – Sie raten mir selbst dazu? *Kommt schnell zurück*. Hm! Was will ich denn? Etwas Abscheuliches muß es sein, weil dieser Mensch dazu ratet – Woher wissen Sie, daß der Fürst mir willfahren wird?

WURM: Weil er es nicht wird umsonst tun dürfen.

LUISE: Nicht umsonst? Welchen Preis kann er auf eine Menschlichkeit setzen?

WURM: Die schöne Supplikantin ist Preises genug.

LUISE *bleibt erstarrt stehn, dann mit brechendem Laut*: Allgerechter!

WURM: Und einen Vater werden Sie doch, will ich hoffen, um diese gnädige Taxe nicht überfodert finden?

LUISE *auf und ab, außer Fassung*: Ja! Ja! Es ist wahr. Sie sind verschanzt eure Großen – verschanzt vor der Wahrheit hinter ihre eigene Laster, wie hinter Schwerter der Cherubim – Helfe dir der Allmächtige, Vater. Deine Tochter kann für dich sterben, aber nicht sündigen.

WURM: Das mag ihm wohl eine Neuigkeit sein dem armen verlassenen Mann – „Meine Luise", sagte er mir, „hat mich zu Boden geworfen. Meine Luise wird mich auch aufrichten" – Ich eile Mamsell, ihm die Antwort zu bringen.

Stellt sich als ob er ginge.

LUISE *eilt ihm nach, hält ihn zurück*: Bleiben Sie! Bleiben Sie! Geduld! – Wie flink dieser Satan ist, wenn es gilt, Menschen rasend zu machen! – Ich hab ihn niedergeworfen. Ich muß ihn aufrichten. Reden Sie! Raten Sie! Was kann ich? Was muß ich tun?

WURM: Es ist nur ein Mittel.

LUISE: Dieses einzige Mittel?

WURM: Auch Ihr Vater wünscht –

LUISE: Auch mein Vater? – Was ist das für ein Mittel?

WURM: Es ist Ihnen leicht.

LUISE: Ich kenne nichts Schwerers als die Schande.

WURM: Wenn Sie den Major wieder frei machen wollen?

LUISE: Von seiner Liebe? Spotten Sie meiner? – Das meiner Willkür zu überlassen, wozu ich gezwungen ward?

WURM: So ist es nicht gemeint, liebe Jungfer. Der Major muß zuerst und freiwillig zurücktreten.

LUISE: Er wird nicht.

WURM: So scheint es. Würde man denn wohl seine Zuflucht zu Ihnen nehmen, wenn nicht Sie allein dazu helfen könnten?

LUISE: Kann ich ihn zwingen, daß er mich hassen muß?

WURM: Wir wollen versuchen. Setzen Sie sich.

LUISE *betreten*: Mensch! Was brütest du?

WURM: Setzen Sie sich. Schreiben Sie! Hier ist Feder, Papier und Dinte.

LUISE *setzt sich in höchster Beunruhigung*: Was soll ich schreiben? An wen soll ich schreiben?

WURM: An den Henker Ihres Vaters.

LUISE: Ha! du verstehst dich darauf, Seelen auf die Folter zu schrauben. *Ergreift eine Feder.*

WURM *diktiert*: „Gnädiger Herr" –

LUISE *schreibt mit zitternder Hand.*

WURM: „Schon drei unerträgliche Tage sind vorüber – – sind vorüber – und wir sahen uns nicht"

LUISE *stutzt, legt die Feder weg*: An wen ist der Brief?

WURM: An den Henker Ihres Vaters.

LUISE: O mein Gott!

WURM: „Halten Sie sich deswegen an den Major – an den Major – der mich den ganzen Tag wie ein Argus hütet"

LUISE *springt auf*: Büberei, wie noch keine erhört worden! An wen ist der Brief?

WURM: An den Henker Ihres Vaters.

LUISE *die Hände ringend auf und nieder*: Nein! Nein! Nein! Das ist tyrannisch o Himmel! Strafe Menschen menschlich, wenn sie dich reizen, aber warum mich zwischen zwei Schröcknisse pressen? Warum zwischen Tod und Schande mich hin und her wiegen? Warum diesen blutsaugenden Teufel mir auf den Nacken setzen? – Macht was ihr wollt. Ich schreibe das nimmermehr.

WURM *greift nach dem Hut*: Wie Sie wollen, Mademoiselle. Das steht ganz in Ihrem Belieben.

LUISE: Belieben, sagen Sie? In meinem Belieben? – Geh Barbar! hänge einen Unglücklichen über dem Abgrund der Hölle aus, bitt ihn um etwas, und lästre Gott, und frag ihn, ob's ihm beliebe? – O du weißt allzugut, daß unser Herz an natürlichen Trieben, so fest als an Ketten liegt – Nunmehr ist alles gleich. Diktieren Sie weiter. Ich denke nichts mehr. Ich weiche der überlistenden Hölle.

Sie setzt sich zum zweitenmal.

WURM: „Den ganzen Tag wie ein Argus hütet" – Haben Sie das?

LUISE: Weiter! Weiter!

WURM: „Wir haben gestern den Präsidenten im Haus gehabt. Es war possierlich zu sehen, wie der gute Major um meine Ehre sich wehrte“

LUISE: O schön, schön! o herrlich! – Nur immer fort.

WURM: „Ich nahm meine Zuflucht zu einer Ohnmacht – zu einer Ohnmacht – daß ich nicht laut lachte“

LUISE: O Himmel!

WURM: „Aber bald wird mir meine Maske unerträglich – unerträglich – Wenn ich nur loskommen könnte –“

LUISE *hält inne, steht auf, geht auf und nieder, den Kopf gesenkt, als suchte sie was auf dem Boden; dann setzt sie sich wiederum, schreibt weiter*: „Loskommen könnte“

WURM: „Morgen hat er den Dienst – Passen Sie ab, wenn er von mir geht, und kommen an den bewußten Ort“ – Haben Sie bewußten?

LUISE: Ich habe alles.

WURM: „An den bewußten Ort zu Ihrer zärtlichen .... Luise“

LUISE: Nun fehlt die Adresse noch.

WURM: „An Herrn Hofmarschall von Kalb“

LUISE: Ewige Vorsicht! ein Name, so fremd meinen Ohren, als meinem Herzen diese schändlichen Zeilen. *Sie steht auf, und betrachtet eine große Pause lang mit starrem Blick das Geschriebene, endlich reicht sie es dem Sekretär, mit erschöpfter hinsterbender Stimme:* Nehmen Sie mein Herr. Es ist mein ehrlicher Name – es ist Ferdinand – ist die ganze Wonne meines Lebens, was ich jetzt in Ihre Hände gebe – Ich bin eine Bettlerin!

WURM: O nein doch! Verzagen Sie nicht, liebe Mademoiselle. Ich habe herzliches Mitleid mit Ihnen. Vielleicht – wer weiß? – Ich könnte mich noch wohl über gewisse Dinge hinwegsetzen – Wahrlich! Bei Gott! Ich habe Mitleid mit Ihnen.

LUISE *blickt ihn starr und durchdringend an*: Reden Sie nicht aus mein Herr. Sie sind auf dem Wege sich etwas Entsetzliches zu wünschen.

WURM *im Begriff ihre Hand zu küssen*: Gesetzt, es wäre diese niedliche Hand – Wieso liebe Jungfer?

LUISE *groß und schrecklich*: Weil ich dich in der Brautnacht erdrosselte, und mich dann mit Wollust aufs Rad flechten ließe. *Sie will gehen, kommt aber schnell zurück.* Sind wir jetzt fertig mein Herr? Darf die Taube nun fliegen?

WURM: Nur noch die Kleinigkeit Jungfer. Sie müssen mit mir, und das Sakrament darauf nehmen, diesen Brief für einen freiwilligen zu erkennen.

LUISE: Gott! Gott! und du selbst mußt das Siegel geben, die Werke der Hölle zu verwahren?

Wurm zieht sie fort.

VIERTER AKT

Saal beim Präsidenten.

Erste Szene

Ferdinand von Walter *einen offenen Brief in der Hand, kommt stürmisch durch eine Türe, durch eine andre ein* Kammerdiener.

FERDINAND: War kein Marschall da?

KAMMERDIENER: Herr Major, der Herr Präsident fragen nach Ihnen.

FERDINAND: Alle Donner! Ich frag, war kein Marschall da?

KAMMERDIENER: Der gnädige Herr sitzen oben am Pharotisch.

FERDINAND: Der gnädige Herr soll im Namen der ganzen Hölle daher kommen. *Kammerdiener geht.*

Zweite Szene

Ferdinand *allein. Den Brief durchfliegend, bald erstarrend, bald wütend herumstürzend.*

Es ist nicht möglich. Nicht möglich. Diese himmlische Hülle versteckt kein so teuflisches Herz – – Und doch! doch! Wenn alle Engel herunterstiegen, für ihre Unschuld bürgten – wenn Himmel und Erde, wenn Schöpfung und Schöpfer zusammenträten, für ihre Unschuld bürgten – Es ist ihre Hand – ein unerhörter ungeheurer Betrug, wie die Menschheit noch keinen erlebte! – Das also war's, warum man sich so beharrlich der Flucht widersetzte! – Darum o Gott! jetzt erwach ich, jetzt enthüllt sich mir alles! – Darum gab man seinen Anspruch auf meine Liebe mit soviel Heldenmut auf, und bald bald hätte selbst mich die himmlische Schminke betrogen!

Er stürzt rascher durchs Zimmer, dann steht er wieder nachdenkend still.

Mich so ganz zu ergründen! – Jedes kühne Gefühl, jede leise schüchterne Bebung zu erwidern, jede feurige Wallung – An der feinsten Unbeschreiblichkeit eines schwebenden Lauts meine Seele zu fassen – Mich zu berechnen in einer Träne – Auf jeden gähen Gipfel der Leidenschaft mich zu begleiten, mir zu begegnen vor jedem schwindelnden Absturz – Gott! Gott! und alles das nichts als Grimasse? – Grimasse? – O wenn die Lüge eine so haltbare Farbe hat, wie ging es zu, daß sich kein Teufel noch in das Himmelreich hineinlog?

Da ich ihr die Gefahr unsrer Liebe entdeckte, mit welch überzeugender Täuschung erblaßte die Falsche da! Mit welch siegender Würde schlug sie den frechen Hohn meines Vaters zu Boden, und in ebendem Augenblick fühlte das Weib sich doch schuldig – Was? hielt sie nicht selbst die Feuerprobe der Wahrheit aus – die Heuchlerin sinkt in Ohnmacht. Welche Sprache wirst du jetzt führen, Empfindung? Auch Koketten sinken in Ohnmacht. Womit wirst du dich rechtfertigen Unschuld – Auch Metzen sinken in Ohnmacht.

Sie weiß, was sie aus mir gemacht hat. Sie hat meine ganze Seele gesehen. Mein Herz trat beim Erröten des ersten Kusses sichtbar in meine Augen – und sie empfand nichts? Empfand vielleicht nur den Triumph ihrer Kunst? – Da mein glücklicher Wahnsinn den ganzen Himmel in ihr zu umspannen wähnte? Meine wildesten Wünsche schwiegen? Vor meinem Gemüt stand kein Gedanke als die Ewigkeit und das Mädchen – Gott! da empfand sie nichts? Fühlte nichts, als ihren Anschlag gelungen? Nichts, als ihre Reize geschmeichelt? Tod und Rache! Nichts, als daß ich betrogen sei?

Dritte Szene

Der Hofmarschall *und* Ferdinand.

HOFMARSCHALL *ins Zimmer trippelnd*: Sie haben den Wunsch blicken lassen, mein Bester –

FERDINAND *vor sich hinmurmelnd*: Einem Schurken den Hals zu brechen. *Laut:* Marschall, dieser Brief muß Ihnen bei der Parade aus der Tasche gefallen sein – und ich *Mit boshaftem Lachen:* war zum Glück noch der Finder.

HOFMARSCHALL: Sie?

FERDINAND: Durch den lustigsten Zufall. Machen Sie's mit der Allmacht aus.

HOFMARSCHALL: Sie sehen, wie ich erschrecke, Baron.

FERDINAND: Lesen Sie! Lesen Sie! *Von ihm weggehend.* Bin ich auch schon zum Liebhaber zu schlecht, vielleicht laß ich mich desto besser als Kuppler an.

Während daß jener liest, tritt er zur Wand und nimmt zwei Pistolen herunter.

HOFMARSCHALL *wirft den Brief auf den Tisch und will sich davonmachen*: Verflucht!

FERDINAND *führt ihn am Arm zurück*: Geduld, lieber Marschall. Die Zeitungen dünken mich angenehm. Ich will meinen Finderlohn haben. *Hier zeigt er ihm die Pistolen.*

HOFMARSCHALL *tritt bestürzt zurück*: Sie werden vernünftig sein, Bester.

FERDINAND *mit starker schrecklicher Stimme*: Mehr als zuviel um einen Schelmen, wie du bist, in jene Welt zu schicken! *Er dringt ihm die eine Pistole auf, zugleich zieht er sein Schnupftuch:* Nehmen Sie! dieses Schnupftuch da fassen Sie! – Ich hab's von der Buhlerin.

HOFMARSCHALL: Über dem Schnupftuch? Rasen Sie? Wohin denken Sie?

FERDINAND: Faß dieses End an sag ich. Sonst wirst du ja fehlschießen Memme! – Wie sie zittert die Memme! Du solltest Gott danken, Memme, daß du zum erstenmal etwas in deinen Hirnkasten kriegst. *Hofmarschall macht sich auf die Beine.* Sachte! Dafür wird gebeten sein.

Er überholt ihn, und riegelt die Türe.

HOFMARSCHALL: Auf dem Zimmer, Baron?

FERDINAND: Als ob sich mit dir ein Gang vor den Wall verlohnte? – Schatz, so knallt's desto lauter, und das ist ja doch wohl das erste Geräusch, das du in der Welt machst – Schlag an!

HOFMARSCHALL *wischt sich die Stirn*: Und Sie wollen Ihr kostbares Leben so aussetzen, junger hoffnungsvoller Mann?

FERDINAND: Schlag an, sag ich. Ich habe nichts mehr in dieser Welt zu tun.

HOFMARSCHALL: Aber ich desto mehr, mein Allervortrefflichster.

FERDINAND: Du Bursche? Was du? – Der Notnagel zu sein,

wo die Menschen sich rar machen? In einem Augenblick siebenmal kurz und siebenmal lang zu werden, wie der Schmetterling an der Nadel? Ein Register zu führen über die Stuhlgänge deines Herrn, und der Mietgaul seines Witzes zu sein? Ebenso gut. Ich führe dich, wie irgendein seltenes Murmeltier mit mir. Wie ein zahmer Affe sollst du zum Geheul der Verdammten tanzen, apportieren und aufwarten, und mit deinen höfischen Künsten die ewige Verzweiflung belustigen.

HOFMARSCHALL: Was Sie befehlen, Herr, wie Sie belieben – Nur die Pistolen weg!

FERDINAND: Wie er dasteht der Schmerzenssohn! – Dasteht, dem sechsten Schöpfungstag zum Schimpfe! Als wenn ihn ein Tübinger Buchhändler dem Allmächtigen nachgedruckt hätte! – Schade nur, ewig schade für die Unze Gehirn, die so schlecht in diesem undankbaren Schädel wuchert. Diese einzige Unze hätte dem Pavian noch vollends zum Menschen geholfen, da sie jetzt nur einen Bruch von Vernunft macht – Und mit diesem ihr Herz zu teilen? – Ungeheuer! Unverantwortlich! – Einem Kerl, mehr gemacht, von Sünden zu entwöhnen, als dazu anzureizen.

HOFMARSCHALL: Oh! Gott sei ewig Dank! Er wird witzig.

FERDINAND: Ich will ihn gelten lassen. Die Toleranz, die der Raupe schont, soll auch diesem zugute kommen. Man begegnet ihm, zuckt etwa die Achsel, bewundert vielleicht noch die kluge Wirtschaft des Himmels, der auch mit Trebern und Bodensatz noch Kreaturen speist; der dem Raben am Hochgericht, und einem Höfling im Schlamme der Majestäten den Tisch deckt – Zuletzt erstaunt man noch über die große Polizei der Vorsicht, die auch in der Geisterwelt ihre Blindschleichen und Taranteln zur Ausfuhr des Gifts besoldet. – Aber *Indem seine Wut sich erneuert.* an meine Blume soll mir das Ungeziefer nicht kriechen, oder ich will es *Den Marschall fassend und unsanft herumschüttelnd.* so und so und wieder so durcheinander quetschen.

HOFMARSCHALL *für sich hinseufzend*: O mein Gott! Wer hier weg wäre! Hundert Meilen von hier im Bicêtre zu Paris! nur bei diesem nicht!

FERDINAND: Bube! Wenn sie nicht rein mehr ist? Bube! Wenn du genossest, wo ich anbetete? *Wütender:* Schwelgtest, wo ich einen Gott mich fühlte? *Plötzlich schweigt er, darauf fürchterlich:* Dir wäre besser, Bube, du flöhest der Hölle zu, als daß dir mein Zorn im Himmel begegnete! – Wie weit kamst du mit dem Mädchen? Bekenne!

HOFMARSCHALL: Lassen Sie mich los. Ich will alles verraten.

FERDINAND: Oh! es muß reizender sein mit diesem Mädchen zu buhlen, als mit andern noch so himmlisch zu schwärmen – Wollte sie ausschweifen, wollte sie, sie könnte den Wert der Seele herunterbringen, und die Tugend mit der Wollust verfälschen. *Dem Marschall die Pistole aufs Herz drückend.* Wie weit kamst du mit ihr? Ich drücke ab, oder bekenne!

HOFMARSCHALL: Es ist nichts – ist ja alles nichts. Haben Sie nur eine Minute Geduld. Sie sind ja betrogen.

FERDINAND: Und daran mahnst du mich Bösewicht? – Wie weit kamst du mit ihr? Du bist des Todes, oder bekenne!

HOFMARSCHALL: Mon Dieu! Mein Gott! Ich spreche ja – So hören Sie doch nur – Ihr Vater – Ihr eigener leiblicher Vater –

FERDINAND *grimmiger:* Hat seine Tochter an dich verkuppelt? Und wie weit kamst du mit ihr? Ich ermorde dich, oder bekenne!

HOFMARSCHALL: Sie rasen. Sie hören nicht. Ich sah sie nie. Ich kenne sie nicht. Ich weiß gar nichts von ihr.

FERDINAND *zurücktretend:* Du sahst sie nie? Kennst sie nicht? Weißt gar nichts von ihr? – Die Millerin ist verloren um deinetwillen, du leugnest sie dreimal in einem Atem hinweg? – Fort schlechter Kerl. *Er gibt ihm mit der Pistole einen Streich, und stößt ihn aus dem Zimmer.* Für deinesgleichen ist kein Pulver erfunden!

VIERTE SZENE

FERDINAND *nach einem langen Stillschweigen, worin seine Züge einen schrecklichen Gedanken entwickeln.*

Verloren! Ja Unglückselige! – Ich bin es. Du bist es auch. Ja bei dem großen Gott! Wenn ich verloren bin, bist du es auch! – Richter der Welt! Fodre sie mir nicht ab. Das Mädchen ist mein. Ich trat dir deine ganze Welt für das Mädchen ab, habe Verzicht getan auf deine ganze herrliche Schöpfung. Laß mir das Mädchen. – Richter der Welt! Dort winseln

Millionen Seelen nach dir – Dorthin kehre das Aug deines Erbarmens – Mich laß allein machen, Richter der Welt! *Indem er schrecklich die Hände faltet.* Sollte der reiche vermögende Schöpfer mit einer Seele geizen, die noch dazu die schlechteste seiner Schöpfung ist? – Das Mädchen ist mein! Ich einst ihr Gott, jetzt ihr Teufel! *Die Augen graß in einen Winkel geworfen.* Eine Ewigkeit mit ihr auf ein Rad der Verdammnis geflochten – Augen in Augen wurzelnd – Haare zu Berge stehend gegen Haare – Auch unser hohles Wimmern in eins geschmolzen – Und jetzt zu wiederholen meine Zärtlichkeiten, und jetzt ihr vorzusingen ihre Schwüre – Gott! Gott! Die Vermählung ist fürchterlich – aber ewig!

Er will schnell hinaus. Der Präsident tritt herein.

Fünfte Szene

Der Präsident *und* Ferdinand.

FERDINAND *zurücktretend*: Oh! – Mein Vater!

PRÄSIDENT: Sehr gut, daß wir uns finden, mein Sohn. Ich komme, dir etwas Angenehmes zu verkündigen, und etwas, lieber Sohn, das dich ganz gewiß überraschen wird. Wollen wir uns setzen?

FERDINAND *sieht ihn lange Zeit starr an*: Mein Vater! *Mit stärkerer Bewegung zu ihm gehend und seine Hand fassend.* Mein Vater! *Seine Hand küssend, vor ihm niederfallend.* O mein Vater!

PRÄSIDENT: Was ist dir mein Sohn? Steh auf. Deine Hand brennt und zittert.

FERDINAND *mit wilder feuriger Empfindung*: Verzeihung für meinen Undank mein Vater! Ich bin ein verworfener Mensch. Ich habe Ihre Güte mißkannt. Sie meinten es mit mir so väterlich – Oh! Sie hatten eine weissagende Seele – Jetzt ist's zu spät – Verzeihung! Verzeihung! Ihren Segen, mein Vater!

PRÄSIDENT *heuchelt eine schuldlose Miene*: Steh auf mein Sohn! Besinne dich, daß du mir Rätsel sprichst.

FERDINAND: Diese Millerin mein Vater – O Sie kennen den Menschen – Ihre Wut war damals so gerecht, so edel, so väterlich warm – Nur verfehlte der warme Vatereifer des Weges – Diese Millerin!

PRÄSIDENT: Martre mich nicht mein Sohn. Ich verfluche meine Härte! Ich bin gekommen dir abzubitten.

FERDINAND: Abbitten an mir! Verfluchen an mir! – Ihre Mißbilligung war Weisheit. Ihre Härte war himmlisches Mitleid – – Diese Millerin, Vater –

PRÄSIDENT: Ist ein edles, ein liebes Mädchen. – Ich widerrufe meinen übereilten Verdacht. Sie hat meine Achtung erworben.

FERDINAND *springt erschüttert auf*: Was? auch Sie? – Vater! auch Sie? – Und nicht wahr, mein Vater, ein Geschöpf wie die Unschuld? – und es ist so menschlich, dieses Mädchen zu lieben?

PRÄSIDENT: Sage so: Es ist Verbrechen, es nicht zu lieben.

FERDINAND: Unerhört! Ungeheuer! – Und Sie schauen ja doch sonst die Herzen so durch! Sahen sie noch dazu mit Augen des Hasses! – Heuchelei ohne Beispiel – Diese Millerin, Vater –

PRÄSIDENT: Ist es wert meine Tochter zu sein. Ich rechne ihre Tugend für Ahnen, und ihre Schönheit für Gold. Meine Grundsätze weichen deiner Liebe – Sie sei dein!

FERDINAND *stürzt fürchterlich aus dem Zimmer*: Das fehlte noch! – Leben Sie wohl mein Vater. *Ab.*

PRÄSIDENT *ihm nachgehend*: Bleib! Bleib! Wohin stürmst du? *Ab.*

SECHSTE SZENE

Ein sehr prächtiger Saal bei der Lady.

LADY *und* SOPHIE *treten herein.*

LADY: Also sahst du sie? Wird sie kommen?

SOPHIE: Diesen Augenblick. Sie war noch im Hausgewand, und wollte sich nur in der Geschwindigkeit umkleiden.

LADY: Sage mir nichts von ihr – Stille – wie eine Verbrecherin zittre ich, die Glückliche zu sehen, die mit meinem Herzen so schrecklich harmonisch fühlt – Und wie nahm sie sich bei der Einladung?

SOPHIE: Sie schien bestürzt, wurde nachdenkend, sah mich mit großen Augen an, und schwieg. Ich hatte mich schon auf ihre Ausflüchte vorbereitet, als sie mit einem Blick, der mich ganz überraschte, zur Antwort gab: Ihre Dame befiehlt mir, was ich mir morgen erbitten wollte.

LADY *sehr unruhig*: Laß mich Sophie. Beklage mich. Ich muß erröten, wenn sie nur das gewöhnliche Weib ist, und wenn sie mehr ist, verzagen.

SOPHIE: Aber Mylady – Das ist die Laune nicht, eine Nebenbuhlerin zu empfangen. Erinnern Sie sich wer Sie sind. Rufen Sie Ihre Geburt, Ihren Rang, Ihre Macht zu Hilfe. Ein stolzeres Herz muß die stolze Pracht Ihres Anblicks erheben.

LADY *zerstreut*: Was schwatzt die Närrin da?

SOPHIE *boshaft*: Oder es ist vielleicht Zufall, daß eben heute die kostbarsten Brillanten an Ihnen blitzen? Zufall, daß eben heute der reichste Stoff Sie bekleiden muß – daß Ihre Antischamber von Heiducken und Pagen wimmelt, und das Bürgermädchen im fürstlichsten Saal Ihres Palastes erwartet wird?

LADY *auf und ab voll Erbitterung*: Verwünscht! Unerträglich! Daß Weiber für Weiberschwächen solche Luchsaugen haben! – – Aber wie tief, wie tief muß ich schon gesunken sein, daß eine solche Kreatur mich ergründet!

EIN KAMMERDIENER *tritt auf*: Mamsell Millerin –

LADY *zu Sophien*: Hinweg du! Entferne dich! *Drohend, da diese noch zaudert:* Hinweg! Ich befehl es. *Sophie geht ab. Lady macht einen Gang durch den Saal.* Gut! Recht gut, daß ich in Wallung kam. Ich bin, wie ich wünschte. *Zum Kammerdiener:* Die Mamsell mag hereintreten.

Kammerdiener geht. Sie wirft sich in den Sofa, und nimmt eine vornehm-nachlässige Lage an.

SIEBENTE SZENE

LUISE MILLERIN *tritt schüchtern herein, und bleibt in einer großen Entfernung von der Lady stehen;* LADY *hat ihr den Rücken zugewandt, und betrachtet sie eine Zeitlang aufmerksam in dem gegenüberstehenden Spiegel.*
Nach einer Pause.

LUISE: Gnädige Frau, ich erwarte Ihre Befehle.

LADY *dreht sich nach Luisen um, und nickt nur eben mit dem Kopf, fremd und zurückgezogen*: Aha! Ist Sie hier? – Ohne Zweifel die Mamsell – eine gewisse – Wie nennt man Sie doch?

LUISE *etwas empfindlich*: Miller nennt sich mein Vater, und Ihro Gnaden schickten nach seiner Tochter.

LADY: Recht! Recht! Ich entsinne mich – die arme Geigerstochter, wovon neulich die Rede war. *Nach einer Pause, vor sich:* Sehr interessant, und doch keine Schönheit – *Laut zu*

Luisen: Trete Sie näher mein Kind. *Wieder vor sich:* Augen, die sich im Weinen übten – Wie lieb ich sie, diese Augen! *Wiederum laut:* Nur näher – Nur ganz nah – Gutes Kind, ich glaube, du fürchtest mich?

LUISE *groß, mit entschiednem Ton*: Nein Mylady. Ich verachte das Urteil der Menge.

LADY *vor sich*: Sieh doch! – und diesen Trotzkopf hat sie von ihm. *Laut:* Man hat Sie mir empfohlen, Mamsell. Sie soll was gelernt haben, und sonst auch zu leben wissen – Nun ja. Ich will's glauben – auch nähm ich die ganze Welt nicht, einen so warmen Fürsprecher Lügen zu strafen.

LUISE: Doch kenn ich niemand, Mylady, der sich Mühe gäbe, mir eine Patronin zu suchen.

LADY *geschraubt*: Mühe um die Klientin oder Patronin?

LUISE: Das ist mir zu hoch, gnädige Frau.

LADY: Mehr Schelmerei, als diese offene Bildung vermuten läßt! Luise nennt Sie sich? Und wie jung, wenn man fragen darf?

LUISE: Sechszehn gewesen.

LADY *steht rasch auf*: Nun ist's heraus! Sechszehen Jahre! Der erste Puls dieser Leidenschaft! – Auf dem unberührten Klavier der erste einweihende Silberton! – Nichts ist verführender – Setz dich, ich bin dir gut, liebes Mädchen – Und auch er liebt zum erstenmal – Was Wunder, wenn sich die Strahlen eines Morgenrots finden? *Sehr freundlich, und ihre Hand ergreifend:* Es bleibt dabei, ich will dein Glück machen, liebe – Nichts, nichts als die süße früheverfliegende Träumerei. *Luisen auf die Wange klopfend.* Meine Sophie heiratet. Du sollst ihre Stelle haben – Sechszehen Jahr! Es kann nicht von Dauer sein.

LUISE *küßt ihr ehrerbietig die Hand*: Ich danke für diese Gnade Mylady, als wenn ich sie annehmen dürfte.

LADY *in Entrüstung zurückfallend*: Man sehe die große Dame! – Sonst wissen sich Jungfern Ihrer Herkunft noch glücklich, wenn sie Herrschaften finden – wo will denn Sie hinaus, meine Kostbare? Sind diese Finger zur Arbeit zu niedlich? Ist es Ihr bißchen Gesicht, worauf Sie so trotzig tut?

LUISE: Mein Gesicht, gnädige Frau, gehört mir so wenig, als meine Herkunft.

LADY: Oder glaubt Sie vielleicht, das werde nimmer ein Ende nehmen? – Armes Geschöpf, wer dir das in den Kopf setzte –

mag er sein, wer er will – er hat euch beide zum besten gehabt. Diese Wangen sind nicht im Feuer vergoldet. Was dir dein Spiegel für massiv und ewig verkauft, ist nur ein dünner angeflogener Goldschaum, der deinem Anbeter über kurz oder lang in der Hand bleiben muß – Was werden wir dann machen?

LUISE: Den Anbeter bedauern, Mylady, der einen Demant kaufte, weil er in Gold schien gefaßt zu sein.

LADY *ohne darauf achten zu wollen*: Ein Mädchen von Ihren Jahren hat immer zween Spiegel zugleich, den wahren und ihren Bewunderer – Die gefällige Geschmeidigkeit des letztern macht die rauhe Offenherzigkeit des erstern wieder gut. Der eine rügt eine häßliche Blatternarbe. Weit gefehlt, sagt der andere, es ist ein Grübchen der Grazien. Ihr guten Kinder glaubt jenem nur, was euch dieser gesagt hat, hüpft von einem zum andern, bis ihr zuletzt die Aussagen beider verwechselt – Warum begafft Sie mich so?

LUISE: Verzeihen Sie gnädige Frau – Ich war soeben im Begriff, diesen prächtig blitzenden Rubin zu beweinen, der es nicht wissen muß, daß seine Besitzerin so scharf wider Eitelkeit eifert.

LADY *errötend*: Keinen Seitensprung, Lose! – Wenn es nicht die Promessen Ihrer Gestalt sind, was in der Welt könnte Sie abhalten, einen Stand zu erwählen, der der einzige ist, wo Sie Manieren und Welt lernen kann, der einzige ist, wo Sie sich ihrer bürgerlichen Vorurteile entledigen kann?

LUISE: Auch meiner bürgerlichen Unschuld, Mylady?

LADY: Läppischer Einwurf! Der ausgelassenste Bube ist zu verzagt, uns etwas Beschimpfendes zuzumuten, wenn wir ihm nicht selbst ermunternd entgegengehn. Zeige Sie, wer Sie ist. Gebe Sie sich Ehre und Würde, und ich sage Ihrer Jugend für alle Versuchung gut.

LUISE: Erlauben Sie, gnädige Frau, daß ich mich unterstehe, daran zu zweifeln. Die Paläste gewisser Damen sind oft die Freistätten der frechsten Ergötzlichkeit. Wer sollte der Tochter des armen Geigers den Heldenmut zutrauen, den Heldenmut, mitten in die Pest sich zu werfen und doch dabei vor der Vergiftung zu schaudern? Wer sollte sich träumen lassen, daß Lady Milford ihrem Gewissen einen ewigen Skorpion halte, daß sie Geldsummen aufwende, um den Vorteil zu haben, jeden Augenblick schamrot zu werden? –

Ich bin offenherzig, gnädige Frau – Würde Sie mein Anblick ergötzen, wenn Sie einem Vergnügen entgegengingen? Würden Sie ihn ertragen, wenn Sie zurückkämen? – – O besser! besser! Sie lassen Himmelsstriche uns trennen – Sie lassen Meere zwischen uns fließen! – Sehen Sie sich wohl für, Mylady – Stunden der Nüchternheit, Augenblicke der Erschöpfung könnten sich melden – Schlangen der Reue könnten Ihren Busen anfallen, und nun – welche Folter für Sie, im Gesicht Ihres Dienstmädchens die heitre Ruhe zu lesen, womit die Unschuld ein reines Herz zu belohnen pflegt. *Sie tritt einen Schritt zurück.* Noch einmal, gnädige Frau. Ich bitte sehr um Vergebung.

LADY *in großer innrer Bewegung herumgehend*: Unerträglich, daß sie mir das sagt! Unerträglich, daß sie recht hat! *Zu Luisen tretend, und ihr starr in die Augen sehend:* Mädchen, du wirst mich nicht überlisten. So warm sprechen Meinungen nicht. Hinter diesen Maximen lauert ein feurigeres Interesse, das dir meine Dienste besonders abscheulich malt – das dein Gespräch so erhitzte – das ich *Drohend:* entdecken muß.

LUISE *gelassen und edel*: Und wenn Sie es nun entdeckten? und wenn Ihr verächtlicher Fersenstoß den beleidigten Wurm aufweckte, dem sein Schöpfer gegen Mißhandlung noch einen Stachel gab? – Ich fürchte Ihre Rache nicht, Lady – Die arme Sünderin auf dem berüchtigten Henkerstuhl lacht zu Weltuntergang. – Mein Elend ist so hoch gestiegen, daß selbst Aufrichtigkeit es nicht mehr vergrößern kann. *Nach einer Pause, sehr ernsthaft:* Sie wollen mich aus dem Staub meiner Herkunft reißen. Ich will sie nicht zergliedern diese verdächtige Gnade. Ich will nur fragen, was Mylady bewegen konnte, mich für die Törin zu halten, die über ihre Herkunft errötet? Was sie berechtigen konnte, sich zur Schöpferin meines Glücks aufzuwerfen, ehe sie noch wußte, ob ich mein Glück auch von ihren Händen empfangen wolle? – Ich hatte meinen ewigen Anspruch auf die Freuden der Welt zerrissen. Ich hatte dem Glück seine Übereilung vergeben – Warum mahnen Sie mich aufs neu an dieselbe? – Wenn selbst die Gottheit dem Blick der Erschaffenen ihre Strahlen verbirgt, daß nicht ihr oberster Seraph vor seiner Verfinsterung zurückschaure – warum wollen Menschen so grausam-barmherzig sein? – Wie kommt es Mylady, daß Ihr gepriesenes Glück das Elend so gern um Neid und

Bewunderung anbettelt? – Hat Ihre Wonne die Verzweiflung so nötig zur Folie? – O lieber! so gönnen Sie mir doch eine Blindheit, die mich allein noch mit meinem barbarischen Los versöhnt – Fühlt sich doch das Insekt in einem Tropfen Wassers so selig, als wär es ein Himmelreich, so froh und so selig, bis man ihm von einem Weltmeer erzählt, worin Flotten und Walfische spielen! – – – Aber glücklich wollen Sie mich ja wissen? *Nach einer Pause plötzlich zur Lady hintretend und mit Überraschung sie fragend:* Sind Sie glücklich, Mylady? *Diese verläßt sie schnell und betroffen, Luise folgt ihr, und hält ihr die Hand vor den Busen.* Hat dieses Herz auch die lachende Gestalt Ihres Standes? Und wenn wir jetzt Brust gegen Brust, und Schicksal gegen Schicksal auswechseln sollten – und wenn ich in kindlicher Unschuld – und wenn ich auf Ihr Gewissen – und wenn ich als meine Mutter Sie fragte – Würden Sie mir wohl zu dem Tausche raten?

LADY *heftig bewegt in den Sofa sich werfend*: Unerhört! Unbegreiflich! Nein Mädchen! Nein! Diese Größe hast du nicht auf die Welt gebracht, und für einen Vater ist sie zu jugendlich. Lüge mir nicht. Ich höre einen andern Lehrer –

LUISE *fein und scharf ihr in die Augen sehend*: Es sollte mich doch wundern, Mylady, wenn Sie jetzt erst auf diesen Lehrer fielen, und doch vorhin schon eine Kondition für mich wußten.

LADY *springt auf*: Es ist nicht auszuhalten! – Ja denn! weil ich dir doch nicht entwischen kann. Ich kenn ihn – weiß alles – weiß mehr als ich wissen mag. *Plötzlich hält sie inne, darauf mit einer Heftigkeit, die nach und nach bis beinahe zum Toben steigt:* Aber wag es, Unglückliche – wag es, ihn jetzt noch zu lieben, oder von ihm geliebt zu werden – Was sage ich? – Wag es an ihn zu denken, oder einer von seinen Gedanken zu sein – Ich bin mächtig, Unglückliche – fürchterlich – So wahr Gott lebt! du bist verloren!

LUISE *standhaft*: Ohne Rettung Mylady, sobald Sie ihn zwingen, daß er Sie lieben muß.

LADY: Ich verstehe dich – aber er soll mich nicht lieben. Ich will über diese schimpfliche Leidenschaft siegen, mein Herz unterdrücken, und das deinige zermalmen – Felsen und Abgründe will ich zwischen euch werfen; eine Furie will ich mitten durch euren Himmel gehn; mein Name soll eure Küsse wie ein Gespenst Verbrecher auseinanderscheuchen; deine junge blühende Gestalt unter seiner Umarmung welk wie eine Mumie zusammenfallen – Ich kann nicht mit ihm glücklich werden – aber du sollst es auch nicht werden – Wisse das Elende! Seligkeit zerstören ist auch Seligkeit.

LUISE: Eine Seligkeit, um die man Sie schon gebracht hat, Mylady. Lästern Sie Ihr eigenes Herz nicht. Sie sind nicht fähig das auszuüben, was Sie so drohend auf mich herabschwören. Sie sind nicht fähig ein Geschöpf zu quälen, das Ihnen nichts zuleide getan, als daß es empfunden hat, wie Sie – Aber ich liebe Sie um dieser Wallung willen, Mylady.

LADY *die sich jetzt gefaßt hat*: Wo bin ich? Wo war ich? Was hab ich merken lassen? Wen hab ich's merken lassen? – O Luise, edle, große, göttliche Seele! Vergib's einer Rasenden – Ich will dir kein Haar kränken, mein Kind. Wünsche! Fodre! Ich will dich auf den Händen tragen, deine Freundin, deine Schwester will ich sein – Du bist arm – Sieh! *Einige Brillanten herunternehmend.* Ich will diesen Schmuck verkaufen – meine Garderobe, Pferd und Wagen verkaufen – Dein sei alles, aber entsag ihm!

LUISE *tritt zurück voll Befremdung*: Spottet sie einer Verzweifelnden, oder sollte sie an der barbarischen Tat im Ernst keinen Anteil gehabt haben? – Ha! So könnt ich mir ja noch den Schein einer Heldin geben, und meine Ohnmacht zu einem Verdienst aufputzen. *Sie steht eine Weile gedankenvoll, dann tritt sie näher zur Lady, faßt ihre Hand und sieht sie starr und bedeutend an.* Nehmen Sie ihn denn hin Mylady – Freiwillig tret ich Ihnen ab den Mann, den man mit Haken der Hölle von meinem blutenden Herzen riß. – – Vielleicht wissen Sie es selbst nicht, Mylady, aber Sie haben den Himmel zweier Liebenden geschleift, voneinandergezerrt zwei Herzen, die Gott aneinanderband; zerschmettert ein Geschöpf, das ihm naheging, wie Sie, das er zur Freude schuf, wie Sie, das ihn gepriesen hat, wie Sie, und ihn nun nimmermehr preisen wird – Lady! Ins Ohr des Allwissenden schreit auch der letzte Krampf des zertretenen Wurms – es wird ihm nicht gleichgültig sein, wenn man Seelen in seinen Händen mordet! Jetzt ist er Ihnen! Jetzt Mylady nehmen Sie ihn hin! Rennen Sie in seine Arme! Reißen Sie ihn zum Altar – Nur vergessen Sie nicht, daß zwischen Ihren Brautkuß das Gespenst einer Selbstmörderin stürzen wird – Gott wird barmherzig sein – Ich kann mir nicht anders helfen.

Sie stürzt hinaus.

Achte Szene

Lady *allein. Steht erschüttert und außer sich, den starren Blick nach der Türe gerichtet, durch welche die Millerin weggeeilt, endlich erwacht sie aus ihrer Betäubung.*

Wie war das? Wie geschah mir? Was sprach die Unglückliche? – Noch o Himmel! noch zerreißen sie mein Ohr die fürchterlichen mich verdammenden Worte: Nehmen Sie ihn hin! – Wen Unglückselige? Das Geschenk deines Sterberöchelns – das schauervolle Vermächtnis deiner Verzweiflung! Gott! Gott! Bin ich so tief gesunken – so plötzlich von allen Thronen meines Stolzes herabgestürzt, daß ich heißhungrig erwarte, was einer Bettlerin Großmut aus ihrem letzten Todeskampfe mir zuwerfen wird? – Nehmen Sie ihn hin, und das spricht sie mit einem Tone, begleitet sie mit einem Blicke – – Ha! Emilie! Bist du darum über die Grenzen deines Geschlechts weggeschritten? Mußtest du darum um den prächtigen Namen des großen britischen Weibes buhlen, daß das prahlende Gebäude deiner Ehre neben der höheren Tugend einer verwahrlosten Bürgerdirne versinken soll? – Nein stolze Unglückliche! Nein! – Beschämen läßt sich Emilie Milford – doch beschimpfen nie! Auch ich habe Kraft, zu entsagen.

Mit majestätischen Schritten auf und nieder.

Verkrieche dich jetzt weiches leidendes Weib – Fahret hin süße goldene Bilder der Liebe – Großmut allein sei jetzt meine Führerin! – – Dieses liebende Paar ist verloren, oder Milford muß ihren Anspruch vertilgen, und im Herzen des Fürsten erlöschen! *Nach einer Pause lebhaft:* Es ist geschehen! – Gehoben das furchtbare Hindernis – Zerbrochen alle Bande zwischen mir und dem Herzog, gerissen aus meinem Busen diese wütende Liebe! – – In deine Arme werf ich mich, Tugend – Nimm sie auf, deine reuige Tochter Emilie! – Ha! wie mir so wohl ist! Wie ich auf einmal so leicht! so gehoben mich fühle! – Groß, wie eine fallende Sonne, will ich heut vom Gipfel meiner Hoheit heruntersinken, meine Herrlichkeit sterbe mit meiner Liebe, und nichts als mein Herz begleite mich in diese stolze Verweisung. *Entschlossen zum Schreibpult gehend.* Jetzt gleich muß es geschehen – jetzt auf der Stelle, ehe die Reize des lieben Jünglings den blutigen

Kampf meines Herzens erneuren.

Sie setzt sich nieder, und fängt an zu schreiben.

NEUNTE SZENE

LADY. EIN KAMMERDIENER. SOPHIE, *hernach der* HOFMARSCHALL. *Zuletzt* BEDIENTE.

KAMMERDIENER: Hofmarschall von Kalb stehen im Vorzimmer mit einem Auftrag vom Herzog.

LADY *in der Hitze des Schreibens*: Auftaumeln wird sie die fürstliche Drahtpuppe! Freilich! der Einfall ist auch drollig genug, so eine Durchlauchtige Hirnschale auseinanderzutreiben! – Seine Hofschranzen werden wirbeln. – Das ganze Land wird in Gärung kommen.

KAMMERDIENER *und* SOPHIE: Der Hofmarschall, Mylady –

LADY *dreht sich um*: Wer? Was? – Desto besser! Diese Sorte von Geschöpfen ist zum Sacktragen auf der Welt. Er soll mir willkommen sein.

KAMMERDIENER *geht ab.*

SOPHIE *ängstlich näher kommend*: Wenn ich nicht fürchten müßte, Mylady, es wäre Vermessenheit – *Lady schreibt hitzig fort.* Die Millerin stürzte außer sich durch den Vorsaal – Sie glühen – Sie sprechen mit sich selbst. *Lady schreibt immer fort.* Ich erschrecke – Was muß geschehen sein?

HOFMARSCHALL *tritt herein, macht dem Rücken der Lady tausend Verbeugungen; da sie ihn nicht bemerkt, kommt er näher, stellt sich hinter ihren Sessel, sucht den Zipfel ihres Kleids wegzukriegen und drückt einen Kuß darauf, mit furchtsamen Lispeln*: Serenissimus –

LADY *indem sie Sand streut und das Geschriebene durchfliegt*: Er wird mir schwarzen Undank zur Last legen – Ich war eine Verlassene. Er hat mich aus dem Elend gezogen – Aus dem Elend? – Abscheulicher Tausch! – Zerreiße deine Rechnung, Verführer! Meine ewige Schamröte bezahlt sie mit Wucher.

HOFMARSCHALL *nachdem er die Lady vergeblich von allen Seiten umgangen hat*: Mylady scheinen etwas distrait zu sein – Ich werde mir wohl selbst die Kühnheit erlauben müssen. *Sehr laut:* Serenissimus schicken mich, Mylady zu fragen, ob diesen Abend Vauxhall sein werde, oder teutsche Komödie?

LADY *lachend aufstehend*: Eins von beiden, mein Engel – Unterdessen bringen Sie Ihrem Herzog diese Karte zum Dessert! *Gegen Sophien:* Du, Sophie, befiehlst, daß man anspannen soll, und rufst meine ganze Garderobe in diesem Saal zusammen. –

SOPHIE *geht ab voll Bestürzung*: O Himmel! Was ahndet mir? Was wird das noch werden?

HOFMARSCHALL: Sie sind echauffiert meine Gnädige?

LADY: Um so weniger wird hier gelogen sein – Hurra Herr Hofmarschall! Es wird eine Stelle vakant. Gut Wetter für Kuppler. *Da der Marschall einen zweifelhaften Blick auf den Zettel wirft.* Lesen Sie, lesen Sie! – Es ist mein Wille, daß der Inhalt nicht unter vier Augen bleibe.

HOFMARSCHALL *liest; unterdessen sammeln sich die Bedienten der Lady im Hintergrund.*

„Gnädigster Herr,
Ein Vertrag, den Sie so leichtsinnig brachen, kann mich nicht mehr binden. Die Glückseligkeit Ihres Landes war die Bedingung meiner Liebe. Drei Jahre währte der Betrug. Die Binde fällt mir von den Augen; ich verabscheue Gunstbezeugungen, die von den Tränen der Untertanen triefen. – Schenken Sie die Liebe, die ich Ihnen nicht mehr erwidern kann, Ihrem weinenden Lande, und lernen von einer britischen Fürstin Erbarmen gegen Ihr teutsches Volk. In einer Stunde bin ich über der Grenze.

Johanna Norfolk."

ALLE BEDIENTE *murmeln bestürzt durcheinander*: Über der Grenze?

HOFMARSCHALL *legt die Karte erschrocken auf den Tisch*: Behüte der Himmel, meine Beste und Gnädige! Den Überbringer müßte der Hals ebenso jücken, als der Schreiberin.

LADY: Das ist deine Sorge du Goldmann – Leider weiß ich es, daß du und deinesgleichen am Nachbeten dessen, was andre getan haben, erwürgen! – Mein Rat wäre, man backte den Zettel in eine Wildpretpastete, so fänden ihn Serenissimus auf dem Teller –

HOFMARSCHALL: Ciel! Diese Vermessenheit! – So erwägen Sie doch, so bedenken Sie doch, wie sehr Sie sich in Disgrace setzen, Lady.

LADY *wendet sich zu der versammelten Dienerschaft und spricht das Folgende mit der innigsten Rührung*: Ihr steht bestürzt guten Leute, erwartet angstvoll, wie sich das Rätsel entwickeln wird? – Kommt näher, meine Lieben – Ihr dientet mir redlich und warm, sahet mir öfter in die Augen, als in die Börse, euer Gehorsam war eure Leidenschaft, euer Stolz – meine Gnade! – – Daß das Andenken eurer Treue zugleich das Gedächtnis meiner Erniedrigung sein muß! Trauriges Schicksal, daß meine schwärzesten Tage eure glücklichen waren *Mit Tränen in den Augen.* Ich entlasse euch meine Kinder – – Lady Milford ist nicht mehr, und Johanna von Norfolk zu arm, ihre Schuld abzutragen – Mein Schatzmeister stürze meine Schatulle unter euch – Dieser Palast bleibt dem Herzog – Der Ärmste von euch wird reicher von hinnen gehen als seine Gebieterin. *Sie reicht ihre Hände hin, die alle nacheinander mit Leidenschaft küssen.* Ich verstehe euch meine Guten – Lebt wohl! Lebt ewig wohl! *Faßt sich aus ihrer Beklemmung.* Ich höre den Wagen vorfahren. *Sie reißt sich los, will hinaus, der Hofmarschall verrennt ihr den Weg.* Mann des Erbarmens, stehst du noch immer da?

HOFMARSCHALL *der diese ganze Zeit über mit einem Geistesbankerott auf den Zettel sah*: Und dieses Billett soll ich Seiner Hochfürstlichen Durchlaucht zu höchsteigenen Händen geben?

LADY: Mann des Erbarmens! zu höchsteigenen Händen, und sollst melden zu höchsteigenen Ohren, weil ich nicht barfuß nach Loreto könne, so werde ich um den Taglohn arbeiten, mich zu reinigen von dem Schimpf, ihn beherrscht zu haben.

Sie eilt ab. Alle übrigen gehen sehr bewegt auseinander.

FÜNFTER AKT

Abends zwischen Licht, in einem Zimmer beim Musikanten.

ERSTE SZENE

LUISE *sitzt stumm und ohne sich zu rühren in dem finstersten Winkel des Zimmers, den Kopf auf den Arm gesunken. Nach einer großen und tiefen Pause kommt* MILLER *mit einer Handlaterne, leuchtet ängstlich im Zimmer herum, ohne Luisen zu bemerken, dann legt er den Hut auf den Tisch und setzt die Laterne nieder.*

MILLER: Hier ist sie auch nicht. Hier wieder nicht – Durch alle Gassen bin ich gezogen, bei allen Bekannten bin ich gewesen, auf allen Toren hab ich gefragt – Mein Kind hat man nirgends gesehen. *Nach einigem Stillschweigen:* Geduld armer unglücklicher Vater. Warte ab, bis es morgen wird. Vielleicht kommt deine Einzige dann ans Ufer geschwommen – – Gott! Gott! Wenn ich mein Herz zu abgöttisch an diese Tochter hing? – Die Strafe ist hart. Himmlischer Vater, hart! Ich will nicht murren, himmlischer Vater, aber die Strafe ist hart. *Er wirft sich gramvoll in einen Stuhl.*

LUISE *spricht aus dem Winkel*: Du tust recht, armer alter Mann! Lerne beizeit noch verlieren.

MILLER *springt auf*: Bist du da mein Kind? Bist du? – Aber warum denn so einsam und ohne Licht?

LUISE: Ich bin darum doch nicht einsam. Wenn's so recht schwarz wird um mich herum, hab ich meine besten Besuche.

MILLER: Gott bewahre dich! Nur der Gewissenswurm schwärmt mit der Eule. Sünden und böse Geister scheun das Licht.

LUISE: Auch die Ewigkeit Vater, die mit der Seele ohne Gehilfen redet.

MILLER: Kind! Kind! Was für Reden sind das?

LUISE *steht auf und kommt vorwärts*: Ich hab einen harten Kampf gekämpft. Er weiß es Vater. Gott gab mir Kraft. Der Kampf ist entschieden. Vater! man pflegt unser Geschlecht zart und zerbrechlich zu nennen. Glaub Er das nicht mehr. Vor einer Spinne schütteln wir uns, aber das schwarze Ungeheuer Verwesung drücken wir im Spaß in die Arme. Dieses zur Nachricht Vater. Seine Luise ist lustig.

MILLER: Höre Tochter! Ich wollte du heultest. Du gefielst mir so besser.

LUISE: Wie ich ihn überlisten will, Vater. Wie ich den Tyrannen betrügen will! – Die Liebe ist schlauer als die Bosheit und kühner – das hat er nicht gewußt, der Mann mit dem traurigen Stern – Oh! sie sind pfiffig, solang sie es nur mit dem Kopf zu tun haben, aber sobald sie mit dem Herzen anbinden, werden die Böswichter dumm – – Mit einem Eid gedachte er seinen Betrug zu versiegeln? Eide, Vater, binden wohl die Lebendigen, im Tode schmilzt auch der Sakramente eisernes Band. Ferdinand wird seine Luise kennen – Will Er mir dies Billett besorgen, Vater? Will Er so gut sein?

MILLER: An wen, meine Tochter?

LUISE: Seltsame Frage! Die Unendlichkeit und mein Herz haben miteinander nicht Raum genug für einen einzigen

Gedanken an ihn – Wenn hätt ich denn wohl an sonst jemand schreiben sollen?

MILLER *unruhig*: Höre Luise! Ich erbreche den Brief.

LUISE: Wie Er will, Vater – aber Er wird nicht klug daraus werden. Die Buchstaben liegen wie kalte Leichname da, und leben nur Augen der Liebe.

MILLER *liest*: „Du bist verraten, Ferdinand – ein Bubenstück ohne Beispiel zerriß den Bund unsrer Herzen, aber ein schröcklicher Schwur hat meine Zunge gebunden, und dein Vater hat überall seine Horcher gestellt. Doch wenn du Mut hast, Geliebter – ich weiß einen dritten Ort, wo kein Eidschwur mehr bindet, und wohin ihm kein Horcher geht."

Miller hält inne, und sieht ihr ernsthaft ins Gesicht.

LUISE: Warum sieht Er mich so an? Les Er doch ganz aus, Vater.

MILLER: „Aber Mut genug mußt du haben, eine finstre Straße zu wandeln, wo dir nichts leuchtet, als deine Luise und Gott – Ganz nur Liebe mußt du kommen, daheim lassen all deine Hoffnungen, und alle deine brausenden Wünsche; nichts kannst du brauchen als dein Herz. Willst du – so brich auf, wenn die Glocke den zwölften Streich tut auf dem Karmeliterturm. Bangt dir – so durchstreiche das Wort stark vor deinem Geschlechte, denn ein Mädchen hat dich zuschanden gemacht." *Miller legt das Billett nieder, schaut lange mit einem schmerzlichen starren Blick vor sich hinaus, endlich kehrt er sich gegen sie, und sagt mit leiser gebrochener Stimme:* Und dieser dritte Ort, meine Tochter?

LUISE: Er kennt ihn nicht, Er kennt ihn wirklich nicht, Vater? – Sonderbar! Der Ort ist zum Finden gemalt. Ferdinand wird ihn finden.

MILLER: Hum! Rede deutlicher.

LUISE: Ich weiß soeben kein liebliches Wort dafür – Er muß nicht erschrecken Vater, wenn ich Ihm ein häßliches nenne. Dieser Ort – O warum hat die Liebe nicht Namen erfunden! Den schönsten hätte sie diesem gegeben. Der dritte Ort, guter Vater – aber Er muß mich ausreden lassen – der dritte Ort ist das Grab.

MILLER *zu einem Sessel hinwankend*: O mein Gott!

LUISE *geht auf ihn zu und hält ihn*: Nicht doch mein Vater! Das sind nur Schauer, die sich um das Wort herumlagern – Weg mit diesem, und es liegt ein Brautbette da, worüber der Morgen seinen goldenen Teppich breitet, und die Frühlinge ihre bunte Girlanden streun. Nur ein heulender Sünder konnte den Tod ein Gerippe schelten; es ist ein holder niedlicher Knabe, blühend, wie sie den Liebesgott malen, aber so tückisch nicht – ein stiller dienstbarer Genius, der der erschöpften Pilgerin Seele den Arm bietet über den Graben der Zeit, das Feenschloß der ewigen Herrlichkeit aufschließt, freundlich nickt, und verschwindet.

MILLER: Was hast du vor, meine Tochter? – Du willst eigenmächtig Hand an dich legen.

LUISE: Nenn Er es nicht so mein Vater. Eine Gesellschaft räumen, wo ich nicht wohlgelitten bin – An einen Ort vorausspringen, den ich nicht länger missen kann – Ist denn das Sünde?

MILLER: Selbstmord ist die abscheulichste mein Kind – die einzige, die man nicht mehr bereuen kann, weil Tod und Missetat zusammenfallen.

LUISE *bleibt erstarrt stehn*: Entsetzlich! – Aber so rasch wird es doch nicht gehn. Ich will in den Fluß springen, Vater, und im Hinuntersinken Gott den Allmächtigen um Erbarmen bitten.

MILLER: Das heißt, du willst den Diebstahl bereuen, sobald du das Gestohlene in Sicherheit weißt – Tochter! Tochter! gib acht, daß du Gottes nicht spottest, wenn du seiner am meisten vonnöten hast. Oh! es ist weit! weit mit dir gekommen! – Du hast dein Gebet aufgegeben, und der Barmherzige zog seine Hand von dir.

LUISE: Ist lieben denn Frevel, mein Vater?

MILLER: Wenn du Gott liebst, wirst du nie bis zum Frevel lieben – – Du hast mich tief gebeugt, meine Einzige! tief, tief, vielleicht zur Grube gebeugt. – Doch! ich will dir dein Herz nicht noch schwerer machen – Tochter! ich sprach vorhin etwas. Ich glaubte allein zu sein. Du hast mich behorcht, und warum sollt ich's noch länger geheimhalten? Du warst mein Abgott. Höre Luise, wenn du noch Platz für das Gefühl eines Vaters hast – Du warst mein Alles. Jetzt vertust du nicht mehr von deinem Eigentum. Auch ich hab alles zu verlieren. Du siehst, mein Haar fängt an grau zu werden. Die Zeit meldet sich allgemach bei mir, wo uns Vätern die Kapitale zustatten kommen, die wir im Herzen unsrer Kinder anlegten – Wirst du mich darum betrügen, Luise? Wirst du dich mit dem Hab und Gut deines Vaters auf und davon machen?

LUISE *küßt seine Hand mit der heftigsten Rührung*: Nein mein Vater. Ich gehe als Seine große Schuldnerin aus der Welt, und werde in der Ewigkeit mit Wucher bezahlen.

MILLER: Gib acht, ob du dich da nicht verrechnest, mein Kind? *Sehr ernst und feierlich:* Werden wir uns dort wohl noch finden? – – Sieh! Wie du blaß wirst! – Meine Luise begreift es von selbst, daß ich sie in jener Welt nicht wohl mehr einholen kann, weil ich nicht so früh dahin eile, wie sie. *Luise stürzt ihm in den Arm, von Schauern ergriffen – Er drückt sie mit Feuer an seine Brust und fährt fort mit beschwörender Stimme:* O Tochter! Tochter! Gefallene, vielleicht schon verlorene Tochter! Beherzige das ernsthafte Vaterwort! Ich kann nicht über dich wachen. Ich kann dir die Messer nehmen, du kannst dich mit einer Stricknadel töten. Für Gift kann ich dich bewahren, du kannst dich mit einer Schnur Perlen erwürgen. – Luise – Luise – nur warnen kann ich dich noch – Willst du es darauf ankommen lassen, daß dein treuloses Gaukelbild auf der schröcklichen Brücke zwischen Zeit und Ewigkeit von dir weiche? Willst du dich vor des Allwissenden Thron mit der Lüge wagen: Deinetwegen, Schöpfer, bin ich da! wenn deine strafbare Augen ihre sterbliche Puppe suchen? – Und wenn dieser zerbrechliche Gott deines Gehirns, jetzt Wurm wie du, zu den Füßen deines Richters sich windet, deine gottlose Zuversicht in diesem schwankenden Augenblick Lügen straft, und deine betrogene Hoffnungen an die ewige Erbarmung verweist, die der Elende für sich selbst kaum erflehen kann – Wie dann? *Nachdrücklicher, lauter:* Wie dann Unglückselige? *Er hält sie fester, blickt sie eine Weile starr und durchdringend an, dann verläßt er sie schnell:* Jetzt weiß ich nichts mehr, *Mit aufgehobener Rechte:* stehe dir, Gott Richter! für diese Seele nicht mehr. Tu was du willst. Bring deinem schlanken Jüngling ein Opfer, daß deine Teufel jauchzen, und deine guten Engel zurücktreten – Zieh hin! Lade alle deine Sünden auf, lade auch diese, die letzte, die entsetzlichste auf, und wenn die Last noch zu leicht ist, so mache mein Fluch das Gewicht vollkommen – Hier ist ein Messer – durchstich dein Herz, und *Indem er laut weinend fortstürzen will.* das Vaterherz!

LUISE *springt auf und eilt ihm nach*: Halt! Halt! O mein Vater! –

Daß die Zärtlichkeit noch barbarischer zwingt, als Tyrannenwut! – Was soll ich? Ich kann nicht! Was muß ich tun?

MILLER: Wenn die Küsse deines Majors heißer brennen als die Tränen deines Vaters – stirb!

LUISE *nach einem qualvollen Kampf mit einiger Festigkeit*: Vater! Hier ist meine Hand! Ich will – Gott! Gott! was tu ich? was will ich? – Vater ich schwöre – Wehe mir, wehe! Verbrecherin wohin ich mich neige! – Vater es sei! – Ferdinand – Gott sieht herab! – So zernicht ich sein letztes Gedächtnis.

Sie zerreißt ihren Brief.

MILLER *stürzt ihr freudetrunken an den Hals*: Das ist meine Tochter! – Blick auf! Um einen Liebhaber bist du leichter, dafür hast du einen glücklichen Vater gemacht. *Unter Lachen und Weinen sie umarmend:* Kind! Kind, das ich den Tag meines Lebens nicht wert war! Gott weiß, wie ich schlechter Mann zu diesem Engel gekommen bin! – Meine Luise, mein Himmelreich! – O Gott! ich verstehe ja wenig vom Lieben, aber daß es eine Qual sein muß, aufzuhören – sowas begreif ich noch.

LUISE: Doch hinweg aus dieser Gegend mein Vater – Weg von der Stadt, wo meine Gespielinnen meiner spotten, und mein guter Name dahin ist auf immerdar – Weg, weg, weit weg von dem Ort, wo mich so viele Spuren der verlorenen Seligkeit anreden – Weg, wenn es möglich ist –

MILLER: Wohin du nur willst, meine Tochter. Das Brot unsers Herrgotts wächst überall, und Ohren wird er auch meiner Geige bescheren. Ja! Laß auch alles dahingehn – Ich setze die Geschichte deines Grams auf die Laute, singe dann ein Lied von der Tochter, die, ihren Vater zu ehren, ihr Herz zerriß – wir betteln mit der Ballade von Türe zu Türe, und das Almosen wird köstlich schmecken von den Händen der Weinenden –

ZWEITE SZENE

FERDINAND *zu den* VORIGEN.

LUISE *wird ihn zuerst gewahr, und wirft sich Millern laut schreiend um den Hals*: Gott! Da ist er! Ich bin verloren.

MILLER: Wo? Wer?

LUISE *zeigt mit abgewandtem Gesicht auf den Major, und drückt sich fester an ihren Vater*: Er! Er selbst! – Seh Er nur um sich Vater – Mich zu ermorden ist er da.

MILLER *erblickt ihn, fährt zurück*: Was? Sie hier Baron?

FERDINAND *kommt langsam näher, bleibt Luisen gegenüber stehn, und läßt den starren forschenden Blick auf ihr ruhen, nach einer Pause*: Überraschtes Gewissen, habe Dank! Dein Bekenntnis ist schrecklich aber schnell und gewiß, und erspart mir die Folterung. – Guten Abend Miller.

MILLER: Aber um Gottes willen! Was wollen Sie Baron? Was führt Sie her? Was soll dieser Überfall?

FERDINAND: Ich weiß eine Zeit, wo man den Tag in seine Sekunden zerstückte, wo Sehnsucht nach mir sich an die Gewichte der zögernden Wanduhr hing, und auf den Aderschlag lauerte, unter dem ich erscheinen sollte – Wie kommt's, daß ich jetzt überrasche?

MILLER: Gehen Sie, gehen Sie Baron – Wenn noch ein Funke von Menschlichkeit in Ihrem Herzen zurückblieb – Wenn Sie die nicht erwürgen wollen, die Sie zu lieben vorgeben, fliehen Sie, bleiben Sie keinen Augenblick länger. Der Segen war fort aus meiner Hütte, sobald Sie einen Fuß darein setzten – Sie haben das Elend unter mein Dach gerufen, wo sonst nur die Freude zu Hause war. Sind Sie noch nicht zufrieden? Wollen Sie auch in der Wunde noch wühlen, die Ihre unglückliche Bekanntschaft meinem einzigen Kinde schlug?

FERDINAND: Wunderlicher Vater, jetzt komm ich ja, deiner Tochter etwas Erfreuliches zu sagen.

MILLER: Neue Hoffnungen etwa zu einer neuen Verzweiflung? – Geh Unglücksbote! Dein Gesicht schimpft deine Ware.

FERDINAND: Endlich ist es erschienen, das Ziel meiner Hoffnungen! Lady Milford, das furchtbarste Hindernis unsrer Liebe, floh diesen Augenblick aus dem Lande. Mein Vater billigt meine Wahl. Das Schicksal läßt nach, uns zu verfolgen. Unsre glücklichen Sterne gehen auf – Ich bin jetzt da, mein gegebenes Wort einzulösen, und meine Braut zum Altar abzuholen.

MILLER: Hörst du ihn meine Tochter? Hörst du ihn sein Gespötte mit deinen getäuschten Hoffnungen treiben? O wahrlich Baron! Es steht dem Verführer so schön, an seinem Verbrechen seinen Witz noch zu kützeln.

FERDINAND: Du glaubst, ich scherze. Bei meiner Ehre nicht! Meine Aussage ist wahr, wie die Liebe meiner Luise, und heilig will ich sie halten, wie sie ihre Eide – Ich kenne nichts Heiligers – Noch zweifelst du? Noch kein freudiges Erröten auf den Wangen meiner schönen Gemahlin? Sonderbar! Die Lüge muß hier gangbare Münze sein, wenn die Wahrheit so wenig Glauben findet. Ihr mißtraut meinen Worten? So glaubt diesem schriftlichen Zeugnis.

Er wirft Luisen den Brief an den Marschall zu.

LUISE *schlägt ihn auseinander, und sinkt leichenblaß nieder.*

MILLER *ohne das zu bemerken, zum Major*: Was soll das bedeuten, Baron? Ich verstehe Sie nicht.

FERDINAND *führt ihn zu Luisen hin*: Desto besser hat mich diese verstanden!

MILLER *fällt an ihr nieder*: O Gott! meine Tochter!

FERDINAND: Bleich wie der Tod! – Jetzt erst gefällt sie mir deine Tochter! So schön war sie nie die fromme rechtschaffne Tochter – Mit diesem Leichengesicht – – Der Odem des Weltgerichts, der den Firnis von jeder Lüge streift, hat jetzt die Schminke verblasen, womit die Tausendkünstlerin auch die Engel des Lichts hintergangen hat – Es ist ihr schönstes Gesicht! Es ist ihr erstes wahres Gesicht! Laß mich es küssen. *Er will auf sie zugehen.*

MILLER: Zurück! Weg! Greife nicht an das Vaterherz, Knabe! Vor deinen Liebkosungen konnt ich sie nicht bewahren, aber ich kann es vor deinen Mißhandlungen.

FERDINAND: Was willst du Graukopf? Mit dir hab ich nichts zu schaffen. Menge dich ja nicht in ein Spiel, das so offenbar verloren ist – oder bist du auch vielleicht klüger, als ich dir zugetraut habe? Hast du die Weisheit deiner sechzig Jahre zu den Buhlschaften deiner Tochter geborgt, und dies ehrwürdige Haar mit dem Gewerb eines Kupplers geschändet? – Oh! wenn das nicht ist, unglücklicher alter Mann, lege dich nieder und stirb – Noch ist es Zeit. Noch kannst du in dem süßen Taumel entschlafen: Ich war ein glücklicher Vater! – einen Augenblick später, und du schleuderst die giftige Natter ihrer höllischen Heimat zu, verfluchst das Geschenk und den Geber, und fährst mit der Gotteslästerung in die Grube. *Zu Luisen:* Sprich Unglückselige! Schriebst du diesen Brief?

MILLER *warnend zu Luisen*: Um Gottes willen Tochter! Vergiß nicht! Vergiß nicht!

LUISE: O dieser Brief mein Vater –

FERDINAND: Daß er in die unrechte Hände fiel? – Gepriesen sei mir der Zufall, er hat größere Taten getan als die klügelnde Vernunft, und wird besser bestehn an jenem Tag als der Witz aller Weisen – Zufall sage ich? – O die Vorsehung ist dabei, wenn Sperlinge fallen, warum nicht, wo ein Teufel entlarvt werden soll? – Antwort will ich! – Schriebst du diesen Brief?

MILLER *seitwärts zu ihr mit Beschwörung*: Standhaft! Standhaft meine Tochter! Nur noch das einzige Ja, und alles ist überwunden.

FERDINAND: Lustig! Lustig! Auch der Vater betrogen. Alles betrogen! Nun sieh, wie sie dasteht die Schändliche, und selbst ihre Zunge nun ihrer letzten Lüge den Gehorsam aufkündigt! Schwöre bei Gott! bei dem fürchterlich wahren! Schriebst du diesen Brief?

LUISE *nach einem qualvollen Kampf, worin sie durch Blicke mit ihrem Vater gesprochen hat, fest und entscheidend*: Ich schrieb ihn.

FERDINAND *bleibt erschrocken stehen*: Luise – Nein! So wahr meine Seele lebt! du lügst – Auch die Unschuld bekennt sich auf der Folterbank zu Freveln, die sie nie beging – Ich fragte zu heftig – Nicht wahr Luise – Du bekanntest nur, weil ich zu heftig fragte?

LUISE: Ich bekannte was wahr ist.

FERDINAND: Nein sag ich! Nein! Nein! Du schriebst nicht. Es ist deine Hand gar nicht – Und wäre sie's, warum sollten Handschriften schwerer nachzumachen sein, als Herzen zu verderben? Rede mir wahr Luise – oder nein, nein, tu es nicht, du könntest ja sagen, und ich wär verloren – Eine Lüge Luise – eine Lüge – O wenn du jetzt eine wüßtest, mir hinwärfest mit der offenen Engelmiene, nur mein Ohr, nur mein Aug überredetest, dieses Herz auch noch so abscheulich täuschtest – O Luise! Alle Wahrheit möchte dann mit diesem Hauch aus der Schöpfung wandern, und die gute Sache ihren starren Hals von nun an zu einem höfischen Bückling beugen! *Mit scheuem bebenden Ton:* Schriebst du diesen Brief?

LUISE: Bei Gott! Bei dem fürchterlich wahren! Ja!

FERDINAND *nach einer Pause im Ausdruck des tiefsten Schmerzens*: Weib! Weib! – Das Gesicht, mit dem du jetzt vor mir stehst! – Teile mit diesem Gesicht Paradiese aus, du wirst selbst im Reich der Verdammnis keinen Käufer finden – Wußtest du, was du mir warest, Luise? Ohnmöglich! Nein!

Du wußtest nicht, daß du mir alles warst! Alles! – Es ist ein armes verächtliches Wort, aber die Ewigkeit hat Mühe, es zu umwandern, Weltsysteme vollenden ihre Bahnen darin – Alles! Und so frevelhaft damit zu spielen – O es ist schrecklich –

LUISE: Sie haben mein Geständnis Herr von Walter. Ich habe mich selbst verdammt. Gehen Sie nun! Verlassen Sie ein Haus, wo Sie so unglücklich waren.

FERDINAND: Gut! Gut! Ich bin ja ruhig – ruhig, sagt man ja, ist auch der schaudernde Strich Landes, worüber die Pest ging – ich bin's. *Nach einigem Nachdenken:* Noch eine Bitte Luise – die letzte! Mein Kopf brennt so fieberisch. Ich brauche Kühlung – Willst du mir ein Glas Limonade zurechtmachen.

Luise geht ab.

Dritte Szene

Ferdinand *und* Miller. *Beide gehen ohne ein Wort zu reden einige Pausen lang auf den entgegengesetzten Seiten des Zimmers auf und ab.*

MILLER *bleibt endlich stehen und betrachtet den Major mit trauriger Miene*: Lieber Baron, kann es Ihren Gram vielleicht mindern, wann ich Ihnen gestehe, daß ich Sie herzlich bedaure?

FERDINAND: Laß Er es gut sein Miller. *Wieder einige Schritte.* Miller, ich weiß nur kaum noch, wie ich in Sein Haus kam – Was war die Veranlassung?

MILLER: Wie Herr Major? Sie wollten ja Lektion auf der Flöte bei mir nehmen? Das wissen Sie nicht mehr?

FERDINAND *rasch*: Ich sah Seine Tochter. *Wiederum einige Pausen.* Er hat nicht Wort gehalten, Freund. Wir akkordierten Ruhe für meine einsame Stunden. Er betrog mich, und verkaufte mir Skorpionen. *Da er Millers Bewegung sieht.* Nein! Erschrick nur nicht alter Mann. *Gerührt an seinem Hals.* Du bist nicht schuldig.

MILLER *die Augen wischend*: Das weiß der allwissende Gott!

FERDINAND *aufs neue hin und her, in düstres Grübeln versunken*: Seltsam o unbegreiflich seltsam spielt Gott mit uns. An dünnen unmerkbaren Seilen hängen oft fürchterliche Gewichte – Wüßte der Mensch, daß er an diesem Apfel den Tod essen sollte – Hum! – wüßte er das? *Heftiger auf und nieder, dann Millers Hand mit starker Bewegung fassend.* Mann! ich bezahle dir dein bißchen Flöte zu teuer – – und du gewinnst nicht einmal – auch du verlierst – verlierst vielleicht alles. *Gepreßt von ihm weggehend.* Unglückseliges Flötenspiel, das mir nie hätte einfallen sollen.

MILLER *sucht seine Rührung zu verbergen*: Die Limonade bleibt auch gar zu lang außen. Ich denke, ich sehe nach, wenn Sie mir's nicht für übel nehmen –

FERDINAND: Es eilt nicht lieber Miller *Vor sich hin murmelnd:* zumal für den Vater nicht – Bleib Er nur – Was hatt ich doch fragen wollen? – Ja! – Ist Luise Seine einzige Tochter? Sonst hat Er keine Kinder mehr?

MILLER *warm*: Habe sonst keins mehr Baron – wünsch mir auch keins mehr. Das Mädel ist just so recht, mein ganzes Vaterherz einzustecken – hab meine ganze Barschaft von Liebe an der Tochter schon zugesetzt.

FERDINAND *heftig erschüttert*: Ha! – – Seh Er doch lieber nach dem Trank, guter Miller.

Miller geht ab.

VIERTE SZENE

FERDINAND *allein.*

Das einzige Kind! – Fühlst du das, Mörder? Das einzige! Mörder! hörst du, das einzige? – Und der Mann hat auf der großen Welt Gottes nichts, als sein Instrument und das einzige – Du willst's ihm rauben?

Rauben? – Rauben den letzten Notpfennig einem Bettler? Die Krücke zerbrochen vor die Füße werfen dem Lahmen? Wie? Hab ich auch Brust für das? – – Und wenn er nun heimeilt, und nicht erwarten kann, die ganze Summe seiner Freuden vom Gesicht dieser Tochter herunterzuzählen, und hereintritt, und sie daliegt die Blume – welk – tot – zertreten, mutwillig die letzte, einzige, unüberschwengliche Hoffnung – Ha! und er dasteht vor ihr, und dasteht, und ihm die ganze Natur den lebendigen Odem anhält, und sein erstarrter Blick die entvölkerte Unendlichkeit fruchtlos durchwandert, Gott sucht, und Gott nicht mehr finden kann, und leerer zurückkommt – – Gott! Gott! aber auch mein Vater hat diesen einzigen Sohn – den einzigen Sohn, doch nicht den einzigen Reichtum – *Nach einer Pause:* Doch wie? was verliert er denn? Das Mädchen, dem die heiligsten Gefühle der Liebe nur Puppen waren, wird es den Vater glücklich machen können? – Es wird nicht! Es wird nicht! Und ich verdiene noch Dank, daß ich die Natter zertrete, ehe sie auch noch den Vater verwundet.

Fünfte Szene

Miller *der zurückkommt und* Ferdinand.

MILLER: Gleich sollen Sie bedient sein, Baron. Draußen sitzt das arme Ding, und will sich zu Tode weinen. Sie wird Ihnen mit der Limonade auch Tränen zu trinken geben.

FERDINAND: Und wohl, wenn's nur Tränen wären! – – Weil wir vorhin von der Musik sprachen Miller. *Eine Börse ziehend.* Ich bin noch Sein Schuldner.

MILLER: Wie? Was? Gehen Sie mir Baron! Wofür halten Sie mich? Das steht ja in guter Hand, tun Sie mir doch den Schimpf nicht an, und sind wir ja, will's Gott, nicht das letztemal beieinander.

FERDINAND: Wer kann das wissen? Nehm Er nur. Es ist für Leben und Sterben.

MILLER *lachend*: O deswegen Baron! Auf den Fall, denk ich, kann man's wagen bei Ihnen.

FERDINAND: Man wagte wirklich – Hat Er nie gehört, daß Jünglinge gefallen sind – Mädchen und Jünglinge, die Kinder der Hoffnung, die Luftschlösser betrogener Väter – Was Wurm und Alter nicht tun, kann oft ein Donnerschlag ausrichten – Auch Seine Luise ist nicht unsterblich.

MILLER: Ich hab sie von Gott.

FERDINAND: Hör Er – Ich sag Ihm, sie ist nicht unsterblich. Diese Tochter ist Sein Augapfel. Er hat sich mit Herz und Seel an diese Tochter gehängt. Sei Er vorsichtig Miller. Nur ein verzweifelter Spieler setzt alles auf einen einzigen Wurf. Einen Waghals nennt man den Kaufmann, der auf ein Schiff sein ganzes Vermögen ladet – Hör Er, denk Er der Warnung nach – – Aber warum nimmt Er Sein Geld nicht?

MILLER: Was Herr? Die ganze allmächtige Börse? Wohin denken Euer Gnaden?

FERDINAND: Auf meine Schuldigkeit – Da!

Er wirft den Beutel auf den Tisch, daß Goldstücke herausfallen.

Ich kann den Quark nicht eine Ewigkeit so halten.

MILLER *bestürzt*: Was beim großen Gott? Das klang nicht wie Silbergeld! *Er tritt zum Tisch, und ruft mit Entsetzen:* Wie um aller Himmel willen Baron? Baron? Wo sind Sie? Was treiben Sie Baron? Das nenn ich mir Zerstreuung! *Mit zusammengeschlagenen Händen:* Hier liegt ja – oder bin ich verhext, oder – Gott verdamm mich! Da greif ich ja das bare gelbe leibhafte Gottesgold – – Nein Satanas! Du sollst mich nicht daran kriegen!

FERDINAND: Hat Er Alten oder Neuen getrunken, Miller?

MILLER *grob*: Donner und Wetter! Da schauen Sie nur hin! – Gold!

FERDINAND: Und was nun weiter?

MILLER: Ins Henkers Namen – ich sage – ich bitte Sie um Gottes Christi willen – Gold!

FERDINAND: Das ist nun freilich etwas Merkwürdiges.

MILLER *nach einigem Stillschweigen zu ihm gehend mit Empfindung*: Gnädiger Herr, ich bin ein schlichter gerader Mann, wenn Sie mich etwa zu einem Bubenstück anspannen wollen – denn so viel Geld läßt sich, weiß Gott, nicht mit etwas Gutem verdienen.

FERDINAND *bewegt*: Sei Er ganz getrost, lieber Miller. Das Geld hat Er längst verdient, und Gott bewahre mich, daß ich mich mit Seinem guten Gewissen dafür bezahlt machen sollte.

MILLER *wie ein Halbnarr in die Höhe springend*: Mein also! Mein! Mit des guten Gottes Wissen und Willen, mein! *Nach der Türe laufend, schreiend:* Weib! Tochter! Viktoria! Herbei! *Zurückkommend.* Aber du lieber Himmel! wie komm ich denn so auf einmal zu dem ganzen grausamen Reichtum? Wie verdien ich ihn? Lohn ich ihn? Heh?

FERDINAND: Nicht mit Seinen Musikstunden, Miller – Mit dem Geld hier bezahl ich Ihm *Von Schauern ergriffen hält er inne.* bezahl ich Ihm *Nach einer Pause mit Wehmut:* den dreimonatlangen glücklichen Traum von Seiner Tochter.

MILLER *faßt seine Hand, die er stark drückt*: Gnädiger Herr! Wären Sie ein schlechter geringer Bürgersmann – *Rasch:* und mein Mädel liebte Sie nicht? Erstechen wollt ich's, das Mädel. *Wieder beim Geld, darauf niedergeschlagen:* Aber da hab ich ja nun alles, und Sie nichts, und da werd ich nun das ganze Gaudium wieder herausblechen müssen? Heh?

FERDINAND: Laß Er sich das nicht anfechten, Freund – Ich reise ab, und in dem Land, wo ich mich zu setzen gedenke, gelten die Stempel nicht.

MILLER *unterdessen mit unverwandten Augen auf das Gold hingeheftet, voll Entzückung*: Bleibt's also mein? Bleibt's? – Aber das tut mir nur leid, daß Sie verreisen – Und wart, was ich jetzt auftreten will! Wie ich die Backen jetzt vollnehmen will! *Er setzt den Hut auf, und schießt durch das Zimmer.* Und auf dem Markt will ich meine Musikstunden geben, und Numero fünfe Dreikönig rauchen, und wenn ich wieder auf den Dreibatzenplatz sitze, soll mich der Teufel holen. *Will fort.*

FERDINAND: Bleib Er! Schweig Er! und streich Er sein Geld ein. *Nachdrücklich:* Nur diesen Abend noch schweig Er, und geb Er, mir zu Gefallen, von nun an keine Musikstunden mehr.

MILLER *noch hitziger, und ihn hart an der Weste fassend voll inniger Freude*: Und Herr! meine Tochter! *Ihn wieder loslassend.* Geld macht den Mann nicht – Geld nicht – Ich habe Kartoffeln gegessen oder ein wildes Huhn; satt ist satt, und dieser Rock da ist ewig gut, wenn Gottes liebe Sonne nicht durch den Ärmel scheint – Für mich ist das Plunder – Aber dem Mädel soll der Segen bekommen, was ich ihr nur an den Augen absehen kann, soll sie haben –

FERDINAND *fällt rasch ein*: Stille, o stille –

MILLER *immer feuriger*: Und soll mir Französisch lernen aus dem Fundament, und Menuettanzen, und Singen, daß man's in den Zeitungen lesen soll; und eine Haube soll sie tragen wie die Hofratstöchter, und einen Kidebarri, wie sie's heißen, und von der Geigerstochter soll man reden auf vier Meilen weit –

FERDINAND *ergreift seine Hand mit der schrecklichsten Bewegung*: Nichts mehr! Nichts mehr! Um Gottes willen, schweig Er still! Nur noch heute schweig Er still, das sei der einzige Dank, den ich von Ihm fordre.

SECHSTE SZENE

LUISE *mit der Limonade und* DIE VORIGEN.

LUISE *mit rotgeweinten Augen, und zitternder Stimme, indem sie dem Major das Glas auf einem Teller bringt*: Sie befehlen, wenn sie nicht stark genug ist?

FERDINAND *nimmt das Glas, setzt es nieder, und dreht sich rasch gegen Millern*: O beinahe hätt ich das vergessen! – Darf ich Ihn um etwas bitten lieber Miller? Will Er mir einen kleinen Gefallen tun?

MILLER: Tausend für einen! Was befehlen – –

FERDINAND: Man wird mich bei der Tafel erwarten. Zum Unglück hab ich eine sehr böse Laune. Es ist mir ganz unmöglich, unter Menschen zu gehn – Will Er einen Gang tun zu meinem Vater und mich entschuldigen?

LUISE *erschrickt und fällt schnell ein*: Den Gang kann ja ich tun.

MILLER: Zum Präsidenten?

FERDINAND: Nicht zu ihm selbst. Er übergibt Seinen Auftrag in der Garderobe einem Kammerdiener – Zu Seiner Legitimation ist hier meine Uhr – Ich bin noch da, wenn Er wiederkommt. – Er wartet auf Antwort.

LUISE *sehr ängstlich*: Kann denn ich das nicht auch besorgen?

FERDINAND *zu Millern, der eben fort will*: Halt, und noch etwas! Hier ist ein Brief an meinen Vater, der diesen Abend an mich eingeschlossen kam – Vielleicht dringende Geschäfte – Es geht in einer Bestellung hin –

MILLER: Schon gut, Baron!

LUISE *hängt sich an ihn, in der entsetzlichsten Bangigkeit*: Aber mein Vater, dies alles könnt ich ja recht gut besorgen.

MILLER: Du bist allein, und es ist finstre Nacht meine Tochter. *Ab.*

FERDINAND: Leuchte deinem Vater, Luise. *Währenddem, daß sie Millern mit dem Licht begleitet, tritt er zum Tisch, und wirft Gift in ein Glas Limonade.* Ja! Sie soll dran! Sie soll! Die obern Mächte nicken mir ihr schreckliches Ja herunter, die Rache des Himmels unterschreibt, ihr guter Engel läßt sie fahren –

Siebente Szene

Ferdinand *und* Luise.

Sie kommt langsam mit dem Lichte zurück, setzt es nieder, und stellt sich auf die entgegengesetzte Seite vom Major, das Gesicht auf den Boden geschlagen, und nur zuweilen furchtsam und verstohlen nach ihm herüberschielend. Er steht auf der andern Seite, und sieht starr vor sich hinaus.

Großes Stillschweigen, das diesen Auftritt ankündigen muß.

LUISE: Wollen Sie mich akkompagnieren Herr von Walter, so mach ich einen Gang auf dem Fortepiano.

Sie öffnet den Pantalon. Ferdinand gibt ihr keine Antwort. Pause.

LUISE: Sie sind mir auch noch Revanche auf dem Schachbrett schuldig. Wollen wir eine Partie Herr von Walter?

Eine neue Pause.

LUISE: Herr von Walter, die Brieftasche, die ich Ihnen einmal zu sticken versprochen – Ich habe sie angefangen – Wollen Sie das Dessin nicht besehen?

Wieder eine Pause.

LUISE: O ich bin sehr elend!

FERDINAND *in der bisherigen Stellung*: Das könnte wahr sein.

LUISE: Meine Schuld ist es nicht, Herr von Walter, daß Sie so schlecht unterhalten werden.

FERDINAND *lacht beleidigend vor sich hin*: Denn was kannst du für meine blöde Bescheidenheit?

LUISE: Ich hab es ja wohl gewußt, daß wir jetzt nicht zusammen taugen. Ich erschrak auch gleich, ich bekenne es, als Sie meinen Vater verschickten – Herr von Walter, ich vermute, dieser Augenblick wird uns beiden gleich unerträglich sein – Wenn Sie mir's erlauben wollen, so geh ich, und bitte einige von meinen Bekannten her.

FERDINAND: O ja doch, das tu. Ich will auch gleich gehn, und von den meinigen bitten.

LUISE *sieht ihn stutzend an*: Herr von Walter?

FERDINAND *sehr hämisch*: Bei meiner Ehre! der gescheideste Einfall, den ein Mensch in dieser Lage nur haben kann. Wir machen aus diesem verdrüßlichen Duett eine Lustbarkeit, und rächen uns mit Hilfe gewisser Galanterien an den Grillen der Liebe.

LUISE: Sie sind aufgeräumt, Herr von Walter?

FERDINAND: Ganz außerordentlich, um die Knaben auf dem Markt hinter mir herzujagen! Nein! in Wahrheit Luise. Dein Beispiel bekehrt mich – Du sollst meine Lehrerin sein. Toren sind's, die von ewiger Liebe schwatzen, ewiges Einerlei widersteht, Veränderung nur ist das Salz des Vergnügens – Topp Luise! Ich bin dabei – Wir hüpfen von Roman zu Romane, wälzen uns von Schlamme zu Schlamm – Du dahin – Ich dorthin – Vielleicht, daß meine verlorene Ruhe sich in einem Bordell wiederfinden läßt – Vielleicht, daß wir dann nach dem lustigen Wettlauf, zwei modernde Gerippe, mit der angenehmsten Überraschung von der Welt zum zweitenmal aufeinanderstoßen, daß wir uns da an dem gemeinschaftlichen Familienzug, den kein Kind dieser Mutter verleugnet, wie in Komödien wiedererkennen, daß Ekel und Scham noch eine Harmonie veranstalten, die der zärtlichsten Liebe unmöglich gewesen ist.

LUISE: O Jüngling! Jüngling! Unglücklich bist du schon, willst du es auch noch verdienen?

FERDINAND *ergrimmt durch die Zähne murmelnd*: Unglücklich bin ich? Wer hat dir das gesagt? Weib, du bist zu schlecht, um selbst zu empfinden – womit kannst du eines andern Empfindungen wägen? – Unglücklich, sagte sie? – Ha! dieses Wort könnte meine Wut aus dem Grabe rufen! – Unglücklich mußt ich werden, das wußte sie. Tod und Verdammnis! das wußte sie, und hat mich dennoch verraten – Siehe Schlange! Das war der einzige Fleck der Vergebung – Deine Aussage bricht dir den Hals – Bis jetzt konnt ich deinen Frevel mit deiner Einfalt beschönigen, in meiner Verachtung wärst du beinahe meiner Rache entsprungen. *Indem er hastig das Glas ergreift.* Also leichtsinnig warst du nicht – dumm warst du nicht – du warst nur ein Teufel. *Er trinkt.* Die Limonade ist matt, wie deine Seele – Versuche!

LUISE: O Himmel! Nicht umsonst hab ich diesen Auftritt gefürchtet.

FERDINAND *gebieterisch*: Versuche!

LUISE *nimmt das Glas etwas unwillig und trinkt.*

FERDINAND *wendet sich, sobald sie das Glas an den Mund setzt, mit einer plötzlichen Erblassung weg, und eilt nach dem hintersten Winkel des Zimmers.*

LUISE: Die Limonade ist gut.

FERDINAND *ohne sich umzukehren, von Schauer geschüttelt*: Wohl bekomm's!

LUISE *nachdem sie es niedergesetzt*: O wenn Sie wüßten, Walter, wie ungeheuer Sie meine Seele beleidigen.

FERDINAND: Hum!

LUISE: Es wird eine Zeit kommen, Walter –

FERDINAND *wieder vorwärts kommend*: Oh! Mit der Zeit wären wir fertig.

LUISE: Wo der heutige Abend schwer auf Ihr Herz fallen dürfte –

FERDINAND *fängt an stärker zu gehen, und beunruhigter zu werden, indem er Schärpe und Degen von sich wirft*: Gute Nacht, Herrendienst!

LUISE: Mein Gott! Wie wird Ihnen?

FERDINAND: Heiß und enge – will mir's bequemer machen.

LUISE: Trinken Sie! Trinken Sie! Der Trank wird Sie kühlen.

FERDINAND: Das wird er auch ganz gewiß – Die Metze ist gutherzig, doch! das sind alle!

LUISE *mit dem vollen Ausdruck der Liebe ihm in die Arme eilend*: Das deiner Luise, Ferdinand?

FERDINAND *drückt sie von sich*: Fort! Fort! Diese sanfte schmelzende Augen weg! Ich erliege. Komm in deiner ungeheuren Furchtbarkeit, Schlange, spring an mir auf, Wurm – krame vor mir deine gräßliche Knoten aus, bäume deine Wirbel zum Himmel – So abscheulich als dich jemals der Abgrund sah – Nur keinen Engel mehr – Nur jetzt keinen Engel mehr – es ist zu spät – Ich muß dich zertreten, wie eine Natter, oder verzweifeln – Erbarme dich!

LUISE: Oh! Daß es so weit kommen mußte!

FERDINAND *sie von der Seite betrachtend*: Dieses schöne Werk des himmlischen Bildners – Wer kann das glauben? – Wer sollte das glauben? *Ihre Hand fassend und emporhaltend.* Ich will dich nicht zur Rede stellen, Gott Schöpfer – aber warum denn dein Gift in so schönen Gefäßen? – – Kann das Laster in diesem milden Himmelstrich fortkommen? – O es ist seltsam.

LUISE: Das anzuhören, und schweigen zu müssen!

FERDINAND: Und die süße melodische Stimme – Wie kann so viel Wohlklang kommen aus zerrissenen Saiten? *Mit trunkenem Aug auf ihrem Anblick verweilend.* Alles so schön – so voll Ebenmaß – so göttlich vollkommen! – Überall das Werk seiner himmlischen Schäferstunde! Bei Gott! als wäre die große Welt nur entstanden, den Schöpfer für dieses Meisterstück in Laune zu setzen! – – Und nur in der Seele sollte Gott sich vergriffen haben? Ist es möglich, daß diese empörende Mißgeburt in die Natur ohne Tadel kam? *Indem er sie schnell verläßt.* Oder sah er einen Engel unter dem Meißel hervorgehen, und half diesem Irrtum in der Eile mit einem desto schlechteren Herzen ab?

LUISE: O des frevelhaften Eigensinns! Ehe er sich eine Übereilung gestände, greift er lieber den Himmel an.

FERDINAND *stürzt ihr heftig weinend an den Hals*: Noch einmal

Luise – Noch einmal, wie am Tag unsers ersten Kusses, da du Ferdinand stammeltest, und das erste Du auf deine brennende Lippen trat – O eine Saat unendlicher unaussprechlicher Freuden schien in dem Augenblick wie in der Knospe zu liegen – Da lag die Ewigkeit wie ein schöner Maitag vor unsern Augen; goldne Jahrtausende hüpften, wie Bräute, vor unsrer Seele vorbei – – Da war ich der Glückliche! – O Luise! Luise! Luise! Warum hast du mir das getan?

LUISE: Weinen Sie, weinen Sie Walter. Ihre Wehmut wird gerechter gegen mich sein, als Ihre Entrüstung.

FERDINAND: Du betrügst dich. Das sind ihre Tränen nicht – Nicht jener warme wollüstige Tau, der in die Wunde der Seele balsamisch fließt, und das starre Rad der Empfindung wieder in Gang bringt. Es sind einzelne – kalte Tropfen – das schauerliche ewige Lebewohl meiner Liebe. *Furchtbar-feierlich, indem er die Hand auf ihren Kopf sinken läßt:* Tränen um deine Seele, Luise – Tränen um die Gottheit, die ihres unendlichen Wohlwollens hier verfehlte, die so mutwillig um das herrlichste ihrer Werke kommt – O mich deucht, die ganze Schöpfung sollte den Flor anlegen, und über das Beispiel betreten sein, das in ihrer Mitte geschieht – Es ist was Gemeines, daß Menschen fallen, und Paradiese verloren werden; aber wenn die Pest unter Engel wütet, so rufe man Trauer aus durch die ganze Natur.

LUISE: Treiben Sie mich nicht aufs Äußerste, Walter. Ich habe Seelenstärke so gut wie eine – aber sie muß auf eine menschliche Probe kommen. Walter, das Wort noch, und dann geschieden – – Ein entsetzliches Schicksal hat die Sprache unsrer Herzen verwirrt. Dürft ich den Mund auftun, Walter, ich könnte dir Dinge sagen – ich könnte – – aber das harte Verhängnis band meine Zunge, wie meine Liebe, und dulden muß ich's, wenn du mich wie eine gemeine Metze mißhandelst.

FERDINAND: Fühlst du dich wohl, Luise?

LUISE: Wozu diese Frage?

FERDINAND: Sonst sollte mir's leid um dich tun, wenn du mit dieser Lüge von hinnen müßtest.

LUISE: Ich beschwöre Sie Walter –

FERDINAND *unter heftigen Bewegungen*: Nein! Nein! zu satanisch wäre diese Rache! Nein, Gott bewahre mich! in jene Welt hinaus will ich's nicht treiben – Luise! Hast du den Marschall geliebt? Du wirst nicht mehr aus diesem Zimmer gehen.

LUISE: Fragen Sie was Sie wollen. Ich antworte nichts mehr. *Sie setzt sich nieder.*

FERDINAND *ernster*: Sorge für deine unsterbliche Seele, Luise! – Hast du den Marschall geliebt? Du wirst nicht mehr aus diesem Zimmer gehen.

LUISE: Ich antworte nichts mehr.

FERDINAND *fällt in fürchterlicher Bewegung vor ihr nieder*: Luise! Hast du den Marschall geliebt? Ehe dieses Licht noch ausbrennt – stehst du – vor Gott!

LUISE *fährt erschrocken in die Höhe*: Jesus! Was ist das? – – – und mir wird sehr übel. *Sie sinkt auf den Sessel zurück.*

FERDINAND: Schon? – Über euch Weiber und das ewige Rätsel! Die zärtliche Nerve hält Freveln fest, die die Menschheit an ihren Wurzeln zernagen; ein elender Gran Arsenik wirft sie um –

LUISE: Gift! Gift! O mein Herrgott!

FERDINAND: So fürcht ich. Deine Limonade war in der Hölle gewürzt. Du hast sie dem Tod zugetrunken.

LUISE: Sterben! Sterben! Gott Allbarmherziger! Gift in der Limonade und sterben! – O meiner Seele erbarme dich Gott der Erbarmer!

FERDINAND: Das ist die Hauptsache. Ich bitt ihn auch darum.

LUISE: Und meine Mutter – mein Vater – Heiland der Welt! mein armer verlorener Vater! Ist keine Rettung mehr? Mein junges Leben und keine Rettung! und muß ich jetzt schon dahin?

FERDINAND: Keine Rettung, mußt jetzt schon dahin – aber sei ruhig. Wir machen die Reise zusammen.

LUISE: Ferdinand auch du! Gift Ferdinand! Von dir? O Gott vergiß es ihm – Gott der Gnade, nimm die Sünde von ihm –

FERDINAND: Sieh du nach deinen Rechnungen – Ich fürchte, sie stehen übel.

LUISE: Ferdinand! Ferdinand! – Oh – Nun kann ich nicht mehr schweigen – der Tod – der Tod hebt alle Eide auf – Ferdinand – Himmel und Erde hat nichts Unglückseligers als dich – Ich sterbe unschuldig, Ferdinand.

FERDINAND *erschrocken*: Was sagt sie da? – Eine Lüge pflegt man doch sonst nicht auf diese Reise zu nehmen?

LUISE: Ich lüge nicht – lüge nicht – hab nur einmal gelogen

mein Leben lang – Huh! Wie das eiskalt durch meine Adern schauert – – als ich den Brief schrieb an den Hofmarschall –

FERDINAND: Ha! dieser Brief! – Gottlob! Jetzt hab ich all meine Mannheit wieder.

LUISE *ihre Zunge wird schwerer, ihre Finger fangen an gichterisch zu zucken*: Dieser Brief – Fasse dich, ein entsetzliches Wort zu hören – Meine Hand schrieb, was mein Herz verdammte – dein Vater hat ihn diktiert.

FERDINAND *starr und einer Bildsäule gleich, in langer toter Pause hingewurzelt, fällt endlich wie von einem Donnerschlag nieder.*

LUISE: O des kläglichen Mißverstands – Ferdinand – Man zwang mich – vergib – deine Luise hätte den Tod vorgezogen – aber mein Vater – die Gefahr – sie machten es listig.

FERDINAND *schrecklich emporgeworfen*: Gelobet sei Gott! Noch spür ich den Gift nicht. *Er reißt den Degen heraus.*

LUISE *von Schwäche zu Schwäche sinkend*: Weh! Was beginnst du? Es ist dein Vater –

FERDINAND *im Ausdruck der unbändigsten Wut*: Mörder und Mördervater! – Mit muß er, daß der Richter der Welt nur gegen den Schuldigen rase. *Will hinaus.*

LUISE: Sterbend vergab mein Erlöser – Heil über dich und ihn.

Sie stirbt.

FERDINAND *kehrt schnell um, wird ihre letzte sterbende Bewegung gewahr und fällt in Schmerz aufgelöst vor der Toten nieder*: Halt! Halt! Entspringe mir nicht Engel des Himmels! *Er faßt ihre Hand an, und läßt sie schnell wieder fallen.* Kalt, kalt und feucht! Ihre Seele ist dahin. *Er springt wieder auf.* Gott meiner Luise! Gnade! Gnade dem verruchtesten der Mörder! Es war ihr letztes Gebet! – – Wie reizend und schön auch im Leichnam! Der gerührte Würger ging schonend über diese freundliche Wangen hin – Diese Sanftmut war keine Larve – sie hat auch dem Tod standgehalten. *Nach einer Pause:* Aber wie? Warum fühl ich nichts? Will die Kraft meiner Jugend mich retten? Undankbare Mühe! Das ist meine Meinung nicht.

Er greift nach dem Glase.

Letzte Szene

Ferdinand. Der Präsident. Wurm *und* Bediente *welche alle voll Schrecken ins Zimmer stürzen, darauf* Miller *mit* Volk *und* Gerichtsdienern, *welche sich im Hintergrund sammeln.*

PRÄSIDENT *den Brief in der Hand*: Sohn, was ist das? – Ich will doch nimmermehr glauben –

FERDINAND *wirft ihm das Glas vor die Füße*: So sieh Mörder!

PRÄSIDENT *taumelt hinter sich. Alle erstarren. Eine schröckhafte Pause.* Mein Sohn! Warum hast du mir das getan?

FERDINAND *ohne ihn anzusehen*: O ja freilich! Ich hätte den Staatsmann erst hören sollen, ob der Streich auch zu seinen Karten passe? – Fein und bewundernswert, ich gesteh's, war die Finte, den Bund unsrer Herzen zu zerreißen durch Eifersucht – Die Rechnung hat ein Meister gemacht, aber schade nur, daß die zürnende Liebe dem Draht nicht so gehorsam blieb, wie deine hölzerne Puppe.

PRÄSIDENT *sucht mit verdrehten Augen im ganzen Kreis herum*: Ist hier niemand, der um einen trostlosen Vater weinte?

MILLER *hinter der Szene rufend*: Laßt mich hinein! Um Gottes willen! Laßt mich!

FERDINAND: Das Mädchen ist eine Heilige – für sie muß ein anderer rechten.

Er öffnet Millern die Türe, der mit Volk und Gerichtsdienern hereinstürzt.

MILLER *in der fürchterlichsten Angst*: Mein Kind! Mein Kind! – Gift – Gift, schreit man, sei hier genommen worden – Meine Tochter! Wo bist du?

FERDINAND *führt ihn zwischen den Präsidenten und Luisens Leiche*: Ich bin unschuldig – Danke diesem hier.

MILLER *fällt an ihr zu Boden*: O Jesus!

FERDINAND: In wenig Worten Vater – sie fangen an mir kostbar zu werden – Ich bin bübisch um mein Leben bestohlen, bestohlen durch Sie. Wie ich mit Gott stehe, zittre ich – doch ein Bösewicht bin ich niemals gewesen. Mein ewiges Los falle, wie es will – auf Sie fall es nicht – Aber ich hab einen Mord begangen. *Mit furchtbar erhobener Stimme:* einen Mord, den du mir nicht zumuten wirst allein vor den Richter der Welt hinzuschleppen, feierlich wälz ich dir hier die größte gräßlichste Hälfte zu, wie du damit zurechtkommen magst, siehe du selber. *Zu Luisen ihn hinführend.* Hier Barbar! weide dich an der entsetzlichen Frucht deines Witzes, auf dieses Gesicht ist mit Verzerrungen dein Name geschrieben, und die Würgengel werden ihn lesen – Eine Gestalt, wie diese, ziehe den Vorhang von deinem Bette, wenn du schläfst, und gebe dir ihre eiskalte Hand – Eine Gestalt, wie diese, stehe vor deiner Seele, wenn du stirbst, und dränge dein letztes Gebet weg. – Eine Gestalt, wie diese, stehe auf deinem Grabe, wenn du auferstehst – und neben Gott, wenn er dich richtet. *Er wird ohnmächtig, Bediente halten ihn.*

PRÄSIDENT *eine schreckliche Bewegung des Arms gegen den Himmel*: Von mir nicht, von mir nicht, Richter der Welt, fodre diese Seelen von diesem! *Er geht auf Wurm zu.*

WURM *auffahrend*: Von mir?

PRÄSIDENT: Verfluchter von dir! Von dir Satan! – Du, du gabst den Schlangenrat – Über dich die Verantwortung – Ich wasche die Hände.

WURM: Über mich? *Er fängt gräßlich an zu lachen.* Lustig! Lustig! So weiß ich doch nun auch, auf was Art sich die Teufel danken. – Über mich dummer Bösewicht? War es mein Sohn? War ich dein Gebieter? – Über mich die Verantwortung? Ha! bei diesem Anblick, der alles Mark in meinen Gebeinen erkältet! Über mich soll sie kommen! – Jetzt will ich verloren sein, aber du sollst es mit mir sein – Auf! Auf! Ruft Mord durch die Gassen! Weckt die Justiz auf! Gerichtsdiener bindet mich! Führt mich von hinnen! Ich will Geheimnisse aufdecken, daß denen, die sie hören, die Haut schauern soll. *Will gehn.*

PRÄSIDENT *hält ihn*: Du wirst doch nicht, Rasender?

WURM *klopft ihn auf die Schultern*: Ich werde, Kamerad! Ich werde – Rasend bin ich, das ist wahr – das ist dein Werk – so will ich auch jetzt handeln wie ein Rasender – Arm in Arm mit dir zum Blutgerüst! Arm in Arm mit dir zur Hölle! Es soll mich kitzeln, Bube, mit dir verdammt zu sein.

Er wird abgeführt.

MILLER *der die ganze Zeit über, den Kopf in Luisens Schoß gesunken, in stummem Schmerze gelegen hat, steht schnell auf und wirft dem Major die Börse vor die Füße*: Giftmischer! Behalt dein verfluchtes Gold! – Wolltest du mir mein Kind damit abkaufen?

Er stürzt aus dem Zimmer.

FERDINAND *mit brechender Stimme*: Geht ihm nach! Er verzweifelt – Das Geld hier soll man ihm retten – Es ist meine fürchterliche Erkenntlichkeit. Luise – Luise – Ich komme – – Lebt wohl – – Laßt mich an diesem Altar verscheiden –

PRÄSIDENT *aus einer dumpfen Betäubung zu seinem Sohn*: Sohn Ferdinand! Soll kein Blick mehr auf einen zerschmetterten Vater fallen?

Der Major wird neben Luisen niedergelassen.

FERDINAND: Gott dem Erbarmenden gehört dieser letzte.

PRÄSIDENT *in der schrecklichsten Qual vor ihm niederfallend*: Geschöpf und Schöpfer verlassen mich – Soll kein Blick mehr zu meiner letzten Erquickung fallen?

FERDINAND *reicht ihm seine sterbende Hand.*

PRÄSIDENT *steht schnell auf*: Er vergab mir! *Zu den andern:* Jetzt euer Gefangener!

Er geht ab. Gerichtsdiener folgen ihm, der Vorhang fällt.

DON CARLOS
INFANT VON SPANIEN

Ein dramatisches Gedicht

Personen

Philipp der Zweite, *König von Spanien*
Elisabeth von Valois, *seine Gemahlin*
Don Carlos, *der Kronprinz*
Alexander Farnese, *Prinz von Parma*, *Neffe des Königs*
Infantin Klara Eugenia, *ein Kind von drei Jahren*
Herzogin von Olivarez, *Oberhofmeisterin*

<table>
<tr><td>Marquisin von Mondekar
Prinzessin von Eboli
Gräfin Fuentes</td><td>Damen der Königin</td></tr>
</table>

<table>
<tr><td>Marquis von Posa, ein Malteserritter
Herzog von Alba
Graf von Lerma, Oberster der Leibwache
Herzog von Feria, Ritter des Vlieses
Herzog von Medina Sidonia, Admiral
Don Raimond von Taxis, Oberpostmeister</td><td>Granden von Spanien</td></tr>
</table>

Domingo, *Beichtvater des Königs*
Der Großinquisitor *des Königreichs*
Der Prior *eines Kartäuserklosters*
Ein Page *der Königin*
Don Ludwig Merkado, *Leibarzt der Königin*
Mehrere Damen und Granden, Pagen, Offiziere, die Leibwache, und verschiedene stumme Personen.

ERSTER AKT

Der königliche Garten in Aranjuez.

ERSTER AUFTRITT

CARLOS. DOMINGO.

DOMINGO: Die schönen Tage in Aranjuez
Sind nun zu Ende. Eure königliche Hoheit
Verlassen es nicht heiterer. Wir sind
Vergebens hier gewesen. Brechen Sie
Dies rätselhafte Schweigen. Öffnen Sie
Ihr Herz dem Vaterherzen, Prinz. Zu teuer
Kann der Monarch die Ruhe seines Sohns –
Des einz'gen Sohns – zu teuer nie erkaufen.
Carlos sieht zur Erde und schweigt.
Wär noch ein Wunsch zurücke, den der Himmel
Dem liebsten seiner Söhne weigerte?
Ich stand dabei, als in Toledos Mauern
Der stolze Karl die Huldigung empfing,
Als Fürsten sich zu seinem Handkuß drängten,
Und jetzt in einem – einem Niederfall
Sechs Königreiche ihm zu Füßen lagen –
Ich stand und sah das junge stolze Blut
In seine Wangen steigen, seinen Busen
Von fürstlichen Entschlüssen wallen, sah
Sein trunknes Aug durch die Versammlung fliegen,
In Wonne brechen – Prinz, und dieses Auge
Gestand: Ich bin gesättigt.
Carlos wendet sich weg.
Dieser stille
Und feierliche Kummer, Prinz, den wir
Acht Monde schon in Ihren Blicken lesen,
Das Rätsel dieses ganzen Hofs, die Angst
Des Königreichs, hat Seiner Majestät
Schon manche sorgenvolle Nacht gekostet,
Schon manche Träne Ihrer Mutter.
CARLOS *dreht sich rasch um*: Mutter?

– O Himmel, gib, daß ich es dem vergesse,
Der sie zu meiner Mutter machte!

DOMINGO: Prinz?

CARLOS *besinnt sich und fährt mit der Hand über die Stirne*:
Hochwürd'ger Herr – ich habe sehr viel Unglück
Mit meinen Müttern. Meine erste Handlung,
Als ich das Licht der Welt erblickte, war
Ein Muttermord.

DOMINGO: Ist's möglich, gnäd'ger Prinz?
Kann dieser Vorwurf Ihr Gewissen drücken?

CARLOS: Und meine neue Mutter – hat sie mir
Nicht meines Vaters Liebe schon gekostet?
Mein Vater hat mich kaum geliebt. Mein ganzes
Verdienst war noch, sein Einziger zu sein.
Sie gab ihm eine Tochter – O wer weiß
Was in der Zeiten Hintergrunde schlummert?

DOMINGO: Sie spotten meiner, Prinz. Ganz Spanien
Vergöttert seine Königin. Sie sollten
Nur mit des Hasses Augen sie betrachten?
Bei ihrem Anblick nur die Klugheit hören?
Wie, Prinz? Die schönste Frau auf dieser Welt,
Und Königin – und ehmals Ihre Braut?
Unmöglich Prinz! Unglaublich! Nimmermehr!
Wo alles liebt, kann Karl allein nicht hassen;
So seltsam widerspricht sich Carlos nicht.
Verwahren Sie sich Prinz, daß sie es nie,
Wie sehr sie ihrem Sohn mißfällt, erfahre;
Die Nachricht würde schmerzen.

CARLOS: Glauben Sie?

DOMINGO: Wenn Eure Hoheit sich des letzteren
Turniers zu Saragossa noch entsinnen,
Wo unsern Herrn ein Lanzensplitter streifte –
Die Königin mit ihren Damen saß
Auf des Palastes mittlerer Tribüne,
Und sah dem Kampfe zu. Auf einmal rief's:
„Der König blutet!" – Man rennt durcheinander,
Ein dumpfes Murmeln dringt bis zu dem Ohr
Der Königin. „Der Prinz?" ruft sie und will,
Und will sich von dem obersten Geländer
Herunterwerfen. – „Nein! Der König selbst!"
Gibt man zur Antwort – „So laßt Ärzte holen!"

Erwidert sie, indem sie Atem schöpfte.
Nach einigem Stillschweigen:
Sie stehen in Gedanken?
CARLOS: Ich bewundre
Des Königs lust'gen Beichtiger, der so
Bewandert ist in witzigen Geschichten. *Ernsthaft und finster:*
Doch hab ich immer sagen hören, daß
Gebärdenspäher und Geschichtenträger
Des Übels mehr auf dieser Welt getan,
Als Gift und Dolch in Mörders Hand nicht konnten.
Die Mühe, Herr, war zu ersparen. Wenn
Sie Dank erwarten, gehen Sie zum König.
DOMINGO: Sie tun sehr wohl, mein Prinz, sich vorzusehn
Mit Menschen – nur mit Unterscheidung. Stoßen Sie
Nicht mit dem Heuchler auch den Freund zurück.
Ich mein es gut mit Ihnen.
CARLOS: Lassen Sie
Das meinen Vater ja nicht merken. Sonst
Sind Sie um Ihren Purpur.
DOMINGO *stutzt*: Wie?
CARLOS: Nun ja.
Versprach er Ihnen nicht den ersten Purpur,
Den Spanien vergeben würde?
DOMINGO: Prinz,
Sie spotten meiner.
CARLOS: Das verhüte Gott,
Daß ich des fürchterlichen Mannes spotte,
Der meinen Vater seligsprechen und
Verdammen kann!
DOMINGO: Ich will mich nicht
Vermessen, Prinz, in das ehrwürdige
Geheimnis Ihres Kummers einzudringen.
Nur bitt ich Eure Hoheit, eingedenk
Zu sein, daß dem beängstigten Gewissen
Die Kirche eine Zuflucht aufgetan,
Wozu Monarchen keinen Schlüssel haben,
Wo selber Missetaten unterm Siegel
Des Sakramentes aufgehoben liegen –
Sie wissen was ich meine, Prinz, ich habe
Genug gesagt.
CARLOS: Nein! Das sei fern von mir,

Daß ich den Siegelführer so versuchte!
DOMINGO: Prinz, dieses Mißtraun – Sie verkennen Ihren
Getreusten Diener.
CARLOS *faßt ihn bei der Hand*:
Also geben Sie
Mich lieber auf. Sie sind ein heil'ger Mann,
Das weiß die Welt – doch, frei heraus – für mich
Sind Sie bereits zu überhäuft. Ihr Weg,
Hochwürd'ger Vater, ist der weiteste,
Bis Sie auf Peters Stuhle niedersitzen.
Viel Wissen möchte Sie beschweren. Melden
Sie das dem König, der Sie hergesandt.
DOMINGO: Mich hergesandt –
CARLOS: So sagt ich. O zu gut,
Zu gut weiß ich, daß ich an diesem Hof
Verraten bin – ich weiß, daß hundert Augen
Gedungen sind, mich zu bewachen, weiß,
Daß König Philipp seinen einz'gen Sohn
An seiner Knechte schlechtesten verkaufte,
Und jede von mir aufgefangne Silbe
Dem Hinterbringer fürstlicher bezahlt,
Als er noch keine gute Tat bezahlte.
Ich weiß – O still! Nichts mehr davon. Mein Herz
Will überströmen, und ich habe schon
Zu viel gesagt.
DOMINGO: Der König ist gesonnen
Vor Abend in Madrid noch einzutreffen.
Bereits versammelt sich der Hof. Hab ich
Die Gnade, Prinz –
CARLOS: Schon gut. Ich werde folgen.
Domingo geht ab. Nach einem Stillschweigen:
Beweinenswerter Philipp, wie dein Sohn
Beweinenswert! – Schon seh ich deine Seele
Vom gift'gen Schlangenbiß des Argwohns bluten,
Dein unglücksel'ger Vorwitz übereilt
Die fürchterlichste der Entdeckungen,
Und rasen wirst du, wenn du sie gemacht.

Zweiter Auftritt

Carlos. Marquis von Posa.

CARLOS: Wer kommt? – Was seh ich! O ihr guten Geister!
Mein Roderich!
MARQUIS: Mein Carlos!
CARLOS: Ist es möglich?
Ist's wahr? Ist's wirklich? Bist du's? – O du bist's!
Ich drück an meine Seele dich, ich fühle
Die deinige allmächtig an mir schlagen.
O jetzt ist alles wieder gut. In dieser
Umarmung heilt mein krankes Herz. Ich liege
Am Halse meines Roderich.
MARQUIS: Ihr krankes,
Ihr krankes Herz? Und was ist wieder gut?
Was ist's, das wieder gut zu werden brauchte?
Sie hören, was mich stutzen macht.
CARLOS: Und was
Bringt dich so unverhofft aus Brüssel wieder?
Wem dank ich diese Überraschung? Wem?
Ich frage noch? Verzeih dem Freudetrunknen,
Erhabne Vorsicht, diese Lästerung!
Wem sonst als dir, Allgütigste? Du wußtest,
Daß Carlos ohne Engel war, du sandtest
Mir diesen, und ich frage noch?
MARQUIS: Vergebung,
Mein teurer Prinz, wenn ich dies stürmische
Entzücken mit Bestürzung nur erwidre.
So war es nicht, wie ich Don Philipps Sohn
Erwartete. Ein unnatürlich Rot
Entzündet sich auf Ihren blassen Wangen,
Und Ihre Lippen zittern fieberhaft.
Was muß ich glauben, teurer Prinz? – Das ist
Der löwenkühne Jüngling nicht, zu dem
Ein unterdrücktes Heldenvolk mich sendet –
Denn jetzt steh ich als Roderich nicht hier,
Nicht als des Knaben Carlos Spielgeselle –
Ein Abgeordneter der ganzen Menschheit
Umarm ich Sie – es sind die flandrischen
Provinzen, die an Ihrem Halse weinen,

Und feierlich um Rettung Sie bestürmen.
Getan ist's um Ihr teures Land, wenn Alba,
Des Fanatismus rauher Henkersknecht,
Vor Brüssel rückt mit spanischen Gesetzen.
Auf Kaiser Karls glorwürd'gem Enkel ruht
Die letzte Hoffnung dieser edeln Lande.
Sie stürzt dahin, wenn sein erhabnes Herz
Vergessen hat für Menschlichkeit zu schlagen.

CARLOS: Sie stürzt dahin.

MARQUIS: Weh mir! Was muß ich hören!

CARLOS: Du sprichst von Zeiten die vergangen sind.
Auch mir hat einst von einem Karl geträumt,
Dem's feurig durch die Wangen lief, wenn man
Von Freiheit sprach – doch der ist lang begraben.
Den du hier siehst, das ist der Karl nicht mehr,
Der in Alkala von dir Abschied nahm,
Der sich vermaß in süßer Trunkenheit,
Der Schöpfer eines neuen goldnen Alters
In Spanien zu werden – O der Einfall
War kindisch, aber göttlich schön. Vorbei
Sind diese Träume. –

MARQUIS: Träume, Prinz! – So wären
Es Träume nur gewesen?

CARLOS: Laß mich weinen,
An deinem Herzen heiße Tränen weinen,
Du einz'ger Freund. Ich habe niemand – niemand –
Auf dieser großen weiten Erde niemand.
So weit das Zepter meines Vaters reicht,
So weit die Schiffahrt unsre Flaggen sendet,
Ist keine Stelle – keine – keine, wo
Ich meiner Tränen mich entlasten darf,
Als diese. O bei allem, Roderich,
Was du und ich dereinst im Himmel hoffen,
Verjage mich von dieser Stelle nicht.

MARQUIS *neigt sich über ihn in sprachloser Rührung.*

CARLOS: Berede dich, ich wär ein Waisenkind,
Das du am Thron mitleidig aufgelesen.
Ich weiß ja nicht was Vater heißt – ich bin
Ein Königssohn – O wenn es eintrifft, was
Mein Herz mir sagt, wenn du aus Millionen
Herausgefunden bist, mich zu verstehn,

Wenn's wahr ist, daß die schaffende Natur
Den Roderich im Carlos wiederholte,
Und unsrer Seelen zartes Saitenspiel
Am Morgen unsres Lebens gleich bezog,
Wenn eine Träne, die mir Lindrung gibt,
Dir teurer ist, als meines Vaters Gnade –

MARQUIS: O teurer als die ganze Welt.

CARLOS: So tief
Bin ich gefallen – bin so arm geworden,
Daß ich an unsre frühen Kinderjahre
Dich mahnen muß – daß ich dich bitten muß,
Die lang vergeßnen Schulden abzutragen,
Die du noch im Matrosenkleide machtest –
Als du und ich, zween Knaben wilder Art,
So brüderlich zusammen aufgewachsen,
Kein Schmerz mich drückte, als von deinem Geiste
So sehr verdunkelt mich zu sehn – ich endlich
Mich kühn entschloß, dich grenzenlos zu lieben,
Weil mich der Mut verließ, dir gleich zu sein.
Da fing ich an mit tausend Zärtlichkeiten
Und treuer Bruderliebe dich zu quälen;
Du, stolzes Herz, gabst sie mir kalt zurück.
Oft stand ich da, und – doch das sahst du nie!
Und heiße, schwere Tränentropfen hingen
In meinem Aug, wenn du, mich überhüpfend,
Geringre Kinder in die Arme drücktest.
Warum nur diese? rief ich trauernd aus:
Bin ich dir nicht auch herzlich gut? – Du aber,
Du knietest kalt und ernsthaft vor mir nieder:
Das, sagtest du, gebührt dem Königssohn.

MARQUIS: O stille, Prinz, von diesen kindischen
Geschichten, die mich jetzt noch schamrot machen.

CARLOS: Ich hatt es nicht um dich verdient. Verschmähen,
Zerreißen konntest du mein Herz, doch nie
Von dir entfernen. Dreimal wiesest du
Den Fürsten von dir, dreimal kam er wieder
Als Bittender, um Liebe dich zu flehn
Und dir gewaltsam Liebe aufzudringen.
Ein Zufall tat, was Carlos nie gekonnt.
Einmal geschah's bei unsern Spielen, daß
Der Königin von Böhmen, meiner Tante,

Dein Federball ins Auge flog. Sie glaubte,
Daß es mit Vorbedacht geschehn, und klagt' es
Dem Könige mit tränendem Gesicht.
Die ganze Jugend des Palastes muß
Erscheinen, ihm den Schuldigen zu nennen.
Der König schwört, die hinterlist'ge Tat,
Und wär es auch an seinem eignen Kinde,
Aufs schrecklichste zu ahnden. – Damals sah ich
Dich zitternd in der Ferne stehn, und jetzt,
Jetzt trat ich vor und warf mich zu den Füßen
Des Königs. Ich, ich tat es, rief ich aus:
An deinem Sohn erfülle deine Rache.

MARQUIS: Ach! woran mahnen Sie mich, Prinz!

CARLOS: Sie ward's:
Im Angesicht des ganzen Hofgesindes,
Das mitleidsvoll im Kreise stand, ward sie
Auf Sklavenart an deinem Karl vollzogen.
Ich sah auf dich und weinte nicht. Der Schmerz
Schlug meine Zähne knirschend aneinander;
Ich weinte nicht. Mein königliches Blut
Floß schändlich unter unbarmherz'gen Streichen;
Ich sah auf dich und weinte nicht – Du kamst;
Laut weinend sankst du mir zu Füßen. Ja!
Ja, riefst du aus; mein Stolz ist überwunden.
Ich will bezahlen, wenn du König bist.

MARQUIS *reicht ihm die Hand*:
Ich will es, Karl. Das kindische Gelübde
Erneur ich jetzt als Mann. Ich will bezahlen.
Auch meine Stunde schlägt vielleicht.

CARLOS: Jetzt, jetzt.
O zögre nicht. Jetzt hat sie ja geschlagen.
Die Zeit ist da, wo du es lösen kannst.
Ich brauche Liebe. – Ein entsetzliches
Geheimnis brennt auf meiner Brust. Es soll,
Es soll heraus. In deinen blassen Mienen
Will ich das Urteil meines Todes lesen.
Hör an – erstarre – doch erwidre nichts –
Ich liebe meine Mutter.

MARQUIS: O mein Gott!

CARLOS: Nein! Diese Schonung will ich nicht. Sprich's aus,
Sprich, daß auf diesem großen Rund der Erde

Kein Elend an das meine grenze – sprich –
Was du mir sagen kannst, errat ich schon.
Der Sohn liebt seine Mutter. Weltgebräuche,
Die Ordnung der Natur und Roms Gesetze
Verdammen diese Leidenschaft. Mein Anspruch
Stößt fürchterlich auf meines Vaters Rechte.
Ich fühl's, und dennoch lieb ich. Dieser Weg
Führt nur zum Wahnsinn oder Blutgerüste.
Ich liebe ohne Hoffnung – lasterhaft –
Mit Todesangst und mit Gefahr des Lebens –
Das seh ich ja, und dennoch lieb ich.

MARQUIS: Weiß
Die Königin um diese Neigung?

CARLOS: Konnt ich
Mich ihr entdecken? Sie ist Philipps Frau,
Und Königin, und das ist span'scher Boden.
Von meines Vaters Eifersucht bewacht,
Von Etikette ringsum eingeschlossen,
Wie konnt ich ohne Zeugen mich ihr nahn?
Acht höllenbange Monde sind es schon,
Daß von der hohen Schule mich der König
Zurückberief, daß ich sie täglich anzuschauen
Verurteilt bin, und wie das Grab zu schweigen.
Acht höllenbange Monde, Roderich,
Daß dieses Feur in meinem Busen wütet,
Daß tausendmal sich das entsetzliche
Geständnis schon auf meinen Lippen meldet,
Doch scheu und feig zurück zum Herzen kriecht.
O Roderich – nur wen'ge Augenblicke
Allein mit ihr –

MARQUIS: Ach! Und Ihr Vater, Prinz –

CARLOS: Unglücklicher! Warum an den mich mahnen?
Sprich mir von allen Schrecken des Gewissens;
Von meinem Vater sprich mir nicht.

MARQUIS: Sie hassen Ihren Vater?

CARLOS: Nein! Ach nein!
Ich hasse meinen Vater nicht – doch Schauer
Und Missetäters-Bangigkeit ergreifen
Bei diesem fürchterlichen Namen mich.
Kann ich dafür, wenn eine knechtische
Erziehung schon in meinem jungen Herzen

Der Liebe zarten Keim zertrat? Sechs Jahre
Hatt ich gelebt, als mir zum erstenmal
Der Fürchterliche, der, wie sie mir sagten,
Mein Vater war, vor Augen kam. Es war
An einem Morgen, wo er stehnden Fußes
Vier Bluturteile unterschrieb. Nach diesem
Sah ich ihn nur, wenn mir für ein Vergehn
Bestrafung angekündigt ward. – O Gott!
Hier fühl ich, daß ich bitter werde – Weg –
Weg, weg von dieser Stelle.

MARQUIS: Nein, Sie sollen,
Jetzt sollen Sie sich öffnen, Prinz. In Worten
Erleichtert sich der schwer beladne Busen.

CARLOS: Oft hab ich mit mir selbst gerungen, oft
Um Mitternacht, wenn meine Wachen schliefen,
Mit heißen Tränengüssen vor das Bild
Der Hochgebenedeiten mich geworfen,
Sie um ein kindlich Herz gefleht – doch ohne
Erhörung stand ich auf. Ach Roderich!
Enthülle du dies wunderbare Rätsel
Der Vorsicht mir – – Warum von tausend Vätern
Just eben diesen Vater mir? Und ihm
Just diesen Sohn von tausend bessern Söhnen?
Zwei unverträglichere Gegenteile
Fand die Natur in ihrem Umkreis nicht.
Wie mochte sie die beiden letzten Enden
Des menschlichen Geschlechtes – mich und ihn
Durch ein so heilig Band zusammenzwingen?
Furchtbares Los! Warum mußt es geschehn?
Warum zwei Menschen, die sich ewig meiden,
In einem Wunsche schrecklich sich begegnen?
Hier, Roderich, siehst du zwei feindliche
Gestirne, die im ganzen Lauf der Zeiten
Ein einzig Mal in scheitelrechter Bahn
Zerschmetternd sich berühren, dann auf immer
Und ewig auseinanderfliehn.

MARQUIS: Mir ahndet
Ein unglücksvoller Augenblick.

CARLOS: Mir selbst.
Wie Furien des Abgrunds folgen mir
Die schauerlichsten Träume. Zweifelnd ringt

Mein guter Geist mit gräßlichen Entwürfen;
Durch labyrinthische Sophismen kriecht
Mein unglücksel'ger Scharfsinn, bis er endlich
Vor eines Abgrunds gähem Rande stutzt –
O Roderich, wenn ich den Vater je
In ihm verlernte – Roderich – ich sehe,
Dein totenblasser Blick hat mich verstanden.
Wenn ich den Vater je in ihm verlernte,
Was würde mir der König sein?

MARQUIS *nach einigem Stillschweigen*: Darf ich
An meinen Carlos eine Bitte wagen?
Was Sie auch willens sind zu tun, versprechen Sie
Nichts ohne Ihren Freund zu unternehmen.
Versprechen Sie mir dieses?

CARLOS: Alles, alles,
Was deine Liebe mir gebeut. Ich werfe
Mich ganz in deine Arme.

MARQUIS: Wie man sagt,
Will der Monarch zur Stadt zurücke kehren.
Die Zeit ist kurz. Wenn Sie die Königin
Geheim zu sprechen wünschen, kann es nirgends
Als in Aranjuez geschehn. Die Stille
Des Orts – des Landes ungezwungne Sitte
Begünstigen –

CARLOS: Das war auch meine Hoffnung.
Doch ach, sie war vergebens!

MARQUIS: Nicht so ganz.
Ich gehe, mich sogleich ihr vorzustellen.
Ist sie in Spanien dieselbe noch,
Die sie vordem an Heinrichs Hof gewesen,
So find ich Offenherzigkeit. Kann ich
In ihren Blicken Carlos' Hoffnung lesen,
Find ich zu dieser Unterredung sie
Gestimmt – sind ihre Damen zu entfernen –

CARLOS: Die meisten sind mir zugetan. – Besonders
Die Mondekar hab ich durch ihren Sohn,
Der mir als Page dient, gewonnen. –

MARQUIS: Desto besser.
So sind Sie in der Nähe, Prinz, sogleich
Auf mein gegebnes Zeichen zu erscheinen.

CARLOS: Das will ich – will ich – also eile nur.

MARQUIS: Ich will nun keinen Augenblick verlieren.
Dort also, Prinz, auf Wiedersehn.
Beide gehen ab zu verschiedenen Seiten.

Die Hofhaltung der Königin in Aranjuez.
Eine einfache ländliche Gegend, von einer Allee durchschnitten, vom Landhause der Königin begrenzt.

DRITTER AUFTRITT

DIE KÖNIGIN. DIE HERZOGIN VON OLIVAREZ. DIE PRINZESSIN VON EBOLI, *und* DIE MARQUISIN VON MONDEKAR, *welche die Allee heraufkommen.*

KÖNIGIN *zur Marquisin*: Sie will ich um mich haben, Mondekar.
Die muntern Augen der Prinzessin quälen
Mich schon den ganzen Morgen. Sehen Sie,
Kaum weiß sie ihre Freude zu verbergen,
Weil sie vom Lande Abschied nimmt.
EBOLI: Ich will es
Nicht leugnen, meine Königin, daß ich
Madrid mit großen Freuden wiedersehe.
MONDEKAR: Und Ihre Majestät nicht auch? Sie sollten
So ungern von Aranjuez sich trennen?
KÖNIGIN: Von – dieser schönen Gegend wenigstens.
Hier bin ich wie in meiner Welt. Dies Plätzchen
Hab ich mir längst zum Liebling auserlesen.
Hier grüßt mich meine ländliche Natur,
Die Busenfreundin meiner jungen Jahre.
Hier find ich meine Kinderspiele wieder,
Und meines Frankreichs Lüfte wehen hier.
Verargen Sie mir's nicht. Uns alle zieht
Das Herz zum Vaterland.
EBOLI: Wie einsam aber,
Wie tot und traurig ist es hier! Man glaubt
Sich in la Trappe.
KÖNIGIN: Das Gegenteil vielmehr.
Tot find ich es nur in Madrid. – Doch was
Spricht unsre Herzogin dazu?
OLIVAREZ: Ich bin
Der Meinung, Ihro Majestät, daß es

So Sitte war, den einen Monat hier,
Den andern in dem Pardo auszuhalten,
Den Winter in der Residenz, solange
Es Könige in Spanien gegeben.
KÖNIGIN: Ja, Herzogin, das wissen Sie, mit Ihnen
Hab ich auf immer mich des Streits begeben.
MONDEKAR: Und wie lebendig es mit nächstem in
Madrid sein wird! Zu einem Stiergefechte
Wird schon die Plaza Mayor zugerichtet,
Und ein Autodafé hat man uns auch
Versprochen –
KÖNIGIN: Uns versprochen! Hör ich das
Von meiner sanften Mondekar?
MONDEKAR: Warum nicht?
Es sind ja Ketzer, die man brennen sieht.
KÖNIGIN: Ich hoffe, meine Eboli denkt anders.
EBOLI: Ich? – Ihre Majestät, ich bitte sehr,
Für keine schlechtre Christin mich zu halten,
Als die Marquisin Mondekar.
KÖNIGIN: Ach! Ich
Vergesse wo ich bin. – Zu etwas anderm. –
Vom Lande, glaub ich, sprachen wir. Der Monat
Ist, deucht mir, auch erstaunlich schnell vorüber.
Ich habe mir der Freude viel, sehr viel,
Von diesem Aufenthalt versprochen, und
Ich habe nicht gefunden, was ich hoffte.
Geht es mit jeder Hoffnung so? Ich kann
Den Wunsch nicht finden, der mir fehlgeschlagen.
OLIVAREZ: Prinzessin Eboli, Sie haben uns
Noch nicht gesagt, ob Gomez hoffen darf?
Ob wir Sie bald als seine Braut begrüßen?
KÖNIGIN: Ja! Gut, daß Sie mich mahnen, Herzogin.
Zur Prinzessin:
Man bittet mich bei Ihnen fürzusprechen.
Wie aber kann ich das? Der Mann, den ich
Mit meiner Eboli belohne, muß
Ein würd'ger Mann sein.
OLIVAREZ: Ihre Majestät,
Das ist er, ein sehr würd'ger Mann, ein Mann,
Den unser gnädigster Monarch bekanntlich
Mit ihrer königlichen Gunst beehren.

KÖNIGIN: Das wird den Mann sehr glücklich machen – Doch
Wir wollen wissen, ob er lieben kann,
Und Liebe kann verdienen. – Eboli,
Das frag ich Sie.
EBOLI *steht stumm und verwirrt, die Augen zur Erde geschlagen, endlich fällt sie der Königin zu Füßen*:
Großmüt'ge Königin,
Erbarmen Sie sich meiner. Lassen Sie –
Um Gottes willen, lassen Sie mich nicht –
Nicht aufgeopfert werden.
KÖNIGIN: Aufgeopfert?
Ich brauche nichts mehr. Stehn Sie auf. Es ist
Ein hartes Schicksal, aufgeopfert werden.
Ich glaube Ihnen. Stehn Sie auf. – Ist es
Schon lang, daß Sie den Grafen ausgeschlagen?
EBOLI *aufstehend*: O viele Monate. Prinz Carlos war
Noch auf der hohen Schule.
KÖNIGIN *stutzt und sieht sie mit forschenden Augen an*:
Haben Sie
Sich auch geprüft, aus welchen Gründen?
EBOLI *mit einiger Heftigkeit*: Niemals
Kann es geschehen, meine Königin,
Aus tausend Gründen niemals.
KÖNIGIN *sehr ernsthaft*: Mehr als einer ist
Zu viel. Sie können ihn nicht schätzen – das
Ist mir genug. Nichts mehr davon. *Zu den andern Damen:*
Ich habe
Ja die Infantin heut noch nicht gesehen.
Marquisin, bringen Sie sie mir. –
OLIVAREZ *sieht auf die Uhr*: Es ist
Noch nicht die Stunde, Ihre Majestät –
KÖNIGIN: Noch nicht die Stunde, wo ich Mutter sein darf?
Das ist doch schlimm. Vergessen Sie es ja nicht,
Mich zu erinnern wenn sie kommt.
Ein Page tritt auf und spricht leise mit der Oberhofmeisterin, welche sich darauf zur Königin wendet.
OLIVAREZ: Der Marquis
Von Posa, Ihre Majestät –
KÖNIGIN: Von Posa?
OLIVAREZ: Er kommt aus Frankreich und den Niederlanden,
Und wünscht die Gnade zu erhalten, Briefe

Von der Regentin Mutter übergeben
Zu dürfen.
KÖNIGIN: Und das ist erlaubt?
OLIVAREZ *bedenklich*: In meiner Vorschrift
Ist des besondern Falles nicht gedacht,
Wenn ein kastilian'scher Grande Briefe
Von einem fremden Hof der Königin
Von Spanien in ihrem Gartenwäldchen
Zu überreichen kommt.
KÖNIGIN: So will ich denn
Auf meine eigene Gefahr es wagen!
OLIVAREZ: Doch mir vergönne Ihro Majestät
Mich so lang zu entfernen –
KÖNIGIN: Halten Sie
Das wie Sie wollen, Herzogin.
Die Oberhofmeisterin geht ab, und die Königin gibt dem Pagen einen Wink, welcher sogleich hinausgeht.

Vierter Auftritt

Königin. Prinzessin von Eboli. Marquisin von Mondekar, *und* Marquis von Posa.

KÖNIGIN: Ich heiße Sie
Willkommen, Chevalier, auf span'schem Boden.
MARQUIS: Den ich noch nie mit so gerechtem Stolze
Mein Vaterland genannt als jetzt. –
KÖNIGIN *zu den beiden Damen*: Der Marquis
Von Posa, der im Ritterspiel zu Reims
Mit meinem Vater eine Lanze brach,
Und meine Farbe dreimal siegen machte –
Der erste seiner Nation, der mich
Den Ruhm empfinden lehrte, Königin
Der Spanier zu sein. *Zum Marquis sich wendend:*
Als wir im Louvre
Zum letztenmal uns sahen, Chevalier,
Da träumt' es Ihnen wohl noch nicht, daß Sie
Mein Gast sein würden in Kastilien.
MARQUIS: Nein, große Königin – denn damals träumte
Mir nicht, daß Frankreich noch das einzige
An uns verlieren würde, was wir ihm

Beneidet hatten.

KÖNIGIN: Stolzer Spanier!
Das einzige? – Und das zu einer Tochter
Vom Hause Valois?

MARQUIS: Jetzt darf ich es
Ja sagen, Ihro Majestät – denn jetzt
Sind Sie ja unser.

KÖNIGIN: Ihre Reise, hör ich,
Hat auch durch Frankreich Sie geführt. – Was bringen
Sie mir von meiner hochverehrten Mutter
Und meinen vielgeliebten Brüdern?

MARQUIS *überreicht ihr die Briefe*:
Die Königinmutter fand ich krank, geschieden
Von jeder andern Freude dieser Welt,
Als ihre königliche Tochter glücklich
Zu wissen auf dem span'schen Thron.

KÖNIGIN: Muß sie
Es nicht sein bei dem teuern Angedenken
So zärtlicher Verwandten? bei der süßen
Erinnrung an – Sie haben viele Höfe
Besucht auf Ihren Reisen, Chevalier;
Und viele Länder, vieler Menschen Sitte
Gesehn – Und jetzt, sagt man, sind Sie gesonnen
In Ihrem Vaterland sich selbst zu leben?
Ein größrer Fürst in Ihren stillen Mauern,
Als König Philipp auf dem Thron – ein Freier!
Ein Philosoph! – Ich zweifle sehr, ob Sie
Sich werden können in Madrid gefallen.
Man ist sehr – ruhig in Madrid.

MARQUIS: Und das
Ist mehr, als sich das ganze übrige
Europa zu erfreuen hat.

KÖNIGIN: So hör ich.
Ich habe alle Händel dieser Erde
Bis fast auf die Erinnerung verlernt. *Zur Prinzessin von Eboli:*
Mir deucht, Prinzessin Eboli, ich sehe
Dort eine Hyazinthe blühen – Wollen
Sie mir sie bringen?

Die Prinzessin geht nach dem Platze. Die Königin etwas leiser zum Marquis:

Chevalier, ich müßte

Mich sehr betrügen, oder Ihre Ankunft
Hat einen frohen Menschen mehr gemacht
An diesem Hofe.

MARQUIS: Einen Traurigen
Hab ich gefunden – den auf dieser Welt
Nur etwas fröhlich –

Die Prinzessin kommt mit der Blume zurück.

EBOLI: Da der Chevalier
So viele Länder hat gesehen, wird
Er ohne Zweifel viel Merkwürdiges
Uns zu erzählen wissen.

MARQUIS: Allerdings.
Und Abenteuer suchen ist bekanntlich
Der Ritter Pflicht – die heiligste von allen,
Die Damen zu beschützen.

MONDEKAR: Gegen Riesen!
Jetzt gibt es keine Riesen mehr.

MARQUIS: Gewalt
Ist für den Schwachen jederzeit ein Riese.

KÖNIGIN: Der Chevalier hat recht. Es gibt noch Riesen,
Doch keine Ritter gibt es mehr.

MARQUIS: Noch jüngst,
Auf meinem Rückweg von Neapel, war
Ich Zeuge einer rührenden Geschichte,
Die mir der Freundschaft heiliges Legat
Zu meiner eigenen gemacht. – Wenn ich
Nicht fürchten müßte Ihre Majestät
Durch die Erzählung zu ermüden –

KÖNIGIN: Bleibt
Mir eine Wahl? Die Neugier der Prinzessin
Läßt sich nichts unterschlagen. Nur zur Sache.
Auch ich bin eine Freundin von Geschichten.

MARQUIS: Zwei edle Häuser in Mirandola,
Der Eifersucht, der langen Feindschaft müde,
Die von den Ghibellinen und den Guelfen
Jahrhunderte schon fortgeerbt, beschlossen,
Durch der Verwandtschaft zarte Bande sich
In einem ew'gen Frieden zu vereinen.
Des mächtigen Pietro Schwestersohn,
Fernando, und die göttliche Mathilde,
Colonnas Tochter, waren ausersehn,

Dies schöne Band der Einigkeit zu knüpfen.
Nie hat zwei schönre Herzen die Natur
Gebildet füreinander – nie die Welt,
Nie eine Wahl so glücklich noch gepriesen.
Noch hatte seine liebenswürd'ge Braut
Fernando nur im Bildnis angebetet –
Wie zitterte Fernando, wahr zu finden,
Was seine feurigsten Erwartungen
Dem Bilde nicht zu glauben sich getrauten!
In Padua, wo seine Studien
Ihn fesselten, erwartete Fernando
Des frohen Augenblickes nur, der ihm
Vergönnen sollte, zu Mathildens Füßen
Der Liebe erste Huldigung zu stammeln.

Die Königin wird aufmerksamer. Der Marquis fährt nach einem kurzen Stillschweigen fort, die Erzählung, soweit es die Gegenwart der Königin erlaubt, mehr an die Prinzessin von Eboli gerichtet.

Indessen macht der Gattin Tod die Hand
Pietros frei. – Mit jugendlicher Glut
Verschlingt der Greis die Stimmen des Gerüchtes,
Das in dem Ruhm Mathildens sich ergoß.
Er kommt! Er sieht! – Er liebt! Die neue Regung
Erstickt die leisre Stimme der Natur,
Der Oheim wirbt um seines Neffen Braut,
Und heiligt seinen Raub vor dem Altare.

KÖNIGIN: Und was beschließt Fernando?

MARQUIS: Auf der Liebe Flügeln,
Des fürchterlichen Wechsels unbewußt,
Eilt nach Mirandola der Trunkene.
Mit Sternenschein erreicht sein schnelles Roß
Die Tore – ein bacchantisches Getön
Von Reigen und von Pauken donnert ihm
Aus dem erleuchteten Palast entgegen.
Er bebt die Stufen scheu hinauf, und sieht
Sich unerkannt im lauten Hochzeitsaale,
Wo in der Gäste taumelndem Gelag
Pietro saß – ein Engel ihm zur Seite,
Ein Engel, den Fernando kennt, der ihm
In Träumen selbst so glänzend nie erschienen.
Ein einz'ger Blick zeigt ihm, was er besessen,
Zeigt ihm, was er auf immerdar verloren.

EBOLI: Unglücklicher Fernando!
KÖNIGIN: Die Geschichte
Ist doch zu Ende, Chevalier? – Sie muß
Zu Ende sein.
MARQUIS: Noch nicht ganz.
KÖNIGIN: Sagten Sie
Uns nicht, Fernando sei Ihr Freund gewesen?
MARQUIS: Ich habe keinen teurern.
EBOLI: Fahren Sie
Doch fort in der Geschichte, Chevalier.
MARQUIS: Sie wird sehr traurig – und das Angedenken
Erneuert meinen Schmerz. Erlassen Sie
Mir den Beschluß –

Ein allgemeines Stillschweigen.

KÖNIGIN *wendet sich zur Prinzessin von Eboli*:
Nun wird mir endlich doch
Vergönnt sein, meine Tochter zu umarmen. –
Prinzessin, bringen Sie sie mir.

Diese entfernt sich. Der Marquis winkt einem Pagen, der sich im Hintergrunde zeigt und sogleich verschwindet. Die Königin erbricht die Briefe, die der Marquis ihr gegeben, und scheint überrascht zu werden. In dieser Zeit spricht der Marquis geheim und sehr angelegentlich mit der Marquisin von Mondekar. – Die Königin hat die Briefe gelesen, und wendet sich mit einem ausforschenden Blicke zum Marquis.

Sie haben
Uns von Mathilden nichts gesagt? Vielleicht
Weiß sie es nicht, wieviel Fernando leidet?
MARQUIS: Mathildens Herz hat niemand noch ergründet –
Doch große Seelen dulden still.
KÖNIGIN: Sie sehn sich um? Wen suchen Ihre Augen?
MARQUIS: Ich denke nach, wie glücklich ein gewisser,
Den ich nicht nennen darf, an meinem Platze
Sein müßte.
KÖNIGIN: Wessen Schuld ist es, daß er
Es nicht ist?
MARQUIS *lebhaft einfallend*: Wie? Darf ich mich unterstehen
Dies zu erklären wie ich will? – Er würde
Vergebung finden, wenn er jetzt erschiene?
KÖNIGIN *erschrocken*:
Jetzt, Marquis? Jetzt? Was meinen Sie damit?
MARQUIS: Er dürfte hoffen – Dürft er?

KÖNIGIN *mit wachsender Verwirrung*: Sie erschrecken mich
Marquis – Er wird doch nicht –
MARQUIS: Hier ist er schon.

Fünfter Auftritt

Die Königin. Carlos.

Marquis von Posa und die Marquisin von Mondekar treten nach dem Hintergrunde zurück.

CARLOS *vor der Königin niedergeworfen*:
So ist er endlich da der Augenblick,
Und Karl darf diese teure Hand berühren! –
KÖNIGIN: Was für ein Schritt – Welch eine strafbare,
Tollkühne Überraschung! Stehn Sie auf!
Wir sind entdeckt. Mein Hof ist in der Nähe.
CARLOS: Ich steh nicht auf – Hier will ich ewig knien.
Auf diesem Platz will ich verzaubert liegen,
In dieser Stellung angewurzelt –
KÖNIGIN: Rasender!
Zu welcher Kühnheit führt Sie meine Gnade?
Wie? Wissen Sie, daß es die Königin,
Daß es die Mutter ist, an die sich diese
Verwegne Sprache richtet? Wissen Sie,
Daß ich – ich selbst von diesem Überfalle
Dem Könige –
CARLOS: Und daß ich sterben muß!
Man reiße mich von hier aufs Blutgerüste!
Ein Augenblick gelebt im Paradiese
Wird nicht zu teuer mit dem Tod gebüßt.
KÖNIGIN: Und Ihre Königin?
CARLOS *steht auf*: Gott! Gott! ich gehe –
Ich will Sie ja verlassen. – Muß ich nicht,
Wenn Sie es also fordern? Mutter! Mutter!
Wie schrecklich spielen Sie mit mir! Ein Wink,
Ein halber Blick, ein Laut aus Ihrem Munde
Gebietet mir zu sein und zu vergehen.
Was wollen Sie, daß noch geschehen soll?
Was unter dieser Sonne kann es geben,
Das ich nicht hinzuopfern eilen will,

Wenn Sie es wünschen?
KÖNIGIN: Fliehen Sie.
CARLOS: O Gott!
KÖNIGIN: Das einz'ge, Karl, warum ich Sie mit Tränen
Beschwöre – Fliehen Sie! – eh meine Damen –
Eh meine Kerkermeister Sie und mich
Beisammen finden, und die große Zeitung
Vor Ihres Vaters Ohren bringen –
CARLOS: Ich erwarte
Mein Schicksal – es sei Leben oder Tod.
Wie? Hab ich darum meine Hoffnungen
Auf diesen einz'gen Augenblick verwiesen,
Der Sie mir endlich ohne Zeugen schenkt,
Daß falsche Schrecken mich am Ziele täuschten?
Nein, Königin! Die Welt kann hundertmal,
Kann tausendmal um ihre Pole treiben,
Eh diese Gunst der Zufall wiederholt.
KÖNIGIN: Auch soll er das in Ewigkeit nicht wieder.
Unglücklicher! Was wollen Sie von mir?
CARLOS: O Königin, daß ich gerungen habe,
Gerungen, wie kein Sterblicher noch rang,
Ist Gott mein Zeuge – Königin! Umsonst!
Hin ist mein Heldenmut. Ich unterliege.
KÖNIGIN: Nichts mehr davon – um meiner Ruhe willen –
CARLOS: Sie waren mein – im Angesicht der Welt
Mir zugesprochen von zwei großen Thronen,
Mir zuerkannt von Himmel und Natur,
Und Philipp, Philipp hat mir Sie geraubt –
KÖNIGIN: Er ist Ihr Vater.
CARLOS: Ihr Gemahl.
KÖNIGIN: Der Ihnen
Das größte Reich der Welt zum Erbe gibt.
CARLOS: Und Sie zur Mutter –
KÖNIGIN: Großer Gott! Sie rasen –
CARLOS: Und weiß er auch wie reich er ist? Hat er
Ein fühlend Herz, das Ihrige zu schätzen?
Ich will nicht klagen, nein, ich will vergessen,
Wie unaussprechlich glücklich ich an Ihrer Hand
Geworden wäre – wenn nur er es ist.
Er ist es nicht – Das, das ist Höllenqual!
Er ist es nicht und wird es niemals werden.

Du nahmst mir meinen Himmel nur, um ihn
In König Philipps Armen zu vertilgen.

KÖNIGIN: Abscheulicher Gedanke!

CARLOS: O ich weiß,
Wer dieser Ehe Stifter war – ich weiß,
Wie Philipp lieben kann und wie er freite.
Wer sind Sie denn in diesem Reich? Laß hören.
Regentin etwa? Nimmermehr! Wie könnten,
Wo Sie Regentin sind, die Alba würgen?
Wie könnte Flandern für den Glauben bluten?
Wie, oder sind Sie Philipps Frau? Unmöglich!
Ich kann's nicht glauben. Eine Frau besitzt
Des Mannes Herz – und wem gehört das seine?
Und bittet er nicht jede Zärtlichkeit,
Die ihm vielleicht in Fieberglut entwischte,
Dem Zepter ab und seinen grauen Haaren?

KÖNIGIN: Wer sagte Ihnen, daß an Philipps Seite
Mein Los beweinenswürdig sei?

CARLOS: Mein Herz,
Das feurig fühlt, wie es an meiner Seite
Beneidenswürdig wäre.

KÖNIGIN: Eitler Mann!
Wenn mein Herz nun das Gegenteil mir sagte?
Wenn Philipps ehrerbiet'ge Zärtlichkeit
Und seiner Liebe stumme Mienensprache
Weit inniger als seines stolzen Sohns
Verwegene Beredsamkeit mich rührten?
Wenn eines Greises überlegte Achtung –.

CARLOS: Das ist was andres – Dann – ja dann Vergebung.
Das wußt ich nicht, daß Sie den König lieben.

KÖNIGIN: Ihn ehren ist mein Wunsch und mein Vergnügen.

CARLOS: Sie haben nie geliebt?

KÖNIGIN: Seltsame Frage!

CARLOS: Sie haben nie geliebt?

KÖNIGIN: – Ich liebe nicht mehr.

CARLOS: Weil es Ihr Herz? weil es Ihr Eid verbietet?

KÖNIGIN: Verlassen Sie mich, Prinz, und kommen Sie
Zu keiner solchen Unterredung wieder.

CARLOS: Weil es Ihr Eid? weil es Ihr Herz verbietet?

KÖNIGIN: Weil meine Pflicht – – Unglücklicher, wozu
Die traurige Zergliederung des Schicksals,

Dem Sie und ich gehorchen müssen?
CARLOS: Müssen?
Gehorchen müssen?
KÖNIGIN: Wie? Was wollen Sie
Mit diesem feierlichen Ton?
CARLOS: Soviel,
Daß Carlos nicht gesonnen ist, zu müssen,
Wo er zu wollen hat; daß Carlos nicht
Gesonnen ist, der Unglückseligste
In diesem Reich zu bleiben, wenn es ihm
Nichts als den Umsturz der Gesetze kostet,
Der Glücklichste zu sein.
KÖNIGIN: Versteh ich Sie?
Sie hoffen noch? Sie wagen es, zu hoffen,
Wo alles, alles schon verloren ist?
CARLOS: Ich gebe nichts verloren als die Toten.
KÖNIGIN: Auf mich, auf Ihre Mutter hoffen Sie? –
Sie sieht ihn lange und durchdringend an – dann mit Würde und Ernst:
Warum nicht? Oh! Der neu erwählte König
Kann mehr als das – kann die Verordnungen
Des Abgeschiednen durch das Feur vertilgen,
Kann seine Bilder stürzen, kann sogar –
Wer hindert ihn? – die Mumie des Toten
Aus ihrer Ruhe zu Eskurial
Hervor ans Licht der Sonne reißen, seinen
Entweihten Staub in die vier Winde streun,
Und dann zuletzt, um würdig zu vollenden –
CARLOS: Um Gottes willen, reden Sie nicht aus.
KÖNIGIN: Zuletzt noch mit der Mutter sich vermählen.
CARLOS: Verfluchter Sohn!
Er steht einen Augenblick starr und sprachlos.
Ja, es ist aus. Jetzt ist
Es aus. – Ich fühle klar und helle, was
Mir ewig, ewig dunkel bleiben sollte.
Sie sind für mich dahin – dahin – dahin –
Auf immerdar! – Jetzt ist der Wurf gefallen.
Sie sind für mich verloren – O in diesem
Gefühl liegt Hölle. Hölle liegt im andern,
Sie zu besitzen. – Weh! Ich faß es nicht,
Und meine Nerven fangen an zu reißen.
KÖNIGIN: Beklagenswerter, teurer Karl! Ich fühle –

Ganz fühl ich sie, die namenlose Pein,
Die jetzt in Ihrem Busen tobt. Unendlich,
Wie Ihre Liebe, ist Ihr Schmerz. Unendlich,
Wie er, ist auch der Ruhm ihn zu besiegen.
Erringen Sie ihn, junger Held. Der Preis
Ist dieses hohen, starken Kämpfers wert,
Des Jünglings wert, durch dessen Herz die Tugend
So vieler königlichen Ahnen rollt.
Ermannen Sie sich, edler Prinz. – Der Enkel
Des großen Karls fängt frisch zu ringen an,
Wo andrer Menschen Kinder mutlos enden.

CARLOS: Zu spät! O Gott! Es ist zu spät!

KÖNIGIN: Ein Mann
Zu sein? O Karl! Wie groß wird unsre Tugend,
Wenn unser Herz bei ihrer Übung bricht!
Hoch stellte Sie die Vorsicht – höher, Prinz,
Als Millionen Ihrer andern Brüder.
Parteilich gab sie ihrem Liebling, was
Sie andern nahm, und Millionen fragen:
Verdiente der im Mutterleibe schon
Mehr als wir andern Sterblichen zu gelten?
Auf! retten Sie des Himmels Billigkeit!
Verdienen Sie, der Welt voranzugehn,
Und opfern Sie, was keiner opferte.

CARLOS: Das kann ich auch. – Sie zu erkämpfen, hab
Ich Riesenkraft; Sie zu verlieren, keine.

KÖNIGIN: Gestehen Sie es, Carlos – Trotz ist es
Und Bitterkeit und Stolz, was Ihre Wünsche
So heftig nach der Mutter zieht. Die Liebe,
Das Herz, das Sie verschwenderisch mir opfern,
Gehört den Reichen an, die Sie dereinst
Regieren sollen. Sehen Sie, Sie prassen
Von Ihres Mündels anvertrautem Gut.
Die Liebe ist Ihr großes Amt. Bis jetzt
Verirrte sie zur Mutter. – Bringen Sie,
O bringen Sie sie Ihren künft'gen Reichen,
Und fühlen Sie, statt Dolchen des Gewissens,
Die Wollust Gott zu sein. Elisabeth
War Ihre erste Liebe. Ihre zweite
Sei Spanien. Wie gerne, guter Karl,
Will ich der besseren Geliebten weichen!

CARLOS *wirft sich, von Empfindung überwältigt, zu ihren Füßen:*
Wie groß sind Sie, o Himmlische! – Ja alles,
Was Sie verlangen, will ich tun! – Es sei! *Er steht auf.*
Hier steh ich in der Allmacht Hand und schwöre,
Und schwöre Ihnen, schwöre ewiges –
O Himmel! Nein! Nur ewiges Verstummen,
Doch ewiges Vergessen nicht.

KÖNIGIN: Wie könnt ich
Von Carlos fordern, was ich selbst zu leisten
Nicht willens bin?

MARQUIS *eilt aus der Allee:*
Der König!

KÖNIGIN: Gott!

MARQUIS: Hinweg!
Hinweg aus dieser Gegend, Prinz!

KÖNIGIN: Sein Argwohn
Ist fürchterlich, erblickt er Sie –

CARLOS: Ich bleibe!

KÖNIGIN: Und wer wird dann das Opfer sein?

CARLOS *zieht den Marquis am Arme:* Fort! Fort!
Komm Roderich! *Er geht und kommt noch einmal zurück.*
Was darf ich mit mir nehmen?

KÖNIGIN: Die Freundschaft Ihrer Mutter.

CARLOS: Freundschaft! Mutter!

KÖNIGIN: Und diese Tränen aus den Niederlanden.

Sie gibt ihm einige Briefe. Karl und der Marquis gehen ab. Die Königin sieht sich unruhig nach ihren Damen um, welche sich nirgends erblicken lassen. Wie sie nach dem Hintergrunde zurückgehen will, erscheint der König.

SECHSTER AUFTRITT

KÖNIG. KÖNIGIN. HERZOG VON ALBA. GRAF LERMA. DOMINGO. *Einige* DAMEN *und* GRANDEN, *welche in der Entfernung zurückbleiben.*

KÖNIG *sieht mit Befremdung umher und schweigt eine Zeitlang:*
Was seh ich! Sie hier! So allein, Madame?
Und auch nicht eine Dame zur Begleitung?
Das wundert mich – Wo blieben Ihre Frauen?

KÖNIGIN: Mein gnädigster Gemahl –

KÖNIG: Warum allein?
Zum Gefolge:
Von diesem unverzeihlichen Versehn
Soll man die strengste Rechenschaft mir geben.
Wer hat das Hofamt bei der Königin?
Wen traf der Rang sie heute zu bedienen?
KÖNIGIN: O zürnen Sie nicht, mein Gemahl – ich selbst,
Ich bin die Schuldige – auf mein Geheiß
Entfernte sich die Fürstin Eboli.
KÖNIG: Auf Ihr Geheiß?
KÖNIGIN: Die Kammerfrau zu rufen,
Weil ich nach der Infantin mich gesehnt.
KÖNIG: Und darum die Begleitung weggeschickt?
Doch dies entschuldigt nur die erste Dame:
Wo war die zwote?
MONDEKAR *welche indessen zurückgekommen ist und sich unter die übrigen Damen gemischt hat, tritt hervor:*
Ihre Majestät,
Ich fühle, daß ich strafbar bin –
KÖNIG: Deswegen
Vergönn ich Ihnen zehen Jahre Zeit,
Fern von Madrid darüber nachzudenken.
Die Marquisin tritt mit weinenden Augen zurück. Allgemeines Stillschweigen. Alle Umstehenden sehen bestürzt auf die Königin.
KÖNIGIN: Marquisin, wen beweinen Sie? *Zum König:*
Hab ich
Gefehlt, mein gnädigster Gemahl, so sollte
Die Königskrone dieses Reichs, wornach
Ich selber nie gegriffen habe, mich
Zum mindesten vor dem Erröten schützen.
Gibt's ein Gesetz in diesem Königreich,
Das vor Gericht Monarchentöchter fordert?
Bloß Zwang bewacht die Frauen Spaniens?
Schützt sie ein Zeuge mehr als ihre Tugend?
Und jetzt Vergebung, mein Gemahl. – Ich bin
Es nicht gewohnt, die mir mit Freude dienten,
In Tränen zu entlassen. – Mondekar!
Sie nimmt ihren Gürtel ab und überreicht ihn der Marquisin.
Den König haben Sie erzürnt – nicht mich –
Drum nehmen Sie dies Denkmal meiner Gnade
Und dieser Stunde. – Meiden Sie das Reich –

Sie haben nur in Spanien gesündigt;
In meinem Frankreich wischt man solche Tränen
Mit Freuden ab. – O muß mich's ewig mahnen?

Sie lehnt sich an die Oberhofmeisterin und bedeckt das Gesicht.

In meinem Frankreich war's doch anders.

KÖNIG *in einiger Bewegung*: Konnte
Ein Vorwurf meiner Liebe Sie betrüben?
Ein Wort betrüben, das die zärtlichste
Bekümmernis auf meine Lippen legte?

Er wendet sich gegen die Grandezza:

Hier stehen die Vasallen meines Throns!
Sank je ein Schlaf auf meine Augenlider,
Ich hätte denn am Abend jedes Tags
Berechnet, wie die Herzen meiner Völker
In meinen fernsten Himmelsstrichen schlagen? –
Und sollt ich ängstlicher für meinen Thron,
Als für die Gattin meines Herzens beben? –
Für meine Völker haftet mir mein Schwert,
Dies Auge nur für meines Weibes Liebe.

KÖNIGIN: Verdien ich diesen Argwohn, Sire?

KÖNIG: Ich heiße
Der reichste Mann in der getauften Welt;
Die Sonne geht in meinem Staat nicht unter –
Doch alles das besaß ein andrer schon,
Wird nach mir mancher andre noch besitzen.
Das ist mein eigen. Was der König hat,
Gehört dem Glück – Elisabeth dem Philipp.
Hier ist die Stelle, wo ich sterblich bin.

KÖNIGIN: Sie fürchten, Sire?

KÖNIG: Dies graue Haar doch nicht?
Wenn ich einmal zu fürchten angefangen,
Hab ich zu fürchten aufgehört – *Zu den Granden:*
Ich zähle
Die Großen meines Hofs – der erste fehlt.
Wo ist Don Carlos, mein Infant?

Niemand antwortet.

Der Knabe
Don Karl fängt an mir fürchterlich zu werden.
Er meidet meine Gegenwart, seitdem
Er von Alkalas hoher Schule kam.
Sein Blut ist heiß, warum sein Blick so kalt?

So abgemessen festlich sein Betragen?
Seid wachsam. Ich empfehl es euch.

ALBA: Ich bin's.
Solang ein Herz an diesen Panzer schlägt,
Mag sich Don Philipp ruhig schlafen legen.
Wie Gottes Cherub vor dem Paradies,
Steht Herzog Alba vor dem Thron.

LERMA: Darf ich
Dem weisesten der Könige in Demut
Zu widersprechen wagen? – Allzu tief
Verehr ich meines Königs Majestät,
Als seinen Sohn so rasch und streng zu richten.
Ich fürchte viel von Carlos' heißem Blut,
Doch nichts von seinem Herzen.

KÖNIG: Graf von Lerma,
Ihr redet gut den Vater zu bestechen:
Des Königs Stütze wird der Herzog sein –
Nichts mehr davon – *Er wendet sich gegen sein Gefolge.*
Jetzt eil ich nach Madrid.
Mich ruft mein königliches Amt. Die Pest
Der Ketzerei steckt meine Völker an,
Der Aufruhr wächst in meinen Niederlanden.
Es ist die höchste Zeit. Ein schauerndes
Exempel soll die Irrenden bekehren.
Den großen Eid, den alle Könige
Der Christenheit geloben, lös ich morgen.
Dies Blutgericht soll ohne Beispiel sein;
Mein ganzer Hof ist feierlich geladen.
Er führt die Königin hinweg, die übrigen folgen.

Siebenter Auftritt

Don Carlos *mit Briefen in der Hand*, Marquis von Posa, *kommen von der entgegengesetzten Seite.*

CARLOS: Ich bin entschlossen. Flandern sei gerettet.
Sie will es – das ist mir genug.

MARQUIS: Auch ist
Kein Augenblick mehr zu verlieren. Herzog
Von Alba, sagt man, ist im Kabinett
Bereits zum Gouverneur ernannt.

CARLOS: Gleich morgen
Verlang ich Audienz bei meinem Vater.
Ich fordre dieses Amt für mich. Es ist
Die erste Bitte, die ich an ihn wage.
Er kann sie mir nicht weigern. Lange schon
Sieht er mich ungern in Madrid. Welch ein
Willkommner Vorwand mich entfernt zu halten!
Und – soll ich dir's gestehen, Roderich?
Ich hoffe mehr – Vielleicht gelingt es mir,
Von Angesicht zu Angesicht mit ihm,
In seiner Gunst mich wiederherzustellen.
Er hat noch nie die Stimme der Natur
Gehört – Laß mich versuchen, Roderich,
Was sie auf meinen Lippen wird vermögen.
MARQUIS: Jetzt endlich hör ich meinen Carlos wieder!
Jetzt sind Sie wieder ganz Sie selbst.

Achter Auftritt

Vorige. Graf Lerma.

LERMA: Soeben
Hat der Monarch Aranjuez verlassen.
Ich habe den Befehl –
CARLOS: Schon gut, Graf Lerma,
Ich treffe mit dem König ein.
MARQUIS *macht Miene sich zu entfernen. Mit einigem Zeremoniell*: Sonst haben
Mir Eure Hoheit nichts mehr aufzutragen?
CARLOS: Nichts, Chevalier. Ich wünsche Ihnen Glück
Zu Ihrer Ankunft in Madrid. Sie werden
Noch mehreres von Flandern mir erzählen.
Zu Lerma, welcher noch wartet:
Ich folge gleich.
Graf Lerma geht ab.

Neunter Auftritt

Don Carlos. Der Marquis.

CARLOS: Ich habe dich verstanden.
Ich danke dir. Doch diesen Zwang entschuldigt
Nur eines Dritten Gegenwart. Sind wir
Nicht Brüder? – Dieses Possenspiel des Ranges
Sei künftighin aus unserm Bund verwiesen!
Berede dich, wir beide hätten uns
Auf einem Ball mit Masken eingefunden,
In Sklavenkleider du, und ich aus Laune
In einen Purpur eingemummt. Solange
Der Fasching währt, verehren wir die Lüge,
Der Rolle treu mit lächerlichem Ernst,
Den süßen Rausch des Haufens nicht zu stören.
Doch durch die Larve winkt dein Karl dir zu,
Du drückst mir im Vorübergehn die Hände,
Und wir verstehen uns.

MARQUIS: Der Traum ist göttlich.
Doch wird er nie verfliegen? Ist mein Karl
Auch seiner so gewiß, den Reizungen
Der unumschränkten Majestät zu trotzen?
Noch ist ein großer Tag zurück – ein Tag –
Wo dieser Heldensinn – ich will Sie mahnen –
In einer schweren Probe sinken wird.
Don Philipp stirbt. Karl erbt das größte Reich
Der Christenheit – Ein ungeheurer Spalt
Reißt vom Geschlecht der Sterblichen ihn los,
Und Gott ist heut, wer gestern Mensch noch war.
Jetzt hat er keine Schwächen mehr. Die Pflichten
Der Ewigkeit verstummen ihm. Die Menschheit
– Noch heut ein großes Wort in seinem Ohr –
Verkauft sich selbst und kriecht um ihren Götzen.
Sein Mitgefühl löscht mit dem Leiden aus,
In Wollüsten ermattet seine Tugend,
Für seine Torheit schickt ihm Peru Gold,
Für seine Laster zieht sein Hof ihm Teufel.
Er schläft berauscht in diesem Himmel ein,
Den seine Sklaven listig um ihn schufen.
Lang, wie sein Traum, währt seine Gottheit. – Wehe

Dem Rasenden, der ihn mitleidig weckte.
Was aber würde Roderich? – Die Freundschaft
Ist wahr und kühn – die kranke Majestät
Hält ihren fürchterlichen Strahl nicht aus.
Den Trotz des Bürgers würden Sie nicht dulden,
Ich nicht den Stolz des Fürsten.

CARLOS: Wahr und schrecklich
Ist dein Gemälde von Monarchen. Ja,
Ich glaube dir. – Doch nur die Wollust schloß
Dem Laster ihre Herzen auf. – Ich bin
Noch rein, ein dreiundzwanzigjähr'ger Jüngling.
Was vor mir Tausende gewissenlos
In schwelgenden Umarmungen verpraßten,
Des Geistes beste Hälfte, Männerkraft,
Hab ich dem künft'gen Herrscher aufgehoben.
Was könnte dich aus meinem Herzen drängen,
Wenn es nicht Weiber tun?

MARQUIS: Ich selbst. Könnt ich
So innig Sie noch lieben, Karl, wenn ich
Sie fürchten müßte?

CARLOS: Das wird nie geschehen.
Bedarfst du meiner? Hast du Leidenschaften,
Die von dem Throne betteln? Reizt dich Gold?
Du bist ein reichrer Untertan, als ich
Ein König je sein werde. – Geizest du
Nach Ehre? Schon als Jüngling hattest du
Ihr Maß erschöpft – du hast sie ausgeschlagen.
Wer von uns wird der Gläubiger des andern,
Und wer der Schuldner sein? – Du schweigst? Du zitterst
Vor der Versuchung? Nicht gewisser bist
Du deiner selbst?

MARQUIS: Wohlan. Ich weiche.
Hier meine Hand.

CARLOS: Der Meinige?

MARQUIS: Auf ewig
Und in des Worts verwegenster Bedeutung.

CARLOS: So treu und warm, wie heute dem Infanten,
Auch dermaleinst dem König zugetan?

MARQUIS: Das schwör ich Ihnen.

CARLOS: Dann auch, wenn der Wurm
Der Schmeichelei mein unbewachtes Herz

Umklammerte – wenn dieses Auge Tränen
Verlernte, die es sonst geweint – dies Ohr
Dem Flehen sich verriegelte, willst du,
Ein schreckenloser Hüter meiner Tugend,
Mich kräftig fassen, meinen Genius
Bei seinem großen Namen rufen?

MARQUIS: Ja.

CARLOS: Und jetzt noch eine Bitte! Nenn mich du.
Ich habe deinesgleichen stets beneidet
Um dieses Vorrecht der Vertraulichkeit.
Dies brüderliche Du betrügt mein Ohr,
Mein Herz mit süßen Ahndungen von Gleichheit.
– Keinen Einwurf – Was du sagen willst, errat ich.
Dir ist es Kleinigkeit, ich weiß – doch mir,
Dem Königssohne, ist es viel. Willst du
Mein Bruder sein?

MARQUIS: Dein Bruder!

CARLOS: Jetzt zum König.
Ich fürchte nichts mehr – Arm in Arm mit dir,
So fodr ich mein Jahrhundert in die Schranken.

Sie gehen ab.

ZWEITER AKT

Im königlichen Palast zu Madrid.

ERSTER AUFTRITT

KÖNIG PHILIPP, *unter einem Thronhimmel.* HERZOG VON ALBA, *in einiger Entfernung von dem König mit bedecktem Haupt.* CARLOS.

CARLOS: Den Vortritt hat das Königreich. Sehr gerne
Steht Carlos dem Minister nach. Er spricht
Für Spanien – ich bin der Sohn des Hauses.

Er tritt mit einer Verbeugung zurück.

PHILIPP: Der Herzog bleibt, und der Infant mag reden.

CARLOS *sich gegen Alba wendend*:
So muß ich denn von Ihrer Großmut, Herzog,
Den König mir als ein Geschenk erbitten.
Ein Kind – Sie wissen ja – kann mancherlei
An seinen Vater auf dem Herzen tragen,

Das nicht für einen Dritten taugt. Der König
Soll Ihnen unbenommen sein – ich will
Den Vater nur für diese kurze Stunde.

PHILIPP: Hier steht sein Freund.

CARLOS: Hab ich es auch verdient
Den meinigen im Herzog zu vermuten?

PHILIPP: Auch je verdienen mögen? – Mir gefallen
Die Söhne nicht, die beßre Wahlen treffen,
Als ihre Väter.

CARLOS: Kann der Ritterstolz
Des Herzogs Alba diesen Auftritt hören?
So wahr ich lebe, den Zudringlichen,
Der zwischen Sohn und Vater, unberufen
Sich einzudrängen nicht errötet, der
In seines Nichts durchbohrendem Gefühle
So dazustehen sich verdammt, möcht ich
Bei Gott – und gält's ein Diadem – nicht spielen.

PHILIPP *verläßt seinen Sitz mit einem zornigen Blick auf den Prinzen*:
Entfernt Euch, Herzog!

Dieser geht nach der Haupttüre, durch welche Carlos gekommen war; der König winkt ihm nach einer andern.

Nein, ins Kabinett,
Bis ich Euch rufe.

Zweiter Auftritt

König Philipp. Don Carlos.

CARLOS *geht, sobald der Herzog das Zimmer verlassen hat, auf den König zu, und fällt vor ihm nieder, im Ausdruck der höchsten Empfindung*: Jetzt mein Vater wieder,
Jetzt wieder mein, und meinen besten Dank
Für diese Gnade – Ihre Hand, mein Vater –
O süßer Tag! – Die Wonne dieses Kusses
War Ihrem Kinde lange nicht gegönnt.
Warum von Ihrem Herzen mich so lange
Verstoßen, Vater? Was hab ich getan?

PHILIPP: Infant, dein Herz weiß nichts von diesen Künsten.
Erspare sie, ich mag sie nicht.

CARLOS *aufstehend*: Das war es!

Da hör ich Ihre Höflinge – Mein Vater!
Es ist nicht gut, bei Gott! nicht alles gut,
Nicht alles, was ein Priester sagt, nicht alles,
Was eines Priesters Kreaturen sagen.
Ich bin nicht schlimm, mein Vater – heißes Blut
Ist meine Bosheit, mein Verbrechen Jugend.
Schlimm bin ich nicht, schlimm wahrlich nicht – wenn auch
Oft wilde Wallungen mein Herz verklagen,
Mein Herz ist gut –

PHILIPP: Dein Herz ist rein, ich weiß es,
Wie dein Gebet.

CARLOS: Jetzt oder nie! – Wir sind allein.
Der Etikette bange Scheidewand
Ist zwischen Sohn und Vater eingesunken.
Jetzt oder nie. Ein Sonnenstrahl der Hoffnung
Glänzt in mir auf, und eine süße Ahndung
Fliegt durch mein Herz – der ganze Himmel beugt
Mit Scharen froher Engel sich herunter,
Voll Rührung sieht der Dreimalheilige
Dem großen, schönen Auftritt zu! – Mein Vater!
Versöhnung! *Er fällt ihm zu Füßen.*

PHILIPP: Laß mich und steh auf!

CARLOS: Versöhnung!

PHILIPP *will sich von ihm losreißen*:
Zu kühn wird mir dies Gaukelspiel –

CARLOS: Zu kühn
Die Liebe deines Kindes?

PHILIPP: Vollends Tränen?
Unwürd'ger Anblick! – Geh aus meinen Augen.

CARLOS: Jetzt oder nie – Versöhnung, Vater!

PHILIPP: Weg
Aus meinen Augen! Komm mit Schmach bedeckt
Aus meinen Schlachten, meine Arme sollen
Geöffnet sein dich zu empfangen – So
Verwerf ich dich! – Die feige Schuld allein
Wird sich in solchen Quellen schimpflich waschen.
Wer zu bereuen nicht errötet, wird
Sich Reue nie ersparen.

CARLOS: Wer ist das?
Durch welchen Mißverstand hat dieser Fremdling
Zu Menschen sich verirrt? – Die ewige

Beglaubigung der Menschheit sind ja Tränen,
Sein Aug ist trocken, ihn gebar kein Weib –
O zwingen Sie die nie benetzten Augen
Noch zeitig Tränen einzulernen, sonst,
Sonst möchten Sie's in einer harten Stunde
Noch nachzuholen haben.

PHILIPP: Denkst du den schweren Zweifel deines Vaters
Mit schönen Worten zu erschüttern?

CARLOS: Zweifel?
Ich will ihn tilgen, diesen Zweifel – will
Mich hängen an das Vaterherz, will reißen,
Will mächtig reißen an dem Vaterherzen,
Bis dieses Zweifels felsenfeste Rinde
Von diesem Herzen niederfällt. – Wer sind sie,
Die mich aus meines Königs Gunst vertrieben?
Was bot der Mönch dem Vater für den Sohn?
Was wird ihm Alba für ein kinderlos
Verscherztes Leben zur Vergütung geben?
Sie wollen Liebe? – Hier in diesem Busen
Springt eine Quelle, frischer, feuriger,
Als in den trüben, sumpfigen Behältern,
Die Philipps Gold erst öffnen muß.

PHILIPP: Vermeßner,
Halt ein! – Die Männer, die du wagst zu schmähn,
Sind die geprüften Diener meiner Wahl,
Und du wirst sie verehren.

CARLOS: Nimmermehr.
Ich fühle mich. Was Ihre Alba leisten,
Das kann auch Karl, und Karl kann mehr. Was fragt
Ein Mietling nach dem Königreich, das nie
Sein eigen sein wird? Was bekümmert's den,
Wenn Philipps graue Haare weiß sich färben?
Ihr Carlos hätte Sie geliebt. – Mir graut
Vor dem Gedanken, einsam und allein,
Auf einem Thron allein zu sein. –

PHILIPP *von diesen Worten ergriffen, steht nachdenkend und in sich gekehrt. Nach einer Pause*: Ich bin allein.

CARLOS *mit Lebhaftigkeit und Wärme auf ihn zugehend*:
Sie sind's gewesen. Hassen Sie mich nicht mehr,
Ich will Sie kindlich, will Sie feurig lieben,
Nur hassen Sie mich nicht mehr. – Wie entzückend

Und süß ist es, in einer schönen Seele
Verherrlicht uns zu fühlen, es zu wissen
Daß unsre Freude fremde Wangen rötet,
Daß unsre Angst in fremden Busen zittert,
Daß unsre Leiden fremde Augen wässern! –
Wie schön ist es und herrlich, Hand in Hand
Mit einem teuern, vielgeliebten Sohn
Der Jugend Rosenbahn zurückzueilen,
Des Lebens Traum noch einmal durchzuträumen!
Wie groß und süß, in seines Kindes Tugend
Unsterblich, unvergänglich fortzudauern,
Wohltätig für Jahrhunderte! – Wie schön
Zu pflanzen, was ein lieber Sohn einst erntet,
Zu sammeln, was ihm wuchern wird, zu ahnden,
Wie hoch sein Dank einst flammen wird! – Mein Vater,
Von diesem Erdenparadiese schwiegen
Sehr weislich Ihre Mönche.

PHILIPP *nicht ohne Rührung*: O mein Sohn,
Mein Sohn! du brichst dir selbst den Stab. Sehr reizend
Malst du ein Glück, das – du mir nie gewährtest.

CARLOS: Das richte der Allwissende! – Sie selbst,
Sie schlossen mich, wie aus dem Vaterherzen,
Von Ihres Zepters Anteil aus. Bis jetzt,
Bis diesen Tag – o war das gut, war's billig? –
Bis jetzt mußt ich, der Erbprinz Spaniens,
In Spanien ein Fremdling sein, Gefangner
Auf diesem Grund, wo ich einst Herr sein werde.
War das gerecht, war's gütig? – O wie oft,
Wie oft, mein Vater, sah ich schamrot nieder,
Wenn die Gesandten fremder Potentaten,
Wenn Zeitungsblätter mir das Neueste
Vom Hofe zu Aranjuez erzählten!

PHILIPP: Zu heftig braust das Blut in deinen Adern.
Du würdest nur zerstören.

CARLOS: Geben Sie
Mir zu zerstören, Vater. – Heftig braust's
In meinen Adern – Dreiundzwanzig Jahre,
Und nichts für die Unsterblichkeit getan!
Ich bin erwacht, ich fühle mich. – Mein Ruf
Zum Königsthron pocht wie ein Gläubiger
Aus meinem Schlummer mich empor, und alle

Verlorne Stunden meiner Jugend mahnen
Mich laut wie Ehrenschulden. Er ist da,
Der große schöne Augenblick, der endlich
Des hohen Pfundes Zinsen von mir fodert:
Mich ruft die Weltgeschichte, Ahnenruhm,
Und des Gerüchtes donnernde Posaune.
Nun ist die Zeit gekommen, mir des Ruhmes
Glorreiche Schranken aufzutun. – Mein König,
Darf ich die Bitte auszusprechen wagen,
Die mich hierher geführt?

PHILIPP: Noch eine Bitte?
Entdecke sie.

CARLOS: Der Aufruhr in Brabant
Wächst drohend an. Der Starrsinn der Rebellen
Heischt starke, kluge Gegenwehr. Die Wut
Der Schwärmer zu bezähmen, soll der Herzog
Ein Heer nach Flandern führen, von dem König
Mit souveräner Vollmacht ausgestattet.
Wie ehrenvoll ist dieses Amt, wie ganz
Dazu geeignet, Ihren Sohn im Tempel
Des Ruhmes einzuführen! – Mir, mein König,
Mir übergeben Sie das Heer. Mich lieben
Die Niederländer, ich erkühne mich
Mein Blut für ihre Treue zu verbürgen.

PHILIPP: Du redest wie ein Träumender. Dies Amt
Will einen Mann und keinen Jüngling –

CARLOS: Will
Nur einen Menschen, Vater, und das ist
Das einzige, was Alba nie gewesen.

PHILIPP: Und Schrecken bändigt die Empörung nur.
Erbarmung hieße Wahnsinn. – Deine Seele
Ist weich, mein Sohn, der Herzog wird gefürchtet –
Steh ab von deiner Bitte.

CARLOS: Schicken Sie
Mich mit dem Heer nach Flandern, wagen Sie's
Auf meine weiche Seele. Schon der Name
Des königlichen Sohnes, der voraus
Vor meinen Fahnen fliegen wird, erobert,
Wo Herzog Albas Henker nur verheeren.
Auf meinen Knieen bitt ich drum. Es ist
Die erste Bitte meines Lebens – Vater,

Vertrauen Sie mir Flandern –

PHILIPP *den Infanten mit einem durchdringenden Blick betrachtend:*
Und zugleich
Mein bestes Kriegsheer deiner Herrschbegierde?
Das Messer meinem Mörder?

CARLOS: O mein Gott!
Bin ich nicht weiter, und ist das die Frucht
Von dieser längst erbetnen großen Stunde?
Nach einigem Nachdenken, mit gemildertem Ernst:
Antworten Sie mir sanfter. Schicken Sie
Mich so nicht weg. Mit dieser übeln Antwort
Möcht ich nicht gern entlassen sein, nicht gern
Entlassen sein mit diesem schweren Herzen.
Behandeln Sie mich gnädiger. Es ist
Mein dringendes Bedürfnis, ist mein letzter,
Verzweifelter Versuch – ich kann's nicht fassen,
Nicht standhaft tragen wie ein Mann, daß Sie
Mir alles, alles, alles so verweigern. –
Jetzt lassen Sie mich von sich. Unerhört,
Von tausend süßen Ahndungen betrogen,
Geh ich aus Ihrem Angesicht. – Ihr Alba
Und Ihr Domingo werden siegreich thronen,
Wo jetzt Ihr Kind im Staub geweint. Die Schar
Der Höflinge, die bebende Grandezza,
Der Mönche sünderbleiche Zunft war Zeuge,
Als Sie mir feierlich Gehör geschenkt.
Beschämen Sie mich nicht! So tödlich, Vater,
Verwunden Sie mich nicht, dem frechen Hohn
Des Hofgesindes schimpflich mich zu opfern,
Daß Fremdlinge von Ihrer Gnade schwelgen,
Ihr Carlos nichts erbitten kann. Zum Pfande
Daß Sie mich ehren wollen, schicken Sie
Mich mit dem Heer nach Flandern.

PHILIPP: Wiederhole
Dies Wort nicht mehr, bei deines Königs Zorn.

CARLOS: Ich wage meines Königs Zorn, und bitte
Zum letztenmal – vertrauen Sie mir Flandern.
Ich soll und muß aus Spanien. Mein Hiersein
Ist Atemholen unter Henkershand –
Schwer liegt der Himmel zu Madrid auf mir,
Wie das Bewußtsein eines Mords. Nur schnelle

Veränderung des Himmels kann mich heilen.
Wenn Sie mich retten wollen – schicken Sie
Mich ungesäumt nach Flandern.
PHILIPP *mit erzwungener Gelassenheit*: Solche Kranke
Wie du, mein Sohn, verlangen gute Pflege,
Und wohnen unterm Aug des Arzts. Du bleibst
In Spanien; der Herzog geht nach Flandern.
CARLOS *außer sich*: O jetzt umringt mich, gute Geister –
PHILIPP *der einen Schritt zurücktritt*: Halt!
Was wollen diese Mienen sagen?
CARLOS *mit schwankender Stimme*: Vater,
Unwiderruflich bleibt's bei der Entscheidung?
PHILIPP: Sie kam vom König.
CARLOS: Mein Geschäft ist aus.
Geht ab in heftiger Bewegung.

Dritter Auftritt

PHILIPP *bleibt eine Zeitlang in düstres Nachdenken versunken stehen – endlich geht er einige Schritte im Saale auf und nieder.* ALBA *nähert sich verlegen.*

PHILIPP: Seid jede Stunde des Befehls gewärtig,
Nach Brüssel abzugehen.
ALBA: Alles steht
Bereit, mein König.
PHILIPP: Eure Vollmacht liegt
Versiegelt schon im Kabinett. Indessen
Nehmt Euren Urlaub von der Königin,
Und zeiget Euch zum Abschied dem Infanten.
ALBA: Mit den Gebärden eines Wütenden
Sah ich ihn eben diesen Saal verlassen.
Auch Eure königliche Majestät
Sind außer sich und scheinen tief bewegt –
Vielleicht der Inhalt des Gesprächs?
PHILIPP *nach einigem Auf- und Niedergehen*:
Der Inhalt
War Herzog Alba.
Der König bleibt mit dem Aug auf ihm haften, finster.
– Gerne mag ich hören,
Daß Carlos meine Räte haßt, doch mit

Verdruß entdeck ich, daß er sie verachtet.
ALBA *entfärbt sich und will auffahren.*
PHILIPP: Jetzt keine Antwort. Ich erlaube Euch
Den Prinzen zu versöhnen.
ALBA: Sire!
PHILIPP: Sagt an,
Wer war es doch, der mich zum erstenmal
Vor meines Sohnes schwarzem Anschlag warnte?
Da hört ich Euch und nicht auch ihn. Ich will
Die Probe wagen, Herzog. Künftighin
Steht Carlos meinem Throne näher. Geht.
Der König begibt sich in das Kabinett. Der Herzog entfernt sich durch eine andere Türe.

Ein Vorsaal vor dem Zimmer der Königin.

VIERTER AUFTRITT

DON CARLOS *kommt im Gespräche mit einem* PAGEN *durch die Mitteltüre. Die Hofleute, welche sich im Vorsaal befinden, zerstreuen sich bei seiner Ankunft in den angrenzenden Zimmern.*

CARLOS: Ein Brief an mich? – Wozu denn dieser Schlüssel?
Und beides mir so heimlich überliefert?
Komm näher. – Wo empfingst du das?
PAGE *geheimnisvoll*: Wie mich
Die Dame merken lassen, will sie lieber
Erraten als beschrieben sein –
CARLOS *zurückfahrend*: Die Dame?
Indem er den Pagen genauer betrachtet:
Was? – Wie? – Wer bist du denn?
PAGE: Ein Edelknabe
Von Ihrer Majestät der Königin –
CARLOS *erschrocken auf ihn zugehend, und ihm die Hand auf den Mund drückend*: Du bist des Todes. Halt! Ich weiß genug.
Er reißt hastig das Siegel auf, und tritt an das äußerste Ende des Saals, den Brief zu lesen. Unterdessen kommt der Herzog von Alba, und geht, ohne von dem Prinzen bemerkt zu werden, an ihm vorbei in der Königin Zimmer. Carlos fängt an heftig zu zittern, und wechselsweise zu erblassen und zu erröten. Nachdem er gelesen hat, steht er lange sprachlos, die Augen starr auf den Brief geheftet. – Endlich wendet er sich zu dem Pagen: Sie gab dir selbst den Brief?

PAGE: Mit eignen Händen.
CARLOS: Sie gab dir selbst den Brief? – O spotte nicht!
Noch hab ich nichts von ihrer Hand gelesen,
Ich muß dir glauben, wenn du schwören kannst.
Wenn's Lüge war, gesteh mir's offenherzig,
Und treibe keinen Spott mit mir.
PAGE: Mit wem?
CARLOS *sieht wieder in den Brief, und betrachtet den Pagen mit zweifelhafter forschender Miene. Nachdem er einen Gang durch den Saal gemacht hat*:
Du hast noch Eltern? Ja? Dein Vater dient
Dem Könige, und ist ein Kind des Landes?
PAGE: Er fiel bei Saint Quentin, ein Oberster
Der Reiterei des Herzogs von Savoyen,
Und hieß Alonzo Graf von Henarez.
CARLOS *indem er ihn bei der Hand nimmt und die Augen bedeutend auf ihn heftet*:
Den Brief gab dir der König?
PAGE *empfindlich*: Gnäd'ger Prinz,
Verdien ich diesen Argwohn?
CARLOS *liest den Brief*: „Dieser Schlüssel öffnet
Die hintern Zimmer im Pavillon
Der Königin. Das äußerste von allen
Stößt seitwärts an ein Kabinett, wohin
Noch keines Horchers Fußtritt sich verloren.
Hier darf die Liebe frei und laut gestehn,
Was sie so lange Winken nur vertraute.
Erhörung wartet auf den Furchtsamen,
Und schöner Lohn auf den bescheidnen Dulder."
Wie aus einer Betäubung erwachend.
Ich träume nicht – ich rase nicht – das ist
Mein rechter Arm – das ist mein Schwert – das sind
Geschriebne Silben. Es ist wahr und wirklich.
Ich bin geliebt – ich bin es – ja ich bin,
Ich bin geliebt!
Außer Fassung durchs Zimmer stürzend und die Arme zum Himmel emporgeworfen.
PAGE: So kommen Sie, mein Prinz, ich führe Sie.
CARLOS: Erst laß mich zu mir selber kommen. – Zittern
Nicht alle Schrecken dieses Glücks noch in mir?

Hab ich so stolz gehofft? Hab ich das je
Zu träumen mir getraut? Wo ist der Mensch,
Der sich so schnell gewöhnte Gott zu sein? –
Wer war ich, und wer bin ich nun? Das ist
Ein andrer Himmel, eine andre Sonne,
Als vorhin dagewesen war – Sie liebt mich!

PAGE *will ihn fortführen*:
Prinz, Prinz, hier ist der Ort nicht – Sie vergessen –

CARLOS *von einer plötzlichen Erstarrung ergriffen*:
Den König, meinen Vater!

Er läßt die Arme sinken, blickt scheu umher und fängt an sich zu sammeln.

Das ist schrecklich –
Ja ganz recht, Freund. Ich danke dir, ich war
Soeben nicht ganz bei mir. – Daß ich das
Verschweigen soll, der Seligkeit so viel
In diese Brust vermauern soll, ist schrecklich.

Den Pagen bei der Hand fassend und beiseite führend:
Was du gesehn – hörst du? – und nicht gesehen,
Sei wie ein Sarg in deiner Brust versunken.
Jetzt geh. Ich will mich finden. Geh. Man darf
Uns hier nicht treffen. Geh –

PAGE *will fort.*

CARLOS: Doch halt! doch höre! –

Der Page kommt zurück. Carlos legt ihm eine Hand auf die Schulter, und sieht ihm ernst und feierlich ins Gesicht.

Du nimmst ein schreckliches Geheimnis mit,
Das, jenen starken Giften gleich, die Schale,
Worin es aufgefangen wird, zersprengt –
Beherrsche deine Mienen gut. Dein Kopf
Erfahre niemals was dein Busen hütet.
Sei wie das tote Sprachrohr, das den Schall
Empfängt und wiedergibt, und selbst nicht höret.
Du bist ein Knabe – sei es immerhin
Und fahre fort, den Fröhlichen zu spielen –
Wie gut verstund's die kluge Schreiberin,
Der Liebe einen Boten auszulesen!
Hier sucht der König seine Nattern nicht.

PAGE: Und ich, mein Prinz, ich werde stolz drauf sein,
Um ein Geheimnis reicher mich zu wissen,
Als selbst der König –

CARLOS: Eitler junger Tor,
Das ist's, wovor du zittern mußt. – Geschieht's,
Daß wir uns öffentlich begegnen, schüchtern,
Mit Unterwerfung nahst du mir. Laß nie
Die Eitelkeit zu Winken dich verführen,
Wie gnädig der Infant dir sei. Du kannst
Nicht schwerer sündigen, mein Sohn, als wenn
Du mir gefällst. – Was du mir künftig magst
Zu hinterbringen haben, sprich es nie
Mit Silben aus, vertrau es nie den Lippen;
Den allgemeinen Fahrweg der Gedanken
Betrete deine Zeitung nicht. Du sprichst
Mit deinen Wimpern, deinem Zeigefinger,
Ich höre dir mit Blicken zu. Die Luft,
Das Licht um uns ist Philipps Kreatur;
Die tauben Wände stehn in seinem Solde –
Man kommt –

Das Zimmer der Königin öffnet sich, und der Herzog von Alba tritt heraus.

Hinweg! auf Wiedersehen!

PAGE: Prinz,
Daß Sie das rechte Zimmer nur nicht fehlen! *Ab.*

CARLOS: Es ist der Herzog – Nein doch, nein, schon gut,
Ich finde mich.

Fünfter Auftritt

Don Carlos. Herzog von Alba.

ALBA *ihm in den Weg tretend:*
Zwei Worte, gnäd'ger Prinz.

CARLOS: Ganz recht – schon gut – ein andermal. *Er will gehen.*

ALBA: Der Ort
Scheint freilich nicht der schicklichste. Vielleicht
Gefällt es Eurer Königlichen Hoheit
Auf Ihrem Zimmer mir Gehör zu geben?

CARLOS: Wozu? Das kann hier auch geschehn. – Nur schnell,
Nur kurz –

ALBA: Was eigentlich hierher mich führt,
Ist, Eurer Hoheit untertän'gen Dank
Für das Bewußte abzutragen –

CARLOS: Dank?
Mir Dank? Wofür? – Und Dank von Herzog Alba?
ALBA: Denn kaum daß Sie das Zimmer des Monarchen
Verlassen hatten, ward mir angekündigt
Nach Brüssel abzugehen.
CARLOS: Brüssel! So!
ALBA: Wem sonst, mein Prinz, als Ihrer gnädigen
Verwendung bei des Königs Majestät
Kann ich es zuzuschreiben haben? –
CARLOS: Mir?
Mir ganz und gar nicht – mir wahrhaftig nicht.
Sie reisen – reisen Sie mit Gott!
ALBA: Sonst nichts?
Das nimmt mich wunder. – Eure Hoheit hätten
Mir weiter nichts nach Flandern aufzutragen?
CARLOS: Was sonst? was dort?
ALBA: Doch schien es noch vor kurzem,
Als forderte das Schicksal dieser Länder
Don Carlos' eigne Gegenwart.
CARLOS: Wieso?
Doch ja – ja recht – das war vorhin – das ist
Auch so ganz gut, recht gut, um so viel besser –
ALBA: Ich höre mit Verwunderung –
CARLOS *nicht mit Ironie*: Sie sind
Ein großer General – wer weiß das nicht?
Der Neid muß es beschwören. Ich – ich bin
Ein junger Mensch. So hat es auch der König
Gemeint. Der König hat ganz recht, ganz recht.
Ich seh's jetzt ein, ich bin vergnügt, und also
Genug davon. Glück auf den Weg. Ich kann
Jetzt, wie Sie sehen, schlechterdings – ich bin
Soeben etwas überhäuft – das Weitere
Auf morgen, oder wenn Sie wollen, oder
Wenn Sie von Brüssel wiederkommen –
ALBA: Wie?
CARLOS *nach einigem Stillschweigen, wie er sieht daß der Herzog noch immer bleibt*:
Sie nehmen gute Jahrszeit mit. – Die Reise
Geht über Mailand, Lothringen, Burgund
Und Deutschland – Deutschland? – Recht, in Deutschland
Da kennt man Sie! – Wir haben jetzt April; [war es!

Mai – Junius – im Julius, ganz recht,
Und spätestens zu Anfang des Augusts
Sind Sie in Brüssel. O ich zweifle nicht,
Man wird sehr bald von Ihren Siegen hören.
Sie werden unsers gnädigsten Vertrauens
Sich wert zu machen wissen.

ALBA *mit Bedeutung*: Werd ich das,
In meines Nichts durchbohrendem Gefühle?

CARLOS *nach einigem Stillschweigen, mit Würde und Stolz*:
Sie sind empfindlich, Herzog – und mit Recht.
Es war, ich muß bekennen, wenig Schonung
Von meiner Seite, Waffen gegen Sie
Zu führen, die Sie nicht imstande sind
Mir zu erwidern.

ALBA: Nicht imstande? –

CARLOS *ihm lächelnd die Hand reichend*: Schade,
Daß mir's gerade jetzt an Zeit gebricht,
Den würd'gen Kampf mit Alba auszufechten.
Ein andermal –

ALBA: Prinz, wir verrechnen uns
Auf ganz verschiedne Weise. Sie zum Beispiel,
Sie sehen sich um zwanzig Jahre später,
Ich Sie um ebensoviel früher.

CARLOS: Nun?

ALBA: Und dabei fällt mir ein, wie viele Nächte
Bei seiner schönen portugiesischen
Gemahlin, Ihrer Mutter, der Monarch
Wohl drum gegeben hätte, einen Arm
Wie diesen seiner Krone zu erkaufen?
Ihm mocht es wohl bekannt sein, wieviel leichter
Die Sache sei, Monarchen fortzupflanzen,
Als Monarchieen – wieviel schneller man
Die Welt mit einem Könige versorge,
Als Könige mit einer Welt.

CARLOS: Sehr wahr!
Doch, Herzog Alba? doch –

ALBA: Und wieviel Blut,
Blut Ihres Volkes fließen mußte, bis
Zwei Tropfen Sie zum König machen konnten.

CARLOS: Sehr wahr, bei Gott – und in zwei Worte alles
Gepreßt, was des Verdienstes Stolz dem Stolze

Des Glücks entgegensetzen kann – Doch nun
Die Anwendung? doch, Herzog Alba?
ALBA: Wehe
Dem zarten Wiegenkinde Majestät,
Das seiner Amme spotten kann! Wie sanft
Mag's auf dem weichen Küssen unsrer Siege
Sich schlafen lassen! An der Krone funkeln
Die Perlen nur, und freilich nicht die Wunden,
Mit denen sie errungen ward. – Dies Schwert
Schrieb fremden Völkern spanische Gesetze,
Es blitzte dem Gekreuzigten voran,
Und zeichnete dem Samenkorn des Glaubens
Auf diesem Weltteil blut'ge Furchen vor:
Gott richtete im Himmel, ich auf Erden –
CARLOS: Gott oder Teufel, gilt gleich viel! Sie waren
Sein rechter Arm. Ich weiß das wohl – und jetzt
Nichts mehr davon. Ich bitte. Vor gewissen
Erinnerungen möcht ich gern mich hüten. –
Ich ehre meines Vaters Wahl. Mein Vater
Braucht einen Alba; daß er diesen braucht,
Das ist es nicht, warum ich ihn beneide.
Sie sind ein großer Mann – Auch das mag sein;
Ich glaub es fast. Nur fürcht ich, kamen Sie
Um wenige Jahrtausende zu zeitig.
Ein Alba, sollt ich meinen, war der Mann,
Am Ende aller Tage zu erscheinen!
Dann, wann des Lasters Riesentrotz die Langmut
Des Himmels aufgezehrt, die reiche Ernte
Der Missetat in vollen Halmen steht,
Und einen Schnitter sonder Beispiel fordert,
Dann stehen Sie an Ihrem Platz. – O Gott,
Mein Paradies! mein Flandern! – Doch ich soll
Es jetzt nicht denken. Still davon. Man spricht,
Sie führten einen Vorrat Blutsentenzen,
Im voraus unterzeichnet, mit? Die Vorsicht
Ist lobenswert. So braucht man sich vor keiner
Schikane mehr zu fürchten. – O mein Vater,
Wie schlecht verstand ich deine Meinung! Härte
Gab ich dir schuld, weil du mir ein Geschäft
Verweigertest, wo deine Alba glänzen? –
Es war der Anfang deiner Achtung.

ALBA: Prinz,
Dies Wort verdiente –

CARLOS *auffahrend*: Was?

ALBA: Doch davor schützt Sie
Der Königssohn.

CARLOS *nach dem Schwert greifend*:
Das fodert Blut! – Das Schwert
Gezogen, Herzog!

ALBA *kalt*: Gegen wen?

CARLOS *heftig auf ihn eindringend*: Das Schwert
Gezogen, ich durchstoße Sie.

ALBA *zieht*: Wenn es
Denn sein muß –

Sie fechten.

Sechster Auftritt

Die Königin. Don Carlos. Herzog von Alba.

KÖNIGIN *welche erschrocken aus ihrem Zimmer tritt*:
Bloße Schwerter!
Zum Prinzen, unwillig und mit gebietender Stimme:
Carlos!

CARLOS *vom Anblick der Königin außer sich gesetzt, läßt den Arm sinken, steht ohne Bewegung und sinnlos, dann eilt er auf den Herzog zu, und küßt ihn*: Versöhnung, Herzog! Alles sei vergeben!
Er wirft sich stumm zu der Königin Füßen, steht dann rasch auf, und eilt außer Fassung fort.

ALBA *der voll Erstaunen dasteht, und kein Auge von ihnen verwendet*:
Bei Gott, das ist doch seltsam! –

KÖNIGIN *steht einige Augenblicke beunruhigt und zweifelhaft, dann geht sie langsam nach ihrem Zimmer, an der Türe dreht sie sich um*:
Herzog Alba!
Der Herzog folgt ihr in das Zimmer.

Ein Kabinett der Prinzessin von Eboli.

Siebenter Auftritt

Die Prinzessin *in einem idealischen Geschmack, schön, aber einfach gekleidet, spielt die Laute und singt. Darauf* der Page *der Königin.*

PRINZESSIN *springt schnell auf*:
Er kommt!
PAGE *eilfertig*: Sind Sie allein? Mich wundert sehr
Ihn noch nicht hier zu finden; doch er muß
Im Augenblick erscheinen.
PRINZESSIN: Muß er? Nun
So will er auch – so ist es ja entschieden –
PAGE: Er folgt mir auf den Fersen. – Gnäd'ge Fürstin,
Sie sind geliebt – geliebt, geliebt wie Sie
Kann niemand sein und niemand sein gewesen.
Welch eine Szene sah ich an!
PRINZESSIN *zieht ihn voll Ungeduld an sich*:
Geschwind!
Du sprachst mit ihm? Heraus damit! Was sprach er?
Wie nahm er sich? Was waren seine Worte?
Er schien verlegen, schien bestürzt? Erriet
Er die Person, die ihm den Schlüssel schickte?
Geschwinde – Oder riet er nicht? Er riet
Wohl gar nicht? riet auf eine falsche? – Nun?
Antwortest du mir denn kein Wort? O pfui,
Pfui schäme dich: so hölzern bist du nie,
So unerträglich langsam nie gewesen.
PAGE: Kann ich zu Worte kommen, Gnädigste?
Ich übergab ihm Schlüssel und Billett
Im Vorsaal bei der Königin. Er stutzte
Und sah mich an, da mir das Wort entwischte,
Ein Frauenzimmer sende mich.
PRINZESSIN: Er stutzte?
Sehr gut! sehr brav! Nur fort, erzähle weiter.
PAGE: Ich wollte mehr noch sagen, da erblaßt' er,
Und riß den Brief mir aus der Hand, und sah
Mich drohend an, und sagt', er wisse alles.
Den Brief durchlas er mit Bestürzung, fing
Auf einmal an zu zittern.
PRINZESSIN: Wisse alles?
Er wisse alles? Sagt' er das?
PAGE: Und fragte
Mich dreimal, viermal, ob Sie selber, wirklich
Sie selber mir den Brief gegeben?
PRINZESSIN: Ob
Ich selbst? Und also nannt er meinen Namen?

PAGE: Den Namen – nein, den nannt er nicht. – Es möchten
Kundschafter, sagt' er, in der Gegend horchen,
Und es dem König plaudern.
PRINZESSIN *befremdet*: Sagt' er das?
PAGE: Dem König, sagt' er, liege ganz erstaunlich,
Gar mächtig viel daran, besonders viel,
Von diesem Briefe Kundschaft zu erhalten.
PRINZESSIN: Dem König? Hast du recht gehört? Dem König?
War das der Ausdruck, den er brauchte?
PAGE: Ja!
Er nannt es ein gefährliches Geheimnis,
Und warnte mich, mit Worten und mit Winken
Gar sehr auf meiner Hut zu sein, daß ja
Der König keinen Argwohn schöpfe.
PRINZESSIN *nach einigem Nachsinnen, voll Verwunderung*:
Alles
Trifft zu. – Es kann nicht anders sein – er muß
Um die Geschichte wissen. – Unbegreiflich!
Wer mag ihm wohl verraten haben? – Wer?
Ich frage noch – Wer sieht so scharf, so tief,
Wer anders, als der Falkenblick der Liebe?
Doch weiter, fahre weiter fort: er las
Das Billett –
PAGE: Das Billett enthalte
Ein Glück, sagt' er, vor dem er zittern müsse;
Das hab er nie zu träumen sich getraut.
Zum Unglück trat der Herzog in den Saal,
Dies zwang uns –
PRINZESSIN *ärgerlich*: Aber was in aller Welt
Hat jetzt der Herzog dort zu tun? Wo aber,
Wo bleibt er denn? Was zögert er? Warum
Erscheint er nicht? – Siehst du, wie falsch man dich
Berichtet hat? Wie glücklich wär er schon
In so viel Zeit gewesen, als du brauchtest,
Mir zu erzählen, daß er's werden wollte!
PAGE: Der Herzog, fürcht ich –
PRINZESSIN: Wiederum der Herzog?
Was will der hier? Was hat der tapfre Mann
Mit meiner stillen Seligkeit zu schaffen?
Den könnt er stehenlassen, weiterschicken,
Wen auf der Welt kann man das nicht? – O wahrlich!

Dein Prinz versteht sich auf die Liebe selbst
So schlecht, als, wie es schien, auf Damenherzen.
Er weiß nicht was Minuten sind – Still! Still!
Ich höre kommen. Fort. Es ist der Prinz.
Page eilt hinaus.
Hinweg, hinweg. – Wo hab ich meine Laute?
Er soll mich überraschen. – Mein Gesang
Soll ihm das Zeichen geben –

Achter Auftritt

Die Prinzessin *und bald nachher* Don Carlos.

PRINZESSIN *hat sich in eine Ottomane geworfen, und spielt.*
CARLOS *stürzt herein. Er erkennt die Prinzessin, und steht da, wie vom Donner gerührt:* Gott!
Wo bin ich?
PRINZESSIN *läßt die Laute fallen. Ihm entgegen:*
Ah Prinz Carlos? Ja wahrhaftig!
CARLOS: Wo bin ich? Rasender Betrug – ich habe
Das rechte Kabinett verfehlt.
PRINZESSIN: Wie gut
Versteht es Karl, die Zimmer sich zu merken,
Wo Damen ohne Zeugen sind.
CARLOS: Prinzessin –
Verzeihen Sie, Prinzessin – ich – ich fand
Den Vorsaal offen.
PRINZESSIN: Kann das möglich sein?
Mich deucht ja doch, daß ich ihn selbst verschloß.
CARLOS: Das deucht Sie nur, das deucht Sie – doch versichert!
Sie irren Sich. Verschließen wollen, ja,
Das geb ich zu, das glaub ich – doch verschlossen?
Verschlossen nicht, wahrhaftig nicht. Ich höre
Auf einer – Laute jemand spielen – War's
Nicht eine Laute? *Indem er sich zweifelhaft umsieht.*
Recht! dort liegt sie noch –
Und Laute – das weiß Gott im Himmel! – Laute,
Die lieb ich bis zur Raserei. Ich bin
Ganz Ohr, ich weiß nichts von mir selber, stürze
Ins Kabinett, der süßen Künstlerin,

Die mich so himmlisch rührte, mich so mächtig
Bezauberte, ins schöne Aug zu sehen.
PRINZESSIN: Ein liebenswürd'ger Vorwitz, den Sie doch
Sehr bald gestillt, wie ich beweisen könnte.
Nach einigem Stillschweigen mit Bedeutung:
O schätzen muß ich den bescheidnen Mann,
Der, einem Weib Beschämung zu ersparen,
In solchen Lügen sich verstrickt.
CARLOS *treuherzig*: Prinzessin,
Ich fühle selber, daß ich nur verschlimmre,
Wo ich verbessern will. Erlassen Sie
Mir eine Rolle, die ich durchzuführen
So ganz und gar verdorben bin. Sie suchten
Auf diesem Zimmer Zuflucht vor der Welt.
Hier wollten Sie, von Menschen unbehorcht,
Den stillen Wünschen Ihres Herzens leben.
Ich Sohn des Unglücks zeige mich; sogleich
Ist dieser schöne Traum gestört. – Dafür
Soll mich die schleunigste Entfernung – *Er will gehen.*
PRINZESSIN *überrascht und betroffen, doch sogleich wieder gefaßt*:
Prinz –
O das war boshaft.
CARLOS: Fürstin – ich verstehe,
Was dieser Blick in diesem Kabinett
Bedeuten soll, und diese tugendhafte
Verlegenheit verehr ich. Weh dem Manne,
Den weibliches Erröten mutig macht!
Ich bin verzagt, wenn Weiber vor mir zittern.
PRINZESSIN: Ist's möglich? – Ein Gewissen ohne Beispiel
Für einen jungen Mann und Königssohn!
Ja, Prinz – jetzt vollends müssen Sie mir bleiben,
Jetzt bitt ich selbst darum: bei so viel Tugend
Erholt sich jedes Mädchens Angst. Doch wissen Sie,
Daß Ihre plötzliche Erscheinung mich
Bei meiner liebsten Arie erschreckte?
Sie führt ihn zum Sofa, und nimmt ihre Laute wieder.
Die Arie, Prinz Carlos, werd ich wohl
Noch einmal spielen müssen, Ihre Strafe
Soll sein, mir zuzuhören.
CARLOS *er setzt sich, nicht ganz ohne Zwang, neben die Fürstin*:
Eine Strafe,

So wünschenswert, als mein Vergehn – und wahrlich,
Der Inhalt war mir so willkommen, war
So göttlich schön, daß ich zum – drittenmal
Sie hören könnte.

PRINZESSIN: Was? Sie haben alles
Gehört? Das ist abscheulich, Prinz. – Es war,
Ich glaube gar, die Rede von der Liebe?

CARLOS: Und, irr ich nicht, von einer glücklichen –
Der schönste Text in diesem schönen Munde;
Doch freilich nicht so wahr gesagt, als schön.

PRINZESSIN: Nicht? Nicht so wahr? – Und also zweifeln [Sie? –

CARLOS *ernsthaft*: Ich zweifle fast, ob Carlos und die Fürstin
Von Eboli sich je verstehen können,
Wenn Liebe abgehandelt wird.

Die Prinzessin stutzt: er bemerkt es, und fährt mit einer leichten Galanterie fort:

Denn wer,
Wer wird es diesen Rosenwangen glauben,
Daß Leidenschaft in dieser Brust gewühlt?
Läuft eine Fürstin Eboli Gefahr,
Umsonst und unerhört zu seufzen? Liebe
Kennt der allein, der ohne Hoffnung liebt.

PRINZESSIN *mit ihrer ganzen vorigen Munterkeit*:
O still! Das klingt ja fürchterlich. – Und freilich
Scheint dieses Schicksal Sie vor allen andern,
Und vollends heute – heute zu verfolgen.

Ihn bei der Hand fassend, mit einschmeichelndem Interesse.

Sie sind nicht fröhlich, guter Prinz. – Sie leiden –
Bei Gott, Sie leiden ja wohl gar. Ist's möglich?
Und warum leiden, Prinz? bei diesem lauten
Berufe zum Genuß der Welt, bei allen
Geschenken der verschwendrischen Natur,
Und allem Anspruch auf des Lebens Freuden?
Sie – eines großen Königs Sohn, und mehr,
Weit mehr als das, schon in der Fürstenwiege
Mit Gaben ausgestattet, die sogar
Auch Ihres Ranges Sonnenglanz verdunkeln?
Sie – der im ganzen strengen Rat der Weiber
Bestochne Richter sitzen hat, der Weiber,
Die über Männerwert und Männerruhm

Ausschließend ohne Widerspruch entscheiden?
Der, wo er nur bemerkte, schon erobert,
Entzündet, wo er kalt geblieben, wo
Er glühen will, mit Paradiesen spielen
Und Götterglück verschenken muß – Der Mann,
Den die Natur zum Glück von Tausenden
Und wenigen mit gleichen Gaben schmückte,
Er selber sollte elend sein? – O Himmel,
Der du ihm alles, alles gabst, warum,
Warum denn nur die Augen ihm versagen,
Womit er seine Siege sieht?

CARLOS *der die ganze Zeit über in die tiefste Zerstreuung versunken war, wird durch das Stillschweigen der Prinzessin plötzlich zu sich selbst gebracht, und fährt in die Höhe*: Vortrefflich!
Ganz unvergleichlich, Fürstin. Singen Sie
Mir diese Stelle doch noch einmal.

PRINZESSIN *sieht ihn erstaunt an*: Carlos,
Wo waren Sie indessen?

CARLOS *springt auf*: Ja bei Gott!
Sie mahnen mich zur rechten Zeit. – Ich muß,
Muß fort – muß eilends fort.

PRINZESSIN *hält ihn zurück*: Wohin?

CARLOS *in schrecklicher Beängstigung*: Hinunter
Ins Freie. – Lassen Sie mich los – Prinzessin,
Mir wird, als rauchte hinter mir die Welt
In Flammen auf –

PRINZESSIN *hält ihn mit Gewalt zurück*:
Was haben Sie? Woher
Dies fremde unnatürliche Betragen?

Carlos bleibt stehen, und wird nachdenkend. Sie ergreift diesen Augenblick, ihn zu sich auf den Sofa zu ziehen.

Sie brauchen Ruhe, lieber Karl – Ihr Blut
Ist jetzt in Aufruhr – setzen Sie sich zu mir –
Weg mit den schwarzen Fieberphantasien!
Wenn Sie sich selber offenherzig fragen,
Weiß dieser Kopf, was dieses Herz beschwert?
Und wenn er's nun auch wüßte – sollte denn
Von allen Rittern dieses Hofs nicht einer,
Von allen Damen keine – Sie zu heilen,
Sie zu verstehen, wollt ich sagen – keine
Von allen würdig sein?

CARLOS *flüchtig, gedankenlos*: Vielleicht die Fürstin
Von Eboli –
PRINZESSIN *freudig, rasch*:
Wahrhaftig?
CARLOS: Geben Sie
Mir eine Bittschrift – ein Empfehlungsschreiben
An meinen Vater. Geben Sie! Man spricht,
Sie gelten viel.
PRINZESSIN: Wer spricht das? (Ha! so war es
Der Argwohn, der dich stumm gemacht!)
CARLOS: Wahrscheinlich
Ist die Geschichte schon herum. Ich habe
Den schnellen Einfall nach Brabant zu gehn,
Um – bloß um meine Sporen zu verdienen.
Das will mein Vater nicht. – Der gute Vater
Besorgt, wenn ich Armeen kommandierte –
Mein Singen könnte drunter leiden.
PRINZESSIN: Carlos!
Sie spielen falsch. Gestehen Sie, Sie wollen
In dieser Schlangenwindung mir entgehn.
Hieher gesehen, Heuchler. Aug in Auge.
Wer nur von Rittertaten träumt – wird der,
Gestehen Sie, – wird der auch wohl so tief
Herab sich lassen, Bänder, die den Damen
Entfallen sind, begierig wegzustehlen,
Und – Sie verzeihn –
Indem sie mit einer leichten Fingerbewegung seine Hemdkrause wegschnellt, und eine Bandschleife, die da verborgen war, wegnimmt.
so kostbar zu verwahren?
CARLOS *mit Befremdung zurücktretend*:
Prinzessin – Nein, das geht zu weit. – Ich bin
Verraten. Sie betrügt man nicht. – Sie sind
Mit Geistern, mit Dämonen einverstanden.
PRINZESSIN: Darüber scheinen Sie erstaunt? Darüber?
Was soll die Wette gelten, Prinz, ich rufe
Geschichten in Ihr Herz zurück, Geschichten –
Versuchen Sie es; fragen Sie mich aus.
Wenn selbst der Laune Gaukelein, ein Laut
Verstümmelt in die Luft gehaucht, ein Lächeln
Von schnellem Ernste wieder ausgelöscht,
Wenn selber schon Erscheinungen, Gebärden,

Wo Ihre Seele ferne war, mir nicht
Entgangen sind, urteilen Sie, ob ich
Verstand, wo Sie verstanden werden wollten?

CARLOS: Nun das ist wahrlich viel gewagt. – Die Wette
Soll gelten, Fürstin. Sie versprechen mir
Entdeckungen in meinem eignen Herzen,
Um die ich selber nie gewußt.

PRINZESSIN *etwas empfindlich und ernsthaft*:
Nie, Prinz?
Besinnen Sie sich besser. Sehn Sie um sich. –
Dies Kabinett ist keines von den Zimmern
Der Königin, wo man das bißchen Maske
Noch allenfalls zu loben fand. – Sie stutzen?
Sie werden plötzlich lauter Glut? – O freilich,
Wer sollte wohl so scharfklug, so vermessen,
So müßig sein, den Carlos zu belauschen,
Wenn Carlos unbelauscht sich glaubt? – Wer sah's,
Wie er beim letzten Hofball seine Dame,
Die Königin, im Tanze stehenließ,
Und mit Gewalt ins nächste Paar sich drängte,
Statt seiner königlichen Tänzerin
Der Fürstin Eboli die Hand zu reichen?
Ein Irrtum, Prinz, den der Monarch sogar
Der eben jetzt erschienen war, bemerkte!

CARLOS *mit ironischem Lächeln*:
Auch sogar der? Ja freilich, gute Fürstin,
Für den besonders war das nicht.

PRINZESSIN: Sowenig
Als jener Auftritt in der Schloßkapelle,
Worauf sich wohl Prinz Carlos selbst nicht mehr
Besinnen wird. Sie lagen zu den Füßen
Der heil'gen Jungfrau in Gebet ergossen,
Als plötzlich – konnten Sie dafür? – die Kleider
Gewisser Damen hinter Ihnen rauschten.
Da fing Don Philipps heldenmüt'ger Sohn,
Gleich einem Ketzer vor dem heil'gen Amte,
Zu zittern an, auf seinen bleichen Lippen
Starb das vergiftete Gebet – im Taumel
Der Leidenschaft – es war ein Possenspiel
Zum Rühren, Prinz – ergreifen Sie die Hand,
Der Mutter Gottes heil'ge kalte Hand,

Und Feuerküsse regnen auf den Marmor.
CARLOS: Sie tun mir Unrecht, Fürstin. Das war Andacht.
PRINZESSIN: Ja, dann ist's etwas andres, Prinz – dann freilich
War's damals auch nur Furcht vor dem Verluste,
Als Carlos mit der Königin und mir
Beim Spielen saß, und mit bewundernswerter
Geschicklichkeit mir diesen Handschuh stahl –
Carlos springt bestürzt auf.
Den er zwar gleich nachher so artig war
Statt einer Karte wieder auszuspielen.
CARLOS: O Gott – Gott – Gott! Was hab ich da gemacht?
PRINZESSIN: Nichts, was Sie widerrufen werden, hoff ich.
Wie froh erschrak ich, als mir unvermutet
Ein Briefchen in die Finger kam, das Sie
In diesen Handschuh zu verstecken wußten.
Es war die rührendste Romanze, Prinz,
Die –
CARLOS *ihr rasch ins Wort fallend*:
Poesie! – Nichts weiter. – Mein Gehirn
Treibt öfters wunderbare Blasen auf,
Die schnell, wie sie entstanden sind, zerspringen.
Das war es alles. Schweigen wir davon.
PRINZESSIN *vor Erstaunen von ihm weggehend und ihn eine Zeitlang aus der Entfernung beobachtend*:
Ich bin erschöpft – all meine Proben gleiten
Von diesem schlangenglatten Sonderling.
Sie schweigt einige Augenblicke.
Doch wie? – Wär's ungeheurer Männerstolz,
Der nur, sich desto süßer zu ergötzen,
Die Blödigkeit als Larve brauchte? – Ja?
Sie nähert sich dem Prinzen wieder, und betrachtet ihn zweifelhaft.
Belehren Sie mich endlich, Prinz – Ich stehe
Vor einem zauberisch verschloßnen Schrank,
Wo alle meine Schlüssel mich betrügen.
CARLOS: Wie ich vor Ihnen.
PRINZESSIN *Sie verläßt ihn schnell, geht einigemal stillschweigend im Kabinett auf und nieder, und scheint über etwas Wichtiges nachzudenken. Endlich nach einer großen Pause ernsthaft und feierlich*:
Endlich sei es denn –
Ich muß einmal zu reden mich entschließen.
Zu meinem Richter wähl ich Sie. Sie sind

Ein edler Mensch – ein Mann, sind Fürst und Ritter.
An Ihren Busen werf ich mich. Sie werden
Mich retten, Prinz, und wo ich ohne Rettung
Verloren bin, teilnehmend um mich weinen.

Der Prinz rückt näher mit erwartungsvollem, teilnehmendem Erstaunen.

Ein frecher Günstling des Monarchen buhlt
Um meine Hand – Rui Gomez, Graf von Silva –
Der König will, schon ist man handelseinig,
Ich bin der Kreatur verkauft.

CARLOS *heftig ergriffen*: Verkauft?
Und wiederum verkauft? und wiederum
Von dem berühmten Handelsmann in Süden?

PRINZESSIN: Nein, hören Sie erst alles. Nicht genug,
Daß man der Politik mich hingeopfert,
Auch meiner Unschuld stellt man nach – Da! Hier!
Dies Blatt kann diesen Heiligen entlarven.

Carlos nimmt das Papier, und hängt voll Ungeduld an ihrer Erzählung, ohne sich Zeit zu nehmen, es zu lesen.

Wo soll ich Rettung finden, Prinz? Bis jetzt
War es mein Stolz, der meine Tugend schützte;
Doch endlich –

CARLOS: Endlich fielen Sie? Sie fielen?
Nein, nein, um Gottes willen, nein!

PRINZESSIN *stolz und edel*: Durch wen?
Armselige Vernünftelei! Wie schwach
Von diesen starken Geistern! Weibergunst,
Der Liebe Glück der Ware gleich zu achten,
Worauf geboten werden kann! Sie ist
Das einzige auf diesem Rund der Erde,
Was keinen Käufer leidet als sich selbst.
Die Liebe ist der Liebe Preis. Sie ist
Der unschätzbare Diamant, den ich
Verschenken, oder, ewig ungenossen,
Verscharren muß – dem großen Kaufmann gleich,
Der, ungerührt von des Rialto Gold,
Und Königen zum Schimpfe, seine Perle
Dem reichen Meere wiedergab, zu stolz
Sie unter ihrem Werte loszuschlagen.

CARLOS: (Beim wunderbaren Gott! – das Weib ist schön!)

PRINZESSIN: Man nenn es Grille – Eitelkeit: gleichviel.
Ich teile meine Freuden nicht. Dem Mann,

Dem einzigen, den ich mir auserlesen,
Geb ich für alles, alles, hin. Ich schenke
Nur einmal, aber ewig. Einen nur
Wird meine Liebe glücklich machen – einen –
Doch diesen einzigen zum Gott. Der Seelen
Entzückender Zusammenklang – ein Kuß –
Der Schäferstunde schwelgerische Freuden –
Der Schönheit hohe, himmlische Magie
Sind eines Strahles schwesterliche Farben,
Sind einer Blume Blätter nur. Ich sollte,
Ich Rasende! ein abgerißnes Blatt
Aus dieser Blume schönem Kelch verschenken?
Ich selbst des Weibes hohe Majestät,
Der Gottheit großes Meisterstück, verstümmeln,
Den Abend eines Prassers zu versüßen?

CARLOS: (Unglaublich! Wie? Ein solches Mädchen hatte
Madrid, und ich – und ich erfahr es heute
Zum erstenmal?)

PRINZESSIN: Längst hätt ich diesen Hof
Verlassen, diese Welt verlassen, hätte
In heil'gen Mauern mich begraben; doch
Ein einzig Band ist noch zurück, ein Band,
Das mich an diese Welt allmächtig bindet.
Ach, ein Phantom vielleicht! Doch mir so wert!
Ich liebe und bin – nicht geliebt.

CARLOS *voll Feuer auf sie zugehend*: Sie sind's!
So wahr ein Gott im Himmel wohnt. Ich schwör es.
Sie sind's, und unaussprechlich.

PRINZESSIN: Sie? Sie schwören's?
O das war meines Engels Stimme! Ja,
Wenn freilich Sie es schwören, Karl, dann glaub ich's,
Dann bin ich's.

CARLOS *der sie voll Zärtlichkeit in die Arme schließt*:
Süßes, seelenvolles Mädchen!
Anbetungswürdiges Geschöpf! – Ich stehe
Ganz Ohr – ganz Auge – ganz Entzücken – ganz
Bewunderung. – Wer hätte dich gesehn,
Wer unter diesem Himmel dich gesehn,
Und rühmte sich – er habe nie geliebt? –
Doch hier an König Philipps Hof? Was hier?
Was, schöner Engel, willst du hier? bei Pfaffen

Und Pfaffenzucht? Das ist kein Himmelsstrich
Für solche Blumen. – Möchten sie sie brechen?
Sie möchten – o ich glaub es gern. – Doch nein!
So wahr ich Leben atme, nein! – Ich schlinge
Den Arm um dich, auf meinen Armen trag ich
Durch eine teufelvolle Hölle dich!
Ja – laß mich deinen Engel sein. –

PRINZESSIN *mit dem vollen Blick der Liebe*:
O Carlos!
Wie wenig hab ich Sie gekannt! Wie reich
Und grenzenlos belohnt Ihr schönes Herz
Die schwere Müh, es zu begreifen!

Sie nimmt seine Hand und will sie küssen.

CARLOS *der sie zurückzieht*: Fürstin,
Wo sind Sie jetzt?

PRINZESSIN *mit Feinheit und Grazie, indem sie starr in seine Hand sieht*: Wie schön ist diese Hand!
Wie reich ist sie! – Prinz, diese Hand hat noch
Zwei kostbare Geschenke zu vergeben –
Ein Diadem und Carlos' Herz – und beides
Vielleicht an eine Sterbliche? – An eine?
Ein großes göttliches Geschenk! – Beinahe
Für eine Sterbliche zu groß! – Wie, Prinz?
Wenn Sie zu einer Teilung sich entschlössen?
Die Königinnen lieben schlecht – ein Weib,
Das lieben kann, versteht sich schlecht auf Kronen:
Drum besser, Prinz, Sie teilen, und gleich jetzt,
Gleich jetzt – Wie? Oder hätten Sie wohl schon?
Sie hätten wirklich? O dann um so besser!
Und kenn ich diese Glückliche?

CARLOS: Du sollst.
Dir, Mädchen, dir entdeck ich mich – der Unschuld,
Der lautern, unentheiligten Natur
Entdeck ich mich. An diesem Hof bist du
Die Würdigste, die einzige, die erste,
Die meine Seele ganz versteht. – Ja denn!
Ich leugn es nicht – ich liebe!

PRINZESSIN: Böser Mensch!
So schwer ist das Geständnis dir geworden?
Beweinenswürdig mußt ich sein, wenn du
Mich liebenswürdig finden solltest?

CARLOS *stutzt*: Was?
Was ist das?
PRINZESSIN: Solches Spiel mit mir zu treiben!
O wahrlich, Prinz, es war nicht schön. Sogar
Den Schlüssel zu verleugnen!
CARLOS: Schlüssel! Schlüssel!
Nach einem dumpfen Besinnen:
Ja so – so war's. – Nun merk ich – – O mein Gott!
Seine Kniee wanken, er hält sich an einen Stuhl, und verhüllt das Gesicht.
PRINZESSIN. *Eine lange Stille von beiden Seiten. Die Fürstin schreit laut und fällt*:
Abscheulich! Was hab ich getan?
CARLOS *sich aufrichtend, im Ausbruch des heftigsten Schmerzes*:
So tief
Herabgestürzt von allen meinen Himmeln! –
O das ist schrecklich!
PRINZESSIN *das Gesicht in das Küssen verbergend*:
Was entdeck ich? Gott!
CARLOS *vor ihr niedergeworfen*:
Ich bin nicht schuldig, Fürstin – Leidenschaft –
Ein unglücksel'ger Mißverstand – Bei Gott!
Ich bin nicht schuldig.
PRINZESSIN *stößt ihn von sich*:
Weg aus meinen Augen,
Um Gottes willen –
CARLOS: Nimmermehr! In dieser
Entsetzlichen Erschüttrung Sie verlassen?
PRINZESSIN *ihn mit Gewalt wegdrängend*:
Aus Großmut, aus Barmherzigkeit hinaus
Von meinen Augen. – Wollen Sie mich morden?
Ich hasse Ihren Anblick!
Carlos will gehen.
Meinen Brief
Und meinen Schlüssel geben Sie mir wieder.
Wo haben Sie den andern Brief?
CARLOS: Den andern?
Was denn für einen andern?
PRINZESSIN: Den vom König.
CARLOS *zusammenschreckend*: Von wem?
PRINZESSIN: Den Sie vorhin von mir [bekamen.
CARLOS: Vom König? und an wen? an Sie?

PRINZESSIN: O Himmel!
Wie schrecklich hab ich mich verstrickt! Den Brief!
Heraus damit! ich muß ihn wiederhaben.
CARLOS: Vom König Briefe, und an Sie?
PRINZESSIN: Den Brief!
Im Namen aller Heiligen!
CARLOS: Der einen
Gewissen mir entlarven sollte – diesen?
PRINZESSIN: Ich bin des Todes! – Geben Sie.
CARLOS: Der Brief –
PRINZESSIN *in Verzweiflung die Hände ringend*:
Was hab ich Unbesonnene gewagt?
CARLOS: Der Brief – der kam vom König? – Ja, Prinzessin,
Das ändert freilich alles schnell. – Das ist
Den Brief frohlockend emporhaltend.
Ein unschätzbarer – schwerer – teurer Brief,
Den alle Kronen Philipps einzulösen
Zu leicht, zu nichtsbedeutend sind. – Den Brief
Behalt ich. *Er geht.*
PRINZESSIN *wirft sich ihm in den Weg*:
Großer Gott! Ich bin verloren!

Neunter Auftritt

Die Prinzessin *allein.*

Sie steht noch betäubt, außer Fassung; nachdem er hinaus ist, eilt sie ihm nach, und will ihn zurückrufen:
Prinz, noch ein Wort. Prinz, hören Sie – Er geht!
Auch das noch! Er verachtet mich – Da steh ich
In fürchterlicher Einsamkeit – verstoßen,
Verworfen – *Sie sinkt auf einen Sessel. Nach einer Pause.*
Nein! Verdrungen nur, verdrungen
Von einer Nebenbuhlerin. Er liebt.
Kein Zweifel mehr. Er hat es selbst bekannt.
Doch wer ist diese Glückliche? – So viel
Ist offenbar – er liebt was er nicht sollte.
Er fürchtet die Entdeckung. Vor dem König
Verkriecht sich seine Leidenschaft – Warum
Vor diesem, der sie wünschte? – Oder ist's
Der Vater nicht, was er im Vater fürchtet?

Als ihm des Königs buhlerische Absicht
Verraten war – da jauchzten seine Mienen,
Frohlockt' er wie ein Glücklicher . . . Wie kam es,
Daß seine strenge Tugend hier verstummte?
Hier? Eben hier? – Was kann denn er dabei,
Er zu gewinnen haben, wenn der König
Der Königin die –

Sie hält plötzlich ein, von einem Gedanken überrascht. – Zu gleicher Zeit reißt sie die Schleife, die ihr Carlos gegeben hat, von dem Busen, betrachtet sie schnell, und erkennt sie.

O ich Rasende!
Jetzt endlich, jetzt – Wo waren meine Sinne?
Jetzt gehen mir die Augen auf – Sie hatten
Sich lang geliebt, eh der Monarch sie wählte.
Nie ohne sie sah mich der Prinz. – Sie also,
Sie war gemeint, wo ich so grenzenlos,
So warm, so wahr mich angebetet glaubte?
O ein Betrug, der ohne Beispiel ist!
Und meine Schwäche hab ich ihr verraten –

Stillschweigen.

Daß er ganz ohne Hoffnung lieben sollte!
Ich kann's nicht glauben – Hoffnungslose Liebe
Besteht in diesem Kampfe nicht. Zu schwelgen,
Wo unerhört der glänzendste Monarch
Der Erde schmachtet – Wahrlich! solche Opfer
Bringt hoffnungslose Liebe nicht. Wie feurig
War nicht sein Kuß! Wie zärtlich drückt' er mich,
Wie zärtlich an sein schlagend Herz! – Die Probe
War fast zu kühn für die romant'sche Treue,
Die nicht erwidert werden soll – Er nimmt
Den Schlüssel an, den, wie er sich beredet,
Die Königin ihm zugeschickt – Er glaubt
An diesen Riesenschritt der Liebe – kommt,
Kommt wahrlich, kommt! – So traut er Philipps Frau
Die rasende Entschließung zu. – Wie kann er,
Wenn hier nicht große Proben ihn ermuntern?
Es ist am Tag. Er wird erhört. Sie liebt!
Beim Himmel, diese Heilige empfindet!
Wie fein ist sie! . . . Ich zitterte, ich selbst,
Vor dem erhabnen Schreckbild dieser Tugend.
Ein höhres Wesen ragt sie neben mir,

In ihrem Glanz erlösch ich. Ihrer Schönheit
Mißgönnt ich diese hohe Ruhe, frei
Von jeder Wallung sterblicher Naturen.
Und diese Ruhe war nur Schein? Sie hätte
An beiden Tafeln schwelgen wollen? hätte
Den Götterschein der Tugend schaugetragen,
Und doch zugleich des Lasters heimliche
Entzückungen zu naschen sich erdreistet?
Das durfte sie? Das sollte ungerochen
Der Gauklerin gelungen sein? gelungen,
Weil sich kein Rächer meldet? – Nein bei Gott!
Ich betete sie an – Das fordert Rache!
Der König wisse den Betrug – Der König?
Nach einigem Besinnen:
Ja recht – das ist ein Weg zu seinem Ohre. *Sie geht ab.*

Zehnter Auftritt

Ein Zimmer im königlichen Palaste.

Herzog von Alba. Pater Domingo.

DOMINGO: Was wollten Sie mir sagen?
ALBA: Eine wicht'ge
Entdeckung, die ich heut gemacht, worüber
Ich einen Aufschluß haben möchte.
DOMINGO: Welche
Entdeckung? Wovon reden Sie?
ALBA: Prinz Carlos
Und ich begegnen diesen Mittag uns
Im Vorgemach der Königin. Ich werde
Beleidigt. Wir erhitzen uns. Der Streit
Wird etwas laut. Wir greifen zu den Schwertern.
Die Königin auf das Getöse öffnet
Das Zimmer, wirft sich zwischen uns und sieht
Mit einem Blick despotischer Vertrautheit
Den Prinzen an – Es war ein einz'ger Blick –
Sein Arm erstarrt – er fliegt an meinen Hals –
Ich fühle einen heißen Kuß – er ist
Verschwunden.
DOMINGO *nach einigem Stillschweigen:*
Das ist sehr verdächtig. – Herzog,

Sie mahnen mich an etwas. – – Ähnliche
Gedanken, ich gesteh es, keimten längst
In meiner Brust. – Ich flohe diese Träume –
Noch hab ich niemand sie vertraut. Es gibt
Zweischneid'ge Klingen, ungewisse Freunde –
Ich fürchte diese. Schwer zu unterscheiden,
Noch schwerer zu ergründen sind die Menschen.
Entwischte Worte sind beleidigte
Vertraute – drum begrub ich mein Geheimnis,
Bis es die Zeit ans Licht hervorgewälzt.
Gewisse Dienste Königen zu leisten
Ist mißlich, Herzog – ein gewagter Wurf,
Der, fehlt er seine Beute, auf den Schützen
Zurücke prallt. – Ich wollte, was ich sage,
Auf eine Hostie beschwören – doch
Ein Augenzeugnis, ein erhaschtes Wort,
Ein Blatt Papier fällt schwerer in die Waage,
Als mein lebendigstes Gefühl. – Verwünscht,
Daß wir auf span'schem Boden stehn!

ALBA: Warum
Auf diesem nicht?

DOMINGO: An jedem andern Hofe
Kann sich die Leidenschaft vergessen. Hier
Wird sie gewarnt von ängstlichen Gesetzen.
Die span'schen Königinnen haben Müh
Zu sündigen – ich glaub es – doch zum Unglück
Nur da – gerade da nur, wo es uns
Am besten glückte, sie zu überraschen.

ALBA: Hören Sie weiter – Carlos hatte heut
Gehör beim König. Eine Stunde währte
Die Audienz. Er bat um die Verwaltung
Der Niederlande. Laut und heftig bat er;
Ich hört es in dem Kabinett. Sein Auge
War rot geweint, als ich ihm an der Türe
Begegnete. Den Mittag drauf erscheint er
Mit einer Miene des Triumphs. Er ist
Entzückt, daß mich der König vorgezogen.
Er dankt es ihm. Die Sachen stehen anders,
Sagt er, und besser. Heucheln konnt er nie.
Wie soll ich diese Widersprüche reimen?
Der Prinz frohlockt, hintangesetzt zu sein,

Und mir erteilt der König eine Gnade
Mit allen Zeichen seines Zorns! – Was muß
Ich glauben? Wahrlich, diese neue Würde
Sieht einer Landsverweisung ähnlicher
Als einer Gnade.

DOMINGO: Dahin also wär es
Gekommen? Dahin? Und ein Augenblick
Zertrümmerte, was wir in Jahren bauten? –
Und Sie so ruhig? so gelassen? – Kennen
Sie diesen Jüngling? Ahnden Sie, was uns
Erwartet, wenn er mächtig wird? – Der Prinz –
– Ich bin sein Feind nicht. Andre Sorgen nagen
An meiner Ruhe, Sorgen für den Thron,
Für Gott und seine Kirche. – Der Infant
(Ich kenn ihn – ich durchdringe seine Seele)
Hegt einen schrecklichen Entwurf – Toledo –
Den rasenden Entwurf, Regent zu sein,
Und unsern heil'gen Glauben zu entbehren. –
Sein Herz entglüht für eine neue Tugend,
Die, stolz und sicher und sich selbst genug,
Von keinem Glauben betteln will. – Er denkt!
Sein Kopf entbrennt von einer seltsamen
Schimäre – er verehrt den Menschen – Herzog,
Ob er zu unserm König taugt?

ALBA: Phantomen!
Was sonst? Vielleicht auch jugendlicher Stolz,
Der eine Rolle spielen möchte. – Bleibt
Ihm eine andre Wahl? Das geht vorbei,
Trifft ihn einmal die Reihe zu befehlen.

DOMINGO: Ich zweifle. – Er ist stolz auf seine Freiheit,
Des Zwanges ungewohnt, womit man Zwang
Zu kaufen sich bequemen muß. – Taugt er
Auf unsern Thron? Der kühne Riesengeist
Wird unsrer Staatskunst Linien durchreißen.
Umsonst versucht ich's, diesen trotz'gen Mut
In dieser Zeiten Wollust abzumatten;
Er überstand die Probe – Schrecklich ist
In diesem Körper dieser Geist – und Philipp
Wird sechzig Jahr alt.

ALBA: Ihre Blicke reichen
Sehr weit.

DOMINGO: Er und die Königin sind eins.
Schon schleicht, verborgen zwar, in beider Brust
Das Gift der Neuerer; doch bald genug,
Gewinnt es Raum, wird es den Thron ergreifen.
Ich kenne diese Valois. – Fürchten wir
Die ganze Rache dieser stillen Feindin,
Wenn Philipp Schwächen sich erlaubt. Noch ist
Das Glück uns günstig. Kommen wir zuvor.
In eine Schlinge stürzen beide. – Jetzt
Ein solcher Wink dem Könige gegeben,
Bewiesen oder nicht bewiesen – viel
Ist schon gewonnen, wenn er wankt. Wir selbst,
Wir zweifeln beide nicht. Zu überzeugen
Fällt keinem Überzeugten schwer. Es kann
Nicht fehlen, wir entdecken mehr, sind wir
Vorher gewiß, daß wir entdecken müssen.

ALBA: Doch nun die wichtigste von allen Fragen!
Wer nimmt's auf sich, den König zu belehren?

DOMINGO:
Noch Sie, noch ich. Erfahren Sie also,
Was lange schon, des großen Planes voll,
Mein stiller Fleiß dem Ziele zugetrieben.
Noch mangelt, unser Bündnis zu vollenden,
Die dritte, wichtigste Person – Der König
Liebt die Prinzessin Eboli. Ich nähre
Die Leidenschaft, die meinen Wünschen wuchert.
Ich bin sein Abgesandter – Unserm Plane
Erzieh ich sie. – In dieser jungen Dame,
Gelingt mein Werk, soll eine Bundsverwandtin,
Soll eine Königin uns blühn. Sie selbst
Hat jetzt in dieses Zimmer mich berufen.
Ich hoffe alles. – Jene Lilien
Von Valois zerknickt ein span'sches Mädchen
Vielleicht in einer Mitternacht.

ALBA: Was hör ich?
Ist's Wahrheit, was ich jetzt gehört? – Beim Himmel!
Das überrascht mich! Ja! Der Streich vollendet!
Dominikaner! ich bewundre dich.
Jetzt haben wir gewonnen –

DOMINGO: Still! Wer kommt? –
Sie ist's – sie selbst.

ALBA: Ich bin im nächsten Zimmer,
Wenn man –
DOMINGO: Schon recht. Ich rufe Sie.
Der Herzog von Alba geht ab.

Eilfter Auftritt

Die Prinzessin. Domingo.

DOMINGO: Zu Ihren
Befehlen, gnäd'ge Fürstin.
PRINZESSIN *dem Herzog neugierig nachsehend*:
Sind wir etwa
Nicht ganz allein? Sie haben, wie ich sehe,
Noch einen Zeugen bei sich?
DOMINGO: Wie?
PRINZESSIN: Wer war es,
Der eben jetzt von Ihnen ging?
DOMINGO: Der Herzog
Von Alba, gnäd'ge Fürstin, der nach mir
Um die Erlaubnis bittet, vorgelassen
Zu werden.
PRINZESSIN: Herzog Alba? Was will der?
Was kann er wollen? Wissen Sie vielleicht
Es mir zu sagen?
DOMINGO: Ich? und eh ich weiß,
Was für ein Vorfall von Bedeutung mir
Das lang entbehrte Glück verschafft, der Fürstin
Von Eboli mich wiederum zu nähern?
Pause, worin er ihre Antwort erwartet.
Ob sich ein Umstand endlich vorgefunden,
Der für des Königs Wünsche spricht? ob ich
Mit Grund gehofft, daß beßre Überlegung
Mit einem Anerbieten Sie versöhnt,
Das Eigensinn, das Laune bloß verworfen?
Ich komme voll Erwartung –
PRINZESSIN: Brachten Sie
Dem König meine letzte Antwort?
DOMINGO: Noch
Verschob ich's, ihn so tödlich zu verwunden.
Noch, gnäd'ge Fürstin, ist es Zeit. Es steht

Bei Ihnen, sie zu mildern.
PRINZESSIN: Melden Sie
Dem König, daß ich ihn erwarte.
DOMINGO: Darf
Ich das für Wahrheit nehmen, schöne Fürstin?
PRINZESSIN: Für Scherz doch nicht? Bei Gott! Sie machen mir
Ganz bange. – Wie? Was hab ich denn getan,
Wenn sogar Sie – Sie selber sich entfärben?
DOMINGO: Prinzessin, diese Überraschung – kaum
Kann ich es fassen –
PRINZESSIN: Ja, hochwürd'ger Herr,
Das sollen Sie auch nicht. Um alle Güter
Der Welt möcht ich nicht haben, daß Sie's faßten.
Genug für Sie, daß es so ist. Ersparen
Sie sich die Mühe zu ergrübeln, wessen
Beredsamkeit Sie diese Wendung danken.
Zu Ihrem Trost setz ich hinzu: Sie haben
Nicht teil an dieser Sünde. Auch wahrhaftig
Die Kirche nicht; obschon Sie mir bewiesen,
Daß Fälle möglich wären, wo die Kirche
Sogar die Körper ihrer jungen Töchter
Für höhre Zwecke zu gebrauchen wüßte.
Auch diese nicht. – Dergleichen fromme Gründe,
Ehrwürd'ger Herr, sind mir zu hoch –
DOMINGO: Sehr gerne,
Prinzessin, nehm ich sie zurück, sobald
Sie überflüssig waren.
PRINZESSIN: Bitten Sie
Von meinetwegen den Monarchen, ja
In dieser Handlung mich nicht zu verkennen.
Was ich gewesen, bin ich noch. Die Lage
Der Dinge nur hat seitdem sich verwandelt.
Als ich sein Anerbieten mit Entrüstung
Zürücke stieß, da glaubt ich im Besitze
Der schönsten Königin ihn glücklich – glaubte
Die treue Gattin meines Opfers wert.
Das glaubt ich damals – damals. Freilich jetzt,
Jetzt weiß ich's besser.
DOMINGO: Fürstin, weiter, weiter.
Ich hör es, wir verstehen uns.
PRINZESSIN: Genug,

Sie ist erhascht. Ich schone sie nicht länger.
Die schlaue Diebin ist erhascht. Den König,
Ganz Spanien, und mich hat sie betrogen.
Sie liebt. Ich weiß es, daß sie liebt. Ich bringe
Beweise, die sie zittern machen sollen.
Der König ist betrogen – doch bei Gott!
Er sei es ungerochen nicht. Die Larve
Erhabner, übermenschlicher Entsagung
Reiß ich ihr ab, daß alle Welt die Stirne
Der Sünderin erkennen soll. Es kostet
Mir einen ungeheuern Preis, doch – das
Entzückt mich, das ist mein Triumph – doch ihr
Noch einen größern.

DOMINGO: Nun ist alles reif.
Erlauben Sie, daß ich den Herzog rufe. *Er geht hinaus.*

PRINZESSIN *erstaunt*: Was wird das?

Zwölfter Auftritt

Die Prinzessin. Herzog Alba. Domingo.

DOMINGO *der den Herzog hereinführt*: Unsre Nachricht, Herzog [Alba,
Kommt hier zu spät. Die Fürstin Eboli
Entdeckt uns ein Geheimnis, das sie eben
Von uns erfahren sollte.

ALBA: Mein Besuch
Wird dann um so viel minder sie befremden.
Ich traue meinen Augen nicht. Dergleichen
Entdeckungen verlangen Weiberblicke.

PRINZESSIN: Sie sprechen von Entdeckungen? –

DOMINGO: Wir wünschten
Zu wissen, gnäd'ge Fürstin, welchen Ort,
Und welche beßre Stunde Sie –

PRINZESSIN: Auch das!
So will ich morgen mittag Sie erwarten.
Ich habe Gründe, dieses strafbare
Geheimnis länger nicht zu bergen – es
Nicht länger mehr dem König zu entziehn.

ALBA: Das war es, was mich hergeführt. Sogleich
Muß der Monarch es wissen. Und durch Sie,
Durch Sie, Prinzessin, muß er das. Wem sonst,

Wem sollt er lieber glauben, als der strengen,
Der wachsamen Gespielin seines Weibes?

DOMINGO: Wem mehr, als Ihnen, die, sobald sie will,
Ihn unumschränkt beherrschen kann?

ALBA: Ich bin
Erklärter Feind des Prinzen.

DOMINGO: Ebendas
Ist man gewohnt, von mir vorauszusetzen.
Die Fürstin Eboli ist frei. Wo wir
Verstummen müssen, zwingen Pflichten Sie
Zu reden, Pflichten Ihres Amts. Der König
Entflieht uns nicht, wenn Ihre Winke wirken,
Und dann vollenden wir das Werk.

ALBA: Doch bald,
Gleich jetzt muß das geschehn. Die Augenblicke
Sind kostbar. Jede nächste Stunde kann
Mir den Befehl zum Abmarsch bringen. –

DOMINGO *sich nach einigem Überlegen zur Fürstin kehrend*: Ob
Sich Briefe finden ließen? Briefe freilich,
Von dem Infanten aufgefangen, müßten
Hier Wirkung tun. – Laß sehen. – Nicht wahr? – Ja.
Sie schlafen doch – so deucht mir – in demselben
Gemache mit der Königin.

PRINZESSIN: Zunächst
An diesem. – Doch was soll mir das?

DOMINGO: Wer sich
Auf Schlösser gut verstände! – Haben Sie
Bemerkt, wo sie den Schlüssel zur Schatulle
Gewöhnlich zu bewahren pflegt?

PRINZESSIN *nachdenkend*: Das könnte
Zu etwas führen – Ja – der Schlüssel wäre
Zu finden, denk ich –

DOMINGO: Briefe wollen Boten – –
Der Königin Gefolg ist groß – – Wer hier
Auf eine Spur geraten könnte! – – Gold
Vermag zwar viel –

ALBA: Hat niemand wahrgenommen,
Ob der Infant Vertraute hat?

DOMINGO: Nicht einen;
In ganz Madrid nicht einen.

ALBA: Das ist seltsam.
DOMINGO: Das dürfen Sie mir glauben; er verachtet
Den ganzen Hof; ich habe meine Proben.
ALBA: Doch wie? Hier eben fällt mir ein, als ich
Von dem Gemach der Königin herauskam,
Stand der Infant bei einem ihrer Pagen;
Sie sprachen heimlich –
PRINZESSIN *rasch einfallend*: Nicht doch! Nein! Das war –
Das war von etwas anderm.
DOMINGO: Können wir
Das wissen? – Nein, der Umstand ist verdächtig. –
Zum Herzog:
Und kannten Sie den Pagen?
PRINZESSIN: Kinderpossen!
Was wird's auch sonst gewesen sein? Genug,
Ich kenne das. – Wir sehn uns also wieder,
Eh ich den König spreche. – Unterdessen
Entdeckt sich viel.
DOMINGO *sie auf die Seite führend*:
Und der Monarch darf hoffen?
Ich darf es ihm verkündigen? Gewiß?
Und welche schöne Stunde seinen Wünschen
Erfüllung endlich bringen wird? Auch dies?
PRINZESSIN: In ein'gen Tagen werd ich krank; man trennt mich
Von der Person der Königin – das ist
An unserm Hofe Sitte, wie Sie wissen.
Ich bleibe dann auf meinem Zimmer.
DOMINGO: Glücklich.
Gewonnen ist das große Spiel. Trotz sei
Geboten allen Königinnen –
PRINZESSIN: Horch!
Man fragt nach mir – die Königin verlangt mich.
Auf Wiedersehen. *Sie eilt ab.*

Dreizehnter Auftritt

Alba. Domingo.

DOMINGO *nach einer Pause, worin er die Prinzessin mit den Augen begleitet hat*: Herzog, diese Rosen,
Und Ihre Schlachten –

ALBA: Und dein Gott – so will ich
Den Blitz erwarten, der uns stürzen soll!
Sie gehen ab.

Vierzehnter Auftritt

In einem Kartäuserkloster.

Don Carlos. Der Prior.

CARLOS *zum Prior, indem er hereintritt*:
Schon dagewesen also? – Das beklag ich.
PRIOR: Seit heute morgen schon das dritte Mal.
Vor einer Stunde ging er weg –
CARLOS: Er will
Doch wiederkommen? Hinterließ er's nicht?
PRIOR: Vor Mittag noch, versprach er.
CARLOS *an ein Fenster und sich in der Gegend umsehend*:
Euer Kloster
Liegt weit ab von der Straße. – Dorthin zu
Sieht man noch Türme von Madrid. – Ganz recht,
Und hier fließt der Mansanares – Die Landschaft
Ist, wie ich sie mir wünsche. – Alles ist
Hier still, wie ein Geheimnis.
PRIOR: Wie der Eintritt
Ins andre Leben.
CARLOS: Eurer Redlichkeit,
Hochwürd'ger Herr, hab ich mein Kostbarstes,
Mein Heiligstes vertraut. Kein Sterblicher
Darf wissen oder nur vermuten, wen
Ich hier gesprochen und geheim. Ich habe
Sehr wicht'ge Gründe, vor der ganzen Welt
Den Mann, den ich erwarte, zu verleugnen,
Drum wählt ich dieses Kloster. Vor Verrätern,
Vor Überfall sind wir doch sicher? Ihr
Besinnt Euch noch, was Ihr mir zugeschworen?
PRIOR: Vertrauen Sie uns, gnäd'ger Herr. Der Argwohn
Der Könige wird Gräber nicht durchsuchen.
Das Ohr der Neugier liegt nur an den Türen
Des Glückes und der Leidenschaft. Die Welt
Hört auf in diesen Mauern.

CARLOS: Denkt Ihr etwa,
Daß hinter diese Vorsicht, diese Furcht
Ein schuldiges Gewissen sich verkrieche?
PRIOR: Ich denke nichts.
CARLOS: Ihr irrt Euch, frommer Vater,
Ihr irrt Euch wahrlich. Mein Geheimnis zittert
Vor Menschen, aber nicht vor Gott.
PRIOR: Mein Sohn,
Das kümmert uns sehr wenig. Diese Freistatt
Steht dem Verbrechen offen, wie der Unschuld.
Ob, was du vorhast, gut ist oder übel,
Rechtschaffen oder lasterhaft – das mache
Mit deinem eignen Herzen aus.
CARLOS *mit Wärme*: Was wir
Verheimlichen, kann euern Gott nicht schänden.
Es ist sein eignes, schönstes Werk. – Zwar Euch,
Euch kann ich's wohl entdecken.
PRIOR: Zu was Ende?
Erlassen Sie mir's, lieber Prinz. Die Welt
Und ihr Geräte liegt schon lange Zeit
Versiegelt da auf jene große Reise.
Wozu die kurze Frist vor meinem Abschied
Noch einmal es erbrechen? – Es ist wenig,
Was man zur Seligkeit bedarf. – Die Glocke
Zur Hora lautet. Ich muß beten gehn. *Der Prior geht ab.*

Funfzehnter Auftritt

Don Carlos. Der Marquis von Posa *tritt herein.*

CARLOS: Ach endlich einmal, endlich –
MARQUIS: Welche Prüfung
Für eines Freundes Ungeduld! Die Sonne
Ging zweimal auf und zweimal unter, seit
Das Schicksal meines Carlos sich entschieden;
Und jetzt, erst jetzt werd ich es hören. – Sprich,
Ihr seid versöhnt?
CARLOS: Wer?
MARQUIS: Du und König Philipp;
Und auch mit Flandern ist's entschieden?
CARLOS: Daß

Der Herzog morgen dahin reist? – Das ist
Entschieden, ja.
MARQUIS: Das kann nicht sein. Das ist nicht.
Soll ganz Madrid belogen sein? Du hattest
Geheime Audienz, sagt man. Der König –
CARLOS: Blieb unbewegt. Wir sind getrennt auf immer,
Und mehr, als wir's schon waren –
MARQUIS: Du gehst nicht
Nach Flandern?
CARLOS: Nein! Nein! Nein!
MARQUIS: O meine Hoffnung!
CARLOS: Das nebenbei. O Roderich, seitdem
Wir uns verließen, was hab ich erlebt!
Doch jetzt vor allem deinen Rat! Ich muß
Sie sprechen –
MARQUIS: Deine Mutter? – Nein! – Wozu?
CARLOS: Ich habe Hoffnung. – Du wirst blaß? Sei ruhig.
Ich soll und werde glücklich sein. – Doch davon
Ein andermal. Jetzt schaffe Rat, wie ich
Sie sprechen kann –
MARQUIS: Was soll das? Worauf gründet
Sich dieser neue Fiebertraum?
CARLOS: Nicht Traum!
Beim wundervollen Gott nicht! – Wahrheit, Wahrheit!
Den Brief des Königs an die Fürstin von Eboli hervorziehend.
In diesem wichtigen Papier enthalten!
Die Königin ist frei; vor Menschenaugen,
Wie vor des Himmels Augen frei. Da lies,
Und höre auf dich zu verwundern.
MARQUIS *den Brief eröffnend*: Was?
Was seh ich? Eigenhändig vom Monarchen?
Nachdem er es gelesen:
An wen ist dieser Brief?
CARLOS: An die Prinzessin
Von Eboli. – Vorgestern bringt ein Page
Der Königin von unbekannten Händen
Mir einen Brief und einen Schlüssel. Man
Bezeichnet mir im linken Flügel des
Palastes, den die Königin bewohnt,
Ein Kabinett, wo eine Dame mich
Erwarte, die ich längst geliebt. Ich folge

Sogleich dem Winke –
MARQUIS: Rasender, du folgst?
CARLOS: Ich kenne ja die Handschrift nicht – Ich kenne
Nur eine solche Dame. Wer als sie
Wird sich von Carlos angebetet wähnen?
Voll süßen Schwindels flieg ich nach dem Platze;
Ein göttlicher Gesang, der aus dem Innern
Des Zimmers mir entgegenschallt, dient mir
Zum Führer – ich eröffne das Gemach –
Und wen entdeck ich? – Fühle mein Entsetzen!
MARQUIS: O ich errate alles.
CARLOS: Ohne Rettung
War ich verloren, Roderich, wär ich
In eines Engels Hände nicht gefallen.
Welch unglücksel'ger Zufall! Hintergangen
Von meiner Blicke unvorsicht'ger Sprache,
Gab sie der süßen Täuschung sich dahin,
Sie selber sei der Abgott dieser Blicke.
Gerührt von meiner Seele stillen Leiden,
Beredet sich großmütig-unbesonnen
Ihr weiches Herz, mir Liebe zu erwidern.
Die Ehrfurcht schien mir Schweigen zu gebieten;
Sie hat die Kühnheit es zu brechen – offen
Liegt ihre schöne Seele mir –
MARQUIS: So ruhig
Erzählst du das? – Die Fürstin Eboli
Durchschaute dich. Kein Zweifel mehr, sie drang
In deiner Liebe innerstes Geheimnis.
Du hast sie schwer beleidigt. Sie beherrscht
Den König.
CARLOS *zuversichtlich*:
Sie ist tugendhaft.
MARQUIS: Sie ist's
Aus Eigennutz der Liebe. – Diese Tugend,
Ich fürchte sehr, ich kenne sie – wie wenig
Reicht sie empor zu jenem Ideale,
Das aus der Seele mütterlichem Boden,
In stolzer, schöner Grazie empfangen,
Freiwillig sproßt und ohne Gärtners Hülfe
Verschwenderische Blüten treibt! Es ist
Ein fremder Zweig, mit nachgeahmtem Süd

In einem rauhern Himmelsstrich getrieben;
Erziehung, Grundsatz, nenn es wie du willst,
Erworbne Unschuld, dem erhitzten Blut
Durch List und schwere Kämpfe abgerungen,
Dem Himmel, der sie fordert und bezahlt,
Gewissenhaft sorgfältig angeschrieben.
Erwäge selbst. Wird sie der Königin
Es je vergeben können, daß ein Mann
An ihrer eignen, schwer erkämpften Tugend
Vorüberging, sich für Don Philipps Frau
In hoffnungslosen Flammen zu verzehren?

CARLOS: Kennst du die Fürstin so genau?

MARQUIS: Gewiß nicht.
Kaum daß ich zweimal sie gesehn. Doch nur
Ein Wort laß mich noch sagen: Mir kam vor,
Daß sie geschickt des Lasters Blößen mied,
Daß sie sehr gut um ihre Tugend wußte.
Dann sah ich auch die Königin – O Karl,
Wie anders alles, was ich hier bemerkte!
In angeborner stiller Glorie,
Mit sorgenlosem Leichtsinn, mit des Anstands
Schulmäßiger Berechnung unbekannt,
Gleich ferne von Verwegenheit und Furcht,
Mit festem Heldenschritte wandelt sie
Die schmale Mittelbahn des Schicklichen,
Unwissend, daß sie Anbetung erzwungen,
Wo sie von eignem Beifall nie geträumt.
Erkennt mein Karl auch hier in diesem Spiegel
Auch jetzt noch seine Eboli? – Die Fürstin
Blieb standhaft, weil sie liebte; Liebe war
In ihre Tugend wörtlich einbedungen.
Du hast sie nicht belohnt – sie fällt.

CARLOS *mit einiger Heftigkeit*: Nein! Nein!
Nachdem er heftig auf und nieder gegangen.
Nein, sag ich dir. – O wüßte Roderich,
Wie trefflich es ihn kleidet, seinem Karl
Der Seligkeiten göttlichste, den Glauben
An menschliche Vortrefflichkeit, zu stehlen!

MARQUIS: Verdien ich das? – Nein, Liebling meiner Seele,
Das wollt ich nicht, bei Gott im Himmel nicht! –
O diese Eboli – sie wär ein Engel,

Und ehrerbietig wie du selbst stürzt ich
Vor ihrer Glorie mich nieder, hätte
Sie – dein Geheimnis nicht erfahren.

CARLOS: Sieh,
Wie eitel deine Furcht ist! Hat sie andre
Beweise wohl, als die sie selbst beschämen?
Wird sie der Rache trauriges Vergnügen
Mit ihrer Ehre kaufen?

MARQUIS: Ein Erröten
Zurückzunehmen, haben manche schon
Der Schande sich geopfert.

CARLOS *mit Heftigkeit aufstehend*:
Nein, das ist
Zu hart, zu grausam. Sie ist stolz und edel;
Ich kenne sie und fürchte nichts. Umsonst
Versuchst du meine Hoffnungen zu schrecken.
Ich spreche meine Mutter.

MARQUIS: Jetzt? Wozu?

CARLOS: Ich habe nun nichts mehr zu schonen – muß
Mein Schicksal wissen. Sorge nur, wie ich
Sie sprechen kann.

MARQUIS: Und diesen Brief willst du
Ihr zeigen? Wirklich willst du das?

CARLOS: Befrage
Mich darum nicht. Das Mittel jetzt, das Mittel,
Daß ich sie spreche!

MARQUIS *mit Bedeutung*: Sagtest du mir nicht,
Du liebtest deine Mutter? – Du bist willens
Ihr diesen Brief zu zeigen?

Carlos sieht zur Erde und schweigt.

Karl, ich lese
In deinen Mienen etwas – mir ganz neu –
Ganz fremd bis diesen Augenblick. – Du wendest
Die Augen von mir? Warum wendest du
Die Augen von mir? So ist's wahr? – Ob ich
Denn wirklich recht gelesen? Laß doch sehn –

Carlos gibt ihm den Brief. Der Marquis zerreißt ihn.

CARLOS: Was, bist du rasend? *Mit gemäßigter Empfindlichkeit:* Wirklich – ich gesteh es –
An diesem Briefe lag mir viel.

MARQUIS: So schien es.
Darum zerriß ich ihn.

Der Marquis ruht mit einem durchdringenden Blick auf dem Prinzen, der ihn zweifelhaft ansieht. Langes Stillschweigen.

Sprich doch – was haben
Entweihungen des königlichen Bettes
Mit deiner – deiner Liebe denn zu schaffen?
War Philipp dir gefährlich? Welches Band
Kann die verletzten Pflichten des Gemahls
Mit deinen kühnern Hoffnungen verknüpfen?
Hat er gesündigt, wo du liebst? Nun freilich
Lern ich dich fassen. O wie schlecht hab ich
Bis jetzt auf deine Liebe mich verstanden!

CARLOS: Wie, Roderich? Was glaubst du?

MARQUIS: O ich fühle,
Wovon ich mich entwöhnen muß. Ja einst,
Einst war's ganz anders. Da warst du so reich,
So warm, so reich! ein ganzer Weltkreis hatte
In deinem weiten Busen Raum. Das alles
Ist nun dahin, von einer Leidenschaft,
Von einem kleinen Eigennutz verschlungen.
Dein Herz ist ausgestorben. Keine Träne,
Dem ungeheuern Schicksal der Provinzen
Nicht einmal eine Träne mehr – O Karl,
Wie arm bist du, wie bettelarm geworden,
Seitdem du niemand liebst als dich!

CARLOS *wirft sich in einen Sessel. – Nach einer Pause mit kaum unterdrücktem Weinen:* Ich weiß,
Daß du mich nicht mehr achtest.

MARQUIS: Nicht so, Karl!
Ich kenne diese Aufwallung. Sie war
Verirrung lobenswürdiger Gefühle.
Die Königin gehörte dir, war dir
Geraubt von dem Monarchen – doch bis jetzt
Mißtrautest du bescheiden deinen Rechten.
Vielleicht war Philipp ihrer wert. Du wagtest,
Nur leise noch, das Urteil ganz zu sprechen.
Der Brief entschied. Der Würdigste warst du.
Mit stolzer Freude sahst du nun das Schicksal
Der Tyrannei, des Raubes überwiesen.
Du jauchztest, der Beleidigte zu sein;

Denn Unrecht leiden schmeichelt großen Seelen.
Doch hier verirrte deine Phantasie,
Dein Stolz empfand Genugtuung – dein Herz
Versprach sich Hoffnung. Sieh, ich wußt es wohl,
Du hattest diesmal selbst dich mißverstanden.

CARLOS *gerührt*: Nein, Roderich, du irrest sehr. Ich dachte
So edel nicht, bei weitem nicht, als du
Mich gerne glauben machen möchtest.

MARQUIS: Bin
Ich denn so wenig hier bekannt? Sieh, Karl,
Wenn du verirrest, such ich allemal
Die Tugend unter Hunderten zu raten,
Die ich des Fehlers zeihen kann. Doch nun
Wir besser uns verstehen, sei's! Du sollst
Die Königin jetzt sprechen, mußt sie sprechen. –

CARLOS *ihm um den Hals fallend*: O wie erröt ich neben dir!

MARQUIS: Du hast
Mein Wort. Nun überlaß mir alles andre.
Ein wilder, kühner, glücklicher Gedanke
Steigt auf in meiner Phantasie. – Du sollst
Ihn hören, Karl, aus einem schönern Munde.
Ich dränge mich zur Königin. Vielleicht
Daß morgen schon der Ausgang sich erwiesen.
Bis dahin, Karl, vergiß nicht, daß, „ein Anschlag,
Den höhere Vernunft gebar, das Leiden
Der Menschheit drängt, zehntausendmal vereitelt
Nie aufgegeben werden darf". – Hörst du?
Erinnre dich an Flandern!

CARLOS: Alles, alles,
Was du und hohe Tugend mir gebieten.

MARQUIS *geht an ein Fenster*:
Die Zeit ist um. Ich höre dein Gefolge.

Sie umarmen sich.

Jetzt wieder Kronprinz und Vasall.

CARLOS: Du fährst
Sogleich zur Stadt?

MARQUIS: Sogleich.

CARLOS: Halt! noch ein Wort!
Wie leicht war das vergessen! – Eine Nachricht,
Dir äußerst wichtig: – „Briefe nach Brabant
Erbricht der König." Sei auf deiner Hut!

Die Post des Reichs, ich weiß es, hat geheime
Befehle. –

MARQUIS: Wie erfuhrst du das?

CARLOS: Don Raymond
Von Taxis ist mein guter Freund.

MARQUIS *nach einigem Stillschweigen*: Auch das!
So nehmen sie den Umweg über Deutschland!

Sie gehen ab zu verschiedenen Türen.

DRITTER AKT

Das Schlafzimmer des Königs.

Erster Auftritt

Auf dem Nachttische zwei brennende Lichter. Im Hintergrunde des Zimmers einige Pagen auf den Knieen, eingeschlafen. Der König, *von oben herab halb ausgekleidet, steht vor dem Tische, einen Arm über den Sessel gebeugt, in einer nachdenkenden Stellung. Vor ihm liegt ein Medaillon und Papiere.*

KÖNIG: Daß sie sonst Schwärmerin gewesen – wer
Kann's leugnen? Nie konnt ich ihr Liebe geben,
Und dennoch – schien sie Mangel je zu fühlen?
So ist's erwiesen, sie ist falsch.

Hier macht er eine Bewegung, die ihn zu sich selbst bringt. Er sieht mit Befremdung auf.

Wo war ich?
Wacht denn hier niemand, als der König? – Was?
Die Lichter schon herabgebrannt? doch nicht
Schon Tag? – Ich bin um meinen Schlummer. Nimm
Ihn für empfangen an, Natur. Ein König hat
Nicht Zeit, verlorne Nächte nachzuholen;
Jetzt bin ich wach und Tag soll sein.

Er löscht die Lichter aus und öffnet eine Fenstergardine. – Indem er auf und nieder geht, bemerkt er die schlafenden Knaben, und bleibt eine Zeitlang schweigend vor ihnen stehen; darauf zieht er die Glocke.

Schläft's irgend
Vielleicht in meinem Vorsaal auch?

Zweiter Auftritt

Der König. Graf Lerma.

LERMA *mit Bestürzung, da er den König gewahr wird:*
Befinden
Sich Ihre Majestät nicht wohl?
KÖNIG: Im linken
Pavillon war Feuer. Hörtet Ihr
Den Lärmen nicht?
LERMA: Nein, Ihre Majestät.
KÖNIG: Nein? Wie? Und also hätt ich nur geträumt?
Das kann von ungefähr nicht kommen. Schläft
Auf jenem Flügel nicht die Königin?
LERMA: Ja, Ihre Majestät.
KÖNIG: Der Traum erschreckt mich.
Man soll die Wachen künftig dort verdoppeln,
Hört Ihr? sobald es Abend wird – doch ganz,
Ganz insgeheim. – Ich will nicht haben, daß –
Ihr prüft mich mit den Augen?
LERMA: Ich entdecke
Ein brennend Auge, das um Schlummer bittet.
Darf ich es wagen, Ihre Majestät
An ein kostbares Leben zu erinnern,
An Völker zu erinnern, die die Spur
Durchwachter Nacht mit fürchtender Befremdung
In solchen Mienen lesen würden – Nur
Zwei kurze Morgenstunden Schlafes –
KÖNIG *mit zerstörten Blicken:* Schlaf?
Schlaf find ich in Eskurial. – Solange
Der König schläft, ist er um seine Krone,
Der Mann um seines Weibes Herz – Nein! Nein!
Es ist Verleumdung – War es nicht ein Weib,
Ein Weib, das mir es flüsterte? Der Name
Des Weibes heißt Verleumdung. Das Verbrechen
Ist nicht gewiß, bis mir's ein Mann bekräftigt.
Zu den Pagen, welche sich unterdessen ermuntert haben.
Ruft Herzog Alba!
Pagen gehen.
Tretet näher, Graf!
Ist's wahr? *Er bleibt forschend vor dem Grafen stehen.*

O eines Pulses Dauer nur
Allwissenheit. – Schwört mir, ist's wahr? Ich bin
Betrogen? Bin ich's? Ist es wahr?

LERMA: Mein großer,
Mein bester König –

KÖNIG *zurückfahrend*: König! König nur
Und wieder König! – Keine beßre Antwort,
Als leeren hohlen Widerhall? Ich schlage
An diesen Felsen und will Wasser, Wasser
Für meinen heißen Fieberdurst – Er gibt
Mir glühend Gold.

LERMA: Was wäre wahr, mein König?

KÖNIG: Nichts. Nichts. Verlaßt mich. Geht.

Der Graf will sich entfernen, er ruft ihn noch einmal zurück.

Ihr seid vermählt?
Seid Vater? Ja?

LERMA: Ja, Ihre Majestät.

KÖNIG: Vermählt, und könnt es wagen, eine Nacht
Bei Eurem Herrn zu wachen? Euer Haar
Ist silbergrau und Ihr errötet nicht,
An Eures Weibes Redlichkeit zu glauben?
O geht nach Hause. Eben trefft Ihr sie
In Eures Sohns blutschändrischer Umarmung.
Glaubt Eurem König, geht – Ihr steht bestürzt?
Ihr seht mich mit Bedeutung an? – weil ich,
Ich selber etwa graue Haare trage?
Unglücklicher, besinnt Euch. Königinnen
Beflecken ihre Tugend nicht. Ihr seid
Des Todes, wenn Ihr zweifelt –

LERMA *mit Hitze*: Wer kann das?
In allen Staaten meines Königs wer
Ist frech genug, mit giftigem Verdacht
Die engelreine Tugend anzuhauchen?
Die beste Königin so tief –

KÖNIG: Die beste?
Und Eure beste also auch? Sie hat
Sehr warme Freunde um mich her, find ich.
Das muß ihr viel gekostet haben – mehr,
Als mir bekannt ist daß sie geben kann.
Ihr seid entlassen. Laßt den Herzog kommen.

LERMA: Schon hör ich ihn im Vorsaal – *Im Begriff zu gehen.*

KÖNIG *mit gemildertem Tone:* Graf! – Was Ihr
Vorhin bemerkt, ist doch wohl wahr gewesen.
Mein Kopf glüht von durchwachter Nacht. – Vergeßt,
Was ich im wachen Traum gesprochen. Hört Ihr?
Vergeßt es. Ich bin Euer gnäd'ger König.
Er reicht ihm die Hand zum Kusse. Lerma geht, und öffnet dem Herzog von Alba die Türe.

Dritter Auftritt

Der König *und* Herzog von Alba.

ALBA *nähert sich dem König mit ungewisser Miene:*
Ein mir so überraschender Befehl –
Zu dieser außerordentlichen Stunde?
Er stutzt, wie er den König genauer betrachtet.
Und dieser Anblick –
KÖNIG *hat sich niedergesetzt und das Medaillon auf dem Tische ergriffen. Er sieht den Herzog eine lange Zeit stillschweigend an:*
Also wirklich wahr?
Ich habe keinen treuen Diener?
ALBA *steht betreten still:* Wie?
KÖNIG: Ich bin aufs tödlichste gekränkt – man weiß es,
Und niemand, der mich warnte!
ALBA *mit einem Blick des Erstaunens:* Eine Kränkung,
Die meinem König gilt und meinem Aug
Entging?
KÖNIG *zeigt ihm die Briefe:*
Erkennt Ihr diese Hand?
ALBA: Es ist
Don Carlos' Hand –
KÖNIG *Pause, worin er den Herzog scharf beobachtet:*
Vermutet Ihr noch nichts?
Ihr habt vor seinem Ehrgeiz mich gewarnt?
War's nur sein Ehrgeiz, dieser nur, wovor
Ich zittern sollte?
ALBA: Ehrgeiz ist ein großes –
Ein weites Wort, worin unendlich viel
Noch liegen kann.
KÖNIG: Und wißt Ihr nichts besonders
Mir zu entdecken?

ALBA *nach einigem Stillschweigen mit verschloßner Miene*:
Ihre Majestät
Vertrauten meiner Wachsamkeit das Reich.
Dem Reiche bin ich mein geheimstes Wissen
Und meine Einsicht schuldig. Was ich sonst
Vermute, denke oder weiß, gehört
Mir eigen zu. Es sind geheiligte
Besitzungen, die der verkaufte Sklave
Wie der Vasall den Königen der Erde
Zurückzuhalten Vorrecht hat – Nicht alles,
Was klar vor meiner Seele steht, ist reif
Genug für meinen König. Will er doch
Befriedigt sein, so muß ich bitten, nicht
Als Herr zu fragen.
KÖNIG *gibt ihm die Briefe*:
Lest.
ALBA *liest und wendet sich erschrocken gegen den König*:
Wer war
Der Rasende, dies unglücksel'ge Blatt
In meines Königs Hand zu geben?
KÖNIG: Was?
So wißt Ihr, wen der Inhalt meint? – Der Name
Ist, wie ich weiß, auf dem Papier vermieden.
ALBA *betroffen zurücktretend*: Ich war zu schnell.
KÖNIG: Ihr wißt?
ALBA *nach einigem Bedenken*: Es ist heraus.
Mein Herr befiehlt – ich darf nicht mehr zurücke –
Ich leugn es nicht – ich kenne die Person.
KÖNIG *aufstehend in einer schrecklichen Bewegung*:
O einen neuen Tod hilf mir erdenken,
Der Rache fürchterlicher Gott! – So klar,
So weltbekannt, so laut ist das Verständnis,
Daß man, des Forschens Mühe überhoben,
Schon auf den ersten Blick es rät – Das ist
Zu viel! Das hab ich nicht gewußt! Das nicht!
Ich also bin der letzte der es findet!
Der letzte durch mein ganzes Reich –
ALBA *wirft sich dem König zu Füßen*: Ja ich bekenne
Mich schuldig, gnädigster Monarch. Ich schäme
Mich einer feigen Klugheit, die mir da
Zu schweigen riet, wo meines Königs Ehre,

Gerechtigkeit und Wahrheit laut genug
Zu reden mich bestürmten – Weil doch alles
Verstummen will – weil die Bezauberung
Der Schönheit aller Männer Zungen bindet,
So sei's gewagt, ich rede; weiß ich gleich,
Daß eines Sohns einschmeichelnde Beteurung,
Daß die verführerischen Reizungen,
Die Tränen der Gemahlin –

KÖNIG *rasch und heftig*: Stehet auf.
Ihr habt mein königliches Wort – Steht auf.
Sprecht unerschrocken.

ALBA *aufstehend*: Ihre Majestät
Besinnen sich vielleicht noch jenes Vorfalls
Im Garten zu Aranjuez. Sie fanden
Die Königin von allen ihren Damen
Verlassen – mit zerstörtem Blick – allein
In einer abgelegnen Laube.

KÖNIG: Ha!
Was werd ich hören? Weiter!

ALBA: Die Marquisin
Von Mondekar ward aus dem Reich verbannt,
Weil sie Großmut genug besaß, sich schnell
Für ihre Königin zu opfern – Jetzt
Sind wir berichtet – Die Marquisin hatte
Nicht mehr getan, als ihr befohlen worden.
Der Prinz war dort gewesen.

KÖNIG *schrecklich auffahrend*: Dort gewesen?
Doch also –

ALBA: Eines Mannes Spur im Sande,
Die von dem linken Eingang dieser Laube
Nach einer Grotte sich verlor, wo noch
Ein Schnupftuch lag, das der Infant vermißte,
Erweckte gleich Verdacht. Ein Gärtner hatte
Dem Prinzen dort begegnet, und das war,
Beinah auf die Minute ausgerechnet,
Dieselbe Zeit, wo Eure Majestät
Sich in der Laube zeigten.

KÖNIG *aus einem finstern Nachsinnen zurückkommend*:
Und sie weinte,
Als ich Befremdung blicken ließ! Sie machte
Vor meinem ganzen Hofe mich erröten!

Erröten vor mir selbst – Bei Gott! ich stand
Wie ein Gerichteter vor ihrer Tugend –
Eine lange und tiefe Stille. Er setzt sich nieder und verhüllt das Gesicht.
Ja, Herzog Alba – Ihr habt recht – Das könnte
Zu etwas Schrecklichem mich führen – Laßt
Mich einen Augenblick allein.

ALBA: Mein König,
Selbst das entscheidet noch nicht ganz –

KÖNIG *nach den Papieren greifend*: Auch das nicht?
Und das? Und wieder das? Und dieser laute
Zusammenklang verdammender Beweise?
O es ist klärer als das Licht – Was ich
Schon lange Zeit vorausgewußt – Der Frevel
Begann da schon, als ich von Euern Händen
Sie in Madrid zuerst empfing – Noch seh ich
Mit diesem Blick des Schreckens, geisterbleich,
Auf meinen grauen Haaren sie verweilen.
Da fing es an, das falsche Spiel!

ALBA: Dem Prinzen
Starb eine Braut in seiner jungen Mutter.
Schon hatten sie mit Wünschen sich gewiegt,
In feurigen Empfindungen verstanden,
Die ihr der neue Stand verbot. Die Furcht
War schon besiegt, die Furcht, die sonst das erste
Geständnis zu begleiten pflegt, und kühner
Sprach die Verführung in vertrauten Bildern
Erlaubter Rückerinnerung. Verschwistert
Durch Harmonie der Meinung und der Jahre,
Durch gleichen Zwang erzürnt, gehorchten sie
Den Wallungen der Leidenschaft so dreister.
Die Politik griff ihrer Neigung vor;
Ist es zu glauben, mein Monarch, daß sie
Dem Staatsrat diese Vollmacht zuerkannte?
Daß sie die Lüsternheit bezwang, die Wahl
Des Kabinetts aufmerksamer zu prüfen?
Sie war gefaßt auf Liebe, und empfing –
Ein Diadem.

KÖNIG *beleidigt und mit Bitterkeit*:
Ihr unterscheidet sehr –
Sehr weise, Herzog – Ich bewundre Eure
Beredsamkeit. Ich dank Euch. *Aufstehend, kalt und stolz.*

Ihr habt recht:
Die Königin hat sehr gefehlt, mir Briefe
Von diesem Inhalt zu verbergen – mir
Die strafbare Erscheinung des Infanten
Im Garten zu verheimlichen. Sie hat
Aus falscher Großmut sehr gefehlt. Ich werde
Sie zu bestrafen wissen. *Er zieht die Glocke.*
Wer ist sonst
Im Vorsaal? – Euer, Herzog Alba,
Bedarf ich nicht mehr. Tretet ab.

ALBA: Sollt ich
Durch meinen Eifer Eurer Majestät
Zum zweitenmal mißfallen haben?

KÖNIG *zu einem Pagen, der hereintritt*: Laßt
Domingo kommen.
Der Page geht ab.
Ich vergeb es Euch,
Daß Ihr beinahe zwei Minuten lang
Mich ein Verbrechen hättet fürchten lassen,
Das gegen Euch begangen werden kann.
Alba entfernt sich.

Vierter Auftritt

Der König. Domingo.

DER KÖNIG *geht einigemal auf und ab, sich zu sammeln.*

DOMINGO *tritt einige Minuten nach dem Herzog herein, nähert sich dem König, den er eine Zeitlang mit feierlicher Stille betrachtet*:
Wie froh erstaun ich, Eure Majestät
So ruhig, so gefaßt zu sehn.

KÖNIG: Erstaunt Ihr –

DOMINGO: Der Vorsicht sei's gedankt, daß meine Furcht
Doch also nicht gegründet war! Nun darf
Ich um so eher hoffen.

KÖNIG: Eure Furcht?
Was war zu fürchten?

DOMINGO: Ihre Majestät,
Ich darf nicht bergen, daß ich allbereits
Um ein Geheimnis weiß –

KÖNIG *finster*: Hab ich denn schon

Den Wunsch geäußert, es mit Euch zu teilen?
Wer kam so unberufen mir zuvor?
Sehr kühn, bei meiner Ehre!

DOMINGO: Mein Monarch,
Der Ort, der Anlaß, wo ich es erfahren,
Das Siegel, unter dem ich es erfahren,
Spricht wenigstens von dieser Schuld mich frei.
Am Beichtstuhl ward es mir vertraut – vertraut
Als Missetat, die das empfindliche
Gewissen der Entdeckerin belastet,
Und Gnade bei dem Himmel sucht. Zu spät
Beweint die Fürstin eine Tat, von der
Sie Ursach hat die fürchterlichsten Folgen
Für ihre Königin zu ahnen.

KÖNIG: Wirklich?
Das gute Herz – Ihr habt ganz recht vermutet,
Weswegen ich Euch rufen ließ. Ihr sollt
Aus diesem dunkeln Labyrinth mich führen,
Worein ein blinder Eifer mich geworfen.
Von Euch erwart ich Wahrheit. Redet offen
Mit mir. Was soll ich glauben, was beschließen?
Von Eurem Amte fodr ich Wahrheit.

DOMINGO: Sire,
Wenn meines Standes Mildigkeit mir auch
Der Schonung süße Pflicht nicht auferlegte,
Doch würd ich Eure Majestät beschwören,
Um Ihrer Ruhe willen Sie beschwören,
Bei dem Entdeckten stillzustehn – das Forschen
In ein Geheimnis ewig aufzugeben,
Das niemals freudig sich entwickeln kann.
Was jetzt bekannt ist, kann vergeben werden.
Ein Wort des Königs – und die Königin
Hat nie gefehlt. Der Wille des Monarchen
Verleiht die Tugend wie das Glück – und nur
Die immer gleiche Ruhe meines Königs
Kann die Gerüchte mächtig niederschlagen,
Die sich die Lästerung erlaubt.

KÖNIG: Gerüchte?
Von mir, und unter meinem Volke?

DOMINGO: Lügen!
Verdammenswerte Lügen! Ich beschwör es.

Doch freilich gibt es Fälle, wo der Glaube
Des Volks, und wär er noch so unerwiesen,
Bedeutend wie die Wahrheit wird.

KÖNIG: Bei Gott!
Und hier gerade wär es –

DOMINGO: Guter Name
Ist das kostbare, einz'ge Gut, um welches
Die Königin mit einem Bürgerweibe
Wetteifern muß –

KÖNIG: Für den doch, will ich hoffen,
Hier nicht gezittert werden soll?

Er ruht mit ungewissem Blick auf Domingo. Nach einigem Stillschweigen:

Kaplan,
Ich soll noch etwas Schlimmes von Euch hören.
Verschiebt es nicht. Schon lange les ich es
In diesem Unglück bringenden Gesichte.
Heraus damit! Sei's was es wolle! Laßt
Nicht länger mich auf dieser Folter beben.
Was glaubt das Volk?

DOMINGO: Noch einmal, Sire, das Volk
Kann irren – und es irrt gewiß. Was es
Behauptet, darf den König nicht erschüttern –
Nur – daß es so weit schon sich wagen durfte,
Dergleichen zu behaupten –

KÖNIG: Was? Muß ich
So lang um einen Tropfen Gift Euch bitten?

DOMINGO: Das Volk denkt an den Monat noch zurücke,
Der Eure königliche Majestät
Dem Tode nahe brachte – Dreißig Wochen
Nach diesem liest es von der glücklichen
Entbindung –

Der König steht auf und zieht die Glocke. Herzog von Alba tritt herein. Domingo betroffen.

Ich erstaune, Sire!

KÖNIG *dem Herzog Alba entgegengehend*:
Toledo!
Ihr seid ein Mann. Schützt mich vor diesem Priester.

DOMINGO. *Er und Herzog Alba geben sich verlegene Blicke. Nach einer Pause*: Wenn wir voraus es hätten wissen können,
Daß diese Nachricht an dem Überbringer
Geahndet werden sollte –

KÖNIG: Bastard sagt Ihr?
Ich war, sagt Ihr, vom Tode kaum erstanden,
Als sie sich Mutter fühlte? – Wie? Das war
Ja damals, wenn ich anders mich nicht irre,
Als ihr den heiligen Dominikus
In allen Kirchen für das hohe Wunder lobtet,
Das er an mir gewirkt? – Was damals Wunder
Gewesen, ist es jetzt nicht mehr? So habt
Ihr damals, oder heute mir gelogen.
An was verlangt ihr daß ich glauben soll?
O ich durchschau euch. Wäre das Komplott
Schon damals reif gewesen – ja dann war
Der Heilige um seinen Ruhm.

ALBA: Komplott!

KÖNIG: Ihr solltet
Mit dieser beispiellosen Harmonie
Jetzt in derselben Meinung euch begegnen,
Und doch nicht einverstanden sein? Mich wollt
Ihr das bereden? Mich? Ich soll vielleicht
Nicht wahrgenommen haben, wie erpicht
Und gierig ihr auf euren Raub euch stürztet?
Mit welcher Wollust ihr an meinem Schmerz,
An meines Zornes Wallung euch geweidet?
Nicht merken soll ich, wie voll Eifer dort
Der Herzog brennt, der Gunst zuvorzueilen,
Die meinem Sohn beschieden war? Wie gerne
Der fromme Mann hier seinen kleinen Groll
Mit meines Zornes Riesenarm bewehrte?
Ich bin der Bogen, bildet ihr euch ein,
Den man nur spannen dürfe nach Gefallen? –
Noch hab ich meinen Willen auch – und wenn
Ich zweifeln soll, so laßt mich wenigstens
Bei euch den Anfang machen.

ALBA: Diese Deutung
Hat unsre Treue nicht erwartet.

KÖNIG: Treue!
Die Treue warnt vor drohenden Verbrechen,
Die Rachgier spricht von den begangenen.
Laßt hören! Was gewann ich denn durch eure
Dienstfertigkeit? – Ist, was ihr vorgebt, wahr;
Was bleibt mir übrig als der Trennung Wunde?

Der Rache trauriger Triumph? – Doch nein,
Ihr fürchtet nur, ihr gebt mir schwankende
Vermutungen – am Absturz einer Hölle
Laßt ihr mich stehen und entflieht.

DOMINGO: Sind andre
Beweise möglich, wo das Auge selbst
Nicht überwiesen werden kann?

KÖNIG *nach einer großen Pause ernst und feierlich zu Domingo sich wendend*: Ich will
Die Großen meines Königreichs versammeln,
Und selber zu Gerichte sitzen. Tretet
Heraus vor allen – habt Ihr Mut – und klaget
Als eine Buhlerin sie an! – Sie soll
Des Todes sterben – ohne Rettung – sie
Und der Infant soll sterben – aber – merkt Euch!
Kann sie sich reinigen – Ihr selbst! Wollt Ihr
Die Wahrheit durch ein solches Opfer ehren?
Entschließet Euch. Ihr wollt nicht? Ihr verstummt?
Ihr wollt nicht? – Das ist eines Lügners Eifer.

ALBA *der stillschweigend in der Ferne gestanden, kalt und ruhig*:
Ich will es.

KÖNIG *dreht sich erstaunt um, und sieht den Herzog eine Zeitlang starr an*: Das ist kühn! Doch mir fällt ein,
Daß Ihr in scharfen Schlachten Euer Leben
An etwas weit Geringeres gewagt –
Mit eines Würfelspielers Leichtsinn für
Des Ruhmes Unding es gewagt – Und was
Ist Euch das Leben? – Königliches Blut
Geb ich dem Rasenden nicht preis, der nichts
Zu hoffen hat, als ein geringes Dasein
Erhaben aufzugeben – Euer Opfer
Verwerf ich. Geht – Geht, und im Audienzsaal
Erwartet meine weiteren Befehle.

Beide gehen ab.

Fünfter Auftritt

Der König *allein.*

Jetzt gib mir einen Menschen, gute Vorsicht –
Du hast mir viel gegeben. Schenke mir

Jetzt einen Menschen. Du – du bist allein,
Denn deine Augen prüfen das Verborgne,
Ich bitte dich um einen Freund, denn ich
Bin nicht wie du allwissend. Die Gehülfen,
Die du mir zugeordnet hast, was sie
Mir sind, weißt du. Was sie verdienen, haben
Sie mir gegolten. Ihre zahmen Laster,
Beherrscht vom Zaume, dienen meinen Zwecken
Wie deine Wetter reinigen die Welt.
Ich brauche Wahrheit – Ihre stille Quelle
Im dunkeln Schutt des Irrtums aufzugraben,
Ist nicht das Los der Könige. Gib mir
Den seltnen Mann mit reinem, offnem Herzen,
Mit hellem Geist und unbefangnen Augen,
Der mir sie finden helfen kann – ich schütte
Die Lose auf; laß unter Tausenden,
Die um der Hoheit Sonnenscheibe flattern,
Den einzigen mich finden.

Er öffnet eine Schatulle, und nimmt eine Schreibtafel heraus. Nachdem er eine Zeitlang darin geblättert:

Bloße Namen –
Nur Namen stehen hier, und nicht einmal
Erwähnung des Verdiensts, dem sie den Platz
Auf dieser Tafel danken – und was ist
Vergeßlicher als Dankbarkeit? Doch hier
Auf dieser andern Tafel les ich jede
Vergehung pünktlich beigeschrieben. Wie?
Das ist nicht gut. Braucht etwa das Gedächtnis
Der Rache dieser Hülfe noch? *Liest weiter.*
Graf Egmont?
Was will der hier? – Der Sieg bei Saint Quentin
War längst verwirkt. Ich werf ihn zu den Toten.

Er löscht diesen Namen aus, und schreibt ihn auf die andere Tafel. Nachdem er weitergelesen:

Marquis von Posa? – Posa? – Posa? Kann
Ich dieses Menschen mich doch kaum besinnen!
Und zweifach angestrichen – ein Beweis,
Daß ich zu großen Zwecken ihn bestimmte!
Und war es möglich? dieser Mensch entzog
Sich meiner Gegenwart bis jetzt? vermied
Die Augen seines königlichen Schuldners?

Bei Gott! im ganzen Umkreis meiner Staaten
Der einz'ge Mensch, der meiner nicht bedarf!
Besäß er Habsucht oder Ehrbegierde,
Er wäre längst vor meinem Thron erschienen.
Wag ich's mit diesem Sonderling? Wer mich
Entbehren kann, wird Wahrheit für mich haben. *Er geht ab.*

Der Audienzsaal.

Sechster Auftritt

Don Carlos *im Gespräch mit dem* Prinzen von Parma. Die Herzoge von Alba, Feria; *und* Medina sidonia. Graf von Lerma, *und noch andere* Granden *mit Schriften in der Hand. Alle den König erwartend.*

medina sidonia *von allen Umstehenden sichtbar vermieden, wendet sich zum Herzog von Alba, der allein und in sich gekehrt auf und ab geht*: Sie haben ja den Herrn gesprochen, Herzog. –
Wie fanden Sie ihn aufgelegt?

alba: Sehr übel
Für Sie und Ihre Zeitungen.

medina sidonia: Im Feuer
Des englischen Geschützes war mir's leichter,
Als hier auf diesem Pflaster.

Carlos, der mit stiller Teilnahme auf ihn geblickt hat, nähert sich ihm jetzt, und drückt ihm die Hand.

Warmen Dank
Für diese großmutsvolle Träne, Prinz.
Sie sehen, wie mich alles flieht. Nun ist
Mein Untergang beschlossen.

carlos: Hoffen Sie
Das Beste, Freund, von meines Vaters Gnade
Und Ihrer Unschuld.

medina sidonia: Ich verlor ihm eine Flotte,
Wie keine noch im Meer erschien – Was ist
Ein Kopf wie dieser gegen siebenzig
Versunkne Galionen? – Aber Prinz –
Fünf Söhne, hoffnungsvoll wie Sie – das bricht
Mein Herz –

Siebenter Auftritt

Der König *kommt angekleidet heraus.* Die Vorigen. *Alle nehmen die Hüte ab und weichen zu beiden Seiten aus, indem sie einen halben Kreis um ihn bilden. Stillschweigen.*

KÖNIG *den ganzen Kreis flüchtig durchschauend*:
Bedeckt euch!
Don Carlos und der Prinz von Parma nähern sich zuerst, und küssen dem König die Hand. Er wendet sich mit einiger Freundlichkeit zu dem letztern, ohne seinen Sohn bemerken zu wollen.
Eure Mutter, Neffe,
Will wissen, wie man in Madrid mit Euch
Zufrieden sei.
PARMA: Das frage sie nicht eher,
Als nach dem Ausgang meiner ersten Schlacht.
KÖNIG: Gebt Euch zufrieden. Auch an Euch wird einst
Die Reihe sein, wenn diese Stämme brechen.
Zum Herzog von Feria:
Was bringt Ihr mir?
FERIA *ein Knie vor dem König beugend*:
Der Großkomtur des Ordens
Von Calatrava starb an diesem Morgen.
Hier folgt sein Ritterkreuz zurück.
KÖNIG *nimmt den Orden, und sieht im ganzen Zirkel herum*:
Wer wird
Nach ihm am würdigsten es tragen?
Er winkt Alba zu sich, welcher sich vor ihm auf ein Knie niederläßt, und hängt ihm den Orden um.
Herzog,
Ihr seid mein erster Feldherr – seid nie m e h r ,
So wird Euch meine Gnade niemals fehlen.
Er wird den Herzog von Medina Sidonia gewahr.
Sieh da! mein Admiral!
MEDINA SIDONIA *nähert sich wankend, und kniet vor dem Könige nieder, mit gesenktem Haupt*:
D a s , großer König,
Ist alles, was ich von der span'schen Jugend
Und der Armada wiederbringe.
KÖNIG *nach einem langen Stillschweigen*:
Gott

Ist über mir – Ich habe gegen Menschen,
Nicht gegen Sturm und Klippen sie gesendet –
Seid mir willkommen in Madrid.

Er reicht ihm die Hand zum Kusse.

Und Dank

Daß Ihr in Euch mir einen würd'gen Diener
Erhalten habt! – für diesen, meine Granden,
Erkenn ich ihn, will ich erkannt ihn wissen.

Er gibt ihm einen Wink aufzustehen und sich zu bedecken – dann wendet er sich gegen die andern.

Was gibt es noch?

Zu Don Carlos und dem Prinzen von Parma:

Ich dank euch, meine Prinzen.

Diese treten ab. Die noch übrigen Granden nähern sich, und überreichen dem König knieend ihre Papiere. Er durchsieht sie flüchtig und reicht sie dem Herzog von Alba.

Legt das im Kabinett mir vor – Bin ich zu Ende?

Niemand antwortet.

Wie kommt es denn, daß unter meinen Granden
Sich nie ein Marquis Posa zeigt? Ich weiß
Recht gut, daß dieser Marquis Posa mir
Mit Ruhm gedient. Er lebt vielleicht nicht mehr?
Warum erscheint er nicht?

LERMA: Der Chevalier
Ist kürzlich erst von Reisen angelangt,
Die er durch ganz Europa unternommen.
Soeben ist er in Madrid, und wartet
Nur auf den öffentlichen Tag, sich zu
Den Füßen seines Oberherrn zu werfen.

ALBA: Marquis von Posa? – Recht! das ist der kühne
Malteser, Ihre Majestät, von dem
Der Ruf die schwärmerische Tat erzählte.
Als auf des Ordensmeisters Aufgebot
Die Ritter sich auf ihrer Insel stellten,
Die Soliman belagern ließ, verschwand
Auf einmal von Alkalas hoher Schule
Der achtzehnjähr'ge Jüngling. Ungerufen
Stand er vor La Valette. „Man kaufte mir
Das Kreuz", sagt' er: „ich will es jetzt verdienen."
Von jenen vierzig Rittern war er einer,
Die gegen Piali, Ulucciali,

Und Mustafa und Hassem das Kastell
St. Elmo in drei wiederholten Stürmen
Am hohen Mittag hielten. Als es endlich
Erstiegen wird, und um ihn alle Ritter
Gefallen, wirft er sich ins Meer und kommt
Allein erhalten an bei La Valette.
Zwei Monate darauf verläßt der Feind
Die Insel, und der Ritter kommt zurück,
Die angefangnen Studien zu enden.

FERIA: Und dieser Marquis Posa war es auch,
Der nachher die berüchtigte Verschwörung
In Katalonien entdeckt, und bloß
Durch seine Fertigkeit allein der Krone
Die wichtigste Provinz erhielt.

KÖNIG: Ich bin
Erstaunt – Was ist das für ein Mensch, der *das*
Getan, und unter dreien, die ich frage,
Nicht einen einz'gen Neider hat? – Gewiß!
Der Mensch besitzt den ungewöhnlichsten
Charakter oder keinen – Wunders wegen
Muß ich ihn sprechen. *Zum Herzog von Alba:*
Nach gehörter Messe
Bringt ihn ins Kabinett zu mir.

Der Herzog geht ab. Der König ruft Feria.

Und Ihr
Nehmt meine Stelle im geheimen Rate.

Er geht ab.

FERIA: Der Herr ist heut sehr gnädig.

MEDINA SIDONIA: Sagen Sie:
Er ist ein Gott! – Er ist es mir gewesen.

FERIA: Wie sehr verdienen Sie Ihr Glück! Ich nehme
Den wärmsten Anteil, Admiral.

EINER VON DEN GRANDEN: Auch ich.

EIN ZWEITER: Ich wahrlich auch.

EIN DRITTER: Das Herz hat mir geschlagen.
Ein so verdienter General!

DER ERSTE: Der König
War gegen Sie nicht gnädig – nur gerecht.

LERMA *im Abgehen zu Medina Sidonia:*
Wie reich sind Sie auf einmal durch zwei Worte!

Alle gehen ab.

Achter Auftritt

Das Kabinett des Königs.

Marquis von Posa *und* Herzog von Alba.

MARQUIS *im Hereintreten*:
Mich will er haben? Mich? – Das kann nicht sein.
Sie irren sich im Namen – Und was will
Er denn von mir?
ALBA: Er will Sie kennenlernen.
MARQUIS: Der bloßen Neugier wegen – O dann schade
Um den verlornen Augenblick – Das Leben
Ist so erstaunlich schnell dahin.
ALBA: Ich übergebe
Sie Ihrem guten Stern. Der König ist
In Ihren Händen. Nützen Sie, so gut
Sie können, diesen Augenblick, und sich,
Sich selber schreiben Sie es zu, geht er
Verloren. *Er entfernt sich.*

Neunter Auftritt

Der Marquis *allein.*

Wohl gesprochen, Herzog. Nützen
Muß man den Augenblick, der e i n m a l nur
Sich bietet. Wahrlich dieser Höfling gibt
Mir eine gute Lehre – wenn auch nicht
In seinem Sinne gut, doch in dem meinen.
Nach einigem Auf- und Niedergehen:
Wie komm ich aber hieher? – Eigensinn
Des launenhaften Zufalls wär es nur,
Was mir mein Bild in d i e s e n Spiegeln zeigt?
Aus einer Million gerade mich,
Den Unwahrscheinlichsten, ergriff und im
Gedächtnisse des Königs auferweckte?
Ein Zufall nur? Vielleicht auch mehr – Und was
Ist Zufall anders, als der rohe Stein,
Der Leben annimmt unter Bildners Hand?
Den Zufall gibt die Vorsehung – Zum Zwecke
Muß ihn der Mensch gestalten – Was der König

Mit mir auch wollen mag, gleichviel! – Ich weiß
Was ich – ich mit dem König soll – Und wär's
Auch eine Feuerflocke Wahrheit nur,
In des Despoten Seele kühn geworfen –
Wie fruchtbar in der Vorsicht Hand! So könnte,
Was erst so grillenhaft mir schien, sehr zweckvoll
Und sehr besonnen sein. Sein oder nicht –
Gleichviel! In diesem Glauben will ich handeln.

Er macht einige Gänge durch das Zimmer, und bleibt endlich in ruhiger Betrachtung vor einem Gemälde stehen. Der König erscheint in dem angrenzenden Zimmer, wo er einige Befehle gibt. Alsdann tritt er herein, steht an der Türe still, und sieht dem Marquis eine Zeitlang zu, ohne von ihm bemerkt zu werden.

ZEHNTER AUFTRITT

DER KÖNIG *und* MARQUIS VON POSA.

Dieser geht dem König, sobald er ihn gewahr wird, entgegen, und läßt sich vor ihm auf ein Knie nieder, steht auf und bleibt ohne Zeichen der Verwirrung vor ihm stehen.

KÖNIG *betrachtet ihn mit einem Blick der Verwunderung*:
Mich schon gesprochen also?
MARQUIS: Nein.
KÖNIG: Ihr machtet
Um meine Krone Euch verdient. Warum
Entziehet Ihr Euch meinem Dank? In meinem
Gedächtnis drängen sich der Menschen viel.
Allwissend ist nur Einer. Euch kam's zu,
Das Auge Eures Königes zu suchen.
Weswegen tatet Ihr das nicht?
MARQUIS: Es sind
Zween Tage, Sire, daß ich ins Königreich
Zurückgekommen.
KÖNIG: Ich bin nicht gesonnen
In meiner Diener Schuld zu stehn – Erbittet
Euch eine Gnade.
MARQUIS: Ich genieße die Gesetze.
KÖNIG: Dies Recht hat auch der Mörder.
MARQUIS: Wieviel mehr

Der gute Bürger! – Sire, ich bin zufrieden.
KÖNIG *vor sich*:
Viel Selbstgefühl und kühner Mut, bei Gott!
Doch das war zu erwarten – Stolz will ich
Den Spanier. Ich mag es gerne leiden,
Wenn auch der Becher überschäumt – Ihr tratet
Aus meinen Diensten, hör ich?
MARQUIS: Einem Bessern
Den Platz zu räumen, zog ich mich zurücke.
KÖNIG: Das tut mir leid. Wenn solche Köpfe feiern,
Wieviel Verlust für meinen Staat – Vielleicht
Befürchtet Ihr, die Sphäre zu verfehlen,
Die Eures Geistes würdig ist.
MARQUIS: O nein!
Ich bin gewiß, daß der erfahrne Kenner,
In Menschenseelen, seinem Stoff, geübt,
Beim ersten Blicke wird gelesen haben,
Was ich ihm taugen kann, was nicht. Ich fühle
Mit demutsvoller Dankbarkeit die Gnade,
Die Eure königliche Majestät
Durch diese stolze Meinung auf mich häufen;
Doch – *Er hält inne.*
KÖNIG: Ihr bedenket Euch?
MARQUIS: Ich bin – ich muß
Gestehen, Sire – sogleich nicht vorbereitet,
Was ich als Bürger dieser Welt gedacht,
In Worte Ihres Untertans zu kleiden. –
Denn damals, Sire, als ich auf immer mit
Der Krone aufgehoben, glaubt ich mich
Auch der Notwendigkeit entbunden, ihr
Von diesem Schritte Gründe anzugeben.
KÖNIG: So schwach sind diese Gründe? Fürchtet Ihr
Dabei zu wagen?
MARQUIS: Wenn ich Zeit gewinne,
Sie zu erschöpfen, Sire – mein Leben höchstens.
Die Wahrheit aber setz ich aus, wenn Sie
Mir diese Gunst verweigern. Zwischen Ihrer
Ungnade und Geringschätzung ist mir
Die Wahl gelassen – Muß ich mich entscheiden,
So will ich ein Verbrecher lieber als
Ein Tor von Ihren Augen gehen.

KÖNIG *mit erwartender Miene*: Nun?
MARQUIS: – Ich kann nicht Fürstendiener sein.
Der König sieht ihn mit Erstaunen an.
Ich will
Den Käufer nicht betrügen, Sire. – Wenn Sie
Mich anzustellen würdigen, so wollen
Sie nur die vorgewogne Tat. Sie wollen
Nur meinen Arm und meinen Mut im Felde,
Nur meinen Kopf im Rat. Nicht meine Taten,
Der Beifall, den sie finden an dem Thron,
Soll meiner Taten Endzweck sein. Mir aber,
Mir hat die Tugend eignen Wert. Das Glück,
Das der Monarch mit meinen Händen pflanzte,
Erschüf ich selbst, und Freude wäre mir
Und eigne Wahl, was mir nur Pflicht sein sollte.
Und ist das Ihre Meinung? Können Sie
In Ihrer Schöpfung fremde Schöpfer dulden?
Ich aber soll zum Meißel mich erniedern,
Wo ich der Künstler könnte sein? – Ich liebe
Die Menschheit, und in Monarchieen darf
Ich niemand lieben als mich selbst.
KÖNIG: Dies Feuer
Ist lobenswert. Ihr möchtet Gutes stiften.
Wie Ihr es stiftet, kann dem Patrioten,
Dem Weisen gleich viel heißen. Suchet Euch
Den Posten aus in meinen Königreichen,
Der Euch berechtigt diesem edeln Triebe
Genugzutun.
MARQUIS: Ich finde keinen.
KÖNIG: Wie?
MARQUIS: Was Eure Majestät durch meine Hand
Verbreiten – ist das Menschenglück? – Ist das
Dasselbe Glück, das meine reine Liebe
Den Menschen gönnt? – Vor diesem Glücke würde
Die Majestät erzittern – Nein! Ein neues
Erschuf der Krone Politik – ein Glück,
Das s i e noch reich genug ist auszuteilen,
Und in dem Menschenherzen neue Triebe,
Die sich von diesem Glücke stillen lassen.
In ihren Münzen läßt sie Wahrheit schlagen,
D i e Wahrheit, die sie dulden kann. Verworfen

Sind alle Stempel, die nicht diesem gleichen.
Doch was der Krone frommen kann – ist das
Auch mir genug? Darf meine Bruderliebe
Sich zur Verkürzung meines Bruders borgen?
Weiß ich ihn glücklich – eh er denken darf?
Mich wählen Sie nicht, Sire, Glückseligkeit,
Die S i e uns prägen, auszustreun. Ich muß
Mich weigern, diese Stempel auszugeben. –
Ich kann nicht Fürstendiener sein.

KÖNIG *etwas rasch*: Ihr seid
Ein Protestant.

MARQUIS *nach einigem Bedenken*:
Ihr Glaube, Sire, ist auch
Der meinige. *Nach einer Pause:*
Ich werde mißverstanden.
Das war es, was ich fürchtete. Sie sehen
Von den Geheimnissen der Majestät
Durch meine Hand den Schleier weggezogen.
Wer sichert Sie, daß mir noch heilig heiße,
Was mich zu schrecken aufgehört? Ich bin
Gefährlich, weil ich über mich gedacht. –
Ich bin es nicht, mein König. Meine Wünsche
Verwesen hier. *Die Hand auf die Brust gelegt.*
Die lächerliche Wut
Der Neuerung, die nur der Ketten Last,
Die sie nicht ganz zerbrechen kann, vergrößert,
Wird m e i n Blut nie erhitzen. Das Jahrhundert
Ist meinem Ideal nicht reif. Ich lebe
Ein Bürger derer, welche kommen werden.
Kann ein Gemälde Ihre Ruhe trüben? –
Ihr Atem löscht es aus.

KÖNIG: Bin ich der erste,
Der Euch von dieser Seite kennt?

MARQUIS: Von dieser –
Ja!

KÖNIG *steht auf, macht einige Schritte und bleibt dem Marquis gegenüber stehen. Vor sich*:
Neu zum wenigsten ist dieser Ton!
Die Schmeichelei erschöpft sich. Nachzuahmen
Erniedrigt einen Mann von Kopf. – Auch einmal
Die Probe von dem Gegenteil. Warum nicht?

Das Überraschende macht Glück. – Wenn Ihr
Es so verstehet, gut, so will ich mich
Auf eine neue Kronbedienung richten –
Den starken Geist –

MARQUIS: Ich höre, Sire, wie klein,
Wie niedrig Sie von Menschenwürde denken,
Selbst in des freien Mannes Sprache nur
Den Kunstgriff eines Schmeichlers sehen, und
Mir deucht, ich weiß, wer Sie dazu berechtigt.
Die Menschen zwangen Sie dazu; d i e haben
Freiwillig ihres Adels sich begeben,
Freiwillig sich auf diese niedre Stufe
Herabgestellt. Erschrocken fliehen sie
Vor dem Gespenste ihrer innern Größe,
Gefallen sich in ihrer Armut, schmücken
Mit feiger Weisheit ihre Ketten aus,
Und Tugend nennt man, sie mit Anstand tragen.
So überkamen Sie die Welt. So ward
Sie Ihrem großen Vater überliefert.
Wie könnten Sie in dieser traurigen
Verstümmlung – Menschen ehren?

KÖNIG: Etwas Wahres
Find ich in diesen Worten.

MARQUIS: Aber schade!
Da Sie den Menschen aus des Schöpfers Hand
In Ihrer Hände Werk verwandelten,
Und dieser neugegoßnen Kreatur
Zum Gott sich gaben – da versahen Sie's
In etwas nur: Sie blieben selbst noch Mensch –
Mensch aus des Schöpfers Hand. S i e fuhren fort
Als Sterblicher zu leiden, zu begehren;
S i e brauchen Mitgefühl – und einem Gott
Kann man nur opfern – zittern – zu ihm beten!
Bereuenswerter Tausch! Unselige
Verdrehung der Natur! – Da Sie den Menschen
Zu Ihrem Saitenspiel herunterstürzten,
Wer teilt mit Ihnen Harmonie?

KÖNIG: (Bei Gott,
Er greift in meine Seele!)

MARQUIS: Aber Ihnen
Bedeutet dieses Opfer nichts. Dafür

Sind Sie auch einzig – Ihre eigne Gattung –
Um diesen Preis sind Sie ein Gott. – Und schrecklich,
Wenn das n i c h t wäre – wenn für diesen Preis,
Für das zertretne Glück von Millionen,
Sie nichts gewonnen hätten! wenn die Freiheit,
Die Sie vernichteten, das einz'ge wäre,
Das Ihre Wünsche reifen kann? – Ich bitte
Mich zu entlassen, Sire. Mein Gegenstand
Reißt mich dahin. Mein Herz ist voll – der Reiz
Zu mächtig, vor dem einzigen zu stehen,
Dem ich es öffnen möchte.

Der Graf von Lerma tritt herein und spricht einige Worte leise mit dem König. Dieser gibt ihm einen Wink sich zu entfernen, und bleibt in seiner vorigen Stellung sitzen.

KÖNIG *zum Marquis, nachdem Lerma weggegangen*:
Redet aus!

MARQUIS *nach einigem Stillschweigen*:
Ich fühle, Sire – den ganzen Wert –

KÖNIG: Vollendet!
Ihr hattet mir noch mehr zu sagen.

MARQUIS: Sire!
Jüngst kam ich an von Flandern und Brabant –
So viele reiche, blühende Provinzen!
Ein kräftiges, ein großes Volk – und auch
Ein gutes Volk – und Vater dieses Volkes!
Das, dacht ich, das muß göttlich sein! – Da stieß
Ich auf verbrannte menschliche Gebeine –

Hier schweigt er still; seine Augen ruhen auf dem König, der es versucht, diesen Blick zu erwidern, aber betroffen und verwirrt zur Erde sieht.

Sie haben recht. S i e müssen. Daß Sie k ö n n e n,
Was Sie zu müssen eingesehn, hat mich
Mit schauernder Bewunderung durchdrungen.
O schade, daß, in seinem Blut gewälzt,
Das Opfer wenig dazu taugt, dem Geist
Des Opferers ein Loblied anzustimmen!
Daß Menschen nur – nicht Wesen höhrer Art –
Die Weltgeschichte schreiben! – Sanftere
Jahrhunderte verdrängen Philipps Zeiten;
Die bringen mildre Weisheit; Bürgerglück
Wird dann versöhnt mit Fürstengröße wandeln,

Der karge Staat mit seinen Kindern geizen,
Und die Notwendigkeit wird menschlich sein.

KÖNIG:
Wann, denkt Ihr, würden diese menschlichen
Jahrhunderte erscheinen, hätt ich vor
Dem Fluch des jetzigen gezittert? Sehet
In meinem Spanien Euch um. Hier blüht
Des Bürgers Glück in nie bewölktem Frieden;
Und diese Ruhe gönn ich den Flamändern.

MARQUIS *schnell*: Die Ruhe eines Kirchhofs! Und Sie hoffen
Zu endigen, was Sie begannen? hoffen,
Der Christenheit gezeitigte Verwandlung,
Den allgemeinen Frühling aufzuhalten,
Der die Gestalt der Welt verjüngt? Sie wollen
Allein in ganz Europa – sich dem Rade
Des Weltverhängnisses, das unaufhaltsam
In vollem Laufe rollt, entgegenwerfen?
Mit Menschenarm in seine Speichen fallen?
Sie werden nicht! Schon flohen Tausende
Aus Ihren Ländern froh und arm. Der Bürger,
Den Sie verloren für den Glauben, war
Ihr edelster. Mit offnen Mutterarmen
Empfängt die Fliehenden Elisabeth,
Und fruchtbar blüht durch Künste unsres Landes
Britannien. Verlassen von dem Fleiß
Der neuen Christen, liegt Grenada öde,
Und jauchzend sieht Europa seinen Feind
An selbstgeschlagnen Wunden sich verbluten.

Der König ist bewegt, der Marquis bemerkt es, und tritt einige Schritte näher.

Sie wollen pflanzen für die Ewigkeit,
Und säen Tod? Ein so erzwungnes Werk
Wird seines Schöpfers Geist nicht überdauern.
Dem Undank haben Sie gebaut – umsonst
Den harten Kampf mit der Natur gerungen,
Umsonst ein großes königliches Leben
Zerstörenden Entwürfen hingeopfert.
Der Mensch ist mehr, als Sie von ihm gehalten.
Des langen Schlummers Bande wird er brechen,
Und wiederfordern sein geheiligt Recht.
Zu einem Nero und Busiris wirft

Er Ihren Namen, und – das schmerzt mich, denn
Sie waren gut.
KÖNIG: Wer hat Euch dessen so
Gewiß gemacht?
MARQUIS *mit Feuer*: Ja, beim Allmächtigen!
Ja – Ja – Ich wiederhol es. Geben Sie,
Was Sie uns nahmen, wieder. Lassen Sie,
Großmütig wie der Starke, Menschenglück
Aus Ihrem Füllhorn strömen – Geister reifen
In Ihrem Weltgebäude. Geben Sie,
Was Sie uns nahmen, wieder. Werden Sie
Von Millionen Königen ein König.
Er nähert sich ihm kühn, und indem er feste und feurige Blicke auf ihn richtet:
O könnte die Beredsamkeit von allen
Den Tausenden, die dieser großen Stunde
Teilhaftig sind, auf meinen Lippen schweben,
Den Strahl, den ich in diesen Augen merke,
Zur Flamme zu erheben! – Geben Sie
Die unnatürliche Vergöttrung auf,
Die uns vernichtet. Werden Sie uns Muster
Des Ewigen und Wahren. Niemals – niemals
Besaß ein Sterblicher so viel, so göttlich
Es zu gebrauchen. Alle Könige
Europens huldigen dem span'schen Namen.
Gehn Sie Europens Königen voran.
Ein Federzug von dieser Hand, und neu
Erschaffen wird die Erde. Geben Sie
Gedankenfreiheit – *Sich ihm zu Füßen werfend.*
KÖNIG *überrascht, das Gesicht weggewandt und dann wieder auf den Marquis geheftet*: Sonderbarer Schwärmer!
Doch – stehet auf – ich –
MARQUIS: Sehen Sie sich um
In seiner herrlichen Natur! Auf Freiheit
Ist sie gegründet – und wie reich ist sie
Durch Freiheit! Er, der große Schöpfer, wirft
In einen Tropfen Tau den Wurm, und läßt
Noch in den toten Räumen der Verwesung
Die Willkür sich ergetzen – Ihre Schöpfung,
Wie eng und arm! Das Rauschen eines Blattes
Erschreckt den Herrn der Christenheit – Sie müssen

Vor jeder Tugend zittern. Er – der Freiheit
Entzückende Erscheinung nicht zu stören –
Er läßt des Übels grauenvolles Heer
In seinem Weltall lieber toben – ihn,
Den Künstler, wird man nicht gewahr, bescheiden
Verhüllt er sich in ewige Gesetze;
Die sieht der Freigeist, doch nicht ihn. Wozu
Ein Gott? sagt er; die Welt ist sich genug.
Und keines Christen Andacht hat ihn mehr
Als dieses Freigeists Lästerung gepriesen.

KÖNIG: Und wollet Ihr es unternehmen, dies
Erhabne Muster in der Sterblichkeit
In meinen Staaten nachzubilden?

MARQUIS: Sie,
Sie können es. Wer anders? Weihen Sie
Dem Glück der Völker die Regentenkraft,
Die – ach so lang – des Thrones Größe nur
Gewuchert hatte – Stellen Sie der Menschheit
Verlornen Adel wieder her. Der Bürger
Sei wiederum, was er zuvor gewesen,
Der Krone Zweck – ihn binde keine Pflicht,
Als seiner Brüder gleich ehrwürd'ge Rechte.
Wenn nun der Mensch, sich selbst zurückgegeben,
Zu seines Werts Gefühl erwacht – der Freiheit
Erhabne, stolze Tugenden gedeihen –
Dann, Sire, wenn Sie zum glücklichsten der Welt
Ihr eignes Königreich gemacht – dann ist
Es Ihre Pflicht, die Welt zu unterwerfen.

KÖNIG *nach einem großen Stillschweigen*:
Ich ließ Euch bis zu Ende reden – Anders,
Begreif ich wohl, als sonst in Menschenköpfen,
Malt sich in diesem Kopf die Welt – auch will
Ich fremdem Maßstab Euch nicht unterwerfen.
Ich bin der erste, dem Ihr Euer Innerstes
Enthüllt. Ich glaub es, weil ich's weiß. Um dieser
Enthaltung willen, solche Meinungen,
Mit solchem Feuer doch umfaßt, verschwiegen
Zu haben bis auf diesen Tag – um dieser
Bescheidnen Klugheit willen, junger Mann,
Will ich vergessen, daß ich sie erfahren,
Und wie ich sie erfahren. Stehet auf.

Ich will den Jüngling, der sich übereilte,
Als Greis und nicht als König widerlegen.
Ich will es, weil ich's will – Gift also selbst,
Find ich, kann in gutartigen Naturen
Zu etwas Besserm sich veredeln – Aber
Flieht meine Inquisition – Es sollte
Mir leid tun –
MARQUIS: Wirklich? Sollt es das?
KÖNIG *in seinem Anblick verloren*: Ich habe
Solch einen Menschen nie gesehen. – Nein!
Nein, Marquis! Ihr tut mir zuviel. Ich will
Nicht Nero sein. Ich will es nicht sein – will
Es gegen Euch nicht sein. Nicht alle
Glückseligkeit soll unter mir verdorren.
Ihr selbst, Ihr sollet unter meinen Augen
Fortfahren dürfen, Mensch zu sein.
MARQUIS *rasch*: Und meine
Mitbürger, Sire? – Oh! nicht um mich war mir's
Zu tun, nicht m e i n e Sache wollt ich führen.
Und Ihre Untertanen, Sire? –
KÖNIG: Und wenn
Ihr so gut wisset, wie die Folgezeit
Mich richten wird, so lerne sie an Euch
Wie ich mit Menschen es gehalten, als
Ich einen fand.
MARQUIS: Oh! der gerechteste
Der Könige sei nicht mit e i n e m Male
Der ungerechteste – In Ihrem Flandern
Sind tausend Bessere als ich. Nur S i e –
Darf ich es frei gestehen, großer König? –
S i e sehn jetzt unter diesem sanftern Bilde
Vielleicht zum ersten Mal die Freiheit.
KÖNIG *mit gemildertem Ernst*: Nichts mehr
Von diesem Inhalt, junger Mann. – Ich weiß,
Ihr werdet anders denken, kennet Ihr
Den Menschen erst, wie ich – Doch hätt ich Euch
Nicht gern zum letztenmal gesehn. Wie fang ich
Es an, Euch zu verbinden?
MARQUIS: Lassen Sie
Mich wie ich bin. Was wär ich Ihnen, Sire,
Wenn Sie auch mich bestächen?

KÖNIG: Diesen Stolz
Ertrag ich nicht. Ihr seid von heute an
In meinen Diensten – Keine Einwendung!
Ich will es haben. *Nach einer Pause.*
Aber wie? Was wollte
Ich denn? War es nicht Wahrheit was ich wollte?
Und hier find ich noch etwas mehr – Ihr habt
Auf meinem Thron mich ausgefunden, Marquis.
Nicht auch in meinem Hause?
Da sich der Marquis zu bedenken scheint.
Ich versteh Euch.
Doch – wär ich auch von allen Vätern der
Unglücklichste, kann ich nicht glücklich sein
Als Gatte?

MARQUIS: Wenn ein hoffnungsvoller Sohn,
Wenn der Besitz der liebenswürdigsten
Gemahlin einem Sterblichen ein Recht
Zu diesem Namen geben, Sire, so sind Sie
Der glücklichste durch beides.

KÖNIG *mit finstrer Miene*: Nein! ich bin's nicht!
Und daß ich's nicht bin, hab ich tiefer nie
Gefühlt als eben jetzt –
Mit einem Blicke der Wehmut auf dem Marquis verweilend.

MARQUIS: Der Prinz denkt edel
Und gut. Ich hab ihn anders nie gefunden.

KÖNIG: Ich aber hab es – Was er mir genommen,
Kann keine Krone mir ersetzen – Eine
So tugendhafte Königin!

MARQUIS: Wer kann
Es wagen, Sire!

KÖNIG: Die Welt! Die Lästerung!
Ich selbst! – Hier liegen Zeugnisse, die ganz
Unwidersprechlich sie verdammen; andre
Sind noch vorhanden, die das Schrecklichste
Mich fürchten lassen – Aber, Marquis – schwer,
Schwer fällt es mir, an e i n e s nur zu glauben.
Wer klagt sie an? – Wenn s i e – sie fähig sollte
Gewesen sein, so tief sich zu entehren,
O wieviel mehr ist mir zu glauben dann
Erlaubt, daß eine Eboli verleumdet?
Haßt nicht der Priester meinen Sohn und sie?

Und weiß ich nicht, daß Alba Rache brütet?
Mein Weib ist mehr wert als sie alle.

MARQUIS: Sire,
Und etwas lebt noch in des Weibes Seele,
Das über allen Schein erhaben ist
Und über alle Lästerung – Es heißt
Weibliche Tugend.

KÖNIG: Ja! das sag ich auch.
So tief, als man die Königin bezüchtigt,
Herabzusinken, kostet viel. So leicht,
Als man mich überreden möchte, reißen
Der Ehre heil'ge Bande nicht. Ihr kennt
Den Menschen, Marquis. Solch ein Mann hat mir
Schon längst gemangelt, Ihr seid gut und fröhlich,
Und kennet doch den Menschen auch – Drum hab
Ich Euch gewählt –

MARQUIS *überrascht und erschrocken*:
Mich, Sire?

KÖNIG: Ihr standet
Vor Eurem Herrn, und habt nichts für Euch selbst
Erbeten – nichts. Das ist mir neu – Ihr werdet
Gerecht sein. Leidenschaft wird Euren Blick
Nicht irren – Dränget Euch zu meinem Sohn,
Erforscht das Herz der Königin. Ich will
Euch Vollmacht senden, sie geheim zu sprechen.
Und jetzt verlaßt mich! *Er zieht eine Glocke.*

MARQUIS: Kann ich es mit einer
Erfüllten Hoffnung? – Dann ist dieser Tag
Der schönste meines Lebens.

KÖNIG *reicht ihm die Hand zum Kusse*:
Er ist kein
Verlorner in dem meinigen.

Der Marquis steht auf und geht. Graf Lerma tritt herein.

Der Ritter
Wird künftig ungemeldet vorgelassen.

VIERTER AKT

Erster Auftritt

Saal bei der Königin.

Die Königin. Die Herzogin Olivarez. Die Prinzessin von Eboli. Die Gräfin Fuentes *und noch andere* Damen.

KÖNIGIN *zur Oberhofmeisterin, indem sie aufsteht*:
Der Schlüssel fand sich also nicht? – So wird
Man die Schatulle mir erbrechen müssen,
Und zwar sogleich –
Da sie die Prinzessin von Eboli gewahr wird, welche sich ihr nähert und ihr die Hand küßt.
Willkommen, liebe Fürstin.
Mich freut, Sie wiederhergestellt zu finden –
Zwar noch sehr blaß –
FUENTES *etwas tückisch*: Die Schuld des bösen Fiebers,
Das ganz erstaunlich an die Nerven greift.
Nicht wahr, Prinzessin?
KÖNIGIN: Sehr hab ich gewünscht
Sie zu besuchen, meine Liebe – Doch
Ich darf ja nicht.
OLIVAREZ: Die Fürstin Eboli
Litt wenigstens nicht Mangel an Gesellschaft –
KÖNIGIN: Das glaub ich gern. Was haben Sie? Sie zittern.
EBOLI: Nichts – gar nichts, meine Königin. Ich bitte
Um die Erlaubnis wegzugehen –
KÖNIGIN: Sie
Verhehlen uns, sind kränker gar, als Sie
Uns glauben machen wollen? Auch das Stehn
Wird Ihnen sauer. Helfen Sie ihr, Gräfin,
Auf dieses Taburett sich niedersetzen.
EBOLI: Im Freien wird mir besser. *Sie geht ab.*
KÖNIGIN: Folgen Sie
Ihr, Gräfin – Welche Anwandlung!
Ein Page tritt herein, und spricht mit der Herzogin, welche sich alsdann zur Königin wendet.
OLIVAREZ: Der Marquis
Von Posa, Ihre Majestät – Er kommt
Von Seiner Majestät dem König.

KÖNIGIN: Ich
Erwart ihn.
Der Page geht ab und öffnet dem Marquis die Türe.

Zweiter Auftritt

Marquis von Posa. Die Vorigen.

Der Marquis läßt sich auf ein Knie vor der Königin nieder, welche ihm einen Wink gibt aufzustehen.

KÖNIGIN: Was ist meines Herrn Befehl?
Darf ich ihn öffentlich –
MARQUIS: Mein Auftrag lautet
An Ihre königliche Majestät allein.
Die Damen entfernen sich auf einen Wink der Königin.

Dritter Auftritt

Die Königin. Marquis von Posa.

KÖNIGIN *voll Verwunderung*:
Wie? Darf ich meinen Augen trauen, Marquis?
Sie an mich abgeschickt vom König?
MARQUIS: Dünkt
Das Ihro Majestät so sonderbar?
Mir ganz und gar nicht.
KÖNIGIN: Nun so ist die Welt
Aus ihrer Bahn gewichen. Sie und er –
Ich muß gestehen –
MARQUIS: Daß es seltsam klingt?
Das mag wohl sein. – Die gegenwärt'ge Zeit
Ist noch an mehrern Wunderdingen fruchtbar.
KÖNIGIN: An größern kaum.
MARQUIS: Gesetzt, ich hätte mich
Bekehren lassen endlich – wär es müde,
An Philipps Hof den Sonderling zu spielen?
Den Sonderling! Was heißt auch das? Wer sich
Den Menschen nützlich machen will, muß doch
Zuerst sich ihnen gleichzustellen suchen.
Wozu der Sekte prahlerische Tracht?
Gesetzt – Wer ist von Eitelkeit so frei,

Um nicht für seinen Glauben gern zu werben?
Gesetzt, ich ginge damit um, den meinen
Auf einen Thron zu setzen?

KÖNIGIN: Nein! – Nein, Marquis.
Auch nicht einmal im Scherze möcht ich dieser
Unreifen Einbildung Sie zeihn. Sie sind
Der Träumer nicht, der etwas unternähme,
Was nicht geendigt werden kann.

MARQUIS: Das eben
Wär noch die Frage, denk ich.

KÖNIGIN: Was ich höchstens
Sie zeihen könnte, Marquis – was von Ihnen
Mich fast befremden könnte, wäre – wäre –

MARQUIS: Zweideutelei. Kann sein.

KÖNIGIN: Unredlichkeit
Zum wenigsten. Der König wollte mir
Wahrscheinlich nicht durch Sie entbieten lassen,
Was Sie mir sagen werden.

MARQUIS: Nein.

KÖNIGIN: Und kann
Die gute Sache schlimme Mittel adeln?
Kann sich – verzeihen Sie mir diesen Zweifel!
Ihr edler Stolz zu diesem Amte borgen?
Kaum glaub ich es –

MARQUIS: Auch i c h nicht, wenn es hier
Nur gelten soll, den König zu betrügen.
Doch das ist meine Meinung nicht. Ihm selbst
Gedenk ich diesmal redlicher zu dienen,
Als er mir aufgetragen hat.

KÖNIGIN: Daran
Erkenn ich Sie, und nun genug! Was macht er?

MARQUIS: Der König? – Wie es scheint, bin ich sehr bald
An meiner strengen Richterin gerächt.
Was ich so sehr nicht zu erzählen eile,
Eilt Ihre Majestät, wie mir geschienen,
Noch weit, weit weniger zu hören. – Doch
Gehört muß es doch werden! Der Monarch
Läßt Ihre Majestät ersuchen, dem
Ambassadeur von Frankreich kein Gehör
Für heute zu bewilligen. Das war
Mein Auftrag. Er ist abgetan.

KÖNIGIN: Und das
Ist alles, Marquis, was Sie mir von ihm
Zu sagen haben?
MARQUIS: Alles ungefähr,
Was mich berechtigt hier zu sein.
KÖNIGIN: Ich will
Mich gern bescheiden, Marquis, nicht zu wissen,
Was mir vielleicht Geheimnis bleiben muß –
MARQUIS: Das m u ß es, meine Königin – Zwar, wären
Sie nicht S i e selbst, ich würde eilen, Sie
Von ein'gen Dingen zu belehren, vor
Gewissen Menschen Sie zu warnen – doch
Das braucht es nicht bei Ihnen. Die Gefahr
Mag auf- und untergehen um Sie her,
Sie sollen's nie erfahren. Alles dies
Ist ja nicht so viel wert, den goldnen Schlaf
Von eines Engels Stirne zu verjagen.
Auch war es das nicht, was mich hergeführt.
Prinz Carlos –
KÖNIGIN: Wie verließen Sie ihn?
MARQUIS: Wie
Den einz'gen Weisen seiner Zeit, dem es
Verbrechen ist die Wahrheit anzubeten –
Und ebenso beherzt für s e i n e Liebe,
Wie jener für die seinige zu sterben.
Ich bringe wenig Worte – Aber hier,
Hier ist er selbst. *Er gibt der Königin einen Brief.*
KÖNIGIN *nachdem sie ihn gelesen*:
Er muß mich sprechen, sagt er.
MARQUIS: Das sag ich auch.
KÖNIGIN: Wird es ihn glücklich machen,
Wenn er mit seinen Augen sieht, daß ich
Es auch nicht bin?
MARQUIS: Nein – aber tätiger
Soll es ihn machen und entschloßner.
KÖNIGIN: Wie?
MARQUIS: Der Herzog Alba ist ernannt nach Flandern.
KÖNIGIN: Ernannt – so hör ich.
MARQUIS: Widerrufen kann
Der König nie. Wir kennen ja den König.
Doch wahr ist's auch: Hier darf der Prinz nicht bleiben –

Hier nicht, jetzt vollends nicht – und Flandern darf
Nicht aufgeopfert werden.

KÖNIGIN: Wissen Sie
Es zu verhindern?

MARQUIS: Ja – vielleicht. Das Mittel
Ist fast so schlimm, als die Gefahr. Es ist
Verwegen, wie Verzweiflung. – Doch ich weiß
Von keinem andern.

KÖNIGIN: Nennen Sie mir's.

MARQUIS: Ihnen,
Nur Ihnen, meine Königin, wag ich
Es zu entdecken. Nur von Ihnen kann
Es Carlos hören, ohne Abscheu hören.
Der Name freilich, den es führen wird,
Klingt etwas rauh –

KÖNIGIN: Rebellion –

MARQUIS: Er soll
Dem König ungehorsam werden, soll
Nach Brüssel heimlich sich begeben, wo
Mit offnen Armen die Flamänder ihn
Erwarten. Alle Niederlande stehen
Auf seine Losung auf. Die gute Sache
Wird stark durch einen Königssohn. Er mache
Den span'schen Thron durch seine Waffen zittern.
Was in Madrid der Vater ihm verweigert,
Wird er in Brüssel ihm bewilligen.

KÖNIGIN: Sie sprachen
Ihn heute und behaupten das?

MARQUIS: Weil ich
Ihn heute sprach.

KÖNIGIN *nach einer Pause*:
Der Plan, den Sie mir zeigen,
Erschreckt und – reizt mich auch zugleich. Ich glaube,
Daß Sie nicht unrecht haben. – Die Idee
Ist kühn, und eben darum, glaub ich,
Gefällt sie mir. Ich will sie reifen lassen.
Weiß sie der Prinz?

MARQUIS: Er sollte, war mein Plan,
Aus Ihrem Mund zum erstenmal sie hören.

KÖNIGIN: Unstreitig! Die Idee ist groß. – Wenn anders
Des Prinzen Jugend –

MARQUIS: Schadet nichts. Er findet
Dort einen Egmont und Oranien,
Die braven Krieger Kaiser Karls, so klug
Im Kabinett als fürchterlich im Felde.

KÖNIGIN *mit Lebhaftigkeit*:
Nein! die Idee ist groß und schön – Der Prinz
Muß handeln. Lebhaft fühl ich das. Die Rolle,
Die man hier in Madrid ihn spielen sieht,
Drückt mich an seiner Statt zu Boden – Frankreich
Versprech ich ihm; Savoyen auch. Ich bin
Ganz Ihrer Meinung, Marquis, er muß handeln. –
Doch dieser Anschlag fordert Geld.

MARQUIS: Auch das liegt schon
Bereit –

KÖNIGIN: Und dazu weiß ich Rat.

MARQUIS: So darf ich
Zu der Zusammenkunft ihm Hoffnung geben?

KÖNIGIN: Ich will mir's überlegen.

MARQUIS: Carlos dringt
Auf Antwort, Ihre Majestät. – Ich hab
Ihm zugesagt, nicht leer zurückzukehren.
Seine Schreibtafel der Königin reichend.
Zwo Zeilen sind für jetzt genug –

KÖNIGIN *nachdem sie geschrieben*: Werd ich
Sie wiedersehn?

MARQUIS: Sooft Sie es befehlen.

KÖNIGIN: Sooft – sooft ich es befehle? – Marquis!
Wie muß ich diese Freiheit mir erklären?

MARQUIS: So arglos als S i e immer können. Wir
Genießen sie, das ist genug – das ist
Für meine Königin genug.

KÖNIGIN *abbrechend*: Wie sollt es
Mich freuen, Marquis, wenn der Freiheit endlich
Noch diese Zuflucht in Europa bliebe!
Wenn sie durch i h n es bliebe! – Rechnen Sie
Auf meinen stillen Anteil –

MARQUIS *mit Feuer*: O ich wußt es,
Ich mußte hier verstanden werden –
HERZOGIN OLIVAREZ *erscheint an der Türe.*

KÖNIGIN *fremd zum Marquis*: Was
Von meinem Herrn dem König kommt, werd ich

Als ein Gesetz verehren. Gehen Sie
Ihm meine Unterwerfung zu versichern!
Sie gibt ihm einen Wink. Der Marquis geht ab.

Galerie.

Vierter Auftritt

Don Carlos *und* Graf Lerma.

CARLOS: Hier sind wir ungestört. Was haben Sie
Mir zu entdecken?
LERMA: Eure Hoheit hatten
An diesem Hofe einen Freund.
CARLOS *stutzt*: Den ich
Nicht wüßte! – Wie? Was wollen Sie damit?
LERMA: So muß ich um Vergebung bitten, daß
Ich mehr erfuhr, als ich erfahren durfte.
Doch, Eurer Hoheit zur Beruhigung,
Ich hab es wenigstens von treuer Hand,
Denn kurz, ich hab es von mir selbst.
CARLOS: Von wem
Ist denn die Rede?
LERMA: Marquis Posa –
CARLOS: Nun?
LERMA: Wenn etwa mehr, als jemand wissen darf,
Von Eurer Hoheit ihm bewußt sein sollte,
Wie ich beinahe fürchte –
CARLOS: Wie Sie fürchten?
LERMA: – Er war beim König.
CARLOS: So?
LERMA: Zwo volle Stunden,
Und in sehr heimlichem Gespräch.
CARLOS: Wahrhaftig?
LERMA: Es war von keiner Kleinigkeit die Rede.
CARLOS: Das will ich glauben.
LERMA: Ihren Namen, Prinz,
Hört ich zu öftern Malen.
CARLOS: Hoffentlich
Kein schlimmes Zeichen.
LERMA: Auch ward heute morgen

Im Schlafgemache Seiner Majestät
Der Königin sehr rätselhaft erwähnt.
CARLOS *tritt bestürzt zurück*:
Graf Lerma?
LERMA: Als der Marquis weggegangen,
Empfing ich den Befehl, ihn künftighin
Unangemeldet vorzulassen.
CARLOS: Das
Ist wirklich viel.
LERMA: Ganz ohne Beispiel, Prinz,
Solang mir denkt, daß ich dem König diene.
CARLOS: Viel! Wahrlich viel! – Und wie? wie, sagten Sie,
Wie ward der Königin erwähnt?
LERMA *tritt zurück*: Nein, Prinz,
Nein! Das ist wider meine Pflicht.
CARLOS: Wie seltsam!
Sie sagen mir das eine, und verhehlen
Das andre mir.
LERMA: Das erste war ich Ihnen,
Das zweite bin ich dem Monarchen schuldig.
CARLOS: – Sie haben recht.
LERMA: Den Marquis hab ich zwar
Als Mann von Ehre stets gekannt.
CARLOS: Dann haben
Sie ihn sehr gut gekannt.
LERMA: Jedwede Tugend
Ist fleckenfrei – bis auf den Augenblick
Der Probe.
CARLOS: Auch wohl hier und da noch drüber.
LERMA: Und eines großen Königs Gunst dünkt mir
Der Frage wert. An diesem goldnen Angel
Hat manche starke Tugend sich verblutet.
CARLOS: O ja.
LERMA: Oft sogar ist es weise, zu entdecken,
Was nicht verschwiegen bleiben kann.
CARLOS: Ja! weise!
Doch, wie Sie sagen, haben Sie den Marquis
Als Mann von Ehre nur gekannt?
LERMA: Ist er
Es n o c h, so macht mein Zweifel ihn nicht schlechter,
Und Sie, mein Prinz, gewinnen doppelt. *Er will gehen.*

CARLOS *folgt ihm gerührt und drückt ihm die Hand*: Dreifach
Gewinn ich, edler, würd'ger Mann – ich sehe
Um einen Freund mich reicher, und es kostet
Mir den nicht, den ich schon besaß.
Lerma geht ab.

Fünfter Auftritt

Marquis von Posa *kommt durch die Galerie*. Carlos.

MARQUIS: Karl! Karl!
CARLOS: Wer ruft? Ah! Du bist's! Eben recht. Ich eile
Voraus ins Kloster. Komm bald nach. *Er will fort.*
MARQUIS: Nur zwo
Minuten – bleib.
CARLOS: Wenn man uns überfiele –
MARQUIS: Man wird doch nicht. Es ist sogleich geschehen.
Die Königin –
CARLOS: Du warst bei meinem Vater?
MARQUIS: Er ließ mich rufen; ja.
CARLOS *voll Erwartung*: Nun?
MARQUIS: Es ist richtig.
Du wirst sie sprechen.
CARLOS: Und der König? Was
Will denn der König?
MARQUIS: Der? Nicht viel – Neugierde,
Zu wissen wer ich bin – Dienstfertigkeit
Von unbestellten guten Freunden. Was
Weiß ich? Er bot mir Dienste an.
CARLOS: Die du
Doch abgelehnt?
MARQUIS: Versteht sich.
CARLOS: Und wie kamt
Ihr auseinander?
MARQUIS: Ziemlich gut.
CARLOS: Von mir
War also wohl die Rede nicht?
MARQUIS: Von dir?
Doch. Ja. Im allgemeinen.
Er zieht sein Souvenir heraus und gibt es dem Prinzen.
Hier vorläufig

Zwei Worte von der Königin, und morgen
Werd ich erfahren, wo und wie –

CARLOS *liest sehr zerstreut, steckt die Schreibtafel ein, und will gehen*:
Beim Prior
Triffst du mich also.

MARQUIS: Warte doch. Was eilst du?
Es kommt ja niemand.

CARLOS *mit erkünsteltem Lächeln*:
Haben wir denn wirklich
Die Rollen umgetauscht? Du bist ja heute
Erstaunlich sicher.

MARQUIS: Heute? Warum heute?

CARLOS: Und was schreibt mir die Königin?

MARQUIS: Hast du
Denn nicht im Augenblick gelesen?

CARLOS: Ich?
Ja so.

MARQUIS:
Was hast du denn? Was ist dir?

CARLOS *liest das Geschriebene noch einmal. Entzückt und feurig*:
Engel
Des Himmels! Ja! Ich will es sein – ich will –
Will deiner wert sein – Große Seelen macht
Die Liebe größer. Sei's auch was es sei.
Wenn d u es mir gebietest, ich gehorche. –
Sie schreibt, daß ich auf eine wichtige
Entschließung mich bereiten soll. Was kann
Sie damit meinen? Weißt du nicht?

MARQUIS: Wenn ich's
Auch wüßte, Karl – bist du auch jetzt gestimmt
Es anzuhören?

CARLOS: Hab ich dich beleidigt?
Ich war zerstreut. Vergib mir Roderich.

MARQUIS: Zerstreut? Wodurch?

CARLOS: Durch – ich weiß selber nicht.
Dies Souvenir ist also mein?

MARQUIS: Nicht ganz!
Vielmehr bin ich gekommen, mir sogar
Deins auszubitten.

CARLOS: Meins? Wozu?

MARQUIS: Und was

Du etwa sonst an Kleinigkeiten, die
In keines Dritten Hände fallen dürfen,
An Briefen oder abgerissenen
Konzepten bei dir führst – kurz deine ganze
Brieftasche –

CARLOS: Wozu aber?

MARQUIS: Nur auf alle Fälle.
Wer kann für Überraschung stehn? Bei mir
Sucht sie doch niemand. Gib.

CARLOS *sehr unruhig*: Das ist doch seltsam!
Woher auf einmal diese –

MARQUIS: Sei ganz ruhig.
Ich will nichts damit angedeutet haben.
Gewißlich nicht. Es ist Behutsamkeit
V o r der Gefahr. So hab ich's nicht gemeint,
So wahrlich nicht, daß du erschrecken solltest.

CARLOS *gibt ihm die Brieftasche*:
Verwahr sie gut.

MARQUIS: Das werd ich.

CARLOS *sieht ihn bedeutend an*: Roderich!
Ich gab dir viel.

MARQUIS: Noch immer nicht so viel,
Als ich von dir schon habe – Dort also
Das übrige, und jetzt leb wohl – leb wohl. *Er will gehen.*

CARLOS *kämpft zweifelhaft mit sich selbst – endlich ruft er ihn zurück*:
Gib mir die Briefe doch noch einmal. Einer
Von ihr ist auch darunter, den sie damals,
Als ich so tödlich krank gelegen, nach
Alkala mir geschrieben. Stets hab ich
Auf meinem Herzen ihn getragen. Mich
Von diesem Brief zu trennen fällt mir schwer.
Laß mir den Brief – nur den – das übrige
Nimm alles. *Er nimmt ihn heraus und gibt die Brieftasche zurück.*

MARQUIS: Karl, ich tu es ungern. Just
Um diesen Brief war mir's zu tun.

CARLOS: Leb wohl!

Er geht langsam und still weg, an der Türe bleibt er einen Augenblick stehen, kehrt wieder um und bringt ihm den Brief.

Da hast du ihn.

Seine Hand zittert. Tränen stürzen aus seinen Augen, er fällt dem Marquis um den Hals und drückt sein Gesicht wider dessen Brust.

Das kann mein Vater nicht?
Nicht wahr, mein Roderich? D a s kann er doch nicht?
Er geht schnell fort.

Sechster Auftritt

Marquis *sieht ihm erstaunt nach.*

Wär's möglich? Wär es? Also hätt ich ihn
Doch nicht gekannt? Nicht ganz? In seinem Herzen
Wär diese Falte wirklich mir entgangen?
Mißtrauen gegen seinen Freund!
Nein! Es ist Lästerung! – Was tat er mir,
Daß ich der Schwächen schwächster ihn verklage?
Was ich ihn zeihe, werd ich selbst – Befremden –
Das mag es ihn, das glaub ich gern. Wann hätte
Er dieser seltsamen Verschlossenheit
Zu seinem Freunde sich versehn? – Auch schmerzen!
Ich kann dir's nicht ersparen, Karl, und länger
Muß ich noch deine gute Seele quälen.
Der König glaubte dem Gefäß, dem er
Sein heiliges Geheimnis übergeben,
Und Glauben fordert Dankbarkeit. Was wäre
Geschwätzigkeit, wenn mein Verstummen dir
Nicht Leiden bringt? Vielleicht erspart? Warum
Dem Schlafenden die Wetterwolke zeigen,
Die über seinem Scheitel hängt? – Genug,
Daß ich sie still an dir vorüberführe,
Und, wenn du aufwachst, heller Himmel ist. *Er geht ab.*

Kabinett des Königs.

Siebenter Auftritt

Der König *in einem Sessel – neben ihm die* Infantin Klara Eugenia.

König *nach einem tiefen Stillschweigen*:
Nein! Es ist dennoch meine Tochter – Wie
Kann die Natur mit solcher Wahrheit lügen?
Dies blaue Auge ist ja mein! Find ich

In jedem dieser Züge mich nicht wieder?
Kind meiner Liebe, ja du bist's. Ich drücke
Dich an mein Herz – du bist mein Blut. *Er stutzt und hält inne.*
Mein Blut!
Was kann ich Schlimm'res fürchten? Meine Züge
Sind sie die seinigen nicht auch?

Er hat das Medaillon in die Hand genommen, und sieht wechselsweise auf das Bild und in einen gegenüberstehenden Spiegel – endlich wirft er es zur Erde, steht schnell auf und drückt die Infantin von sich.

Weg! Weg!
In diesem Abgrund geh ich unter.

Achter Auftritt

Graf Lerma. Der König.

LERMA: Eben
Sind Ihre Majestät, die Königin,
Im Vorgemach erschienen.
KÖNIG: Jetzt?
LERMA: Und bitten
Um gnädigstes Gehör –
KÖNIG: Jetzt aber? Jetzt?
In dieser ungewohnten Stunde? – Nein!
Jetzt kann ich sie nicht sprechen – jetzt nicht –
LERMA: Hier
Sind Ihre Majestät schon selbst – *Er geht ab.*

Neunter Auftritt

Der König. Die Königin *tritt herein.* Die Infantin.

Die letztere fliegt ihr entgegen und schmiegt sich an sie an. Sie fällt vor dem König nieder, welcher stumm und verwirrt steht.

KÖNIGIN: Mein Herr
Und mein Gemahl – ich muß – ich bin gezwungen,
Vor Ihrem Thron Gerechtigkeit zu suchen.
KÖNIG: Gerechtigkeit? –
KÖNIGIN: Unwürdig seh ich mir
An diesem Hof begegnet. Meine
Schatulle ist erbrochen –

KÖNIG: Was?
KÖNIGIN: Und Sachen
Von großem Wert für mich daraus verschwunden –
KÖNIG: Von großem Wert für Sie –
KÖNIGIN: Durch die Bedeutung,
Die eines Unbelehrten Dreistigkeit
Vermögend wäre –
KÖNIG: Dreistigkeit – Bedeutung –
Doch – stehn Sie auf.
KÖNIGIN: Nicht eher, mein Gemahl,
Bis Sie durch ein Versprechen sich gebunden,
Kraft Ihres königlichen Arms zu meiner
Genugtuung den Täter mir zu stellen,
Wo nicht, von einem Hofstaat mich zu trennen,
Der meinen Dieb verbirgt –
KÖNIG: Stehn Sie doch auf –
In dieser Stellung – Stehn Sie auf –
KÖNIGIN *steht auf*: Daß er
Von Range sein muß, weiß ich – denn in der
Schatulle lag an Perlen und Demanten
Weit über eine Million, und er
Begnügte sich mit Briefen –
KÖNIG: Die ich doch –
KÖNIGIN: Recht gerne, mein Gemahl. Es waren Briefe
Und ein Medaillon von dem Infanten.
KÖNIG: Von –
KÖNIGIN: Dem Infanten, Ihrem Sohn.
KÖNIG: An Sie?
KÖNIGIN: An mich.
KÖNIG: Von dem Infanten? Und das sagen
Sie mir?
KÖNIGIN: Warum nicht Ihnen, mein Gemahl?
KÖNIG: Mit dieser Stirne?
KÖNIGIN: Was fällt Ihnen auf?
Ich denke Sie erinnern sich der Briefe,
Die mit Bewilligung von beiden Kronen
Don Carlos mir nach Saint Germain geschrieben.
Ob auch das Bild, womit er sie begleitet,
In diese Freiheit einbedungen worden,
Ob seine rasche Hoffnung eigenmächtig
Sich diesen kühnen Schritt erlaubt – das will

Ich zu entscheiden mich nicht unterfangen.
Wenn's Übereilung war, so war es die
Verzeihlichste – da bin ich für ihn Bürge.
Denn damals fiel ihm wohl nicht bei, daß es
Für seine Mutter wäre – *Sieht die Bewegung des Königs.*
Was ist das?
Was haben Sie?

INFANTIN *welche unterdessen das Medaillon auf dem Boden gefunden und damit gespielt hat, bringt es der Königin:*
Ach! Sieh da, meine Mutter!
Das schöne Bild –

KÖNIGIN: Was denn, mein –

Sie erkennt das Medaillon, und bleibt in sprachloser Erstarrung stehen. Beide sehen einander mit unverwandten Augen an. Nach einem langen Stillschweigen:

Wahrlich, Sire!
Dies Mittel, seiner Gattin Herz zu prüfen,
Dünkt mir sehr königlich und edel – Doch
Noch eine Frage möcht ich mir erlauben.

KÖNIG: Das Fragen ist an mir.

KÖNIGIN: Durch meinen Argwohn
Soll doch die Unschuld wenigstens nicht leiden. –
Wenn also dieser Diebstahl Ihr Befehl
Gewesen –

KÖNIG: Ja.

KÖNIGIN: Dann hab ich niemand anzuklagen
Und niemand weiter zu bedauern – niemand
Als Sie, dem die Gemahlin nicht geworden,
Bei welcher solche Mittel sich verlohnen.

KÖNIG: Die Sprache kenn ich. – Doch, Madam,
Zum zweiten Male soll sie mich nicht täuschen,
Wie in Aranjuez sie mich getäuscht.
Die engelreine Königin, die damals
Mit so viel Würde sich verteidigt – jetzt
Kenn ich sie besser.

KÖNIGIN: Was ist das?

KÖNIG: Kurz also
Und ohne Hinterhalt, Madam! – Ist's wahr,
Noch wahr, daß Sie mit niemand dort gesprochen?
Mit niemand? Ist das wirklich wahr?

KÖNIGIN: Mit dem Infanten

Hab ich gesprochen. Ja.

KÖNIG: Ja? – Nun, so ist's
Am Tage. Es ist offenbar. So frech!
So wenig Schonung meiner Ehre!

KÖNIGIN: Ehre, Sire?
Wenn Ehre zu verletzen war, so, fürcht ich,
Stand eine größre auf dem Spiel, als mir
Kastilien zur Morgengabe brachte.

KÖNIG: Warum verleugneten Sie mir?

KÖNIGIN: Weil ich
Es nicht gewohnt bin, Sire, in Gegenwart
Der Höflinge, auf Delinquentenweise
Verhören mich zu lassen. Wahrheit werde
Ich nie verleugnen, wenn mit Ehrerbietung
Und Güte sie gefordert wird. – Und war
Das wohl der Ton, den Eure Majestät
Mir in Aranjuez zu hören gaben?
Ist etwa die versammelte Grandezza
Der Richterstuhl, vor welchen Königinnen
Zu ihrer stillen Taten Rechenschaft
Gezogen werden? Ich gestattete
Dem Prinzen die Zusammenkunft, um die
Er dringend bat. Ich tat es, mein Gemahl,
Weil ich es wollte – weil ich den Gebrauch
Nicht über Dinge will zum Richter setzen,
Die ich für tadellos erkannt – und Ihnen
Verbarg ich es, weil ich nicht lüstern war,
Mit Eurer Majestät um diese Freiheit
Vor meinem Hofgesinde mich zu streiten.

KÖNIG: Sie sprechen kühn, Madam, sehr –

KÖNIGIN: Und auch darum,
Setz ich hinzu, weil der Infant doch schwerlich
Der Billigkeit, die er verdient, sich zu
Erfreuen hat in seines Vaters Herzen –

KÖNIG: Die er verdient?

KÖNIGIN: Denn warum soll ich es
Verbergen, Sire? – ich schätz ihn sehr und lieb ihn,
Als meinen teuersten Verwandten, der
Einst wert befunden worden, einen Namen
Zu führen, der mich mehr anging – Ich habe
Noch nicht recht einsehn lernen, daß er mir

Gerade darum fremder sollte sein
Als jeder andre, weil er ehedem
Vor jedem andern teuer mir gewesen.
Wenn Ihre Staatsmaxime Bande knüpft
Wie sie für gut es findet, soll es ihr
Doch etwas schwerer werden, sie zu lösen.
Ich will nicht hassen, wen ich soll – und weil
Man endlich doch zu reden mich gezwungen –
Ich will es nicht – will meine Wahl nicht länger
Gebunden sehn –

KÖNIG: Elisabeth! Sie haben
In schwachen Stunden mich gesehen. Diese
Erinnerung macht Sie so kühn. Sie trauen
Auf eine Allmacht, die Sie oft genug
An meiner Festigkeit geprüft – Doch fürchten
Sie desto mehr. Was bis zu Schwächen mich
Gebracht, kann auch zu Raserei mich führen.

KÖNIGIN: Was hab ich denn begangen?

KÖNIG *nimmt ihre Hand*: Wenn es ist,
Doch ist – und ist es denn nicht schon? – wenn Ihrer
Verschuldung volles, aufgehäuftes Maß
Auch nur um eines Atems Schwere steigt –
Wenn ich der Hintergangne bin – *Er läßt ihre Hand los.*
Ich kann
Auch über diese letzte Schwäche siegen.
Ich kann's und will's – Dann wehe mir und Ihnen,
Elisabeth!

KÖNIGIN: Was hab ich denn begangen?

KÖNIG: Dann meinetwegen fließe Blut –

KÖNIGIN: So weit
Ist es gekommen – Gott!

KÖNIG: Ich kenne
Mich selbst nicht mehr – ich ehre keine Sitte
Und keine Stimme der Natur und keinen
Vertrag der Nationen mehr –

KÖNIGIN: Wie sehr
Beklag ich Eure Majestät –

KÖNIG *außer Fassung*: Beklagen!
Das Mitleid einer Buhlerin –

INFANTIN *hängt sich erschrocken an ihre Mutter*:
Der König zürnt,

Und meine schöne Mutter weint.
KÖNIG *stößt das Kind unsanft von der Königin.*
KÖNIGIN *mit Sanftmut und Würde, aber mit zitternder Stimme:*
Dies Kind
Muß ich doch sicherstellen vor Mißhandlung.
Komm mit mir, meine Tochter. *Sie nimmt sie auf den Arm.*
Wenn der König
Dich nicht mehr kennen will, so muß ich jenseits
Der Pyrenäen Bürgen kommen lassen,
Die unsre Sache führen. *Sie will gehen.*
KÖNIG *betreten:* Königin?
KÖNIGIN: Ich kann nicht mehr – das ist zu viel –
Sie will die Türe erreichen, und fällt mit dem Kinde an der Schwelle zu Boden.
KÖNIG *hinzueilend, voll Bestürzung:*
Gott! Was ist das?
INFANTIN *ruft voll Schrecken:*
Ach! Meine Mutter blutet!
Sie eilt hinaus.
KÖNIG *ängstlich um sie beschäftigt:*
Welch fürchterlicher Zufall! Blut! Verdien ich,
Daß Sie so hart mich strafen? Stehn Sie auf.
Erholen Sie sich! Stehn Sie auf! Man kommt!
Man überrascht uns – Stehn Sie auf – Soll sich
Mein ganzer Hof an diesem Schauspiel weiden?
Muß ich Sie bitten, aufzustehn?
Sie richtet sich auf von dem König unterstützt.

Zehnter Auftritt

Die Vorigen. Alba, Domingo, *treten erschrocken herein.* Damen *folgen.*

KÖNIG: Man bringe
Die Königin zu Hause. Ihr ist übel.
Die Königin geht ab, begleitet von den Damen. Alba und Domingo treten näher.
ALBA: Die Königin in Tränen, und auf ihrem
Gesichte Blut –
KÖNIG: Das nimmt die Teufel wunder,
Die mich verleitet haben.

ALBA. DOMINGO: Wir?

KÖNIG: Die mir
Genug gesagt, zum Rasen mich zu bringen;
Zu meiner Überzeugung nichts.

ALBA: Wir gaben,
Was wir gehabt –

KÖNIG: Die Hölle dank es euch.
Ich habe, was mich reut, getan. War das
Die Sprache eines schuldigen Gewissens?

MARQUIS VON POSA *noch außerhalb der Szene*:
Ist der Monarch zu sprechen?

Elfter Auftritt

Marquis von Posa. Die Vorigen.

KÖNIG *bei dieser Stimme lebhaft auffahrend, und dem Marquis einige Schritte entgegengehend:* Ach! Das ist er!
Seid mir willkommen, Marquis – Eurer, Herzog,
Bedarf ich jetzt nicht mehr. Verlaßt uns.

Alba und Domingo sehen einander mit stummer Verwunderung an, und gehen.

Zwölfter Auftritt

Der König *und* Marquis von Posa.

MARQUIS: Sire!
Dem alten Manne, der in zwanzig Schlachten
Dem Tod für Sie entgegenging, fällt es
Doch hart, sich so entfernt zu sehn!

KÖNIG: Euch ziemt
Es, so zu denken, so zu handeln mir.
Was Ihr in wenig Stunden mir gewesen,
War er in einem Menschenalter nicht.
Ich will nicht heimlich tun mit meinem Wohlgefallen;
Das Siegel meiner königlichen Gunst
Soll hell und weit auf Eurer Stirne leuchten.
Ich will den Mann, den ich zum Freund gewählt,
Beneidet sehn.

MARQUIS: Und dann auch, wenn die Hülle

Der Dunkelheit allein ihn fähig machte,
Des Namens wert zu sein?

KÖNIG: Was bringt
Ihr mir?

MARQUIS: Als ich das Vorgemach durchgehe,
Hör ich von einem schrecklichen Gerüchte,
Das mir unglaublich deucht – Ein heftiger
Wortwechsel – Blut – die Königin –

KÖNIG: Ihr kommt von dort?

MARQUIS: Entsetzen sollt es mich,
Wenn das Gerücht nicht unrecht hätte, wenn
Von Eurer Majestät indes vielleicht
Etwas geschehen wäre – Wichtige
Entdeckungen, die ich gemacht, verändern
Der Sache ganze Lage.

KÖNIG: Nun?

MARQUIS: Ich fand
Gelegenheit, des Prinzen Portefeuille
Mit einigen Papieren wegzunehmen,
Die, wie ich hoffe, ein'ges Licht –

Er gibt Carlos' Brieftasche dem König.

KÖNIG *durchsucht sie begierig*: Ein Schreiben
Vom Kaiser meinem Vater – – Wie? Von dem
Ich nie gehört zu haben mich entsinne?

Er liest es durch, legt es beiseite und eilt zu den andern Papieren.

Der Plan zu einer Festung – Abgerißne
Gedanken aus dem Tacitus – Und was
Denn hier? – Die Hand sollt ich doch kennen!
Es ist von einer Dame. *Er liest aufmerksam, bald laut, bald leise.*
„Dieser Schlüssel – –
Die hintern Zimmer im Pavillon
Der Königin" – – Ha! Was wird das? – „Hier darf
Die Liebe frei – Erhörung – schöner Lohn"
Satanische Verräterei! Jetzt kenn ich's,
Sie ist es. Es ist ihre Hand!

MARQUIS: Die Hand
Der Königin? Unmöglich –

KÖNIG: Der Prinzessin
Von Eboli –

MARQUIS: So wär es wahr, was mir
Unlängst der Page Henarez gestanden,

Der Brief und Schlüssel überbrachte.

KÖNIG *des Marquis Hand fassend, in heftiger Bewegung*: Marquis!
Ich sehe mich in fürchterlichen Händen!
Dies Weib – Ich will es nur gestehen – Marquis,
Dies Weib erbrach der Königin Schatulle,
Die erste Warnung kam von ihr – Wer weiß,
Wieviel der Mönch drum wissen mag – Ich bin
Durch ein verruchtes Bubenstück betrogen.

MARQUIS: Dann wär es ja noch glücklich –

KÖNIG: Marquis! Marquis!
Ich fange an zu fürchten, daß ich meiner
Gemahlin doch zu viel getan –

MARQUIS: Wenn zwischen
Dem Prinzen und der Königin geheime
Verständnisse gewesen sind, so waren
Sie sicherlich von weit – weit anderm Inhalt,
Als dessen man sie angeklagt. Ich habe
Gewisse Nachricht, daß des Prinzen Wunsch,
Nach Flandern abzureisen, in dem Kopfe
Der Königin entsprang.

KÖNIG: Ich glaubt es immer.

MARQUIS: Die Königin hat Ehrgeiz – Darf ich mehr
Noch sagen? – Mit Empfindlichkeit sieht sie
In ihrer stolzen Hoffnung sich getäuscht,
Und von des Thrones Anteil ausgeschlossen.
Des Prinzen rasche Jugend bot sich ihren
Weitblickenden Entwürfen dar – ihr Herz –
Ich zweifle, ob sie lieben kann.

KÖNIG: Vor ihren
Staatsklugen Planen zittr ich nicht.

MARQUIS: Ob sie geliebt wird? – Ob von dem Infanten
Nichts Schlimmeres zu fürchten? Diese Frage
Scheint mir der Untersuchung wert. Hier, glaub ich,
Ist eine strengre Wachsamkeit vonnöten –

KÖNIG: Ihr haftet mir für ihn. –

MARQUIS *nach einigem Bedenken*: Wenn Eure Majestät
Mich fähig halten, dieses Amt zu führen,
So muß ich bitten, es uneingeschränkt
Und ganz in meine Hand zu übergeben.

KÖNIG: Das soll geschehen.

MARQUIS: Wenigstens durch keinen
Gehülfen, welchen Namen er auch habe,
In Unternehmungen, die ich etwa
Für nötig finden könnte, mich zu stören –
KÖNIG: Durch keinen. Ich versprech es Euch. Ihr wart
Mein guter Engel. Wieviel Dank bin ich
Für diesen Wink Euch schuldig!
Zu Lerma, der bei den letzten Worten hereintritt:
Wie verließt Ihr
Die Königin?
LERMA: Noch sehr erschöpft von ihrer Ohnmacht.
Er sieht den Marquis mit zweideutigen Blicken an und geht.
MARQUIS *nach einer Pause zum König*:
Noch eine Vorsicht scheint mir nötig.
Der Prinz, fürcht ich, kann Warnungen erhalten.
Er hat der guten Freunde viel – vielleicht
Verbindungen in Gent mit den Rebellen.
Die Furcht kann zu verzweifelten Entschlüssen
Ihn führen – Darum riet' ich an, gleich jetzt
Vorkehrungen zu treffen, diesem Fall
Durch ein geschwindes Mittel zu begegnen.
KÖNIG: Ihr habt ganz recht. Wie aber –
MARQUIS: Ein geheimer
Verhaftsbefehl, den Eure Majestät
In meine Hände niederlegen, mich
Im Augenblicke der Gefahr sogleich
Desselben zu bedienen – und –
Wie sich der König zu bedenken scheint.
Es bliebe
Fürs erste Staatsgeheimnis, bis –
KÖNIG *zum Schreibepult gehend, und den Verhaftsbefehl niederschreibend*: Das Reich
Ist auf dem Spiele – Außerordentliche Mittel
Erlaubt die dringende Gefahr – Hier, Marquis –
Euch brauch ich keine Schonung zu empfehlen –
MARQUIS *empfängt den Verhaftsbefehl*:
Es ist aufs Äußerste, mein König.
KÖNIG *legt die Hand auf seine Schulter*: Geht,
Geht, lieber Marquis – Ruhe meinem Herzen
Und meinen Nächten Schlaf zurückzubringen.
Beide gehen ab zu verschiedenen Seiten.

Galerie.

Dreizehnter Auftritt

Carlos *kommt in der größten Beängstigung.* Graf Lerma *ihm entgegen.*

CARLOS: Sie such ich eben.
LERMA: Und ich Sie.
CARLOS: Ist's wahr?
Um Gottes willen, ist es wahr?
LERMA: Was denn?
CARLOS: Daß er den Dolch nach ihr gezückt? daß man
Aus seinem Zimmer blutig sie getragen?
Bei allen Heiligen! Antworten Sie.
Was muß ich glauben? Was ist wahr?
LERMA: Sie fiel
Ohnmächtig hin und ritzte sich im Fallen.
Sonst war es nichts.
CARLOS: Sonst hat es nicht Gefahr?
Sonst nicht? Bei Ihrer Ehre, Graf?
LERMA: Nicht für
Die Königin – doch desto mehr für Sie.
CARLOS: Für meine Mutter nicht! Nun Gott sei Dank!
Mir kam ein schreckliches Gerücht zu Ohren,
Der König rase gegen Kind und Mutter,
Und ein Geheimnis sei entdeckt.
LERMA: Das letzte
Kann auch wohl wahr sein –
CARLOS: Wahr sein! Wie?
LERMA: Prinz, eine Warnung gab ich Ihnen heute,
Die Sie verachtet haben. Nützen Sie
Die zwote besser.
CARLOS: Wie?
LERMA: Wenn ich mich anders
Nicht irre, Prinz, sah ich vor wen'gen Tagen
Ein Portefeuille von himmelblauem Samt,
Mit Gold durchwirkt, in Ihrer Hand –
CARLOS *etwas bestürzt*: So eins
Besitz ich. Ja – Nun? –
LERMA: Auf der Decke, glaub ich,
Ein Schattenriß, mit Perlen eingefaßt –

CARLOS: Ganz recht.
LERMA: Als ich vorhin ganz unvermutet
Ins Kabinett des Königs trat, glaubt ich
Das nämliche in seiner Hand zu sehen,
Und Marquis Posa stand bei ihm –
CARLOS *nach einem kurzen erstarrenden Stillschweigen, heftig*:
Das ist
Nicht wahr.
LERMA *empfindlich*:
Dann freilich bin ich ein Betrüger.
CARLOS *sieht ihn lange an*:
Der sind Sie. Ja.
LERMA: Ach! ich verzeih es Ihnen.
CARLOS *geht in schrecklicher Bewegung auf und nieder, und bleibt endlich vor ihm stehen*:
Was hat er dir zuleid getan? Was haben
Die unschuldsvollen Bande dir getan,
Die du mit höllischer Geschäftigkeit
Zu reißen dich beeiferst?
LERMA: Prinz, ich ehre
Den Schmerz, der Sie unbillig macht.
CARLOS: O Gott!
Gott! – Gott! Bewahre mich vor Argwohn!
LERMA: Auch
Erinnr ich mich des Königs eigner Worte:
Wie vielen Dank, sagt' er, als ich hereintrat,
Bin ich für diese Neuigkeit Euch schuldig!
CARLOS: O stille! stille!
LERMA: Herzog Alba soll
Gefallen sein – dem Prinzen Ruy Gomez
Das große Siegel abgenommen und
Dem Marquis übergeben sein –
CARLOS *in tiefes Grübeln verloren*: Und mir verschwieg er!
Warum verschwieg er mir?
LERMA: Der ganze Hof
Staunt ihn schon als allmächtigen Minister,
Als unumschränkten Günstling an –
CARLOS: Er hat
Mich liebgehabt, sehr lieb. Ich war ihm teuer,
Wie seine eigne Seele. O das weiß ich –
Das haben tausend Proben mir erwiesen.

Doch sollen Millionen ihm, soll ihm
Das Vaterland nicht teurer sein als einer?
Sein Busen war für einen Freund zu groß,
Und Carlos' Glück zu klein für seine Liebe.
Er opferte mich seiner Tugend. Kann
Ich ihn drum schelten? – Ja! Es ist gewiß!
Jetzt ist's gewiß. Jetzt hab ich ihn verloren.

Er geht seitwärts und verhüllt das Gesicht.

LERMA *nach einigem Stillschweigen*:
Mein bester Prinz, was kann ich für Sie tun?

CARLOS *ohne ihn anzusehen*:
Zum König gehen und mich auch verraten.
Ich habe nichts zu schenken.

LERMA: Wollen Sie
Erwarten, was erfolgen mag?

CARLOS *stützt sich auf das Geländer und sieht starr vor sich hinaus*:
Ich hab ihn
Verloren. Oh! Jetzt bin ich ganz verlassen!

LERMA *nähert sich ihm mit teilnehmender Rührung*:
Sie wollen nicht auf Ihre Rettung denken?

CARLOS: Auf meine Rettung? – Guter Mensch!

LERMA: Und sonst,
Sonst haben Sie für niemand mehr zu zittern?

CARLOS *fährt auf*:
Gott! Woran mahnen Sie mich! – Meine Mutter!
Der Brief, den ich ihm wiedergab! ihm erst
Nicht lassen wollte und doch ließ!

Er geht, heftig und die Hände ringend, auf und nieder.

Womit
Hat sie es denn verdient um ihn? Sie hätt er
Doch schonen sollen. Lerma, hätt er nicht?

Rasch, entschlossen.

Ich muß zu ihr – ich muß sie warnen, muß
Sie vorbereiten – Lerma, lieber Lerma –
Wen schick ich denn? Hab ich denn niemand mehr?
Gott sei gelobt! Noch einen Freund – und hier
Ist nichts mehr zu verschlimmern. *Schnell ab.*

LERMA *folgt ihm und ruft ihm nach*: Prinz! Wohin?

Geht ab.

Ein Zimmer der Königin.

Vierzehnter Auftritt

Die Königin. Alba. Domingo.

ALBA: Wenn uns vergönnt ist, große Königin –
KÖNIGIN: Was steht zu Ihren Diensten?
DOMINGO: Redliche Besorgnis
Für Ihrer königlichen Majestät
Erhabene Person erlaubt uns nicht
Bei einem Vorfall müßig stillzuschweigen,
Der Ihre Sicherheit bedroht.
ALBA: Wir eilen,
Durch unsre zeit'ge Warnung ein Komplott,
Das wider Sie gespielt wird, zu entkräften –
DOMINGO: Und unsern Eifer – unsre Dienste zu
Den Füßen Ihrer Majestät zu legen.
KÖNIGIN *sieht sie verwundernd an*:
Hochwürd'ger Herr, und Sie, mein edler Herzog,
Sie überraschen mich wahrhaftig. Solcher
Ergebenheit war ich mir von Domingo
Und Herzog Alba wirklich nicht vermutend.
Ich weiß, wie ich sie schätzen muß – Sie nennen
Mir ein Komplott, das mich bedrohen soll.
Darf ich erfahren, wer – –
ALBA: Wir bitten Sie,
Vor einem Marquis Posa sich zu hüten,
Der für des Königs Majestät geheime
Geschäfte führt.
KÖNIGIN: Ich höre mit Vergnügen,
Daß der Monarch so gut gewählt. Den Marquis
Hat man mir längst als einen guten Menschen,
Als einen großen Mann gerühmt. Nie ward
Die höchste Gunst gerechter ausgeteilt –
DOMINGO: Gerechter ausgeteilt? Wir wissen's besser.
ALBA: Es ist längst kein Geheimnis mehr, wozu
Sich dieser Mensch gebrauchen lassen.
KÖNIGIN: Wie?
Was wär denn das? Sie spannen meine ganze
Erwartung.
DOMINGO: – Ist es schon von lange,

Daß Ihre Majestät zum letztenmal in Ihrer
Schatulle nachgesehen?

KÖNIGIN: Wie?

DOMINGO: Und haben
Sie nichts darin vermißt von Kostbarkeiten?

KÖNIGIN: Wieso? Warum? Was ich vermisse, weiß
Mein ganzer Hof – Doch Marquis Posa? Wie
Kommt Marquis Posa damit in Verbindung?

ALBA: Sehr nahe, Ihre Majestät – denn auch
Dem Prinzen fehlen wichtige Papiere,
Die in des Königs Händen diesen Morgen
Gesehen worden – als der Chevalier
Geheime Audienz gehabt.

KÖNIGIN *nach einigem Nachdenken*:
Seltsam,
Bei Gott! und äußerst sonderbar! – Ich finde
Hier einen Feind, von dem mir nie geträumt,
Und wiederum zwei Freunde, die ich nie besessen
Zu haben mich entsinnen kann – Denn wirklich
Indem sie einen durchdringenden Blick auf beide heftet.
Muß ich gestehn, ich war schon in Gefahr,
Den schlimmen Dienst, der mir bei meinem Herrn
Geleistet worden – Ihnen zu vergeben.

ALBA: Uns?

KÖNIGIN: Ihnen.

DOMINGO: Herzog Alba! Uns!

KÖNIGIN *noch immer die Augen fest auf sie gerichtet*:
Wie lieb
Ist es mir also, meiner Übereilung
So bald gewahr zu werden – Ohnehin
Hatt ich beschlossen, Seine Majestät
Noch heut zu bitten, meinen Kläger mir
Zu stellen. Um so besser nun! So kann ich
Auf Herzog Albas Zeugnis mich berufen.

ALBA: Auf mich? Das wollten Sie im Ernst?

KÖNIGIN: Warum nicht?

DOMINGO: Um alle Dienste zu entkräften, die
Wir Ihnen im verborgnen –

KÖNIGIN: Im verborgnen?
Mit Stolz und Ernst:
Ich wünschte doch zu wissen, Herzog Alba,

Was Ihres Königs Frau mit Ihnen, oder
Mit Ihnen, Priester, abzureden hätte,
Das ihr Gemahl nicht wissen darf – – Bin ich
Unschuldig oder schuldig?

DOMINGO: Welche Frage!

ALBA: Doch, wenn der König so gerecht nicht wäre?
Es jetzt zum mindesten nicht wäre?

KÖNIGIN: Dann
Muß ich erwarten, bis er's wird – Wohl dem,
Der zu gewinnen hat, wenn er's geworden!

Sie macht ihnen eine Verbeugung und geht ab; jene entfernen sich nach einer andern Seite.

Zimmer der Prinzessin von Eboli.

Funfzehnter Auftritt

Prinzessin von Eboli. *Gleich darauf* Carlos.

EBOLI: So ist sie wahr die außerordentliche Zeitung,
Die schon den ganzen Hof erfüllt?

CARLOS *tritt herein*: Erschrecken Sie
Nicht, Fürstin! Ich will sanft sein, wie ein Kind.

EBOLI: Prinz – diese Überraschung.

CARLOS: Sind Sie noch
Beleidigt? Noch?

EBOLI: Prinz!

CARLOS *dringender*: Sind Sie noch beleidigt?
Ich bitte, sagen Sie es mir.

EBOLI: Was soll das?
Sie scheinen zu vergessen, Prinz – Was suchen
Sie bei mir?

CARLOS *ihre Hand mit Heftigkeit fassend*:
Mädchen, kannst du ewig hassen?
Verzeiht gekränkte Liebe nie?

EBOLI *will sich losmachen*: Woran
Erinnern Sie mich, Prinz?

CARLOS: An deine Güte
Und meinen Undank – Ach! ich weiß es wohl!
Schwer hab ich dich beleidigt, Mädchen, habe
Dein sanftes Herz zerrissen, habe Tränen

Gepreßt aus diesen Engelblicken – ach!
Und bin auch jetzt nicht hier, es zu bereuen.
EBOLI: Prinz, lassen Sie mich – ich –
CARLOS: Ich bin gekommen,
Weil du ein sanftes Mädchen bist, weil ich
Auf deine gute, schöne Seele baue.
Sieh, Mädchen, sieh, ich habe keinen Freund mehr
Auf dieser Welt, als dich allein. Einst warst
Du mir so gut – du wirst nicht ewig hassen,
Und wirst nicht unversöhnlich sein.
EBOLI *wendet das Gesicht ab*: O stille!
Nichts mehr, um Gottes willen, Prinz –
CARLOS: Laß mich
An jene goldne Zeiten dich erinnern –
An deine Liebe laß mich dich erinnern,
An deine Liebe, Mädchen, gegen die
Ich so unwürdig mich verging. Laß mich
Jetzt gelten machen, was ich dir gewesen,
Was deines Herzens Träume mir gegeben –
Noch einmal – nur noch e i n m a l stelle mich
So wie ich damals war, vor deine Seele
Und diesem Schatten opfre, was du mir,
Mir ewig nie mehr opfern kannst.
EBOLI: O Karl!
Wie grausam spielen Sie mit mir!
CARLOS: Sei größer
Als dein Geschlecht. Vergiß Beleidigungen,
Tu, was vor dir kein Weib getan – nach dir
Kein Weib mehr tun wird. Etwas Unerhörtes
Fordr ich von dir – Laß mich – auf meinen Knien
Beschwör ich dich – laß mich, zwei Worte laß mich
Mit meiner Mutter sprechen. *Er wirft sich vor ihr nieder.*

SECHSZEHNTER AUFTRITT

DIE VORIGEN. MARQUIS VON POSA *stürzt herein, hinter ihm* ZWEI OFFIZIERE *der königlichen Leibwache.*

MARQUIS *atemlos, außer sich dazwischentretend*:
Was hat er
Gestanden? Glauben Sie ihm nicht.

CARLOS *noch auf den Knieen, mit erhobner Stimme:*
Bei allem,
Was heilig –

MARQUIS *unterbricht ihn mit Heftigkeit:*
Er ist rasend. Hören Sie
Den Rasenden nicht an.

CARLOS *lauter, dringender:* Es gilt um Tod
Und Leben. Führen Sie mich zu ihr.

MARQUIS *zieht die Prinzessin mit Gewalt von ihm:*
Ich
Ermorde Sie, wenn Sie ihn hören.
Zu einem von den Offizieren:
Graf
Von Cordua. Im Namen des Monarchen.
Er zeigt den Verhaftsbefehl.
Der Prinz ist Ihr Gefangener.

Carlos steht erstarrt, wie vom Donner gerührt. Die Prinzessin stößt einen Laut des Schreckens aus und will fliehen, die Offiziere erstaunen. Eine lange und tiefe Pause. Man sieht den Marquis sehr heftig zittern und mit Mühe seine Fassung behalten.

Zum Prinzen:
Ich bitte
Um Ihren Degen – Fürstin Eboli,
Sie bleiben; und *Zu dem Offizier:*
Sie haften mir dafür,
Daß Seine Hoheit niemand spreche – niemand –
Sie selbst nicht, bei Gefahr des Kopfs!

Er spricht noch einiges leise mit dem Offizier, darauf wendet er sich zum andern.

Ich werfe
Sogleich mich selbst zu des Monarchen Füßen,
Ihm Rechenschaft zu geben – *Zu Carlos:*
Und auch Ihnen –
Erwarten Sie mich, Prinz – in einer Stunde.

Carlos läßt sich ohne Zeichen des Bewußtseins hinwegführen – Nur im Vorübergehen läßt er einen matten, sterbenden Blick auf den Marquis fallen, der sein Gesicht verhüllt. Die Prinzessin versucht es noch einmal zu entfliehen; der Marquis führt sie beim Arme zurück.

Siebzehnter Auftritt

Prinzessin von Eboli. Marquis von Posa.

EBOLI: Um aller Himmel willen, lassen Sie
Mich diesen Ort –
MARQUIS *führt sie ganz vor, mit fürchterlichem Ernst*:
Was hat er dir gesagt,
Unglückliche?
EBOLI: Nichts – Lassen Sie mich – Nichts –
MARQUIS *hält sie mit Gewalt zurück. Ernster*:
Wieviel hast du erfahren? Hier ist kein
Entrinnen mehr. Du wirst auf dieser Welt
Es niemand mehr erzählen.
EBOLI *sieht ihm erschrocken ins Gesicht*:
Großer Gott!
Was meinen Sie damit? Sie wollen mich
Doch nicht ermorden?
MARQUIS *zieht einen Dolch*: In der Tat, das bin
Ich sehr gesonnen. Mach es kurz.
EBOLI: Mich? Mich?
Oh! ewige Barmherzigkeit! Was hab
Ich denn begangen?
MARQUIS *zum Himmel sehend, den Dolch auf ihre Brust gesetzt*:
Noch ist's Zeit. Noch trat
Das Gift nicht über diese Lippen. Ich
Zerschmettre das Gefäß, und alles bleibt
Wie es gewesen – Spaniens Verhängnis
Und eines Weibes Leben! –
Er bleibt in dieser Stellung zweifelhaft ruhen.
EBOLI *ist an ihm niedergesunken, und sieht ihm fest ins Gesicht*:
Nun? Was zaudern Sie?
Ich bitte nicht um Schonung – Nein! Ich habe
Verdient zu sterben, und ich will's.
MARQUIS *läßt die Hand langsam sinken. Nach einem kurzen Besinnen*: Das wäre
So feig als es barbarisch ist – Nein! Nein!
Gott sei gelobt! – Noch gibt's ein andres Mittel!
Er läßt den Dolch fallen und eilt hinaus. Die Prinzessin stürzt fort durch eine andere Türe.

Ein Zimmer der Königin.

Achtzehnter Auftritt

Die Königin *zur* Gräfin Fuentes:

Was für ein Auflauf im Palaste? Jedes
Getöse, Gräfin, macht mir heute Schrecken.
O sehen Sie doch nach und sagen mir,
Was es bedeutet.

Die Gräfin Fuentes geht ab, und herein stürzt die Prinzessin von Eboli.

Neunzehnter Auftritt

Königin. Prinzessin von Eboli.

EBOLI *atemlos, bleich und entstellt, vor der Königin niedergesunken*:
Königin! Zu Hülfe!
Er ist gefangen.

KÖNIGIN: Wer?

EBOLI: Der Marquis Posa
Nahm auf Befehl des Königs ihn gefangen.

KÖNIGIN: Wen aber? Wen?

EBOLI: Den Prinzen.

KÖNIGIN: Rasest du?

EBOLI: Soeben führen sie ihn fort.

KÖNIGIN: Und wer
Nahm ihn gefangen?

EBOLI: Marquis Posa.

KÖNIGIN: Nun!
Gott sei gelobt, daß es der Marquis war,
Der ihn gefangennahm!

EBOLI: Das sagen Sie
So ruhig, Königin? so kalt? – O Gott!
Sie ahnden nicht – Sie wissen nicht –

KÖNIGIN: Warum er
Gefangen worden? – Eines Fehltritts wegen,
Vermut ich, der dem heftigen Charakter
Des Jünglings sehr natürlich war.

EBOLI: Nein! Nein!
Ich weiß es besser – Nein – O Königin!

Verruchte, teufelische Tat! – Für ihn
Ist keine Rettung mehr! Er stirbt!
KÖNIGIN: Er stirbt!
EBOLI: Und seine Mörderin bin ich.
KÖNIGIN: Er stirbt!
Wahnsinnige, bedenkst du?
EBOLI: Und warum –
Warum er stirbt! – O hätt ich wissen können,
Daß es bis dahin kommen würde!
KÖNIGIN *nimmt sie gütig bei der Hand*: Fürstin,
Noch sind Sie außer Fassung. Sammeln Sie
Erst Ihre Geister, daß Sie ruhiger,
Nicht in so grauenvollen Bildern, die
Mein Innerstes durchschauern, mir erzählen.
Was wissen Sie? Was ist geschehen?
EBOLI: Oh!
Nicht diese himmlische Herablassung,
Nicht diese Güte, Königin! Wie Flammen
Der Hölle schlägt sie brennend mein Gewissen.
Ich bin nicht würdig, den entweihten Blick
Zu Ihrer Glorie emporzurichten.
Zertreten Sie die Elende, die sich,
Zerknirscht von Reue, Scham und Selbstverachtung,
Zu Ihren Füßen krümmt.
KÖNIGIN: Unglückliche!
Was haben Sie mir zu gestehen?
EBOLI: Engel
Des Lichtes! Große Heilige! Noch kennen,
Noch ahnden Sie den Teufel nicht, dem Sie
So liebevoll gelächelt – Lernen Sie
Ihn heute kennen. Ich – ich war der Dieb,
Der Sie bestohlen.
KÖNIGIN: Sie?
EBOLI: Und jene Briefe
Dem König ausgeliefert.
KÖNIGIN: Sie?
EBOLI: Der sich
Erdreistet hat, Sie anzuklagen –
KÖNIGIN: Sie –
Sie konnten –
EBOLI: Rache – Liebe – Raserei –

Ich haßte Sie und liebte den Infanten –
KÖNIGIN: Weil Sie ihn liebten –?
EBOLI: Weil ich's ihm gestanden
Und keine Gegenliebe fand.
KÖNIGIN *nach einem Stillschweigen*:
O jetzt
Enträtselt sich mir alles! – Stehn Sie auf.
Sie liebten ihn – ich habe schon vergeben.
Es ist nun schon vergessen – stehn Sie auf.
Sie reicht ihr den Arm.
EBOLI: Nein! Nein!
Ein schreckliches Geständnis ist noch übrig.
Nicht eher, große Königin –
KÖNIGIN *aufmerksam*: Was werd ich
Noch hören müssen? Reden Sie –
EBOLI: Der König –
Verführung – O Sie blicken weg – Ich lese
In Ihrem Angesicht Verwerfung – Das
Verbrechen, dessen ich Sie zeihte – ich
Beging es selbst.

Sie drückt ihr glühendes Gesicht auf den Boden. Die Königin geht ab. Große Pause. Die Herzogin von Olivarez kommt nach einigen Minuten aus dem Kabinett, in welches die Königin gegangen war, und findet die Fürstin noch in der vorigen Stellung liegen. Sie nähert sich ihr stillschweigend; auf das Geräusch richtet sich die letztere auf, und fährt wie eine Rasende in die Höhe, da sie die Königin nicht mehr gewahr wird.

Zwanzigster Auftritt

Prinzessin von Eboli. Herzogin von Olivarez.

EBOLI: Gott! Sie hat mich verlassen!
Jetzt ist es aus.
OLIVAREZ *tritt ihr näher*:
Prinzessin Eboli –
EBOLI: Ich weiß, warum Sie kommen, Herzogin.
Die Königin schickt Sie heraus, mein Urteil
Mir anzukündigen – Geschwind!
OLIVAREZ: Ich habe
Befehl von Ihrer Majestät, Ihr Kreuz

Und Ihre Schlüssel in Empfang zu nehmen –

EBOLI *nimmt ein goldnes Ordenskreuz vom Busen und gibt es in die Hände der Herzogin*:

Doch e i n m a l noch ist mir vergönnt, die Hand
Der besten Königin zu küssen?

OLIVAREZ: Im
Marienkloster wird man Ihnen sagen,
Was über Sie beschlossen ist.

EBOLI *unter hervorstürzenden Tränen*:
Ich sehe
Die Königin nicht wieder?

OLIVAREZ *umarmt sie mit abgewandtem Gesicht*:
Leben Sie glücklich!

Sie geht schnell fort. Die Prinzessin folgt ihr bis an die Türe des Kabinetts, welche sogleich hinter der Herzogin verschlossen wird. Einige Minuten bleibt sie stumm und unbeweglich auf den Knieen davor liegen, dann rafft sie sich auf und eilt hinweg mit verhülltem Gesicht.

Einundzwanzigster Auftritt

Die Königin. Marquis von Posa.

KÖNIGIN: Ach endlich, Marquis! Glücklich, daß Sie kommen!

MARQUIS *bleich, mit zerstörtem Gesicht, bebender Stimme, und durch diesen ganzen Auftritt in feierlicher, tiefer Bewegung*:
Sind Ihre Majestät allein? Kann niemand
In diesen nächsten Zimmern uns behorchen?

KÖNIGIN: Kein Mensch – Warum? Was bringen Sie?
Indem sie ihn genauer ansieht und erschrocken zurücktritt.
Und wie
So ganz verändert! Was ist das? Sie machen
Mich zittern, Marquis – alle Ihre Züge
Wie eines Sterbenden entstellt –

MARQUIS: Sie wissen
Vermutlich schon –

KÖNIGIN: Daß Karl gefangen worden,
Und zwar durch Sie, setzt man hinzu – So ist
Es dennoch wahr? Ich wollt es keinem Menschen
Als Ihnen glauben.

MARQUIS: Es ist wahr.

KÖNIGIN: Durch Sie?

MARQUIS: Durch mich.
KÖNIGIN *sieht ihn einige Augenblicke zweifelhaft an*:
Ich ehre Ihre Handlungen,
Auch wenn ich sie nicht fasse – Diesmal aber
Verzeihen Sie dem bangen Weib. Ich fürchte,
Sie spielen ein gewagtes Spiel.
MARQUIS: Ich hab es
Verloren.
KÖNIGIN: Gott im Himmel!
MARQUIS: Seien Sie
Ganz ruhig, meine Königin. Für i h n
Ist schon gesorgt. Ich hab es m i r verloren.
KÖNIGIN: Was werd ich hören! Gott!
MARQUIS: Denn wer,
Wer hieß auf einen zweifelhaften Wurf
Mich alles setzen? Alles? So verwegen,
So zuversichtlich mit dem Himmel spielen?
Wer ist der Mensch, der sich vermessen will,
Des Zufalls schweres Steuer zu regieren,
Und doch nicht der Allwissende zu sein?
O es ist billig! – Doch warum denn jetzt
Von mir? Der Augenblick ist kostbar, wie
Das Leben eines Menschen! Und wer weiß,
Ob aus des Richters karger Hand nicht schon
Die letzten Tropfen für mich fallen?
KÖNIGIN: Aus
Des Richters Hand? – Welch feierlicher Ton!
Ich fasse nicht, was diese Reden meinen,
Doch sie entsetzen mich –
MARQUIS: Er ist gerettet!
Um welchen Preis er's ist, gleichviel! Doch nur
Für heute. Wenig Augenblicke sind
Noch sein. Er spare sie. Noch diese Nacht
Muß er Madrid verlassen.
KÖNIGIN: Diese Nacht noch?
MARQUIS: Anstalten sind getroffen. In demselben
Kartäuserkloster, das schon lange Zeit
Die Zuflucht unsrer Freundschaft war gewesen,
Erwartet ihn die Post. Hier ist in Wechseln,
Was mir das Glück auf dieser Welt gegeben.
Was mangelt, legen S i e noch bei. Zwar hätt ich

An meinen Karl noch manches auf dem Herzen,
Noch manches, das er wissen muß; doch leicht
Könnt es an Muße mir gebrechen, alles
Persönlich mit ihm abzutun – Sie sprechen
Ihn diesen Abend, darum wend ich mich
An Sie –

KÖNIGIN: Um meiner Ruhe willen, Marquis,
Erklären Sie sich deutlicher – nicht in
So fürchterlichen Rätseln reden Sie
Mit mir – Was ist geschehn?

MARQUIS: Ich habe noch
Ein wichtiges Bekenntnis abzulegen;
In Ihre Hände leg ich's ab. Mir ward
Ein Glück, wie es nur wenigen geworden:
Ich liebte einen Fürstensohn – Mein Herz,
Nur einem einzigen geweiht, umschloß
Die ganze Welt! – In meines Carlos' Seele
Schuf ich ein Paradies für Millionen.
O meine Träume waren schön – Doch es
Gefiel der Vorsehung, mich vor der Zeit
Von meiner schönen Pflanzung abzurufen.
Bald hat er seinen Roderich nicht mehr,
Der Freund hört auf in der Geliebten. Hier,
Hier – hier – auf diesem heiligen Altare,
Im Herzen seiner Königin leg ich
Mein letztes kostbares Vermächtnis nieder,
Hier find er's, wenn ich nicht mehr bin –

Er wendet sich ab, Tränen ersticken seine Stimme.

KÖNIGIN: Das ist
Die Sprache eines Sterbenden. Noch hoff ich,
Es ist nur Wirkung Ihres Blutes – oder
Liegt Sinn in diesen Reden?

MARQUIS *hat sich zu sammeln gesucht und fährt mit festerem Tone fort*:
Sagen Sie
Dem Prinzen, daß er denken soll des Eides,
Den wir in jenen schwärmerischen Tagen
Auf die geteilte Hostie geschworen.
Den meinigen hab ich gehalten, bin
Ihm treu geblieben bis zum Tod – jetzt ist's
An ihm, den seinigen –

KÖNIGIN: Zum Tod?

MARQUIS: Er mache –
O sagen Sie es ihm! das Traumbild wahr,
Das kühne Traumbild eines neuen Staates,
Der Freundschaft göttliche Geburt. Er lege
Die erste Hand an diesen rohen Stein.
Ob er vollende oder unterliege –
Ihm einerlei! Er lege Hand an. Wenn
Jahrhunderte dahingeflohen, wird
Die Vorsicht einen Fürstensohn, wie er,
Auf einem Thron, wie seiner, wiederholen,
Und ihren neuen Liebling mit derselben
Begeisterung entzünden. Sagen Sie
Ihm, daß er für die Träume seiner Jugend
Soll Achtung tragen, wenn er Mann sein wird,
Nicht öffnen soll dem tötenden Insekte
Gerühmter besserer Vernunft das Herz
Der zarten Götterblume – daß er nicht
Soll irre werden, wenn des Staubes Weisheit
Begeisterung, die Himmelstochter, lästert.
Ich hab es ihm zuvor gesagt –
KÖNIGIN: Wie, Marquis?
Und wozu führt –
MARQUIS: Und sagen Sie ihm, daß
Ich Menschenglück auf seine Seele lege,
Daß ich es sterbend von ihm fordre – fordre!
Und sehr dazu berechtigt war. Es hätte
Bei mir gestanden einen neuen Morgen
Heraufzuführen über diese Reiche.
Der König schenkte mir sein Herz. Er nannte
Mich seinen Sohn – Ich führe seine Siegel,
Und seine Alba sind nicht mehr.

Er hält inne und sieht einige Augenblicke stillschweigend auf die Königin.

Sie weinen –
O diese Tränen kenn ich, schöne Seele;
Die Freude macht sie fließen. Doch vorbei,
Es ist vorbei. Karl oder ich. Die Wahl
War schnell und schrecklich. Einer war verloren,
Und ich will dieser eine sein – ich lieber –
Verlangen Sie nicht mehr zu wissen.
KÖNIGIN: Jetzt,

Jetzt endlich fang ich an, Sie zu begreifen –
Unglücklicher, was haben Sie getan?

MARQUIS: Zwo kurze Abendstunden hingegeben,
Um einen hellen Sommertag zu retten.
Den König geb ich auf. Was kann ich auch
Dem König sein? – In diesem starren Boden
Blüht keine meiner Rosen mehr – Europas
Verhängnis reift in meinem großen Freunde!
Auf ihn verweis ich Spanien – Es blute
Bis dahin unter Philipps Hand! – Doch weh!
Weh mir und ihm, wenn ich bereuen sollte,
Vielleicht das Schlimmere gewählt! – Nein! Nein!
Ich kenne meinen Carlos – das wird nie
Geschehn – und meine Bürgin, Königin,
Sind S i e! *Nach einigem Stillschweigen:*
Ich sah sie keimen diese Liebe, sah
Der Leidenschaften unglückseligste
In seinem Herzen Wurzel fassen – Damals
Stand es in meiner Macht, sie zu bekämpfen.
Ich tat es nicht. Ich nährte diese Liebe,
Die mir nicht unglückselig war. Die Welt
Kann anders richten. Ich bereue nicht.
Mein Herz klagt mich nicht an. Ich sahe Leben,
Wo sie nur Tod – In dieser hoffnungslosen Flamme
Erkannt ich früh der Hoffnung goldnen Strahl.
Ich wollt ihn führen zum Vortrefflichen,
Zur höchsten Schönheit wollt ich ihn erheben:
Die Sterblichkeit versagte mir ein Bild,
Die Sprache Worte – da verwies ich ihn
Auf d i e s e s – meine ganze Leitung war,
Ihm seine Liebe zu erklären.

KÖNIGIN: Marquis,
Ihr Freund erfüllte Sie so ganz, daß Sie
Mich über ihm vergaßen. Glaubten Sie
Im Ernst mich aller Weiblichkeit entbunden,
Da Sie zu seinem Engel mich gemacht,
Zu seinen Waffen Tugend ihm gegeben?
Das überlegten Sie wohl nicht, wieviel
Für unser Herz zu wagen ist, wenn wir
Mit solchen Namen Leidenschaft veredeln.

MARQUIS: Für alle Weiber, nur für e i n e s nicht.

Auf eines schwör ich – Oder sollten Sie,
Sie der Begierden edelster sich schämen,
Der Heldentugend Schöpferin zu sein?
Was geht es König Philipp an, wenn seine
Verklärung in Eskurial den Maler,
Der vor ihr steht, mit Ewigkeit entzündet?
Gehört die süße Harmonie, die in
Dem Saitenspiele schlummert, seinem Käufer,
Der es mit taubem Ohr bewacht? Er hat
Das Recht erkauft, in Trümmern es zu schlagen,
Doch nicht die Kunst, dem Silberton zu rufen,
Und in des Liedes Wonne zu zerschmelzen.
Die Wahrheit ist vorhanden für den Weisen,
Die Schönheit für ein fühlend Herz. Sie beide
Gehören füreinander. Diesen Glauben
Soll mir kein feiges Vorurteil zerstören.
Versprechen Sie mir, ewig ihn zu lieben,
Von Menschenfurcht, von falschem Heldenmut
Zu nichtiger Verleugnung nie versucht,
Unwandelbar und ewig ihn zu lieben;
Versprechen Sie mir dieses? – Königin –
Versprechen Sie's in meine Hand?

KÖNIGIN: Mein Herz,
Versprech ich Ihnen, soll allein und ewig
Der Richter meiner Liebe sein.

MARQUIS *zieht seine Hand zurück*: Jetzt sterb ich
Beruhigt – Meine Arbeit ist getan.

Er neigt sich gegen die Königin und will gehen.

KÖNIGIN *begleitet ihn schweigend mit den Augen*:
Sie gehen, Marquis – ohne mir zu sagen,
Wann wir – wie bald – uns wiedersehn?

MARQUIS *kommt noch einmal zurück, das Gesicht abgewendet*:
Gewiß!
Wir sehn uns wieder.

KÖNIGIN: Ich verstand Sie, Posa –
Verstand Sie recht gut – Warum haben Sie
Mir das getan?

MARQUIS: Er oder ich.

KÖNIGIN: Nein! Nein!
Sie stürzten sich in diese Tat, die Sie
Erhaben nennen. Leugnen Sie nur nicht.

Ich kenne Sie, Sie haben längst darnach
Gedürstet – Mögen tausend Herzen brechen,
Was kümmert Sie's, wenn sich Ihr Stolz nur weidet.
O jetzt – jetzt lern ich Sie verstehn! Sie haben
Nur um Bewunderung gebuhlt.

MARQUIS *betroffen, vor sich*: Nein! Darauf
War ich nicht vorbereitet –

KÖNIGIN *nach einem Stillschweigen*:
Marquis!
Ist keine Rettung möglich?

MARQUIS: Keine.

KÖNIGIN: Keine?
Besinnen Sie sich wohl. Ist keine möglich?
Auch nicht durch mich?

MARQUIS: Auch nicht durch Sie.

KÖNIGIN: Sie kennen [mich
Zur Hälfte nur – ich habe Mut.

MARQUIS: Ich weiß es.

KÖNIGIN: Und keine Rettung?

MARQUIS: Keine.

KÖNIGIN *verläßt ihn und verhüllt das Gesicht*:
Gehen Sie!
Ich schätze keinen Mann mehr.

MARQUIS *in der heftigsten Bewegung vor ihr niedergeworfen*:
Königin!
– O Gott! das Leben ist doch schön.

Er springt auf und geht schnell fort. Die Königin in ihr Kabinett.

Vorzimmer des Königs.

ZWEIUNDZWANZIGSTER AUFTRITT

HERZOG VON ALBA *und* DOMINGO *gehen stillschweigend und abgesondert auf und nieder.* GRAF LERMA *kommt aus dem Kabinett des Königs, alsdann* DON RAIMOND VON TAXIS, *der Oberpostmeister.*

LERMA: Ob sich der Marquis noch nicht blicken lassen?

ALBA: Noch nicht.

Lerma will wieder hineingehen.

TAXIS *tritt auf*: Graf Lerma, melden Sie mich an.

LERMA: Der König ist für niemand.

TAXIS: Sagen Sie,
Ich muß ihn sprechen – Seiner Majestät
Ist äußerst dran gelegen. Eilen Sie.
Es leidet keinen Aufschub.
Lerma geht ins Kabinett.
ALBA *tritt zum Oberpostmeister*: Lieber Taxis,
Gewöhnen Sie sich zur Geduld. Sie sprechen
Den König nicht –
TAXIS: Nicht? Und warum?
ALBA: Sie hätten
Die Vorsicht denn gebraucht, sich die Erlaubnis
Beim Chevalier von Posa auszuwirken,
Der Sohn und Vater zu Gefangnen macht.
TAXIS: Von Posa? Wie? Ganz recht! Das ist derselbe,
Aus dessen Hand ich diesen Brief empfangen –
ALBA: Brief? Welchen Brief?
TAXIS: Den ich nach Brüssel habe
Befördern sollen –
ALBA *aufmerksam*: Brüssel?
TAXIS: Den ich eben
Dem König bringe –
ALBA: Brüssel! Haben Sie
Gehört, Kaplan? Nach Brüssel!
DOMINGO *tritt dazu*: Das ist sehr
Verdächtig.
TAXIS: Und wie ängstlich, wie verlegen
Er mir empfohlen worden!
DOMINGO: Ängstlich? So!
ALBA: An wen ist denn die Aufschrift?
TAXIS: An den Prinzen
Von Nassau und Oranien.
ALBA: An Wilhelm? –
Kaplan! Das ist Verräterei.
DOMINGO: Was könnt
Es anders sein? – Ja freilich, diesen Brief
Muß man sogleich dem König überliefern.
Welch ein Verdienst von Ihnen, würd'ger Mann,
So streng zu sein in Ihres Königs Dienst!
TAXIS: Hochwürd'ger Herr, ich tat nur meine Pflicht.
ALBA: Sie taten wohl.
LERMA *kommt aus dem Kabinett. Zum Oberpostmeister*:

Der König will Sie sprechen.
Taxis geht hinein.
Der Marquis immer noch nicht da?
DOMINGO: Man sucht
Ihn allerorten.
ALBA: Sonderbar und seltsam.
Der Prinz ein Staatsgefangner, und der König
Noch selber ungewiß warum?
DOMINGO: Er war
Nicht einmal hier, ihm Rechenschaft zu geben?
ALBA: Wie nahm es denn der König auf?
LERMA: Der König
Sprach noch kein Wort.
Geräusch im Kabinett.
ALBA: Was war das? Still!
TAXIS *aus dem Kabinett*: Graf Lerma!
Beide hinein.
ALBA *zu Domingo*: Was geht hier vor?
DOMINGO: Mit diesem Ton des
Wenn dieser aufgefangne Brief? - Mir ahndet [Schreckens!
Nichts Gutes, Herzog.
ALBA: Lerma läßt er rufen!
Und wissen muß er doch, daß Sie und ich
Im Vorsaal –
DOMINGO: Unsre Zeiten sind vorbei.
ALBA: Bin ich derselbe denn nicht mehr, dem hier
Sonst alle Türen sprangen? Wie ist alles
Verwandelt um mich her – wie fremd –
DOMINGO *hat sich leise der Kabinettstüre genähert, und bleibt lauschend davor stehen*: Horch!
ALBA *nach einer Pause*: Alles
Ist totenstill. Man hört sie Atem holen.
DOMINGO: Die doppelte Tapete dämpft den Schall.
ALBA: Hinweg! Man kommt.
DOMINGO *verläßt die Türe*: Mir ist so feierlich,
So bang, als sollte dieser Augenblick
Ein großes Los entscheiden.

DREIUNDZWANZIGSTER AUFTRITT

DER PRINZ VON PARMA, DIE HERZOGE VON FERIA *und* MEDINA SIDONIA *mit noch einigen andern* GRANDEN *treten auf*. DIE VORIGEN.

PARMA: Ist der König
Zu sprechen?
ALBA: Nein.
PARMA: Nein? wer ist bei ihm?
FERIA: Marquis
Von Posa ohne Zweifel?
ALBA: Den erwartet man
Soeben.
PARMA: Diesen Augenblick
Sind wir von Saragossa eingetroffen.
Der Schrecken geht durch ganz Madrid – Ist es
Denn wahr?
DOMINGO: Ja leider.
FERIA: Es ist wahr? Er ist
Durch den Malteser in Verhaft genommen?
ALBA: So ist's.
PARMA: Warum? Was ist geschehn?
ALBA: Warum?
Das weiß kein Mensch, als Seine Majestät
Und Marquis Posa.
PARMA: Ohne Zuziehung
Der Cortes seines Königreichs?
FERIA: Weh dem,
Der teilgehabt an dieser Staatsverletzung.
ALBA: Weh ihm! So ruf ich auch.
MEDINA SIDONIA: Ich auch.
DIE ÜBRIGEN GRANDEN: Wir alle.
ALBA: Wer folgt mir in das Kabinett? – Ich werfe
Mich zu des Königs Füßen.
LERMA *stürzt aus dem Kabinett*: Herzog Alba!
DOMINGO: Endlich!
Gelobt sei Gott!

Alba eilt hinein.

LERMA *atemlos, in großer Bewegung*:
Wenn der Malteser kommt,
Der Herr ist jetzo nicht allein; er wird

Ihn rufen lassen –

DOMINGO *zu Lerma, indem sich alle übrigen voll neugieriger Erwartung um ihn versammeln*:

Graf, was ist geschehen?
Sie sind ja blaß wie eine Leiche.

LERMA *will forteilen*: Das
Ist teufelisch!

PARMA UND FERIA:

Was denn? Was denn?

MEDINA SIDONIA: Was macht
Der König?

DOMINGO: *zugleich*:

Teufelisch? Was denn?

LERMA: Der König hat
Geweint.

DOMINGO: Geweint?

ALLE *zugleich, mit betretnem Erstaunen*:

Der König hat geweint?

Man hört eine Glocke im Kabinett. Graf Lerma eilt hinein.

DOMINGO *ihm nach, will ihn zurückhalten*:

Graf, noch ein Wort – Verziehen Sie – Weg ist er!
Da stehn wir angefesselt von Entsetzen.

VIERUNDZWANZIGSTER AUFTRITT

PRINZESSIN VON EBOLI. FERIA. MEDINA SIDONIA. PARMA. DOMINGO *und übrige* GRANDEN.

EBOLI *eilig, außer sich*:

Wo ist der König? Wo? Ich muß ihn sprechen. *Zu Feria:*
Sie, Herzog, führen mich zu ihm.

FERIA: Der König
Hat wichtige Verhinderung. Kein Mensch
Wird vorgelassen.

EBOLI: Unterzeichnet er
Das fürchterliche Urteil schon? Er ist
Belogen. Ich beweis es ihm, daß er
Belogen ist.

DOMINGO *gibt ihr von ferne einen bedeutenden Wink*:

Prinzessin Eboli!

EBOLI *geht auf ihn zu*:
Sie auch da, Priester? Recht! Sie brauch ich eben.
Sie sollen mir's bekräftigen.
Sie ergreift seine Hand, und will ihn ins Kabinett mit fortreißen.
DOMINGO: Ich? – Sind
Sie bei sich, Fürstin?
FERIA: Bleiben Sie zurück.
Der König hört Sie jetzt nicht an.
EBOLI: Er muß
Mich hören. Wahrheit muß er hören – Wahrheit!
Und wär er zehenmal ein Gott!
DOMINGO: Weg! Weg!
Sie wagen alles. Bleiben Sie zurück.
EBOLI: Mensch, zittre du vor deines Götzen Zorn.
Ich habe nichts zu wagen.
Wie sie ins Kabinett will, stürzt heraus
HERZOG ALBA *seine Augen funkeln, Triumph ist in seinem Gang. Er eilt auf Domingo zu und umarmt ihn*:
Lassen Sie
In allen Kirchen ein Tedeum tönen.
Der Sieg ist unser.
DOMINGO: Unser?
ALBA *zu Domingo und den übrigen Granden*: Jetzt hinein
Zum Herrn. Sie sollen weiter von mir hören.

FÜNFTER AKT

Ein Zimmer im königlichen Palast, durch eine eiserne Gittertüre von einem großen Vorhofe abgesondert, in welchem Wachen auf und nieder gehen.

ERSTER AUFTRITT

CARLOS *an einem Tische sitzend, den Kopf vorwärts auf die Arme gelegt, als wenn er schlummerte. Im Hintergrunde des Zimmers einige Offiziere, die mit ihm eingeschlossen sind.* MARQUIS VON POSA *tritt herein, ohne von ihm bemerkt zu werden, und spricht leise mit den Offizieren, welche sich sogleich entfernen. Er selbst tritt ganz nahe vor Carlos und betrachtet ihn einige Augenblicke schweigend und traurig. Endlich macht er eine Bewegung, welche diesen aus seiner Betäubung erweckt.*

CARLOS *steht auf, wird den Marquis gewahr, und fährt erschrocken zusammen. Dann sieht er ihn eine Weile mit großen starren Augen an, und streicht mit der Hand über die Stirne, als ob er sich auf etwas besinnen wollte.*

MARQUIS: Ich bin es, Karl.

CARLOS *gibt ihm die Hand*: Du kommst sogar noch zu mir?
Das ist doch schön von dir.

MARQUIS: Ich bildete
Mir ein, du könntest deinen Freund hier brauchen.

CARLOS: Wahrhaftig? Meintest du das wirklich? Sieh!
Das freut mich – freut mich unbeschreiblich. Ach!
Ich wußt es wohl, daß du mir gut geblieben.

MARQUIS: Ich hab es auch um dich verdient.

CARLOS: Nicht wahr?
O wir verstehen uns noch ganz. So hab
Ich's gerne. Diese Schonung, diese Milde
Steht großen Seelen ani, wie du und ch.
Laß sein, daß meiner Forderungen eine
Unbillig und vermessen war, mußt du
Mir darum auch die billigen versagen?
Hart kann die Tugend sein, doch grausam nie,
Unmenschlich nie – Es hat dir viel gekostet!
O ja, mir deucht, ich weiß recht gut, wie sehr
Geblutet hat dein sanftes Herz, als du
Dein Opfer schmücktest zum Altare.

MARQUIS: Carlos!
Wie meinst du das?

CARLOS: Du selbst wirst jetzt vollenden,
Was ich gesollt und nicht gekonnt – Du wirst
Den Spaniern die goldnen Tage schenken,
Die sie von mir umsonst gehofft. Mit mir
Ist es ja aus – auf immer aus. Das hast
Du eingesehn – O diese fürchterliche Liebe
Hat alle frühe Blüten meines Geistes
Unwiederbringlich hingerafft. Ich bin
Für deine großen Hoffnungen gestorben.
Vorsehung oder Zufall führen dir
Den König zu – Es kostet mein Geheimnis,
Und er ist dein – du kannst sein Engel werden.
Für mich ist keine Rettung mehr – vielleicht
Für Spanien – Ach hier ist nichts verdammlich,

Nichts, nichts, als meine rasende Verblendung,
Bis diesen Tag nicht eingesehn zu haben,
Daß du – so groß als zärtlich bist.

MARQUIS: Nein! Das,
Das hab ich nicht vorhergesehen – nicht
Vorhergesehn, daß eines Freundes Großmut
Erfinderischer könnte sein, als meine
Weltkluge Sorgfalt. Mein Gebäude stürzt
Zusammen – ich vergaß dein Herz.

CARLOS: Zwar wenn dir's möglich wär gewesen, ihr
Dies Schicksal zu ersparen – sieh, das hätte
Ich unaussprechlich dir gedankt. Konnt ich
Denn nicht allein es tragen? Mußte sie
Das zweite Opfer sein? – Doch still davon!
Ich will mit keinem Vorwurf dich beladen.
Was geht die Königin dich an? Liebst du
Die Königin? Soll deine strenge Tugend
Die kleinen Sorgen meiner Liebe fragen?
Verzeih mir – ich war ungerecht.

MARQUIS: Du bist's.
Doch – dieses Vorwurfs wegen nicht. Verdient
Ich einen, dann verdient ich alle – und
Dann würd ich so nicht vor dir stehen.

Er nimmt sein Portefeuille heraus.

Hier
Sind von den Briefen ein'ge wieder, die
Du in Verwahrung mir gegeben. Nimm
Sie zu dir.

CARLOS *sieht mit Verwunderung bald die Briefe, bald den Marquis an*:
Wie?

MARQUIS: Ich gebe sie dir wieder,
Weil sie in deinen Händen sichrer jetzt
Sein dürften als in meinen.

CARLOS: Was ist das?
Der König las sie also nicht? bekam
Sie gar nicht zu Gesichte?

MARQUIS: Diese Briefe?

CARLOS: Du zeigtest ihm nicht alle?

MARQUIS: Wer sagt dir,
Daß ich ihm einen zeigte?

CARLOS *äußerst erstaunt*: Ist es möglich?

Graf Lerma.
MARQUIS: Der hat dir gesagt? – Ja! Nun
Wird alles, alles offenbar! Wer konnte
Das auch voraussehn? – Lerma also? – Nein,
Der Mann hat Lügen nie gelernt. Ganz recht,
Die andern Briefe liegen bei dem König.
CARLOS *sieht ihn lange mit sprachlosem Erstaunen an*:
Weswegen bin ich aber hier?
MARQUIS: Zur Vorsicht,
Wenn du vielleicht zum zweitenmal versucht
Sein möchtest, eine Eboli zu deiner
Vertrauten zu erwählen.
CARLOS *wie aus einem Traume erwacht*:
Ha! Nun endlich!
Jetzt seh ich – jetzt wird alles Licht –
MARQUIS *geht nach der Türe*: Wer kommt?

Zweiter Auftritt

Herzog Alba. Die Vorigen.

ALBA *nähert sich ehrerbietig dem Prinzen, dem Marquis durch diesen ganzen Auftritt den Rücken zuwendend*:
Prinz, Sie sind frei. Der König schickt mich ab,
Es Ihnen anzukündigen.
Carlos sieht den Marquis verwundernd an. Alle schweigen still.
Zugleich
Schätz ich mich glücklich, Prinz, der erste sein
Zu dürfen, der die Gnade hat –
CARLOS *bemerkt beide mit äußerster Verwunderung. Nach einer Pause zum Herzog*: Ich werde
Gefangen eingesetzt und frei erklärt,
Und ohne mir bewußt zu sein, warum
Ich beides werde?
ALBA: Aus Versehen, Prinz,
Soviel ich weiß, zu welchem irgendein
– Betrüger den Monarchen hingerissen.
CARLOS: Doch aber ist es auf Befehl des Königs,
Daß ich mich hier befinde?
ALBA: Ja, durch ein
Versehen Seiner Majestät.

CARLOS: Das tut
Mir wirklich leid – Doch wenn der König sich
Versieht, kommt es dem König zu, in eigner
Person den Fehler wieder zu verbessern.

Er sucht die Augen des Marquis, und beobachtet eine stolze Herabsetzung gegen den Herzog.

Man nennt mich hier Don Philipps Sohn. Die Augen
Der Lästerung und Neugier ruhn auf mir.
Was Seine Majestät aus Pflicht getan,
Will ich nicht scheinen ihrer Huld zu danken.
Sonst bin ich auch bereit, vor dem Gerichte
Der Cortes mich zu stellen – Meinen Degen
Nehm ich aus solcher Hand nicht an.

ALBA: Der König
Wird keinen Anstand nehmen, Eurer Hoheit
Dies billige Verlangen zu gewähren,
Wenn Sie vergönnen wollen, daß ich Sie
Zu ihm begleiten darf –

CARLOS: Ich bleibe hier,
Bis mich der König, oder sein Madrid
Aus diesem Kerker führen. Bringen Sie
Ihm diese Antwort.

Alba entfernt sich. Man sieht ihn noch eine Zeitlang im Vorhofe verweilen und Befehle austeilen.

DRITTER AUFTRITT

CARLOS *und* MARQUIS VON POSA.

CARLOS *nachdem der Herzog hinaus ist, voll Erwartung und Erstaunen zum Marquis*: Was ist aber das?
Erkläre mir's. Bist du denn nicht Minister?

MARQUIS: Ich bin's gewesen, wie du siehst.

Auf ihn zugehend, mit großer Bewegung.

O Karl,
Es hat gewirkt. Es hat. Es ist gelungen.
Jetzt ist's getan. Gepriesen sei die Allmacht,
Die es gelingen ließ.

CARLOS: Gelingen? Was?
Ich fasse deine Worte nicht.

MARQUIS *ergreift seine Hand*: Du bist

Gerettet, Karl – bist frei – und ich – *Er hält inne.*
CARLOS: Und du?
MARQUIS: Und ich – ich drücke dich an meine Brust
Zum erstenmal mit vollem, ganzem Rechte;
Ich hab es ja mit allem, allem, was
Mir teuer ist, erkauft – O Karl, wie süß,
Wie groß ist dieser Augenblick! Ich bin
Mit mir zufrieden.
CARLOS: Welche plötzliche
Veränderung in deinen Zügen? So
Hab ich dich nie gesehen. Stolzer hebt
Sich deine Brust, und deine Blicke leuchten.
MARQUIS:
Wir müssen Abschied nehmen, Karl. Erschrick nicht.
O sei ein Mann. Was du auch hören wirst,
Versprich mir, Karl, nicht durch unbänd'gen Schmerz,
Unwürdig großer Seelen, diese Trennung
Mir zu erschweren – Du verlierst mich, Karl –
Auf viele Jahre – Toren nennen es
Auf ewig.
Carlos zieht seine Hand zurück, sieht ihn starr an und anwortet nicht.
Sei ein Mann. Ich habe sehr
Auf dich gerechnet, hab es nicht vermieden,
Die bange Stunde mit dir auszuhalten,
Die man die letzte schrecklich nennt – Ja, soll
Ich dir's gestehen, Karl? ich habe mich
Darauf gefreut – Komm, laß uns niedersitzen –
Ich fühle mich erschöpft und matt.
Er rückt nahe an Carlos, der noch immer in einer toten Erstarrung ist, und sich unwillkürlich von ihm niederziehen läßt.
Wo bist du?
Du gibst mir keine Antwort? – Ich will kurz sein.
Den Tag nachher, als wir zum letztenmal
Bei den Kartäusern uns gesehn, ließ mich
Der König zu sich fordern. Den Erfolg
Weißt du, weiß ganz Madrid. Das weißt du nicht,
Daß dein Geheimnis ihm verraten worden,
Daß Briefe, in der Königin Schatulle
Gefunden, wider dich gezeugt, daß ich
Aus seinem eignen Munde dies erfahren,
Und daß – ich sein Vertrauter war.

Er hält inne, Carlos' Antwort zu erfahren: dieser verharrt in seinem Stillschweigen.

Ja, Karl!
Mit meinen Lippen brach ich meine Treue.
Ich selbst regierte das Komplott, das dir
Den Untergang bereitete. Zu laut
Sprach schon die Tat. Dich freizusprechen, war
Zu spät. Mich seiner Rache zu versichern,
War alles, was mir übrigblieb – und so
Ward ich dein Feind, dir kräftiger zu dienen.
– Du hörst mich nicht?

CARLOS: Ich höre. Weiter. Weiter.

MARQUIS: Bis hierher bin ich ohne Schuld. Doch bald
Verraten mich die ungewohnten Strahlen
Der neuen königlichen Gunst. Der Ruf
Dringt bis zu dir, wie ich vorhergesehn.
Doch ich, von falscher Zärtlichkeit bestochen,
Von stolzem Wahn geblendet, ohne dich
Das Wagestück zu enden, unterschlage
Der Freundschaft mein gefährliches Geheimnis.
Das war die große Übereilung! Schwer
Hab ich gefehlt. Ich weiß es. Raserei
War meine Zuversicht. Verzeih – sie war
Auf deiner Freundschaft Ewigkeit gegründet.

Hier schweigt er. Carlos geht aus seiner Versteinerung in lebhafte Bewegungen über.

Was ich befürchtete, geschieht. Man läßt
Dich zittern vor erdichteten Gefahren.
Die Königin in ihrem Blut – das Schrecken
Des widerhallenden Palastes – Lermas
Unglückliche Dienstfertigkeit – zuletzt
Mein unbegreifliches Verstummen, alles
Bestürmt dein überraschtes Herz – du wankst –
Gibst mich verloren – Doch, zu edel selbst,
An deines Freundes Redlichkeit zu zweifeln,
Schmückst du mit Größe seinen Abfall aus,
Nun erst wagst du, ihn treulos zu behaupten,
Weil du noch treulos ihn verehren darfst.
Verlassen von dem Einzigen wirfst du
Der Fürstin Eboli dich in die Arme –
Unglücklicher! in eines Teufels Arme;

Denn diese war's, die dich verriet.
Carlos steht auf.
Ich sehe
Dich dahin eilen. Eine schlimme Ahndung
Fliegt durch mein Herz. Ich folge dir. Zu spät.
Du liegst zu ihren Füßen. Das Geständnis
Floh über deine Lippen schon. Für dich
Ist keine Rettung mehr –

CARLOS: Nein! Nein! Sie war
Gerührt. Du irrest dich. Gewiß war sie
Gerührt.

MARQUIS: Da wird es Nacht vor meinen Sinnen!
Nichts – Nichts – Kein Ausweg – Keine Hülfe – keine
Im ganzen Umkreis der Natur! Verzweiflung
Macht mich zur Furie, zum Tier – ich setze
Den Dolch auf eines Weibes Brust – Doch jetzt –
Jetzt fällt ein Sonnenstrahl in meine Seele.
„Wenn ich den König irrte? Wenn es mir
Gelänge, selbst der Schuldige zu scheinen?
Wahrscheinlich oder nicht! – für ihn genug,
Scheinbar genug für König Philipp, weil
Es übel ist! Es sei! ich will es wagen.
Vielleicht ein Donner, der so unverhofft
Ihn trifft, macht den Tyrannen stutzen – und
Was will ich mehr? Er überlegt, und Karl
Hat Zeit gewonnen, nach Brabant zu flüchten."

CARLOS: Und das – das hättest du getan?

MARQUIS: Ich schreibe
An Wilhelm von Oranien, daß ich
Die Königin geliebt, daß mir's gelungen,
In dem Verdacht, der fälschlich dich gedrückt,
Des Königs Argwohn zu entgehn – daß ich
Durch den Monarchen selbst den Weg gefunden,
Der Königin mich frei zu nahn. Ich setze
Hinzu, daß ich entdeckt zu sein besorge,
Daß du, von meiner Leidenschaft belehrt,
Zur Fürstin Eboli geeilt, vielleicht
Durch ihre Hand die Königin zu warnen –
Daß ich dich hier gefangennahm, und nun,
Weil alles doch verloren, willens sei,
Nach Brüssel mich zu werfen – Diesen Brief –

CARLOS *fällt ihm erschrocken ins Wort:*
Hast du der Post doch nicht vertraut? Du weißt,
Daß alle Briefe nach Brabant und Flandern –
MARQUIS: Dem König ausgeliefert werden – Wie
Die Sachen stehn, hat Taxis seine Pflicht
Bereits getan.
CARLOS: Gott! So bin ich verloren!
MARQUIS: Du? Warum du?
CARLOS: Unglücklicher, und du
Bist mit verloren. Diesen ungeheuern
Betrug kann dir mein Vater nicht vergeben.
Nein! den vergibt er nimmermehr!
MARQUIS: Betrug?
Du bist zerstreut. Besinne dich. Wer sagt ihm,
Daß es Betrug gewesen?
CARLOS *sieht ihm starr ins Gesicht:*
W e r, fragst du?
Ich selbst. *Er will fort.*
MARQUIS: Du rasest; bleib zurück.
CARLOS: Weg! Weg!
Um Gottes willen. Halte mich nicht auf.
Indem ich hier verweile, dingt er schon
Die Mörder.
MARQUIS: Desto edler ist die Zeit.
Wir haben uns noch viel zu sagen.
CARLOS: Was?
Eh er noch alles –
Er will wieder fort. Der Marquis nimmt ihn beim Arme und sieht ihn bedeutend an.
MARQUIS: Höre, Carlos – War
Ich auch so eilig, so gewissenhaft,
Da du für mich geblutet hast – ein Knabe?
CARLOS *bleibt gerührt und voll Verwunderung vor ihm stehen:*
O gute Vorsicht!
MARQUIS: Rette dich für Flandern!
Das Königreich ist dein Beruf. Für dich
Zu sterben war der meinige.
CARLOS *geht auf ihn zu und nimmt ihn bei der Hand voll der innigsten Empfindung:* Nein! Nein!
Er wird – er kann nicht widerstehn! So vieler
Erhabenheit nicht widerstehn! – Ich will

Dich zu ihm führen. Arm in Arme wollen
Wir zu ihm gehen. Vater, will ich sagen,
Das hat ein Freund für seinen Freund getan.
Es wird ihn rühren. Glaube mir! er ist
Nicht ohne Menschlichkeit, mein Vater. Ja!
Gewiß es wird ihn rühren. Seine Augen werden
Von warmen Tränen übergehn, und dir
Und mir wird er verzeihn –

Es geschieht ein Schuß durch die Gittertüre. Carlos springt auf.

Ha! Wem galt das?

MARQUIS: Ich glaube – mir. *Er sinkt nieder.*

CARLOS *fällt mit einem Schrei des Schmerzes neben ihm zu Boden*:
O himmlische
Barmherzigkeit!

MARQUIS *mit brechender Stimme*:
Er ist geschwind – der König –
Ich hoffte – länger – Denk auf deine Rettung –
Hörst du? – auf deine Rettung – Deine Mutter
Weiß alles – ich kann nicht mehr –

Carlos bleibt wie tot bei dem Leichnam liegen. Nach einiger Zeit tritt DER KÖNIG *herein, von vielen* GRANDEN *begleitet, und fährt bei diesem Anblick betreten zurück. Eine allgemeine und tiefe Pause. Die Granden stellen sich in einen halben Kreis um diese beiden, und sehen wechselsweise auf den König und seinen Sohn. Dieser liegt noch ohne alle Zeichen des Lebens. – Der König betrachtet ihn mit nachdenkender Stille.*

VIERTER AUFTRITT

DER KÖNIG. CARLOS. DIE HERZOGE VON ALBA, FERIA, *und* MEDINA SIDONIA. DER PRINZ VON PARMA. GRAF LERMA. DOMINGO *und viele* GRANDEN.

KÖNIG *mit gütigem Ton*: Deine Bitte
Hat stattgefunden, mein Infant. Hier bin ich,
Ich selbst, mit allen Großen meines Reichs,
Dir Freiheit anzukündigen.

Carlos blickt auf und sieht um sich her, wie einer, der aus dem Traume erwacht. Seine Augen heften sich bald auf den König, bald auf den Toten. Er antwortet nicht.

Empfange

Dein Schwert zurück. Man hat zu rasch verfahren.
Er nähert sich ihm, reicht ihm die Hand und hilft ihm sich aufrichten.
Mein Sohn ist nicht an seinem Platz. Steh auf.
Komm in die Arme deines Vaters.

CARLOS *empfängt ohne Bewußtsein die Arme des Königs – besinnt sich aber plötzlich, hält inne und sieht ihn genauer an:*
Dein
Geruch ist Mord. Ich kann dich nicht umarmen.
Er stößt ihn zurück, alle Granden kommen in Bewegung.
Nein! Steht nicht so betroffen da! Was hab
Ich Ungeheures denn getan? Des Himmels
Gesalbten angetastet? Fürchtet nichts.
Ich lege keine Hand an ihn. Seht ihr
Das Brandmal nicht an seiner Stirne? Gott
Hat ihn gezeichnet.

KÖNIG *bricht schnell auf:* Folgt mir, meine Granden.

CARLOS: Wohin? Nicht von der Stelle, Sire –
Er hält ihn gewaltsam mit beiden Händen, und bekommt mit der einen das Schwert zu fassen, das der König mitgebracht hat. Es fährt aus der Scheide.

KÖNIG: Das Schwert
Gezückt auf deinen Vater?

ALLE ANWESENDE GRANDEN *ziehen die ihrigen:*
Königsmord!

CARLOS *den König fest an der einen Hand, das bloße Schwert in der andern:* Steckt eure Schwerter ein. Was wollt ihr? Glaubt
Ihr, ich sei rasend? Nein, ich bin nicht rasend.
Wär ich's, so tatet i h r nicht gut, mich zu
Erinnern, daß auf meines Schwertes Spitze
Sein Leben schwebt. Ich bitte, haltet euch
Entfernt. Verfassungen, wie meine, wollen
Geschmeichelt sein – drum bleibt zurück. Was ich
Mit diesem König abzumachen habe,
Geht euern Leheneid nichts an. Seht nur
Wie seine Finger bluten! Seht ihn recht an!
Seht ihr? O seht auch hieher – D a s hat er
Getan, der große Künstler!

KÖNIG *zu den Granden, welche sich besorgt um ihn herumdrängen wollen:* Tretet alle
Zurück. Wovor erzittert ihr? – Sind wir
Nicht Sohn und Vater? Ich will doch erwarten,

Zu welcher Schandtat die Natur –
CARLOS: Natur?
Ich weiß von keiner. Mord ist jetzt die Losung.
Der Menschheit Bande sind entzwei. Du selbst
Hast sie zerrissen, Sire, in deinen Reichen.
Soll ich verehren was du höhnst? – O seht!
Seht hieher! Es ist noch kein Mord geschehen
Als heute – Gibt es keinen Gott? Was? Dürfen
In seiner Schöpfung Könige so hausen?
Ich frage, gibt es keinen Gott? Solange Mütter
Geboren haben, ist nur einer – einer
So unverdient gestorben – Weißt du auch,
Was du getan hast? Nein, er weiß es nicht,
Weiß nicht, daß er ein Leben hat gestohlen
Aus dieser Welt, das wichtiger und edler
Und teurer war, als er mit seinem ganzen
Jahrhundert.
KÖNIG *mit gelindem Ton*:
Wenn ich allzu rasch gewesen,
Geziemt es dir, für den ich es gewesen,
Mich zur Verantwortung zu ziehen?
CARLOS: Wie?
Ist's möglich? Sie erraten nicht wer mir
Der Tote war – O sagt es ihm – helft seiner
Allwissenheit das schwere Rätsel lösen.
Der Tote war mein Freund – Und wollt ihr wissen,
Warum er starb? Für mich ist er gestorben.
KÖNIG: Ha! meine Ahndung!
CARLOS: Blutender, vergib,
Daß ich vor solchen Ohren es entweihe!
Doch dieser große Menschenkenner sinke
Vor Scham dahin, daß seine graue Weisheit
Der Scharfsinn eines Jünglings überlistet.
Ja, Sire! Wir waren Brüder! Brüder durch
Ein edler Band, als die Natur es schmiedet.
Sein schöner Lebenslauf war Liebe. Liebe
Für mich sein großer, schöner Tod. Mein war er,
Als Sie mit seiner Achtung großgetan,
Als seine scherzende Beredsamkeit
Mit Ihrem stolzen Riesengeiste spielte.
Ihn zu beherrschen wähnten Sie – und waren

Ein folgsam Werkzeug seiner höhern Plane.
Daß ich gefangen bin, war seiner Freundschaft
Durchdachtes Werk. Mich zu erretten, schrieb
Er an Oranien den Brief – O Gott!
Er war die erste Lüge seines Lebens!
Mich zu erretten, warf er sich dem Tod,
Den er erlitt, entgegen. Sie beschenkten ihn
Mit Ihrer Gunst – er starb für mich. Ihr Herz
Und Ihre Freundschaft drangen Sie ihm auf,
Ihr Zepter war das Spielwerk seiner Hände;
Er warf es hin, und starb für mich!

Der König steht ohne Bewegung, den Blick starr auf den Boden geheftet. Alle Granden sehen betreten und furchtsam auf ihn.

Und war
Es möglich? Dieser groben Lüge konnten
Sie Glauben schenken? Wie gering mußt er
Sie schätzen, da er's unternahm, bei Ihnen
Mit diesem plumpen Gaukelspiel zu reichen!
Um seine Freundschaft wagten Sie zu buhlen,
Und unterlagen dieser leichten Probe!
O nein – nein, das war nichts für Sie. Das war
Kein Mensch für Sie! Das wußt er selbst recht gut,
Als er mit allen Kronen Sie verstoßen.
Dies feine Saitenspiel zerbrach in Ihrer
Metallnen Hand. Sie konnten nichts, als ihn
Ermorden.

ALBA *hat den König bis jetzt nicht aus den Augen gelassen, und mit sichtbarer Unruhe die Bewegungen beobachtet, welche in seinem Gesichte arbeiten. Jetzt nähert er sich ihm furchtsam:*
Sire – nicht diese Totenstille. Sehen
Sie um sich. Reden Sie mit uns.

CARLOS:
Sie waren
Ihm nicht gleichgültig. Seinen Anteil hatten
Sie längst. Vielleicht! Er hätte Sie noch glücklich
Gemacht. Sein Herz war reich genug, Sie selbst
Von seinem Überflusse zu vergnügen.
Die Splitter seines Geistes hätten Sie
Zum Gott gemacht. Sich selber haben Sie
Bestohlen – Was werden
Sie bieten, eine Seele zu erstatten,
Wie diese war?

Ein tiefes Schweigen. Viele von den Granden sehen weg oder verhüllen das Gesicht in ihren Mänteln.

O die ihr hier versammelt steht, und vor Entsetzen
Und vor Bewunderung verstummt – verdammet
Den Jüngling nicht, der diese Sprache gegen
Den Vater und den König führt – Seht hieher!
Für mich ist er gestorben! Habt ihr Tränen?
Fließt Blut, nicht glühend Erz, in euren Adern?
Seht hieher und verdammt mich nicht.

Er wendet sich zum König mit mehr Fassung und Gelassenheit:

Vielleicht
Erwarten Sie, wie diese unnatürliche Geschichte
Sich enden wird? – Hier ist mein Schwert. Sie sind
Mein König wieder. Denken Sie, daß ich
Vor Ihrer Rache zittre? Morden Sie
Mich auch, wie Sie den Edelsten gemordet.
Mein Leben ist verwirkt. Ich weiß. Was ist
Mir jetzt das Leben? Hier entsag ich allem,
Was mich auf dieser Welt erwartet. Suchen
Sie unter Fremdlingen sich einen Sohn –
Da liegen meine Reiche –

Er sinkt an dem Leichnam nieder, und nimmt an dem Folgenden keinen Anteil mehr. Man hört unterdessen von ferne ein verworrenes Getöse von Stimmen und ein Gedräng vieler Menschen. Um den König herum ist eine tiefe Stille. Seine Augen durchlaufen den ganzen Kreis, aber niemand begegnet seinen Blicken.

KÖNIG: Nun? Will niemand
Antworten? – Jeder Blick am Boden – jedes
Gesicht verhüllt! – Mein Urteil ist gesprochen.
In diesen stummen Mienen les ich es
Verkündigt. Meine Untertanen haben mich
Gerichtet.

Das vorige Stillschweigen – Der Tumult kommt näher und wird lauter. Durch die umstehenden Granden läuft ein Gemurmel, sie geben sich untereinander verlegene Winke; Graf Lerma stößt endlich leise den Herzog von Alba an.

LERMA: Wahrlich! Das ist Sturm!
ALBA *leise*: So fürcht ich.
LERMA: Man dringt herauf. Man kommt.

Fünfter Auftritt

Ein Offizier *von der Leibwache.* Die Vorigen.

OFFIZIER *dringend:* Rebellion!
Wo ist der König?
Er arbeitet sich durch die Menge, und dringt bis zum König.
Ganz Madrid in Waffen!
Zu Tausenden umringt der wütende
Soldat, der Pöbel den Palast. Prinz Carlos,
Verbreitet man, sei in Verhaft genommen,
Sein Leben in Gefahr. Das Volk will ihn
Lebendig sehen oder ganz Madrid
In Flammen aufgehn lassen.
ALLE GRANDEN *in Bewegung:* Rettet! Rettet
Den König!
ALBA *zum König, der ruhig und unbeweglich steht:*
Flüchten Sie sich, Sire – Es hat
Gefahr – Noch wissen wir nicht, wer
Den Pöbel waffnet –
KÖNIG *erwacht aus seiner Betäubung, richtet sich auf, und tritt mit Majestät unter sie:* Steht mein Thron noch?
Bin ich noch König dieses Landes? – Nein.
Ich bin es nicht mehr. Diese Memmen weinen,
Von einem Knaben weich gemacht. Man wartet
Nur auf die Losung, von mir abzufallen.
Ich bin verraten von Rebellen.
ALBA: Sire,
Welch fürchterliche Phantasie!
KÖNIG: Dorthin!
Dort werft euch nieder! Vor dem blühenden,
Dem jungen König werft euch nieder – Ich
Bin nichts mehr – ein ohnmächt'ger Greis!
ALBA: Dahin
Ist es gekommen! – Spanier!
Alle drängen sich um den König herum und knieen mit gezogenen Schwertern vor ihm nieder. Carlos bleibt allein und von allen verlassen bei dem Leichnam.
KÖNIG *reißt seinen Mantel ab und wirft ihn von sich:*
Bekleidet
I h n mit dem königlichen Schmuck – Auf meiner

Zertretnen Leiche tragt ihn –

Er bleibt ohnmächtig in Albas und Lermas Armen.

LERMA: Hülfe! Gott!

FERIA: Gott! welcher Zufall!

LERMA: Er ist von sich –

ALBA *läßt den König in Lermas und Ferias Händen*: Bringen
Sie ihn zu Bette. Unterdessen geb ich
Madrid den Frieden.

Er geht ab. Der König wird weggetragen und alle Granden begleiten ihn.

Sechster Auftritt

CARLOS *bleibt allein bei dem Leichnam zurück. Nach einigen Augenblicken erscheint* LUDWIG MERKADO, *sieht sich schüchtern um, und steht eine Zeitlang stillschweigend hinter dem Prinzen, der ihn nicht bemerkt.*

MERKADO: Ich komme
Von Ihrer Majestät der Königin.

Carlos sieht wieder weg und gibt ihm keine Antwort.

Mein Name ist Merkado – Ich bin Leibarzt
Bei Ihrer Majestät – und hier ist meine
Beglaubigung.

Er zeigt dem Prinzen einen Siegelring – Dieser verharrt in seinem Stillschweigen.

Die Königin wünscht sehr
Sie heute noch zu sprechen – wichtige
Geschäfte –

CARLOS: Wichtig ist mir nichts mehr
Auf dieser Welt.

MERKADO: Ein Auftrag, sagte sie,
Den Marquis Posa hinterlassen –

CARLOS *steht schnell auf*: Was?
Sogleich. *Er will mit ihm gehen.*

MERKADO: Nein! Jetzt nicht, gnäd'ger Prinz. Sie müssen
Die Nacht erwarten. Jeder Zugang ist
Besetzt und alle Wachen dort verdoppelt.
Unmöglich ist es, diesen Flügel des
Palastes ungesehen zu betreten.
Sie würden alles wagen –

CARLOS: Aber –

MERKADO: Nur
Ein Mittel, Prinz, ist höchstens noch vorhanden –
Die Königin hat es erdacht. Sie legt
Es Ihnen vor – Doch es ist kühn und seltsam
Und abenteuerlich.
CARLOS: Das ist?
MERKADO: Schon längst
Geht eine Sage, wie Sie wissen, daß
Um Mitternacht in den gewölbten Gängen
Der königlichen Burg, in Mönchsgestalt,
Der abgeschiedne Geist des Kaisers wandle.
Der Pöbel glaubt an dies Gerücht, die Wachen
Beziehen nur mit Schauer diesen Posten.
Wenn Sie entschlossen sind, sich dieser
Verkleidung zu bedienen, können Sie
Durch alle Wachen frei und unversehrt
Bis zum Gemach der Königin gelangen,
Das dieser Schlüssel öffnen wird. Vor jedem Angriff
Schützt Sie die heilige Gestalt. Doch auf
Der Stelle, Prinz, muß Ihr Entschluß gefaßt sein.
Das nöt'ge Kleid, die Maske, finden Sie
In Ihrem Zimmer. Ich muß eilen, Ihrer Majestät
Antwort zu bringen.
CARLOS: Und die Zeit?
MERKADO: Die Zeit
Ist zwölf Uhr.
CARLOS: Sagen Sie ihr, daß sie mich
Erwarten könne.

Merkado geht ab.

Siebenter Auftritt

Carlos. Graf Lerma.

LERMA: Retten Sie sich, Prinz.
Der König wütet gegen Sie. Ein Anschlag
Auf Ihre Freiheit – wo nicht auf Ihr Leben.
Befragen Sie mich weiter nicht. Ich habe
Mich weggestohlen, Sie zu warnen. Fliehen
Sie ohne Aufschub.
CARLOS: Ich bin in den Händen
Der Allmacht.

LERMA: Wie die Königin mich eben
Hat merken lassen, sollen Sie noch heute
Madrid verlassen und nach Brüssel flüchten.
Verschieben Sie es nicht, ja nicht! Der Aufruhr
Begünstigt Ihre Flucht. In dieser Absicht
Hat ihn die Königin veranlaßt. Jetzt
Wird man sich nicht erkühnen, gegen Sie
Gewalt zu brauchen. Im Kartäuserkloster
Erwartet Sie die Post, und hier sind Waffen,
Wenn Sie gezwungen sollten sein –
Er gibt ihm einen Dolch und Terzerolen.
CARLOS: Dank, Dank,
Graf Lerma!
LERMA: Ihre heutige Geschichte
Hat mich im Innersten gerührt. So liebt
Kein Freund mehr! Alle Patrioten weinen
Um Sie. Mehr darf ich jetzt nicht sagen.
CARLOS: Graf Lerma! Dieser Abgeschiedne nannte
Sie einen edlen Mann.
LERMA: Noch einmal, Prinz!
Reisen Sie glücklich. Schönre Zeiten werden kommen;
Dann aber werd ich nicht mehr sein. Empfangen
Sie meine Huldigung schon hier.
Er läßt sich auf ein Knie vor ihm nieder.
CARLOS *will ihn zurückhalten. Sehr bewegt*: Nicht also –
Nicht also, Graf – Sie rühren mich – Ich möchte
Nicht gerne weich sein –
LERMA *küßt seine Hand mit Empfindung*:
König meiner Kinder!
O meine Kinder werden sterben dürfen
Für Sie. Ich darf es nicht. Erinnern Sie sich meiner
In meinen Kindern – Kehren Sie in Frieden
Nach Spanien zurücke. Seien Sie
Ein Mensch auf König Philipps Thron. Sie haben
Auch Leiden kennen lernen. Unternehmen Sie
Nichts Blut'ges gegen Ihren Vater! Ja
Nichts Blutiges, mein Prinz! Philipp der Zweite
Zwang Ihren Ältervater von dem Thron
Zu steigen – Dieser Philipp zittert heute
Vor seinem eignen Sohn! D a r a n gedenken
Sie, Prinz – und so geleite Sie der Himmel!

Er geht schnell weg. Carlos ist im Begriff auf einem andern Wege fortzueilen, kehrt aber plötzlich um und wirft sich vor dem Leichnam des Marquis nieder, den er noch einmal in seine Arme schließt. Dann verläßt er schnell das Zimmer.

Vorzimmer des Königs.

Achter Auftritt

Herzog von Alba *und* Herzog von Feria *kommen im Gespräch.*

ALBA: Die Stadt ist ruhig. Wie verließen Sie
Den König?
FERIA: In der fürchterlichsten Laune.
Er hat sich eingeschlossen. Was sich auch
Ereignen würde, keinen Menschen will
Er vor sich lassen. Die Verräterei
Des Marquis hat auf einmal seine ganze
Natur verändert. Wir erkennen ihn
Nicht mehr.
ALBA: Ich muß zu ihm. Ich kann ihn diesmal
Nicht schonen. Eine wichtige Entdeckung,
Die eben jetzt gemacht wird –
FERIA: Eine neue
Entdeckung?
ALBA: Ein Kartäusermönch, der in
Des Prinzen Zimmer heimlich sich gestohlen,
Und mit verdächt'ger Wißbegier den Tod
Des Marquis Posa sich erzählen lassen,
Fällt meinen Wachen auf. Man hält ihn an.
Man untersucht. Die Angst des Todes preßt
Ihm ein Geständnis aus, daß er Papiere
Von großem Werte bei sich trage, die
Ihm der Verstorbne anbefohlen, in
Des Prinzen Hand zu übergeben – wenn
Er sich vor Sonnenuntergang nicht mehr
Ihm zeigen würde.
FERIA: Nun?
ALBA: Die Briefe lauten,
Daß Carlos binnen Mitternacht und Morgen
Madrid verlassen soll.

FERIA: Was?
ALBA: Daß ein Schiff
In Cadix segelfertig liege, ihn
Nach Vlissingen zu bringen – daß die Staaten
Der Niederlande seiner nur erwarten,
Die span'sche Ketten abzuwerfen.
FERIA: Ha!
Was ist das?
ALBA: Andre Briefe melden,
Daß eine Flotte Solimans bereits
Von Rhodus ausgelaufen – den Monarchen
Von Spanien, laut des geschloßnen Bundes,
Im Mittelländ'schen Meere anzugreifen.
FERIA: Ist's möglich?
ALBA: Ebendiese Briefe lehren
Die Reisen mich verstehn, die der Malteser
Durch ganz Europa jüngst getan. Es galt
Nichts Kleineres, als alle nord'schen Mächte
Für der Flamänder Freiheit zu bewaffnen.
FERIA: Das war er!
ALBA: Diesen Briefen endlich folgt
Ein ausgeführter Plan des ganzen Krieges,
Der von der span'schen Monarchie auf immer
Die Niederlande trennen soll. Nichts, nichts
Ist übersehen, Kraft und Widerstand
Berechnet, alle Quellen, alle Kräfte
Des Landes pünktlich angegeben, alle
Maximen, welche zu befolgen, alle
Bündnisse, die zu schließen. Der Entwurf
Ist teuflisch, aber wahrlich – göttlich.
FERIA: Welch undurchdringlicher Verräter!
ALBA: Noch
Beruft man sich in diesem Brief auf eine
Geheime Unterredung, die der Prinz
Am Abend seiner Flucht mit seiner Mutter
Zustande bringen sollte.
FERIA: Wie? Das wäre
Ja heute.
ALBA: Diese Mitternacht. Auch hab ich
Für diesen Fall Befehle schon gegeben.
Sie sehen, daß es dringt, kein Augenblick

Ist zu verlieren – Öffnen Sie das Zimmer
Des Königs.

FERIA: Nein! Der Eintritt ist verboten.

ALBA: So öffn ich selbst – Die wachsende Gefahr
Rechtfertigt diese Kühnheit –

Wie er gegen die Türe geht, wird sie geöffnet, und der König tritt heraus.

FERIA: Ha, er selbst!

Neunter Auftritt

König *zu* den Vorigen.

Alle erschrecken über seinen Anblick, weichen zurück und lassen ihn ehrerbietig mitten durch. Er kommt in einem wachen Traume, wie eines Nachtwandlers. – Sein Anzug und seine Gestalt zeigen noch die Unordnung, worein ihn die gehabte Ohnmacht versetzt hat. Mit langsamen Schritten geht er an den anwesenden Granden vorbei, sieht jeden starr an, ohne einen einzigen wahrzunehmen. Endlich bleibt er gedankenvoll stehen, die Augen zur Erde gesenkt, bis seine Gemütsbewegung nach und nach laut wird.

KÖNIG: Gib diesen Toten mir heraus. Ich muß
Ihn wiederhaben.

DOMINGO *leise zum Herzog von Alba*:
Reden Sie ihn an.

KÖNIG *wie oben*: Er dachte klein von mir und starb. Ich muß
Ihn wiederhaben. Er muß anders von
Mir denken.

ALBA *nähert sich mit Furcht*:
Sire –

KÖNIG: Wer redet hier?

Er sieht lange im ganzen Kreis herum.

Hat man
Vergessen wer ich bin? Warum nicht auf
Den Knieen vor mir, Kreatur? Noch bin
Ich König. Unterwerfung will ich sehen.
Setzt alles mich hintan, weil e i n e r mich
Verachtet hat?

ALBA: Nichts mehr von ihm, mein König!
Ein neuer Feind, bedeutender als dieser,
Steht auf im Herzen Ihres Reichs –

FERIA: Prinz Carlos –
KÖNIG: Er hatte einen Freund, der in den Tod
Gegangen ist für ihn – für ihn! Mit mir
Hätt er ein Königreich geteilt! – Wie er
Auf mich heruntersah! So stolz sieht man
Von Thronen nicht herunter. War's nicht sichtbar,
Wieviel er sich mit d e r Erobrung wußte?
Was er verlor, gestand sein Schmerz. So wird
Um nichts Vergängliches geweint – Daß er noch lebte!
Ich gäb ein Indien dafür. Trostlose Allmacht,
Die nicht einmal in Gräber ihren Arm
Verlängern, eine kleine Übereilung
Mit Menschenleben nicht verbessern kann!
Die Toten stehen nicht mehr auf. Wer darf
Mir sagen, daß ich glücklich bin? Im Grabe
Wohnt einer, der mir Achtung vorenthalten.
Was gehn die Lebenden mich an? Ein Geist,
E i n freier Mann stand auf in diesem ganzen
Jahrhundert – Einer – Er verachtet mich
Und stirbt.
ALBA: So lebten wir umsonst! – Laßt uns
Zu Grabe gehen, Spanier. Auch noch
Im Tode raubt uns dieser Mensch das Herz
Des Königs!
KÖNIG *Er setzt sich nieder, den Kopf auf den Arm gestützt*:
Wär er m i r also gestorben!
Ich hab ihn liebgehabt, sehr lieb. Er war
Mir teuer wie ein Sohn. In diesem Jüngling
Ging mir ein neuer, schönrer Morgen auf.
Wer weiß, was ich ihm aufbehalten! Er
War meine erste Liebe. Ganz Europa
Verfluche mich! Europa mag mir fluchen.
Von diesem hab ich Dank verdient.
DOMINGO: Durch welche
Bezauberung –
KÖNIG: Und wem bracht er dies Opfer?
Dem Knaben meinem Sohne? Nimmermehr.
Ich glaub es nicht. Für einen Knaben stirbt
Ein Posa nicht. Der Freundschaft arme Flamme
Füllt eines Posa Herz nicht aus. Das schlug
Der ganzen Menschheit. Seine Neigung war

Die Welt mit allen kommenden Geschlechtern.
Sie zu vergnügen fand er einen Thron –
Und geht vorüber? Diesen Hochverrat
An seiner Menschheit sollte Posa sich
Vergeben? Nein. Ich kenn ihn besser. Nicht
Den Philipp opfert er dem Carlos, nur
Den alten Mann dem Jüngling seinem Schüler.
Des Vaters untergehnde Sonne lohnt
Das neue Tagwerk nicht mehr. Das verspart man
Dem nahen Aufgang seines Sohns – O es ist klar!
Auf meinen Hintritt wird gewartet.

ALBA: Lesen Sie
In diesen Briefen die Bekräftigung.

KÖNIG *steht auf*: Er könnte sich verrechnet haben. Noch,
Noch bin ich. Habe Dank, Natur. Ich fühle
In meinen Sehnen Jünglingskraft. Ich will
Ihn zum Gelächter machen. Seine Tugend
Sei eines Träumers Hirngespinst gewesen.
Er sei gestorben als ein Tor. Sein Sturz
Erdrücke seinen Freund und sein Jahrhundert!
Laß sehen, wie man mich entbehrt. Die Welt
Ist noch auf einen Abend mein. Ich will
Ihn nützen diesen Abend, daß nach mir
Kein Pflanzer mehr in zehen Menschenaltern
Auf dieser Brandstatt ernten soll. Er brachte
Der Menschheit, seinem Götzen, mich zum Opfer;
Die Menschheit büße mir für ihn! – Und jetzt –
Mit seiner Puppe fang ich an. *Zum Herzog von Alba:*
Was war's
Mit dem Infanten? Wiederholt es mir. Was lehren
Mich diese Briefe?

ALBA: Diese Briefe, Sire,
Enthalten die Verlassenschaft des Marquis
Von Posa an Prinz Karl.

KÖNIG *durchläuft die Papiere, wobei er von allen Umstehenden scharf beobachtet wird. Nachdem er eine Zeitlang gelesen, legt er sie weg, und geht stillschweigend durch das Zimmer*: Man rufe mir
Den Inquisitor Kardinal. Ich laß
Ihn bitten, eine Stunde mir zu schenken.

Einer von den Granden geht hinaus. Der König nimmt die Papiere wieder, liest fort, und legt sie abermals weg.

In dieser Nacht also?
TAXIS: Schlag zwei Uhr soll
Die Post vor dem Kartäuserkloster halten.
ALBA: Und Leute, die ich ausgesendet, sahen
Verschiednes Reisgeräte, an dem Wappen
Der Krone kenntlich, nach dem Kloster tragen.
FERIA: Auch sollen große Summen auf den Namen
Der Königin bei maurischen Agenten
Betrieben worden sein, in Brüssel zu
Erheben.
KÖNIG: Wo verließ man den Infanten?
ALBA: Beim Leichnam des Maltesers.
KÖNIG: Ist noch Licht im Zimmer
Der Königin?
ALBA: Dort ist alles still. Auch hat
Sie ihre Kammerfrauen zeitiger,
Als sonsten zu geschehen pflegt, entlassen.
Die Herzogin von Arkos, die zuletzt
Aus ihrem Zimmer ging, verließ sie schon
In tiefem Schlafe.

EIN OFFIZIER *von der Leibwache tritt herein, zieht den Herzog von Feria auf die Seite und spricht leise mit ihm. Dieser wendet sich betreten zum Herzog von Alba, andre drängen sich hinzu, und es entsteht ein Gemurmel.*

FERIA, TAXIS, DOMINGO *zugleich*: Sonderbar!
KÖNIG: Was gibt es?
FERIA: Eine Nachricht, Sire, die kaum
Zu glauben ist –
DOMINGO: Zween Schweizer, die soeben
Von ihrem Posten kommen, melden – Es
Ist lächerlich es nachzusagen.
KÖNIG: Nun?
ALBA: Daß in dem linken Flügel des Palasts
Der Geist des Kaisers sich erblicken lassen,
Und mit beherztem, feierlichem Schritt an ihnen
Vorbeigegangen. Eben diese Nachricht
Bekräft'gen alle Wachen, die durch diesen
Pavillon verbreitet stehn, und setzen
Hinzu, daß die Erscheinung in den Zimmern
Der Königin verschwunden.

KÖNIG: Und in welcher
Gestalt erschien er?
OFFIZIER: In dem nämlichen
Gewand, das er zum letztenmal in Justi
Als Hieronymitermönch getragen.
KÖNIG: Als Mönch? Und also haben ihn die Wachen
Im Leben noch gekannt? Denn woher wußten
Sie sonst, daß es der Kaiser war?
OFFIZIER: Daß es
Der Kaiser müsse sein, bewies das Zepter,
Das er in Händen trug.
DOMINGO: Auch will man ihn
Schon öfters, wie die Sage geht, in dieser
Gestalt gesehen haben.
KÖNIG: Angeredet hat
Ihn niemand?
OFFIZIER: Niemand unterstand sich.
Die Wachen sprachen ihr Gebet und ließen
Ihn ehrerbietig mitten durch.
KÖNIG: Und in den Zimmern
Der Königin verlor sich die Erscheinung?
OFFIZIER: Im Vorgemach der Königin.

Allgemeines Stillschweigen.

KÖNIG *wendet sich schnell um*: Wie sagt ihr?
ALBA: Sire, wir sind stumm.
KÖNIG *nach einigem Besinnen, zu dem Offizier*:
Laßt meine Garden unter
Die Waffen treten und jedweden Zugang
Zu diesem Flügel sperren. Ich bin lüstern,
Ein Wort mit diesem Geist zu reden.

Der Offizier geht ab. Gleich darauf ein Page.

PAGE: Sire!
Der Inquisitor Kardinal.
KÖNIG *zu den Anwesenden*: Verlaßt uns.

Der Kardinal Großinquisitor, ein Greis von neunzig Jahren und blind, auf einen Stab gestützt und von zwei Dominikanern geführt. Wie er durch ihre Reihen geht, werfen sich alle Granden vor ihm nieder und berühren den Saum seines Kleides. Er erteilt ihnen den Segen. Alle entfernen sich.

Zehnter Auftritt

Der König *und* der Grossinquisitor.

Ein langes Stillschweigen.

GROSSINQUISITOR: Steh
Ich vor dem König?
KÖNIG: Ja.
GROSSINQUISITOR: Ich war mir's nicht mehr
Vermutend.
KÖNIG: Ich erneure einen Auftritt
Vergangner Jahre. Philipp der Infant
Holt Rat bei seinem Lehrer.
GROSSINQUISITOR: Rat bedurfte
Mein Zögling Karl, Ihr großer Vater, niemals.
KÖNIG: Um so viel glücklicher war er. Ich habe
Gemordet, Kardinal, und keine Ruhe –
GROSSINQUISITOR: Weswegen haben Sie gemordet?
KÖNIG: Ein
Betrug, der ohne Beispiel ist –
GROSSINQUISITOR: Ich weiß ihn.
KÖNIG: Was wisset Ihr? Durch wen? Seit wann?
GROSSINQUISITOR: Seit Jahren,
Was Sie seit Sonnenuntergang.
KÖNIG *mit Befremdung*: Ihr habt
Von diesem Menschen schon gewußt?
GROSSINQUISITOR: Sein Leben
Liegt angefangen und beschlossen in
Der Santa Casa heiligen Registern.
KÖNIG: Und er ging frei herum?
GROSSINQUISITOR: Das Seil, an dem
Er flatterte, war lang, doch unzerreißbar.
KÖNIG: Er war schon außer meines Reiches Grenzen.
GROSSINQUISITOR: Wo er sein mochte, war ich auch.
KÖNIG *geht unwillig auf und nieder*: Man wußte,
In wessen Hand ich war – Warum versäumte man,
Mich zu erinnern?
GROSSINQUISITOR: Diese Frage geb ich
Zurücke – Warum fragten Sie nicht an,
Da Sie in dieses Menschen Arm sich warfen?
Sie kannten ihn! Ein Blick entlarvte Ihnen

Den Ketzer. – Was vermochte Sie, dies Opfer
Dem heil'gen Amt zu unterschlagen? Spielt
Man so mit uns? Wenn sich die Majestät
Zur Hehlerin erniedrigt – hinter unserm Rücken
Mit unsern schlimmsten Feinden sich versteht,
Was wird mit uns? Darf einer Gnade finden,
Mit welchem Rechte wurden hunderttausend
Geopfert?

KÖNIG: Er ist auch geopfert.

GROSSINQUISITOR: Nein!
Er ist ermordet – ruhmlos! freventlich! – Das Blut,
Das unsrer Ehre glorreich fließen sollte,
Hat eines Meuchelmörders Hand verspritzt.
Der Mensch war unser – Was befugte Sie,
Des Ordens heil'ge Güter anzutasten?
Durch uns zu sterben war er da. Ihn schenkte
Der Notdurft dieses Zeitenlaufes Gott,
In seines Geistes feierlicher Schändung
Die prahlende Vernunft zur Schau zu führen.
Das war mein überlegter Plan. Nun liegt
Sie hingestreckt, die Arbeit vieler Jahre!
Wir sind bestohlen, und Sie haben nichts
Als blut'ge Hände.

KÖNIG: Leidenschaft riß mich
Dahin. Vergib mir.

GROSSINQUISITOR: Leidenschaft? – Antwortet
Mir Philipp der Infant? Bin ich allein
Zum alten Mann geworden? – Leidenschaft!

Mit unwilligem Kopfschütteln:

Gib die Gewissen frei in deinen Reichen,
Wenn du in deinen Ketten gehst.

KÖNIG: Ich bin
In diesen Dingen noch ein Neuling. Habe
Geduld mit mir.

GROSSINQUISITOR: Nein! Ich bin nicht mit Ihnen
Zufrieden. – Ihren ganzen vorigen
Regentenlauf zu lästern! Wo war damals
Der Philipp, dessen feste Seele wie
Der Angelstern am Himmel unverändert
Und ewig um sich selber treibt? War eine ganze
Vergangenheit versunken hinter Ihnen?

War in dem Augenblick die Welt nicht mehr
Die nämliche, da Sie die Hand ihm boten?
Gift nicht mehr Gift? War zwischen Gut und Übel
Und Wahr und Falsch die Scheidewand gefallen?
Was ist ein Vorsatz? Was Beständigkeit,
Was Männertreue, wenn in einer lauen
Minute eine sechzigjähr'ge Regel
Wie eines Weibes Laune schmilzt?

KÖNIG: Ich sah in seine Augen – Halte mir
Den Rückfall in die Sterblichkeit zugut.
Die Welt hat einen Zugang weniger
Zu deinem Herzen. Deine Augen sind erloschen.

GROSSINQUISITOR: Was sollte Ihnen dieser Mensch? Was konnte
Er Neues Ihnen vorzuzeigen haben,
Worauf Sie nicht bereitet waren? Kennen
Sie Schwärmersinn und Neuerung so wenig?
Der Weltverbeßrer prahlerische Sprache
Klang Ihrem Ohr so ungewohnt? Wenn das
Gebäude Ihrer Überzeugung schon
Von Worten fällt – mit welcher Stirne, muß
Ich fragen, schrieben Sie das Bluturteil
Der hunderttausend schwachen Seelen, die
Den Holzstoß für nichts Schlimmeres bestiegen?

KÖNIG: Mich lüstete nach einem Menschen. Diese
Domingo –

GROSSINQUISITOR: Wozu Menschen? Menschen sind
Für Sie nur Zahlen, weiter nichts. Muß ich
Die Elemente der Monarchenkunst
Mit meinem grauen Schüler überhören?
Der Erde Gott verlerne zu bedürfen,
Was ihm verweigert werden kann – Wenn Sie
Um Mitgefühle wimmern, haben Sie
Der Welt nicht Ihresgleichen zugestanden?
Und welche Rechte, möcht ich wissen, haben
Sie aufzuweisen über Ihresgleichen?

KÖNIG *wirft sich in den Sessel*:
Ich bin ein kleiner Mensch, ich fühl's – Du foderst
Von dem Geschöpf, was nur der Schöpfer leistet.

GROSSINQUISITOR: Nein, Sire. Mich hintergeht man nicht. Sie
Durchschaut – Uns wollten Sie entfliehen. [sind
Des Ordens schwere Ketten drückten Sie;

Sie wollten frei und einzig sein.
Er hält inne. Der König schweigt.
Wir sind gerochen – Danken Sie der Kirche,
Die sich begnügt, als Mutter Sie zu strafen.
Die Wahl, die man Sie blindlings treffen lassen,
War Ihre Züchtigung. Sie sind belehrt.
Jetzt kehren Sie zu uns zurück – Stünd ich
Nicht jetzt vor Ihnen – beim lebend'gen Gott!
Sie wären morgen so vor mir gestanden.
KÖNIG: Nicht diese Sprache! Mäßige dich, Priester!
Ich duld es nicht. Ich kann in diesem Ton
Nicht mit mir sprechen hören.
GROSSINQUISITOR: Warum rufen Sie
Den Schatten Samuels herauf? – Ich gab
Zwei Könige dem span'schen Thron, und hoffte
Ein fest gegründet Werk zu hinterlassen.
Verloren seh ich meines Lebens Frucht,
Don Philipp selbst erschüttert mein Gebäude.
Und jetzo Sire – Wozu bin ich gerufen?
Was soll ich hier? – Ich bin nicht willens, diesen
Besuch zu wiederholen.
KÖNIG: Eine Arbeit noch,
Die letzte — dann magst du in Frieden scheiden.
Vorbei sei das Vergangne, Friede sei
Geschlossen zwischen uns – Wir sind versöhnt?
GROSSINQUISITOR: Wenn Philipp sich in Demut beugt.
KÖNIG *nach einer Pause*: Mein
Sinnt auf Empörung. [Sohn
GROSSINQUISITOR: Was beschließen Sie?
KÖNIG: Nichts – oder alles.
GROSSINQUISITOR: Und was heißt hier alles?
KÖNIG: Ich laß ihn fliehen, wenn ich ihn
Nicht sterben lassen kann.
GROSSINQUISITOR: Nun Sire?
KÖNIG: Kannst du mir einen neuen Glauben gründen,
Der eines Kindes blut'gen Mord verteidigt?
GROSSINQUISITOR: Die ewige Gerechtigkeit zu sühnen,
Starb an dem Holze Gottes Sohn.
KÖNIG: Du willst
Durch ganz Europa diese Meinung pflanzen?
GROSSINQUISITOR: So weit, als man das Kreuz verehrt.

KÖNIG: Ich frevle
An der Natur – auch diese mächt'ge Stimme
Willst du zum Schweigen bringen?
GROSSINQUISITOR: Vor dem Glauben
Gilt keine Stimme der Natur.
KÖNIG: Ich lege
Mein Richteramt in deine Hände – Kann
Ich ganz zurücke treten?
GROSSINQUISITOR: Geben Sie
Ihn mir.
KÖNIG: Es ist mein einz'ger Sohn – Wem hab ich
Gesammelt?
GROSSINQUISITOR: Der Verwesung lieber, als
Der Freiheit.
KÖNIG *steht auf*: Wir sind einig. Kommt.
GROSSINQUISITOR: Wohin?
KÖNIG: Aus meiner Hand das Opfer zu empfangen.
Er führt ihn hinweg.

Zimmer der Königin.

Letzter Auftritt

Carlos. Die Königin. *Zuletzt der* König *mit* Gefolge.

CARLOS *in einem Mönchsgewand, eine Maske vor dem Gesichte, die er eben jetzt abnimmt, unter dem Arme ein bloßes Schwert. Es ist ganz finster. Er nähert sich einer Türe, welche geöffnet wird. Die Königin tritt heraus, im Nachtkleide, mit einem brennenden Licht. Carlos läßt sich vor ihr auf ein Knie nieder*:
Elisabeth!
KÖNIGIN *mit stiller Wehmut auf seinem Anblick verweilend*:
So sehen wir uns wieder?
CARLOS: So sehen wir uns wieder!
Stillschweigen.
KÖNIGIN *sucht sich zu fassen*: Stehn Sie auf. Wir wollen
Einander nicht erweichen, Karl. Nicht durch
Ohnmächt'ge Tränen will der große Tote
Gefeiert werden. Tränen mögen fließen
Für kleinre Leiden! – Er hat sich geopfert
Für Sie! Mit seinem teuern Leben

Hat er das Ihrige erkauft – Und dieses Blut
Wär einem Hirngespinst geflossen? – Carlos!
Ich selber habe gutgesagt für Sie.
Auf meine Bürgschaft schied er freudiger
Von hinnen. Werden Sie zur Lügnerin
Mich machen?

CARLOS *mit Begeisterung*:
Einen Leichenstein will ich
Ihm setzen, wie noch keinem Könige
Geworden – Über seiner Asche blühe
Ein Paradies!

KÖNIGIN: So hab ich Sie gewollt!
Das war die große Meinung seines Todes!
Mich wählte er zu seines letzten Willens
Vollstreckerin. Ich mahne Sie. Ich werde
Auf die Erfüllung dieses Eides halten.
– Und noch ein anderes Vermächtnis legte
Der Sterbende in meine Hand – Ich gab ihm
Mein Wort – und – warum soll ich es verschweigen?
Er übergab mir seinen Karl – Ich trotze
Dem Schein – Ich will vor Menschen nicht mehr zittern,
Will einmal kühn sein wie ein Freund. Mein Herz
Soll reden. Tugend nannt er unsre Liebe?
Ich glaub es ihm, und will mein Herz nicht mehr –

CARLOS: Vollenden Sie nicht, Königin – Ich habe
In einem langen schweren Traum gelegen.
Ich liebte – Jetzt bin ich erwacht. Vergessen
Sei das Vergangne! Hier sind Ihre Briefe
Zurück. Vernichten Sie die meinen. Fürchten
Sie keine Wallung mehr von mir. Es ist
Vorbei. Ein reiner Feuer hat mein Wesen
Geläutert. Meine Leidenschaft wohnt in den Gräbern
Der Toten. Keine sterbliche Begierde
Teilt diesen Busen mehr.

Nach einem Stillschweigen ihre Hand fassend.

Ich kam, um Abschied
Zu nehmen – Mutter, endlich seh ich ein,
Es gibt ein höher, wünschenswerter Gut,
Als dich besitzen – Eine kurze Nacht
Hat meiner Jahre trägen Lauf beflügelt,
Frühzeitig mich zum Mann gereift. Ich habe

Für dieses Leben keine Arbeit mehr,
Als die Erinnerung an ihn! Vorbei
Sind alle meine Ernten –
Er nähert sich der Königin, welche das Gesicht verhüllt.
Sagen Sie
Mir gar nichts, Mutter?
KÖNIGIN: Kehren Sie sich nicht
An meine Tränen, Karl – Ich kann nicht anders –
Doch glauben Sie mir, ich bewundre Sie.
CARLOS: Sie waren unsers Bundes einzige
Vertraute – Unter diesem Namen werden
Sie auf der ganzen Welt das Teuerste
Mir bleiben. Meine Freundschaft kann ich Ihnen
Sowenig, als noch gestern meine Liebe
Verschenken an ein andres Weib – Doch heilig
Sei mir die königliche Witwe, führt
Die Vorsicht mich auf diesen Thron.
Der König, begleitet vom Großinquisitor und seinen Granden, erscheint im Hintergrunde, ohne bemerkt zu werden.
Jetzt geh ich
Aus Spanien, und sehe meinen Vater
Nicht wieder – Nie in diesem Leben wieder.
Ich schätz ihn nicht mehr. Ausgestorben ist
In meinem Busen die Natur – Sein Sie
Ihm wieder Gattin. Er hat einen Sohn
Verloren. Treten Sie in Ihre Pflichten
Zurück – Ich eile, mein bedrängtes Volk
Zu retten von Tyrannenhand. Madrid
Sieht nur als König oder nie mich wieder.
Und jetzt zum letzten Lebewohl! *Er küßt sie.*
KÖNIGIN: O Karl!
Was machen Sie aus mir? – Ich darf mich nicht
Empor zu dieser Männergröße wagen;
Doch fassen und bewundern kann ich Sie.
CARLOS: Bin ich nicht stark, Elisabeth? Ich halte
In meinen Armen Sie und wanke nicht.
Von dieser Stelle hätten mich noch gestern
Des nahen Todes Schrecken nicht gerissen. *Er verläßt sie.*
Das ist vorbei. Jetzt trotz ich jedem Schicksal
Der Sterblichkeit. Ich hielt Sie in den Armen
Und wankte nicht – Still! Hörten Sie nicht etwas?

Eine Uhr schlägt.

KÖNIGIN: Nichts hör ich, als die fürchterliche Glocke,
Die uns zur Trennung lautet.

CARLOS: Gute Nacht denn, Mutter.
Aus Gent empfangen Sie den ersten Brief
Von mir, der das Geheimnis unsers Umgangs
Lautmachen soll. Ich gehe, mit Don Philipp
Jetzt einen öffentlichen Gang zu tun.
Von nun an, will ich, sei nichts Heimliches
Mehr unter uns. Sie brauchen nicht das Auge
Der Welt zu scheuen – Dies hier sei mein letzter
Betrug.
Er will nach der Maske greifen. Der König steht zwischen ihnen.

KÖNIG: Es ist dein letzter!

Die Königin fällt ohnmächtig nieder.

CARLOS *eilt auf sie zu, und empfängt sie mit den Armen*:
Ist sie tot?
O Himmel und Erde!

KÖNIG *kalt und stille zum Großinquisitor*:
Kardinal! ich habe
Das Meinige getan. Tun Sie das Ihre. *Er geht ab.*

MARIA STUART

Trauerspiel
in fünf Aufzügen

Personen

Elisabeth, *Königin von England*
Maria Stuart, *Königin von Schottland, Gefangne in England*
Robert Dudley, *Graf von Leicester*
Georg Talbot, *Graf von Shrewsbury*
Wilhelm Cecil, *Baron von Burleigh, Großschatzmeister*
Graf von Kent
Wilhelm Davison, *Staatssekretär*
Amias Paulet, *Ritter, Hüter der Maria*
Mortimer, *sein Neffe*
Graf Aubespine, *französischer Gesandter*
Graf Bellievre, *außerordentlicher Botschafter von Frankreich*
Okelly, *Mortimers Freund*
Drugeon Drury, *zweiter Hüter der Maria*
Melvil, *ihr Haushofmeister*
Hanna Kennedy, *ihre Amme*
Margareta Kurl, *ihre Kammerfrau*
Sheriff *der Grafschaft*
Offizier der Leibwache
Französische *und* englische Herren
Trabanten
Hofdiener *der Königin von England*
Diener *und* Dienerinnen *der Königin von Schottland*

ERSTER AUFZUG

Im Schloß zu Fotheringhay.
Ein Zimmer.

ERSTER AUFTRITT

HANNA KENNEDY, *Amme der Königin von Schottland, in heftigem Streit mit* PAULET, *der im Begriff ist, einen Schrank zu öffnen.* DRUGEON DRURY, *sein Gehilfe, mit Brecheisen.*

KENNEDY: Was macht Ihr, Sir? Welch neue Dreistigkeit!
Zurück von diesem Schrank!
PAULET: Wo kam der Schmuck her?
Vom obern Stock ward er herabgeworfen,
Der Gärtner hat bestochen werden sollen
Mit diesem Schmuck – Fluch über Weiberlist!
Trotz meiner Aussicht, meinem scharfen Suchen,
Noch Kostbarkeiten, noch geheime Schätze!
Sich über den Schrank machend.
Wo das gesteckt hat, liegt noch mehr!
KENNEDY: Zurück, Verwegner!
Hier liegen die Geheimnisse der Lady.
PAULET: Die eben such ich. *Schriften hervorziehend.*
KENNEDY: Unbedeutende
Papiere, bloße Übungen der Feder,
Des Kerkers traur'ge Weile zu verkürzen.
PAULET: In müß'ger Weile schafft der böse Geist.
KENNEDY: Es sind französische Schriften.
PAULET: Desto schlimmer!
Die Sprache redet Englands Feind.
KENNEDY: Konzepte
Von Briefen an die Königin von England.
PAULET: Die überliefr ich – Sieh! Was schimmert hier?
Er hat einen geheimen Ressort geöffnet, und zieht aus einem verborgnen Fach Geschmeide hervor.
Ein königliches Stirnband, reich an Steinen,
Durchzogen mit den Lilien von Frankreich!
Er gibt es seinem Begleiter.

Verwahrt's, Drury. Legt's zu dem übrigen!
Drury geht ab.
KENNEDY: O schimpfliche Gewalt, die wir erleiden!
PAULET: Solang sie noch besitzt, kann sie noch schaden,
Denn alles wird Gewehr in ihrer Hand.
KENNEDY: Seid gütig, Sir. Nehmt nicht den letzten Schmuck
Aus unserm Leben weg! Die Jammervolle
Erfreut der Anblick alter Herrlichkeit,
Denn alles andre habt Ihr uns entrissen.
PAULET: Es liegt in guter Hand. Gewissenhaft
Wird es zu seiner Zeit zurückgegeben!
KENNEDY: Wer sieht es diesen kahlen Wänden an,
Daß eine Königin hier wohnt? Wo ist
Die Himmeldecke über ihrem Sitz?
Muß sie den zärtlich weichgewöhnten Fuß
Nicht auf gemeinen rauhen Boden setzen?
Mit grobem Zinn, die schlechtste Edelfrau
Würd es verschmähn, bedient man ihre Tafel.
PAULET: So speiste sie zu Sterlyn ihren Gatten,
Da sie aus Gold mit ihrem Buhlen trank.
KENNEDY: Sogar des Spiegels kleine Notdurft mangelt.
PAULET: Solang sie noch ihr eitles Bild beschaut,
Hört sie nicht auf, zu hoffen und zu wagen.
KENNEDY: An Büchern fehlt's, den Geist zu unterhalten.
PAULET: Die Bibel ließ man ihr, das Herz zu bessern.
KENNEDY: Selbst ihre Laute ward ihr weggenommen.
PAULET: Weil sie verbuhlte Lieder drauf gespielt.
KENNEDY: Ist das ein Schicksal für die Weicherzogne,
Die in der Wiege Königin schon war,
Am üpp'gen Hof der Mediceerin
In jeder Freuden Fülle aufgewachsen.
Es sei genug, daß man die Macht ihr nahm,
Muß man die armen Flitter ihr mißgönnen?
In großes Unglück lehrt ein edles Herz
Sich endlich finden, aber wehe tut's,
Des Lebens kleine Zierden zu entbehren.
PAULET: Sie wenden nur das Herz dem Eiteln zu,
Das in sich gehen und bereuen soll.
Ein üppig lastervolles Leben büßt sich
In Mangel und Erniedrigung allein.
KENNEDY: Wenn ihre zarte Jugend sich verging,

Mag sie's mit Gott abtun und ihrem Herzen,
In England ist kein Richter über sie.
PAULET: Sie wird gerichtet, wo sie frevelte.
KENNEDY: Zum Freveln fesseln sie zu enge Bande.
PAULET: Doch wußte sie aus diesen engen Banden
Den Arm zu strecken in die Welt, die Fackel
Des Bürgerkrieges in das Reich zu schleudern,
Und gegen unsre Königin, die Gott
Erhalte! Meuchelrotten zu bewaffnen.
Erregte sie aus diesen Mauern nicht
Den Böswicht Parry und den Babington
Zu der verfluchten Tat des Königsmords?
Hielt dieses Eisengitter sie zurück,
Das edle Herz des Norfolk zu umstricken?
Für sie geopfert fiel das beste Haupt
Auf dieser Insel unterm Henkerbeil –
Und schreckte dieses jammervolle Beispiel
Die Rasenden zurück, die sich wetteifernd
Um ihrentwillen in den Abgrund stürzen?
Die Blutgerüste füllen sich für sie
Mit immer neuen Todesopfern an,
Und das wird nimmer enden, bis sie selbst,
Die Schuldigste, darauf geopfert ist.
– O Fluch dem Tag, da dieses Landes Küste
Gastfreundlich diese Helena empfing.
KENNEDY: Gastfreundlich hätte England sie empfangen?
Die Unglückselige, die seit dem Tag,
Da sie den Fuß gesetzt in dieses Land,
Als eine Hilfeflehende, Vertriebne
Bei der Verwandten Schutz zu suchen kam,
Sich wider Völkerrecht und Königswürde
Gefangen sieht, in enger Kerkerhaft
Der Jugend schöne Jahre muß vertrauern. –
Die jetzt, nachdem sie alles hat erfahren,
Was das Gefängnis Bittres hat, gemeinen
Verbrechern gleich, vor des Gerichtes Schranken
Gefodert wird und schimpflich angeklagt
Auf Leib und Leben – eine Königin!
PAULET: Sie kam ins Land als eine Mörderin,
Verjagt von ihrem Volk, des Throns entsetzt,
Den sie mit schwerer Greueltat geschändet.

Verschworen kam sie gegen Englands Glück,
Der spanischen Maria blut'ge Zeiten
Zurückzubringen, Engelland katholisch
Zu machen, an den Franzmann zu verraten.
Warum verschmähte sie's, den Edinburger
Vertrag zu unterschreiben, ihren Anspruch
An England aufzugeben, und den Weg
Aus diesem Kerker schnell sich aufzutun,
Mit einem Federstrich? Sie wollte lieber
Gefangen bleiben, sich mißhandelt sehn,
Als dieses Titels leerem Prunk entsagen.
Weswegen tat sie das? Weil sie den Ränken
Vertraut, den bösen Künsten der Verschwörung,
Und unheilspinnend diese ganze Insel
Aus ihrem Kerker zu erobern hofft.

KENNEDY: Ihr spottet, Sir – Zur Härte fügt Ihr noch
Den bittern Hohn! Sie hegte solche Träume,
Die hier lebendig eingemauert lebt,
Zu der kein Schall des Trostes, keine Stimme
Der Freundschaft aus der lieben Heimat dringt,
Die längst kein Menschenangesicht mehr schaute,
Als ihrer Kerkermeister finstre Stirn,
Die erst seit kurzem einen neuen Wächter
Erhielt in Eurem rauhen Anverwandten,
Von neuen Stäben sich umgittert sieht –

PAULET: Kein Eisengitter schützt vor ihrer List.
Weiß ich, ob diese Stäbe nicht durchfeilt,
Nicht dieses Zimmers Boden, diese Wände,
Von außen fest, nicht hohl von innen sind,
Und den Verrat einlassen, wenn ich schlafe?
Fluchvolles Amt, das mir geworden ist,
Die unheilbrütend Listige zu hüten.
Vom Schlummer jagt die Furcht mich auf, ich gehe
Nachts um, wie ein gequälter Geist, erprobe
Des Schlosses Riegel und der Wächter Treu,
Und sehe zitternd jeden Morgen kommen,
Der meine Furcht wahrmachen kann. Doch wohl mir!
Wohl! Es ist Hoffnung, daß es bald nun endet.
Denn lieber möcht ich der Verdammten Schar
Wachstehend an der Höllenpforte hüten,
Als diese ränkevolle Königin.

KENNEDY: Da kommt sie selbst!
PAULET: Den Christus in der Hand,
Die Hoffart und die Weltlust in dem Herzen.

Zweiter Auftritt

Maria *im Schleier, ein Kruzifix in der Hand.* Die Vorigen.

KENNEDY *ihr entgegeneilend*:
O Königin! Man tritt uns ganz mit Füßen,
Der Tyrannei, der Härte wird kein Ziel,
Und jeder neue Tag häuft neue Leiden
Und Schmach auf dein gekröntes Haupt.
MARIA: Faß dich!
Sag an, was neu geschehen ist?
KENNEDY: Sieh her!
Dein Pult ist aufgebrochen, deine Schriften,
Dein einz'ger Schatz, den wir mit Müh gerettet,
Der letzte Rest von deinem Brautgeschmeide
Aus Frankreich ist in seiner Hand. Du hast nun
Nichts Königliches mehr, bist ganz beraubt.
MARIA: Beruhige dich, Hanna. Diese Flitter machen
Die Königin nicht aus. Man kann uns niedrig
Behandeln, nicht erniedrigen. Ich habe
In England mich an viel gewöhnen lernen,
Ich kann auch das verschmerzen. Sir, Ihr habt Euch
Gewaltsam zugeeignet, was ich Euch
Noch heut zu übergeben willens war.
Bei diesen Schriften findet sich ein Brief,
Bestimmt für meine königliche Schwester
Von England – Gebt mir Euer Wort, daß Ihr
Ihn redlich an sie selbst wollt übergeben,
Und nicht in Burleighs ungetreue Hand.
PAULET: Ich werde mich bedenken, was zu tun ist.
MARIA: Ihr sollt den Inhalt wissen, Sir. Ich bitte
In diesem Brief um eine große Gunst –
– Um eine Unterredung mit ihr selbst,
Die ich mit Augen nie gesehn – Man hat mich
Vor ein Gericht von Männern vorgefodert,
Die ich als meinesgleichen nicht erkennen,
Zu denen ich kein Herz mir fassen kann.

Elisabeth ist meines Stammes, meines
Geschlechts und Ranges – Ihr allein, der Schwester,
Der Königin, der Frau kann ich mich öffnen.
PAULET: Sehr oft, Mylady, habt Ihr Euer Schicksal
Und Eure Ehre Männern anvertraut,
Die Eurer Achtung minder würdig waren.
MARIA: Ich bitte noch um eine zweite Gunst,
Unmenschlichkeit allein kann mir sie weigern.
Schon lange Zeit entbehr ich im Gefängnis
Der Kirche Trost, der Sakramente Wohltat,
Und die mir Kron und Freiheit hat geraubt,
Die meinem Leben selber droht, wird mir
Die Himmelstüre nicht verschließen wollen.
PAULET: Auf Euren Wunsch wird der Dechant des Orts –
MARIA *unterbricht ihn lebhaft*:
Ich will nichts vom Dechanten. Einen Priester
Von meiner eignen Kirche fodre ich.
– Auch Schreiber und Notarien verlang ich,
Um meinen Letzten Willen aufzusetzen.
Der Gram, das lange Kerkerelend nagt
An meinem Leben. Meine Tage sind
Gezählt, befürcht ich, und ich achte mich
Gleich einer Sterbenden.
PAULET: Da tut Ihr wohl,
Das sind Betrachtungen, die Euch geziemen.
MARIA: Und weiß ich, ob nicht eine schnelle Hand
Des Kummers langsames Geschäft beschleunigt?
Ich will mein Testament aufsetzen, will
Verfügung treffen über das, was mein ist.
PAULET: Die Freiheit habt Ihr. Englands Königin
Will sich mit Eurem Raube nicht bereichern.
MARIA: Man hat von meinen treuen Kammerfrauen,
Von meinen Dienern mich getrennt – Wo sind sie?
Was ist ihr Schicksal? Ihrer Dienste kann ich
Entraten, doch beruhigt will ich sein,
Daß die Getreun nicht leiden und entbehren.
PAULET: Für Eure Diener ist gesorgt. *Er will gehen.*
MARIA: Ihr geht, Sir? Ihr verlaßt mich abermals,
Und ohne mein geängstigt fürchtend Herz
Der Qual der Ungewißheit zu entladen.
Ich bin, dank Eurer Späher Wachsamkeit,

Von aller Welt geschieden, keine Kunde
Gelangt zu mir durch diese Kerkermauern,
Mein Schicksal liegt in meiner Feinde Hand.
Ein peinlich langer Monat ist vorüber,
Seitdem die vierzig Kommissarien
In diesem Schloß mich überfallen, Schranken
Errichtet, schnell, mit unanständiger Eile,
Mich unbereitet, ohne Anwaltshülfe,
Vor ein noch nie erhört Gericht gestellt,
Auf schlaugefaßte schwere Klagepunkte
Mich, die Betäubte, Überraschte, flugs
Aus dem Gedächtnis Rede stehen lassen –
Wie Geister kamen sie und schwanden wieder.
Seit diesem Tage schweigt mir jeder Mund,
Ich such umsonst in Eurem Blick zu lesen,
Ob meine Unschuld, meiner Freunde Eifer,
Ob meiner Feinde böser Rat gesiegt.
Brecht endlich Euer Schweigen – laßt mich wissen,
Was ich zu fürchten, was zu hoffen habe.

PAULET *nach einer Pause*:
Schließt Eure Rechnung mit dem Himmel ab.

MARIA: Ich hoff auf seine Gnade, Sir – und hoffe
Auf strenges Recht von meinen ird'schen Richtern.

PAULET: Recht soll Euch werden. Zweifelt nicht daran.

MARIA: Ist mein Prozeß entschieden, Sir?

PAULET: Ich weiß nicht.

MARIA: Bin ich verurteilt?

PAULET: Ich weiß nichts, Mylady.

MARIA: Man liebt hier rasch zu Werk zu gehn. Soll mich
Der Mörder überfallen wie die Richter?

PAULET: Denkt immerhin, es sei so, und er wird Euch
In beßrer Fassung dann als diese finden.

MARIA: Nichts soll mich in Erstaunen setzen, Sir,
Was ein Gerichtshof in Westminsterhall,
Den Burleighs Haß und Hattons Eifer lenkt,
Zu urteln sich erdreiste – Weiß ich doch,
Was Englands Königin wagen darf zu tun.

PAULET: Englands Beherrscher brauchen nichts zu scheuen,
Als ihr Gewissen und ihr Parlament.
Was die Gerechtigkeit gesprochen, furchtlos,
Vor aller Welt wird es die Macht vollziehn.

DRITTER AUFTRITT

DIE VORIGEN. MORTIMER, *Paulets Neffe, tritt herein und ohne der Königin einige Aufmerksamkeit zu bezeugen, zu Paulet.*

MORTIMER: Man sucht Euch, Oheim.
Er entfernt sich auf ebendie Weise. Die Königin bemerkt es mit Unwillen und wendet sich zu Paulet, der ihm folgen will.
MARIA: Sir, noch eine Bitte.
Wenn Ihr mir was zu sagen habt – Von Euch
Ertrag ich viel, ich ehre Euer Alter.
Den Übermut des Jünglings trag ich nicht,
Spart mir den Anblick seiner rohen Sitten.
PAULET: Was ihn Euch widrig macht, macht mir ihn wert.
Wohl ist es keiner von den weichen Toren,
Die eine falsche Weiberträne schmelzt –
Er ist gereist, kommt aus Paris und Reims,
Und bringt sein treu altenglisch Herz zurück,
Lady, an dem ist Eure Kunst verloren! *Geht ab.*

VIERTER AUFTRITT

MARIA. KENNEDY.

KENNEDY: Darf Euch der Rohe das ins Antlitz sagen!
O es ist hart!
MARIA *in Nachdenken verloren*:
Wir haben in den Tagen unsers Glanzes
Dem Schmeichler ein zu willig Ohr geliehn,
Gerecht ist's, gute Kennedy, daß wir
Des Vorwurfs ernste Stimme nun vernehmen.
KENNEDY: Wie? so gebeugt, so mutlos, teure Lady?
Wart Ihr doch sonst so froh, Ihr pflegtet mich zu trösten,
Und eher mußt ich Euren Flattersinn
Als Eure Schwermut schelten.
MARIA: Ich erkenn ihn.
Es ist der blut'ge Schatten König Darnleys,
Der zürnend aus dem Gruftgewölbe steigt,
Und er wird nimmer Friede mit mir machen,
Bis meines Unglücks Maß erfüllet ist.
KENNEDY: Was für Gedanken –
MARIA: Du vergissest, Hanna –

Ich aber habe ein getreu Gedächtnis –
Der Jahrstag dieser unglückseligen Tat
Ist heute abermals zurückgekehrt,
Er ist's, den ich mit Buß und Fasten feire.
KENNEDY: Schickt endlich diesen bösen Geist zur Ruh.
Ihr habt die Tat mit jahrelanger Reu,
Mit schweren Leidensproben abgebüßt.
Die Kirche, die den Löseschlüssel hat
Für jede Schuld, der Himmel hat vergeben.
MARIA: Frischblutend steigt die längst vergebne Schuld
Aus ihrem leichtbedeckten Grab empor!
Des Gatten rachefoderndes Gespenst
Schickt keines Messedieners Glocke, kein
Hochwürdiges in Priestershand zur Gruft.
KENNEDY: Nicht Ihr habt ihn gemordet! Andre taten's!
MARIA: Ich wußte drum. Ich ließ die Tat geschehn,
Und lockt ihn schmeichelnd in das Todesnetz.
KENNEDY: Die Jugend mildert Eure Schuld. Ihr wart
So zarten Alters noch.
MARIA: So zart, und lud
Die schwere Schuld auf mein so junges Leben.
KENNEDY: Ihr wart durch blutige Beleidigung
Gereizt und durch des Mannes Übermut,
Den Eure Liebe aus der Dunkelheit
Wie eine Götterhand hervorgezogen,
Den Ihr durch Euer Brautgemach zum Throne
Geführt, mit Eurer blühenden Person
Beglückt und Eurer angestammten Krone.
Konnt er vergessen, daß sein prangend Los
Der Liebe großmutsvolle Schöpfung war?
Und doch vergaß er's, der Unwürdige!
Beleidigte mit niedrigem Verdacht,
Mit rohen Sitten Eure Zärtlichkeit,
Und widerwärtig wurd er Euren Augen.
Der Zauber schwand, der Euren Blick getäuscht,
Ihr floht erzürnt des Schändlichen Umarmung
Und gabt ihn der Verachtung preis – Und er –
Versucht er's, Eure Gunst zurückzurufen?
Bat er um Gnade? Warf er sich bereuend
Zu Euren Füßen, Besserung versprechend?
Trotz bot Euch der Abscheuliche – Der Euer

Geschöpf war, Euren König wollt er spielen,
Vor Euren Augen ließ er Euch den Liebling
Den schönen Sänger Rizzio durchbohren –
Ihr rächtet blutig nur die blut'ge Tat.

MARIA: Und blutig wird sie auch an mir sich rächen,
Du sprichst mein Urteil aus, da du mich tröstest.

KENNEDY: Da Ihr die Tat geschehn ließt, wart Ihr nicht
Ihr selbst, gehörtet Euch nicht selbst. Ergriffen
Hatt Euch der Wahnsinn blinder Liebesglut,
Euch unterjocht dem furchtbaren Verführer
Dem unglücksel'gen Bothwell – Über Euch
Mit übermüt'gem Männerwillen herrschte
Der Schreckliche, der Euch durch Zaubertränke,
Durch Höllenkünste das Gemüt verwirrend
Erhitzte –

MARIA: Seine Künste waren keine andre,
Als seine Männerkraft und meine Schwachheit.

KENNEDY: Nein, sag ich. Alle Geister der Verdammnis
Mußt er zu Hülfe rufen, der dies Band
Um Eure hellen Sinne wob. Ihr hattet
Kein Ohr mehr für der Freundin Warnungsstimme,
Kein Aug für das, was wohlanständig war.
Verlassen hatte Euch die zarte Scheu
Der Menschen, Eure Wangen, sonst der Sitz
Schamhaft errötender Bescheidenheit,
Sie glühten nur vom Feuer des Verlangens.
Ihr warft den Schleier des Geheimnisses
Von Euch, des Mannes keckes Laster hatte
Auch Eure Blödigkeit besiegt, Ihr stelltet
Mit dreister Stirne Eure Schmach zur Schau.
Ihr ließt das königliche Schwert von Schottland
Durch ihn, den Mörder, dem des Volkes Flüche
Nachschallten, durch die Gassen Edinburgs,
Vor Euch hertragen im Triumph, umringtet
Mit Waffen Euer Parlament, und hier,
Im eignen Tempel der Gerechtigkeit,
Zwangt Ihr mit frechem Possenspiel die Richter,
Den Schuldigen des Mordes loszusprechen –
Ihr gingt noch weiter – Gott!

MARIA: Vollende nur!
Und reicht ihm meine Hand vor dem Altare!

KENNEDY: O laßt ein ewig Schweigen diese Tat
Bedecken! Sie ist schauderhaft, empörend,
Ist einer ganz Verlornen wert – Doch Ihr seid keine
Verlorne – ich kenn Euch ja, ich bin's,
Die Eure Kindheit auferzogen. Weich
Ist Euer Herz gebildet, offen ist's
Der Scham – der Leichtsinn nur ist Euer Laster.
Ich wiederhol es, es gibt böse Geister,
Die in des Menschen unverwahrter Brust
Sich augenblicklich ihren Wohnplatz nehmen,
Die schnell in uns das Schreckliche begehn
Und zu der Höll entfliehend das Entsetzen
In dem befleckten Busen hinterlassen.
Seit dieser Tat, die Euer Leben schwärzt,
Habt Ihr nichts Lasterhaftes mehr begangen,
Ich bin ein Zeuge Eurer Besserung.
Drum fasset Mut! Macht Friede mit Euch selbst!
Was Ihr auch zu bereuen habt, in England
Seid Ihr nicht schuldig, nicht Elisabeth,
Nicht Englands Parlament ist Euer Richter.
Macht ist's, die Euch hier unterdrückt, vor diesen
Anmaßlichen Gerichtshof dürft Ihr Euch
Hinstellen mit dem ganzen Mut der Unschuld.
MARIA: Wer kommt?

Mortimer zeigt sich an der Türe.

KENNEDY: Es ist der Neffe. Geht hinein.

FÜNFTER AUFTRITT

DIE VORIGEN. MORTIMER *scheu hereintretend.*

MORTIMER *zur Amme*: Entfernt Euch, haltet Wache vor der Tür,
Ich habe mit der Königin zu reden.
MARIA *mit Ansehn*: Hanna, du bleibst.
MORTIMER: Habt keine Furcht, Mylady. Lernt mich kennen.

Er überreicht ihr eine Karte.

MARIA *sieht sie an und fährt bestürzt zurück*:
Ha! Was ist das?
MORTIMER *zur Amme*: Geht, Dame Kennedy.
Sorgt, daß mein Oheim uns nicht überfalle!

MARIA *zur Amme, welche zaudert und die Königin fragend ansieht*:
Geh! Geh! Tu was er sagt.
Die Amme entfernt sich mit Zeichen der Verwunderung.

Sechster Auftritt

Mortimer. Maria.

MARIA: Von meinem Oheim!
Dem Kardinal von Lothringen aus Frankreich! *Liest:*
„Traut dem Sir Mortimer, der Euch dies bringt,
Denn keinen treuern Freund habt Ihr in England."
Mortimern mit Erstaunen ansehend:
Ist's möglich? Ist's kein Blendwerk, das mich täuscht?
So nahe find ich einen Freund und wähnte mich
Verlassen schon von aller Welt – find ihn
In Euch, dem Neffen meines Kerkermeisters,
In dem ich meinen schlimmsten Feind –
MORTIMER *sich ihr zu Füßen werfend*: Verzeihung
Für diese verhaßte Larve, Königin,
Die mir zu tragen Kampf genug gekostet,
Doch der ich's danke, daß ich mich Euch nahen,
Euch Hülfe und Errettung bringen kann.
MARIA: Steht auf – Ihr überrascht mich, Sir – Ich kann
So schnell nicht aus der Tiefe meines Elends
Zur Hoffnung übergehen – Redet, Sir –
Macht mir dies Glück begreiflich, daß ich's glaube.
MORTIMER *steht auf*:
Die Zeit verrinnt. Bald wird mein Oheim hier sein,
Und ein verhaßter Mensch begleitet ihn.
Eh Euch ihr Schreckensauftrag überrascht,
Hört an, wie Euch der Himmel Rettung schickt.
MARIA: Er schickt sie durch ein Wunder seiner Allmacht!
MORTIMER: Erlaubt, daß ich von mir beginne.
MARIA: Redet, Sir!
MORTIMER: Ich zählte zwanzig Jahre, Königin,
In strengen Pflichten war ich aufgewachsen,
In finsterm Haß des Papsttums aufgesäugt,
Als mich die unbezwingliche Begierde
Hinaustrieb auf das feste Land. Ich ließ

Der Puritaner dumpfe Predigtstuben,
Die Heimat hinter mir, in schnellem Lauf
Durchzog ich Frankreich, das gepriesene
Italien mit heißem Wunsche suchend.
Es war die Zeit des großen Kirchenfests,
Von Pilgerscharen wimmelten die Wege,
Bekränzt war jedes Gottesbild, es war,
Als ob die Menschheit auf der Wandrung wäre,
Wallfahrend nach dem Himmelreich – Mich selbst
Ergriff der Strom der glaubenvollen Menge,
Und riß mich in das Weichbild Roms –

Wie ward mir, Königin!
Als mir der Säulen Pracht und Siegesbogen
Entgegenstieg, des Kolosseums Herrlichkeit
Den Staunenden umfing, ein hoher Bildnergeist
In seine heitre Wunderwelt mich schloß!
Ich hatte nie der Künste Macht gefühlt,
Es haßt die Kirche, die mich auferzog,
Der Sinne Reiz, kein Abbild duldet sie,
Allein das körperlose Wort verehrend.
Wie wurde mir, als ich ins Innre nun
Der Kirchen trat, und die Musik der Himmel
Herunterstieg, und der Gestalten Fülle
Verschwenderisch aus Wand und Decke quoll,
Das Herrlichste und Höchste, gegenwärtig,
Vor den entzückten Sinnen sich bewegte,
Als ich sie selbst nun sah, die Göttlichen,
Den Gruß des Engels, die Geburt des Herrn,
Die heil'ge Mutter, die herabgestiegne
Dreifaltigkeit, die leuchtende Verklärung –
Als ich den Papst drauf sah in seiner Pracht
Das Hochamt halten und die Völker segnen.
O was ist Goldes, was Juwelen Schein,
Womit der Erde Könige sich schmücken!
Nur Er ist mit dem Göttlichen umgeben.
Ein wahrhaft Reich der Himmel ist sein Haus,
Denn nicht von dieser Welt sind diese Formen.
MARIA: O schonet mein! Nicht weiter. Höret auf,
Den frischen Lebensteppich vor mir aus-
Zubreiten – Ich bin elend und gefangen.

MORTIMER: Auch ich war's, Königin! und mein Gefängnis
Sprang auf und frei auf einmal fühlte sich
Der Geist, des Lebens schönen Tag begrüßend.
Haß schwur ich nun dem engen dumpfen Buch,
Mit frischem Kranz die Schläfe mir zu schmücken,
Mich fröhlich an die Fröhlichen zu schließen.
Viel edle Schotten drängten sich an mich
Und der Franzosen muntre Landsmannschaften.
Sie brachten mich zu Eurem edeln Oheim,
Dem Kardinal von Guise – Welch ein Mann!
Wie sicher, klar und männlich groß! – Wie ganz
Geboren, um die Geister zu regieren!
Das Muster eines königlichen Priesters,
Ein Fürst der Kirche, wie ich keinen sah!
MARIA: Ihr habt sein teures Angesicht gesehn,
Des vielgeliebten, des erhabnen Mannes,
Der meiner zarten Jugend Führer war.
O redet mir von ihm. Denkt er noch mein?
Liebt ihn das Glück, blüht ihm das Leben noch,
Steht er noch herrlich da, ein Fels der Kirche?
MORTIMER: Der Treffliche ließ selber sich herab,
Die hohen Glaubenslehren mir zu deuten,
Und meines Herzens Zweifel zu zerstreun.
Er zeigte mir, daß grübelnde Vernunft
Den Menschen ewig in der Irre leitet,
Daß seine Augen sehen müssen, was
Das Herz soll glauben, daß ein sichtbar Haupt
Der Kirche not tut, daß der Geist der Wahrheit
Geruht hat auf den Sitzungen der Väter.
Die Wahnbegriffe meiner kind'schen Seele,
Wie schwanden sie vor seinem siegenden
Verstand und vor der Suada seines Mundes!
Ich kehrte in der Kirche Schoß zurück,
Schwur meinen Irrtum ab in seine Hände.
MARIA: So seid Ihr einer jener Tausende,
Die er mit seiner Rede Himmelskraft
Wie der erhabne Prediger des Berges
Ergriffen und zum ew'gen Heil geführt!
MORTIMER: Als ihn des Amtes Pflichten bald darauf
Nach Frankreich riefen, sandt er mich nach Reims,
Wo die Gesellschaft Jesu, fromm geschäftig,

Für Englands Kirche Priester auferzieht.
Den edeln Schotten Morgan fand ich hier,
Auch Euren treuen Leßley, den gelehrten
Bischof von Roße, die auf Frankreichs Boden
Freudlose Tage der Verbannung leben –
Eng schloß ich mich an diese Würdigen,
Und stärkte mich im Glauben – Eines Tags,
Als ich mich umsah in des Bischofs Wohnung,
Fiel mir ein weiblich Bildnis in die Augen,
Von rührend wundersamem Reiz, gewaltig
Ergriff es mich in meiner tiefsten Seele,
Und des Gefühls nicht mächtig stand ich da.
Da sagte mir der Bischof: Wohl mit Recht
Mögt Ihr gerührt bei diesem Bilde weilen.
Die schönste aller Frauen, welche leben,
Ist auch die jammernswürdigste von allen,
Um unsers Glaubens willen duldet sie
Und Euer Vaterland ist's, wo sie leidet.
MARIA: Der Redliche! Nein, ich verlor nicht alles,
Da solcher Freund im Unglück mir geblieben.
MORTIMER: Drauf fing er an, mit herzerschütternder
Beredsamkeit mir Euer Märtyrtum
Und Eurer Feinde Blutgier abzuschildern.
Auch Euern Stammbaum wies er mir, er zeigte
Mir Eure Abkunft von dem hohen Hause
Der Tudor, überzeugte mich, daß Euch
Allein gebührt in Engelland zu herrschen,
Nicht dieser Afterkönigin, gezeugt
In ehebrecherischem Bett, die Heinrich,
Ihr Vater, selbst verwarf als Bastardtochter.
Nicht seinem einz'gen Zeugnis wollt ich traun,
Ich holte Rat bei allen Rechtsgelehrten,
Viel alte Wappenbücher schlug ich nach,
Und alle Kundige, die ich befragte,
Bestätigten mir Eures Anspruchs Kraft.
Ich weiß nunmehr, daß Euer gutes Recht
An England Euer ganzes Unrecht ist,
Daß Euch dies Reich als Eigentum gehört,
Worin Ihr schuldlos als Gefangne schmachtet.
MARIA: O dieses unglücksvolle Recht! Es ist
Die einz'ge Quelle aller meiner Leiden.

MORTIMER: Um diese Zeit kam mir die Kunde zu,
Daß Ihr aus Talbots Schloß hinweggeführt,
Und meinem Oheim übergeben worden –
Des Himmels wundervolle Rettungshand
Glaubt ich in dieser Fügung zu erkennen,
Ein lauter Ruf des Schicksals war sie mir,
Das meinen Arm gewählt, Euch zu befreien.
Die Freunde stimmen freudig bei, es gibt
Der Kardinal mir seinen Rat und Segen,
Und lehrt mich der Verstellung schwere Kunst.
Schnell ward der Plan entworfen, und ich trete
Den Rückweg an ins Vaterland, wo ich,
Ihr wißt's, vor zehen Tagen bin gelandet.
Er hält inne.
Ich sah Euch, Königin – Euch selbst!
Nicht Euer Bild! – O welchen Schatz bewahrt
Dies Schloß! Kein Kerker! Eine Götterhalle,
Glanzvoller als der königliche Hof
Von England – O des Glücklichen, dem es
Vergönnt ist, eine Luft mit Euch zu atmen!

Wohl hat sie recht, die Euch so tief verbirgt!
Aufstehen würde Englands ganze Jugend,
Kein Schwert in seiner Scheide müßig bleiben,
Und die Empörung mit gigantischem Haupt
Durch diese Friedensinsel schreiten, sähe
Der Brite seine Königin!
MARIA: Wohl ihr!
Säh jeder Brite sie mit Euren Augen!
MORTIMER: Wär er, wie ich, ein Zeuge Eurer Leiden,
Der Sanftmut Zeuge und der edlen Fassung,
Womit Ihr das Unwürdige erduldet.
Denn geht Ihr nicht aus allen Leidensproben,
Als eine Königin hervor? Raubt Euch
Des Kerkers Schmach von Eurem Schönheitsglanze?
Euch mangelt alles, was das Leben schmückt,
Und doch umfließt Euch ewig Licht und Leben.
Nie setz ich meinen Fuß auf diese Schwelle,
Daß nicht mein Herz zerrissen wird von Qualen,
Nicht von der Lust entzückt, Euch anzuschauen! –
Doch furchtbar naht sich die Entscheidung, wachsend

Mit jeder Stunde dringet die Gefahr,
Ich darf nicht länger säumen – Euch nicht länger
Das Schreckliche verbergen –
MARIA: Ist mein Urteil
Gefällt? Entdeckt mir's frei. Ich kann es hören.
MORTIMER: Es ist gefällt. Die zweiundvierzig Richter haben
Ihr Schuldig ausgesprochen über Euch. Das Haus
Der Lords und der Gemeinen, die Stadt London
Bestehen heftig dringend auf des Urteils
Vollstreckung, nur die Königin säumt noch
– Aus arger List, daß man sie nötige,
Nicht aus Gefühl der Menschlichkeit und Schonung.
MARIA *mit Fassung*: Sir Mortimer, Ihr überrascht mich nicht,
Erschreckt mich nicht. Auf solche Botschaft war ich
Schon längst gefaßt. Ich kenne meine Richter.
Nach den Mißhandlungen, die ich erlitten,
Begreif ich wohl, daß man die Freiheit mir
Nicht schenken kann – Ich weiß, wo man hinauswill.
In ew'gem Kerker will man mich bewahren,
Und meine Rache, meinen Rechtsanspruch
Mit mir verscharren in Gefängnisnacht.
MORTIMER: Nein, Königin – o nein! nein! Dabei steht man
Nicht still. Die Tyrannei begnügt sich nicht,
Ihr Werk nur halb zu tun. Solang Ihr lebt,
Lebt auch die Furcht der Königin von England.
Euch kann kein Kerker tief genug begraben,
Nur Euer Tod versichert ihren Thron.
MARIA: Sie könnt es wagen, mein gekröntes Haupt
Schmachvoll auf einen Henkerblock zu legen?
MORTIMER: Sie wird es wagen. Zweifelt nicht daran.
MARIA: Sie könnte so die eigne Majestät
Und aller Könige im Staube wälzen?
Und fürchtet sie die Rache Frankreichs nicht?
MORTIMER: Sie schließt mit Frankreich einen ew'gen Frieden,
Dem Duc von Anjou schenkt sie Thron und Hand.
MARIA: Wird sich der König Spaniens nicht waffnen?
MORTIMER: Nicht eine Welt in Waffen fürchtet sie,
Solang sie Frieden hat mit ihrem Volke.
MARIA: Den Briten wollte sie dies Schauspiel geben?
MORTIMER: Dies Land, Mylady, hat in letzten Zeiten
Der königlichen Frauen mehr vom Thron

Herab aufs Blutgerüste steigen sehn.
Die eigne Mutter der Elisabeth
Ging diesen Weg, und Katharina Howard,
Auch Lady Gray war ein gekröntes Haupt.

MARIA *nach einer Pause*:
Nein, Mortimer! Euch blendet eitle Furcht.
Es ist die Sorge Eures treuen Herzens,
Die Euch vergebne Schrecknisse erschafft.
Nicht das Schafott ist's, das ich fürchte, Sir.
Es gibt noch andre Mittel, stillere,
Wodurch sich die Beherrscherin von England
Vor meinem Anspruch Ruhe schaffen kann.
Eh sich ein Henker für mich findet, wird
Noch eher sich ein Mörder dingen lassen.
– Das ist's, wovor ich zittre, Sir! und nie
Setz ich des Bechers Rand an meine Lippen,
Daß nicht ein Schauder mich ergreift, er könnte
Kredenzt sein von der Liebe meiner Schwester.

MORTIMER: Nicht offenbar noch heimlich soll's dem Mord
Gelingen, Euer Leben anzutasten.
Seid ohne Furcht! Bereitet ist schon alles,
Zwölf edle Jünglinge des Landes sind
In meinem Bündnis, haben heute früh
Das Sakrament darauf empfangen, Euch
Mit starkem Arm aus diesem Schloß zu führen.
Graf Aubespine, der Abgesandte Frankreichs,
Weiß um den Bund, er bietet selbst die Hände,
Und sein Palast ist's, wo wir uns versammeln.

MARIA: Ihr macht mich zittern, Sir – doch nicht für Freude.
Mir fliegt ein böses Ahnden durch das Herz.
Was unternehmt ihr? Wißt ihr's? Schrecken euch
Nicht Babingtons, nicht Tichburns blut'ge Häupter,
Auf Londons Brücke warnend aufgesteckt,
Nicht das Verderben der Unzähligen,
Die ihren Tod in gleichem Wagstück fanden,
Und meine Ketten schwerer nur gemacht?
Unglücklicher, verführter Jüngling – flieht!
Flieht, wenn's noch Zeit ist – wenn der Späher Burleigh
Nicht jetzt schon Kundschaft hat von euch, nicht schon
In eure Mitte den Verräter mischte.
Flieht aus dem Reiche schnell! Marien Stuart

Hat noch kein Glücklicher beschützt.

MORTIMER: Mich schrecken
Nicht Babingtons, nicht Tichburns blut'ge Häupter,
Auf Londons Brücke warnend aufgesteckt,
Nicht das Verderben der unzähl'gen andern,
Die ihren Tod in gleichem Wagstück fanden,
Sie fanden auch darin den ew'gen Ruhm,
Und Glück schon ist's, für Eure Rettung sterben.

MARIA: Umsonst! Mich rettet nicht Gewalt, nicht List.
Der Feind ist wachsam und die Macht ist sein.
Nicht Paulet nur und seiner Wächter Schar,
Ganz England hütet meines Kerkers Tore.
Der freie Wille der Elisabeth allein
Kann sie mir auftun.

MORTIMER: O das hoffet nie!

MARIA: Ein einz'ger Mann lebt, der sie öffnen kann.

MORTIMER: O nennt mir diesen Mann –

MARIA: Graf Leicester.

MORTIMER *tritt erstaunt zurück*: Leicester!
Graf Leicester! – Euer blutigster Verfolger,
Der Günstling der Elisabeth – von diesem –

MARIA: Bin ich zu retten, ist's allein durch ihn.
– Geht zu ihm. Öffnet Euch ihm frei.
Und zur Gewähr, daß ich's bin, die Euch sendet,
Bringt ihm dies Schreiben. Es enthält mein Bildnis.

Sie zieht ein Papier aus dem Busen, Mortimer tritt zurück und zögert, es anzunehmen.

Nehmt hin. Ich trag es lange schon bei mir,
Weil Eures Oheims strenge Wachsamkeit
Mir jeden Weg zu ihm gehemmt – Euch sandte
Mein guter Engel –

MORTIMER: Königin – dies Rätsel –
Erklärt es mir –

MARIA: Graf Leicester wird's Euch lösen.
Vertraut ihm, er wird Euch vertraun – Wer kommt?

KENNEDY *eilfertig eintretend*:
Sir Paulet naht mit einem Herrn vom Hofe.

MORTIMER: Es ist Lord Burleigh. Faßt Euch, Königin!
Hört es mit Gleichmut an, was er Euch bringt.

Er entfernt sich durch eine Seitentür, Kennedy folgt ihm.

Siebenter Auftritt

Maria. Lord Burleigh, *Großschatzmeister von England, und* Ritter Paulet.

PAULET: Ihr wünschtet heut Gewißheit Eures Schicksals,
Gewißheit bringt Euch Seine Herrlichkeit,
Mylord von Burleigh. Tragt sie mit Ergebung.
MARIA: Mit Würde, hoff ich, die der Unschuld ziemt.
BURLEIGH: Ich komme als Gesandter des Gerichts.
MARIA: Lord Burleigh leiht dienstfertig dem Gerichte,
Dem er den Geist geliehn, nun auch den Mund.
PAULET: Ihr sprecht, als wüßtet Ihr bereits das Urteil.
MARIA: Da es Lord Burleigh bringt, so weiß ich es.
– Zur Sache, Sir.
BURLEIGH: Ihr habt Euch dem Gericht
Der Zweiundvierzig unterworfen, Lady –
MARIA: Verzeiht, Mylord, daß ich Euch gleich zu Anfang
Ins Wort muß fallen – Unterworfen hätt ich mich
Dem Richterspruch der Zweiundvierzig, sagt Ihr?
Ich habe keineswegs mich unterworfen.
Nie konnt ich das – ich konnte meinem Rang,
Der Würde meines Volks und meines Sohnes
Und aller Fürsten nicht so viel vergeben.
Verordnet ist im englischen Gesetz,
Daß jeder Angeklagte durch Geschworne
Von seinesgleichen soll gerichtet werden.
Wer in der Kommitee ist meinesgleichen?
Nur Könige sind meine Peers.
BURLEIGH: Ihr hörtet
Die Klagartikel an, ließt Euch darüber
Vernehmen vor Gerichte –
MARIA: Ja, ich habe mich
Durch Hattons arge List verleiten lassen,
Bloß meiner Ehre wegen, und im Glauben
An meiner Gründe siegende Gewalt,
Ein Ohr zu leihen jenen Klagepunkten
Und ihren Ungrund darzutun – Das tat ich
Aus Achtung für die würdigen Personen
Der Lords, nicht für ihr Amt, das ich verwerfe.
BURLEIGH: Ob Ihr sie anerkennt, ob nicht, Mylady,
Das ist nur eine leere Förmlichkeit,

Die des Gerichtes Lauf nicht hemmen kann.
Ihr atmet Englands Luft, genießt den Schutz,
Die Wohltat des Gesetzes, und so seid Ihr
Auch seiner Herrschaft untertan!

MARIA: Ich atme
Die Luft in einem englischen Gefängnis.
Heißt das in England leben, der Gesetze
Wohltat genießen? Kenn ich sie doch kaum.
Nie hab ich eingewilligt, sie zu halten.
Ich bin nicht dieses Reiches Bürgerin,
Bin eine freie Königin des Auslands.

BURLEIGH: Und denkt Ihr, daß der königliche Name
Zum Freibrief dienen könne, blut'ge Zwietracht
In fremdem Lande straflos auszusäen?
Wie stünd es um die Sicherheit der Staaten,
Wenn das gerechte Schwert der Themis nicht
Die schuld'ge Stirn des königlichen Gastes
Erreichen könnte, wie des Bettlers Haupt?

MARIA: Ich will mich nicht der Rechenschaft entziehn,
Die Richter sind es nur, die ich verwerfe.

BURLEIGH: Die Richter! Wie Mylady? Sind es etwa
Vom Pöbel aufgegriffene Verworfne,
Schamlose Zungendrescher, denen Recht
Und Wahrheit feil ist, die sich zum Organ
Der Unterdrückung willig dingen lassen?
Sind's nicht die ersten Männer dieses Landes,
Selbstständig gnug, um wahrhaft sein zu dürfen,
Um über Fürstenfurcht und niedrige
Bestechung weit erhaben sich zu sehn?
Sind's nicht dieselben, die ein edles Volk
Frei und gerecht regieren, deren Namen
Man nur zu nennen braucht, um jeden Zweifel,
Um jeden Argwohn schleunig stumm zu machen?
An ihrer Spitze steht der Völkerhirte,
Der fromme Primas von Canterbury,
Der weise Talbot, der des Siegels wahret,
Und Howard, der des Reiches Flotten führt.
Sagt! Konnte die Beherrscherin von England
Mehr tun, als aus der ganzen Monarchie
Die Edelsten auslesen und zu Richtern
In diesem königlichen Streit bestellen?

Und wär's zu denken, daß Parteienhaß
Den einzelnen bestäche – Können vierzig
Erlesne Männer sich in einem Spruche
Der Leidenschaft vereinigen?

MARIA *nach einigem Stillschweigen*:
Ich höre staunend die Gewalt des Mundes,
Der mir von je so unheilbringend war –
Wie werd ich mich, ein ungelehrtes Weib,
Mit so kunstfert'gem Redner messen können! –
Wohl! wären diese Lords, wie Ihr sie schildert,
Verstummen müßt ich, hoffnungslos verloren
Wär meine Sache, sprächen sie mich schuldig.
Doch diese Namen, die Ihr preisend nennt,
Die mich durch ihr Gewicht zermalmen sollen,
Mylord, ganz andere Rollen, seh ich sie
In den Geschichten dieses Landes spielen.
Ich sehe diesen hohen Adel Englands,
Des Reiches majestätischen Senat,
Gleich Sklaven des Serails den Sultanslaunen
Heinrichs des Achten, meines Großohms, schmeicheln –
Ich sehe dieses edle Oberhaus,
Gleich feil mit den erkäuflichen Gemeinen,
Gesetze prägen und verrufen, Ehen
Auflösen, binden, wie der Mächtige
Gebietet, Englands Fürstentöchter heute
Enterben, mit dem Bastardnamen schänden,
Und morgen sie zu Königinnen krönen.
Ich sehe diese würd'gen Peers mit schnell
Vertauschter Überzeugung unter vier
Regierungen den Glauben viermal ändern –

BURLEIGH: Ihr nennt Euch fremd in Englands Reichsgesetzen,
In Englands Unglück seid Ihr sehr bewandert.

MARIA: Und das sind meine Richter! – Lord Schatzmeister!
Ich will gerecht sein gegen Euch! Seid Ihr's
Auch gegen mich – Man sagt, Ihr meint es gut
Mit diesem Staat, mit Eurer Königin,
Seid unbestechlich, wachsam, unermüdet –
Ich will es glauben. Nicht der eigne Nutzen
Regiert Euch, Euch regiert allein der Vorteil
Des Souveräns, des Landes. Eben darum
Mißtraut Euch, edler Lord, daß nicht der Nutzen

Des Staats Euch als Gerechtigkeit erscheine.
Nicht zweifl ich dran, es sitzen neben Euch
Noch edle Männer unter meinen Richtern.
Doch sie sind Protestanten, Eiferer
Für Englands Wohl, und sprechen über mich,
Die Königin von Schottland, die Papistin!
Es kann der Brite gegen den Schotten nicht
Gerecht sein, ist ein uralt Wort – Drum ist
Herkömmlich seit der Väter grauen Zeit,
Daß vor Gericht kein Brite gegen den Schotten,
Kein Schotte gegen jenen zeugen darf.
Die Not gab dieses seltsame Gesetz,
Ein tiefer Sinn wohnt in den alten Bräuchen,
Man muß sie ehren, Mylord – die Natur
Warf diese beiden feur'gen Völkerschaften
Auf dieses Brett im Ozean, ungleich
Verteilte sie's, und hieß sie darum kämpfen.
Der Tweede schmales Bette trennt allein
Die heft'gen Geister, oft vermischte sich
Das Blut der Kämpfenden in ihren Wellen.
Die Hand am Schwerte, schauen sie sich drohend
Von beiden Ufern an, seit tausend Jahren.
Kein Feind bedränget Engelland, dem nicht
Der Schotte sich zum Helfer zugesellte,
Kein Bürgerkrieg entzündet Schottlands Städte,
Zu dem der Brite nicht den Zunder trug.
Und nicht erlöschen wird der Haß, bis endlich
Ein Parlament sie brüderlich vereint,
Ein Szepter waltet durch die ganze Insel.
BURLEIGH: Und eine Stuart sollte dieses Glück
Dem Reich gewähren?
MARIA: Warum soll ich's leugnen?
Ja ich gesteh's, daß ich die Hoffnung nährte,
Zwei edle Nationen unterm Schatten
Des Ölbaums frei und fröhlich zu vereinen.
Nicht ihres Völkerhasses Opfer glaubt ich
Zu werden; ihre lange Eifersucht,
Der alten Zwietracht unglücksel'ge Glut
Hofft ich auf ew'ge Tage zu ersticken,
Und wie mein Ahnherr Richmond die zwei Rosen
Zusammenband nach blut'gem Streit, die Kronen

Schottland und England friedlich zu vermählen.
BURLEIGH: Auf schlimmem Weg verfolgtet Ihr dies Ziel,
Da Ihr das Reich entzünden, durch die Flammen
Des Bürgerkriegs zum Throne steigen wolltet.
MARIA: Das wollt ich nicht – beim großen Gott des Himmels!
Wann hätt ich das gewollt? Wo sind die Proben?
BURLEIGH: Nicht Streitens wegen kam ich her. Die Sache
Ist keinem Wortgefecht mehr unterworfen.
Es ist erkannt durch vierzig Stimmen gegen zwei,
Daß Ihr die Akte vom vergangnen Jahr
Gebrochen, dem Gesetz verfallen seid.
Es ist verordnet im vergangnen Jahr
„Wenn sich Tumult im Königreich erhübe,
Im Namen und zum Nutzen irgendeiner
Person, die Rechte vorgibt an die Krone,
Daß man gerichtlich gegen sie verfahre,
Bis in den Tod die Schuldige verfolge" –
Und da bewiesen ist –
MARIA: Mylord von Burleigh!
Ich zweifle nicht, daß ein Gesetz, ausdrücklich
Auf mich gemacht, verfaßt, mich zu verderben,
Sich gegen mich wird brauchen lassen – Wehe
Dem armen Opfer, wenn derselbe Mund,
Der das Gesetz gab, auch das Urteil spricht!
Könnt Ihr es leugnen, Lord, daß jene Akte
Zu meinem Untergang ersonnen ist?
BURLEIGH: Zu Eurer Warnung sollte sie gereichen,
Zum Fallstrick habt Ihr selber sie gemacht.
Den Abgrund saht Ihr, der vor Euch sich auftat,
Und treugewarnet stürztet Ihr hinein.
Ihr wart mit Babington, dem Hochverräter,
Und seinen Mordgesellen einverstanden,
Ihr hattet Wissenschaft von allem, lenktet
Aus Eurem Kerker planvoll die Verschwörung.
MARIA: Wann hätt ich das getan? Man zeige mir
Die Dokumente auf.
BURLEIGH: Die hat man Euch
Schon neulich vor Gerichte vorgewiesen.
MARIA: Die Kopien, von fremder Hand geschrieben!
Man bringe die Beweise mir herbei,
Daß ich sie selbst diktiert, daß ich sie so

Diktiert, gerade so, wie man gelesen.
BURLEIGH: Daß es dieselben sind, die er empfangen,
Hat Babington vor seinem Tod bekannt.
MARIA: Und warum stellte man ihn mir nicht lebend
Vor Augen? Warum eilte man so sehr,
Ihn aus der Welt zu fördern, eh man ihn
Mir, Stirne gegen Stirne, vorgeführt?
BURLEIGH: Auch Eure Schreiber, Kurl und Nau, erhärten
Mit einem Eid, daß es die Briefe seien,
Die sie aus Eurem Munde niederschrieben.
MARIA: Und auf das Zeugnis meiner Hausbedienten
Verdammt man mich? Auf Treu und Glauben derer,
Die mich verraten, ihre Königin,
Die in demselben Augenblick die Treu
Mir brachen, da sie gegen mich gezeugt?
BURLEIGH: Ihr selbst erklärtet sonst den Schotten Kurl
Für einen Mann von Tugend und Gewissen.
MARIA: So kannt ich ihn – doch eines Mannes Tugend
Erprobt allein die Stunde der Gefahr.
Die Folter konnt ihn ängstigen, daß er
Aussagte und gestand, was er nicht wußte!
Durch falsches Zeugnis glaubt' er sich zu retten,
Und mir, der Königin, nicht viel zu schaden.
BURLEIGH: Mit einem freien Eid hat er's beschworen.
MARIA: Vor meinem Angesichte nicht! – Wie, Sir?
Das sind zwei Zeugen, die noch beide leben!
Man stelle sie mir gegenüber, lasse sie
Ihr Zeugnis mir ins Antlitz wiederholen!
Warum mir eine Gunst, ein Recht verweigern,
Das man dem Mörder nicht versagt? Ich weiß
Aus Talbots Munde, meines vor'gen Hüters,
Daß unter dieser nämlichen Regierung
Ein Reichsschluß durchgegangen, der befiehlt,
Den Kläger dem Beklagten vorzustellen.
Wie? Oder hab ich falsch gehört? – Sir Paulet!
Ich hab Euch stets als Biedermann erfunden,
Beweist es jetzo. Sagt mir auf Gewissen,
Ist's nicht so? Gibt's kein solch Gesetz in England?
PAULET: So ist's, Mylady. Das ist bei uns Rechtens.
Was wahr ist, muß ich sagen.
MARIA: Nun, Mylord!

Wenn man mich denn so streng nach englischem Recht
Behandelt, wo dies Recht mich unterdrückt,
Warum dasselbe Landesrecht umgehen,
Wenn es mir Wohltat werden kann? – Antwortet!
Warum ward Babington mir nicht vor Augen
Gestellt, wie das Gesetz befiehlt? Warum
Nicht meine Schreiber, die noch beide leben?

BURLEIGH: Ereifert Euch nicht, Lady. Euer Einverständnis
Mit Babington ist's nicht allein –

MARIA: Es ist's
Allein, was mich dem Schwerte des Gesetzes
Bloßstellt, wovon ich mich zu rein'gen habe.
Mylord! Bleibt bei der Sache. Beugt nicht aus.

BURLEIGH: Es ist bewiesen, daß Ihr mit Mendoza,
Dem spanischen Botschafter, unterhandelt –

MARIA *lebhaft*: Bleibt bei der Sache, Lord!

BURLEIGH: Daß Ihr Anschläge
Geschmiedet, die Religion des Landes
Zu stürzen, alle Könige Europens
Zum Krieg mit England aufgeregt –

MARIA: Und wenn ich's
Getan? Ich hab es nicht getan – Jedoch
Gesetzt, ich tat's! – Mylord, man hält mich hier
Gefangen wider alle Völkerrechte.
Nicht mit dem Schwerte kam ich in dies Land,
Ich kam herein, als eine Bittende,
Das heil'ge Gastrecht fodernd, in den Arm
Der blutsverwandten Königin mich werfend –
Und so ergriff mich die Gewalt, bereitete
Mir Ketten, wo ich Schutz gehofft – Sagt an!
Ist mein Gewissen gegen diesen Staat
Gebunden? Hab ich Pflichten gegen England?
Ein heilig Zwangsrecht üb ich aus, da ich
Aus diesen Banden strebe, Macht mit Macht
Abwende, alle Staaten dieses Weltteils
Zu meinem Schutz aufrühre und bewege.
Was irgend nur in einem guten Krieg
Recht ist und ritterlich, das darf ich üben.
Den Mord allein, die heimlich blut'ge Tat,
Verbietet mir mein Stolz und mein Gewissen,
Mord würde mich beflecken und entehren.

Entehren sag ich – Keinesweges mich
Verdammen, einem Rechtsspruch unterwerfen.
Denn nicht vom Rechte, von Gewalt allein
Ist zwischen mir und Engelland die Rede.

BURLEIGH *bedeutend*:
Nicht auf der Stärke schrecklich Recht beruft Euch
Mylady! Es ist der Gefangenen nicht günstig.

MARIA: Ich bin die Schwache, sie die Mächt'ge – Wohl!
Sie brauche die Gewalt, sie töte mich,
Sie bringe ihrer Sicherheit das Opfer.
Doch sie gestehe dann, daß sie die Macht
Allein, nicht die Gerechtigkeit geübt.
Nicht vom Gesetze borge sie das Schwert,
Sich der verhaßten Feindin zu entladen,
Und kleide nicht in heiliges Gewand
Der rohen Stärke blutiges Erkühnen.
Solch Gaukelspiel betrüge nicht die Welt!
Ermorden lassen kann sie mich, nicht richten!
Sie geb es auf, mit des Verbrechens Früchten
Den heil'gen Schein der Tugend zu vereinen,
Und was sie ist, das wage sie zu scheinen! *Sie geht ab.*

ACHTER AUFTRITT

BURLEIGH. PAULET.

BURLEIGH: Sie trotzt uns – wird uns trotzen, Ritter Paulet,
Bis an die Stufen des Schafotts – Dies stolze Herz
Ist nicht zu brechen – Überraschte sie
Der Urtelspruch? Saht Ihr sie eine Träne
Vergießen? Ihre Farbe nur verändern?
Nicht unser Mitleid ruft' sie an. Wohl kennt sie
Den Zweifelmut der Königin von England,
Und unsre Furcht ist's, was sie mutig macht.

PAULET: Lord Großschatzmeister! Dieser eitle Trotz wird schnell
Verschwinden, wenn man ihm den Vorwand raubt.
Es sind Unziemlichkeiten vorgegangen
In diesem Rechtstreit, wenn ich's sagen darf.
Man hätte diesen Babington und Tichburn
Ihr in Person vorführen, ihre Schreiber
Ihr gegenüberstellen sollen.

BURLEIGH *schnell*: Nein!
Nein, Ritter Paulet! Das war nicht zu wagen.
Zu groß ist ihre Macht auf die Gemüter
Und ihrer Tränen weibliche Gewalt.
Ihr Schreiber Kurl, ständ er ihr gegenüber,
Käm es dazu, das Wort nun auszusprechen,
An dem ihr Leben hängt – er würde zaghaft
Zurückziehn, sein Geständnis widerrufen –
PAULET: So werden Englands Feinde alle Welt
Erfüllen mit gehässigen Gerüchten,
Und des Prozesses festliches Gepräng
Wird als ein kühner Frevel nur erscheinen.
BURLEIGH: Dies ist der Kummer unsrer Königin –
Daß diese Stifterin des Unheils doch
Gestorben wäre, ehe sie den Fuß
Auf Englands Boden setzte!
PAULET: Dazu sag ich amen.
BURLEIGH: Daß Krankheit sie im Kerker aufgerieben!
PAULET: Viel Unglück hätt es diesem Land erspart.
BURLEIGH: Doch hätt auch gleich ein Zufall der Natur
Sie hingerafft – Wir hießen doch die Mörder.
PAULET: Wohl wahr. Man kann den Menschen nicht verwehren,
Zu denken, was sie wollen.
BURLEIGH: Zu beweisen wär's
Doch nicht, und würde weniger Geräusch erregen –
PAULET: Mag es Geräusch erregen! Nicht der laute,
Nur der gerechte Tadel kann verletzen.
BURLEIGH: Oh! auch die heilige Gerechtigkeit
Entflieht dem Tadel nicht. Die Meinung hält es
Mit dem Unglücklichen, es wird der Neid
Stets den obsiegend Glücklichen verfolgen.
Das Richterschwert, womit der Mann sich ziert,
Verhaßt ist's in der Frauen Hand. Die Welt
Glaubt nicht an die Gerechtigkeit des Weibes,
Sobald ein Weib das Opfer wird. Umsonst,
Daß wir, die Richter, nach Gewissen sprachen!
Sie hat der Gnade königliches Recht.
Sie muß es brauchen, unerträglich ist's,
Wenn sie den strengen Lauf läßt dem Gesetze!
PAULET: Und also –
BURLEIGH *rasch einfallend*: Also soll sie leben? Nein!

Sie darf nicht leben! Nimmermehr! Dies, eben
Dies ist's, was unsre Königin beängstigt –
Warum der Schlaf ihr Lager flieht – Ich lese
In ihren Augen ihrer Seele Kampf,
Ihr Mund wagt ihre Wünsche nicht zu sprechen,
Doch vielbedeutend fragt ihr stummer Blick:
Ist unter allen meinen Dienern keiner,
Der die verhaßte Wahl mir spart, in ew'ger Furcht
Auf meinem Thron zu zittern, oder grausam
Die Königin, die eigne Blutsverwandte
Dem Beil zu unterwerfen?

PAULET: Das ist nun die Notwendigkeit, steht nicht zu ändern.

BURLEIGH: Wohl stünd's zu ändern, meint die Königin,
Wenn sie nur aufmerksamre Diener hätte.

PAULET: Aufmerksamre!

BURLEIGH: Die einen stummen Auftrag
Zu deuten wissen.

PAULET: Einen stummen Auftrag!

BURLEIGH: Die, wenn man ihnen eine gift'ge Schlange
Zu hüten gab, den anvertrauten Feind
Nicht wie ein heilig teures Kleinod hüten.

PAULET *bedeutungsvoll*: Ein hohes Kleinod ist der gute Name,
Der unbescholtne Ruf der Königin,
Den kann man nicht zu wohl bewachen, Sir!

BURLEIGH: Als man die Lady von dem Shrewsbury
Wegnahm und Ritter Paulets Hut vertraute,
Da war die Meinung –

PAULET: Ich will hoffen, Sir,
Die Meinung war, daß man den schwersten Auftrag
Den reinsten Händen übergeben wollte.
Bei Gott! Ich hätte dieses Schergenamt
Nicht übernommen, dächt ich nicht, daß es
Den besten Mann in England foderte.
Laßt mich nicht denken, daß ich's etwas anderm
Als meinem reinen Rufe schuldig bin.

BURLEIGH: Man breitet aus, sie schwinde, läßt sie kränker
Und kränker werden, endlich still verscheiden,
So stirbt sie in der Menschen Angedenken –
Und Euer Ruf bleibt rein.

PAULET: Nicht mein Gewissen.

BURLEIGH: Wenn Ihr die eigne Hand nicht leihen wollt,

So werdet Ihr der fremden doch nicht wehren –
PAULET *unterbricht ihn*: Kein Mörder soll sich ihrer Schwelle nahn,
Solang die Götter meines Dachs sie schützen.
Ihr Leben ist mir heilig, heil'ger nicht
Ist mir das Haupt der Königin von England.
Ihr seid die Richter! Richtet! Brecht den Stab!
Und wenn es Zeit ist, laßt den Zimmerer
Mit Axt und Säge kommen, das Gerüst
Aufschlagen – für den Sheriff und den Henker
Soll meines Schlosses Pforte offen sein.
Jetzt ist sie zur Bewahrung mir vertraut,
Und seid gewiß, ich werde sie bewahren,
Daß sie nichts Böses tun soll, noch erfahren!
Gehen ab.

ZWEITER AUFZUG

Der Palast zu Westminster.

ERSTER AUFTRITT

DER GRAF VON KENT *und* SIR WILLIAM DAVISON *begegnen einander.*

DAVISON: Seid Ihr's, Mylord von Kent? Schon vom Turnierplatz
Zurück, und ist die Festlichkeit zu Ende?
KENT: Wie? Wohntet Ihr dem Ritterspiel nicht bei?
DAVISON: Mich hielt mein Amt.
KENT: Ihr habt das schönste Schauspiel
Verloren, Sir, das der Geschmack ersonnen,
Und edler Anstand ausgeführt – denn wißt!
Es wurde vorgestellt die keusche Festung
Der Schönheit, wie sie vom Verlangen
Berennt wird – Der Lord Marschall, Oberrichter
Der Seneschall nebst zehen andern Rittern
Der Königin verteidigten die Festung,
Und Frankreichs Kavaliere griffen an.
Voraus erschien ein Herold, der das Schloß
Aufforderte in einem Madrigale,
Und von dem Wall antwortete der Kanzler.
Drauf spielte das Geschütz, und Blumensträuße,

Wohlriechend köstliche Essenzen wurden
Aus niedlichen Feldstücken abgefeuert.
Umsonst! die Stürme wurden abgeschlagen,
Und das Verlangen mußte sich zurückziehn.

DAVISON: Ein Zeichen böser Vorbedeutung, Graf,
Für die französische Brautwerbung.

KENT: Nun, nun, das war ein Scherz – Im Ernste denk ich,
Wird sich die Festung endlich doch ergeben.

DAVISON: Glaubt Ihr? Ich glaub es nimmermehr.

KENT: Die schwierigsten Artikel sind bereits
Berichtigt und von Frankreich zugestanden.
Monsieur begnügt sich, in verschlossener
Kapelle seinen Gottesdienst zu halten,
Und öffentlich die Reichsreligion
Zu ehren und zu schützen – Hättet Ihr den Jubel
Des Volks gesehn, als diese Zeitung sich verbreitet!
Denn dieses war des Landes ew'ge Furcht,
Sie möchte sterben ohne Leibeserben,
Und England wieder Papstes Fesseln tragen,
Wenn ihr die Stuart auf dem Throne folgte.

DAVISON: Der Furcht kann es entledigt sein – Sie geht
Ins Brautgemach, die Stuart geht zum Tode.

KENT: Die Königin kommt!

ZWEITER AUFTRITT

DIE VORIGEN. ELISABETH, *von* LEICESTER *geführt*. GRAF AUBESPINE, BELLIEVRE, GRAF SHREWSBURY, LORD BURLEIGH *mit noch andern* FRANZÖSISCHEN *und* ENGLISCHEN HERREN *treten auf*.

ELISABETH *zu Aubespine*: Graf! Ich beklage diese edeln Herrn,
Die ihr galanter Eifer über Meer
Hiehergeführt, daß sie die Herrlichkeit
Des Hofs von S. Germain bei mir vermissen.
Ich kann so prächt'ge Götterfeste nicht
Erfinden, als die königliche Mutter
Von Frankreich – Ein gesittet fröhlich Volk,
Das sich, sooft ich öffentlich mich zeige,
Mit Segnungen um meine Sänfte drängt,
Dies ist das Schauspiel, das ich fremden Augen
Mit ein'gem Stolze zeigen kann. Der Glanz

Der Edelfräulein, die im Schönheitsgarten
Der Katharina blühn, verbärge nur
Mich selber und mein schimmerlos Verdienst.
AUBESPINE: Nur eine Dame zeigt Westminsterhof
Dem überraschten Fremden – aber alles,
Was an dem reizenden Geschlecht entzückt,
Stellt sich versammelt dar in dieser einen.
BELLIEVRE: Erhabne Majestät von Engelland,
Vergönne, daß wir unsern Urlaub nehmen,
Und Monsieur, unsern königlichen Herrn,
Mit der ersehnten Freudenpost beglücken.
Ihn hat des Herzens heiße Ungeduld
Nicht in Paris gelassen, er erwartet
Zu Amiens die Boten seines Glücks,
Und bis nach Calais reichen seine Posten,
Das Jawort, das dein königlicher Mund
Aussprechen wird, mit Flügelschnelligkeit
Zu seinem trunknen Ohre hinzutragen.
ELISABETH: Graf Bellievre, dringt nicht weiter in mich.
Nicht Zeit ist's jetzt, ich wiederhol es Euch,
Die freud'ge Hochzeitfackel anzuzünden.
Schwarz hängt der Himmel über diesem Land,
Und besser ziemte mir der Trauerflor,
Als das Gepränge bräutlicher Gewänder.
Denn nahe droht ein jammervoller Schlag
Mein Herz zu treffen und mein eignes Haus.
BELLIEVRE: Nur dein Versprechen gib uns, Königin,
In frohern Tagen folge die Erfüllung.
ELISABETH: Die Könige sind nur Sklaven ihres Standes,
Dem eignen Herzen dürfen sie nicht folgen.
Mein Wunsch war's immer, unvermählt zu sterben,
Und meinen Ruhm hätt ich darein gesetzt,
Daß man dereinst auf meinem Grabstein läse:
„Hier ruht die jungfräuliche Königin."
Doch meine Untertanen wollen's nicht,
Sie denken jetzt schon fleißig an die Zeit,
Wo ich dahin sein werde – Nicht genug,
Daß jetzt der Segen dieses Land beglückt,
Auch ihrem künft'gen Wohl soll ich mich opfern,
Auch meine jungfräuliche Freiheit soll ich,
Mein höchstes Gut, hingeben für mein Volk,

Und der Gebieter wird mir aufgedrungen.
Es zeigt mir dadurch an, daß ich ihm nur
Ein Weib bin, und ich meinte doch, regiert
Zu haben, wie ein Mann, und wie ein König.
Wohl weiß ich, daß man Gott nicht dient, wenn man
Die Ordnung der Natur verläßt, und Lob
Verdienen sie, die vor mir hier gewaltet,
Daß sie die Klöster aufgetan, und tausend
Schlachtopfer einer falschverstandnen Andacht
Den Pflichten der Natur zurückgegeben.
Doch eine Königin, die ihre Tage
Nicht ungenützt in müßiger Beschauung
Verbringt, die unverdrossen, unermüdet,
Die schwerste aller Pflichten übt, die sollte
Von dem Naturzweck ausgenommen sein,
Der eine Hälfte des Geschlechts der Menschen
Der andern unterwürfig macht –

AUBESPINE: Jedwede Tugend, Königin, hast du
Auf deinem Thron verherrlicht, nichts ist übrig,
Als dem Geschlechte, dessen Ruhm du bist,
Auch noch in seinen eigensten Verdiensten
Als Muster vorzuleuchten. Freilich lebt
Kein Mann auf Erden, der es würdig ist,
Daß du die Freiheit ihm zum Opfer brächtest.
Doch wenn Geburt, wenn Hoheit, Heldentugend
Und Männerschönheit einen Sterblichen
Der Ehre würdig machen, so –

ELISABETH: Kein Zweifel,
Herr Abgesandter, daß ein Ehebündnis
Mit einem königlichen Sohne Frankreichs
Mich ehrt! Ja, ich gesteh es unverhohlen,
Wenn es sein muß – wenn ich's nicht ändern kann,
Dem Dringen meines Volkes nachzugeben –
Und es wird stärker sein als ich, befürcht ich –
So kenn ich in Europa keinen Fürsten,
Dem ich mein höchstes Kleinod, meine Freiheit,
Mit minderm Widerwillen opfern würde.
Laßt dies Geständnis Euch Genüge tun.

BELLIEVRE: Es ist die schönste Hoffnung, doch es ist
Nur eine Hoffnung, und mein Herr wünscht mehr –

ELISABETH: Was wünscht er? *Sie zieht einen Ring vom Finger*

und betrachtet ihn nachdenkend. Hat die Königin doch nichts
Voraus vor dem gemeinen Bürgerweibe!
Das gleiche Zeichen weist auf gleiche Pflicht,
Auf gleiche Dienstbarkeit – Der Ring macht Ehen,
Und Ringe sind's, die eine Kette machen.
– Bringt Seiner Hoheit dies Geschenk. Es ist
Noch keine Kette, bindet mich noch nicht,
Doch kann ein Reif draus werden, der mich bindet.

BELLIEVRE *kniet nieder, den Ring empfangend*:
In seinem Namen, große Königin,
Empfang ich knieend dies Geschenk, und drücke
Den Kuß der Huldigung auf meiner Fürstin Hand!

ELISABETH *zum Grafen Leicester, den sie während der letzten Rede unverwandt betrachtet hat*: Erlaubt, Mylord!
Sie nimmt ihm das blaue Band ab, und hängt es dem Bellievre um.
Bekleidet Seine Hoheit
Mit diesem Schmuck, wie ich Euch hier damit
Bekleide und in meines Ordens Pflichten nehme.
Honny soit qui mal y pense! – Es schwinde
Der Argwohn zwischen beiden Nationen,
Und ein vertraulich Band umschlinge fortan
Die Kronen Frankreich und Britannien!

AUBESPINE: Erhabne Königin, dies ist ein Tag
Der Freude! Möcht er's allen sein und möchte
Kein Leidender auf dieser Insel trauern!
Die Gnade glänzt auf deinem Angesicht,
Oh! daß ein Schimmer ihres heitern Lichts
Auf eine unglücksvolle Fürstin fiele,
Die Frankreich und Britannien gleich nahe
Angeht –

ELISABETH: Nicht weiter, Graf! Vermengen wir
Nicht zwei ganz unvereinbare Geschäfte.
Wenn Frankreich ernstlich meinen Bund verlangt,
Muß es auch meine Sorgen mit mir teilen,
Und meiner Feinde Freund nicht sein –

AUBESPINE: Unwürdig
In deinen eignen Augen würd es handeln,
Wenn es die Unglückselige, die Glaubens-
Verwandte, und die Witwe seines Königs
In diesem Bund vergäße – Schon die Ehre,
Die Menschlichkeit verlangt –

ELISABETH: In diesem Sinn
Weiß ich sein Fürwort nach Gebühr zu schätzen.
Frankreich erfüllt die Freundespflicht, mir wird
Verstattet sein, als Königin zu handeln.
Sie neigt sich gegen die französischen Herrn, welche sich mit den übrigen Lords ehrfurchtsvoll entfernen.

Dritter Auftritt

Elisabeth. Leicester. Burleigh. Talbot.

Die Königin setzt sich.

BURLEIGH: Ruhmvolle Königin! Du krönest heut
Die heißen Wünsche deines Volks. Nun erst
Erfreun wir uns der segenvollen Tage,
Die du uns schenkst, da wir nicht zitternd mehr
In eine stürmevolle Zukunft schauen.
Nur eine Sorge kümmert noch dies Land,
Ein Opfer ist's, das alle Stimmen fodern.
Gewähr auch dieses, und der heut'ge Tag
Hat Englands Wohl auf immerdar gegründet.
ELISABETH: Was wünscht mein Volk noch? Sprecht, Mylord.
BURLEIGH: Es fodert
Das Haupt der Stuart – Wenn du deinem Volk
Der Freiheit köstliches Geschenk, das teuer
Erworbne Licht der Wahrheit willst versichern,
So muß sie nicht mehr sein – Wenn wir nicht ewig
Für dein kostbares Leben zittern sollen,
So muß die Feindin untergehn! – Du weißt es,
Nicht alle deine Briten denken gleich,
Noch viele heimliche Verehrer zählt
Der röm'sche Götzendienst auf dieser Insel.
Die alle nähren feindliche Gedanken,
Nach dieser Stuart steht ihr Herz, sie sind
Im Bunde mit den lothringischen Brüdern,
Den unversöhnten Feinden deines Namens.
Dir ist von dieser wütenden Partei
Der grimmige Vertilgungskrieg geschworen,
Den man mit falschen Höllenwaffen führt.
Zu Reims, dem Bischofssitz des Kardinals,

Dort ist das Rüsthaus, wo sie Blitze schmieden,
Dort wird der Königsmord gelehrt – Von dort
Geschäftig senden sie nach deiner Insel
Die Missionen aus, entschloßne Schwärmer,
In allerlei Gewand vermummt – Von dort
Ist schon der dritte Mörder ausgegangen,
Und unerschöpflich, ewig neu erzeugen
Verborgne Feinde sich aus diesem Schlunde.
– Und in dem Schloß zu Fotheringhay sitzt
Die Ate dieses ew'gen Kriegs, die mit
Der Liebesfackel dieses Reich entzündet.
Für sie, die schmeichelnd jedem Hoffnung gibt,
Weiht sich die Jugend dem gewissen Tod –
Sie zu befreien, ist die Losung, sie
Auf deinen Thron zu setzen, ist der Zweck.
Denn dies Geschlecht der Lothringer erkennt
Dein heilig Recht nicht an, du heißest ihnen
Nur eine Räuberin des Throns, gekrönt
Vom Glück! Sie waren's, die die Törichte
Verführt, sich Englands Königin zu schreiben.
Kein Friede ist mit ihr und ihrem Stamm!
Du mußt den Streich erleiden oder führen.
Ihr Leben ist dein Tod! Ihr Tod dein Leben!

ELISABETH: Mylord! Ein traurig Amt verwaltet Ihr.
Ich kenne Eures Eifers reinen Trieb,
Weiß, daß gediegne Weisheit aus Euch redet,
Doch diese Weisheit, welche Blut befiehlt,
Ich hasse sie in meiner tiefsten Seele.
Sinnt einen mildern Rat aus – Edler Lord
Von Shrewsbury! Sagt Ihr uns Eure Meinung.

TALBOT: Du gabst dem Eifer ein gebührend Lob,
Der Burleighs treue Brust beseelt – Auch mir,
Strömt es mir gleich nicht so beredt vom Munde,
Schlägt in der Brust kein minder treues Herz.
Mögst du noch lange leben, Königin,
Die Freude deines Volks zu sein, das Glück
Des Friedens diesem Reiche zu verlängern.
So schöne Tage hat dies Eiland nie
Gesehn, seit eigne Fürsten es regieren.
Mög es sein Glück mit seinem Ruhme nicht
Erkaufen! Möge Talbots Auge wenigstens

Geschlossen sein, wenn dies geschieht!
ELISABETH: Verhüte Gott, daß wir den Ruhm befleckten!
TALBOT: Nun dann, so wirst du auf ein ander Mittel sinnen,
Dies Reich zu retten – denn die Hinrichtung
Der Stuart ist ein ungerechtes Mittel.
Du kannst das Urteil über die nicht sprechen,
Die dir nicht untertänig ist.
ELISABETH: So irrt
Mein Staatsrat und mein Parlament, im Irrtum
Sind alle Richterhöfe dieses Landes,
Die mir dies Recht einstimmig zuerkannt –
TALBOT: Nicht Stimmenmehrheit ist des Rechtes Probe,
England ist nicht die Welt, dein Parlament
Nicht der Verein der menschlichen Geschlechter.
Dies heut'ge England ist das künft'ge nicht,
Wie's das vergangne nicht mehr ist – Wie sich
Die Neigung anders wendet, also steigt
Und fällt des Urteils wandelbare Woge.
Sag nicht, du müssest der Notwendigkeit
Gehorchen und dem Dringen deines Volks.
Sobald du willst, in jedem Augenblick
Kannst du erproben, daß dein Wille frei ist.
Versuch's! Erkläre, daß du Blut verabscheust,
Der Schwester Leben willst gerettet sehn,
Zeig denen, die dir anders raten wollen,
Die Wahrheit deines königlichen Zorns,
Schnell wirst du die Notwendigkeit verschwinden
Und Recht in Unrecht sich verwandeln sehn.
Du selbst mußt richten, du allein. Du kannst dich
Auf dieses unstet schwanke Rohr nicht lehnen.
Der eignen Milde folge du getrost.
Nicht Strenge legte Gott ins weiche Herz
Des Weibes – Und die Stifter dieses Reichs,
Die auch dem Weib die Herrscherzügel gaben,
Sie zeigten an, daß Strenge nicht die Tugend
Der Könige soll sein in diesem Lande.
ELISABETH: Ein warmer Anwalt ist Graf Shrewsbury
Für meine Feindin und des Reichs. Ich ziehe
Die Räte vor, die meine Wohlfahrt lieben.
TALBOT: Man gönnt ihr keinen Anwalt, niemand wagt's,
Zu ihrem Vorteil sprechend, deinem Zorn

Sich bloßzustellen – So vergönne mir,
Dem alten Manne, den am Grabesrand
Kein irdisch Hoffen mehr verführen kann,
Daß ich die Aufgegebene beschütze.
Man soll nicht sagen, daß in deinem Staatsrat
Die Leidenschaft, die Selbstsucht eine Stimme
Gehabt, nur die Barmherzigkeit geschwiegen.
Verbündet hat sich alles wider sie,
Du selber hast ihr Antlitz nie gesehn,
Nichts spricht in deinem Herzen für die Fremde.
– Nicht ihrer Schuld red ich das Wort. Man sagt,
Sie habe den Gemahl ermorden lassen,
Wahr ist's, daß sie den Mörder ehlichte.
Ein schwer Verbrechen! – Aber es geschah
In einer finster unglücksvollen Zeit,
Im Angstgedränge bürgerlichen Kriegs,
Wo sie, die Schwache, sich umrungen sah
Von heftigdringenden Vasallen, sich
Dem Mutvollstärksten in die Arme warf –
Wer weiß durch welcher Künste Macht besiegt?
Denn ein gebrechlich Wesen ist das Weib.

ELISABETH: Das Weib ist nicht schwach. Es gibt starke Seelen
In dem Geschlecht – Ich will in meinem Beisein
Nichts von der Schwäche des Geschlechtes hören.

TALBOT: Dir war das Unglück eine strenge Schule.
Nicht seine Freudenseite kehrte dir
Das Leben zu. Du sahest keinen Thron
Von ferne, nur das Grab zu deinen Füßen.
Zu Woodstock war's und in des Towers Nacht,
Wo dich der gnäd'ge Vater dieses Landes
Zur ersten Pflicht durch Trübsal auferzog.
Dort suchte dich der Schmeichler nicht. Früh lernte,
Vom eiteln Weltgeräusche nicht zerstreut,
Dein Geist sich sammeln, denkend in sich gehn,
Und dieses Lebens wahre Güter schätzen.
– Die Arme rettete kein Gott. Ein zartes Kind
Ward sie verpflanzt nach Frankreich, an den Hof
Des Leichtsinns, der gedankenlosen Freude.
Dort in der Feste ew'ger Trunkenheit,
Vernahm sie nie der Wahrheit ernste Stimme.
Geblendet ward sie von der Laster Glanz,

Und fortgeführt vom Strome des Verderbens.
Ihr ward der Schönheit eitles Gut zuteil,
Sie überstrahlte blühend alle Weiber,
Und durch Gestalt nicht minder als Geburt – –
ELISABETH: Kommt zu Euch selbst, Mylord von Shrewsbury!
Denkt, daß wir hier im ernsten Rate sitzen.
Das müssen Reize sondergleichen sein,
Die einen Greis in solches Feuer setzen.
– Mylord von Leicester! Ihr allein schweigt still?
Was ihn beredt macht, bindet's Euch die Zunge?
LEICESTER: Ich schweige für Erstaunen, Königin,
Daß man dein Ohr mit Schrecknissen erfüllt,
Daß diese Märchen, die in Londons Gassen
Den gläub'gen Pöbel ängsten, bis herauf
In deines Staatsrats heitre Mitte steigen,
Und weise Männer ernst beschäftigen.
Verwunderung ergreift mich, ich gesteh's,
Daß diese länderlose Königin
Von Schottland, die den eignen kleinen Thron
Nicht zu behaupten wußte, ihrer eignen
Vasallen Spott, der Auswurf ihres Landes,
Dein Schrecken wird auf einmal im Gefängnis!
– Was, beim Allmächt'gen! machte sie dir furchtbar?
Daß sie dies Reich in Anspruch nimmt, daß dich
Die Guisen nicht als Königin erkennen?
Kann dieser Guisen Widerspruch das Recht
Entkräften, das Geburt dir gab, der Schluß
Der Parlamente dir bestätigte?
Ist sie durch Heinrichs Letzten Willen nicht
Stillschweigend abgewiesen, und wird England,
So glücklich im Genuß des neuen Lichts,
Sich der Papistin in die Arme werfen?
Von dir, der angebeteten Monarchin,
Zu Darnleys Mörderin hinüberlaufen?
Was wollen diese ungestümen Menschen,
Die dich noch lebend mit der Erbin quälen,
Dich nicht geschwind genug vermählen können,
Um Staat und Kirche von Gefahr zu retten?
Stehst du nicht blühend da in Jugendkraft,
Welkt jene nicht mit jedem Tag zum Grabe?
Bei Gott! Du wirst, ich hoff's, noch viele Jahre

Auf ihrem Grabe wandeln, ohne daß
Du selber sie hinabzustürzen brauchtest –

BURLEIGH: Lord Leicester hat nicht immer so geurteilt.

LEICESTER: Wahr ist's, ich habe selber meine Stimme
Zu ihrem Tod gegeben im Gericht.
– Im Staatsrat sprech ich anders. Hier ist nicht
Die Rede von dem Recht, nur von dem Vorteil.
Ist's jetzt die Zeit, von ihr Gefahr zu fürchten,
Da Frankreich sie verläßt, ihr einz'ger Schutz,
Da du den Königssohn mit deiner Hand
Beglücken willst, die Hoffnung eines neuen
Regentenstammes diesem Lande blüht?
Wozu sie also töten? Sie ist tot!
Verachtung ist der wahre Tod. Verhüte,
Daß nicht das Mitleid sie ins Leben rufe!
Drum ist mein Rat: Man lasse die Sentenz,
Die ihr das Haupt abspricht, in voller Kraft
Bestehn! Sie lebe – aber unterm Beile
Des Henkers lebe sie, und schnell, wie sich
Ein Arm für sie bewaffnet, fall es nieder.

ELISABETH *steht auf*: Mylords, ich hab nun eure Meinungen
Gehört, und sag euch Dank für euren Eifer.
Mit Gottes Beistand, der die Könige
Erleuchtet, will ich eure Gründe prüfen,
Und wählen, was das Bessere mir dünkt.

Vierter Auftritt

Die Vorigen. Ritter Paulet *mit* Mortimern.

ELISABETH: Da kommt Amias Paulet. Edler Sir,
Was bringt Ihr uns?

PAULET: Glorwürd'ge Majestät!
Mein Neffe, der ohnlängst von weiten Reisen
Zurückgekehrt, wirft sich zu deinen Füßen
Und leistet dir sein jugendlich Gelübde.
Empfange du es gnadenvoll und laß
Ihn wachsen in der Sonne deiner Gunst.

MORTIMER *läßt sich auf ein Knie nieder*:
Lang lebe meine königliche Frau,
Und Glück und Ruhm bekröne ihre Stirne!

ELISABETH: Steht auf. Seid mir willkommen, Sir, in England.
Ihr habt den großen Weg gemacht, habt Frankreich
Bereist und Rom und Euch zu Reims verweilt.
Sagt mir denn an, was spinnen unsre Feinde?
MORTIMER: Ein Gott verwirre sie und wende rückwärts
Auf ihrer eignen Schützen Brust die Pfeile,
Die gegen meine Königin gesandt sind.
ELISABETH: Saht Ihr den Morgan und den ränkespinnenden
Bischof von Roße?
MORTIMER: Alle schottische
Verbannte lernt ich kennen, die zu Reims
Anschläge schmieden gegen diese Insel.
In ihr Vertrauen stahl ich mich, ob ich
Etwa von ihren Ränken was entdeckte.
PAULET: Geheime Briefe hat man ihm vertraut,
In Ziffern, für die Königin von Schottland,
Die er mit treuer Hand uns überliefert.
ELISABETH: Sagt, was sind ihre neuesten Entwürfe?
MORTIMER: Es traf sie alle wie ein Donnerstreich,
Daß Frankreich sie verläßt, den festen Bund
Mit England schließt, jetzt richten sie die Hoffnung
Auf Spanien.
ELISABETH: So schreibt mir Walsingham.
MORTIMER: Auch eine Bulle, die Papst Sixtus jüngst
Von Vatikane gegen dich geschleudert,
Kam eben an zu Reims, als ich's verließ,
Das nächste Schiff bringt sie nach dieser Insel.
LEICESTER: Vor solchen Waffen zittert England nicht mehr.
BURLEIGH: Sie werden furchtbar in des Schwärmers Hand.
ELISABETH *Mortimern forschend ansehend*:
Man gab Euch schuld, daß Ihr zu Reims die Schulen
Besucht und Euren Glauben abgeschworen?
MORTIMER: Die Miene gab ich mir, ich leugn es nicht,
So weit ging die Begierde, dir zu dienen!
ELISABETH *zu Paulet, der ihr Papiere überreicht*:
Was zieht Ihr da hervor?
PAULET: Es ist ein Schreiben,
Das dir die Königin von Schottland sendet.
BURLEIGH *hastig darnach greifend*:
Gebt mir den Brief.

PAULET *gibt das Papier der Königin*:
Verzeiht, Lord Großschatzmeister!
In meiner Königin selbsteigne Hand,
Befahl sie mir, den Brief zu übergeben.
Sie sagt mir stets, ich sei ihr Feind. Ich bin
Nur ihrer Laster Feind, was sich verträgt
Mit meiner Pflicht, mag ich ihr gern erweisen.

Die Königin hat den Brief genommen. Während sie ihn liest, sprechen Mortimer und Leicester einige Worte heimlich miteinander.

BURLEIGH *zu Paulet*: Was kann der Brief enthalten? Eitle Klagen,
Mit denen man das mitleidsvolle Herz
Der Königin verschonen soll.
PAULET: Was er
Enthält, hat sie mir nicht verhehlt. Sie bittet
Um die Vergünstigung, das Angesicht
Der Königin zu sehen.
BURLEIGH *schnell*: Nimmermehr!
TALBOT: Warum nicht? Sie erfleht nichts Ungerechtes.
BURLEIGH: Die Gunst des königlichen Angesichts
Hat sie verwirkt, die Mordanstifterin,
Die nach dem Blut der Königin gedürstet.
Wer's treu mit seiner Fürstin meint, der kann
Den falsch verräterischen Rat nicht geben.
TALBOT: Wenn die Monarchin sie beglücken will,
Wollt Ihr der Gnade sanfte Regung hindern?
BURLEIGH: Sie ist verurteilt! Unterm Beile liegt
Ihr Haupt. Unwürdig ist's der Majestät,
Das Haupt zu sehen, das dem Tod geweiht ist.
Das Urteil kann nicht mehr vollzogen werden,
Wenn sich die Königin ihr genahet hat,
Denn Gnade bringt die königliche Nähe –
ELISABETH *nachdem sie den Brief gelesen, ihre Tränen trocknend*:
Was ist der Mensch! Was ist das Glück der Erde!
Wie weit ist diese Königin gebracht,
Die mit so stolzen Hoffnungen begann,
Die auf den ältsten Thron der Christenheit
Berufen worden, die in ihrem Sinn
Drei Kronen schon aufs Haupt zu setzen meinte!
Welch andre Sprache führt sie jetzt als damals,
Da sie das Wappen Englands angenommen,
Und von den Schmeichlern ihres Hofs sich Königin

Der zwei britann'schen Inseln nennen ließ!
– Verzeiht Mylords, es schneidet mir ins Herz,
Wehmut ergreift mich und die Seele blutet,
Daß Irdisches nicht fester steht, das Schicksal
Der Menschheit, das entsetzliche, so nahe
An meinem eignen Haupt vorüberzieht.

TALBOT: O Königin! Dein Herz hat Gott gerührt,
Gehorche dieser himmlischen Bewegung!
Schwer büßte sie fürwahr die schwere Schuld,
Und Zeit ist's, daß die harte Prüfung ende!
Reich ihr die Hand, der Tiefgefallenen,
Wie eines Engels Lichterscheinung steige
In ihres Kerkers Gräbernacht hinab –

BURLEIGH: Sei standhaft, große Königin. Laß nicht
Ein lobenswürdig menschliches Gefühl
Dich irreführen. Raube dir nicht selbst
Die Freiheit, das Notwendige zu tun.
Du kannst sie nicht begnadigen, nicht retten,
So lade nicht auf dich verhaßten Tadel,
Daß du mit grausam höhnendem Triumph
Am Anblick deines Opfers dich geweidet.

LEICESTER: Laßt uns in unsern Schranken bleiben, Lords.
Die Königin ist weise, sie bedarf
Nicht unsers Rats, das Würdigste zu wählen.
Die Unterredung beider Königinnen
Hat nichts gemein mit des Gerichtes Gang.
Englands Gesetz, nicht der Monarchin Wille,
Verurteilt die Maria. Würdig ist's
Der großen Seele der Elisabeth,
Daß sie des Herzens schönem Triebe folge,
Wenn das Gesetz den strengen Lauf behält.

ELISABETH: Geht, meine Lords. Wir werden Mittel finden,
Was Gnade fodert, was Notwendigkeit
Uns auferlegt, geziemend zu vereinen.
Jetzt – tretet ab!

Die Lords gehen. An der Türe ruft sie den Mortimer zurück.

Sir Mortimer! Ein Wort!

Fünfter Auftritt

Elisabeth. Mortimer.

ELISABETH *nachdem sie ihn einige Augenblicke forschend mit den Augen gemessen*: Ihr zeigtet einen kecken Mut und seltne
Beherrschung Eurer selbst für Eure Jahre.
Wer schon so früh der Täuschung schwere Kunst
Ausübte, der ist mündig vor der Zeit,
Und er verkürzt sich seine Prüfungsjahre.
– Auf eine große Bahn ruft Euch das Schicksal,
Ich prophezei es Euch, und mein Orakel
Kann ich, zu Eurem Glücke! selbst vollziehn.

MORTIMER: Erhabene Gebieterin, was ich
Vermag und bin, ist deinem Dienst gewidmet.

ELISABETH: Ihr habt die Feinde Englands kennen lernen.
Ihr Haß ist unversöhnlich gegen mich,
Und unerschöpflich ihre Blutentwürfe.
Bis diesen Tag zwar schützte mich die Allmacht,
Doch ewig wankt die Kron auf meinem Haupt,
Solang sie lebt, die ihrem Schwärmereifer
Den Vorwand leiht und ihre Hoffnung nährt.

MORTIMER: Sie lebt nicht mehr, sobald du es gebietest.

ELISABETH: Ach Sir! Ich glaubte mich am Ziele schon
Zu sehn, und bin nicht weiter als am Anfang.
Ich wollte die Gesetze handeln lassen,
Die eigne Hand vom Blute rein behalten.
Das Urteil ist gesprochen. Was gewinn ich?
Es muß vollzogen werden, Mortimer!
Und ich muß die Vollziehung anbefehlen.
Mich immer trifft der Haß der Tat. Ich muß
Sie eingestehn, und kann den Schein nicht retten.
Das ist das Schlimmste!

MORTIMER: Was bekümmert dich
Der böse Schein, bei der gerechten Sache?

ELISABETH: Ihr kennt die Welt nicht, Ritter. Was man scheint,
Hat jedermann zum Richter, was man ist, hat keinen.
Von meinem Rechte überzeug ich niemand,
So muß ich Sorge tragen, daß mein Anteil
An ihrem Tod in ew'gem Zweifel bleibe.
Bei solchen Taten doppelter Gestalt

Gibt's keinen Schutz als in der Dunkelheit.
Der schlimmste Schritt ist, den man eingesteht,
Was man nicht aufgibt, hat man nie verloren.
MORTIMER *ausforschend*:
Dann wäre wohl das Beste –
ELISABETH *schnell*: Freilich wär's
Das Beste – O mein guter Engel spricht
Aus Euch. Fahrt fort, vollendet, werter Sir!
Euch ist es Ernst, Ihr dringet auf den Grund,
Seid ein ganz andrer Mann als Euer Oheim –
MORTIMER *betroffen*: Entdecktest du dem Ritter deinen Wunsch?
ELISABETH: Mich reuet, daß ich's tat.
MORTIMER: Entschuldige
Den alten Mann. Die Jahre machen ihn
Bedenklich. Solche Wagestücke fodern
Den kecken Mut der Jugend –
ELISABETH *schnell*: Darf ich Euch –
MORTIMER: Die Hand will ich dir leihen, rette du
Den Namen, wie du kannst –
ELISABETH: Ja, Sir! Wenn Ihr
Mich eines Morgens mit der Botschaft wecktet:
Maria Stuart, deine blut'ge Feindin,
Ist heute nacht verschieden!
MORTIMER: Zählt auf mich.
ELISABETH: Wann wird mein Haupt sich ruhig schlafen legen?
MORTIMER: Der nächste Neumond ende deine Furcht.
ELISABETH:
– Gehabt Euch wohl, Sir! Laßt es Euch nicht leid tun,
Daß meine Dankbarkeit den Flor der Nacht
Entlehnen muß – Das Schweigen ist der Gott
Der Glücklichen – die engsten Bande sind's,
Die zärtesten, die das Geheimnis stiftet! *Sie geht ab.*

Sechster Auftritt

Mortimer *allein.*

Geh, falsche, gleisnerische Königin!
Wie du die Welt, so täusch ich dich. Recht ist's,
Dich zu verraten, eine gute Tat!
Seh ich aus wie ein Mörder? Lasest du

Ruchlose Fertigkeit auf meiner Stirn?
Trau nur auf meinen Arm und halte deinen
Zurück, gib dir den frommen Heuchelschein
Der Gnade vor der Welt, indessen du
Geheim auf meine Mörderhilfe hoffst,
So werden wir zur Rettung Frist gewinnen!

Erhöhen willst du mich – zeigst mir von ferne
Bedeutend einen kostbarn Preis – Und wärst
Du selbst der Preis und deine Frauengunst!
Wer bist du Ärmste, und was kannst du geben?
Mich locket nicht des eiteln Ruhmes Geiz!
Bei ihr nur ist des Lebens Reiz –
Um sie, in ew'gem Freudenchore, schweben
Der Anmut Götter und der Jugendlust,
Das Glück der Himmel ist an ihrer Brust,
Du hast nur tote Güter zu vergeben!
Das eine Höchste, was das Leben schmückt,
Wenn sich ein Herz, entzückend und entzückt,
Dem Herzen schenkt in süßem Selbstvergessen,
Die Frauenkrone hast du nie besessen,
Nie hast du liebend einen Mann beglückt!
– Ich muß den Lord erwarten, ihren Brief
Ihm übergeben. Ein verhaßter Auftrag!
Ich habe zu dem Höflinge kein Herz,
Ich selber kann sie retten, ich allein,
Gefahr und Ruhm und auch der Preis sei mein!

Indem er gehen will, begegnet ihm Paulet.

Siebenter Auftritt

Mortimer. Paulet.

PAULET: Was sagte dir die Königin?
MORTIMER: Nichts, Sir.
Nichts – von Bedeutung.
PAULET *fixiert ihn mit ernstem Blick*: Höre, Mortimer!
Es ist ein schlüpfrig glatter Grund, auf den
Du dich begeben. Lockend ist die Gunst
Der Könige, nach Ehre geizt die Jugend.
– Laß dich den Ehrgeiz nicht verführen!

MORTIMER: Wart Ihr's nicht selbst, der an den Hof mich brachte?
PAULET: Ich wünschte, daß ich's nicht getan. Am Hofe
Ward unsers Hauses Ehre nicht gesammelt.
Steh fest, mein Neffe. Kaufe nicht zu teuer!
Verletze dein Gewissen nicht!
MORTIMER: Was fällt Euch ein? Was für Besorgnisse!
PAULET: Wie groß dich auch die Königin zu machen
Verspricht – Trau ihrer Schmeichelrede nicht.
Verleugnen wird sie dich, wenn du gehorcht,
Und ihren eignen Namen reinzuwaschen,
Die Bluttat rächen, die sie selbst befahl.
MORTIMER: Die Bluttat sagt Ihr –
PAULET: Weg mit der Verstellung!
Ich weiß, was dir die Königin angesonnen,
Sie hofft, daß deine ruhmbegier'ge Jugend
Willfähr'ger sein wird, als mein starres Alter.
Hast du ihr zugesagt? Hast du?
MORTIMER: Mein Oheim!
PAULET: Wenn du's getan hast, so verfluch ich dich,
Und dich verwerfe –
LEICESTER *kommt*: Werter Sir, erlaubt
Ein Wort mit Eurem Neffen. Die Monarchin
Ist gnadenvoll gesinnt für ihn, sie will,
Daß man ihm die Person der Lady Stuart
Uneingeschränkt vertraue – Sie verläßt sich
Auf seine Redlichkeit –
PAULET: Verläßt sich – Gut!
LEICESTER: Was sagt Ihr, Sir?
PAULET: Die Königin verläßt sich
Auf ihn, und ich, Mylord, verlasse mich
Auf mich und meine beiden offnen Augen. *Er geht ab.*

Achter Auftritt

Leicester. Mortimer.

LEICESTER *verwundert*: Was wandelte den Ritter an?
MORTIMER: Ich weiß es nicht – Das unerwartete
Vertrauen, das die Königin mir schenkt –
LEICESTER *ihn forschend ansehend*:
Verdient Ihr, Ritter, daß man Euch vertraut?

MORTIMER *ebenso*: Die Frage tu ich Euch, Mylord von Leicester.
LEICESTER: Ihr hattet mir was in geheim zu sagen.
MORTIMER: Versichert mich erst, daß ich's wagen darf.
LEICESTER: Wer gibt mir die Versicherung für Euch?
– Laßt Euch mein Mißtraun nicht beleidigen!
Ich seh Euch zweierlei Gesichter zeigen
An diesem Hofe – Eins darunter ist
Notwendig falsch, doch welches ist das wahre?
MORTIMER: Es geht mir ebenso mit Euch, Graf Leicester.
LEICESTER: Wer soll nun des Vertrauens Anfang machen?
MORTIMER: Wer das Geringere zu wagen hat.
LEICESTER: Nun! Der seid Ihr!
MORTIMER: Ihr seid es! Euer Zeugnis,
Des vielbedeutenden, gewalt'gen Lords,
Kann mich zu Boden schlagen, meins vermag
Nichts gegen Euren Rang und Eure Gunst.
LEICESTER: Ihr irrt Euch, Sir. In allem andern bin ich
Hier mächtig, nur in diesem zarten Punkt,
Den ich jetzt Eurer Treu preisgeben soll,
Bin ich der schwächste Mann an diesem Hof,
Und ein verächtlich Zeugnis kann mich stürzen.
MORTIMER: Wenn sich der allvermögende Lord Leicester
So tief zu mir herunterläßt, ein solch
Bekenntnis mir zu tun, so darf ich wohl
Ein wenig höher denken von mir selbst,
Und ihm in Großmut ein Exempel geben.
LEICESTER: Geht mir voran im Zutraun, ich will folgen.
MORTIMER *den Brief schnell hervorziehend*:
Dies sendet Euch die Königin von Schottland.
LEICESTER *schrickt zusammen und greift hastig darnach*:
Sprecht leise, Sir – Was seh ich! Ach! Es ist
Ihr Bild! *Küßt es und betrachtet es mit stummem Entzücken.*
MORTIMER *der ihn während des Lesens scharf beobachtet*:
Mylord, nun glaub ich Euch!
LEICESTER *nachdem er den Brief schnell durchlaufen*:
Sir Mortimer! Ihr wißt des Briefes Inhalt?
MORTIMER: Nichts weiß ich.
LEICESTER: Nun! Sie hat Euch ohne Zweifel
Vertraut –
MORTIMER: Sie hat mir nichts vertraut. Ihr würdet
Dies Rätsel mir erklären, sagte sie.

Ein Rätsel ist es mir, daß Graf von Leicester,
Der Günstling der Elisabeth, Mariens
Erklärter Feind und ihrer Richter einer,
Der Mann sein soll, von dem die Königin
In ihrem Unglück Rettung hofft – Und dennoch
Muß dem so sein, denn Eure Augen sprechen
Zu deutlich aus, was Ihr für sie empfindet.

LEICESTER: Entdeckt mir selbst erst, wie es kommt, daß Ihr
Den feur'gen Anteil nehmt an ihrem Schicksal,
Und was Euch ihr Vertraun erwarb.

MORTIMER: Mylord,
Das kann ich Euch mit wenigem erklären.
Ich habe meinen Glauben abgeschworen
Zu Rom, und steh im Bündnis mit den Guisen.
Ein Brief des Erzbischofs zu Reims hat mich
Beglaubigt bei der Königin von Schottland.

LEICESTER: Ich weiß von Eurer Glaubensänderung,
Sie ist's, die mein Vertrauen zu Euch weckte.
Gebt mir die Hand. Verzeiht mir meinen Zweifel.
Ich kann der Vorsicht nicht zu viel gebrauchen,
Denn Walsingham und Burleigh hassen mich,
Ich weiß, daß sie mir laurend Netze stellen.
Ihr konntet ihr Geschöpf und Werkzeug sein,
Mich in das Garn zu ziehn –

MORTIMER: Wie kleine Schritte
Geht ein so großer Lord an diesem Hof!
Graf! ich beklag Euch.

LEICESTER: Freudig werf ich mich
An die vertraute Freundesbrust, wo ich
Des langen Zwangs mich endlich kann entladen.
Ihr seid verwundert, Sir, daß ich so schnell
Das Herz geändert gegen die Maria.
Zwar in der Tat haßt ich sie nie – der Zwang
Der Zeiten machte mich zu ihrem Gegner.
Sie war mir zugedacht seit langen Jahren,
Ihr wißt's, eh sie die Hand dem Darnley gab,
Als noch der Glanz der Hoheit sie umlachte.
Kalt stieß ich damals dieses Glück von mir,
Jetzt im Gefängnis, an des Todes Pforten
Such ich sie auf, und mit Gefahr des Lebens.

MORTIMER: Das heißt großmütig handeln!

LEICESTER: – Die Gestalt
Der Dinge, Sir, hat sich indes verändert.
Mein Ehrgeiz war es, der mich gegen Jugend
Und Schönheit fühllos machte. Damals hielt ich
Mariens Hand für mich zu klein, ich hoffte
Auf den Besitz der Königin von England.
MORTIMER: Es ist bekannt, daß sie Euch allen Männern
Vorzog –
LEICESTER: So schien es, edler Sir – Und nun, nach zehn
Verlornen Jahren unverdroßnen Werbens,
Verhaßten Zwangs – O Sir, mein Herz geht auf!
Ich muß des langen Unmuts mich entladen –
Man preist mich glücklich – wüßte man, was es
Für Ketten sind, um die man mich beneidet –
Nachdem ich zehen bittre Jahre lang
Dem Götzen ihrer Eitelkeit geopfert,
Mich jedem Wechsel ihrer Sultanslaunen
Mit Sklavendemut unterwarf, das Spielzeug
Des kleinen grillenhaften Eigensinns,
Geliebkost jetzt von ihrer Zärtlichkeit,
Und jetzt mit sprödem Stolz zurückgestoßen,
Von ihrer Gunst und Strenge gleich gepeinigt,
Wie ein Gefangener vom Argusblick
Der Eifersucht gehütet, ins Verhör
Genommen wie ein Knabe, wie ein Diener
Gescholten – O die Sprache hat kein Wort
Für diese Hölle!
MORTIMER: Ich beklag Euch, Graf.
LEICESTER: Täuscht mich am Ziel der Preis! Ein andrer kommt,
Die Frucht des teuren Werbens mir zu rauben.
An einen jungen blühenden Gemahl
Verlier ich meine lang beseßnen Rechte,
Heruntersteigen soll ich von der Bühne,
Wo ich so lange als der Erste glänzte.
Nicht ihre Hand allein, auch ihre Gunst
Droht mir der neue Ankömmling zu rauben.
Sie ist ein Weib, und er ist liebenswert.
MORTIMER: Er ist Kathrinens Sohn. In guter Schule
Hat er des Schmeichelns Künste ausgelernt.
LEICESTER: So stürzen meine Hoffnungen – ich suche
In diesem Schiffbruch meines Glücks ein Brett

Zu fassen – und mein Auge wendet sich
Der ersten schönen Hoffnung wieder zu.
Mariens Bild, in ihrer Reize Glanz,
Stand neu vor mir, Schönheit und Jugend traten
In ihre vollen Rechte wieder ein,
Nicht kalter Ehrgeiz mehr, das Herz verglich,
Und ich empfand, welch Kleinod ich verloren.
Mit Schrecken seh ich sie in tiefes Elend
Herabgestürzt, gestürzt durch mein Verschulden.
Da wird in mir die Hoffnung wach, ob ich
Sie jetzt noch retten könnte und besitzen.
Durch eine treue Hand gelingt es mir,
Ihr mein verändert Herz zu offenbaren,
Und dieser Brief, den Ihr mir überbracht,
Versichert mir, daß sie verzeiht, sich mir
Zum Preise schenken will, wenn ich sie rette.
MORTIMER: Ihr tatet aber nichts zu ihrer Rettung!
Ihr ließt geschehn, daß sie verurteilt wurde,
Gabt Eure Stimme selbst zu ihrem Tod!
Ein Wunder muß geschehn – Der Wahrheit Licht
Muß mich, den Neffen ihres Hüters, rühren,
Im Vatikan zu Rom muß ihr der Himmel
Den unverhofften Retter zubereiten,
Sonst fand sie nicht einmal den Weg zu Euch!
LEICESTER: Ach, Sir, es hat mir Qualen gnug gekostet!
Um selbe Zeit ward sie von Talbots Schloß
Nach Fotheringhay weggeführt, der strengen
Gewahrsam Eures Oheims anvertraut.
Gehemmt ward jeder Weg zu ihr, ich mußte
Fortfahren vor der Welt, sie zu verfolgen.
Doch denket nicht, daß ich sie leidend hätte
Zum Tode gehen lassen! Nein, ich hoffte,
Und hoffe noch, das Äußerste zu hindern,
Bis sich ein Mittel zeigt, sie zu befrein.
MORTIMER: Das ist gefunden – Leicester, Euer edles
Vertraun verdient Erwiderung. Ich will sie
Befreien, darum bin ich hier, die Anstalt
Ist schon getroffen, Euer mächt'ger Beistand
Versichert uns den glücklichen Erfolg.
LEICESTER: Was sagt Ihr? Ihr erschreckt mich. Wie? Ihr wolltet –
MORTIMER: Gewaltsam auftun will ich ihren Kerker,

Ich hab Gefährten, alles ist bereit –
LEICESTER: Ihr habt Mitwisser und Vertraute! Weh mir!
In welches Wagnis reißt Ihr mich hinein!
Und diese wissen auch um mein Geheimnis?
MORTIMER: Sorgt nicht. Der Plan ward ohne Euch entworfen,
Ohn Euch wär er vollstreckt, bestünde sie
Nicht drauf, Euch ihre Rettung zu verdanken.
LEICESTER: So könnt Ihr mich für ganz gewiß versichern,
Daß in dem Bund mein Name nicht genannt ist?
MORTIMER: Verlaßt Euch drauf! Wie? So bedenklich, Graf,
Bei einer Botschaft, die Euch Hülfe bringt!
Ihr wollt die Stuart retten und besitzen,
Ihr findet Freunde, plötzlich, unerwartet,
Vom Himmel fallen Euch die nächsten Mittel –
Doch zeigt Ihr mehr Verlegenheit als Freude?
LEICESTER: Es ist nichts mit Gewalt. Das Wagestück
Ist zu gefährlich.
MORTIMER: Auch das Säumen ist's!
LEICESTER: Ich sag Euch, Ritter, es ist nicht zu wagen.
MORTIMER *bitter*: Nein, nicht für Euch, der sie besitzen will!
Wir wollen sie bloß retten, und sind nicht so
Bedenklich –
LEICESTER: Junger Mann, Ihr seid zu rasch
In so gefährlich dornenvoller Sache.
MORTIMER: Ihr – sehr bedacht in solchem Fall der Ehre.
LEICESTER: Ich seh die Netze, die uns rings umgeben.
MORTIMER: Ich fühle Mut, sie alle zu durchreißen.
LEICESTER: Tollkühnheit, Raserei ist dieser Mut.
MORTIMER: Nicht Tapferkeit ist diese Klugheit, Lord.
LEICESTER: Euch lüstet's wohl, wie Babington zu enden?
MORTIMER: Euch nicht, des Norfolks Großmut nachzuahmen.
LEICESTER: Norfolk hat seine Braut nicht heimgeführt.
MORTIMER: Er hat bewiesen, daß er's würdig war.
LEICESTER: Wenn wir verderben, reißen wir sie nach.
MORTIMER: Wenn wir uns schonen, wird sie nicht gerettet.
LEICESTER: Ihr überlegt nicht, hört nicht, werdet alles
Mit heftig blindem Ungestüm zerstören,
Was auf so guten Weg geleitet war.
MORTIMER: Wohl auf den guten Weg, den Ihr gebahnt?
Was habt Ihr denn getan, um sie zu retten?
– Und wie? Wenn ich nun Bube gnug gewesen,

Sie zu ermorden, wie die Königin
Mir anbefahl, wie sie zu dieser Stunde
Von mir erwartet – Nennt mir doch die Anstalt,
Die Ihr gemacht, ihr Leben zu erhalten.

LEICESTER *erstaunt*: Gab Euch die Königin diesen Blutbefehl?

MORTIMER: Sie irrte sich in mir, wie sich Maria
In Euch.

LEICESTER: Und Ihr habt zugesagt? Habt Ihr?

MORTIMER: Damit sie andre Hände nicht erkaufe,
Bot ich die meinen an.

LEICESTER: Ihr tatet wohl.
Dies kann uns Raum verschaffen. Sie verläßt sich
Auf Euren blut'gen Dienst, das Todesurteil
Bleibt unvollstreckt, und wir gewinnen Zeit –

MORTIMER *ungeduldig*: Nein, wir verlieren Zeit!

LEICESTER: Sie zählt auf Euch,
So minder wird sie Anstand nehmen, sich
Den Schein der Gnade vor der Welt zu geben.
Vielleicht, daß ich durch List sie überrede,
Das Angesicht der Gegnerin zu sehn,
Und dieser Schritt muß ihr die Hände binden.
Burleigh hat recht. Das Urteil kann nicht mehr
Vollzogen werden, wenn sie sie gesehn.
– Ja ich versuch es, alles biet ich auf –

MORTIMER: Und was erreicht Ihr dadurch? Wenn sie sich
In mir getäuscht sieht, wenn Maria fortfährt,
Zu leben – Ist nicht alles wie zuvor?
Frei wird sie niemals! Auch das Mildeste,
Was kommen kann, ist ewiges Gefängnis.
Mit einer kühnen Tat müßt Ihr doch enden,
Warum wollt Ihr nicht gleich damit beginnen?
In Euren Händen ist die Macht, Ihr bringt
Ein Heer zusammen, wenn Ihr nur den Adel
Auf Euren vielen Schlössern waffnen wollt!
Maria hat noch viel verborgne Freunde,
Der Howard und der Percy edle Häuser,
Ob ihre Häupter gleich gestürzt, sind noch
An Helden reich, sie harren nur darauf,
Daß ein gewalt'ger Lord das Beispiel gebe!
Weg mit Verstellung! Handelt öffentlich!
Verteidigt als ein Ritter die Geliebte,

Kämpft einen edeln Kampf um sie. Ihr seid
Herr der Person der Königin von England,
Sobald Ihr wollt. Lockt sie auf Eure Schlösser,
Sie ist Euch oft dahin gefolgt. Dort zeigt ihr
Den Mann! Sprecht als Gebieter! Haltet sie
Verwahrt, bis sie die Stuart freigegeben!
LEICESTER: Ich staune, ich entsetze mich – Wohin
Reißt Euch der Schwindel? – Kennt Ihr diesen Boden?
Wißt Ihr, wie's steht an diesem Hof, wie eng
Dies Frauenreich die Geister hat gebunden?
Sucht nach dem Heldengeist, der ehmals wohl
In diesem Land sich regte – Unterworfen
Ist alles, unterm Schlüssel eines Weibes,
Und jedes Mutes Federn abgespannt.
Folgt meiner Leitung. Wagt nichts unbedachtsam.
– Ich höre kommen, geht.
MORTIMER: Maria hofft!
Kehr ich mit leerem Trost zu ihr zurück?
LEICESTER: Bringt ihr die Schwüre meiner ew'gen Liebe!
MORTIMER: Bringt ihr die selbst! Zum Werkzeug ihrer Rettung
Bot ich mich an, nicht Euch zum Liebesboten! *Er geht ab.*

Neunter Auftritt

Elisabeth. Leicester.

ELISABETH: Wer ging da von Euch weg? Ich hörte sprechen.
LEICESTER *sich auf ihre Rede schnell und erschrocken umwendend*:
Es war Sir Mortimer.
ELISABETH: Was ist Euch, Lord?
So ganz betreten?
LEICESTER *faßt sich*: – Über deinen Anblick!
Ich habe dich so reizend nie gesehn,
Geblendet steh ich da von deiner Schönheit.
– Ach!
ELISABETH: Warum seufzt Ihr?
LEICESTER: Hab ich keinen Grund
Zu seufzen? Da ich deinen Reiz betrachte,
Erneut sich mir der namenlose Schmerz
Des drohenden Verlustes.
ELISABETH: Was verliert Ihr?

LEICESTER: Dein Herz, dein liebenswürdig Selbst verlier ich.
Bald wirst du in den jugendlichen Armen
Des feurigen Gemahls dich glücklich fühlen,
Und ungeteilt wird er dein Herz besitzen.
Er ist von königlichem Blut, das bin
Ich nicht, doch Trotz sei aller Welt geboten,
Ob einer lebt auf diesem Erdenrund,
Der mehr Anbetung für dich fühlt, als ich.
Der Duc von Anjou hat dich nie gesehn,
Nur deinen Ruhm und Schimmer kann er lieben.
Ich liebe dich. Wärst du die ärmste Hirtin,
Ich als der größte Fürst der Welt geboren,
Zu deinem Stand würd ich heruntersteigen,
Mein Diadem zu deinen Füßen legen.
ELISABETH: Beklag mich, Dudley, schilt mich nicht – Ich darf ja
Mein Herz nicht fragen. Ach! das hätte anders
Gewählt. Und wie beneid ich andre Weiber,
Die das erhöhen dürfen, was sie lieben.
So glücklich bin ich nicht, daß ich dem Manne,
Der mir vor allen teuer ist, die Krone
Aufsetzen kann! – Der Stuart ward's vergönnt,
Die Hand nach ihrer Neigung zu verschenken,
Die hat sich jegliches erlaubt, sie hat
Den vollen Kelch der Freuden ausgetrunken.
LEICESTER: Jetzt trinkt sie auch den bittern Kelch des Leidens.
ELISABETH: Sie hat der Menschen Urteil nichts geachtet.
Leicht wurd es ihr zu leben, nimmer lud sie
Das Joch sich auf, dem ich mich unterwarf.
Hätt ich doch auch Ansprüche machen können,
Des Lebens mich, der Erde Lust zu freun,
Doch zog ich strenge Königspflichten vor.
Und doch gewann sie aller Männer Gunst,
Weil sie sich nur befliß, ein Weib zu sein,
Und um sie buhlt die Jugend und das Alter.
So sind die Männer. Lüstlinge sind alle!
Dem Leichtsinn eilen sie, der Freude zu,
Und schätzen nichts, was sie verehren müssen.
Verjüngte sich nicht dieser Talbot selbst,
Als er auf ihren Reiz zu reden kam!
LEICESTER: Vergib es ihm. Er war ihr Wächter einst,
Die List'ge hat mit Schmeicheln ihn betört.

ELISABETH: Und ist's denn wirklich wahr, daß sie so schön ist?
So oft mußt ich die Larve rühmen hören,
Wohl möcht ich wissen, was zu glauben ist.
Gemälde schmeicheln, Schilderungen lügen,
Nur meinen eignen Augen würd ich traun.
– Was schaut Ihr mich so seltsam an?
LEICESTER: Ich stellte
Dich in Gedanken neben die Maria.
– Die Freude wünscht ich mir, ich berg es nicht,
Wenn es ganz in geheim geschehen könnte,
Der Stuart gegenüber dich zu sehn!
Dann solltest du erst deines ganzen Siegs
Genießen! Die Beschämung gönnt ich ihr,
Daß sie mit eignen Augen – denn der Neid
Hat scharfe Augen – überzeugt sich sähe,
Wie sehr sie auch an Adel der Gestalt
Von dir besiegt wird, der sie so unendlich
In jeder andern würd'gen Tugend weicht.
ELISABETH: Sie ist die jüngere an Jahren.
LEICESTER: Jünger!
Man sieht's ihr nicht an. Freilich ihre Leiden!
Sie mag wohl vor der Zeit gealtert haben.
Ja, und was ihre Kränkung bittrer machte,
Das wäre, dich als Braut zu sehn! Sie hat
Des Lebens schöne Hoffnung hinter sich,
Dich sähe sie dem Glück entgegenschreiten!
Und als die Braut des Königssohns von Frankreich,
Da sie sich stets so viel gewußt, so stolz
Getan mit der französischen Vermählung,
Noch jetzt auf Frankreichs mächt'ge Hilfe pocht!
ELISABETH *nachlässig hinwerfend*:
Man peinigt mich ja sie zu sehn.
LEICESTER *lebhaft*: Sie fodert's
Als eine Gunst, gewähr es ihr als Strafe!
Du kannst sie auf das Blutgerüste führen,
Es wird sie minder peinigen, als sich
Von deinen Reizen ausgelöscht zu sehn.
Dadurch ermordest du sie, wie sie dich
Ermorden wollte – Wenn sie deine Schönheit
Erblickt, durch Ehrbarkeit bewacht, in Glorie
Gestellt durch einen unbefleckten Tugendruf,

Den *sie*, leichtsinnig buhlend, von sich warf,
Erhoben durch der Krone Glanz, und jetzt
Durch zarte Bräutlichkeit geschmückt – dann hat
Die Stunde der Vernichtung ihr geschlagen.
Ja – wenn ich jetzt die Augen auf dich werfe –
Nie warst du, nie zu einem Sieg der Schönheit
Gerüsteter als eben jetzt – Mich selbst
Hast du umstrahlt wie eine Lichterscheinung,
Als du vorhin ins Zimmer tratest – Wie?
Wenn du gleich jetzt, jetzt wie du bist, hinträtest
Vor sie, du findest keine schönre Stunde –

ELISABETH:
Jetzt – Nein – Nein – Jetzt nicht, Leicester – Nein, das muß ich
Erst wohl bedenken – mich mit Burleigh –

LEICESTER *lebhaft einfallend*: Burleigh!
Der denkt allein auf deinen Staatsvorteil,
Auch deine Weiblichkeit hat ihre Rechte,
Der zarte Punkt gehört vor *dein* Gericht,
Nicht vor des Staatsmanns – ja auch Staatskunst will es,
Daß du sie siehst, die öffentliche Meinung
Durch eine Tat der Großmut dir gewinnest!
Magst du nachher dich der verhaßten Feindin,
Auf welche Weise dir's gefällt, entladen.

ELISABETH: Nicht wohlanständig wär mir's, die Verwandte
Im Mangel und in Schmach zu sehn. Man sagt,
Daß sie nicht königlich umgeben sei,
Vorwerfend wär mir ihres Mangels Anblick.

LEICESTER: Nicht ihrer Schwelle brauchst du dich zu nahn.
Hör meinen Rat. Der Zufall hat es eben
Nach Wunsch gefügt. Heut ist das große Jagen,
An Fotheringhay führt der Weg vorbei,
Dort kann die Stuart sich im Park ergehn,
Du kommst ganz wie von ohngefähr dahin,
Es darf nichts als vorherbedacht erscheinen,
Und wenn es dir zuwider, redest du
Sie gar nicht an –

ELISABETH: Begeh ich eine Torheit,
So ist es Eure, Leicester, nicht die meine.
Ich will Euch heute keinen Wunsch versagen,
Weil ich von meinen Untertanen allen

Euch heut am wehesten getan. *Ihn zärtlich ansehend:*
Sei's eine Grille nur von Euch. Dadurch
Gibt Neigung sich ja kund, daß sie bewilligt
Aus freier Gunst, was sie auch nicht gebilligt.
Leicester stürzt zu ihren Füßen, der Vorhang fällt.

DRITTER AUFZUG

Gegend in einem Park. Vorn mit Bäumen besetzt, hinten eine weite Aussicht.

Erster Auftritt

Maria *tritt in schnellem Lauf hinter Bäumen hervor.* Hanna Kennedy *folgt langsam.*

KENNEDY: Ihr eilet ja, als wenn Ihr Flügel hättet,
So kann ich Euch nicht folgen, wartet doch!
MARIA: Laß mich der neuen Freiheit genießen,
Laß mich ein Kind sein, sei es mit!
Und auf dem grünen Teppich der Wiesen
Prüfen den leichten, geflügelten Schritt.
Bin ich dem finstern Gefängnis entstiegen,
Hält sie mich nicht mehr, die traurige Gruft?
Laß mich in vollen, in durstigen Zügen
Trinken die freie, die himmlische Luft.
KENNEDY: O meine teure Lady! Euer Kerker
Ist nur um ein klein weniges erweitert.
Ihr seht nur nicht die Mauer, die uns einschließt,
Weil sie der Bäume dicht Gesträuch versteckt.
MARIA: O Dank, Dank diesen freundlich grünen Bäumen,
Die meines Kerkers Mauern mir verstecken!
Ich will mich frei und glücklich träumen,
Warum aus meinem süßen Wahn mich wecken?
Umfängt mich nicht der weite Himmelsschoß?
Die Blicke, frei und fessellos,
Ergehen sich in ungemeßnen Räumen.
Dort, wo die grauen Nebelberge ragen,
Fängt meines Reiches Grenze an,
Und diese Wolken, die nach Mittag jagen,
Sie suchen Frankreichs fernen Ozean.

Eilende Wolken! Segler der Lüfte!
Wer mit euch wanderte, mit euch schiffte!
Grüßet mir freundlich mein Jugendland!
Ich bin gefangen, ich bin in Banden,
Ach, ich hab keinen andern Gesandten!
Frei in Lüften ist eure Bahn,
Ihr seid nicht dieser Königin untertan.

KENNEDY: Ach, teure Lady! Ihr seid außer Euch,
Die langentbehrte Freiheit macht Euch schwärmen.

MARIA: Dort legt ein Fischer den Nachen an!
Dieses elende Werkzeug könnte mich retten,
Brächte mich schnell zu befreundeten Städten.
Spärlich nährt es den dürftigen Mann.
Beladen wollt ich ihn reich mit Schätzen,
Einen Zug sollt er tun, wie er keinen getan,
Das Glück sollt er finden in seinen Netzen,
Nähm er mich ein in den rettenden Kahn.

KENNEDY: Verlorne Wünsche! Seht Ihr nicht, daß uns
Von ferne dort die Spähertritte folgen?
Ein finster grausames Verbot scheucht jedes
Mitleidige Geschöpf aus unserm Wege.

MARIA: Nein, gute Hanna. Glaub mir, nicht umsonst
Ist meines Kerkers Tor geöffnet worden.
Die kleine Gunst ist mir des größern Glücks
Verkünderin. Ich irre nicht. Es ist
Der Liebe tät'ge Hand, der ich sie danke.
Lord Leicesters mächt'gen Arm erkenn ich drin.
Allmählich will man mein Gefängnis weiten,
Durch Kleineres zum Größern mich gewöhnen,
Bis ich das Antlitz dessen endlich schaue,
Der mir die Bande löst auf immerdar.

KENNEDY: Ach, ich kann diesen Widerspruch nicht reimen!
Noch gestern kündigt man den Tod Euch an,
Und heute wird Euch plötzlich solche Freiheit.
Auch denen, hört ich sagen, wird die Kette
Gelöst, auf die die ew'ge Freiheit wartet.

MARIA: Hörst du das Hifthorn? Hörst du's klingen,
Mächtigen Rufes, durch Feld und Hain?
Ach, auf das mutige Roß mich zu schwingen,
An den fröhlichen Zug mich zu reihn!
Noch mehr! O die bekannte Stimme,

Schmerzlich süßer Erinnerung voll.
Oft vernahm sie mein Ohr mit Freuden,
Auf des Hochlands bergigten Heiden,
Wenn die tobende Jagd erscholl.

Zweiter Auftritt

Paulet. Die Vorigen.

PAULET: Nun! Hab ich's endlich recht gemacht, Mylady?
Verdien ich einmal Euern Dank?
MARIA: Wie, Ritter?
Seid Ihr's, der diese Gunst mir ausgewirkt?
Ihr seid's?
PAULET: Warum soll ich's nicht sein? Ich war
Am Hof, ich überbrachte Euer Schreiben –
MARIA: Ihr übergabt es? Wirklich, tatet Ihr's?
Und diese Freiheit, die ich jetzt genieße,
Ist eine Frucht des Briefs –
PAULET *mit Bedeutung*: Und nicht die einz'ge!
Macht Euch auf eine größre noch gefaßt.
MARIA: Auf eine größre, Sir? Was meint Ihr damit?
PAULET: Ihr hörtet doch die Hörner –
MARIA *zurückfahrend, mit Ahndung*: Ihr erschreckt mich!
PAULET: Die Königin jagt in dieser Gegend.
MARIA: Was?
PAULET: In wenig Augenblicken steht sie vor Euch.
KENNEDY *auf Maria zueilend, welche zittert und hinzusinken droht*:
Wie wird Euch, teure Lady! Ihr verblaßt.
PAULET: Nun? Ist's nun nicht recht? War's nicht Eure Bitte?
Sie wird Euch früher gewährt, als Ihr gedacht.
Ihr ward sonst immer so geschwinder Zunge,
Jetzt bringet Eure Worte an, jetzt ist
Der Augenblick zu reden!
MARIA: O warum hat man mich nicht vorbereitet!
Jetzt bin ich nicht darauf gefaßt, jetzt nicht.
Was ich mir als die höchste Gunst erbeten,
Dünkt mir jetzt schrecklich, fürchterlich – Komm Hanna,
Führ mich ins Haus, daß ich mich fasse, mich
Erhole –
PAULET: Bleibt. Ihr müßt sie hier erwarten.

Wohl, wohl mag's Euch beängstigen, ich glaub's,
Vor Eurem Richter zu erscheinen.

Dritter Auftritt

Graf Shrewsbury *zu den* Vorigen.

MARIA: Es ist nicht darum! Gott, mir ist ganz anders
Zumut – Ach edler Shrewsbury! Ihr kommt,
Vom Himmel mir ein Engel zugesendet!
– Ich kann sie nicht sehn! Rettet, rettet mich
Von dem verhaßten Anblick –
SHREWSBURY: Kommt zu Euch, Königin! Faßt Euren Mut
Zusammen. Das ist die entscheidungsvolle Stunde.
MARIA: Ich habe drauf geharret – jahrelang
Mich drauf bereitet, alles hab ich mir
Gesagt und ins Gedächtnis eingeschrieben,
Wie ich sie rühren wollte und bewegen!
Vergessen plötzlich, ausgelöscht ist alles,
Nichts lebt in mir in diesem Augenblick,
Als meiner Leiden brennendes Gefühl.
In blut'gen Haß gewendet wider sie
Ist mir das Herz, es fliehen alle guten
Gedanken, und die Schlangenhaare schüttelnd
Umstehen mich die finstern Höllengeister.
SHREWSBURY: Gebietet Eurem wild empörten Blut,
Bezwingt des Herzens Bitterkeit! Es bringt
Nicht gute Frucht, wenn Haß dem Haß begegnet.
Wie sehr auch Euer Innres widerstrebe,
Gehorcht der Zeit und dem Gesetz der Stunde!
Sie ist die Mächtige – demütigt Euch!
MARIA: Vor ihr! Ich kann es nimmermehr.
SHREWSBURY: Tut's dennoch!
Sprecht ehrerbietig, mit Gelassenheit!
Ruft ihre Großmut an, trotzt nicht, jetzt nicht
Auf Euer Recht, jetzo ist nicht die Stunde.
MARIA: Ach mein Verderben hab ich mir erfleht,
Und mir zum Fluche wird mein Flehn erhört!
Nie hätten wir uns sehen sollen, niemals!
Daraus kann nimmer, nimmer Gutes kommen!
Eh mögen Feur und Wasser sich in Liebe

Begegnen und das Lamm den Tiger küssen –
Ich bin zu schwer verletzt – sie hat zu schwer
Beleidigt – Nie ist zwischen uns Versöhnung!

SHREWSBURY: Seht sie nur erst von Angesicht!
Ich sah es ja, wie sie von Eurem Brief
Erschüttert war, ihr Auge schwamm in Tränen.
Nein, sie ist nicht gefühllos, hegt Ihr selbst
Nur besseres Vertrauen – Darum eben
Bin ich vorausgeeilt, damit ich Euch
In Fassung setzen und ermahnen möchte.

MARIA *seine Hand ergreifend*:
Ach Talbot! Ihr wart stets mein Freund – daß ich
In Eurer milden Haft geblieben wäre!
Es ward mir hart begegnet, Shrewsbury!

SHREWSBURY: Vergeßt jetzt alles. Darauf denkt allein,
Wie Ihr sie unterwürfig wollt empfangen.

MARIA: Ist Burleigh auch mit ihr, mein böser Engel?

SHREWSBURY: Niemand begleitet sie als Graf von Leicester.

MARIA: Lord Leicester!

SHREWSBURY: Fürchtet nichts von ihm. Nicht er
Will Euren Untergang – Sein Werk ist es,
Daß Euch die Königin die Zusammenkunft
Bewilligt.

MARIA: Ach! Ich wußt es wohl!

SHREWSBURY: Was sagt Ihr?

PAULET: Die Königin kommt!

Alles weicht auf die Seite, nur Maria bleibt, auf die Kennedy gelehnt.

Vierter Auftritt

Die Vorigen. Elisabeth. Graf Leicester. Gefolge.

ELISABETH *zu Leicester*: Wie heißt der Landsitz?

LEICESTER: Fotheringhayschloß.

ELISABETH *zu Shrewsbury*:
Schickt unser Jagdgefolg voraus nach London,
Das Volk drängt allzu heftig in den Straßen,
Wir suchen Schutz in diesem stillen Park.

Talbot entfernt das Gefolge. Sie fixiert mit den Augen die Maria, indem sie zu Paulet weiterspricht:

Mein gutes Volk liebt mich zu sehr. Unmäßig,

Abgöttisch sind die Zeichen seiner Freude,
So ehrt man einen Gott, nicht einen Menschen.

MARIA *welche diese Zeit über halb ohnmächtig auf die Amme gelehnt war, erhebt sich jetzt und ihr Auge begegnet dem gespannten Blick der Elisabeth. Sie schaudert zusammen und wirft sich wieder an der Amme Brust.*

O Gott, aus diesen Zügen spricht kein Herz!

ELISABETH: Wer ist die Lady?

Ein allgemeines Schweigen.

LEICESTER: – Du bist zu Fotheringhay, Königin.

ELISABETH *stellt sich überrascht und erstaunt, einen finstern Blick auf Leicestern richtend*: Wer hat mir das getan? Lord Leicester!

LEICESTER: Es ist geschehen, Königin – Und nun
Der Himmel deinen Schritt hiehergelenkt,
So laß die Großmut und das Mitleid siegen.

SHREWSBURY: Laß dich erbitten, königliche Frau,
Dein Aug auf die Unglückliche zu richten,
Die hier vergeht vor deinem Anblick.

Maria rafft sich zusammen und will auf die Elisabeth zugehen, steht aber auf halbem Weg schaudernd still, ihre Gebärden drücken den heftigsten Kampf aus.

ELISABETH: Wie, Mylords?
Wer war es denn, der eine Tiefgebeugte
Mir angekündigt? Eine Stolze find ich,
Vom Unglück keineswegs geschmeidigt.

MARIA: Sei's!
Ich will mich auch noch diesem unterwerfen.
Fahr hin, ohnmächt'ger Stolz der edeln Seele!
Ich will vergessen, wer ich bin, und was
Ich litt, ich will vor ihr mich niederwerfen,
Die mich in diese Schmach herunterstieß.

Sie wendet sich gegen die Königin.

Der Himmel hat für Euch entschieden, Schwester!
Gekrönt vom Sieg ist Euer glücklich Haupt,
Die Gottheit bet ich an, die Euch erhöhte!

Sie fällt vor ihr nieder.

Doch seid auch Ihr nun edelmütig, Schwester!
Laßt mich nicht schmachvoll liegen, Eure Hand
Streckt aus, reicht mir die königliche Rechte,
Mich zu erheben von dem tiefen Fall.

ELISABETH *zurücktretend*: Ihr seid an Eurem Platz, Lady Maria!

Und dankend preis ich meines Gottes Gnade,
Der nicht gewollt, daß ich zu Euren Füßen
So liegen sollte, wie Ihr jetzt zu meinen.

MARIA *mit steigendem Affekt*:
Denkt an den Wechsel alles Menschlichen!
Es leben Götter, die den Hochmut rächen!
Verehret, fürchtet sie, die schrecklichen,
Die mich zu Euren Füßen niederstürzen –
Um dieser fremden Zeugen willen, ehrt
In mir Euch selbst, entweihet, schändet nicht
Das Blut der Tudor, das in meinen Adern
Wie in den Euren fließt – O Gott im Himmel!
Steht nicht da, schroff und unzugänglich, wie
Die Felsenklippe, die der Strandende
Vergeblich ringend zu erfassen strebt.
Mein Alles hängt, mein Leben, mein Geschick,
An meiner Worte, meiner Tränen Kraft,
Löst mir das Herz, daß ich das Eure rühre!
Wenn Ihr mich anschaut mit dem Eisesblick,
Schließt sich das Herz mir schaudernd zu, der Strom
Der Tränen stockt, und kaltes Grausen fesselt
Die Flehensworte mir im Busen an.

ELISABETH *kalt und streng*:
Was habt Ihr mir zu sagen, Lady Stuart?
Ihr habt mich sprechen wollen. Ich vergesse
Die Königin, die schwer beleidigte,
Die fromme Pflicht der Schwester zu erfüllen,
Und meines Anblicks Trost gewähr ich Euch.
Dem Trieb der Großmut folg ich, setze mich
Gerechtem Tadel aus, daß ich so weit
Heruntersteige – denn Ihr wißt,
Daß Ihr mich habt ermorden lassen wollen.

MARIA: Womit soll ich den Anfang machen, wie
Die Worte klüglich stellen, daß sie Euch
Das Herz ergreifen, aber nicht verletzen!
O Gott, gib meiner Rede Kraft, und nimm
Ihr jeden Stachel, der verwunden könnte!
Kann ich doch für mich selbst nicht sprechen, ohne Euch
Schwer zu verklagen, und das will ich nicht.
– Ihr habt an mir gehandelt, wie nicht recht ist,
Denn ich bin eine Königin wie Ihr,

Und Ihr habt als Gefangne mich gehalten,
Ich kam zu Euch als eine Bittende,
Und Ihr, des Gastrechts heilige Gesetze,
Der Völker heilig Recht in mir verhöhnend,
Schloßt mich in Kerkermauern ein, die Freunde,
Die Diener werden grausam mir entrissen,
Unwürd'gem Mangel werd ich preisgegeben,
Man stellt mich vor ein schimpfliches Gericht –
Nichts mehr davon! Ein ewiges Vergessen
Bedecke, was ich Grausames erlitt.
– Seht! Ich will alles eine Schickung nennen,
Ihr seid nicht schuldig, ich bin auch nicht schuldig,
Ein böser Geist stieg aus dem Abgrund auf,
Den Haß in unsern Herzen zu entzünden,
Der unsre zarte Jugend schon entzweit.
Er wuchs mit uns, und böse Menschen fachten
Der unglücksel'gen Flamme Atem zu.
Wahnsinn'ge Eiferer bewaffneten
Mit Schwert und Dolch die unberufne Hand –
Das ist das Fluchgeschick der Könige,
Daß sie, entzweit, die Welt in Haß zerreißen,
Und jeder Zwietracht Furien entfesseln.
– Jetzt ist kein fremder Mund mehr zwischen uns,
Nähert sich ihr zutraulich und mit schmeichelndem Ton.
Wir stehn einander selbst nun gegenüber.
Jetzt Schwester redet! Nennt mir meine Schuld,
Ich will Euch völliges Genügen leisten.
Ach, daß Ihr damals mir Gehör geschenkt,
Als ich so dringend Euer Auge suchte!
Es wäre nie so weit gekommen, nicht
An diesem traur'gen Ort geschähe jetzt
Die unglückselig traurige Begegnung.
ELISABETH: Mein guter Stern bewahrte mich davor,
Die Natter an den Busen mir zu legen.
– Nicht die Geschicke, Euer schwarzes Herz
Klagt an, die wilde Ehrsucht Eures Hauses.
Nichts Feindliches war zwischen uns geschehn,
Da kündigte mir Euer Ohm, der stolze,
Herrschwüt'ge Priester, der die freche Hand
Nach allen Kronen streckt, die Fehde an,
Betörte Euch, mein Wappen anzunehmen,

Euch meine Königstitel zuzueignen,
Auf Tod und Leben in den Kampf mit mir
Zu gehn – Wen rief er gegen mich nicht auf?
Der Priester Zungen und der Völker Schwert,
Des frommen Wahnsinns fürchterliche Waffen,
Hier selbst, im Friedenssitze meines Reichs,
Blies er mir der Empörung Flammen an –
Doch Gott ist mit mir, und der stolze Priester
Behält das Feld nicht – Meinem Haupte war
Der Streich gedrohet, und das Eure fällt!

MARIA: Ich steh in Gottes Hand. Ihr werdet Euch
So blutig Eurer Macht nicht überheben –

ELISABETH: Wer soll mich hindern? Euer Oheim gab
Das Beispiel allen Königen der Welt,
Wie man mit seinen Feinden Frieden macht,
Die Sankt Barthelemi sei meine Schule!
Was ist mir Blutsverwandtschaft, Völkerrecht?
Die Kirche trennet aller Pflichten Band,
Den Treubruch heiligt sie, den Königsmord,
Ich übe nur, was Eure Priester lehren.
Sagt! Welches Pfand gewährte mir für Euch,
Wenn ich großmütig Eure Bande löste?
Mit welchem Schloß verwahr ich Eure Treue,
Das nicht Sankt Peters Schlüssel öffnen kann?
Gewalt nur ist die einz'ge Sicherheit,
Kein Bündnis ist mit dem Gezücht der Schlangen.

MARIA: O das ist Euer traurig finstrer Argwohn!
Ihr habt mich stets als eine Feindin nur
Und Fremdlingin betrachtet. Hättet Ihr
Zu Eurer Erbin mich erklärt, wie mir
Gebührt, so hätten Dankbarkeit und Liebe
Euch eine treue Freundin und Verwandte
In mir erhalten.

ELISABETH: Draußen, Lady Stuart,
Ist Eure Freundschaft, Euer Haus das Papsttum,
Der Mönch ist Euer Bruder – Euch, zur Erbin
Erklären! Der verräterische Fallstrick!
Daß Ihr bei meinem Leben noch mein Volk
Verführtet, eine listige Armida
Die edle Jugend meines Königreichs
In Eurem Buhlernetze schlau verstricktet –

Daß alles sich der neu aufgehnden Sonne
Zuwendete, und ich –

MARIA: Regiert in Frieden!
Jedwedem Anspruch auf dies Reich entsag ich.
Ach, meines Geistes Schwingen sind gelähmt,
Nicht Größe lockt mich mehr – Ihr habt's erreicht,
Ich bin nur noch der Schatten der Maria.
Gebrochen ist in langer Kerkerschmach
Der edle Mut – Ihr habt das Äußerste an mir
Getan, habt mich zerstört in meiner Blüte!
– Jetzt macht ein Ende, Schwester. Sprecht es aus,
Das Wort, um dessentwillen Ihr gekommen,
Denn nimmer will ich glauben, daß Ihr kamt,
Um Euer Opfer grausam zu verhöhnen.
Sprecht dieses Wort aus. Sagt mir: „Ihr seid frei,
Maria! Meine Macht habt Ihr gefühlt,
Jetzt lernet meinen Edelmut verehren."
Sagt's, und ich will mein Leben, meine Freiheit
Als ein Geschenk aus Eurer Hand empfangen.
– Ein Wort macht alles ungeschehn. Ich warte
Darauf. O laßt mich's nicht zu lang erharren!
Weh Euch, wenn Ihr mit diesem Wort nicht endet!
Denn wenn Ihr jetzt nicht segenbringend, herrlich,
Wie eine Gottheit von mir scheidet – Schwester!
Nicht um dies ganze reiche Eiland, nicht
Um alle Länder, die das Meer umfaßt,
Möcht ich vor Euch so stehn, wie Ihr vor mir!

ELISABETH: Bekennt Ihr endlich Euch für überwunden?
Ist's aus mit Euren Ränken? Ist kein Mörder
Mehr unterweges? Will kein Abenteurer
Für Euch die traur'ge Ritterschaft mehr wagen?
– Ja es ist aus, Lady Maria. Ihr verführt
Mir keinen mehr. Die Welt hat andre Sorgen.
Es lüstet keinen Euer – vierter Mann
Zu werden, denn Ihr tötet Eure Freier,
Wie Eure Männer!

MARIA *auffahrend*: Schwester! Schwester!
O Gott! Gott! Gib mir Mäßigung!

ELISABETH *sieht sie lange mit einem Blick stolzer Verachtung an*:
Das also sind die Reizungen, Lord Leicester,
Die ungestraft kein Mann erblickt, daneben

Kein andres Weib sich wagen darf zu stellen!
Fürwahr! Der Ruhm war wohlfeil zu erlangen,
Es kostet nichts, die allgemeine Schönheit
Zu sein, als die gemeine sein für alle!

MARIA: Das ist zuviel!

ELISABETH *höhnisch lachend*: Jetzt zeigt Ihr Euer wahres
Gesicht, bis jetzt war's nur die Larve.

MARIA *von Zorn glühend, doch mit einer edeln Würde*:
Ich habe menschlich, jugendlich gefehlt,
Die Macht verführte mich, ich hab es nicht
Verheimlicht und verborgen, falschen Schein
Hab ich verschmäht, mit königlichem Freimut.
Das Ärgste weiß die Welt von mir und ich
Kann sagen, ich bin besser als mein Ruf.
Weh Euch, wenn sie von Euren Taten einst
Den Ehrenmantel zieht, womit Ihr gleißend
Die wilde Glut verstohlner Lüste deckt.
Nicht Ehrbarkeit habt Ihr von Eurer Mutter
Geerbt, man weiß, um welcher Tugend willen
Anna von Boleyn das Schafott bestiegen.

SHREWSBURY *tritt zwischen beide Königinnen*:
O Gott des Himmels! Muß es dahin kommen!
Ist das die Mäßigung, die Unterwerfung,
Lady Maria?

MARIA: Mäßigung! Ich habe
Ertragen, was ein Mensch ertragen kann.
Fahr hin, lammherzige Gelassenheit,
Zum Himmel fliehe, leidende Geduld,
Spreng endlich deine Bande, tritt hervor
Aus deiner Höhle, langverhaltner Groll –
Und du, der dem gereizten Basilisk
Den Mordblick gab, leg auf die Zunge mir
Den gift'gen Pfeil –

SHREWSBURY: O sie ist außer sich!
Verzeih der Rasenden, der schwer Gereizten!

Elisabeth, für Zorn sprachlos, schießt wütende Blicke auf Marien.

LEICESTER *in der heftigsten Unruhe, sucht die Elisabeth hinwegzuführen*: Höre
Die Wütende nicht an! Hinweg, hinweg
Von diesem unglücksel'gen Ort!

MARIA: Der Thron von England ist durch einen Bastard
Entweiht, der Briten edelherzig Volk
Durch eine list'ge Gauklerin betrogen.
– Regierte Recht, so läget Ihr vor mir
Im Staube jetzt, denn ich bin Euer König.

Elisabeth geht schnell ab, die Lords folgen ihr in der höchsten Bestürzung.

Fünfter Auftritt

Maria. Kennedy.

KENNEDY: O was habt Ihr getan! Sie geht in Wut!
Jetzt ist es aus und alle Hoffnung schwindet.
MARIA *noch ganz außer sich*:
Sie geht in Wut! Sie trägt den Tod im Herzen!
Der Kennedy um den Hals fallend.
O wie mir wohl ist, Hanna! Endlich, endlich
Nach Jahren der Erniedrigung, der Leiden,
Ein Augenblick der Rache, des Triumphs!
Wie Bergeslasten fällt's von meinem Herzen,
Das Messer stieß ich in der Feindin Brust.
KENNEDY: Unglückliche! Der Wahnsinn reißt Euch hin,
Ihr habt die Unversöhnliche verwundet.
Sie führt den Blitz, sie ist die Königin,
Vor ihrem Buhlen habt Ihr sie verhöhnt!
MARIA: Vor Leicesters Augen hab ich sie erniedrigt!
Er sah es, er bezeugte meinen Sieg!
Wie ich sie niederschlug von ihrer Höhe,
Er stand dabei, mich stärkte seine Nähe!

Sechster Auftritt

Mortimer *zu den* Vorigen.

KENNEDY: O Sir! Welch ein Erfolg –
MORTIMER: Ich hörte alles.

Gibt der Amme ein Zeichen sich auf ihren Posten zu begeben, und tritt näher. Sein ganzes Wesen drückt eine heftige leidenschaftliche Stimmung aus.

Du hast gesiegt! Du tratst sie in den Staub,
Du warst die Königin, sie der Verbrecher.
Ich bin entzückt von deinem Mut, ich bete
Dich an, wie eine Göttin groß und herrlich,
Erscheinst du mir in diesem Augenblick.
MARIA: Ihr spracht mit Leicestern, überbrachtet ihm
Mein Schreiben, mein Geschenk – O redet, Sir!
MORTIMER *mit glühenden Blicken sie betrachtend*:
Wie dich der edle königliche Zorn
Umglänzte, deine Reize mir verklärte!
Du bist das schönste Weib auf dieser Erde!
MARIA: Ich bitt Euch, Sir! Stillt meine Ungeduld.
Was spricht Mylord? O sagt, was darf ich hoffen?
MORTIMER: Wer? Er? das ist ein Feiger, Elender!
Hofft nichts von ihm, verachtet ihn, vergeßt ihn!
MARIA: Was sagt Ihr?
MORTIMER: Er Euch retten und besitzen!
Er Euch! Er soll es wagen! Er! Mit mir
Muß er auf Tod und Leben darum kämpfen!
MARIA: Ihr habt ihm meinen Brief nicht übergeben?
– O dann ist's aus!
MORTIMER: Der Feige liebt das Leben.
Wer dich will retten und die Seine nennen,
Der muß den Tod beherzt umarmen können.
MARIA: Er will nichts für mich tun!
MORTIMER: Nichts mehr von ihm!
Was kann er tun, und was bedarf man sein?
Ich will dich retten, ich allein!
MARIA: Ach, was vermögt Ihr!
MORTIMER: Täuschet Euch nicht mehr,
Als ob es noch wie gestern mit Euch stünde!
So wie die Königin jetzt von Euch ging,
Wie dies Gespräch sich wendete, ist alles
Verloren, jeder Gnadenweg gesperrt.
Der Tat bedarf's jetzt, Kühnheit muß entscheiden,
Für alles werde alles frisch gewagt,
Frei müßt Ihr sein, noch eh der Morgen tagt.
MARIA: Was sprecht Ihr? diese Nacht! Wie ist das möglich?
MORTIMER: Hört, was beschlossen ist. Versammelt hab ich
In heimlicher Kapelle die Gefährten,
Ein Priester hörte unsre Beichte an,

Ablaß ist uns erteilt für alle Schulden,
Die wir begingen, Ablaß im voraus
Für alle, die wir noch begehen werden.
Das letzte Sakrament empfingen wir,
Und fertig sind wir zu der letzten Reise.
MARIA: O welche fürchterliche Vorbereitung!
MORTIMER: Dies Schloß ersteigen wir in dieser Nacht,
Der Schlüssel bin ich mächtig. Wir ermorden
Die Hüter, reißen dich aus deiner Kammer
Gewaltsam, sterben muß von unsrer Hand,
Daß niemand überbleibe, der den Raub
Verraten könne, jede lebende Seele.
MARIA: Und Drury, Paulet, meine Kerkermeister?
O eher werden sie ihr letztes Blut –
MORTIMER: Von meinem Dolche fallen sie zuerst!
MARIA: Was? Euer Oheim, Euer zweiter Vater?
MORTIMER: Von meinen Händen stirbt er. Ich ermord ihn.
MARIA: O blut'ger Frevel!
MORTIMER: Alle Frevel sind
Vergeben im voraus. Ich kann das Ärgste
Begehen, und ich will's.
MARIA: O schrecklich, schrecklich!
MORTIMER: Und müßt ich auch die Königin durchbohren,
Ich hab es auf die Hostie geschworen.
MARIA: Nein, Mortimer! Eh so viel Blut um mich –
MORTIMER: Was ist mir alles Leben gegen dich
Und meine Liebe! Mag der Welten Band
Sich lösen, eine zweite Wasserflut
Herwogend alles Atmende verschlingen!
– Ich achte nichts mehr! Eh ich dir entsage,
Eh nahe sich das Ende aller Tage.
MARIA *zurücktretend*:
Gott! Welche Sprache Sir, und – welche Blicke!
– Sie schrecken, sie verscheuchen mich.
MORTIMER *mit irren Blicken, und im Ausdruck des stillen Wahnsinns*:
Das Leben ist
Nur ein Moment, der Tod ist auch nur einer!
– Man schleife mich nach Tyburn, Glied für Glied
Zerreiße man mit glühnder Eisenzange,
Indem er heftig auf sie zugeht, mit ausgebreiteten Armen:
Wenn ich dich, Heißgeliebte, umfange –

MARIA *zurücktretend*: Unsinniger, zurück –
MORTIMER: An dieser Brust,
Auf diesem Liebe atmenden Munde –
MARIA: Um Gottes willen, Sir! Laßt mich hineingehn!
MORTIMER: Der ist ein Rasender, der nicht das Glück
Festhält in unauflöslicher Umarmung,
Wenn es ein Gott in seine Hand gegeben.
Ich will dich retten, kost es tausend Leben,
Ich rette dich, ich will es, doch so wahr
Gott lebt! Ich schwör's, ich will dich auch besitzen.
MARIA: O will kein Gott, kein Engel mich beschützen!
Furchtbares Schicksal! Grimmig schleuderst du
Von einem Schrecknis mich dem andern zu.
Bin ich geboren, nur die Wut zu wecken?
Verschwört sich Haß und Liebe, mich zu schrecken.
MORTIMER: Ja glühend, wie sie hassen, lieb ich dich!
Sie wollen dich enthaupten, diesen Hals,
Den blendend weißen, mit dem Beil durchschneiden.
O weihe du dem Lebensgott der Freuden,
Was du dem Hasse blutig opfern mußt.
Mit diesen Reizen, die nicht dein mehr sind,
Beselige den glücklichen Geliebten.
Die schöne Locke, dieses seidne Haar
Verfallen schon den finstern Todesmächten,
Gebrauch's, den Sklaven ewig zu umflechten!
MARIA: O welche Sprache muß ich hören! Sir!
Mein Unglück sollt Euch heilig sein, mein Leiden,
Wenn es mein königliches Haupt nicht ist.
MORTIMER: Die Krone ist von deinem Haupt gefallen,
Du hast nichts mehr von ird'scher Majestät,
Versuch es, laß dein Herrscherwort erschallen,
Ob dir ein Freund, ein Retter aufersteht.
Nichts blieb dir als die rührende Gestalt,
Der hohen Schönheit göttliche Gewalt,
Die läßt mich alles wagen und vermögen,
Die treibt dem Beil des Henkers mich entgegen –
MARIA: O wer errettet mich von seiner Wut!
MORTIMER: Verwegner Dienst belohnt sich auch verwegen!
Warum versprützt der Tapfere sein Blut?
Ist Leben doch des Lebens höchstes Gut!
Ein Rasender, der es umsonst verschleudert!

Erst will ich ruhn an seiner wärmsten Brust –
Er preßt sie heftig an sich.
MARIA: O muß ich Hülfe rufen gegen den Mann,
Der mein Erretter –
MORTIMER: Du bist nicht gefühllos,
Nicht kalter Strenge klagt die Welt dich an,
Dich kann die heiße Liebesbitte rühren,
Du hast den Sänger Rizzio beglückt,
Und jener Bothwell durfte dich entführen.
MARIA: Vermessener!
MORTIMER: Er war nur dein Tyrann!
Du zittertest vor ihm, da du ihn liebtest!
Wenn nur der Schrecken dich gewinnen kann,
Beim Gott der Hölle! –
MARIA: Laßt mich! Raset Ihr?
MORTIMER: Erzittern sollst du auch vor mir!
KENNEDY *hereinstürzend*:
Man naht. Man kommt. Bewaffnet Volk erfüllt
Den ganzen Garten.
MORTIMER *auffahrend und zum Degen greifend*:
Ich beschütze dich.
MARIA: O Hanna! Rette mich aus seinen Händen!
Wo find ich Ärmste einen Zufluchtsort?
Zu welchem Heiligen soll ich mich wenden?
Hier ist Gewalt und drinnen ist der Mord.
Sie flieht dem Hause zu, Kennedy folgt.

Siebenter Auftritt

Mortimer. Paulet *und* Drury, *welche außer sich hereinstürzen.* Gefolge *eilt über die Szene.*

PAULET: Verschließt die Pforten. Zieht die Brücken auf!
MORTIMER: Oheim, was ist's?
PAULET: Wo ist die Mörderin?
Hinab mit ihr ins finsterste Gefängnis!
MORTIMER: Was gibt's? Was ist geschehn?
PAULET: Die Königin!
Verfluchte Hände! Teuflisches Erkühnen!
MORTIMER: Die Königin! Welche Königin?

PAULET: Von England!
Sie ist ermordet auf der Londner Straßen! *Eilt ins Haus.*

ACHTER AUFTRITT

MORTIMER. *Gleich darauf* OKELLY.

MORTIMER: Bin ich im Wahnwitz? Kam nicht eben jemand
Vorbei und rief: Die Königin sei ermordet?
Nein, nein, mir träumte nur. Ein Fieberwahn
Bringt mir als wahr und wirklich vor den Sinn,
Was die Gedanken gräßlich mir erfüllt.
Wer kommt? Es ist Okell'. So schreckenvoll!
OKELLY *hereinstürzend*: Flieht, Mortimer! Flieht. Alles ist verloren.
MORTIMER: Was ist verloren?
OKELLY: Fragt nicht lange. Denkt
Auf schnelle Flucht.
MORTIMER: Was gibt's denn?
OKELLY: Sauvage führte
Den Streich, der Rasende.
MORTIMER: So ist es wahr?
OKELLY: Wahr, wahr! O rettet Euch!
MORTIMER: Sie ist ermordet,
Und auf den Thron von England steigt Maria!
OKELLY: Ermordet! Wer sagt das?
MORTIMER: Ihr selbst!
OKELLY: Sie lebt!
Und ich und Ihr, wir alle sind des Todes.
MORTIMER: Sie lebt!
OKELLY: Der Stoß ging fehl, der Mantel fing ihn auf,
Und Shrewsbury entwaffnete den Mörder.
MORTIMER: Sie lebt!
OKELLY: Lebt, um uns alle zu verderben!
Kommt, man umzingelt schon den Park.
MORTIMER: Wer hat
Das Rasende getan?
OKELLY: Der Barnabit
Aus Toulon war's, den Ihr in der Kapelle
Tiefsinnig sitzen saht, als uns der Mönch
Das Anathem ausdeutete, worin
Der Papst die Königin mit dem Fluch belegt.

Das Nächste, Kürzeste wollt er ergreifen,
Mit einem kecken Streich die Kirche Gottes
Befrein, die Martyrkrone sich erwerben,
Dem Priester nur vertraut' er seine Tat,
Und auf dem Londner Weg ward sie vollbracht.

MORTIMER *nach einem langen Stillschweigen*:
O dich verfolgt ein grimmig wütend Schicksal,
Unglückliche! Jetzt – ja jetzt mußt du sterben,
Dein Engel selbst bereitet deinen Fall.

OKELLY: Sagt! Wohin wendet Ihr die Flucht? Ich gehe,
Mich in des Nordens Wäldern zu verbergen.

MORTIMER: Flieht hin und Gott geleite Eure Flucht!
Ich bleibe. Noch versuch ich's, sie zu retten,
Wo nicht, auf ihrem Sarge mir zu betten.

Gehen ab zu verschiedenen Seiten.

VIERTER AUFZUG

Vorzimmer.

ERSTER AUFTRITT

GRAF AUBESPINE. KENT *und* LEICESTER.

AUBESPINE: Wie steht's um Ihro Majestät? Mylords,
Ihr seht mich noch ganz außer mir für Schrecken.
Wie ging das zu? Wie konnte das in Mitte
Des allertreusten Volks geschehen?

LEICESTER: Es geschah
Durch keinen aus dem Volke. Der es tat,
War Eures Königs Untertan, ein Franke.

AUBESPINE: Ein Rasender gewißlich.

KENT: Ein Papist,
Graf Aubespine!

ZWEITER AUFTRITT

VORIGE. BURLEIGH *im Gespräch mit* DAVISON.

BURLEIGH: Sogleich muß der Befehl
Zur Hinrichtung verfaßt und mit dem Siegel
Versehen werden – Wenn er ausgefertigt,

Wird er der Königin zur Unterschrift
Gebracht. Geht! Keine Zeit ist zu verlieren.
DAVISON: Es soll geschehn. *Geht ab.*
AUBESPINE *Burleigh entgegen*: Mylord, mein treues Herz
Teilt die gerechte Freude dieser Insel.
Lob sei dem Himmel, der den Mörderstreich
Gewehrt von diesem königlichen Haupt!
BURLEIGH: Er sei gelobt, der unsrer Feinde Bosheit
Zuschanden machte!
AUBESPINE: Mög ihn Gott verdammen,
Den Täter dieser fluchenswerten Tat!
BURLEIGH: Den Täter und den schändlichen Erfinder.
AUBESPINE *zu Kent*:
Gefällt es Eurer Herrlichkeit, Lord-Marschall,
Bei Ihro Majestät mich einzuführen,
Daß ich den Glückwunsch meines Herrn und Königs
Zu ihren Füßen schuldigst niederlege –
BURLEIGH: Bemüht Euch nicht, Graf Aubespine.
AUBESPINE *offizios*: Ich weiß,
Lord Burleigh, was mir obliegt.
BURLEIGH: Euch liegt ob,
Die Insel auf das schleunigste zu räumen.
AUBESPINE *tritt erstaunt zurück*:
Was! Wie ist das!
BURLEIGH: Der heilige Charakter
Beschützt Euch heute noch und morgen nicht mehr.
AUBESPINE: Und was ist mein Verbrechen?
BURLEIGH: Wenn ich es
Genannt, so ist es nicht mehr zu vergeben.
AUBESPINE: Ich hoffe, Lord, das Recht der Abgesandten –
BURLEIGH: Schützt – Reichsverräter nicht.
LEICESTER *und* KENT: Ha! Was ist das!
AUBESPINE: Mylord,
Bedenkt Ihr wohl –
BURLEIGH: Ein Paß, von Eurer Hand
Geschrieben, fand sich in des Mörders Tasche.
KENT: Ist's möglich?
AUBESPINE: Viele Pässe teil ich aus,
Ich kann der Menschen Innres nicht erforschen.
BURLEIGH: In Eurem Hause beichtete der Mörder.
AUBESPINE: Mein Haus ist offen.

BURLEIGH: Jedem Feinde Englands.
AUBESPINE: Ich fodre Untersuchung.
BURLEIGH: Fürchtet sie!
AUBESPINE: In meinem Haupt ist mein Monarch verletzt,
Zerreißen wird er das geschloßne Bündnis.
BURLEIGH: Zerrissen schon hat es die Königin,
England wird sich mit Frankreich nicht vermählen.
Mylord von Kent! Ihr übernehmet es,
Den Grafen sicher an das Meer zu bringen.
Das aufgebrachte Volk hat sein Hotel
Gestürmt, wo sich ein ganzes Arsenal
Von Waffen fand, es droht ihn zu zerreißen,
Wie er sich zeigt; verberget ihn, bis sich
Die Wut gelegt – Ihr haftet für sein Leben!
AUBESPINE: Ich gehe, ich verlasse dieses Land,
Wo man der Völker Recht mit Füßen tritt,
Und mit Verträgen spielt – doch mein Monarch
Wird blut'ge Rechenschaft –
BURLEIGH: Er hole sie!
Kent und Aubespine gehen ab.

Dritter Auftritt

Leicester *und* Burleigh.

LEICESTER: So löst Ihr selbst das Bündnis wieder auf,
Das Ihr geschäftig unberufen knüpftet.
Ihr habt um England wenig Dank verdient,
Mylord, die Mühe konntet Ihr Euch sparen.
BURLEIGH: Mein Zweck war gut. Gott leitete es anders.
Wohl dem, der sich nichts Schlimmeres bewußt ist!
LEICESTER: Man kennt Cecils geheimnisreiche Miene,
Wenn er die Jagd auf Staatsverbrechen macht.
– Jetzt, Lord, ist eine gute Zeit für Euch.
Ein ungeheurer Frevel ist geschehn,
Und noch umhüllt Geheimnis seine Täter.
Jetzt wird ein Inquisitionsgericht
Eröffnet. Wort und Blicke werden abgewogen,
Gedanken selber vor Gericht gestellt.
Da seid Ihr der allwicht'ge Mann, der Atlas
Des Staats, ganz England liegt auf Euren Schultern.

BURLEIGH: In Euch, Mylord, erkenn ich meinen Meister,
Denn solchen Sieg, als Eure Rednerkunst
Erfocht, hat meine nie davongetragen.
LEICESTER: Was meint Ihr damit, Lord?
BURLEIGH: Ihr wart es doch, der hinter meinem Rücken
Die Königin nach Fotheringhayschloß
Zu locken wußte?
LEICESTER: Hinter Eurem Rücken!
Wann scheuten meine Taten Eure Stirn?
BURLEIGH: Die Königin hättet Ihr nach Fotheringhay
Geführt? Nicht doch! Ihr habt die Königin
Nicht hingeführt! – Die Königin war es,
Die so gefällig war, Euch hinzuführen.
LEICESTER: Was wollt Ihr damit sagen, Lord!
BURLEIGH: Die edle
Person, die Ihr die Königin dort spielen ließt!
Der herrliche Triumph, den Ihr der arglos
Vertrauenden bereitet – Güt'ge Fürstin!
So schamlos frech verspottete man dich,
So schonungslos wardst du dahingegeben!
– Das also ist die Großmut und die Milde,
Die Euch im Staatsrat plötzlich angewandelt!
Darum ist diese Stuart ein so schwacher,
Verachtungswerter Feind, daß es der Müh
Nicht lohnt, mit ihrem Blut sich zu beflecken!
Ein feiner Plan! Fein zugespitzt! Nur schade,
Zu fein geschärfet, daß die Spitze brach!
LEICESTER: Nichtswürdiger! Gleich folgt mir! An dem Throne
Der Königin sollt Ihr mir Rede stehn.
BURLEIGH: Dort trefft Ihr mich – Und sehet zu, Mylord,
Daß Euch dort die Beredsamkeit nicht fehle! *Geht ab.*

VIERTER AUFTRITT

LEICESTER *allein, darauf* MORTIMER.

LEICESTER: Ich bin entdeckt, ich bin durchschaut – Wie kam
Der Unglückselige auf meine Spuren!
Weh mir, wenn er Beweise hat! Erfährt
Die Königin, daß zwischen mir und der Maria
Verständnisse gewesen – Gott! Wie schuldig

Steh ich vor ihr! Wie hinterlistig treulos
Erscheint mein Rat, mein unglückseliges
Bemühn, nach Fotheringhay sie zu führen!
Grausam verspottet sieht sie sich von mir,
An die verhaßte Feindin sich verraten!
O nimmer, nimmer kann sie das verzeihn!
Vorherbedacht wird alles nun erscheinen,
Auch diese bittre Wendung des Gesprächs,
Der Gegnerin Triumph und Hohngelächter,
Ja selbst die Mörderhand, die blutig schrecklich,
Ein unerwartet ungeheures Schicksal,
Dazwischenkam, werd ich bewaffnet haben!
Nicht Rettung seh ich, nirgends! Ha! Wer kommt!

MORTIMER *kommt in der heftigsten Unruhe und blickt scheu umher*:
Graf Leicester! Seid Ihr's? Sind wir ohne Zeugen?

LEICESTER: Unglücklicher, hinweg! Was sucht Ihr hier?

MORTIMER: Man ist auf unsrer Spur, auf Eurer auch,
Nehmt Euch in acht.

LEICESTER: Hinweg, hinweg!

MORTIMER: Man weiß,
Daß bei dem Grafen Aubespine geheime
Versammlung war –

LEICESTER: Was kümmert's mich!

MORTIMER: Daß sich der Mörder
Dabei befunden –

LEICESTER: Das ist Eure Sache!
Verwegener! Was unterfangt Ihr Euch,
In Euren blut'gen Frevel mich zu flechten?
Verteidigt Eure bösen Händel selbst!

MORTIMER: So hört mich doch nur an.

LEICESTER *in heftigem Zorn*: Geht in die Hölle!
Was hängt Ihr Euch, gleich einem bösen Geist,
An meine Fersen! Fort! Ich kenn Euch nicht,
Ich habe nichts gemein mit Meuchelmördern.

MORTIMER: Ihr wollt nicht hören. Euch zu warnen komm ich,
Auch Eure Schritte sind verraten –

LEICESTER: Ha!

MORTIMER: Der Großschatzmeister war zu Fotheringhay,
Sogleich nachdem die Unglückstat geschehn war,
Der Königin Zimmer wurden streng durchsucht,
Da fand sich –

LEICESTER: Was?
MORTIMER: Ein angefangner Brief
Der Königin an Euch –
LEICESTER: Die Unglücksel'ge!
MORTIMER: Worin sie Euch auffodert, Wort zu halten,
Euch das Versprechen ihrer Hand erneuert,
Des Bildnisses gedenkt –
LEICESTER: Tod und Verdammnis!
MORTIMER: Lord Burleigh hat den Brief.
LEICESTER: Ich bin verloren!
Er geht während der folgenden Rede Mortimers verzweiflungsvoll auf und nieder.
MORTIMER: Ergreift den Augenblick! Kommt ihm zuvor!
Errettet Euch, errettet sie – Schwört Euch
Heraus, ersinnt Entschuldigungen, wendet
Das Ärgste ab! Ich selbst kann nichts mehr tun.
Zerstreut sind die Gefährten, auseinander
Gesprengt ist unser ganzer Bund. Ich eile
Nach Schottland, neue Freunde dort zu sammeln.
An Euch ist's jetzt, versucht, was Euer Ansehn,
Was eine kecke Stirn vermag!
LEICESTER *steht still, plötzlich besonnen*: Das will ich.
Er geht nach der Türe, öffnet sie, und ruft:
Heda! Trabanten!
Zu dem Offizier, der mit Bewaffneten hereintritt:
Diesen Staatsverräter,
Nehmt in Verwahrung und bewacht ihn wohl!
Die schändlichste Verschwörung ist entdeckt,
Ich bringe selbst der Königin die Botschaft. *Er geht ab.*
MORTIMER *steht anfangs starr für Erstaunen, faßt sich aber bald und sieht Leicestern mit einem Blick der tiefsten Verachtung nach*:
Ha, Schändlicher – Doch ich verdiene das!
Wer hieß mich auch dem Elenden vertrauen?
Weg über meinen Nacken schreitet er,
Mein Fall muß ihm die Rettungsbrücke bauen.
– So rette dich! Verschlossen bleibt mein Mund,
Ich will dich nicht in mein Verderben flechten.
Auch nicht im Tode mag ich deinen Bund,
Das Leben ist das einz'ge Gut des Schlechten.
Zu dem Offizier der Wache, der hervortritt, um ihn gefangenzunehmen.
Was willst du, feiler Sklav der Tyrannei?

Ich spotte deiner, ich bin frei! *Einen Dolch ziehend.*
OFFIZIER: Er ist bewehrt – Entreißt ihm seinen Dolch!
Sie dringen auf ihn ein, er erwehrt sich ihrer.
MORTIMER: Und frei im letzten Augenblicke soll
Mein Herz sich öffnen, meine Zunge lösen!
Fluch und Verderben euch, die ihren Gott
Und ihre wahre Königin verraten!
Die von der irdischen Maria sich
Treulos, wie von der himmlischen gewendet,
Sich dieser Bastardkönigin verkauft –
OFFIZIER: Hört ihr die Lästrung! Auf! Ergreifet ihn.
MORTIMER: Geliebte! Nicht erretten konnt ich dich,
So will ich dir ein männlich Beispiel geben.
Maria, heil'ge, bitt für mich!
Und nimm mich zu dir in dein himmlisch Leben!
Er durchsticht sich mit dem Dolch und fällt der Wache in die Arme.

Fünfter Auftritt

Zimmer der Königin.

Elisabeth, *einen Brief in der Hand.* Burleigh.

ELISABETH: Mich hinzuführen! Solchen Spott mit mir
Zu treiben! Der Verräter! Im Triumph
Vor seiner Buhlerin mich aufzuführen!
O so ward noch kein Weib betrogen, Burleigh!
BURLEIGH: Ich kann es noch nicht fassen, wie es ihm,
Durch welche Macht, durch welche Zauberkünste
Gelang, die Klugheit meiner Königin
So sehr zu überraschen.
ELISABETH: O ich sterbe
Für Scham! Wie mußt er meiner Schwäche spotten!
Sie glaubt ich zu erniedrigen und war,
Ich selber, ihres Spottes Ziel!
BURLEIGH: Du siehst nun ein, wie treu ich dir geraten!
ELISABETH: O ich bin schwer dafür gestraft, daß ich
Von Eurem weisen Rate mich entfernt!
Und sollt ich ihm nicht glauben? In den Schwüren
Der treusten Liebe einen Fallstrick fürchten?
Wem darf ich traun, wenn er mich hinterging?
Er, den ich großgemacht vor allen Großen,

Der mir der nächste stets am Herzen war,
Dem ich verstattete, an diesem Hof
Sich wie der Herr, der König zu betragen!
BURLEIGH: Und zu derselben Zeit verriet er dich
An diese falsche Königin von Schottland!
ELISABETH: O sie bezahle mir's mit ihrem Blut!
– Sagt! Ist das Urteil abgefaßt?
BURLEIGH: Es liegt
Bereit, wie du befohlen.
ELISABETH: Sterben soll sie!
Er soll sie fallen sehn, und nach ihr fallen.
Verstoßen hab ich ihn aus meinem Herzen,
Fort ist die Liebe, Rache füllt es ganz.
So hoch er stand, so tief und schmählich sei
Sein Sturz! Er sei ein Denkmal meiner Strenge,
Wie er ein Beispiel meiner Schwäche war.
Man führ ihn nach dem Tower, ich werde Peers
Ernennen, die ihn richten, hingegeben
Sei er der ganzen Strenge des Gesetzes.
BURLEIGH: Er wird sich zu dir drängen, sich rechtfert'gen –
ELISABETH: Wie kann er sich rechtfert'gen? Überführt
Ihn nicht der Brief? O sein Verbrechen ist
Klar wie der Tag!
BURLEIGH: Doch du bist mild und gnädig,
Sein Anblick, seine mächt'ge Gegenwart –
ELISABETH: Ich will ihn nicht sehn. Niemals, niemals wieder!
Habt Ihr Befehl gegeben, daß man ihn
Zurückweist, wenn er kommt?
BURLEIGH: So ist's befohlen!
PAGE *tritt ein*: Mylord von Leicester!
KÖNIGIN: Der Abscheuliche!
Ich will ihn nicht sehn. Sagt ihm, daß ich ihn
Nicht sehen will.
PAGE: Das wag ich nicht, dem Lord
Zu sagen, und er würde mir's nicht glauben.
KÖNIGIN: So hab ich ihn erhöht, daß meine Diener
Vor seinem Ansehn mehr als meinem zittern!
BURLEIGH *zum Pagen*: Die Königin verbiet ihm, sich zu nahn!
Page geht zögernd ab.
KÖNIGIN *nach einer Pause*:
Wenn's dennoch möglich wäre – Wenn er sich

Rechtfert'gen könnte! – Sagt mir, könnt es nicht
Ein Fallstrick sein, den mir Maria legte,
Mich mit dem treusten Freunde zu entzwein!
O sie ist eine abgefeimte Bübin,
Wenn sie den Brief nur schrieb, mir gift'gen Argwohn
Ins Herz zu streun, ihn, den sie haßt, ins Unglück
Zu stürzen –

BURLEIGH: Aber Königin, erwäge –

Sechster Auftritt

Vorige. Leicester.

LEICESTER *reißt die Tür mit Gewalt auf, und tritt mit gebietrischem Wesen herein*: Den Unverschämten will ich sehn, der mir
Das Zimmer meiner Königin verbietet.

ELISABETH: Ha, der Verwegene!

LEICESTER: Mich abzuweisen!
Wenn sie für einen Burleigh sichtbar ist,
So ist sie's auch für mich!

BURLEIGH: Ihr seid sehr kühn, Mylord,
Hier wider die Erlaubnis einzustürmen.

LEICESTER: Ihr seid sehr frech, Lord, hier das Wort zu nehmen.
Erlaubnis! Was! Es ist an diesem Hofe
Niemand, durch dessen Mund Graf Leicester sich
Erlauben und verbieten lassen kann!

Indem er sich der Elisabeth demütig nähert:

Aus meiner Königin eignem Mund will ich –

ELISABETH *ohne ihn anzusehen*:
Aus meinem Angesicht, Nichtswürdiger!

LEICESTER: Nicht meine gütige Elisabeth,
Den Lord vernehm ich, meinen Feind, in diesen
Unholden Worten – Ich berufe mich auf meine
Elisabeth – Du liehest ihm dein Ohr,
Das gleiche fodr ich.

ELISABETH: Redet, Schändlicher!
Vergrößert Euren Frevel! Leugnet ihn!

LEICESTER: Laßt diesen Überlästigen sich erst
Entfernen – Tretet ab, Mylord – Was ich
Mit meiner Königin zu verhandeln habe,
Braucht keinen Zeugen. Geht.

ELISABETH *zu Burleigh*: Bleibt. Ich befehl es!
LEICESTER: Was soll der Dritte zwischen dir und mir!
Mit meiner angebeteten Monarchin
Hab ich's zu tun – Die Rechte meines Platzes
Behaupt ich – Es sind heil'ge Rechte!
Und ich bestehe drauf, daß sich der Lord
Entferne!
ELISABETH: Euch geziemt die stolze Sprache!
LEICESTER: Wohl ziemt sie mir, denn ich bin der Beglückte,
Dem deine Gunst den hohen Vorzug gab,
Das hebt mich über ihn und über alle!
Dein Herz verlieh mir diesen stolzen Rang,
Und was die Liebe gab, werd ich, bei Gott!
Mit meinem Leben zu behaupten wissen.
Er geh – und zweier Augenblicke nur
Bedarf's, mich mit dir zu verständigen.
ELISABETH: Ihr hofft umsonst, mich listig zu beschwatzen.
LEICESTER: Beschwatzen konnte dich der Plauderer,
Ich aber will zu deinem Herzen reden!
Und was ich im Vertraun auf deine Gunst
Gewagt, will ich auch nur vor deinem Herzen
Rechtfertigen – Kein anderes Gericht
Erkenn ich über mir, als deine Neigung!
ELISABETH: Schamloser! Ebendiese ist's, die Euch zuerst
Verdammt – Zeigt ihm den Brief, Mylord!
BURLEIGH: Hier ist er!
LEICESTER *durchläuft den Brief ohne die Fassung zu verändern*:
Das ist der Stuart Hand!
ELISABETH: Lest und verstummt!
LEICESTER *nachdem er gelesen, ruhig*:
Der Schein ist gegen mich, doch darf ich hoffen,
Daß ich nicht nach dem Schein gerichtet werde!
ELISABETH: Könnt Ihr es leugnen, daß Ihr mit der Stuart
In heimlichem Verständnis wart, ihr Bildnis
Empfingt, ihr zur Befreiung Hoffnung machtet?
LEICESTER: Leicht wäre mir's, wenn ich mich schuldig fühlte,
Das Zeugnis einer Feindin zu verwerfen!
Doch frei ist mein Gewissen, ich bekenne,
Daß sie die Wahrheit schreibt!
ELISABETH: Nun denn
Unglücklicher!

BURLEIGH: Sein eigner Mund verdammt ihn.
ELISABETH: Aus meinen Augen. In den Tower – Verräter!
LEICESTER: Der bin ich nicht. Ich hab gefehlt, daß ich
Aus diesem Schritt dir ein Geheimnis machte,
Doch redlich war die Absicht, es geschah,
Die Feindin zu erforschen, zu verderben.
ELISABETH: Elende Ausflucht –
BURLEIGH: Wie, Mylord? Ihr glaubt –
LEICESTER: Ich habe ein gewagtes Spiel gespielt,
Ich weiß, und nur Graf Leicester durfte sich
An diesem Hofe solcher Tat erkühnen.
Wie ich die Stuart hasse, weiß die Welt.
Der Rang, den ich bekleide, das Vertrauen,
Wodurch die Königin mich ehrt, muß jeden Zweifel
In meine treue Meinung niederschlagen.
Wohl darf der Mann, den deine Gunst vor allen
Auszeichnet, einen eignen kühnen Weg
Einschlagen, seine Pflicht zu tun.
BURLEIGH: Warum,
Wenn's eine gute Sache war, verschwiegt Ihr?
LEICESTER: Mylord! Ihr pflegt zu schwatzen, eh Ihr handelt,
Und seid die Glocke Eurer Taten. Das
Ist Eure Weise, Lord. Die meine ist,
Erst handeln und dann reden!
BURLEIGH: Ihr redet jetzo weil Ihr müßt.
LEICESTER *ihn stolz und höhnisch mit den Augen messend*:
Und Ihr
Berühmt Euch, eine wundergroße Tat
Ins Werk gerichtet, Eure Königin
Gerettet, die Verräterei entlarvt
Zu haben – Alles wißt Ihr, Eurem Scharfblick
Kann nichts entgehen, meint Ihr – Armer Prahler!
Trotz Eurer Spürkunst war Maria Stuart
Noch heute frei, wenn ich es nicht verhindert.
BURLEIGH: Ihr hättet –
LEICESTER: Ich, Mylord. Die Königin
Vertraute sich dem Mortimer, sie schloß
Ihr Innerstes ihm auf, sie ging so weit,
Ihm einen blut'gen Auftrag gegen die Maria
Zu geben, da der Oheim sich mit Abscheu
Von einem gleichen Antrag abgewendet –

Sagt! Ist es nicht so?

Königin und Burleigh sehen einander betroffen an.

BURLEIGH: Wie gelangtet Ihr
Dazu? –

LEICESTER: Ist's nicht so? – Nun, Mylord! Wo hattet
Ihr Eure tausend Augen, nicht zu sehn,
Daß dieser Mortimer Euch hinterging?
Daß er ein wütender Papist, ein Werkzeug
Der Guisen, ein Geschöpf der Stuart war,
Ein keck entschloßner Schwärmer, der gekommen,
Die Stuart zu befrein, die Königin
Zu morden –

ELISABETH *mit dem äußersten Erstaunen*:
Dieser Mortimer!

LEICESTER: Er war's, durch den
Maria Unterhandlung mit mir pflog,
Den ich auf diesem Wege kennenlernte.
Noch heute sollte sie aus ihrem Kerker
Gerissen werden, diesen Augenblick
Entdeckte mir's sein eigner Mund, ich ließ ihn
Gefangennehmen und in der Verzweiflung,
Sein Werk vereitelt, sich entlarvt zu sehn,
Gab er sich selbst den Tod!

ELISABETH: O ich bin unerhört
Betrogen – dieser Mortimer!

BURLEIGH: Und jetzt
Geschah das? Jetzt, nachdem ich Euch verlassen!

LEICESTER: Ich muß um meinetwillen sehr beklagen,
Daß es dies Ende mit ihm nahm. Sein Zeugnis,
Wenn er noch lebte, würde mich vollkommen
Gereinigt, aller Schuld entledigt haben.
Drum übergab ich ihn des Richters Hand.
Die strengste Rechtsform sollte meine Unschuld
Vor aller Welt bewähren und besiegeln.

BURLEIGH: Er tötete sich, sagt Ihr. Er sich selber? Oder
Ihr ihn?

LEICESTER: Unwürdiger Verdacht! Man höre
Die Wache ab, der ich ihn übergab!

Er geht an die Tür und ruft hinaus. Der Offizier der Leibwache tritt herein.

Erstattet Ihrer Majestät Bericht,

Wie dieser Mortimer umkam!

OFFIZIER: Ich hielt die Wache
Im Vorsaal, als Mylord die Türe schnell
Eröffnete und mir befahl, den Ritter
Als einen Staatsverräter zu verhaften.
Wir sahen ihn hierauf in Wut geraten,
Den Dolch ziehn, unter heftiger Verwünschung
Der Königin, und eh wir's hindern konnten,
Ihn in die Brust sich stoßen, daß er tot
Zu Boden stürzte –

LEICESTER: Es ist gut. Ihr könnt
Abtreten, Sir! Die Königin weiß genug!

Offizier geht ab.

ELISABETH: O welcher Abgrund von Abscheulichkeiten –

LEICESTER: Wer war's nun der dich rettete? War es
Mylord von Burleigh? Wußt er die Gefahr,
Die dich umgab? War er's, der sie von dir
Gewandt? – Dein treuer Leicester war dein Engel!

BURLEIGH: Graf! Dieser Mortimer starb Euch sehr gelegen.

ELISABETH: Ich weiß nicht, was ich sagen soll. Ich glaub Euch,
Und glaub Euch nicht. Ich denke, Ihr seid schuldig,
Und seid es nicht! O die Verhaßte, die
Mir all dies Weh bereitet!

LEICESTER: Sie muß sterben.
Jetzt stimm ich selbst für ihren Tod. Ich riet
Dir an, das Urteil unvollstreckt zu lassen,
Bis sich aufs neu ein Arm für sie erhübe.
Dies ist geschehn – und ich bestehe drauf,
Daß man das Urteil ungesäumt vollstrecke.

BURLEIGH: Ihr rietet dazu! Ihr!

LEICESTER: Sosehr es mich
Empört, zu einem Äußersten zu greifen,
Ich sehe nun und glaube, daß die Wohlfahrt
Der Königin dies blut'ge Opfer heischt,
Drum trag ich darauf an, daß der Befehl
Zur Hinrichtung gleich ausgefertigt werde!

BURLEIGH *zur Königin*: Da es Mylord so treu und ernstlich meint,
So trag ich darauf an, daß die Vollstreckung
Des Richterspruchs ihm übertragen werde.

LEICESTER: Mir!

BURLEIGH: Euch. Nicht besser könnt Ihr den Verdacht,

Der jetzt noch auf Euch lastet, widerlegen,
Als wenn Ihr sie, die Ihr geliebt zu haben
Beschuldigt werdet, selbst enthaupten lasset.
ELISABETH *Leicestern mit den Augen fixierend*:
Mylord rät gut. So sei's, und dabei bleib es.
LEICESTER: Mich sollte billig meines Ranges Höh
Von einem Auftrag dieses traur'gen Inhalts
Befrein, der sich in jedem Sinne besser
Für einen Burleigh ziemen mag als mich.
Wer seiner Königin so nahe steht,
Der sollte nichts Unglückliches vollbringen.
Jedoch um meinen Eifer zu bewähren,
Um meiner Königin genugzutun,
Begeb ich mich des Vorrechts meiner Würde
Und übernehme die verhaßte Pflicht.
ELISABETH: Lord Burleigh teile sie mit Euch!
Zu diesem: Tragt Sorge,
Daß der Befehl gleich ausgefertigt werde.
Burleigh geht. Man hört draußen ein Getümmel.

Siebenter Auftritt

Graf von Kent *zu den* Vorigen.

ELISABETH: Was gibt's, Mylord von Kent? Was für ein Auflauf
Erregt die Stadt – Was ist es?
KENT: Königin,
Es ist das Volk, das den Palast umlagert,
Es fodert heftig dringend dich zu sehn.
ELISABETH: Was will mein Volk?
KENT: Der Schrecken geht durch London,
Dein Leben sei bedroht, es gehen Mörder
Umher, vom Papste wider dich gesendet.
Verschworen seien die Katholischen,
Die Stuart aus dem Kerker mit Gewalt
Zu reißen und zur Königin auszurufen.
Der Pöbel glaubt's und wütet. Nur das Haupt
Der Stuart, das noch heute fällt, kann ihn
Beruhigen.
ELISABETH: Wie? Soll mir Zwang geschehn?

KENT: Sie sind entschlossen, eher nicht zu weichen,
Bis du das Urteil unterzeichnet hast.

ACHTER AUFTRITT

BURLEIGH *und* DAVISON *mit einer Schrift.* DIE VORIGEN.

ELISABETH: Was bringt Ihr, Davison?
DAVISON *nähert sich, ernsthaft*: Du hast befohlen
O Königin –
ELISABETH: Was ist's?
Indem sie die Schrift ergreifen will, schauert sie zusammen und fährt zurück.
O Gott!
BURLEIGH: Gehorche
Der Stimme des Volks, sie ist die Stimme Gottes.
ELISABETH *unentschlossen mit sich selbst kämpfend*:
O meine Lords! Wer sagt mir, ob ich wirklich
Die Stimme meines ganzen Volks, die Stimme
Der Welt vernehme! Ach wie sehr befürcht ich,
Wenn ich dem Wunsch der Menge nun gehorcht,
Daß eine ganz verschiedne Stimme sich
Wird hören lassen – ja daß ebendie,
Die jetzt gewaltsam zu der Tat mich treiben,
Mich, wenn's vollbracht ist, strenge tadeln werden!

NEUNTER AUFTRITT

GRAF SHREWSBURY *zu den* VORIGEN.

SHREWSBURY *kommt in großer Bewegung*:
Man will dich übereilen, Königin!
O halte fest, sei standhaft –
Indem er Davison mit der Schrift gewahr wird:
Oder ist es
Geschehen? Ist es wirklich? Ich erblicke
Ein unglückselig Blatt in dieser Hand,
Das komme meiner Königin jetzt nicht
Vor Augen.
ELISABETH: Edler Shrewsbury! Man zwingt mich.
SHREWSBURY: Wer kann dich zwingen? Du bist Herrscherin,

Hier gilt es deine Majestät zu zeigen!
Gebiete Schweigen jenen rohen Stimmen,
Die sich erdreisten, deinem Königswillen
Zwang anzutun, dein Urteil zu regieren.
Die Furcht, ein blinder Wahn bewegt das Volk,
Du selbst bist außer dir, bist schwer gereizt,
Du bist ein Mensch und jetzt kannst du nicht richten.

BURLEIGH: Gerichtet ist schon längst. Hier ist kein Urteil
Zu fällen, zu vollziehen ist's.

KENT *der sich bei Shrewsburys Eintritt entfernt hat, kommt zurück*:
Der Auflauf wächst, das Volk ist länger nicht
Zu bändigen.

ELISABETH *zu Shrewsbury*: Ihr seht, wie sie mich drängen!

SHREWSBURY: Nur Aufschub fodr ich. Dieser Federzug
Entscheidet deines Lebens Glück und Frieden.
Du hast es jahrelang bedacht, soll dich
Der Augenblick im Sturme mit sich führen?
Nur kurzen Aufschub. Sammle dein Gemüt,
Erwarte eine ruhigere Stunde.

BURLEIGH *heftig*: Erwarte, zögre, säume, bis das Reich
In Flammen steht, bis es der Feindin endlich
Gelingt, den Mordstreich wirklich zu vollführen.
Dreimal hat ihn ein Gott von dir entfernt.
Heut hat er nahe dich berührt, noch einmal
Ein Wunder hoffen, hieße Gott versuchen.

SHREWSBURY: Der Gott, der dich durch seine Wunderhand
Viermal erhielt, der heut dem schwachen Arm
Des Greisen Kraft gab, einen Wütenden
Zu überwält'gen – er verdient Vertrauen!
Ich will die Stimme der Gerechtigkeit
Jetzt nicht erheben, jetzt ist nicht die Zeit,
Du kannst in diesem Sturme sie nicht hören.
Dies eine nur vernimm! Du zitterst jetzt
Vor dieser lebenden Maria. Nicht
Die Lebende hast du zu fürchten. Zittre vor
Der Toten, der Enthaupteten. Sie wird
Vom Grab erstehen, eine Zwietrachtsgöttin,
Ein Rachegeist in deinem Reich herumgehn,
Und deines Volkes Herzen von dir wenden.
Jetzt haßt der Brite die Gefürchtete,
Er wird sie rächen, wenn sie nicht mehr ist,

Nicht mehr die Feindin seines Glaubens, nur
Die Enkeltochter seiner Könige,
Des Hasses Opfer und der Eifersucht
Wird er in der Bejammerten erblicken!
Schnell wirst du die Veränderung erfahren.
Durchziehe London, wenn die blut'ge Tat
Geschehen, zeige dich dem Volk, das sonst
Sich jubelnd um dich her ergoß, du wirst
Ein andres England sehn, ein andres Volk,
Denn dich umgibt nicht mehr die herrliche
Gerechtigkeit, die alle Herzen dir
Besiegte! Furcht, die schreckliche Begleitung
Der Tyrannei, wird schaudernd vor dir herziehn,
Und jede Straße, wo du gehst, veröden.
Du hast das letzte, Äußerste getan,
Welch Haupt steht fest, wenn dieses heil'ge fiel!

ELISABETH: Ach Shrewsbury! Ihr habt mir heut das Leben
Gerettet, habt des Mörders Dolch von mir
Gewendet – Warum ließet Ihr ihm nicht
Den Lauf? So wäre jeder Streit geendigt,
Und alles Zweifels ledig, rein von Schuld,
Läg ich in meiner stillen Gruft! Fürwahr!
Ich bin des Lebens und des Herrschens müd.
Muß eine von uns Königinnen fallen,
Damit die andre lebe – und es ist
Nicht anders, das erkenn ich – kann denn ich
Nicht die sein, welche weicht? Mein Volk mag wählen,
Ich geb ihm seine Majestät zurück.
Gott ist mein Zeuge, daß ich nicht für mich,
Nur für das Beste meines Volks gelebt.
Hofft es von dieser schmeichlerischen Stuart,
Der jüngern Königin, glücklichere Tage,
So steig ich gern von diesem Thron und kehre
In Woodstocks stille Einsamkeit zurück,
Wo meine anspruchlose Jugend lebte,
Wo ich, vom Tand der Erdengröße fern,
Die Hoheit in mir selber fand – Bin ich
Zur Herrscherin doch nicht gemacht! Der Herrscher
Muß hart sein können, und mein Herz ist weich.
Ich habe diese Insel lange glücklich
Regiert, weil ich nur brauchte zu beglücken.

Es kommt die erste schwere Königspflicht,
Und ich empfinde meine Ohnmacht –

BURLEIGH: Nun bei Gott!
Wenn ich so ganz unkönigliche Worte
Aus meiner Königin Mund vernehmen muß,
So wär's Verrat an meiner Pflicht, Verrat
Am Vaterlande, länger stillzuschweigen.
– Du sagst, du liebst dein Volk, mehr als dich selbst,
Das zeige jetzt! Erwähle nicht den Frieden
Für dich und überlaß das Reich den Stürmen.
– Denk an die Kirche! Soll mit dieser Stuart
Der alte Aberglaube wiederkehren?
Der Mönch aufs neu hier herrschen, der Legat
Aus Rom gezogen kommen, unsre Kirchen
Verschließen, unsre Könige entthronen?
– Die Seelen aller deiner Untertanen,
Ich fordre sie von dir – Wie du jetzt handelst,
Sind sie gerettet oder sind verloren.
Hier ist nicht Zeit zu weichlichem Erbarmen,
Des Volkes Wohlfahrt ist die höchste Pflicht;
Hat Shrewsbury das Leben dir gerettet,
So will ich England retten – das ist mehr!

ELISABETH: Man überlasse mich mir selbst! Bei Menschen ist
Nicht Rat noch Trost in dieser großen Sache.
Ich trage sie dem höhern Richter vor.
Was der mich lehrt, das will ich tun – Entfernt euch,
Mylords! *Zu Davison:*
Ihr Sir! könnt in der Nähe bleiben!

Die Lords gehen ab. Shrewsbury allein bleibt noch einige Augenblicke vor der Königin stehen, mit bedeutungsvollem Blick, dann entfernt er sich langsam, mit einem Ausdruck des tiefsten Schmerzes.

ZEHNTER AUFTRITT

ELISABETH *allein.*

O Sklaverei des Volksdiensts! Schmähliche
Knechtschaft – Wie bin ich's müde, diesem Götzen
Zu schmeicheln, den mein Innerstes verachtet!
Wann soll ich frei auf diesem Throne stehn!
Die Meinung muß ich ehren, um das Lob

Der Menge buhlen, einem Pöbel muß ich's
Recht machen, dem der Gaukler nur gefällt.
O der ist noch nicht König, der der Welt
Gefallen muß! Nur der ist's, der bei seinem Tun
Nach keines Menschen Beifall braucht zu fragen.

Warum hab ich Gerechtigkeit geübt,
Willkür gehaßt mein Leben lang, daß ich
Für diese erste unvermeidliche
Gewalttat selbst die Hände mir gefesselt!
Das Muster, das ich selber gab, verdammt mich!
War ich tyrannisch, wie die spanische
Maria war, mein Vorfahr auf dem Thron, ich könnte
Jetzt ohne Tadel Königsblut versprützen!
Doch war's denn meine eigne freie Wahl
Gerecht zu sein? Die allgewaltige
Notwendigkeit, die auch das freie Wollen
Der Könige zwingt, gebot mir diese Tugend.

Umgeben rings von Feinden hält mich nur
Die Volksgunst auf dem angefochtnen Thron.
Mich zu vernichten streben alle Mächte
Des festen Landes. Unversöhnlich schleudert
Der röm'sche Papst den Bannfluch auf mein Haupt,
Mit falschem Bruderkuß verrät mich Frankreich,
Und offnen, wütenden Vertilgungskrieg
Bereitet mir der Spanier auf den Meeren.
So steh ich kämpfend gegen eine Welt,
Ein wehrlos Weib! Mit hohen Tugenden
Muß ich die Blöße meines Rechts bedecken,
Den Flecken meiner fürstlichen Geburt,
Wodurch der eigne Vater mich geschändet.
Umsonst bedeck ich ihn – Der Gegner Haß
Hat ihn entblößt, und stellt mir diese Stuart,
Ein ewig drohendes Gespenst, entgegen.

Nein, diese Furcht soll endigen!
Ihr Haupt soll fallen. Ich will Frieden haben!
– Sie ist die Furie meines Lebens! Mir
Ein Plagegeist vom Schicksal angeheftet.
Wo ich mir eine Freude, eine Hoffnung

Gepflanzt, da liegt die Höllenschlange mir
Im Wege. Sie entreißt mir den Geliebten,
Den Bräut'gam raubt sie mir! Maria Stuart,
Heißt jedes Unglück, das mich niederschlägt!
Ist sie aus den Lebendigen vertilgt,
Frei bin ich, wie die Luft auf den Gebirgen.

Stillschweigen.

Mit welchem Hohn sie auf mich niedersah,
Als sollte mich der Blick zu Boden blitzen!
Ohnmächtige! Ich führe beßre Waffen,
Sie treffen tödlich und du bist nicht mehr!

Mit raschem Schritt nach dem Tische gehend und die Feder ergreifend:

Ein Bastard bin ich dir? – Unglückliche!
Ich bin es nur, solang du lebst und atmest.
Der Zweifel meiner fürstlichen Geburt
Er ist getilgt, sobald ich dich vertilge.
Sobald dem Briten keine Wahl mehr bleibt,
Bin ich im echten Ehebett geboren!

Sie unterschreibt mit einem raschen, festen Federzug, läßt dann die Feder fallen, und tritt mit einem Ausdruck des Schreckens zurück. Nach einer Pause klingelt sie.

Eilfter Auftritt

Elisabeth. Davison.

ELISABETH: Wo sind die andern Lords?
DAVISON: Sie sind gegangen,
Das aufgebrachte Volk zur Ruh zu bringen.
Das Toben war auch augenblicks gestillt,
Sobald der Graf von Shrewsbury sich zeigte.
„Der ist's, das ist er!" riefen hundert Stimmen,
„Der rettete die Königin! Hört ihn!
Den bravsten Mann in England." Nun begann
Der edle Talbot und verwies dem Volk
In sanften Worten sein gewaltsames
Beginnen, sprach so kraftvoll überzeugend,
Daß alles sich besänftigte, und still
Vom Platze schlich.
ELISABETH: Die wankelmüt'ge Menge,
Die jeder Wind herumtreibt! Wehe dem,

Der auf dies Rohr sich lehnet! – Es ist gut,
Sir Davison. Ihr könnt nun wieder gehn.
Wie sich jener nach der Türe gewendet:
Und dieses Blatt – Nehmt es zurück – Ich leg's
In Eure Hände.

DAVISON *wirft einen Blick in das Papier und erschrickt:*
Königin! Dein Name!
Du hast entschieden?

ELISABETH: – Unterschreiben sollt ich.
Ich hab's getan. Ein Blatt Papier entscheidet
Noch nicht, ein Name tötet nicht.

DAVISON: Dein Name Königin, unter dieser Schrift
Entscheidet alles, tötet, ist ein Strahl
Des Donners, der geflügelt trifft – Dies Blatt
Befiehlt den Kommissarien, dem Sheriff,
Nach Fotheringhayschloß sich stehnden Fußes
Zur Königin von Schottland zu verfügen,
Den Tod ihr anzukündigen, und schnell,
Sobald der Morgen tagt, ihn zu vollziehn.
Hier ist kein Aufschub, jene hat gelebt,
Wenn ich dies Blatt aus meinen Händen gebe.

ELISABETH: Ja, Sir! Gott legt ein wichtig groß Geschick
In Eure schwachen Hände. Fleht ihn an,
Daß er mit seiner Weisheit Euch erleuchte.
Ich geh und überlaß Euch Eurer Pflicht. *Sie will gehen.*

DAVISON *tritt ihr in den Weg:*
Nein, meine Königin! Verlaß mich nicht,
Eh du mir deinen Willen kundgetan.
Bedarf es hier noch einer andern Weisheit,
Als dein Gebot buchstäblich zu befolgen?
– Du legst dies Blatt in meine Hand, daß ich
Zu schleuniger Vollziehung es befördre?

ELISABETH: Das werdet Ihr nach Eurer Klugheit –

DAVISON *schnell und erschrocken einfallend:* Nicht
Nach meiner! Das verhüte Gott! Gehorsam
Ist meine ganze Klugheit. Deinem Diener
Darf hier nichts zu entscheiden übrigbleiben.
Ein klein Versehn wär hier ein Königsmord,
Ein unabsehbar, ungeheures Unglück.
Vergönne mir, in dieser großen Sache
Dein blindes Werkzeug willenlos zu sein.

In klare Worte fasse deine Meinung,
Was soll mit diesem Blutbefehl geschehn?
ELISABETH: – Sein Name spricht es aus.
DAVISON: So willst du, daß er gleich vollzogen werde?
ELISABETH *zögernd*: Das sag ich nicht, und zittre, es zu denken.
DAVISON: Du willst, daß ich ihn länger noch bewahre?
ELISABETH *schnell*: Auf Eure Gefahr! Ihr haftet für die Folgen.
DAVISON: Ich? Heil'ger Gott! – Sprich, Königin! Was willst du?
ELISABETH *ungeduldig*: Ich will, daß dieser unglücksel'gen Sache
Nicht mehr gedacht soll werden, daß ich endlich
Will Ruhe davor haben und auf ewig.
DAVISON: Es kostet dir ein einzig Wort. O sage,
Bestimme, was mit dieser Schrift soll werden!
ELISABETH: Ich hab's gesagt, und quält mich nun nicht weiter.
DAVISON: Du hättest es gesagt? Du hast mir nichts
Gesagt – Oh, es gefalle meiner Königin,
Sich zu erinnern.
ELISABETH *stampft auf den Boden*:
Unerträglich!
DAVISON: Habe Nachsicht
Mit mir! Ich kam seit wenig Monden erst
In dieses Amt! Ich kenne nicht die Sprache
Der Höfe und der Könige – in schlicht
Einfacher Sitte bin ich aufgewachsen.
Drum habe du Geduld mit deinem Knecht!
Laß dich das Wort nicht reun, das mich belehrt,
Mich klarmacht über meine Pflicht –
Er nähert sich ihr in flehender Stellung, sie kehrt ihm den Rücken zu, er steht in Verzweiflung, dann spricht er mit entschloßnem Ton:
Nimm dies Papier zurück! Nimm es zurück!
Es wird mir glühend Feuer in den Händen.
Nicht mich erwähle, dir in diesem furchtbaren
Geschäft zu dienen.
ELISABETH: Tut, was Eures Amts ist. *Sie geht ab.*

Zwölfter Auftritt

Davison, *gleich darauf* Burleigh.

DAVISON: Sie geht! Sie läßt mich ratlos, zweifelnd stehn
Mit diesem fürchterlichen Blatt – Was tu ich?

Soll ich's bewahren? Soll ich's übergeben?

Zu Burleigh, der hereintritt:

O gut! gut, daß Ihr kommt, Mylord! Ihr seid's,
Der mich in dieses Staatsamt eingeführt!
Befreiet mich davon. Ich übernahm es,
Unkundig seiner Rechenschaft! Laßt mich
Zurückgehn in die Dunkelheit, wo Ihr
Mich fandet, ich gehöre nicht auf diesen Platz –

BURLEIGH: Was ist Euch, Sir? Faßt Euch. Wo ist das Urteil?
Die Königin ließ Euch rufen.

DAVISON: Sie verließ mich
In heft'gem Zorn. O ratet mir! Helft mir!
Reißt mich aus dieser Höllenangst des Zweifels.
Hier ist das Urteil – Es ist unterschrieben.

BURLEIGH *hastig*: Ist es? O gebt! Gebt her!

DAVISON: Ich darf nicht.

BURLEIGH: Was?

DAVISON: Sie hat mir ihren Willen noch nicht deutlich –

BURLEIGH: Nicht deutlich! Sie hat unterschrieben. Gebt!

DAVISON: Ich soll's vollziehen lassen – soll es nicht
Vollziehen lassen – Gott! Weiß ich, was ich soll.

BURLEIGH *heftiger dringend*:
Gleich, augenblicks sollt Ihr's vollziehen lassen.
Gebt her! Ihr seid verloren, wenn Ihr säumt.

DAVISON: Ich bin verloren, wenn ich's übereile.

BURLEIGH: Ihr seid ein Tor, Ihr seid von Sinnen! Gebt!

Er entreißt ihm die Schrift, und eilt damit ab.

DAVISON *ihm nacheilend*:
Was macht Ihr? Bleibt! Ihr stürzt mich ins Verderben.

FÜNFTER AUFZUG

Die Szene ist das Zimmer des ersten Aufzugs.

Erster Auftritt

Hanna Kennedy *in tiefe Trauer gekleidet, mit verweinten Augen und einem großen, aber stillen Schmerz, ist beschäftigt, Pakete und Briefe zu versiegeln. Oft unterbricht sie der Jammer in ihrem Geschäft, und man sieht sie dazwischen still beten.* Paulet *und* Drury, *gleichfalls in schwarzen Kleidern, treten ein, ihnen folgen* viele Bediente, *welche goldne und silberne Gefäße, Spiegel, Gemälde und andere Kostbarkeiten tragen, und den Hintergrund des Zimmers damit anfüllen. Paulet überliefert der Amme ein Schmuckkästchen nebst einem Papier, und bedeutet ihr durch Zeichen, daß es ein Verzeichnis der gebrachten Dinge enthalte. Beim Anblick dieser Reichtümer erneuert sich der Schmerz der Amme, sie versinkt in ein tiefes Trauern, indem jene sich still wieder entfernen.* Melvil *tritt ein.*

kennedy *schreit auf, sobald sie ihn gewahr wird*:
Melvil! Ihr seid es! Euch erblick ich wieder!
melvil: Ja, treue Kennedy, wir sehn uns wieder!
kennedy: Nach langer, langer, schmerzenvoller Trennung!
melvil: Ein unglückselig schmerzvoll Wiedersehn!
kennedy: O Gott! Ihr kommt –
melvil: Den letzten, ewigen
Abschied von meiner Königin zu nehmen.
kennedy: Jetzt endlich, jetzt am Morgen ihres Todes,
Wird ihr die langentbehrte Gegenwart
Der Ihrigen vergönnt – O teurer Sir,
Ich will nicht fragen, wie es Euch erging,
Euch nicht die Leiden nennen, die wir litten,
Seitdem man Euch von unsrer Seite riß,
Ach, dazu wird wohl einst die Stunde kommen!
O Melvil! Melvil! Mußten wir's erleben,
Den Anbruch dieses Tags zu sehn!
melvil: Laßt uns
Einander nicht erweichen! Weinen will ich,
Solang noch Leben in mir ist, nie soll
Ein Lächeln diese Wangen mehr erheitern,
Nie will ich dieses nächtliche Gewand
Mehr von mir legen! Ewig will ich trauern,

Doch heute will ich standhaft sein – Versprecht
Auch Ihr mir, Euren Schmerz zu mäßigen –
Und wenn die andern alle der Verzweiflung
Sich trostlos überlassen, lasset uns
Mit männlich edler Fassung ihr vorangehn
Und ihr ein Stab sein auf dem Todesweg!

KENNEDY: Melvil! Ihr seid im Irrtum, wenn Ihr glaubt,
Die Königin bedürfe unsers Beistands,
Um standhaft in den Tod zu gehn! Sie selber ist's,
Die uns das Beispiel edler Fassung gibt.
Seid ohne Furcht! Maria Stuart wird
Als eine Königin und Heldin sterben.

MELVIL: Nahm sie die Todespost mit Fassung auf?
Man sagt, daß sie nicht vorbereitet war.

KENNEDY: Das war sie nicht. Ganz andre Schrecken waren's,
Die meine Lady ängstigten. Nicht vor dem Tod,
Vor dem Befreier zitterte Maria.
– Freiheit war uns verheißen. Diese Nacht
Versprach uns Mortimer von hier wegzuführen,
Und zwischen Furcht und Hoffnung, zweifelhaft,
Ob sie dem kecken Jüngling ihre Ehre
Und fürstliche Person vertrauen dürfe,
Erwartete die Königin den Morgen
– Da wird ein Auflauf in dem Schloß, ein Pochen
Schreckt unser Ohr, und vieler Hämmer Schlag,
Wir glauben, die Befreier zu vernehmen,
Die Hoffnung winkt, der süße Trieb des Lebens
Wacht unwillkürlich, allgewaltig auf –
Da öffnet sich die Tür – Sir Paulet ist's,
Der uns verkündigt – daß – die Zimmerer
Zu unsern Füßen das Gerüst aufschlagen!

Sie wendet sich ab, von heftigem Schmerz ergriffen.

MELVIL: Gerechter Gott! O sagt mir! Wie ertrug
Maria diesen fürchterlichen Wechsel?

KENNEDY *nach einer Pause, worin sie sich wieder etwas gefaßt hat*:
Man löst sich nicht allmählich von dem Leben!
Mit einem Mal, schnell augenblicklich muß
Der Tausch geschehen zwischen Zeitlichem
Und Ewigem, und Gott gewährte meiner Lady
In diesem Augenblick, der Erde Hoffnung
Zurückzustoßen mit entschloßner Seele,

Und glaubenvoll den Himmel zu ergreifen.
Kein Merkmal bleicher Furcht, kein Wort der Klage
Entehrte meine Königin – Dann erst,
Als sie Lord Leicesters schändlichen Verrat
Vernahm, das unglückselige Geschick
Des werten Jünglings, der sich ihr geopfert,
Des alten Ritters tiefen Jammer sah,
Dem seine letzte Hoffnung starb durch sie,
Da flossen ihre Tränen, nicht das eigne Schicksal,
Der fremde Jammer preßte sie ihr ab.

MELVIL: Wo ist sie jetzt? Könnt Ihr mich zu ihr bringen?

KENNEDY: Den Rest der Nacht durchwachte sie mit Beten,
Nahm von den teuern Freunden schriftlich Abschied,
Und schrieb ihr Testament mit eigner Hand.
Jetzt pflegt sie einen Augenblick der Ruh,
Der letzte Schlaf erquickt sie.

MELVIL: Wer ist bei ihr?

KENNEDY: Ihr Leibarzt Burgoyn, und ihre Frauen.

Zweiter Auftritt

Margareta Kurl *zu den* Vorigen.

KENNEDY: Was bringt Ihr, Mistreß? Ist die Lady wach?

KURL *ihre Tränen trocknend*:
Schon angekleidet – Sie verlangt nach Euch.

KENNEDY: Ich komme. *Zu Melvil, der sie begleiten will:*
Folgt mir nicht, bis ich die Lady
Auf Euren Anblick vorbereitet. *Geht hinein.*

KURL: Melvil!
Der alte Haushofmeister!

MELVIL: Ja, der bin ich!

KURL: O dieses Haus braucht keines Meisters mehr!
– Melvil! Ihr kommt von London, wißt Ihr mir
Von meinem Manne nichts zu sagen?

MELVIL: Er wird auf freien Fuß gesetzt, sagt man,
Sobald –

KURL: Sobald die Königin nicht mehr ist!
O der nichtswürdig schändliche Verräter!
Er ist der Mörder dieser teuren Lady,
Sein Zeugnis, sagt man, habe sie verurteilt.

MELVIL: So ist's.
KURL: O seine Seele sei verflucht
Bis in die Hölle! Er hat falsch gezeugt –
MELVIL: Mylady Kurl! Bedenket Eure Reden.
KURL: Beschwören will ich's vor Gerichtes Schranken,
Ich will es ihm ins Antlitz wiederholen,
Die ganze Welt will ich damit erfüllen.
Sie stirbt unschuldig –
MELVIL: O das gebe Gott!

Dritter Auftritt

Burgoyn *zu den* Vorigen. *Hernach* Hanna kennedy.

BURGOYN *erblickt Melvil*: O Melvil!
MELVIL *ihn umarmend*: Burgoyn!
BURGOYN *zu Margareta Kurl*: Besorget einen
Mit Wein für unsre Lady. Machet hurtig. [Becher
Kurl geht ab.
MELVIL: Wie? Ist der Königin nicht wohl?
BURGOYN: Sie fühlt sich stark, sie täuscht ihr Heldenmut.
Und keiner Speise glaubt sie zu bedürfen,
Doch ihrer wartet noch ein schwerer Kampf,
Und ihre Feinde sollen sich nicht rühmen,
Daß Furcht des Todes ihre Wangen bleichte,
Wenn die Natur aus Schwachheit unterliegt.
MELVIL *zur Amme, die hereintritt*:
Will sie mich sehn?
KENNEDY: Gleich wird sie selbst hier sein.
– Ihr scheint Euch mit Verwundrung umzusehn,
Und Eure Blicke fragen mich: was soll
Das Prachtgerät in diesem Ort des Todes?
– O Sir! Wir litten Mangel, da wir lebten,
Erst mit dem Tode kommt der Überfluß zurück.

Vierter Auftritt

Vorige. Zwei andre Kammerfrauen *der Maria, gleichfalls in Trauerkleidern. Sie brechen bei Melvils Anblick in laute Tränen aus.*

MELVIL: Was für ein Anblick! Welch ein Wiedersehn!
Gertrude! Rosamund!
ZWEITE KAMMERFRAU: Sie hat uns von sich
Geschickt! Sie will zum letztenmal allein
Mit Gott sich unterhalten!

Es kommen noch zwei WEIBLICHE BEDIENTE, *wie die vorigen in Trauer, die mit stummen Gebärden ihren Jammer ausdrücken.*

Fünfter Auftritt

Margareta Kurl *zu den* Vorigen. *Sie trägt einen goldnen Becher mit Wein, und setzt ihn auf den Tisch, indem sie sich bleich und zitternd an einen Stuhl hält.*

MELVIL: Was ist Euch, Mistreß? Was entsetzt Euch so?
KURL: O Gott!
BURGOYN: Was habt Ihr?
KURL: Was mußt ich erblicken!
MELVIL: Kommt zu Euch! Sagt uns, was es ist.
KURL: Als ich
Mit diesem Becher Wein die große Treppe
Heraufstieg, die zur untern Halle führt,
Da tat die Tür sich auf – ich sah hinein –
Ich sah – o Gott!
MELVIL: Was saht Ihr? Fasset Euch!
KURL: Schwarz überzogen waren alle Wände,
Ein groß Gerüst, mit schwarzem Tuch beschlagen,
Erhob sich von dem Boden, mitten drauf
Ein schwarzer Block, ein Kissen, und daneben
Ein blankgeschliffnes Beil – Voll Menschen war
Der Saal, die um das Mordgerüst sich drängten,
Und heiße Blutgier in dem Blick, das Opfer
Erwarteten.
DIE KAMMERFRAUEN: O Gott sei unsrer Lady gnädig!
MELVIL: Faßt euch! Sie kommt!

Sechster Auftritt

Die Vorigen. Maria. *Sie ist weiß und festlich gekleidet, am Halse trägt sie an einer Kette von kleinen Kugeln ein Agnus Dei, ein Rosenkranz hängt am Gürtel herab, sie hat ein Kruzifix in der Hand, und ein Diadem in den Haaren, ihr großer schwarzer Schleier ist zurückgeschlagen. Bei ihrem Eintritt weichen die Anwesenden zu beiden Seiten zurück, und drücken den heftigsten Schmerz aus. Melvil ist mit einer unwillkürlichen Bewegung auf die Knie gesunken.*

MARIA *mit ruhiger Hoheit im ganzen Kreise herumsehend*:
Was klagt ihr? Warum weint ihr? Freuen solltet
Ihr euch mit mir, daß meiner Leiden Ziel
Nun endlich naht, daß meine Bande fallen,
Mein Kerker aufgeht, und die frohe Seele sich
Auf Engelsflügeln schwingt zur ew'gen Freiheit.
Da, als ich in die Macht der stolzen Feindin
Gegeben war, Unwürdiges erduldend,
Was einer freien großen Königin
Nicht ziemt, da war es Zeit, um mich zu weinen!
– Wohltätig, heilend, nahet mir der Tod,
Der ernste Freund! Mit seinen schwarzen Flügeln
Bedeckt er meine Schmach – den Menschen adelt,
Den tiefstgesunkenen, das letzte Schicksal.
Die Krone fühl ich wieder auf dem Haupt,
Den würd'gen Stolz in meiner edeln Seele!
Indem sie einige Schritte weiter vortritt.
Wie? Melvil hier? – Nicht also, edler Sir!
Steht auf! Ihr seid zu Eurer Königin
Triumph, zu ihrem Tode nicht gekommen.
Mir wird ein Glück zuteil, wie ich es nimmer
Gehoffet, daß mein Nachruhm doch nicht ganz
In meiner Feinde Händen ist, daß doch
Ein Freund mir, ein Bekenner meines Glaubens
Als Zeuge dasteht in der Todesstunde.
– Sagt, edler Ritter! Wie erging es Euch,
In diesem feindlichen, unholden Lande,
Seitdem man Euch von meiner Seite riß?
Die Sorg um Euch hat oft mein Herz bekümmert.
MELVIL: Mich drückte sonst kein Mangel, als der Schmerz
Um dich, und meine Ohnmacht, dir zu dienen!

MARIA: Wie steht's um Didier, meinen alten Kämmrer?
Doch der Getreue schläft wohl lange schon
Den ew'gen Schlaf, denn er war hoch an Jahren.
MELVIL: Gott hat ihm diese Gnade nicht erzeigt,
Er lebt, um deine Jugend zu begraben.
MARIA: Daß mir vor meinem Tode noch das Glück
Geworden wäre, ein geliebtes Haupt
Der teuern Blutsverwandten zu umfassen!
Doch ich soll sterben unter Fremdlingen,
Nur eure Tränen soll ich fließen sehn!
– Melvil, die letzten Wünsche für die Meinen
Leg ich in Eure treue Brust – Ich segne
Den allerchristlichsten König, meinen Schwager,
Und Frankreichs ganzes königliches Haus –
Ich segne meinen Öhm, den Kardinal,
Und Heinrich Guise, meinen edlen Vetter.
Ich segne auch den Papst, den heiligen
Statthalter Christi, der mich wiedersegnet,
Und den kathol'schen König, der sich edelmütig
Zu meinem Retter, meinem Rächer anbot –
Sie alle stehn in meinem Testament,
Sie werden die Geschenke meiner Liebe,
Wie arm sie sind, darum gering nicht achten.
Sich zu ihren Dienern wendend:
Euch hab ich meinem königlichen Bruder
Von Frankreich anempfohlen, er wird sorgen
Für euch, ein neues Vaterland euch geben.
Und ist euch meine letzte Bitte wert,
Bleibt nicht in England, daß der Brite nicht
Sein stolzes Herz an eurem Unglück weide,
Nicht die im Staube seh, die mir gedient.
Bei diesem Bildnis des Gekreuzigten
Gelobet mir, dies unglücksel'ge Land
Alsbald, wenn ich dahin bin, zu verlassen!
MELVIL *berührt das Kruzifix:*
Ich schwöre dir's, im Namen dieser aller.
MARIA: Was ich, die Arme, die Beraubte, noch besaß,
Worüber mir vergönnt ist frei zu schalten,
Das hab ich unter euch verteilt, man wird,
Ich hoff es, meinen Letzten Willen ehren.
Auch was ich auf dem Todeswege trage,

Gehöret euch – Vergönnet mir noch einmal
Der Erde Glanz auf meinem Weg zum Himmel!

Zu den Fräulein:

Dir, meine Alix, Gertrud, Rosamund,
Bestimm ich meine Perlen, meine Kleider,
Denn eure Jugend freut sich noch des Putzes.
Du, Margareta, hast das nächste Recht
An meine Großmut, denn ich lasse dich
Zurück als die Unglücklichste von allen.
Daß ich des Gatten Schuld an dir nicht räche,
Wird mein Vermächtnis offenbaren – Dich,
O meine treue Hanna, reizet nicht
Der Wert des Goldes, nicht der Steine Pracht,
Dir ist das höchste Kleinod mein Gedächtnis.
Nimm dieses Tuch! Ich hab's mit eigner Hand
Für dich gestickt in meines Kummers Stunden,
Und meine heißen Tränen eingewoben.
Mit diesem Tuch wirst du die Augen mir verbinden,
Wenn es so weit ist – diesen letzten Dienst
Wünsch ich von meiner Hanna zu empfangen.

KENNEDY: O Melvil! Ich ertrag es nicht!

MARIA: Kommt alle!
Kommt und empfangt mein letztes Lebwohl.

Sie reicht ihre Hände hin, eins nach dem andern fällt ihr zu Füßen und küßt die dargebotne Hand unter heftigem Weinen.

Leb wohl, Margreta – Alix, lebe wohl –
Dank Burgoyn, für Eure treuen Dienste –
Dein Mund brennt heiß, Gertrude – Ich bin viel
Gehasset worden, doch auch viel geliebt!
Ein edler Mann beglücke meine Gertrud,
Denn Liebe fodert dieses glühnde Herz –
Bertha! Du hast das beßre Teil erwählt,
Die keusche Braut des Himmels willst du werden!
O eile, dein Gelübde zu vollziehn!
Betrüglich sind die Güter dieser Erden,
Das lern an deiner Königin! – Nichts weiter!
Lebt wohl! Lebt wohl! Lebt ewig wohl!

Sie wendet sich schnell von ihnen, alle, bis auf Melvil, entfernen sich.

Siebenter Auftritt

Maria. Melvil.

MARIA: Ich habe alles Zeitliche berichtigt,
Und hoffe keines Menschen Schuldnerin
Aus dieser Welt zu scheiden – Eins nur ist's,
Melvil, was der beklemmten Seele noch
Verwehrt, sich frei und freudig zu erheben.
MELVIL: Entdecke mir's. Erleichtre deine Brust,
Dem treuen Freund vertraue deine Sorgen.
MARIA: Ich stehe an dem Rand der Ewigkeit,
Bald soll ich treten vor den höchsten Richter,
Und noch hab ich den Heil'gen nicht versöhnt.
Versagt ist mir der Priester meiner Kirche.
Des Sakramentes heil'ge Himmelspeise
Verschmäh ich aus den Händen falscher Priester.
Im Glauben meiner Kirche will ich sterben,
Denn der allein ist's, welcher selig macht.
MELVIL: Beruhige dein Herz. Dem Himmel gilt
Der feurig fromme Wunsch statt des Vollbringens.
Tyrannenmacht kann nur die Hände fesseln,
Des Herzens Andacht hebt sich frei zu Gott,
Das Wort ist tot, der Glaube macht lebendig.
MARIA: Ach Melvil! Nicht allein genug ist sich
Das Herz, ein irdisch Pfand bedarf der Glaube,
Das hohe Himmlische sich zuzueignen.
Drum ward der Gott zum Menschen, und verschloß
Die unsichtbaren himmlischen Geschenke
Geheimnisvoll in einem sichtbarn Leib.
– Die Kirche ist's, die heilige, die hohe,
Die zu dem Himmel uns die Leiter baut,
Die allgemeine, die kathol'sche heißt sie,
Denn nur der Glaube aller stärkt den Glauben,
Wo Tausende anbeten und verehren,
Da wird die Glut zur Flamme, und beflügelt
Schwingt sich der Geist in alle Himmel auf.
– Ach die Beglückten, die das froh geteilte
Gebet versammelt in dem Haus des Herrn!
Geschmückt ist der Altar, die Kerzen leuchten,
Die Glocke tönt, der Weihrauch ist gestreut,
Der Bischof steht im reinen Meßgewand,

Er faßt den Kelch, er segnet ihn, er kündet
Das hohe Wunder der Verwandlung an,
Und niederstürzt dem gegenwärt'gen Gotte
Das gläubig überzeugte Volk – Ach! Ich
Allein bin ausgeschlossen, nicht zu mir
In meinen Kerker dringt der Himmelsegen.

MELVIL: Er dringt zu dir! Er ist dir nah! Vertraue
Dem Allvermögenden – der dürre Stab
Kann Zweige treiben in des Glaubens Hand!
Und der die Quelle aus dem Felsen schlug,
Kann dir im Kerker den Altar bereiten,
Kann diesen Kelch, die irdische Erquickung,
Dir schnell in eine himmlische verwandeln.

Er ergreift den Kelch, der auf dem Tische steht.

MARIA: Melvil! Versteh ich Euch? Ja! Ich versteh Euch!
Hier ist kein Priester, keine Kirche, kein
Hochwürdiges – Doch der Erlöser spricht:
Wo zwei versammelt sind in meinem Namen,
Da bin ich gegenwärtig unter ihnen.
Was weiht den Priester ein zum Mund des Herrn?
Das reine Herz, der unbefleckte Wandel.
– So seid Ihr mir, auch ungeweiht, ein Priester,
Ein Bote Gottes, der mir Frieden bringt.
– Euch will ich meine letzte Beichte tun,
Und Euer Mund soll mir das Heil verkünden.

MELVIL: Wenn dich das Herz so mächtig dazu treibt,
So wisse, Königin, daß dir zum Troste
Gott auch ein Wunder wohl verrichten kann.
Hier sei kein Priester, sagst du, keine Kirche,
Kein Leib des Herrn? – Du irrest dich. Hier ist
Ein Priester, und ein Gott ist hier zugegen.

Er entblößt bei diesen Worten das Haupt, zugleich zeigt er ihr eine Hostie in einer goldenen Schale.

– Ich bin ein Priester, deine letzte Beichte
Zu hören, dir auf deinem Todesweg
Den Frieden zu verkündigen, hab ich
Die sieben Weihn auf meinem Haupt empfangen,
Und diese Hostie überbring ich dir
Vom Heil'gen Vater, die er selbst geweihet.

MARIA: O so muß an der Schwelle selbst des Todes
Mir noch ein himmlisch Glück bereitet sein!

Wie ein Unsterblicher auf goldnen Wolken
Herniederfährt, wie den Apostel einst
Der Engel führte aus des Kerkers Banden,
Ihn hält kein Riegel, keines Hüters Schwert,
Er schreitet mächtig durch verschloßne Pforten,
Und im Gefängnis steht er glänzend da,
So überrascht mich hier der Himmelsbote,
Da jeder ird'sche Retter mich getäuscht!
– Und Ihr, mein Diener einst, seid jetzt der Diener
Des höchsten Gottes, und sein heil'ger Mund!
Wie Eure Kniee sonst vor mir sich beugten,
So lieg ich jetzt im Staub vor Euch. *Sie sinkt vor ihm nieder.*

MELVIL *indem er das Zeichen des Kreuzes über sie macht*:
Im Namen
Des Vaters und des Sohnes und des Geistes!
Maria, Königin! Hast du dein Herz
Erforschet, schwörst du, und gelobest du
Wahrheit zu beichten vor dem Gott der Wahrheit?

MARIA: Mein Herz liegt offen da vor dir und ihm.

MELVIL: Sprich, welcher Sünde zeiht dich dein Gewissen,
Seitdem du Gott zum letztenmal versöhnt?

MARIA: Von neid'schem Hasse war mein Herz erfüllt,
Und Rachgedanken tobten in dem Busen.
Vergebung hofft ich Sünderin von Gott,
Und konnte nicht der Gegnerin vergeben.

MELVIL: Bereuest du die Schuld, und ist's dein ernster
Entschluß, versöhnt aus dieser Welt zu scheiden?

MARIA: So wahr ich hoffe, daß mir Gott vergebe.

MELVIL: Welch andrer Sünde klagt das Herz dich an?

MARIA: Ach, nicht durch Haß allein, durch sünd'ge Liebe
Noch mehr hab ich das höchste Gut beleidigt.
Das eitle Herz ward zu dem Mann gezogen,
Der treulos mich verlassen und betrogen!

MELVIL: Bereuest du die Schuld, und hat dein Herz
Vom eiteln Abgott sich zu Gott gewendet?

MARIA: Es war der schwerste Kampf, den ich bestand,
Zerrissen ist das letzte ird'sche Band.

MELVIL: Welch andrer Schuld verklagt dich dein Gewissen?

MARIA: Ach, eine frühe Blutschuld, längst gebeichtet,
Sie kehrt zurück mit neuer Schreckenskraft,
Im Augenblick der letzten Rechenschaft,

Und wälzt sich schwarz mir vor des Himmels Pforten.
Den König, meinen Gatten, ließ ich morden,
Und dem Verführer schenkt ich Herz und Hand!
Streng büßt ich's ab mit allen Kirchenstrafen,
Doch in der Seele will der Wurm nicht schlafen.
MELVIL: Verklagt das Herz dich keiner andern Sünde,
Die du noch nicht gebeichtet und gebüßt?
MARIA: Jetzt weißt du alles, was mein Herz belastet.
MELVIL: Denk an die Nähe des Allwissenden!
Der Strafen denke, die die heil'ge Kirche
Der mangelhaften Beichte droht! Das ist
Die Sünde zu dem ew'gen Tod, denn das
Ist wider seinen heil'gen Geist gefrevelt!
MARIA: So schenke mir die ew'ge Gnade Sieg
Im letzten Kampf, als ich dir wissend nichts verschwieg.
MELVIL: Wie? deinem Gott verhehlst du das Verbrechen,
Um dessentwillen dich die Menschen strafen?
Du sagst mir nichts von deinem blut'gen Anteil
An Babingtons und Parrys Hochverrat?
Den zeitlichen Tod stirbst du für diese Tat,
Willst du auch noch den ew'gen dafür sterben?
MARIA: Ich bin bereit zur Ewigkeit zu gehn,
Noch eh sich der Minutenzeiger wendet,
Werd ich vor meines Richters Throne stehn,
Doch wiederhol ich's, meine Beichte ist vollendet.
MELVIL: Erwäg es wohl. Das Herz ist ein Betrüger.
Du hast vielleicht mit list'gem Doppelsinn
Das Wort vermieden, das dich schuldig macht,
Obgleich der Wille das Verbrechen teilte.
Doch wisse, keine Gaukelkunst berückt
Das Flammenauge, das ins Innre blickt!
MARIA: Ich habe alle Fürsten aufgeboten,
Mich aus unwürd'gen Banden zu befrein,
Doch nie hab ich durch Vorsatz oder Tat
Das Leben meiner Feindin angetastet!
MELVIL: So hätten deine Schreiber falsch gezeugt?
MARIA: Wie ich gesagt, so ist's. Was jene zeugten,
Das richte Gott!
MELVIL: So steigst du, überzeugt
Von deiner Unschuld, auf das Blutgerüste?
MARIA: Gott würdigt mich, durch diesen unverdienten Tod

Die frühe schwere Blutschuld abzubüßen.

MELVIL *macht den Segen über sie*:
So gehe hin, und sterbend büße sie!
Sink ein ergebnes Opfer am Altare,
Blut kann versöhnen, was das Blut verbrach,
Du fehltest nur aus weiblichem Gebrechen,
Dem sel'gen Geiste folgen nicht die Schwächen
Der Sterblichkeit in die Verklärung nach.
Ich aber künde dir, kraft der Gewalt,
Die mir verliehen ist, zu lösen und zu binden,
Erlassung an von allen deinen Sünden!
Wie du geglaubet, so geschehe dir! *Er reicht ihr die Hostie.*
Nimm hin den Leib, er ist für dich geopfert!

Er ergreift den Kelch, der auf dem Tische steht, konsekriert ihn mit stillem Gebet, dann reicht er ihr denselben. Sie zögert, ihn anzunehmen, und weist ihn mit der Hand zurück.

Nimm hin das Blut, es ist für dich vergossen!
Nimm hin! Der Papst erzeigt dir diese Gunst!
Im Tode noch sollst du das höchste Recht
Der Könige, das priesterliche, üben!

Sie empfängt den Kelch.

Und wie du jetzt dich in dem ird'schen Leib
Geheimnisvoll mit deinem Gott verbunden,
So wirst du dort in seinem Freudenreich,
Wo keine Schuld mehr sein wird, und kein Weinen,
Ein schön verklärter Engel, dich
Auf ewig mit dem Göttlichen vereinen.

Er setzt den Kelch nieder. Auf ein Geräusch, das gehört wird, bedeckt er sich das Haupt, und geht an die Türe, Maria bleibt in stiller Andacht auf den Knien liegen.

MELVIL *zurückkommend*:
Dir bleibt ein harter Kampf noch zu bestehn.
Fühlst du dich stark genug, um jede Regung
Der Bitterkeit, des Hasses zu besiegen?

MARIA: Ich fürchte keinen Rückfall. Meinen Haß
Und meine Liebe hab ich Gott geopfert.

MELVIL: Nun so bereite dich, die Lords von Leicester
Und Burleigh zu empfangen. Sie sind da.

Achter Auftritt

Die Vorigen. Burleigh. Leicester *und* Paulet.

Leicester bleibt ganz in der Entfernung stehen, ohne die Augen aufzuschlagen. Burleigh, der seine Fassung beobachtet, tritt zwischen ihn und die Königin.

BURLEIGH: Ich komme, Lady Stuart, Eure letzten
Befehle zu empfangen.
MARIA: Dank, Mylord!
BURLEIGH: Es ist der Wille meiner Königin,
Daß Euch nichts Billiges verweigert werde.
MARIA: Mein Testament nennt meine letzten Wünsche.
Ich hab's in Ritter Paulets Hand gelegt,
Und bitte, daß es treu vollzogen werde.
PAULET: Verlaßt Euch drauf.
MARIA: Ich bitte, meine Diener ungekränkt
Nach Schottland zu entlassen, oder Frankreich,
Wohin sie selber wünschen und begehren.
BURLEIGH:
Es sei, wie Ihr es wünscht.
MARIA: Und weil mein Leichnam
Nicht in geweihter Erde ruhen soll,
So dulde man, daß dieser treue Diener
Mein Herz nach Frankreich bringe zu den Meinen.
– Ach! Es war immer dort!
BURLEIGH: Es soll geschehn!
Habt Ihr noch sonst –
MARIA: Der Königin von England
Bringt meinen schwesterlichen Gruß – Sagt ihr,
Daß ich ihr meinen Tod von ganzem Herzen
Vergebe, meine Heftigkeit von gestern
Ihr reuevoll abbitte – Gott erhalte sie,
Und schenk ihr eine glückliche Regierung!
BURLEIGH: Sprecht! Habt Ihr noch nicht bessern Rat erwählt?
Verschmäht Ihr noch den Beistand des Dechanten?
MARIA: Ich bin mit meinem Gott versöhnt – Sir Paulet!
Ich hab Euch schuldlos vieles Weh bereitet,
Des Alters Stütze Euch geraubt – O laßt
Mich hoffen, daß Ihr meiner nicht mit Haß
Gedenket –

PAULET *gibt ihr die Hand:*
Gott sei mit Euch! Gehet hin im Frieden!

NEUNTER AUFTRITT

DIE VORIGEN. HANNA KENNEDY *und* DIE ANDERN FRAUEN *der Königin dringen herein mit Zeichen des Entsetzens, ihnen folgt* DER SHERIFF, *einen weißen Stab in der Hand, hinter demselben sieht man durch die offen bleibende Türe* GEWAFFNETE MÄNNER.

MARIA: Was ist dir, Hanna? – Ja, nun ist es Zeit!
Hier kommt der Sheriff, uns zum Tod zu führen.
Es muß geschieden sein! Lebt wohl! lebt wohl!
Ihre Frauen hängen sich an sie mit heftigem Schmerz; zu Melvil:
Ihr, werter Sir, und meine treue Hanna,
Sollt mich auf diesem letzten Gang begleiten.
Mylord versagt mir diese Wohltat nicht!
BURLEIGH: Ich habe dazu keine Vollmacht.
MARIA: Wie?
Die kleine Bitte könntet Ihr mir weigern?
Habt Achtung gegen mein Geschlecht! Wer soll
Den letzten Dienst mir leisten! Nimmermehr
Kann es der Wille meiner Schwester sein,
Daß mein Geschlecht in mir beleidigt werde,
Der Männer rohe Hände mich berühren!
BURLEIGH: Es darf kein Weib die Stufen des Gerüstes
Mit Euch besteigen – Ihr Geschrei und Jammern –
MARIA: Sie soll nicht jammern! Ich verbürge mich
Für die gefaßte Seele meiner Hanna!
Seid gütig, Lord. O trennt mich nicht im Sterben
Von meiner treuen Pflegerin und Amme!
Sie trug auf ihren Armen mich ins Leben,
Sie leite mich mit sanfter Hand zum Tod.
PAULET *zu Burleigh:*
Laßt es geschehn.
BURLEIGH: Es sei.
MARIA: Nun hab ich nichts mehr
Auf dieser Welt – *Sie nimmt das Kruzifix, und küßt es.*
Mein Heiland! Mein Erlöser!
Wie du am Kreuz die Arme ausgespannt,
So breite sie jetzt aus, mich zu empfangen.

Sie wendet sich zu gehen, in diesem Augenblick begegnet ihr Auge dem Grafen Leicester, der bei ihrem Aufbruch unwillkürlich aufgefahren, und nach ihr hingesehen. – Bei diesem Anblick zittert Maria, die Knie versagen ihr, sie ist im Begriff hinzusinken, da ergreift sie Graf Leicester, und empfängt sie in seinen Armen. Sie sieht ihn eine Zeitlang ernst und schweigend an, er kann ihren Blick nicht aushalten, endlich spricht sie:

Ihr haltet Wort, Graf Leicester – Ihr verspracht
Mir Euren Arm, aus diesem Kerker mich
Zu führen, und Ihr leihet mir ihn jetzt!

Er steht wie vernichtet. Sie fährt mit sanfter Stimme fort:

Ja, Leicester, und nicht bloß
Die Freiheit wollt ich Eurer Hand verdanken.
Ihr solltet mir die Freiheit teuer machen,
An Eurer Hand, beglückt durch Eure Liebe,
Wollt ich des neuen Lebens mich erfreun.
Jetzt, da ich auf dem Weg bin, von der Welt
Zu scheiden, und ein sel'ger Geist zu werden,
Den keine ird'sche Neigung mehr versucht,
Jetzt, Leicester, darf ich ohne Schamerröten
Euch die besiegte Schwachheit eingestehn –
Lebt wohl, und wenn Ihr könnt, so lebt beglückt!
Ihr durftet werben um zwei Königinnen,
Ein zärtlich liebend Herz habt Ihr verschmäht,
Verraten, um ein stolzes zu gewinnen,
Kniet zu den Füßen der Elisabeth!
Mög Euer Lohn nicht Eure Strafe werden!
Lebt wohl! – Jetzt hab ich nichts mehr auf der Erden!

Sie geht ab, der Sheriff voraus, Melvil und die Amme ihr zur Seite, Burleigh und Paulet folgen, die übrigen sehen ihr jammernd nach, bis sie verschwunden ist, dann entfernen sie sich durch die zwei andern Türen.

Zehnter Auftritt

Leicester *allein zurückbleibend.*

Ich lebe noch! Ich trag es, noch zu leben!
Stürzt dieses Dach nicht sein Gewicht auf mich!
Tut sich kein Schlund auf, das elendeste
Der Wesen zu verschlingen! Was hab ich
Verloren! Welche Perle warf ich hin!

Welch Glück der Himmel hab ich weggeschleudert!
– Sie geht dahin, ein schon verklärter Geist,
Und mir bleibt die Verzweiflung der Verdammten.
– Wo ist mein Vorsatz hin, mit dem ich kam,
Des Herzens Stimme fühllos zu ersticken?
Ihr fallend Haupt zu sehn mit unbewegten Blicken?
Weckt mir ihr Anblick die erstorbne Scham?
Muß sie im Tod mit Liebesbanden mich umstricken?
– Verworfener, dir steht es nicht mehr an,
In zartem Mitleid weibisch hinzuschmelzen,
Der Liebe Glück liegt nicht auf deiner Bahn,
Mit einem ehrnen Harnisch angetan,
Sei deine Brust, die Stirne sei ein Felsen!
Willst du den Preis der Schandtat nicht verlieren,
Dreist mußt du sie behaupten und vollführen!
Verstumme Mitleid, Augen, werdet Stein,
Ich seh sie fallen, ich will Zeuge sein.

Er geht mit entschloßnem Schritt der Türe zu, durch welche Maria gegangen, bleibt aber auf der Mitte des Weges stehen.

Umsonst! Umsonst! Mich faßt der Hölle Grauen,
Ich kann, ich kann das Schreckliche nicht schauen,
Kann sie nicht sterben sehen – Horch! Was war das?
Sie sind schon unten – Unter meinen Füßen
Bereitet sich das fürchterliche Werk.
Ich höre Stimmen – Fort! Hinweg! Hinweg
Aus diesem Haus des Schreckens und des Todes!

Er will durch eine andre Tür entfliehn, findet sie aber verschlossen, und fährt zurück.

Wie? Fesselt mich ein Gott an diesen Boden?
Muß ich anhören, was mir anzuschauen graut?
Die Stimme des Dechanten – Er ermahnet sie –
– Sie unterbricht ihn – Horch! – Laut betet sie –
Mit fester Stimme – Es wird still – Ganz still!
Nur schluchzen hör ich, und die Weiber weinen –
Sie wird entkleidet – Horch! Der Schemel wird
Gerückt – Sie kniet aufs Kissen – legt das Haupt –

Nachdem er die letzten Worte mit steigender Angst gesprochen, und eine Weile innegehalten, sieht man ihn plötzlich mit einer zuckenden Bewegung zusammenfahren, und ohnmächtig niedersinken, zugleich erschallt von unten herauf ein dumpfes Getöse von Stimmen, welches lange forthallt.

Das zweite Zimmer des vierten Aufzugs.

Eilfter Auftritt

Elisabeth *tritt aus einer Seitentüre, ihr Gang und ihre Gebärden drücken die heftigste Unruhe aus.*

Noch niemand hier – Noch keine Botschaft – Will es
Nicht Abend werden? Steht die Sonne fest
In ihrem himmlischen Lauf? – Ich soll noch länger
Auf dieser Folter der Erwartung liegen.
– Ist es geschehen? Ist es nicht? – Mir graut
Vor beidem, und ich wage nicht zu fragen!
Graf Leicester zeigt sich nicht, auch Burleigh nicht,
Die ich ernannt, das Urteil zu vollstrecken.
Sind sie von London abgereist – Dann ist's
Geschehn, der Pfeil ist abgedrückt, er fliegt,
Er trifft, er hat getroffen, gält's mein Reich,
Ich kann ihn nicht mehr halten – Wer ist da?

Zwölfter Auftritt

Elisabeth. Ein Page.

ELISABETH: Du kommst allein zurück – Wo sind die Lords?
PAGE: Mylord von Leicester, und der Großschatzmeister –
ELISABETH *in der höchsten Spannung*:
Wo sind sie?
PAGE: Sie sind nicht in London.
ELISABETH: Nicht?
– Wo sind sie denn?
PAGE: Das wußte niemand mir zu sagen.
Vor Tagesanbruch hätten beide Lords
Eilfertig und geheimnisvoll die Stadt
Verlassen.
ELISABETH *lebhaft ausbrechend*:
Ich bin Königin von England!
Auf und nieder gehend in der höchsten Bewegung:
Geh! Rufe mir – nein, bleibe – Sie ist tot!
Jetzt endlich hab ich Raum auf dieser Erde.
– Was zittr ich? Was ergreift mich diese Angst?
Das Grab deckt meine Furcht, und wer darf sagen,

Ich hab's getan! Es soll an Tränen mir
Nicht fehlen, die Gefallne zu beweinen! *Zum Pagen:*
Stehst du noch hier? – Mein Schreiber Davison
Soll augenblicklich sich hierher verfügen.
Schickt nach dem Grafen Shrewsbury – Da ist
Er selbst!

Page geht ab.

Dreizehnter Auftritt

Elisabeth. Graf Shrewsbury.

ELISABETH: Willkommen, edler Lord. Was bringt Ihr?
Nichts Kleines kann es sein, was Euren Schritt
So spät hierherführt.
SHREWSBURY: Große Königin,
Mein sorgenvolles Herz, um deinen Ruhm
Bekümmert, trieb mich heute nach dem Tower,
Wo Kurl und Nau, die Schreiber der Maria
Gefangensitzen, denn noch einmal wollt ich
Die Wahrheit ihres Zeugnisses erproben.
Bestürzt, verlegen weigert sich der Leutnant
Des Turms, mir die Gefangenen zu zeigen,
Durch Drohung nur verschafft ich mir den Eintritt
– Gott! Welcher Anblick zeigte mir sich da!
Das Haar verwildert, mit des Wahnsinns Blicken,
Wie ein von Furien Gequälter, lag
Der Schotte Kurl auf seinem Lager – Kaum
Erkennt mich der Unglückliche, so stürzt er
Zu meinen Füßen – schreiend, meine Knie
Umklammernd mit Verzweiflung, wie ein Wurm
Vor mir gekrümmt – fleht er mich an, beschwört mich,
Ihm seiner Königin Schicksal zu verkünden;
Denn ein Gerücht, daß sie zum Tod verurteilt sei,
War in des Towers Klüfte eingedrungen.
Als ich ihm das bejahet nach der Wahrheit,
Hinzugefügt, daß es sein Zeugnis sei,
Wodurch sie sterbe, sprang er wütend auf,
Fiel seinen Mitgefangnen an, riß ihn
Zu Boden, mit des Wahnsinns Riesenkraft,
Ihn zu erwürgen strebend. Kaum entrissen wir

Den Unglücksel'gen seines Grimmes Händen.
Nun kehrt' er gegen sich die Wut, zerschlug
Mit grimm'gen Fäusten sich die Brust, verfluchte sich
Und den Gefährten allen Höllengeistern.
Er habe falsch gezeugt, die Unglücksbriefe
An Babington, die er als echt beschworen,
Sie seien falsch, er habe andre Worte
Geschrieben, als die Königin diktiert,
Der Böswicht Nau hab ihn dazu verleitet.
Drauf rannt er an das Fenster, riß es auf
Mit wütender Gewalt, schrie in die Gassen
Hinab, daß alles Volk zusammenlief,
Er sei der Schreiber der Maria, sei
Der Böswicht, der sie fälschlich angeklagt,
Er sei verflucht, er sei ein falscher Zeuge!

ELISABETH: Ihr sagtet selbst, daß er von Sinnen war.
Die Worte eines Rasenden, Verrückten,
Beweisen nichts.

SHREWSBURY: Doch dieser Wahnsinn selbst
Beweiset desto mehr! O Königin!
Laß dich beschwören, übereile nichts,
Befiehl, daß man von neuem untersuche.

ELISABETH: Ich will es tun – weil Ihr es wünschet, Graf,
Nicht weil ich glauben kann, daß meine Peers
In dieser Sache übereilt gerichtet.
Euch zur Beruhigung erneure man
Die Untersuchung – Gut, daß es noch Zeit ist!
An unsrer königlichen Ehre soll
Auch nicht der Schatten eines Zweifels haften.

Vierzehnter Auftritt

Davison *zu den* Vorigen.

ELISABETH: Das Urteil, Sir, das ich in Eure Hand
Gelegt – Wo ist's?

DAVISON *im höchsten Erstaunen*:
Das Urteil?

ELISABETH: Das ich gestern
Euch in Verwahrung gab –

DAVISON: Mir in Verwahrung!

ELISABETH: Das Volk bestürmte mich, zu unterzeichnen,
Ich mußt ihm seinen Willen tun, ich tat's,
Gezwungen tat ich's, und in Eure Hände
Legt ich die Schrift, ich wollte Zeit gewinnen,
Ihr wißt, was ich Euch sagte – Nun! Gebt her!
SHREWSBURY: Gebt, werter Sir, die Sachen liegen anders,
Die Untersuchung muß erneuert werden.
DAVISON: Erneuert? – Ewige Barmherzigkeit!
ELISABETH: Bedenkt Euch nicht so lang. Wo ist die Schrift?
DAVISON *in Verzweiflung*:
Ich bin gestürzt, ich bin ein Mann des Todes!
ELISABETH *hastig einfallend*:
Ich will nicht hoffen, Sir –
DAVISON: Ich bin verloren!
Ich hab sie nicht mehr.
ELISABETH: Wie? Was?
SHREWSBURY: Gott im Himmel!
DAVISON: Sie ist in Burleighs Händen – schon seit gestern.
ELISABETH: Unglücklicher? So habt Ihr mir gehorcht,
Befahl ich Euch nicht streng, sie zu verwahren?
DAVISON: Das hast du nicht befohlen, Königin.
ELISABETH: Willst du mich Lügen strafen, Elender?
Wann hieß ich dir die Schrift an Burleigh geben?
DAVISON: Nicht in bestimmten, klaren Worten – aber –
ELISABETH: Nichtswürdiger! Du wagst es, meine Worte
Zu deuten? Deinen eignen blut'gen Sinn
Hineinzulegen? – Wehe dir, wenn Unglück
Aus dieser eigenmächt'gen Tat erfolgt,
Mit deinem Leben sollst du mir's bezahlen.
– Graf Shrewsbury, Ihr sehet, wie mein Name
Gemißbraucht wird.
SHREWSBURY: Ich sehe – O mein Gott!
ELISABETH: Was sagt Ihr?
SHREWSBURY: Wenn der Squire sich dieser Tat
Vermessen hat auf eigene Gefahr,
Und ohne deine Wissenschaft gehandelt,
So muß er vor den Richterstuhl der Peers
Gefodert werden, weil er deinen Namen
Dem Abscheu aller Zeiten preisgegeben.

Letzter Auftritt

Die Vorigen. Burleigh, *zuletzt* Kent.

BURLEIGH *beugt ein Knie vor der Königin*:
Lang lebe meine königliche Frau,
Und mögen alle Feinde dieser Insel
Wie diese Stuart enden!

Shrewsbury verhüllt sein Gesicht, Davison ringt verzweiflungsvoll die Hände.

ELISABETH: Redet, Lord!
Habt Ihr den tödlichen Befehl von mir
Empfangen?

BURLEIGH: Nein, Gebieterin! Ich empfing ihn
Von Davison.

ELISABETH: Hat Davison ihn Euch
In meinem Namen übergeben?

BURLEIGH: Nein!
Das hat er nicht –

ELISABETH: Und Ihr vollstrecktet ihn,
Rasch, ohne meinen Willen erst zu wissen?
Das Urteil war gerecht, die Welt kann uns
Nicht tadeln, aber Euch gebührte nicht,
Der Milde unsres Herzens vorzugreifen –
Drum seid verbannt von unserm Angesicht! *Zu Davison:*
Ein strengeres Gericht erwartet Euch,
Der seine Vollmacht frevelnd überschritten,
Ein heilig anvertrautes Pfand veruntreut.
Man führ ihn nach dem Tower, es ist mein Wille,
Daß man auf Leib und Leben ihn verklage.
– Mein edler Talbot! Euch allein hab ich
Gerecht erfunden unter meinen Räten,
Ihr sollt fortan mein Führer sein, mein Freund –

SHREWSBURY: Verbanne deine treusten Freunde nicht,
Wirf sie nicht ins Gefängnis, die für dich
Gehandelt haben, die jetzt für dich schweigen.
– Mir aber, große Königin, erlaube,
Daß ich das Siegel, das du mir zwölf Jahre
Vertraut, zurück in deine Hände gebe.

ELISABETH *betroffen*:
Nein, Shrewsbury! Ihr werdet mich jetzt nicht
Verlassen, jetzt –

SHREWSBURY: Verzeih, ich bin zu alt,
Und diese grade Hand, sie ist zu starr,
Um deine neuen Taten zu versiegeln.
ELISABETH: Verlassen wollte mich der Mann, der mir
Das Leben rettete?
SHREWSBURY: Ich habe wenig
Getan – Ich habe deinen edlern Teil
Nicht retten können. Lebe, herrsche glücklich!
Die Gegnerin ist tot. Du hast von nun an
Nichts mehr zu fürchten, brauchst nichts mehr zu achten.
Geht ab.
ELISABETH *zum Grafen Kent, der hereintritt*:
Graf Leicester komme her!
KENT: Der Lord läßt sich
Entschuldigen, er ist zu Schiff nach Frankreich.
Sie bezwingt sich und steht mit ruhiger Fassung da. Der Vorhang fällt.

DIE JUNGFRAU VON ORLEANS

Eine romantische Tragödie

Personen

Karl *der Siebente, König von Frankreich*
Königin Isabeau, *seine Mutter*
Agnes Sorel, *seine Geliebte*
Philipp *der Gute, Herzog von Burgund*
Graf Dunois, *Bastard von Orleans*
La Hire | *Königliche Offiziere*
Du Chatel |
Erzbischof *von Reims*
Chatillon, *ein burgundischer Ritter*
Raoul, *ein lothringischer Ritter*
Talbot, *Feldherr der Engelländer*
Lionel | *Englische Anführer*
Fastolf |
Montgomery, *ein Walliser*
Ratsherren *von Orleans*
Ein englischer Herold
Thibaut d' Arc, *ein reicher Landmann*
Margot |
Louison | *seine Töchter*
Johanna |
Etienne |
Claude Marie | *ihre Freier*
Raimond |
Bertrand, *ein anderer Landmann*
Die Erscheinung eines schwarzen Ritters
Köhler *und* Köhlerweib
Soldaten *und* Volk, Königliche Kronbediente, Bischöfe, Mönche, Marschälle, Magistratspersonen, Hofleute, *und andere stumme Personen im Gefolge des Krönungszuges*

PROLOG

Eine ländliche Gegend. Vorn zur Rechten ein Heiligenbild in einer Kapelle; zur Linken eine hohe Eiche.

ERSTER AUFTRITT

THIBAUT D'ARC. SEINE DREI TÖCHTER. DREI JUNGE SCHÄFER, *ihre Freier.*

THIBAUT: Ja liebe Nachbarn! Heute sind wir noch
Franzosen, freie Bürger noch und Herren
Des alten Bodens, den die Väter pflügten;
Wer weiß, wer morgen über uns befiehlt!
Denn allerorten läßt der Engelländer
Sein sieghaft Banner fliegen, seine Rosse
Zerstampfen Frankreichs blühende Gefilde.
Paris hat ihn als Sieger schon empfangen,
Und mit der alten Krone Dagoberts
Schmückt es den Sprößling eines fremden Stamms.
Der Enkel unsrer Könige muß irren
Enterbt und flüchtig durch sein eignes Reich,
Und wider ihn im Heer der Feinde kämpft
Sein nächster Vetter und sein erster Pair,
Ja seine Rabenmutter führt es an.
Rings brennen Dörfer, Städte. Näher stets
Und näher wälzt sich der Verheerung Rauch
An diese Täler, die noch friedlich ruhn.
– Drum liebe Nachbarn, hab ich mich mit Gott
Entschlossen, weil ich's heute noch vermag,
Die Töchter zu versorgen; denn das Weib
Bedarf in Kriegesnöten des Beschützers,
Und treue Lieb hilft alle Lasten heben.
Zu dem ersten Schäfer:
– Kommt Etienne! Ihr werbt um meine Margot,
Die Äcker grenzen nachbarlich zusammen,
Die Herzen stimmen überein – das stiftet
Ein gutes Ehband! *Zu dem zweiten:*
Claude Marie! Ihr schweigt,

Und meine Louison schlägt die Augen nieder?
Werd ich zwei Herzen trennen, die sich fanden,
Weil Ihr nicht Schätze mir zu bieten habt?
Wer hat jetzt Schätze? Haus und Scheune sind
Des nächsten Feindes oder Feuers Raub –
Die treue Brust des braven Manns allein
Ist ein sturmfestes Dach in diesen Zeiten.

LOUISON: Mein Vater!

CLAUDE MARIE: Meine Louison!

LOUISON *Johanna umarmend*: Liebe Schwester!

THIBAUT: Ich gebe jeder dreißig Acker Landes
Und Stall und Hof und eine Herde – Gott
Hat mich gesegnet und so segn er euch!

MARGOT *Johanna umarmend*:
Erfreue unsern Vater. Nimm ein Beispiel!
Laß diesen Tag drei frohe Bande schließen.

THIBAUT: Geht! Machet Anstalt. Morgen ist die Hochzeit,
Ich will, das ganze Dorf soll sie mitfeiern.
Die zwei Paare gehen Arm in Arm geschlungen ab.

Zweiter Auftritt

THIBAUT. RAIMOND. JOHANNA.

THIBAUT: Jeanette, deine Schwestern machen Hochzeit,
Ich seh sie glücklich, sie erfreun mein Alter,
Du, meine Jüngste, machst mir Gram und Schmerz.

RAIMOND: Was fällt Euch ein! Was scheltet Ihr die Tochter?

TRIBAUT: Hier dieser wackre Jüngling, dem sich keiner
Vergleicht im ganzen Dorf, der Treffliche,
Er hat dir seine Neigung zugewendet,
Und wirbt um dich, schon ist's der dritte Herbst,
Mit stillem Wunsch, mit herzlichem Bemühn,
Du stößest ihn verschlossen, kalt, zurück,
Noch sonst ein andrer von den Hirten allen
Mag dir ein gütig Lächeln abgewinnen.
– Ich sehe dich in Jugendfülle prangen,
Dein Lenz ist da, es ist die Zeit der Hoffnung,
Entfaltet ist die Blume deines Leibes,
Doch stets vergebens harr ich, daß die Blume

Der zarten Lieb aus ihrer Knospe breche,
Und freudig reife zu der goldnen Frucht!
O das gefällt mir nimmermehr und deutet
Auf eine schwere Irrung der Natur!
Das Herz gefällt mir nicht, das streng und kalt
Sich zuschließt in den Jahren des Gefühls.
RAIMOND: Laßt's gut sein Vater Arc! Laßt sie gewähren!
Die Liebe meiner trefflichen Johanna
Ist eine edle zarte Himmelsfrucht,
Und still allmählich reift das Köstliche!
Jetzt liebt sie noch, zu wohnen auf den Bergen,
Und von der freien Heide fürchtet sie
Herabzusteigen in das niedre Dach
Der Menschen, wo die engen Sorgen wohnen.
Oft seh ich ihr aus tiefem Tal mit stillem
Erstaunen zu, wenn sie auf hoher Trift
In Mitte ihrer Herde ragend steht,
Mit edelm Leibe, und den ernsten Blick
Herabsenkt auf der Erde kleine Länder.
Da scheint sie mir was Höhres zu bedeuten,
Und dünkt mir's oft, sie stamm aus andern Zeiten.
THIBAUT: Das ist es, was mir nicht gefallen will!
Sie flieht der Schwestern fröhliche Gemeinschaft,
Die öden Berge sucht sie auf, verlässet
Ihr nächtlich Lager vor dem Hahnenruf,
Und in der Schreckensstunde, wo der Mensch
Sich gern vertraulich an den Menschen schließt,
Schleicht sie, gleich dem einsiedlerischen Vogel,
Heraus ins graulich düstre Geisterreich
Der Nacht, tritt auf den Kreuzweg hin und pflegt
Geheime Zweisprach mit der Luft des Berges.
Warum erwählt sie immer diesen Ort
Und treibt gerade hieher ihre Herde?
Ich sehe sie zu ganzen Stunden sinnend
Dort unter dem Druidenbaume sitzen,
Den alle glückliche Geschöpfe fliehn.
Denn nicht geheur ist's hier, ein böses Wesen
Hat seinen Wohnsitz unter diesem Baum
Schon seit der alten grauen Heidenzeit.
Die Ältesten im Dorf erzählen sich
Von diesem Baume schauerhafte Mären,

Seltsamer Stimmen wundersamen Klang
Vernimmt man oft aus seinen düstern Zweigen.
Ich selbst, als mich in später Dämmrung einst
Der Weg an diesem Baum vorüberführte,
Hab ein gespenstisch Weib hier sitzen sehn.
Das streckte mir aus weitgefaltetem
Gewande langsam eine dürre Hand
Entgegen, gleich als winkt' es, doch ich eilte
Fürbaß und Gott befahl ich meine Seele.

RAIMOND *auf das Heiligenbild in der Kapelle zeigend*:
Des Gnadenbildes segenreiche Näh,
Das hier des Himmels Frieden um sich streut,
Nicht Satans Werk führt Eure Tochter her.

THIBAUT: O nein! nein! Nicht vergebens zeigt sich's mir
In Träumen an und ängstlichen Gesichten.
Zu dreien Malen hab ich sie gesehn
Zu Reims auf unsrer Könige Stuhle sitzen,
Ein funkelnd Diadem von sieben Sternen
Auf ihrem Haupt, das Szepter in der Hand,
Aus dem drei weiße Lilien entsprangen,
Und ich, ihr Vater, ihre beiden Schwestern
Und alle Fürsten, Grafen, Erzbischöfe,
Der König selber, neigten sich vor ihr.
Wie kommt mir solcher Glanz in meine Hütte?
O das bedeutet einen tiefen Fall!
Sinnbildlich stellt mir dieser Warnungstraum
Das eitle Trachten ihres Herzens dar.
Sie schämt sich ihrer Niedrigkeit – weil Gott
Mit reicher Schönheit ihren Leib geschmückt,
Mit hohen Wundergaben sie gesegnet,
Vor allen Hirtenmädchen dieses Tals,
So nährt sie sünd'gen Hochmut in dem Herzen,
Und Hochmut ist's, wodurch die Engel fielen,
Woran der Höllengeist den Menschen faßt.

RAIMOND: Wer hegt bescheidnern tugendlichern Sinn
Als Eure fromme Tochter? Ist sie's nicht
Die ihren ältern Schwestern freudig dient?
Sie ist die Hochbegabteste von allen,
Doch seht Ihr sie wie eine niedre Magd
Die schwersten Pflichten still gehorsam üben,
Und unter ihren Händen wunderbar

Gedeihen Euch die Herden und die Saaten;
Um alles was sie schafft ergießet sich
Ein unbegreiflich überschwenglich Glück.

THIBAUT: Ja wohl! Ein unbegreiflich Glück – Mir kommt
Ein eigen Grauen an bei diesem Segen!
– Nichts mehr davon. Ich schweige. Ich will schweigen;
Soll ich mein eigen teures Kind anklagen?
Ich kann nichts tun als warnen, für sie beten!
Doch warnen muß ich – Fliehe diesen Baum,
Bleib nicht allein, und grabe keine Wurzeln
Um Mitternacht, bereite keine Tränke,
Und schreibe keine Zeichen in den Sand –
Leicht aufzuritzen ist das Reich der Geister,
Sie liegen wartend unter dünner Decke,
Und leise hörend stürmen sie herauf.
Bleib nicht allein, denn in der Wüste trat
Der Satansengel selbst zum Herrn des Himmels.

DRITTER AUFTRITT

BERTRAND *tritt auf, einen Helm in der Hand.*
THIBAUT. RAIMOND. JOHANNA.

RAIMOND: Still! Da kommt Bertrand aus der Stadt zurück.
Sieh was er trägt!

BERTRAND: Ihr staunt mich an, ihr seid
Verwundert ob des seltsamen Gerätes
In meiner Hand.

THIBAUT: Das sind wir. Saget an.
Wie kamt Ihr zu dem Helm, was bringt Ihr uns
Das böse Zeichen in die Friedensgegend?

Johanna, welche in beiden vorigen Szenen still und ohne Anteil auf der Seite gestanden, wird aufmerksam und tritt näher.

BERTRAND: Kaum weiß ich selbst zu sagen, wie das Ding
Mir in die Hand geriet. Ich hatte eisernes
Gerät mir eingekauft zu Vaucouleurs,
Ein großes Drängen fand ich auf dem Markt,
Denn flücht'ges Volk war eben angelangt
Von Orleans mit böser Kriegespost.
Im Aufruhr lief die ganze Stadt zusammen,
Und als ich Bahn mir mache durchs Gewühl,

Da tritt ein braun Bohemerweib mich an
Mit diesem Helm, faßt mich ins Auge scharf,
Und spricht: „Gesell, Ihr suchet einen Helm,
Ich weiß, Ihr suchet einen. Da! Nehmt hin!
Um ein Geringes steht er Euch zu Kaufe."
– „Geht zu den Lanzenknechten", sagt ich ihr,
„Ich bin ein Landmann, brauche nicht des Helmes."
Sie aber ließ nicht ab und sagte ferner:
„Kein Mensch vermag zu sagen, ob er nicht
Des Helmes braucht. Ein stählern Dach fürs Haupt
Ist jetzo mehr wert als ein steinern Haus."
So trieb sie mich durch alle Gassen, mir
Den Helm aufnötigend, den ich nicht wollte.
Ich sah den Helm, daß er so blank und schön
Und würdig eines ritterlichen Haupts,
Und da ich zweifelnd in der Hand ihn wog,
Des Abenteuers Seltsamkeit bedenkend,
Da war das Weib mir aus den Augen, schnell
Hinweggerissen hatte sie der Strom
Des Volkes, und der Helm blieb mir in Händen.

JOHANNA *rasch und begierig darnach greifend*:
Gebt mir den Helm!

BERTRAND: Was frommt Euch dies Geräte?
Das ist kein Schmuck für ein jungfräulich Haupt.

JOHANNA *entreißt ihm den Helm*:
Mein ist der Helm und mir gehört er zu.

THIBAUT: Was fällt dem Mädchen ein?

RAIMOND: Laßt ihr den Willen!
Wohl ziemt ihr dieser kriegerische Schmuck,
Denn ihre Brust verschließt ein männlich Herz.
Denkt nach, wie sie den Tigerwolf bezwang,
Das grimmig wilde Tier, das unsre Herden
Verwüstete, den Schrecken aller Hirten.
Sie ganz allein, die löwenherz'ge Jungfrau,
Stritt mit dem Wolf und rang das Lamm ihm ab,
Das er im blut'gen Rachen schon davontrug.
Welch tapfres Haupt auch dieser Helm bedeckt,
Er kann kein würdigeres zieren!

THIBAUT *zu Bertrand*: Sprecht!
Welch neues Kriegesunglück ist geschehn?
Was brachten jene Flüchtigen?

BERTRAND: Gott helfe
Dem König und erbarme sich des Landes!
Geschlagen sind wir in zwei großen Schlachten,
Mitten in Frankreich steht der Feind, verloren
Sind alle Länder bis an die Loire –
Jetzt hat er seine ganze Macht zusammen
Geführt, womit er Orleans belagert.
THIBAUT: Gott schütze den König!
BERTRAND: Unermeßliches
Geschütz ist aufgebracht von allen Enden,
Und wie der Bienen dunkelnde Geschwader
Den Korb umschwärmen in des Sommers Tagen,
Wie aus geschwärzter Luft die Heuschreckwolke
Herunterfällt und meilenlang die Felder
Bedeckt in unabsehbarem Gewimmel,
So goß sich eine Kriegeswolke aus
Von Völkern über Orleans' Gefilde,
Und von der Sprachen unverständlichem
Gemisch verworren dumpf erbraust das Lager.
Denn auch der mächtige Burgund, der Länder-
Gewaltige hat seine Mannen alle
Herbeigeführt, die Lütticher, Luxemburger,
Die Hennegauer, die vom Lande Namur,
Und die das glückliche Brabant bewohnen,
Die üpp'gen Genter, die in Samt und Seide
Stolzieren, die von Seeland, deren Städte
Sich reinlich aus dem Meereswasser heben,
Die herdenmelkenden Holländer, die
Von Utrecht, ja vom äußersten Westfriesland,
Die nach dem Eispol schaun – Sie folgen alle
Dem Heerbann des gewaltig herrschenden
Burgund und wollen Orleans bezwingen.
THIBAUT: O des unselig jammervollen Zwists
Der Frankreichs Waffen wider Frankreich wendet!
BERTRAND: Auch sie, die alte Königin, sieht man,
Die stolze Isabeau, die Bayerfürstin,
In Stahl gekleidet durch das Lager reiten,
Mit gift'gen Stachelworten alle Völker
Zur Wut aufregen wider ihren Sohn,
Den sie in ihrem Mutterschoß getragen!
THIBAUT: Fluch treffe sie! Und möge Gott sie einst

Wie jene stolze Jesabel verderben!
BERTRAND: Der fürchterliche Salisbury, der Mauren-
Zertrümmerer, führt die Belagrung an,
Mit ihm des Löwen Bruder Lionel,
Und Talbot, der mit mörderischem Schwert
Die Völker niedermähet in den Schlachten.
In frechem Mute haben sie geschworen,
Der Schmach zu weihen alle Jungfrauen,
Und was das Schwert geführt dem Schwert zu opfern.
Vier hohe Warten haben sie erbaut,
Die Stadt zu überragen; oben späht
Graf Salisbury mit mordbegier'gem Blick,
Und zählt den schnellen Wandrer auf den Gassen.
Viel tausend Kugeln schon von Zentnerslast
Sind in die Stadt geschleudert, Kirchen liegen
Zertrümmert, und der königliche Turm
Von Notre-Dame beugt sein erhabnes Haupt.
Auch Pulvergänge haben sie gegraben
Und über einem Höllenreiche steht
Die bange Stadt, gewärtig jede Stunde,
Daß es mit Donnerskrachen sich entzünde.

Johanna horcht mit gespannter Aufmerksamkeit und setzt sich den Helm auf.

THIBAUT: Wo aber waren denn die tapfern Degen
Saintrailles, La Hire und Frankreichs Brustwehr
Der heldenmüt'ge Bastard, daß der Feind
So allgewaltig reißend vorwärts drang?
Wo ist der König selbst, und sieht er müßig
Des Reiches Not und seiner Städte Fall?
BERTRAND: Zu Chinon hält der König seinen Hof,
Es fehlt an Volk, er kann das Feld nicht halten.
Was nützt der Führer Mut, der Helden Arm,
Wenn bleiche Furcht die Heere lähmt?
Ein Schrecken, wie von Gott herabgesandt,
Hat auch die Brust der Tapfersten ergriffen.
Umsonst erschallt der Fürsten Aufgebot.
Wie sich die Schafe bang zusammendrängen,
Wenn sich des Wolfes Heulen hören läßt,
So sucht der Franke, seines alten Ruhms
Vergessend, nur die Sicherheit der Burgen.
Ein einz'ger Ritter nur, hört ich erzählen,

Hab eine schwache Mannschaft aufgebracht,
Und zieh dem König zu mit sechzehn Fahnen.
JOHANNA *schnell*:
Wie heißt der Ritter?
BERTRAND: Baudricour. Doch schwerlich
Möcht er des Feindes Kundschaft hintergehn,
Der mit zwei Heeren seinen Fersen folgt.
JOHANNA: Wo hält der Ritter? Sagt mir's, wenn Ihr's wisset.
BERTRAND: Er steht kaum eine Tagereise weit
Von Vaucouleurs.
THIBAUT *zu Johanna*: Was kümmert's dich! Du fragst
Nach Dingen, Mädchen, die dir nicht geziemen.
BERTRAND: Weil nun der Feind so mächtig und kein Schutz
Vom König mehr zu hoffen, haben sie
Zu Vaucouleurs einmütig den Beschluß
Gefaßt, sich dem Burgund zu übergeben.
So tragen wir nicht fremdes Joch und bleiben
Beim alten Königsstamme – ja vielleicht
Zur alten Krone fallen wir zurück,
Wenn einst Burgund und Frankreich sich versöhnen.
JOHANNA *in Begeisterung*:
Nichts von Verträgen! Nichts von Übergabe!
Der Retter naht, er rüstet sich zum Kampf.
Vor Orleans soll das Glück des Feindes scheitern,
Sein Maß ist voll, er ist zur Ernte reif.
Mit ihrer Sichel wird die Jungfrau kommen,
Und seines Stolzes Saaten niedermähn,
Herab vom Himmel reißt sie seinen Ruhm,
Den er hoch an den Sternen aufgehangen.
Verzagt nicht! Fliehet nicht! Denn eh der Rocken
Gelb wird, eh sich die Mondesscheibe füllt,
Wird kein engländisch Roß mehr aus den Wellen
Der prächtig strömenden Loire trinken.
BERTRAND: Ach! Es geschehen keine Wunder mehr!
JOHANNA: Es geschehn noch Wunder – Eine weiße Taube
Wird fliegen und mit Adlerskühnheit diese Geier
Anfallen, die das Vaterland zerreißen.
Darniederkämpfen wird sie diesen stolzen
Burgund, den Reichsverräter, diesen Talbot
Den himmelstürmend hunderthändigen,
Und diesen Salisbury, den Tempelschänder,

Und diese frechen Inselwohner alle
Wie eine Herde Lämmer vor sich jagen.
Der Herr wird mit ihr sein, der Schlachten Gott.
Sein zitterndes Geschöpf wird er erwählen,
Durch eine zarte Jungfrau wird er sich
Verherrlichen, denn er ist der Allmächt'ge!

THIBAUT: Was für ein Geist ergreift die Dirn?

RAIMOND: Es ist
Der Helm, der sie so kriegerisch beseelt.
Seht Eure Tochter an. Ihr Auge blitzt,
Und glühend Feuer sprühen ihre Wangen!

JOHANNA: Dies Reich soll fallen? Dieses Land des Ruhms,
Das schönste das die ew'ge Sonne sieht
In ihrem Lauf, das Paradies der Länder,
Das Gott liebt, wie den Apfel seines Auges,
Die Fesseln tragen eines fremden Volks!
– Hier scheiterte der Heiden Macht. Hier war
Das erste Kreuz, das Gnadenbild erhöht,
Hier ruht der Staub des heil'gen Ludewig,
Von hier aus ward Jerusalem erobert.

BERTRAND *erstaunt*: Hört ihre Rede! Woher schöpfte sie
Die hohe Offenbarung – Vater Arc!
Euch gab Gott eine wundervolle Tochter!

JOHANNA: Wir sollen keine eigne Könige
Mehr haben, keinen eingebornen Herrn –
Der König, der nie stirbt, soll aus der Welt
Verschwinden – der den heil'gen Pflug beschützt
Der die Trift beschützt und fruchtbar macht die Erde,
Der die Leibeignen in die Freiheit führt,
Der die Städte freudig stellt um seinen Thron –
Der dem Schwachen beisteht und den Bösen schreckt,
Der den Neid nicht kennet, denn er ist der Größte,
Der ein Mensch ist und ein Engel der Erbarmung
Auf der feindsel'gen Erde. – Denn der Thron
Der Könige, der von Golde schimmert, ist
Das Obdach der Verlassenen – hier steht
Die Macht und die Barmherzigkeit – es zittert
Der Schuldige, vertrauend naht sich der Gerechte,
Und scherzet mit den Löwen um den Thron!
Der fremde König, der von außen kommt,
Dem keines Ahnherrn heilige Gebeine

In diesem Lande ruhn, kann er es lieben?
Der nicht jung war mit unsern Jünglingen,
Dem unsre Worte nicht zum Herzen tönen,
Kann er ein Vater sein zu seinen Söhnen?

THIBAUT: Gott schütze Frankreich und den König! Wir
Sind friedliche Landleute, wissen nicht
Das Schwert zu führen, noch das kriegerische Roß
Zu tummeln. – Laßt uns still gehorchend harren,
Wen uns der Sieg zum König geben wird.
Das Glück der Schlachten ist das Urteil Gottes,
Und unser Herr ist, wer die heil'ge Ölung
Empfängt und sich die Kron aufsetzt zu Reims.
– Kommt an die Arbeit! Kommt! Und denke jeder
Nur an das Nächste! Lassen wir die Großen,
Der Erde Fürsten um die Erde losen,
Wir können ruhig die Zerstörung schauen,
Denn sturmfest steht der Boden, den wir bauen.
Die Flamme brenne unsre Dörfer nieder,
Die Saat zerstampfe ihrer Rosse Tritt,
Der neue Lenz bringt neue Saaten mit,
Und schnell erstehn die leichten Hütten wieder!

Alle außer der Jungfrau gehen ab.

VIERTER AUFTRITT

JOHANNA *allein.*

Lebt wohl ihr Berge, ihr geliebten Triften,
Ihr traulich stillen Täler lebet wohl!
Johanna wird nun nicht mehr auf euch wandeln,
Johanna sagt euch ewig Lebewohl.
Ihr Wiesen, die ich wässerte! Ihr Bäume,
Die ich gepflanzet, grünet fröhlich fort!
Lebt wohl ihr Grotten und ihr kühlen Brunnen!
Du Echo, holde Stimme dieses Tals,
Die oft mir Antwort gab auf meine Lieder,
Johanna geht und nimmer kehrt sie wieder!

Ihr Plätze alle meiner stillen Freuden
Euch laß ich hinter mir auf immerdar!
Zerstreuet euch ihr Lämmer auf der Heiden,

Ihr seid jetzt eine hirtenlose Schar,
Denn eine andre Herde muß ich weiden,
Dort auf dem blut'gen Felde der Gefahr,
So ist des Geistes Ruf an mich ergangen,
Mich treibt nicht eitles, irdisches Verlangen.

Denn der zu Mosen auf des Horebs Höhen
Im feur'gen Busch sich flammend niederließ,
Und ihm befahl, vor Pharao zu stehen,
Der einst den frommen Knaben Isais,
Den Hirten, sich zum Streiter ausersehen,
Der stets den Hirten gnädig sich bewies,
Er sprach zu mir aus dieses Baumes Zweigen:
„Geh hin! Du sollst auf Erden für mich zeugen.

In rauhes Erz sollst du die Glieder schnüren,
Mit Stahl bedecken deine zarte Brust,
Nicht Männerliebe darf dein Herz berühren
Mit sünd'gen Flammen eitler Erdenlust,
Nie wird der Brautkranz deine Locke zieren,
Dir blüht kein lieblich Kind an deiner Brust,
Doch werd ich dich mit kriegerischen Ehren,
Vor allen Erdenfrauen dich verklären.

Denn wenn im Kampf die Mutigsten verzagen,
Wenn Frankreichs letztes Schicksal nun sich naht,
Dann wirst du meine Oriflamme tragen
Und wie die rasche Schnitterin die Saat,
Den stolzen Überwinder niederschlagen,
Umwälzen wirst du seines Glückes Rad,
Errettung bringen Frankreichs Heldensöhnen,
Und Reims befrein und deinen König krönen!"

Ein Zeichen hat der Himmel mir verheißen,
Er sendet mir den Helm, er kommt von ihm,
Mit Götterkraft berühret mich sein Eisen,
Und mich durchflammt der Mut der Cherubim,
Ins Kriegsgewühl hinein will es mich reißen,
Es treibt mich fort mit Sturmes Ungestüm,
Den Feldruf hör ich mächtig zu mir dringen,
Das Schlachtroß steigt und die Trompeten klingen.

Sie geht ab.

ERSTER AUFZUG

Hoflager König Karls zu Chinon.

ERSTER AUFTRITT

DUNOIS *und* DU CHATEL

DUNOIS: Nein, ich ertrag es länger nicht. Ich sage
Mich los von diesem König, der unrühmlich
Sich selbst verläßt. Mir blutet in der Brust
Das tapfre Herz und glühnde Tränen möcht ich weinen,
Daß Räuber in das königliche Frankreich
Sich teilen mit dem Schwert, die edeln Städte,
Die mit der Monarchie gealtert sind,
Dem Feind die rost'gen Schlüssel überliefern,
Indes wir hier in tatenloser Ruh
Die köstlich edle Rettungszeit verschwenden.
– Ich höre Orleans bedroht, ich fliege
Herbei aus der entlegnen Normandie,
Den König denk ich kriegerisch gerüstet
An seines Heeres Spitze schon zu finden,
Und find ihn – hier! umringt von Gaukelspielern
Und Troubadours, spitzfind'ge Rätsel lösend
Und der Sorel galante Feste gebend,
Als waltete im Reich der tiefste Friede!
– Der Konnetabel geht, er kann den Greul
Nicht länger ansehn. – Ich verlaß ihn auch,
Und übergeb ihn seinem bösen Schicksal.
DU CHATEL: Da kommt der König!

ZWEITER AUFTRITT

KÖNIG KARL *zu den* VORIGEN.

KARL: Der Konnetabel schickt sein Schwert zurück,
Und sagt den Dienst mir auf. – In Gottes Namen!
So sind wir eines mürr'schen Mannes los,
Der unverträglich uns nur meistern wollte.
DUNOIS: Ein Mann ist viel wert in so teurer Zeit,
Ich möcht ihn nicht mit leichtem Sinn verlieren.
KARL: Das sagst du nur aus Lust des Widerspruchs,

Solang er da war, warst du nie sein Freund.
DUNOIS: Er war ein stolz verdrießlich schwerer Narr,
Und wußte nie zu enden – diesmal aber
Weiß er's. Er weiß zu rechter Zeit zu gehn,
Wo keine Ehre mehr zu holen ist.
KARL: Du bist in deiner angenehmen Laune,
Ich will dich nicht drin stören. – Du Chatel!
Es sind Gesandte da vom alten König
René, belobte Meister im Gesang,
Und weit berühmt. – Man muß sie wohl bewirten,
Und jedem eine goldne Kette reichen.
Zum Bastard:
Worüber lachst du?
DUNOIS: Daß du goldne Ketten
Aus deinem Munde schüttelst.
DU CHATEL: Sire! Es ist
Kein Geld in deinem Schatze mehr vorhanden.
KARL: So schaffe welches. – Edle Sänger dürfen
Nicht ungeehrt von meinem Hofe ziehn.
Sie machen uns den dürren Szepter blühn,
Sie flechten den unsterblich grünen Zweig
Des Lebens in die unfruchtbare Krone,
Sie stellen herrschend sich den Herrschern gleich,
Aus leichten Wünschen bauen sie sich Throne,
Und nicht im Raume liegt ihr harmlos Reich,
Drum soll der Sänger mit dem König gehen,
Sie beide wohnen auf der Menschheit Höhen!
DU CHATEL: Mein königlicher Herr! Ich hab dein Ohr
Verschont, solang noch Rat und Hülfe war,
Doch endlich löst die Notdurft mir die Zunge.
– Du hast nichts mehr zu schenken, ach! du hast
Nicht mehr, wovon du morgen könntest leben!
Die hohe Flut des Reichtums ist zerflossen,
Und tiefe Ebbe ist in deinem Schatz.
Den Truppen ist der Sold noch nicht bezahlt,
Sie drohen murrend abzuziehn. – Kaum weiß
Ich Rat, dein eignes königliches Haus
Notdürftig nur, nicht fürstlich, zu erhalten.
KARL: Verpfände meine königlichen Zölle,
Und laß dir Geld darleihn von den Lombarden.
DU CHATEL: Sire, deine Kroneinkünfte, deine Zölle

Sind auf drei Jahre schon voraus verpfändet.
DUNOIS: Und underdes geht Pfand und Land verloren.
KARL: Uns bleiben noch viel reiche schöne Länder.
DUNOIS: Solang es Gott gefällt und Talbots Schwert!
Wenn Orleans genommen ist, magst du
Mit deinem König René Schafe hüten.
KARL: Stets übst du deinen Witz an diesem König,
Doch ist es dieser länderlose Fürst,
Der eben heut mich königlich beschenkte.
DUNOIS: Nur nicht mit seiner Krone von Neapel,
Um Gottes willen nicht! Denn die ist feil,
Hab ich gehört, seitdem er Schafe weidet.
KARL: Das ist ein Scherz, ein heitres Spiel, ein Fest,
Das er sich selbst und seinem Herzen gibt,
Sich eine schuldlos reine Welt zu gründen,
In dieser rauh barbar'schen Wirklichkeit.
Doch was er Großes, Königliches will –
Er will die alten Zeiten wiederbringen,
Wo zarte Minne herrschte, wo die Liebe
Der Ritter große Heldenherzen hob,
Und edle Frauen zu Gerichte saßen,
Mit zartem Sinne alles Feine schlichtend.
In jenen Zeiten wohnt der heitre Greis,
Und wie sie noch in alten Liedern leben,
So will er sie, wie eine Himmelstadt
In goldnen Wolken, auf die Erde setzen –
Gegründet hat er einen Liebeshof,
Wohin die edlen Ritter sollen wallen,
Wo keusche Frauen herrlich sollen thronen,
Wo reine Minne wiederkehren soll,
Und mich hat er erwählt zum Fürst der Liebe.
DUNOIS: Ich bin so sehr nicht aus der Art geschlagen,
Daß ich der Liebe Herrschaft sollte schmähn.
Ich nenne mich nach ihr, ich bin ihr Sohn,
Und all mein Erbe liegt in ihrem Reich.
Mein Vater war der Prinz von Orleans,
Ihm war kein weiblich Herz unüberwindlich,
Doch auch kein feindlich Schloß war ihm zu fest.
Willst du der Liebe Fürst dich würdig nennen,
So sei der Tapfern Tapferster! – Wie ich
Aus jenen alten Büchern mir gelesen,

War Liebe stets mit hoher Rittertat
Gepaart und Helden, hat man mich gelehrt,
Nicht Schäfer saßen an der Tafelrunde.
Wer nicht die Schönheit tapfer kann beschützen,
Verdient nicht ihren goldnen Preis. – Hier ist
Der Fechtplatz! Kämpf um deiner Väter Krone!
Verteidige mit ritterlichem Schwert
Dein Eigentum und edler Frauen Ehre –
Und hast du dir aus Strömen Feindesbluts
Die angestammte Krone kühn erobert,
Dann ist es Zeit und steht dir fürstlich an,
Dich mit der Liebe Myrten zu bekrönen.

KARL *zu einem Edelknecht der hereintritt*:
Was gibt's?

EDELKNECHT: Ratsherrn von Orleans flehn um Gehör.

KARL: Führ sie herein.
Edelknecht geht ab.
Sie werden Hülfe fodern,
Was kann ich tun, der selber hülflos ist!

Dritter Auftritt

Drei Ratsherren *zu den* Vorigen.

KARL: Willkommen meine vielgetreuen Bürger
Aus Orleans! Wie steht's um meine gute Stadt?
Fährt sie noch fort mit dem gewohnten Mut
Dem Feind zu widerstehn, der sie belagert?

RATSHERR:
Ach Sire! Es drängt die höchste Not, und stündlich wachsend
Schwillt das Verderben an die Stadt heran.
Die äußern Werke sind zerstört, der Feind
Gewinnt mit jedem Sturme neuen Boden.
Entblößt sind von Verteidigern die Mauern,
Denn rastlos fechtend fällt die Mannschaft aus,
Doch wen'ge sehn die Heimatpforte wieder,
Und auch des Hungers Plage droht der Stadt.
Drum hat der edle Graf von Rochepierre,
Der drin befiehlt, in dieser höchsten Not
Vertragen mit dem Feind, nach altem Brauch,
Sich zu ergeben auf den zwölften Tag,

Wenn binnen dieser Zeit kein Heer im Feld
Erschien, zahlreich genug, die Stadt zu retten.
Dunois macht eine heftige Bewegung des Zorns.
KARL: Die Frist ist kurz.
RATSHERR: Und jetzo sind wir hier
Mit Feinds Geleit, daß wir dein fürstlich Herz
Anflehen, deiner Stadt dich zu erbarmen,
Und Hülf zu senden binnen dieser Frist,
Sonst übergibt er sie am zwölften Tage.
DUNOIS: Saintrailles konnte seine Stimme geben
Zu solchem schimpflichen Vertrag!
RATSHERR: Nein, Herr!
Solang der Tapfre lebte durfte nie
Die Rede sein von Fried und Übergabe.
DUNOIS: So ist er tot!
RATSHERR: An unsern Mauern sank
Der edle Held für seines Königs Sache.
KARL: Saintrailles tot! O in dem einz'gen Mann
Sinkt mir ein Heer!
Ein Ritter kommt und spricht einige Worte leise mit dem Bastard, welcher betroffen auffährt.
DUNOIS: Auch das noch!
KARL: Nun! Was gibt's?
DUNOIS: Graf Douglas sendet her. Die schott'schen Völker
Empören sich und drohen abzuziehn,
Wenn sie nicht heut den Rückstand noch erhalten.
KARL: Du Chatel!
DU CHATEL *zuckt die Achseln*:
Sire! Ich weiß nicht Rat.
KARL: Versprich,
Verpfände was du hast, mein halbes Reich –
DU CHATEL: Hilft nichts! Sie sind zu oft vertröstet worden!
KARL: Es sind die besten Truppen meines Heers!
Sie sollen mich jetzt nicht, nicht jetzt verlassen!
RATSHERR *mit einem Fußfall*:
O König hilf uns! Unsrer Not gedenke!
KARL *verzweiflungsvoll*:
Kann ich Armeen aus der Erde stampfen?
Wächst mir ein Kornfeld in der flachen Hand?
Reißt mich in Stücken, reißt das Herz mir aus,
Und münzet es statt Goldes! Blut hab ich

Für euch, nicht Silber hab ich, noch Soldaten!

Er sieht die Sorel hereintreten, und eilt ihr mit ausgebreiteten Armen entgegen.

Vierter Auftritt

Agnes Sorel *ein Kästchen in der Hand, zu den* Vorigen.

karl: O meine Agnes! Mein geliebtes Leben!
Du kommst, mich der Verzweiflung zu entreißen!
Ich habe dich, ich flieh an deine Brust,
Nichts ist verloren, denn du bist noch mein.
sorel: Mein teurer König!
Mit ängstlich fragendem Blick umherschauend.
Dunois! Ist's wahr?
Du Chatel?
du chatel: Leider!
sorel: Ist die Not so groß?
Es fehlt am Sold? Die Truppen wollen abziehn?
du chatel: Ja leider ist es so!
sorel *ihm das Kästchen aufdringend*: Hier, hier ist Gold,
Hier sind Juwelen – Schmelzt mein Silber ein –
Verkauft, verpfändet meine Schlösser – Leihet
Auf meine Güter in Provence – Macht alles
Zu Gelde und befriediget die Truppen.
Fort! Keine Zeit verloren! *Treibt ihn fort.*
karl: Nun Dunois? Nun Du Chatel! Bin ich euch
Noch arm, da ich die Krone aller Frauen
Besitze. – Sie ist edel, wie ich selbst
Geboren, selbst das königliche Blut
Der Valois ist nicht reiner, zieren würde sie
Den ersten Thron der Welt – doch sie verschmäht ihn,
Nur meine Liebe will sie sein und heißen.
Erlaubte sie mir jemals ein Geschenk
Von höherm Wert, als eine frühe Blume
Im Winter oder seltne Frucht! Von mir
Nimmt sie kein Opfer an, und bringt mir alle!
Wagt ihren ganzen Reichtum und Besitz
Großmütig an mein untersinkend Glück.
dunois: Ja sie ist eine Rasende wie du,
Und wirft ihr Alles in ein brennend Haus,

Und schöpft ins lecke Faß der Danaïden.
Dich wird sie nicht erretten, nur sich selbst
Wird sie mit dir verderben –
SOREL: Glaub ihm nicht.
Er hat sein Leben zehenmal für dich
Gewagt und zürnt daß ich mein Gold jetzt wage.
Wie? Hab ich dir nicht alles froh geopfert,
Was mehr geachtet wird als Gold und Perlen,
Und sollte jetzt mein Glück für mich behalten?
Komm! Laß uns allen überflüß'gen Schmuck
Des Lebens von uns werfen! Laß mich dir
Ein edles Beispiel der Entsagung geben!
Verwandle deinen Hofstaat in Soldaten,
Dein Gold in Eisen, alles was du hast,
Wirf es entschlossen hin nach deiner Krone!
Komm! Komm! Wir teilen Mangel und Gefahr!
Das kriegerische Roß laß uns besteigen,
Den zarten Leib dem glühnden Pfeil der Sonne
Preisgeben, die Gewölke über uns
Zur Decke nehmen, und den Stein zum Pfühl.
Der rauhe Krieger wird sein eignes Weh
Geduldig tragen, sieht er seinen König
Dem Ärmsten gleich ausdauren und entbehren!
KARL *lächelnd*: Ja, nun erfüllt sich mir ein altes Wort
Der Weissagung, das eine Nonne mir
Zu Clermont im prophet'schen Geiste sprach.
Ein Weib, verhieß die Nonne, würde mich
Zum Sieger machen über alle Feinde,
Und meiner Väter Krone mir erkämpfen.
Fern sucht ich sie im Feindeslager auf,
Das Herz der Mutter hofft ich zu versöhnen,
Hier steht die Heldin, die nach Reims mich führt,
Durch meiner Agnes Liebe werd ich siegen!
SOREL: Du wirst's durch deiner Freunde tapfres Schwert.
KARL: Auch von der Feinde Zwietracht hoff ich viel –
Denn mir ist sichre Kunde zugekommen,
Daß zwischen diesen stolzen Lords von England
Und meinem Vetter von Burgund nicht alles mehr
So steht wie sonst – Drum hab ich den La Hire
Mit Botschaft an den Herzog abgefertigt,
Ob mir's gelänge, den erzürnten Pair

Zur alten Pflicht und Treu zurückzuführen –
Mit jeder Stunde wart ich seiner Ankunft.
DU CHATEL *am Fenster*: Der Ritter sprengt soeben in den Hof.
KARL: Willkommner Bote! Nun so werden wir
Bald wissen, ob wir weichen oder siegen.

Fünfter Auftritt

La Hire *zu den* Vorigen.

KARL *geht ihm entgegen*:
La Hire! Bringst du uns Hoffnung oder keine?
Erklär dich kurz. Was hab ich zu erwarten?
LA HIRE: Erwarte nichts mehr als von deinem Schwert.
KARL: Der stolze Herzog läßt sich nicht versöhnen!
O sprich! Wie nahm er meine Botschaft auf?
LA HIRE: Vor allen Dingen und bevor er noch
Ein Ohr dir könne leihen, fodert er,
Daß ihm Du Chatel ausgeliefert werde,
Den er den Mörder seines Vaters nennt.
KARL: Und, weigern wir uns dieser Schmachbedingung?
LA HIRE: Dann sei der Bund zertrennt, noch eh er anfing.
KARL: Hast du ihn drauf wie ich dir anbefahl,
Zum Kampf mit mir gefodert auf der Brücke
Zu Montereau, allwo sein Vater fiel?
LA HIRE: Ich warf ihm deinen Handschuh hin und sprach:
Du wolltest deiner Hoheit dich begeben,
Und als ein Ritter kämpfen um dein Reich.
Doch er versetzte: nimmer tät's ihm not,
Um das zu fechten, was er schon besitze.
Doch wenn dich so nach Kämpfen lüstete,
So würdest du vor Orleans ihn finden,
Wohin er morgen willens sei zu gehn;
Und damit kehrt' er lachend mir den Rücken.
KARL: Erhob sich nicht in meinem Parlamente
Die reine Stimme der Gerechtigkeit?
LA HIRE: Sie ist verstummt vor der Parteien Wut.
Ein Schluß des Parlaments erklärte dich
Des Throns verlustig, dich und dein Geschlecht.
DUNOIS: Ha frecher Stolz des Herr gewordnen Bürgers!
KARL: Hast du bei meiner Mutter nichts versucht?

LA HIRE: Bei deiner Mutter!
KARL: Ja! Wie ließ sie sich vernehmen?
LA HIRE *nachdem er einige Augenblicke sich bedacht*:
Es war gerad das Fest der Königskrönung,
Als ich zu Saint Denis eintrat. Geschmückt
Wie zum Triumphe waren die Pariser,
In jeder Gasse stiegen Ehrenbogen,
Durch die der engelländ'sche König zog.
Bestreut mit Blumen war der Weg und jauchzend,
Als hätte Frankreich seinen schönsten Sieg
Erfochten, sprang der Pöbel um den Wagen.
SOREL: Sie jauchzten – jauchzten, daß sie auf das Herz
Des liebevollen sanften Königs traten!
LA HIRE: Ich sah den jungen Harry Lancaster,
Den Knaben, auf dem königlichen Stuhl
Sankt Ludwigs sitzen, seine stolzen Öhme
Bedford und Gloster standen neben ihm,
Und Herzog Philipp kniet' am Throne nieder
Und leistete den Eid für seine Länder.
KARL: O ehrvergeßner Pair! Unwürd'ger Vetter!
LA HIRE: Das Kind war bang und strauchelte, da es
Die hohen Stufen an dem Thron hinanstieg.
„Ein böses Omen!" murmelte das Volk,
Und es erhub sich schallendes Gelächter.
Da trat die alte Königin, deine Mutter
Hinzu, und – mich entrüstet es zu sagen!
KARL: Nun?
LA HIRE: In die Arme faßte sie den Knaben,
Und setzt' ihn selbst auf deines Vaters Stuhl.
KARL: O Mutter! Mutter!
LA HIRE: Selbst die wütenden
Burgundier, die mordgewohnten Banden,
Erglüheten vor Scham bei diesem Anblick.
Sie nahm es wahr und an das Volk gewendet
Rief sie mit lauter Stimm: „Dankt mir's Franzosen,
Daß ich den kranken Stamm mit reinem Zweig
Veredle, euch bewahre vor dem miß-
Gebornen Sohn des hirnverrückten Vaters!"
Der König verhüllt sich, Agnes eilt auf ihn zu und schließt ihn in ihre Arme, alle Umstehenden drücken ihren Abscheu, ihr Entsetzen aus.
DUNOIS: Die Wölfin! die wutschnaubende Megäre!

KARL *nach einer Pause zu den Ratsherren*:
Ihr habt gehört, wie hier die Sachen stehn.
Verweilt nicht länger, geht nach Orleans
Zurück, und meldet meiner treuen Stadt:
Des Eides gegen mich entlaß ich sie.
Sie mag ihr Heil beherzigen und sich
Der Gnade des Burgundiers ergeben,
Er heißt der Gute, er wird menschlich sein.

DUNOIS: Wie Sire? Du wolltest Orleans verlassen!

RATSHERR *kniet nieder*:
Mein königlicher Herr! Zieh deine Hand
Nicht von uns ab! Gib deine treue Stadt
Nicht unter Englands harte Herrschaft hin.
Sie ist ein edler Stein in deiner Krone,
Und keine hat den Königen, deinen Ahnherrn,
Die Treue heiliger bewahrt.

DUNOIS: Sind wir
Geschlagen? Ist's erlaubt, das Feld zu räumen,
Eh noch ein Schwertstreich um die Stadt geschehn?
Mit einem leichten Wörtlein, ehe Blut
Geflossen ist, denkst du die beste Stadt,
Aus Frankreichs Herzen wegzugeben?

KARL: Gnug
Des Blutes ist geflossen und vergebens!
Des Himmels schwere Hand ist gegen mich,
Geschlagen wird mein Heer in allen Schlachten,
Mein Parlament verwirft mich, meine Hauptstadt,
Mein Volk nimmt meinen Gegner jauchzend auf,
Die mir die nächsten sind am Blut, verlassen
Verraten mich – Die eigne Mutter nährt
Die fremde Feindesbrut an ihren Brüsten.
– Wir wollen jenseits der Loire uns ziehn,
Und der gewalt'gen Hand des Himmels weichen,
Der mit dem Engelländer ist.

SOREL: Das wolle Gott nicht, daß wir, an uns selbst
Verzweifelnd, diesem Reich den Rücken wenden!
Dies Wort kam nicht aus deiner tapfern Brust.
Der Mutter unnatürlich rohe Tat
Hat meines Königs Heldenherz gebrochen!
Du wirst dich wiederfinden, männlich fassen,
Mit edelm Mut dem Schicksal widerstehen,

Das grimmig dir entgegenkämpft.
KARL *in düstres Sinnen verloren*: Ist es nicht wahr?
Ein finster furchtbares Verhängnis waltet
Durch Valois' Geschlecht, es ist verworfen
Von Gott, der Mutter Lastertaten führten
Die Furien herein in dieses Haus,
Mein Vater lag im Wahnsinn zwanzig Jahre,
Drei ältre Brüder hat der Tod vor mir
Hinweggemäht, es ist des Himmels Schluß,
Das Haus des sechsten Karls soll untergehn.
SOREL: In dir wird es sich neu verjüngt erheben!
Hab Glauben an dich selbst. – Oh! nicht umsonst
Hat dich ein gnädig Schicksal aufgespart
Von deinen Brüdern allen, dich den jüngsten
Gerufen auf den ungehofften Thron.
In deiner sanften Seele hat der Himmel
Den Arzt für alle Wunden sich bereitet,
Die der Parteien Wut dem Lande schlug.
Des Bürgerkrieges Flammen wirst du löschen,
Mir sagt's das Herz, den Frieden wirst du pflanzen,
Des Frankenreiches neuer Stifter sein.
KARL: Nicht ich. Die rauhe sturmbewegte Zeit
Heischt einen kraftbegabtern Steuermann.
Ich hätt ein friedlich Volk beglücken können,
Ein wild empörtes kann ich nicht bezähmen,
Nicht mir die Herzen öffnen mit dem Schwert,
Die sich entfremdet mir in Haß verschließen.
SOREL: Verblendet ist das Volk, ein Wahn betäubt es,
Doch dieser Taumel wird vorübergehn,
Erwachen wird, nicht fern mehr ist der Tag,
Die Liebe zu dem angestammten König,
Die tief gepflanzt ist in des Franken Brust,
Der alte Haß, die Eifersucht erwachen,
Die beide Völker ewig feindlich trennt;
Den stolzen Sieger stürzt sein eignes Glück.
Darum verlasse nicht mit Übereilung
Den Kampfplatz, ring um jeden Fußbreit Erde,
Wie deine eigne Brust verteidige
Dies Orleans! Laß alle Fähren lieber
Versenken, alle Brücken niederbrennen,
Die über diese Scheide deines Reichs

Das styg'sche Wasser der Loire dich führen.

KARL: Was ich vermocht, hab ich getan. Ich habe
Mich dargestellt zum ritterlichen Kampf
Um meine Krone. – Man verweigert ihn.
Umsonst verschwend ich meines Volkes Leben,
Und meine Städte sinken in den Staub.
Soll ich gleich jener unnatürlichen Mutter
Mein Kind zerteilen lassen mit dem Schwert?
Nein, daß es lebe, will ich ihm entsagen.

DUNOIS: Wie Sire? Ist das die Sprache eines Königs?
Gibt man so eine Krone auf? Es setzt
Der Schlechtste deines Volkes Gut und Blut
An seine Meinung, seinen Haß und Liebe,
Partei wird alles, wenn das blut'ge Zeichen
Des Bürgerkrieges ausgehangen ist.
Der Ackersmann verläßt den Pflug, das Weib
Den Rocken, Kinder, Greise waffnen sich,
Der Bürger zündet seine Stadt, der Landmann
Mit eignen Händen seine Saaten an,
Um dir zu schaden oder wohlzutun
Und seines Herzens Wollen zu behaupten.
Nichts schont er selber und erwartet sich
Nicht Schonung, wenn die Ehre ruft, wenn er
Für seine Götter oder Götzen kämpft.
Drum weg mit diesem weichlichen Mitleiden,
Das einer Königsbrust nicht ziemt. – Laß du
Den Krieg ausrasen, wie er angefangen,
Du hast ihn nicht leichtsinnig selbst entflammt.
Für seinen König muß das Volk sich opfern,
Das ist das Schicksal und Gesetz der Welt.
Der Franke weiß es nicht und will's nicht anders.
Nichtswürdig ist die Nation, die nicht
Ihr Alles freudig setzt an ihre Ehre.

KARL *zu den Ratsherren*: Erwartet keinen anderen Bescheid.
Gott schütze euch. Ich kann nicht mehr.

DUNOIS: Nun so kehre
Der Siegesgott auf ewig dir den Rücken,
Wie du dem väterlichen Reich. Du hast
Dich selbst verlassen, so verlaß ich dich.
Nicht Englands und Burgunds vereinte Macht,
Dich stürzt der eigne Kleinmut von dem Thron.

Die Könige Frankreichs sind geborne Helden,
Du aber bist unkriegerisch gezeugt. *Zu den Ratsherren:*
Der König gibt euch auf. Ich aber will
In Orleans, meines Vaters Stadt, mich werfen,
Und unter ihren Trümmern mich begraben.
Er will gehen. Agnes Sorel hält ihn auf.

SOREL *zum König*: O laß ihn nicht im Zorne von dir gehn!
Sein Mund spricht rauhe Worte, doch sein Herz
Ist treu wie Gold, es ist derselbe doch
Der warm dich liebt und oft für dich geblutet.
Kommt Dunois! Gesteht, daß Euch die Hitze
Des edeln Zorns zu weit geführt – Du aber
Verzeih dem treuen Freund die heft'ge Rede!
O kommt, kommt! Laßt mich eure Herzen schnell
Vereinigen, eh sich der rasche Zorn
Unlöschbar, der verderbliche, entflammt!
Dunois fixiert den König und scheint eine Antwort zu erwarten.

KARL *zu Du Chatel*: Wir gehen über die Loire. Laß mein
Gerät zu Schiffe bringen!

DUNOIS *schnell zur Sorel*: Lebet wohl!
Wendet sich schnell und geht, Ratsherren folgen.

SOREL *ringt verzweiflungsvoll die Hände*:
O wenn er geht so sind wir ganz verlassen!
– Folgt ihm La Hire. O sucht ihn zu begüt'gen.
La Hire geht ab.

SECHSTER AUFTRITT

KARL. SOREL. DU CHATEL.

KARL: Ist denn die Krone ein so einzig Gut?
Ist es so bitter schwer, davon zu scheiden?
Ich kenne was noch schwerer sich erträgt.
Von diesen trotzig herrischen Gemütern
Sich meistern lassen, von der Gnade leben
Hochsinnig eigenwilliger Vasallen,
Das ist das Harte für ein edles Herz,
Und bittrer als dem Schicksal unterliegen!
Zu Du Chatel, der noch zaudert:
Tu was ich dir befohlen!

DU CHATEL *wirft sich zu seinen Füßen*:
O mein König!

KARL: Es ist beschlossen. Keine Worte weiter!
DU CHATEL: Mach Frieden mit dem Herzog von Burgund,
Sonst seh ich keine Rettung mehr für dich.
KARL: Du rätst mir dieses, und dein Blut ist es
Womit ich diesen Frieden soll versiegeln?
DU CHATEL: Hier ist mein Haupt. Ich hab es oft für dich
Gewagt in Schlachten und ich leg es jetzt
Für dich mit Freuden auf das Blutgerüste.
Befriedige den Herzog. Überliefre mich
Der ganzen Strenge seines Zorns und laß
Mein fließend Blut den alten Haß versöhnen!
KARL *blickt ihn eine Zeitlang gerührt und schweigend an*:
Ist es denn wahr? Steht es so schlimm mit mir,
Daß meine Freunde, die mein Herz durchschauen,
Den Weg der Schande mir zur Rettung zeigen?
Ja, jetzt erkenn ich meinen tiefen Fall,
Denn das Vertraun ist hin auf meine Ehre.
DU CHATEL: Bedenk –
KARL: Kein Wort mehr! Bringe mich nicht auf!
Müßt ich zehn Reiche mit dem Rücken schauen,
Ich rette mich nicht mit des Freundes Leben.
– Tu was ich dir befohlen. Geh und laß
Mein Heergerät einschiffen.
DU CHATEL: Es wird schnell
Getan sein.
Steht auf und geht, Agnes Sorel weint heftig.

SIEBENTER AUFTRITT

KARL *und* AGNES SOREL.

KARL *ihre Hand fassend*:
Sei nicht traurig meine Agnes.
Auch jenseits der Loire liegt noch ein Frankreich,
Wir gehen in ein glücklicheres Land.
Da lacht ein milder nie bewölkter Himmel
Und leichtre Lüfte wehn, und sanftre Sitten
Empfangen uns, da wohnen die Gesänge
Und schöner blüht das Leben und die Liebe.
SOREL: O muß ich diesen Tag des Jammers schauen!
Der König muß in die Verbannung gehn,

Der Sohn auswandern aus des Vaters Hause
Und seine Wiege mit dem Rücken schauen.
O angenehmes Land das wir verlassen,
Nie werden wir dich freudig mehr betreten.

Achter Auftritt

La Hire *kommt zurück.* Karl *und* Sorel.

SOREL: Ihr kommt allein. Ihr bringt ihn nicht zurück?
Indem sie ihn näher ansieht:
La Hire! Was gibt's? Was sagt mir Euer Blick?
Ein neues Unglück ist geschehn!
LA HIRE: Das Unglück
Hat sich erschöpft und Sonnenschein ist wieder!
SOREL: Was ist's? Ich bitt Euch.
LA HIRE *zum König*: Ruf die Abgesandten
Von Orleans zurück!
KARL: Warum? Was gibt's?
LA HIRE: Ruf sie zurück. Dein Glück hat sich gewendet,
Ein Treffen ist geschehn, du hast gesiegt.
SOREL: Gesiegt! O himmlische Musik des Wortes!
KARL: La Hire! Dich täuscht ein fabelhaft Gerücht.
Gesiegt! Ich glaub an keine Siege mehr.
LA HIRE: O du wirst bald noch größre Wunder glauben.
– Da kommt der Erzbischof. Er führt den Bastard
In deinen Arm zurück –
SOREL: O schöne Blume
Des Siegs, die gleich die edeln Himmelsfrüchte,
Fried und Versöhnung trägt!

Neunter Auftritt

Erzbischof von Reims. Dunois. Du Chatel *mit* Raoul *einem geharnischten Ritter zu den* Vorigen.

ERZBISCHOF *führt den Bastard zu dem König und legt ihre Hände ineinander*: Umarmt euch Prinzen!
Laßt allen Groll und Hader jetzo schwinden,
Da sich der Himmel selbst für uns erklärt.
Dunois umarmt den König.

KARL: Reißt mich aus meinem Zweifel und Erstaunen.
Was kündigt dieser feierliche Ernst mir an?
Was wirkte diesen schnellen Wechsel?
ERZBISCHOF *führt den Ritter hervor und stellt ihn vor den König*:
Redet!
RAOUL: Wir hatten sechzehn Fähnlein aufgebracht
Lothringisch Volk, zu deinem Heer zu stoßen,
Und Ritter Baudricour aus Vaucouleurs
War unser Führer. Als wir nun die Höhen
Bei Vermanton erreicht und in das Tal,
Das die Yonne durchströmt, herunterstiegen,
Da stand in weiter Ebene vor uns der Feind,
Und Waffen blitzten, da wir rückwärts sahn.
Umrungen sahn wir uns von beiden Heeren,
Nicht Hoffnung war zu siegen noch zu fliehn,
Da sank dem Tapfersten das Herz und alles,
Verzweiflungsvoll, will schon die Waffen strecken.
Als nun die Führer miteinander noch
Rat suchten und nicht fanden – sieh da stellte sich
Ein seltsam Wunder unsern Augen dar!
Denn aus der Tiefe des Gehölzes plötzlich
Trat eine Jungfrau, mit behelmtem Haupt
Wie eine Kriegesgöttin, schön zugleich
Und schrecklich anzusehn, um ihren Nacken
In dunkeln Ringen fiel das Haar, ein Glanz
Vom Himmel schien die Hohe zu umleuchten,
Als sie die Stimm erhub und also sprach:
„Was zagt ihr tapfre Franken! Auf den Feind!
Und wären sein mehr denn des Sands im Meere,
Gott und die heil'ge Jungfrau führt euch an!"
Und schnell dem Fahnenträger aus der Hand
Riß sie die Fahn und vor dem Zuge her
Mit kühnem Anstand schritt die Mächtige.
Wir, stumm vor Staunen, selbst nicht wollend, folgen
Der hohen Fahn und ihrer Trägerin,
Und auf den Feind gerad an stürmen wir.
Der, hochbetroffen, steht bewegungslos
Mit weitgeöffnet starrem Blick das Wunder
Anstaunend, das sich seinen Augen zeigt –
Doch schnell als hätten Gottes Schrecken ihn
Ergriffen, wendet er sich um

Zur Flucht, und Wehr und Waffen von sich werfend
Entschart das ganze Heer sich im Gefilde,
Da hilft kein Machtwort, keines Führers Ruf,
Vor Schrecken sinnlos, ohne rückzuschaun,
Stürzt Mann und Roß sich in des Flusses Bette,
Und läßt sich würgen ohne Widerstand,
Ein Schlachten war's, nicht eine Schlacht zu nennen!
Zweitausend Feinde deckten das Gefild,
Die nicht gerechnet die der Fluß verschlang,
Und von den Unsern ward kein Mann vermißt.

KARL: Seltsam bei Gott! höchst wunderbar und seltsam!

SOREL: Und eine Jungfrau wirkte dieses Wunder?
Wo kam sie her? Wer ist sie?

RAOUL: Wer sie sei,
Will sie allein dem König offenbaren.
Sie nennt sich eine Seherin und gott-
Gesendete Prophetin, und verspricht
Orleans zu retten, eh der Mond noch wechselt.
Ihr glaubt das Volk und dürstet nach Gefechten.
Sie folgt dem Heer, gleich wird sie selbst hier sein.

Man hört Glocken und ein Geklirr von Waffen, die aneinandergeschlagen werden.

Hört ihr den Auflauf? Das Geläut der Glocken?
Sie ist's, das Volk begrüßt die Gottgesandte.

KARL *zu Du Chatel*:
Führt sie herein – *Zum Erzbischof:*
Was soll ich davon denken!
Ein Mädchen bringt mir Sieg und eben jetzt,
Da nur ein Götterarm mich retten kann!
Das ist nicht in dem Laufe der Natur,
Und darf ich – Bischof, darf ich Wunder glauben?

VIELE STIMMEN *hinter der Szene*:
Heil, Heil der Jungfrau, der Erretterin!

KARL: Sie kommt! *Zu Dunois:*
Nehmt meinen Platz ein Dunois!
Wir wollen dieses Wundermädchen prüfen,
Ist sie begeistert und von Gott gesandt,
Wird sie den König zu entdecken wissen.

Dunois setzt sich, der König steht zu seiner Rechten, neben ihm Agnes Sorel, der Erzbischof mit den übrigen gegenüber, daß der mittlere Raum leer bleibt.

Zehnter Auftritt

Die Vorigen. Johanna *begleitet von den* Ratsherren *und vielen* Rittern, *welche den Hintergrund der Szene anfüllen; mit edelm Anstand tritt sie vorwärts, und schaut die Umstehenden der Reihe nach an.*

DUNOIS *nach einer tiefen feierlichen Stille*:
Bist du es wunderbares Mädchen –
JOHANNA *unterbricht ihn, mit Klarheit und Hoheit ihn anschauend*:
Bastard von Orleans! Du willst Gott versuchen!
Steh auf von diesem Platz, der dir nicht ziemt,
An diesen Größeren bin ich gesendet.

Sie geht mit entschiedenem Schritt auf den König zu, beugt ein Knie vor ihm und steht sogleich wieder auf, zurücktretend. Alle Anwesenden drücken ihr Erstaunen aus. Dunois verläßt seinen Sitz und es wird Raum vor dem König.

KARL: Du siehst mein Antlitz heut zum erstenmal,
Von wannen kommt dir diese Wissenschaft?
JOHANNA: Ich sah dich, wo dich niemand sah als Gott.
Sie nähert sich dem König und spricht geheimnisvoll:
In jüngst verwichner Nacht, besinne dich!
Als alles um dich her in tiefem Schlaf
Begraben lag, da standst du auf von deinem Lager,
Und tatst ein brünstiges Gebet zu Gott.
Laß die hinausgehn und ich nenne dir
Den Inhalt des Gebets.
KARL: Was ich dem Himmel
Vertraut, brauch ich vor Menschen nicht zu bergen.
Entdecke mir den Inhalt meines Flehns,
So zweifl ich nicht mehr, daß dich Gott begeistert.
JOHANNA: Es waren drei Gebete die du tatst,
Gib wohl acht, Dauphin, ob ich dir sie nenne!
Zum ersten flehtest du den Himmel an,
Wenn unrecht Gut an dieser Krone hafte,
Wenn eine andre schwere Schuld, noch nicht
Gebüßt, von deiner Väter Zeiten her,
Diesen tränenvollen Krieg herbeigerufen,
Dich zum Opfer anzunehmen für dein Volk,
Und auszugießen auf dein einzig Haupt
Die ganze Schale seines Zorns.

KARL *tritt mit Schrecken zurück:*
Wer bist du, mächtig Wesen? Woher kommst du?
Alle zeigen ihr Erstaunen.
JOHANNA: Du tatst dem Himmel diese zweite Bitte.
Wenn es sein hoher Schluß und Wille sei,
Das Szepter deinem Stamme zu entwinden,
Dir alles zu entziehn, was deine Väter
Die Könige in diesem Reich besaßen,
Drei einz'ge Güter flehtest du ihn an
Dir zu bewahren, die zufriedne Brust,
Des Freundes Herz und deiner Agnes Liebe.
König verbirgt das Gesicht heftig weinend, große Bewegung des Erstaunens unter den Anwesenden. Nach einer Pause:
Soll ich dein dritt Gebet dir nun noch nennen?
KARL: Genug! Ich glaube dir! So viel vermag
Kein Mensch! Dich hat der höchste Gott gesendet.
ERZBISCHOF: Wer bist du heilig wunderbares Mädchen!
Welch glücklich Land gebar dich? Sprich! Wer sind
Die gottgeliebten Eltern, die dich zeugten?
JOHANNA: Ehrwürd'ger Herr, Johanna nennt man mich,
Ich bin nur eines Hirten niedre Tochter
Aus meines Königs Flecken Dom Remi,
Der in dem Kirchensprengel liegt von Toul,
Und hütete die Schafe meines Vaters
Von Kind auf – Und ich hörte viel und oft
Erzählen von dem fremden Inselvolk,
Das über Meer gekommen, uns zu Knechten
Zu machen, und den fremdgebornen Herrn
Uns aufzuzwingen, der das Volk nicht liebt,
Und daß sie schon die große Stadt Paris
Innhätten und des Reiches sich ermächtigt.
Da rief ich flehend Gottes Mutter an,
Von uns zu wenden fremder Ketten Schmach,
Uns den einheim'schen König zu bewahren.
Und vor dem Dorf, wo ich geboren, steht
Ein uralt Muttergottesbild, zu dem
Der frommen Pilgerfahrten viel geschahn,
Und eine heil'ge Eiche steht darneben,
Durch vieler Wunder Segenskraft berühmt.
Und in der Eiche Schatten saß ich gern,
Die Herde weidend, denn mich zog das Herz.

Und ging ein Lamm mir in den wüsten Bergen
Verloren, immer zeigte mir's der Traum,
Wenn ich im Schatten dieser Eiche schlief.
– Und einsmals als ich eine lange Nacht
In frommer Andacht unter diesem Baum
Gesessen und dem Schlafe widerstand,
Da trat die Heilige zu mir, ein Schwert
Und Fahne tragend, aber sonst wie ich
Als Schäferin gekleidet, und sie sprach zu mir:
„Ich bin's. Steh auf Johanna. Laß die Herde.
Dich ruft der Herr zu einem anderen Geschäft!
Nimm diese Fahne! Dieses Schwert umgürte dir!
Damit vertilge meines Volkes Feinde,
Und führe deines Herren Sohn nach Reims,
Und krön ihn mit der königlichen Krone!"
Ich aber sprach: „Wie kann ich solcher Tat
Mich unterwinden, eine zarte Magd,
Unkundig des verderblichen Gefechts!"
Und sie versetzte: „Eine reine Jungfrau
Vollbringt jedwedes Herrliche auf Erden,
Wenn sie der ird'schen Liebe widersteht.
Sieh mich an! Eine keusche Magd wie du
Hab ich den Herrn, den göttlichen, geboren,
Und göttlich bin ich selbst!" – Und sie berührte
Mein Augenlid, und als ich aufwärts sah,
Da war der Himmel voll von Engelknaben,
Die trugen weiße Lilien in der Hand,
Und süßer Ton verschwebte in den Lüften.
– Und so drei Nächte nacheinander ließ
Die Heilige sich sehn, und rief: „Steh auf Johanna
Dich ruft der Herr zu einem anderen Geschäft."
Und als sie in der dritten Nacht erschien,
Da zürnte sie und scheltend sprach sie dieses Wort:
„Gehorsam ist des Weibes Pflicht auf Erden,
Das harte Dulden ist ihr schweres Los,
Durch strengen Dienst muß sie geläutert werden,
Die hier gedienet, ist dort oben groß."
Und also sprechend ließ sie das Gewand
Der Hirtin fallen und als Königin
Der Himmel stand sie da im Glanz der Sonnen,
Und goldne Wolken trugen sie hinauf

Langsam verschwindend in das Land der Wonnen.

Alle sind gerührt, Agnes Sorel heftig weinend verbirgt ihr Gesicht an des Königs Brust.

ERZBISCHOF *nach einem langen Stillschweigen*:
Vor solcher göttlicher Beglaubigung
Muß jeder Zweifel ird'scher Klugheit schweigen.
Die Tat bewährt es, daß sie Wahrheit spricht,
Nur Gott allein kann solche Wunder wirken.

DUNOIS: Nicht ihren Wundern, ihrem Auge glaub ich,
Der reinen Unschuld ihres Angesichts.

KARL: Und bin ich Sünd'ger solcher Gnade wert!
Untrüglich allerforschend Aug, du siehst
Mein Innerstes und kennest meine Demut!

JOHANNA: Der Hohen Demut leuchtet hell dort oben,
Du beugtest dich, drum hat er dich erhoben.

KARL: So werd ich meinen Feinden widerstehn?

JOHANNA: Bezwungen leg ich Frankreich dir zu Füßen!

KARL: Und Orleans sagst du, wird nicht übergehn?

JOHANNA: Eh siehest du die Loire zurücke fließen.

KARL: Werd ich nach Reims als Überwinder ziehn?

JOHANNA: Durch tausend Feinde führ ich dich dahin.

Alle anwesende Ritter erregen ein Getöse mit ihren Lanzen und Schilden, und geben Zeichen des Muts.

DUNOIS: Stell uns die Jungfrau an des Heeres Spitze,
Wir folgen blind, wohin die Göttliche
Uns führt! Ihr Seherauge soll uns leiten,
Und schützen soll sie dieses tapfre Schwert!

LA HIRE: Nicht eine Welt in Waffen fürchten wir,
Wenn sie einher vor unsern Scharen zieht.
Der Gott des Sieges wandelt ihr zur Seite,
Sie führ uns an, die Mächtige, im Streite!

Die Ritter erregen ein großes Waffengetös und treten vorwärts.

KARL: Ja heilig Mädchen, führe du mein Heer,
Und seine Fürsten sollen dir gehorchen.
Dies Schwert der höchsten Kriegsgewalt, das uns
Der Kronfeldherr im Zorn zurückgesendet,
Hat eine würdigere Hand gefunden.
Empfange du es, heilige Prophetin,
Und sei fortan –

JOHANNA: Nicht also edler Dauphin!
Nicht durch dies Werkzeug irdischer Gewalt

Ist meinem Herrn der Sieg verliehn. Ich weiß
Ein ander Schwert, durch das ich siegen werde.
Ich will es dir bezeichnen, wie's der Geist
Mich lehrte, sende hin und laß es holen.
KARL: Nenn es Johanna.
JOHANNA: Sende nach der alten Stadt
Fierboys, dort, auf Sankt Kathrinens Kirchhof
Ist ein Gewölb, wo vieles Eisen liegt,
Von alter Siegesbeute aufgehäuft.
Das Schwert ist drunter, das mir dienen soll.
An dreien goldnen Lilien ist's zu kennen,
Die auf der Klinge eingeschlagen sind,
Dies Schwert laß holen, denn durch dieses wirst du siegen.
KARL: Man sende hin und tue wie sie sagt.
JOHANNA: Und eine weiße Fahne laß mich tragen,
Mit einem Saum von Purpur eingefaßt.
Auf dieser Fahne sei die Himmelskönigin
Zu sehen mit dem schönen Jesusknaben,
Die über einer Erdenkugel schwebt,
Denn also zeigte mir's die heil'ge Mutter.
KARL: Es sei so wie du sagst.
JOHANNA *zum Erzbischof*: Ehrwürd'ger Bischof,
Legt Eure priesterliche Hand auf mich,
Und sprecht den Segen über Eure Tochter!

Kniet nieder.

ERZBISCHOF: Du bist gekommen, Segen auszuteilen,
Nicht zu empfangen – Geh mit Gottes Kraft!
Wir aber sind Unwürdige und Sünder!

Sie steht auf.

EDELKNECHT:
Ein Herold kommt vom engelländschen Feldherrn.
JOHANNA: Laß ihn eintreten, denn ihn sendet Gott!

Der König winkt dem Edelknecht der hinausgeht.

EILFTER AUFTRITT

Der HEROLD *zu den* VORIGEN.

KARL: Was bringst du Herold? Sage deinen Auftrag.
HEROLD: Wer ist es, der für Karln von Valois,
Den Grafen von Ponthieu das Wort hier führt?

DUNOIS: Nichtswürd'ger Herold! Niederträcht'ger Bube!
Erfrechst du dich, den König der Franzosen
Auf seinem eignen Boden zu verleugnen.
Dich schützt dein Wappenrock, sonst solltest du –
HEROLD: Frankreich erkennt nur einen einz'gen König,
Und dieser lebt im engelländischen Lager.
KARL: Seid ruhig Vetter! Deinen Auftrag Herold!
HEROLD: Mein edler Feldherr, den des Blutes jammert,
Das schon geflossen und noch fließen soll,
Hält seiner Krieger Schwert noch in der Scheide,
Und ehe Orleans im Sturme fällt,
Läßt er noch gütlichen Vergleich dir bieten.
KARL: Laß hören!
JOHANNA *tritt hervor*: Sire! Laß mich an deiner Statt
Mit diesem Herold reden.
KARL: Tu das, Mädchen!
Entscheide du, ob Krieg sei oder Friede.
JOHANNA *zum Herold*:
Wer sendet dich und spricht durch deinen Mund?
HEROLD: Der Briten Feldherr, Graf von Salisbury.
JOHANNA:
Herold du lügst! Der Lord spricht nicht durch dich.
Nur die Lebend'gen sprechen, nicht die Toten.
HEROLD: Mein Feldherr lebt in Fülle der Gesundheit
Und Kraft, und lebt euch allen zum Verderben.
JOHANNA: Er lebte, da du abgingst. Diesen Morgen
Streckt' ihn ein Schuß aus Orleans zu Boden,
Als er vom Turm La Tournelle niedersah.
– Du lachst, weil ich Entferntes dir verkünde?
Nicht meiner Rede, deinen Augen glaube!
Begegnen wird dir seiner Leiche Zug,
Wenn deine Füße dich zurücke tragen!
Jetzt Herold sprich und sage deinen Auftrag.
HEROLD: Wenn du Verborgnes zu enthüllen weißt,
So kennst du ihn, noch eh ich dir ihn sage.
JOHANNA: Ich brauch ihn nicht zu wissen, aber du
Vernimm den meinen jetzt! und diese Worte
Verkündige den Fürsten, die dich sandten!
– König von England, und ihr, Herzoge
Bedford und Gloster, die das Reich verwesen!
Gebt Rechenschaft dem Könige des Himmels

Von wegen des vergoßnen Blutes! Gebt
Heraus die Schlüssel alle von den Städten,
Die ihr bezwungen wider göttlich Recht,
Die Jungfrau kommt vom Könige des Himmels
Euch Frieden zu bieten oder blut'gen Krieg.
Wählt! Denn das sag ich euch, damit ihr's wisset,
Euch ist das schöne Frankreich nicht beschieden
Vom Sohne der Maria – sondern Karl
Mein Herr und Dauphin, dem es Gott gegeben,
Wird königlich einziehen zu Paris,
Von allen Großen seines Reichs begleitet.
– Jetzt Herold geh und mach dich eilends fort,
Denn eh du noch das Lager magst erreichen,
Und Botschaft bringen, ist die Jungfrau dort,
Und pflanzt in Orleans das Siegeszeichen.
Sie geht, alles setzt sich in Bewegung, der Vorhang fällt.

ZWEITER AUFZUG

Gegend von Felsen begrenzt.

Erster Auftritt

TALBOT *und* LIONEL, *englische Heerführer.* PHILIPP HERZOG VON BURGUND. RITTER FASTOLF *und* CHATILLON *mit* SOLDATEN *und Fahnen.*

TALBOT: Hier unter diesen Felsen lasset uns
Haltmachen und ein festes Lager schlagen,
Ob wir vielleicht die flücht'gen Völker wieder sammeln,
Die in dem ersten Schrecken sich zerstreut.
Stellt gute Wachen aus, besetzt die Höhn!
Zwar sichert uns die Nacht vor der Verfolgung,
Und wenn der Gegner nicht auch Flügel hat,
So fürcht ich keinen Überfall. – Dennoch
Bedarf's der Vorsicht, denn wir haben es
Mit einem kecken Feind und sind geschlagen.
Ritter Fastolf geht ab mit den Soldaten.
LIONEL: Geschlagen! Feldherr, nennt das Wort nicht mehr.
Ich darf es mir nicht denken, daß der Franke
Des Engelländers Rücken heut gesehn.

– O Orleans! Orleans! Grab unsers Ruhms!
Auf deinen Feldern liegt die Ehre Englands.
Beschimpfend lächerliche Niederlage!
Wer wird es glauben in der künft'gen Zeit!
Die Sieger bei Poitiers, Crequi
Und Azincourt gejagt von einem Weibe!

BURGUND:
Das muß uns trösten. Wir sind nicht von Menschen
Besiegt, wir sind vom Teufel überwunden.

TALBOT: Vom Teufel unsrer Narrheit – Wie Burgund?
Schreckt dies Gespenst des Pöbels auch die Fürsten?
Der Aberglaube ist ein schlechter Mantel
Für Eure Feigheit – Eure Völker flohn zuerst.

BURGUND: Niemand hielt stand. Das Fliehn war allgemein.

TALBOT: Nein Herr! Auf Eurem Flügel fing es an.
Ihr stürztet Euch in unser Lager, schreiend:
„Die Höll ist los, der Satan kämpft für Frankreich!"
Und brachtet so die Unsern in Verwirrung.

LIONEL: Ihr könnt's nichts leugnen. Euer Flügel wich
Zuerst.

BURGUND: Weil dort der erste Angriff war.

TALBOT: Das Mädchen kannte unsers Lagers Blöße,
Sie wußte, wo die Furcht zu finden war.

BURGUND:
Wie? Soll Burgund die Schuld des Unglücks tragen?

LIONEL: Wir Engelländer, waren wir allein,
Bei Gott! Wir hätten Orleans nicht verloren!

BURGUND: Nein – denn ihr hättet Orleans nie gesehn!
Wer bahnte euch den Weg in dieses Reich,
Reicht' euch die treue Freundeshand, als ihr
An diese feindlich fremde Küste stieget?
Wer krönte euren Heinrich zu Paris,
Und unterwarf ihm der Franzosen Herzen?
Bei Gott! Wenn dieser starke Arm euch nicht
Hereingeführt, ihr sahet nie den Rauch
Von einem fränkischen Kamine steigen!

LIONEL: Wenn es die großen Worte täten, Herzog,
So hättet Ihr allein Frankreich erobert.

BURGUND: Ihr seid unlustig, weil euch Orleans
Entging, und laßt nun eures Zornes Galle
An mir, dem Bundsfreund, aus. Warum entging

Uns Orleans, als eurer Habsucht wegen?
Es war bereit, sich mir zu übergeben,
Ihr, euer Neid allein hat es verhindert.
TALBOT: Nicht Eurentwegen haben wir's belagert.
BURGUND: Wie stünd's um euch, zög ich mein Heer zurück.
LIONEL: Nicht schlimmer, glaubt mir, als bei Azincourt,
Wo wir mit Euch und mit ganz Frankreich fertig wurden.
BURGUND: Doch tat's euch sehr um unsre Freundschaft not,
Und teuer kaufte sie der Reichsverweser.
TALBOT: Ja teuer, teuer haben wir sie heut
Vor Orleans bezahlt mit unsrer Ehre.
BURGUND: Treibt es nicht weiter Lord, es könnt Euch reuen!
Verließ ich meines Herrn gerechte Fahnen,
Lud auf mein Haupt den Namen des Verräters,
Um von dem Fremdling solches zu ertragen?
Was tu ich hier und fechte gegen Frankreich?
Wenn ich dem Undankbaren dienen soll,
So will ich's meinem angebornen König.
TALBOT: Ihr steht in Unterhandlung mit dem Dauphin,
Wir wissen's, doch wir werden Mittel finden,
Uns vor Verrat zu schützen.
BURGUND: Tod und Hölle!
Begegnet man mir so? – Chatillon!
Laß meine Völker sich zum Aufbruch rüsten
Wir gehn in unser Land zurück.
Chatillon geht ab.
LIONEL: Glück auf den Weg!
Nie war der Ruhm des Briten glänzender,
Als da er seinem guten Schwert allein
Vertrauend ohne Helfershelfer focht.
Es kämpfe jeder seine Schlacht allein,
Denn ewig bleibt es wahr! Französisch Blut
Und englisch kann sich redlich nie vermischen.

Zweiter Auftritt

Königin Isabeau *von einem* Pagen *begleitet*, *zu den* Vorigen.

ISABEAU: Was muß ich hören Feldherrn! Haltet ein!
Was für ein hirnverrückender Planet
Verwirrt euch also die gesunden Sinne?

Jetzt, da euch Eintracht nur erhalten kann,
Wollt ihr in Haß euch trennen und euch selbst
Befehdend euren Untergang bereiten?
– Ich bitt Euch edler Herzog. Ruft den raschen
Befehl zurück. – Und Ihr, ruhmvoller Talbot,
Besänftiget den aufgebrachten Freund!
Kommt Lionel, helft mir die stolzen Geister
Zufrieden sprechen und Versöhnung stiften.
LIONEL: Ich nicht Mylady. Mir ist alles gleich.
Ich denke so: was nicht zusammen kann
Bestehen, tut am besten sich zu lösen.
ISABEAU: Wie? Wirkt der Hölle Gaukelkunst, die uns
Im Treffen so verderblich war, auch hier
Noch fort uns sinnverwirrend zu betören?
Wer fing den Zank an? Redet! – Edler Lord! *Zu Talbot:*
Seid Ihr's, der seines Vorteils so vergaß,
Den werten Bundsgenossen zu verletzen?
Was wollt Ihr schaffen ohne diesen Arm?
Er baute Eurem König seinen Thron,
Er hält ihn noch und stürzt ihn wenn er will,
Sein Heer verstärkt Euch und noch mehr sein Name.
Ganz England, strömt' es alle seine Bürger
Auf unsre Küsten aus, vermöchte nicht
Dies Reich zu zwingen, wenn es einig ist,
Nur Frankreich konnte Frankreich überwinden.
TALBOT: Wir wissen den getreuen Freund zu ehren.
Dem falschen wehren ist der Klugheit Pflicht.
BURGUND: Wer treulos sich des Dankes will entschlagen,
Dem fehlt des Lügners freche Stirne nicht.
ISABEAU: Wie edler Herzog? Könntet Ihr so sehr
Der Scham absagen und der Fürstenehre,
In jene Hand, die Euren Vater mordete,
Die Eurige zu legen? Wärt Ihr rasend
Genug, an eine redliche Versöhnung
Zu glauben mit dem Dauphin, den Ihr selbst
An des Verderbens Rand geschleudert habt?
So nah dem Falle wolltet Ihr ihn halten,
Und Euer Werk wahnsinnig selbst zerstören?
Hier stehen Eure Freunde. Euer Heil
Ruht in dem festen Bunde nur mit England.
BURGUND: Fern ist mein Sinn vom Frieden mit dem Dauphin,

Doch die Verachtung und den Übermut
Des stolzen Englands kann ich nicht ertragen.
ISABEAU: Kommt! Haltet ihm ein rasches Wort zugut.
Schwer ist der Kummer, der den Feldherrn drückt,
Und ungerecht, Ihr wißt es, macht das Unglück.
Kommt! Kommt! Umarmt euch, laßt mich diesen Riß
Schnell heilend schließen, eh er ewig wird.
TALBOT: Was dünket Euch Burgund? Ein edles Herz
Bekennt sich gern von der Vernunft besiegt.
Die Königin hat ein kluges Wort geredet,
Laßt diesen Händedruck die Wunde heilen,
Die meine Zunge übereilend schlug.
BURGUND: Madame sprach ein verständig Wort, und mein
Gerechter Zorn weicht der Notwendigkeit.
ISABEAU: Wohl! So besiegelt den erneuten Bund
Mit einem brüderlichen Kuß und mögen
Die Winde das Gesprochene verwehen.
Burgund und Talbot umarmen sich.
LIONEL *betrachtet die Gruppe, für sich*:
Glück zu dem Frieden, den die Furie stiftet!
ISABEAU: Wir haben eine Schlacht verloren Feldherrn,
Das Glück war uns zuwider, darum aber
Entsink euch nicht der edle Mut. Der Dauphin
Verzweifelt an des Himmels Schutz und ruft
Des Satans Kunst zu Hülfe, doch er habe
Umsonst sich der Verdammnis übergeben,
Und seine Hölle selbst errett ihn nicht.
Ein sieghaft Mädchen führt des Feindes Heer,
Ich will das eure führen, ich will euch
Statt einer Jungfrau und Prophetin sein.
LIONEL: Madame, geht nach Paris zurück. Wir wollen
Mit guten Waffen, nicht mit Weibern siegen.
TALBOT: Geht! Geht! Seit Ihr im Lager seid, geht alles
Zurück, kein Segen ist mehr in unsern Waffen.
BURGUND: Geht! Eure Gegenwart schafft hier nichts Gutes,
Der Krieger nimmt ein Ärgernis an Euch.
ISABEAU *sieht einen um den andern erstaunt an*:
Ihr auch Burgund? Ihr nehmet wider mich
Partei mit diesen undankbaren Lords?
BURGUND: Geht! Der Soldat verliert den guten Mut,
Wenn er für Eure Sache glaubt zu fechten

ISABEAU: Ich hab kaum Frieden zwischen euch gestiftet,
So macht ihr schon ein Bündnis wider mich?
TALBOT: Geht, geht mit Gott Madame. Wir fürchten uns
Vor keinem Teufel mehr, sobald Ihr weg seid.
ISABEAU: Bin ich nicht eure treue Bundsgenossin?
Ist eure Sache nicht die meinige?
TALBOT: Doch Eure nicht die unsrige. Wir sind
In einem ehrlich guten Streit begriffen.
BURGUND: Ich räche eines Vaters blut'gen Mord,
Die fromme Sohnspflicht heiligt meine Waffen.
TALBOT: Doch gradheraus! Was Ihr am Dauphin tut
Ist weder menschlich gut, noch göttlich recht.
ISABEAU: Fluch soll ihn treffen bis ins zehnte Glied!
Er hat gefrevelt an dem Haupt der Mutter.
BURGUND: Er rächte einen Vater und Gemahl.
ISABEAU: Er warf sich auf zum Richter meiner Sitten!
LIONEL: Das war unehrerbietig von dem Sohn!
ISABEAU: In die Verbannung hat er mich geschickt.
TALBOT: Die öffentliche Stimme zu vollziehn.
ISABEAU: Fluch treffe mich, wenn ich ihm je vergebe!
Und eh er herrscht in seines Vaters Reich –
TALBOT: Eh opfert Ihr die Ehre seiner Mutter!
ISABEAU: Ihr wißt nicht, schwache Seelen,
Was ein beleidigt Mutterherz vermag.
Ich liebe, wer mir Gutes tut und hasse
Wer mich verletzt, und ist's der eigne Sohn
Den ich geboren, desto hassenswerter.
Dem ich das Dasein gab, will ich es rauben,
Wenn er mit ruchlos frechem Übermut
Den eignen Schoß verletzt, der ihn getragen.
Ihr die ihr Krieg führt gegen meinen Sohn,
Ihr habt nicht Recht, noch Grund ihn zu berauben.
Was hat der Dauphin Schweres gegen euch
Verschuldet? Welche Pflichten brach er euch?
Euch treibt die Ehrsucht, der gemeine Neid,
Ich darf ihn hassen, ich hab ihn geboren.
TALBOT: Wohl, an der Rache fühlt er seine Mutter!
ISABEAU: Armsel'ge Gleisner, wie veracht ich euch,
Die ihr euch selbst so wie die Welt belügt!
Ihr Engelländer streckt die Räuberhände
Nach diesem Frankreich aus, wo ihr nicht Recht

Noch gült'gen Anspruch habt auf so viel Erde
Als eines Pferdes Huf bedeckt. – Und dieser Herzog
Der sich den Guten schelten läßt, verkauft
Sein Vaterland, das Erbreich seiner Ahnen
Dem Reichsfeind und dem fremden Herrn. – Gleichwohl
Ist euch das dritte Wort Gerechtigkeit.
– Die Heuchelei veracht ich. Wie ich bin,
So sehe mich das Aug der Welt.

BURGUND: Wahr ist's!
Den Ruhm habt Ihr mit starkem Geist behauptet.

ISABEAU: Ich habe Leidenschaften, warmes Blut
Wie eine andre, und ich kam als Königin
In dieses Land, zu leben, nicht zu scheinen.
Sollt ich der Freud absterben, weil der Fluch
Des Schicksals meine lebensfrohe Jugend
Zu dem wahnsinn'gen Gatten hat gesellt?
Mehr als das Leben lieb ich meine Freiheit,
Und wer mich hier verwundet – Doch warum
Mit euch mich streiten über meine Rechte?
Schwer fließt das dicke Blut in euren Adern,
Ihr kennt nicht das Vergnügen, nur die Wut!
Und dieser Herzog, der sein Leben lang
Geschwankt hat zwischen Bös und Gut, kann nicht
Von Herzen hassen noch von Herzen lieben.
– Ich geh nach Melun. Gebt mir diesen da
Auf Lionel zeigend.
Der mir gefällt, zur Kurzweil und Gesellschaft,
Und dann macht was ihr wollt! Ich frage nichts
Nach den Burgundern noch den Engelländern.
Sie winkt ihrem Pagen und will gehen.

LIONEL: Verlaßt Euch drauf. Die schönsten Frankenknaben
Die wir erbeuten, schicken wir nach Melun.

ISABEAU *zurückkommend*:
Wohl taugt ihr, mit dem Schwerte dreinzuschlagen,
Der Franke nur weiß Zierliches zu sagen.
Sie geht ab.

Dritter Auftritt

Talbot. Burgund. Lionel.

TALBOT: Was für ein Weib!
LIONEL: Nun eure Meinung Feldherrn!
Fliehn wir noch weiter oder wenden uns
Zurück, durch einen schnellen kühnen Streich
Den Schimpf des heut'gen Tages auszulöschen?
BURGUND: Wir sind zu schwach, die Völker sind zerstreut,
Zu neu ist noch der Schrecken in dem Heer.
TALBOT: Ein blinder Schrecken nur hat uns besiegt,
Der schnelle Eindruck eines Augenblicks.
Dies Furchtbild der erschreckten Einbildung
Wird, näher angesehn, in nichts verschwinden.
Drum ist mein Rat, wir führen die Armee
Mit Tagesanbruch über den Strom zurück,
Dem Feind entgegen.
BURGUND: Überlegt –
LIONEL: Mit Eurer
Erlaubnis. Hier ist nichts zu überlegen.
Wir müssen das Verlorne schleunig wieder-
Gewinnen oder sind beschimpft auf ewig.
TALBOT: Es ist beschlossen. Morgen schlagen wir.
Und dies Phantom des Schreckens zu zerstören,
Das unsre Völker blendet und entmannt,
Laßt uns mit diesem jungfräulichen Teufel
Uns messen in persönlichem Gefecht.
Stellt sie sich unserm tapfern Schwert, nun dann
So hat sie uns zum letztenmal geschadet,
Stellt sie sich nicht, und seid gewiß, sie meidet
Den ernsten Kampf, so ist das Heer entzaubert.
LIONEL: So sei's! Und mir, mein Feldherr, überlasset
Dies leichte Kampfspiel, wo kein Blut soll fließen.
Denn lebend denk ich das Gespenst zu fangen,
Und vor des Bastards Augen, ihres Buhlen,
Trag ich auf diesen Armen sie herüber
Zur Lust des Heers, in das britann'sche Lager.
BURGUND: Versprechet nicht zuviel.
TALBOT: Erreich ich sie,
Ich denke sie so sanft nicht zu umarmen.

Kommt jetzo, die ermüdete Natur
Durch einen leichten Schlummer zu erquicken,
Und dann zum Aufbruch mit der Morgenröte.

Sie gehen ab.

Vierter Auftritt

Johanna *mit der Fahne, im Helm und Brustharnisch, sonst aber weiblich gekleidet,* Dunois, La Hire, Ritter *und* Soldaten *zeigen sich oben auf dem Felsenweg, ziehen still darüber hinweg, und erscheinen gleich darauf auf der Szene.*

JOHANNA *zu den Rittern, die sie umgeben, indem der Zug oben immer noch fortwährt:* Erstiegen ist der Wall, wir sind im Lager!
Jetzt werft die Hülle der verschwiegnen Nacht
Von euch, die euren stillen Zug verhehlte,
Und macht dem Feinde eure Schreckensnähe
Durch lauten Schlachtruf kund – Gott und die Jungfrau!

ALLE *rufen laut unter wildem Waffengetöse:*
Gott und die Jungfrau!

Trommeln und Trompeten.

SCHILDWACHE *hinter der Szene:* Feinde! Feinde! Feinde!

JOHANNA: Jetzt Fackeln her! Werft Feuer in die Zelte!
Der Flammen Wut vermehre das Entsetzen,
Und drohend rings umfange sie der Tod!

Soldaten eilen fort, sie will folgen.

DUNOIS *hält sie zurück:*
Du hast das Deine nun erfüllt Johanna!
Mitten ins Lager hast du uns geführt,
Den Feind hast du in unsre Hand gegeben.
Jetzt aber bleibe von dem Kampf zurück,
Uns überlaß die blutige Entscheidung.

LA HIRE: Den Weg des Siegs bezeichne du dem Heer,
Die Fahne trag uns vor in reiner Hand,
Doch nimm das Schwert, das tödliche, nicht selbst,
Versuche nicht den falschen Gott der Schlachten,
Denn blind und ohne Schonung waltet er.

JOHANNA: Wer darf mir Halt gebieten? Wer dem Geist
Vorschreiben, der mich führt? Der Pfeil muß fliegen,
Wohin die Hand ihn seines Schützen treibt.

Wo die Gefahr ist muß Johanna sein,
Nicht heut, nicht hier ist mir bestimmt zu fallen,
Die Krone muß ich sehn auf meines Königs Haupt,
Dies Leben wird kein Gegner mir entreißen,
Bis ich vollendet was mir Gott geheißen. *Sie geht ab.*

LA HIRE: Kommt Dunois! Laßt uns der Heldin folgen,
Und ihr die tapfre Brust zum Schilde leihn!
Gehen ab.

Fünfter Auftritt

Englische Soldaten *fliehen über die Bühne. Hierauf* Talbot.

ERSTER: Das Mädchen! Mitten im Lager!

ZWEITER:
Nicht möglich! Nimmermehr! Wie kam sie in das Lager?

DRITTER: Durch die Luft! Der Teufel hilft ihr!

VIERTER *und* FÜNFTER: Flieht! Flieht! Wir sind alle des Todes!
Gehen ab.

TALBOT *kommt*: Sie hören nicht – Sie wollen mir nicht stehn!
Gelöst sind alle Bande des Gehorsams,
Als ob die Hölle ihre Legionen
Verdammter Geister ausgespieen, reißt
Ein Taumelwahn den Tapfern und den Feigen
Gehirnlos fort, nicht eine kleine Schar
Kann ich der Feinde Flut entgegenstellen,
Die wachsend, wogend in das Lager dringt!
– Bin ich der einzig Nüchterne und alles
Muß um mich her in Fiebershitze rasen?
Vor diesen fränk'schen Weichlingen zu fliehn,
Die wir in zwanzig Schlachten überwunden! –
Wer ist sie denn, die Unbezwingliche,
Die Schreckensgöttin, die der Schlachten Glück
Auf einmal wendet, und ein schüchtern Heer
Von feigen Rehn in Löwen umgewandelt?
Eine Gauklerin, die die gelernte Rolle
Der Heldin spielt, soll wahre Helden schrecken?
Ein Weib entriß mir allen Siegesruhm?

SOLDAT *stürzt herein*:
Das Mädchen! Flieh! Flieh Feldherr!

TALBOT *stößt ihn nieder*: Flieh zur Hölle

Du selbst! Den soll dies Schwert durchbohren,
Der mir von Furcht spricht und von feiger Flucht.

Er geht ab.

Sechster Auftritt

Der Prospekt öffnet sich. Man sieht das englische Lager in vollen Flammen stehen. Trommeln, Flucht und Verfolgung. Nach einer Weile kommt Montgomery.

MONTGOMERY *allein*:
Wo soll ich hinfliehn? Feinde ringsumher und Tod!
Hier der ergrimmte Feldherr, der mit drohndem Schwert
Die Flucht versperrend uns dem Tod entgegentreibt.
Dort die Fürchterliche, die verderblich um sich her
Wie die Brunst des Feuers raset – Und ringsum kein Busch,
Der mich verbärge, keiner Höhle sichrer Raum!
O wär ich nimmer über Meer hieher geschifft,
Ich Unglücksel'ger! Eitler Wahn betörte mich,
Wohlfeilen Ruhm zu suchen in dem Frankenkrieg,
Und jetzo führt mich das verderbliche Geschick
In diese blut'ge Mordschlacht. – Wär ich weit von hier
Daheim noch an der Savern blühendem Gestad,
Im sichern Vaterhause, wo die Mutter mir
In Gram zurückblieb und die zarte süße Braut.

Johanna zeigt sich in der Ferne.

Weh mir! Was seh ich! Dort erscheint die Schreckliche!
Aus Brandes Flammen, düster leuchtend, hebt sie sich,
Wie aus der Hölle Rachen ein Gespenst der Nacht
Hervor. – Wohin entrinn ich! Schon ergreift sie mich
Mit ihren Feueraugen, wirft von fern
Der Blicke Schlingen nimmer fehlend nach mir aus.
Um meine Füße, fest und fester, wirret sich
Das Zauberknäul, daß sie gefesselt mir die Flucht
Versagen! Hinsehn muß ich, wie das Herz mir auch
Dagegen kämpfe, nach der tödlichen Gestalt!

Johanna tut einige Schritte ihm entgegen, und bleibt wieder stehen.

Sie naht! Ich will nicht warten, bis die Grimmige
Zuerst mich anfällt! Bittend will ich ihre Knie
Umfassen, um mein Leben flehn, sie ist ein Weib,
Ob ich vielleicht durch Tränen sie erweichen kann!

Indem er auf sie zugehen will, tritt sie ihm rasch entgegen.

Siebenter Auftritt

Johanna. Montgomery.

JOHANNA: Du bist des Todes! Eine brit'sche Mutter zeugte dich.
MONTGOMERY *fällt ihr zu Füßen*:
Halt ein Furchtbare! Nicht den Unverteidigten
Durchbohre. Weggeworfen hab ich Schwert und Schild,
Zu deinen Füßen sink ich wehrlos, flehend hin.
Laß mir das Licht des Lebens, nimm ein Lösegeld.
Reich an Besitztum wohnt der Vater mir daheim
Im schönen Lande Wallis, wo die schlängelnde
Savern durch grüne Auen rollt den Silberstrom,
Und funfzig Dörfer kennen seine Herrschaft an.
Mit reichem Golde löst er den geliebten Sohn,
Wenn er mich im Frankenlager lebend noch vernimmt.
JOHANNA: Betrogner Tor! Verlorner! In der Jungfrau Hand
Bist du gefallen, die verderbliche, woraus
Nicht Rettung noch Erlösung mehr zu hoffen ist.
Wenn dich das Unglück in des Krokodils Gewalt
Gegeben oder des gefleckten Tigers Klaun,
Wenn du der Löwenmutter junge Brut geraubt,
Du könntest Mitleid finden und Barmherzigkeit,
Doch tödlich ist's, der Jungfrau zu begegnen.
Denn dem Geisterreich, dem strengen, unverletzlichen,
Verpflichtet mich der furchtbar bindende Vertrag,
Mit dem Schwert zu töten alles Lebende, das mir
Der Schlachten Gott verhängnisvoll entgegenschickt.
MONTGOMERY:
Furchtbar ist deine Rede, doch dein Blick ist sanft,
Nicht schrecklich bist du in der Nähe anzuschaun,
Es zieht das Herz mich zu der lieblichen Gestalt.
O bei der Milde deines zärtlichen Geschlechts
Fleh ich dich an. Erbarme meiner Jugend dich!
JOHANNA:
Nicht mein Geschlecht beschwöre! Nenne mich nicht Weib.
Gleichwie die körperlosen Geister, die nicht frein
Auf ird'sche Weise, schließ ich mich an kein Geschlecht
Der Menschen an, und dieser Panzer deckt kein Herz.
MONTGOMERY: O bei der Liebe heilig waltendem Gesetz
Dem alle Herzen huldigen, beschwör ich dich.

Daheim gelassen hab ich eine holde Braut,
Schön wie du selbst bist, blühend in der Jugend Reiz.
Sie harret weinend des Geliebten Wiederkunft,
O wenn du selber je zu lieben hoffst, und hoffst
Beglückt zu sein durch Liebe! Trenne grausam nicht
Zwei Herzen, die der Liebe heilig Bündnis knüpft!

JOHANNA: Du rufest lauter irdisch fremde Götter an,
Die mir nicht heilig, noch verehrlich sind. Ich weiß
Nichts von der Liebe Bündnis, das du mir beschwörst,
Und nimmer kennen werd ich ihren eiteln Dienst.
Verteidige dein Leben, denn dir ruft der Tod.

MONTGOMERY:
O so erbarme meiner jammervollen Eltern dich,
Die ich zu Haus verlassen. Ja gewiß auch du
Verließest Eltern, die die Sorge quält um dich.

JOHANNA: Unglücklicher! Und du erinnerst mich daran,
Wie viele Mütter dieses Landes kinderlos,
Wie viele zarte Kinder vaterlos, wieviel
Verlobte Bräute Witwen worden sind durch euch!
Auch Englands Mütter mögen die Verzweiflung nun
Erfahren, und die Tränen kennenlernen,
Die Frankreichs jammervolle Gattinnen geweint.

MONTGOMERY:
O schwer ist's, in der Fremde sterben unbeweint.

JOHANNA:
Wer rief euch in das fremde Land, den blühnden Fleiß
Der Felder zu verwüsten, von dem heim'schen Herd
Uns zu verjagen und des Krieges Feuerbrand
Zu werfen in der Städte friedlich Heiligtum?
Ihr träumtet schon in eures Herzens eitelm Wahn
Den freigebornen Franken in der Knechtschaft Schmach
Zu stürzen und dies große Land, gleichwie ein Boot,
An euer stolzes Meerschiff zu befestigen!
Ihr Toren! Frankreichs königliches Wappen hängt
Am Throne Gottes, eher rißt ihr einen Stern
Vom Himmelwagen, als ein Dorf aus diesem Reich,
Dem unzertrennlich ewig einigen! – Der Tag
Der Rache ist gekommen, nicht lebendig mehr
Zurücke messen werdet ihr das heil'ge Meer,
Das Gott zur Länderscheide zwischen euch und uns
Gesetzt, und das ihr frevelnd überschritten habt.

MONTGOMERY *läßt ihre Hand los*:
O ich muß sterben! Grausend faßt mich schon der Tod.
JOHANNA: Stirb Freund! Warum so zaghaft zittern vor dem Tod
Dem unentfliehbaren Geschick? – Sieh mich an! Sieh!
Ich bin nur eine Jungfrau, eine Schäferin
Geboren, nicht des Schwerts gewohnt ist diese Hand,
Die den unschuldig frommen Hirtenstab geführt.
Doch weggerissen von der heimatlichen Flur,
Vom Vatersbusen, von der Schwestern lieber Brust
Muß ich hier, ich muß – mich treibt die Götterstimme, nicht
Eignes Gelüsten – euch zu bitterm Harm, mir nicht
Zur Freude, ein Gespenst des Schreckens würgend gehn,
Den Tod verbreiten und sein Opfer sein zuletzt!
Denn nicht den Tag der frohen Heimkehr werd ich sehn,
Noch vielen von den Euren werd ich tödlich sein,
Noch viele Witwen machen, aber endlich werd
Ich selbst umkommen und erfüllen mein Geschick.
– Erfülle du auch deines. Greife frisch zum Schwert,
Und um des Lebens süße Beute kämpfen wir.
MONTGOMERY *steht auf*:
Nun, wenn du sterblich bist wie ich und Waffen dich
Verwunden, kann's auch meinem Arm beschieden sein,
Zur Höll dich sendend Englands Not zu endigen.
In Gottes gnäd'ge Hände leg ich mein Geschick.
Ruf du Verdammte deine Höllengeister an,
Dir beizustehen! Wehre deines Lebens dich!
Er ergreift Schild und Schwert und dringt auf sie ein, kriegerische Musik erschallt in der Ferne, nach einem kurzen Gefechte fällt Montgomery.

Achter Auftritt

Johanna *allein.*

Dich trug dein Fuß zum Tode – Fahre hin!
Sie tritt von ihm weg und bleibt gedankenvoll stehen.
Erhabne Jungfrau, du wirkst Mächtiges in mir!
Du rüstest den unkriegerischen Arm mit Kraft,
Dies Herz mit Unerbittlichkeit bewaffnest du.
In Mitleid schmilzt die Seele und die Hand erbebt,
Als bräche sie in eines Tempels heil'gen Bau,

Den blühenden Leib des Gegners zu verletzen,
Schon vor des Eisens blanker Schneide schaudert mir,
Doch wenn es not tut, alsbald ist die Kraft mir da,
Und nimmer irrend in der zitternden Hand regiert
Das Schwert sich selbst, als wär es ein lebend'ger Geist.

Neunter Auftritt

Ein Ritter *mit geschloßnem Visier*. Johanna.

RITTER: Verfluchte! Deine Stunde ist gekommen,
Dich sucht ich auf dem ganzen Feld der Schlacht.
Verderblich Blendwerk! Fahre zu der Hölle
Zurück, aus der du aufgestiegen bist.
JOHANNA: Wer bist du, den sein böser Engel mir
Entgegenschickt? Gleich eines Fürsten ist
Dein Anstand, auch kein Brite scheinst du mir,
Denn dich bezeichnet die burgund'sche Binde,
Vor der sich meines Schwertes Spitze neigt.
RITTER: Verworfne, du verdientest nicht zu fallen
Von eines Fürsten edler Hand. Das Beil
Des Henkers sollte dein verdammtes Haupt
Vom Rumpfe trennen, nicht der tapfre Degen
Des königlichen Herzogs von Burgund.
JOHANNA: So bist du dieser edle Herzog selbst?
RITTER *schlägt das Visier auf*:
Ich bin's. Elende zittre und verzweifle!
Die Satanskünste schützen dich nicht mehr,
Du hast bis jetzt nur Schwächlinge bezwungen,
Ein Mann steht vor dir.

Zehnter Auftritt

Dunois *und* La Hire *zu den* Vorigen.

DUNOIS: Wende dich Burgund!
Mit Männern kämpfe, nicht mit Jungfrauen.
LA HIRE: Wir schützen der Prophetin heilig Haupt,
Erst muß dein Degen diese Brust durchbohren –
BURGUND: Nicht diese buhlerische Circe fürcht ich,
Noch euch, die sie so schimpflich hat verwandelt.

Erröte Bastard, Schande dir La Hire,
Daß du die alte Tapferkeit zu Künsten
Der Höll erniedrigst, den verächtlichen
Schildknappen einer Teufelsdirne machst.
Kommt her! Euch allen biet ich's! Der verzweifelt
An Gottes Schutz, der zu dem Teufel flieht.
Sie bereiten sich zum Kampf, Johanna tritt dazwischen.
JOHANNA: Haltet inne!
BURGUND: Zitterst du für deinen Buhlen?
Vor deinen Augen soll er –
Dringt auf Dunois ein.
JOHANNA: Haltet inne!
Trennt sie La Hire – Kein französisch Blut soll fließen!
Nicht Schwerter sollen diesen Streit entscheiden.
Ein andres ist beschlossen in den Sternen –
Auseinander sag ich – Höret und verehrt
Den Geist, der mich ergreift, der aus mir redet!
DUNOIS: Was hältst du meinen aufgehobnen Arm,
Und hemmst des Schwertes blutige Entscheidung?
Das Eisen ist gezückt, es fällt der Streich,
Der Frankreich rächen und versöhnen soll.
JOHANNA *stellt sich in die Mitte und trennt beide Teile durch einen weiten Zwischenraum, zum Bastard*:
Tritt auf die Seite! *Zu La Hire:*
Bleib gefesselt stehen!
Ich habe mit dem Herzoge zu reden.
Nachdem alles ruhig ist:
Was willst du tun Burgund? Wer ist der Feind,
Den deine Blicke mordbegierig suchen?
Dieser edle Prinz ist Frankreichs Sohn wie du,
Dieser Tapfre ist dein Waffenfreund und Landsmann,
Ich selbst bin deines Vaterlandes Tochter.
Wir alle, die du zu vertilgen strebst,
Gehören zu den Deinen – unsre Arme
Sind aufgetan dich zu empfangen, unsre Knie
Bereit dich zu verehren – unser Schwert
Hat keine Spitze gegen dich. Ehrwürdig
Ist uns das Antlitz, selbst im Feindeshelm,
Das unsers Königs teure Züge trägt.
BURGUND: Mit süßer Rede schmeichlerischem Ton
Willst du Sirene! deine Opfer locken.

Arglist'ge, mich betörst du nicht. Verwahrt
Ist mir das Ohr vor deiner Rede Schlingen
Und deines Auges Feuerpfeile gleiten
Am guten Harnisch meines Busens ab.
Zu den Waffen Dunois!
Mit Streichen, nicht mit Worten laß uns fechten.

DUNOIS: Erst Worte und dann Streiche. Fürchtest du
Vor Worten dich? Auch das ist Feigheit
Und der Verräter einer bösen Sache.

JOHANNA: Uns treibt nicht die gebieterische Not
Zu deinen Füßen, nicht als Flehende
Erscheinen wir vor dir. – Blick um dich her!
In Asche liegt das engelländ'sche Lager,
Und eure Toten decken das Gefild.
Du hörst der Franken Kriegstrommete tönen,
Gott hat entschieden, unser ist der Sieg.
Des schönen Lorbeers frisch gebrochnen Zweig
Sind wir bereit, mit unserm Freund zu teilen.
– O komm herüber! Edler Flüchtling komm!
Herüber, wo das Recht ist und der Sieg.
Ich selbst, die Gottgesandte, reiche dir
Die schwesterliche Hand. Ich will dich rettend
Herüberziehn auf unsre reine Seite! –
Der Himmel ist für Frankreich. Seine Engel,
Du siehst sie nicht, sie fechten für den König,
Sie alle sind mit Lilien geschmückt,
Lichtweiß wie diese Fahn ist unsre Sache,
Die reine Jungfrau ist ihr keusches Sinnbild.

BURGUND: Verstrickend ist der Lüge trüglich Wort,
Doch ihre Rede ist wie eines Kindes.
Wenn böse Geister ihr die Worte leihn,
So ahmen sie die Unschuld siegreich nach.
Ich will nicht weiter hören. Zu den Waffen!
Mein Ohr, ich fühl's, ist schwächer als mein Arm.

JOHANNA: Du nennst mich eine Zauberin, gibst mir Künste
Der Hölle schuld – Ist Frieden stiften, Haß
Versöhnen, ein Geschäft der Hölle? Kommt
Die Eintracht aus dem ew'gen Pfuhl hervor?
Was ist unschuldig, heilig, menschlich gut,
Wenn es der Kampf nicht ist ums Vaterland?
Seit wann ist die Natur so mit sich selbst

Im Streite, daß der Himmel die gerechte Sache
Verläßt, und daß die Teufel sie beschützen?
Ist aber das, was ich dir sage, gut,
Wo anders als von oben konnt ich's schöpfen?
Wer hätte sich auf meiner Schäfertrift
Zu mir gesellt, das kind'sche Hirtenmädchen
In königlichen Dingen einzuweihn?
Ich bin vor hohen Fürsten nie gestanden,
Die Kunst der Rede ist dem Munde fremd.
Doch jetzt, da ich's bedarf dich zu bewegen,
Besitz ich Einsicht, hoher Dinge Kunde,
Der Länder und der Könige Geschick
Liegt sonnenhell vor meinem Kindesblick,
Und einen Donnerkeil führ ich im Munde.

BURGUND *lebhaft bewegt, schlägt die Augen zu ihr auf und betrachtet sie mit Erstaunen und Rührung*:
Wie wird mir? Wie geschieht mir? Ist's ein Gott
Der mir das Herz im tiefsten Busen wendet!
– Sie trügt nicht, diese rührende Gestalt!
Nein! Nein! Bin ich durch Zaubers Macht geblendet,
So ist's durch eine himmlische Gewalt,
Mir sagt's das Herz, sie ist von Gott gesendet.

JOHANNA: Er ist gerührt, er ist's! Ich habe nicht
Umsonst gefleht, des Zornes Donnerwolke schmilzt
Von seiner Stirne tränentauend hin,
Und aus den Augen, Friede strahlend, bricht
Die goldne Sonne des Gefühls hervor.
– Weg mit den Waffen – drücket Herz an Herz –
Er weint, er ist bezwungen, er ist unser!

Schwert und Fahne entsinken ihr, sie eilt auf ihn zu mit ausgebreiteten Armen und umschlingt ihn mit leidenschaftlichem Ungestüm. La Hire und Dunois lassen die Schwerter fallen und eilen ihn zu umarmen.

DRITTER AUFZUG

Hoflager des Königs zu Chalons an der Marne.

Erster Auftritt

Dunois *und* La Hire.

DUNOIS: Wir waren Herzensfreunde, Waffenbrüder,
Für eine Sache hoben wir den Arm
Und hielten fest in Not und Tod zusammen.
Laßt Weiberliebe nicht das Band zertrennen,
Das jeden Schicksalswechsel ausgehalten.

LA HIRE:
Prinz hört mich an!

DUNOIS: Ihr liebt das wunderbare Mädchen,
Und mir ist wohlbekannt, worauf Ihr sinnt.
Zum König denkt Ihr stehnden Fußes jetzt
Zu gehen, und die Jungfrau zum Geschenk
Euch zu erbitten – Eurer Tapferkeit
Kann er den wohlverdienten Preis nicht weigern.
Doch wißt – eh ich in eines andern Arm
Sie sehe –

LA HIRE: Hört mich Prinz!

DUNOIS: Es zieht mich nicht
Der Augen flüchtig schnelle Lust zu ihr.
Den unbezwungnen Sinn hat nie ein Weib
Gerührt bis ich die Wunderbare sah,
Die eines Gottes Schickung diesem Reich
Zur Retterin bestimmt und mir zum Weibe,
Und in dem Augenblick gelobt ich mir
Mit heil'gem Schwur als Braut sie heimzuführen.
Denn nur die Starke kann die Freundin sein
Des starken Mannes, und dies glühnde Herz
Sehnt sich an einer gleichen Brust zu ruhn,
Die seine Kraft kann fassen und ertragen.

LA HIRE:
Wie könnt ich's wagen Prinz, mein schwach Verdienst
Mit Eures Namens Heldenruhm zu messen!
Wo sich Graf Dunois in die Schranken stellt,
Muß jeder andre Mitbewerber weichen.
Doch eine niedre Schäferin kann nicht

Als Gattin würdig Euch zur Seite stehn,
Das königliche Blut, das Eure Adern
Durchrinnt, verschmäht so niedrige Vermischung.
DUNOIS: Sie ist das Götterkind der heiligen
Natur wie ich, und ist mir ebenbürtig.
Sie sollte eines Fürsten Hand entehren,
Die eine Braut der reinen Engel ist,
Die sich das Haupt mit einem Götterschein
Umgibt, der heller strahlt als ird'sche Kronen,
Die jedes Größte, Höchste dieser Erden
Klein unter ihren Füßen liegen sieht;
Denn alle Fürstenthronen aufeinander
Gestellt, bis zu den Sternen fortgebaut,
Erreichten nicht die Höhe, wo sie steht,
In ihrer Engelsmajestät!
LA HIRE: Der König mag entscheiden.
DUNOIS: Nein sie selbst
Entscheide! Sie hat Frankreich frei gemacht
Und selber frei muß sie ihr Herz verschenken.
LA HIRE: Da kommt der König!

ZWEITER AUFTRITT

KARL. AGNES SOREL. DU CHATEL, *der* ERZBISCHOF *und* CHATILLON *zu den* VORIGEN.

KARL *zu Chatillon*: Er kommt! Er will als seinen König mich
Erkennen, sagt Ihr, und mir huldigen?
CHATILLON: Hier, Sire, in deiner königlichen Stadt
Chalons will sich der Herzog, mein Gebieter,
Zu deinen Füßen werfen. – Mir befahl er,
Als meinen Herrn und König dich zu grüßen,
Er folgt mir auf dem Fuß, gleich naht er selbst.
SOREL: Er kommt! O schöne Sonne dieses Tags,
Der Freude bringt und Frieden und Versöhnung!
CHATILLON:
Mein Herr wird kommen mit zweihundert Rittern,
Er wird zu deinen Füßen niederknien,
Doch er erwartet, daß du es nicht duldest,
Als deinen Vetter freundlich ihn umarmest.
KARL: Mein Herz glüht, an dem seinigen zu schlagen.

CHATILLON: Der Herzog bittet, daß des alten Streits
Beim ersten Wiedersehn mit keinem Worte
Meldung gescheh!
KARL: Versenkt im Lethe sei
Auf ewig das Vergangene. Wir wollen
Nur in der Zukunft heitre Tage sehn.
CHATILLON: Die für Burgund gefochten, alle sollen
In die Versöhnung aufgenommen sein.
KARL: Ich werde so mein Königreich verdoppeln!
CHATILLON: Die Königin Isabeau soll in dem Frieden
Mit eingeschlossen sein, wenn sie ihn annimmt.
KARL: Sie führet Krieg mit mir, nicht ich mit ihr.
Unser Streit ist aus, sobald sie selbst ihn endigt.
CHATILLON: Zwölf Ritter sollen bürgen für dein Wort.
KARL: Mein Wort ist heilig.
CHATILLON: Und der Erzbischof
Soll eine Hostie teilen zwischen dir und ihm,
Zum Pfand und Siegel redlicher Versöhnung.
KARL: So sei mein Anteil an dem ew'gen Heil,
Als Herz und Handschlag bei mir einig sind.
Welch andres Pfand verlangt der Herzog noch?
CHATILLON *mit einem Blick auf Du Chatel*:
Hier seh ich einen, dessen Gegenwart
Den ersten Gruß vergiften könnte.
Du Chatel geht schweigend.
KARL: Geh
Du Chatel! Bis der Herzog deinen Anblick
Ertragen kann, magst du verborgen bleiben!
Er folgt ihm mit den Augen, dann eilt er ihm nach und umarmt ihn.
Rechtschaffner Freund! Du wolltest mehr als dies
Für meine Ruhe tun!
Du Chatel geht ab.
CHATILLON: Die andern Punkte nennt dies Instrument.
KARL *zum Erzbischof*:
Bringt es in Ordnung. Wir genehm'gen alles,
Für einen Freund ist uns kein Preis zu hoch.
Geht Dunois! Nehmt hundert edle Ritter
Mit Euch und holt den Herzog freundlich ein.
Die Truppen alle sollen sich mit Zweigen
Bekränzen, ihre Brüder zu empfangen.
Zum Feste schmücke sich die ganze Stadt,

Und alle Glocken sollen es verkünden,
Daß Frankreich und Burgund sich neu verbünden.
Ein Edelknecht kommt. Man hört Trompeten.
Horch! Was bedeutet der Trompeten Ruf.
EDELKNECHT: Der Herzog von Burgund hält seinen Einzug.
Geht ab.
DUNOIS *geht mit La Hire und Chatillon*: Auf! Ihm entgegen!
KARL *zur Sorel*: Agnes du weinst? Beinah gebricht auch mir
Die Stärke, diesen Auftritt zu ertragen.
Wie viele Todesopfer mußten fallen,
Bis wir uns friedlich konnten wiedersehn.
Doch endlich legt sich jedes Sturmes Wut,
Tag wird es auf die dickste Nacht, und kommt
Die Zeit, so reifen auch die spätsten Früchte!
ERZBISCHOF *am Fenster*:
Der Herzog kann sich des Gedränges kaum
Erledigen. Sie heben ihn vom Pferd,
Sie küssen seinen Mantel, seine Sporen.
KARL: Es ist ein gutes Volk, in seiner Liebe
Raschlodernd wie in seinem Zorn. – Wie schnell
Vergessen ist's, daß ebendieser Herzog
Die Väter ihnen und die Söhne schlug,
Der Augenblick verschlingt ein ganzes Leben!
– Faß dich, Sorel! Auch deine heft'ge Freude
Möcht ihm ein Stachel in die Seele sein,
Nichts soll ihn hier beschämen, noch betrüben.

DRITTER AUFTRITT

DIE VORIGEN. HERZOG VON BURGUND. DUNOIS. LA HIRE. CHATILLON *und noch* ZWEI ANDERE RITTER *von des Herzogs Gefolge. Der Herzog bleibt am Eingang stehen, der König bewegt sich gegen ihn, sogleich nähert sich Burgund und in dem Augenblick, wo er sich auf ein Knie will niederlassen, empfängt ihn der König in seinen Armen.*

KARL: Ihr habt uns überrascht – Euch einzuholen
Gedachten wir – Doch Ihr habt schnelle Pferde.
BURGUND: Sie trugen mich zu meiner Pflicht.
Er umarmt die Sorel und küßt sie auf die Stirne.
Mit Eurer

Erlaubnis Base. Das ist unser Herrenrecht
Zu Arras und kein schönes Weib darf sich
Der Sitte weigern.
KARL: Eure Hofstatt ist
Der Sitz der Minne, sagt man, und der Markt
Wo alles Schöne muß den Stapel halten.
BURGUND: Wir sind ein handeltreibend Volk, mein König.
Was köstlich wächst in allen Himmelstrichen
Wird ausgestellt zur Schau und zum Genuß
Auf unserm Markt zu Brügg, das höchste aber
Von allen Gütern ist der Frauen Schönheit.
SOREL: Der Frauen Treue gilt noch höhern Preis,
Doch auf dem Markte wird sie nicht gesehn.
KARL: Ihr steht in bösem Ruf und Leumund Vetter,
Daß Ihr der Frauen schönste Tugend schmäht.
BURGUND: Die Ketzerei straft sich am schwersten selbst.
Wohl Euch mein König! Früh hat Euch das Herz,
Was mich ein wildes Leben spät, gelehrt!
Er bemerkt den Erzbischof und reicht ihm die Hand.
Ehrwürdiger Mann Gottes! Euren Segen!
Euch trifft man immer auf dem rechten Platz,
Wer Euch will finden, muß im Guten wandeln.
ERZBISCHOF: Mein Meister rufe wenn er will, dies Herz
Ist freudensatt und ich kann fröhlich scheiden,
Da meine Augen diesen Tag gesehn!
BURGUND *zur Sorel*:
Man spricht, Ihr habt Euch Eurer edeln Steine
Beraubt, um Waffen gegen mich daraus
Zu schmieden? Wie? Seid Ihr so kriegerisch
Gesinnt? War's Euch so Ernst mich zu verderben?
Doch unser Streit ist nun vorbei, es findet
Sich alles wieder, was verloren war,
Auch Euer Schmuck hat sich zurückgefunden,
Zum Kriege wider mich war er bestimmt,
Nehmt ihn aus meiner Hand zum Friedenszeichen.
Er empfängt von einem seiner Begleiter das Schmuckkästchen und überreicht es ihr geöffnet. Agnes Sorel sieht den König betroffen an.
KARL: Nimm das Geschenk, es ist ein zweifach teures Pfand
Der schönen Liebe mir und der Versöhnung.
BURGUND *indem er eine brillantne Rose in ihre Haare steckt*:
Warum ist es nicht Frankreichs Königskrone?

Ich würde sie mit gleich geneigtem Herzen
Auf diesem schönen Haupt befestigen.
Ihre Hand bedeutend fassend:
Und – zählt auf mich, wenn Ihr dereinst des Freundes
Bedürfen solltet!

Agnes Sorel in Tränen ausbrechend tritt auf die Seite, auch der König bekämpft eine große Bewegung, alle Umstehende blicken gerührt auf beide Fürsten.

BURGUND *nachdem er alle der Reihe nach angesehen, wirft er sich in die Arme des Königs*: O mein König!

In demselben Augenblick eilen die drei burgundischen Ritter auf Dunois, La Hire und den Erzbischof zu und umarmen einander. Beide Fürsten liegen eine Zeitlang einander sprachlos in den Armen.

Euch konnt ich hassen! Euch konnt ich entsagen!
KARL: Still! Still! Nicht weiter!
BURGUND: Diesen Engelländer
Konnt ich krönen! Diesem Fremdling Treue schwören!
Euch meinen König ins Verderben stürzen!
KARL: Vergeßt es! Alles ist verziehen. Alles
Tilgt dieser einz'ge Augenblick. Es war
Ein Schicksal, ein unglückliches Gestirn!
BURGUND *faßt seine Hand*:
Ich will gutmachen! Glaubet mir, ich will's.
Alle Leiden sollen Euch erstattet werden,
Euer ganzes Königreich sollt Ihr zurück
Empfangen – nicht ein Dorf soll daran fehlen!
KARL: Wir sind vereint. Ich fürchte keinen Feind mehr.
BURGUND: Glaubt mir, ich führte nicht mit frohem Herzen
Die Waffen wider Euch. O wüßtet Ihr –
Warum habt Ihr mir diese nicht geschickt?
Auf die Sorel zeigend.
Nicht widerstanden hätt ich ihren Tränen!
– Nun soll uns keine Macht der Hölle mehr
Entzweien, da wir Brust an Brust geschlossen!
Jetzt hab ich meinen wahren Ort gefunden,
An diesem Herzen endet meine Irrfahrt.
ERZBISCHOF *tritt zwischen beide*:
Ihr seid vereinigt Fürsten! Frankreich steigt
Ein neu verjüngter Phönix aus der Asche,
Uns lächelt eine schöne Zukunft an.
Des Landes tiefe Wunden werden heilen,

Die Dörfer, die verwüsteten, die Städte
Aus ihrem Schutt sich prangender erheben,
Die Felder decken sich mit neuem Grün –
Doch, die das Opfer eures Zwists gefallen,
Die Toten stehen nicht mehr auf, die Tränen
Die eurem Streit geflossen, sind und bleiben
Geweint! Das kommende Geschlecht wird blühen,
Doch das vergangne war des Elends Raub,
Der Enkel Glück erweckt nicht mehr die Väter.
Das sind die Früchte eures Bruderzwists!
Laßt's euch zur Lehre dienen! Fürchtet die Gottheit
Des Schwerts, eh ihr's der Scheid entreißt. Loslassen
Kann der Gewaltige den Krieg, doch nicht
Gelehrig wie der Falk sich aus den Lüften
Zurückschwingt auf des Jägers Hand, gehorcht
Der wilde Gott dem Ruf der Menschenstimme.
Nicht zweimal kommt im rechten Augenblick
Wie heut die Hand des Retters aus den Wolken.

BURGUND: O Sire! Euch wohnt ein Engel an der Seite.
– Wo ist sie? Warum seh ich sie nicht hier?

KARL: Wo ist Johanna? Warum fehlt sie uns
In diesem festlich schönen Augenblick,
Den sie uns schenkte?

ERZBISCHOF: Sire! Das heil'ge Mädchen
Liebt nicht die Ruhe eines müß'gen Hofs,
Und ruft sie nicht der göttliche Befehl
Ans Licht der Welt hervor, so meidet sie
Verschämt den eitlen Blick gemeiner Augen!
Gewiß bespricht sie sich mit Gott, wenn sie
Für Frankreichs Wohlfahrt nicht geschäftig ist,
Denn allen ihren Schritten folgt der Segen.

Vierter Auftritt

Johanna *zu den* Vorigen. *Sie ist im Harnisch aber ohne Helm, und trägt einen Kranz in den Haaren.*

KARL: Du kommst als Priesterin geschmückt Johanna,
Den Bund, den du gestiftet, einzuweihn?

BURGUND: Wie schrecklich war die Jungfrau in der Schlacht,
Und wie umstrahlt mit Anmut sie der Friede!

– Hab ich mein Wort gelöst Johanna? Bist du
Befriedigt und verdien ich deinen Beifall?
JOHANNA: Dir selbst hast du die größte Gunst erzeigt.
Jetzt schimmerst du in segenvollem Licht,
Da du vorhin in blutrotdüsterm Schein
Ein Schreckensmond an diesem Himmel hingst.
Sich umschauend:
Viel edle Ritter find ich hier versammelt
Und alle Augen glänzen freudenhell,
Nur einem Traurigen hab ich begegnet,
Der sich verbergen muß, wo alles jauchzt.
BURGUND: Und wer ist sich so schwerer Schuld bewußt,
Daß er an unsrer Huld verzweifeln müßte?
JOHANNA: Darf er sich nahn? O sage, daß er's darf?
Mach dein Verdienst vollkommen. Eine Versöhnung
Ist keine, die das Herz nicht ganz befreit.
Ein Tropfe Haß, der in dem Freudenbecher
Zurückbleibt, macht den Segenstrank zum Gift.
– Kein Unrecht sei so blutig, daß Burgund
An diesem Freudentag es nicht vergebe!
BURGUND: Ha, ich verstehe dich!
JOHANNA: Und willst verzeihn?
Du willst es, Herzog? – Komm herein Du Chatel!
Sie öffnet die Tür und führt Du Chatel herein, dieser bleibt in der Entfernung stehen.
Der Herzog ist mit seinen Feinden allen
Versöhnt, er ist es auch mit dir.
Du Chatel tritt einige Schritte näher und sucht in den Augen des Herzogs zu lesen.
BURGUND: Was machst du
Aus mir, Johanna? Weißt du was du foderst?
JOHANNA: Ein güt'ger Herr tut seine Pforten auf
Für alle Gäste, keinen schließt er aus;
Frei wie das Firmament die Welt umspannt,
So muß die Gnade Freund und Feind umschließen.
Es schickt die Sonne ihre Strahlen gleich
Nach allen Räumen der Unendlichkeit,
Gleichmessend gießt der Himmel seinen Tau
Auf alle durstenden Gewächse aus.
Was irgend gut ist und von oben kommt,
Ist allgemein und ohne Vorbehalt,

Doch in den Falten wohnt die Finsternis!
BURGUND: O sie kann mit mir schalten wie sie will,
Mein Herz ist weiches Wachs in ihrer Hand.
– Umarmt mich Du Chatel; ich vergeb Euch.
Geist meines Vaters zürne nicht, wenn ich
Die Hand, die dich getötet, freundlich fasse.
Ihr Todesgötter rechnet mir's nicht zu,
Daß ich mein schrecklich Rachgelübde breche.
Bei euch dort unten in der ew'gen Nacht,
Da schlägt kein Herz mehr, da ist alles ewig,
Steht alles unbeweglich fest – doch anders
Ist es hier oben in der Sonne Licht.
Der Mensch ist, der lebendig fühlende,
Der leichte Raub des mächt'gen Augenblicks.
KARL *zur Johanna*: Was dank ich dir nicht alles hohe Jungfrau!
Wie schön hast du dein Wort gelöst!
Wie schnell mein ganzes Schicksal umgewandelt!
Die Freunde hast du mir versöhnt, die Feinde
Mir in den Staub gestürzt, und meine Städte
Dem fremden Joch entrissen. – Du allein
Vollbrachtest alles. – Sprich wie lohn ich dir!
JOHANNA: Sei immer menschlich Herr im Glück, wie du's
Im Unglück warst – und auf der Größe Gipfel
Vergiß nicht, was ein Freund wiegt in der Not,
Du hast's in der Erniedrigung erfahren.
Verweigre nicht Gerechtigkeit und Gnade
Dem Letzten deines Volks, denn von der Herde
Berief dir Gott die Retterin – du wirst
Ganz Frankreich sammeln unter deinen Szepter,
Der Ahn- und Stammherr großer Fürsten sein,
Die nach dir kommen, werden heller leuchten,
Als die dir auf dem Thron vorangegangen.
Dein Stamm wird blühn, solang er sich die Liebe
Bewahrt im Herzen seines Volks,
Der Hochmut nur kann ihn zum Falle führen,
Und von den niedern Hütten, wo dir jetzt
Der Retter ausging, droht geheimnisvoll
Den schuldbefleckten Enkeln das Verderben!
BURGUND: Erleuchtet Mädchen, das der Geist beseelt,
Wenn deine Augen in die Zukunft dringen,
So sprich mir auch von meinem Stamm! Wird er

Sich herrlich breiten wie er angefangen?
JOHANNA: Burgund! Hoch bis zu Throneshöhe hast
Du deinen Stuhl gesetzt, und höher strebt
Das stolze Herz, es hebt bis in die Wolken
Den kühnen Bau. – Doch eine Hand von oben
Wird seinem Wachstum schleunig Halt gebieten.
Doch fürchte drum nicht deines Hauses Fall!
In einer Jungfrau lebt es glänzend fort,
Und szeptertragende Monarchen, Hirten
Der Völker werden ihrem Schoß entblühn.
Sie werden herrschen auf zwei großen Thronen,
Gesetze schreiben der bekannten Welt
Und einer neuen, welche Gottes Hand
Noch zudeckt hinter unbeschifften Meeren.
KARL: O sprich, wenn es der Geist dir offenbaret,
Wird dieses Freundesbündnis, das wir jetzt
Erneut, auch noch die späten Enkelsöhne
Vereinigen?
JOHANNA *nach einem Stillschweigen*:
Ihr Könige und Herrscher!
Fürchtet die Zwietracht! Wecket nicht den Streit
Aus seiner Höhle wo er schläft, denn einmal
Erwacht bezähmt er spät sich wieder! Enkel
Erzeugt er sich, ein eisernes Geschlecht,
Fortzündet an dem Brande sich der Brand.
– Verlangt nicht mehr zu wissen! Freuet euch
Der Gegenwart, laßt mich die Zukunft still
Bedecken!
SOREL: Heilig Mädchen, du erforschest
Mein Herz, du weißt ob es nach Größe eitel strebt,
Auch mir gib ein erfreuliches Orakel.
JOHANNA: Mir zeigt der Geist nur große Weltgeschicke,
Dein Schicksal ruht in deiner eignen Brust!
DUNOIS: Was aber wird dein eigen Schicksal sein,
Erhabnes Mädchen, das der Himmel liebt!
Dir blüht gewiß das schönste Glück der Erden,
Da du so fromm und heilig bist.
JOHANNA: Das Glück
Wohnt droben in dem Schoß des ew'gen Vaters.
KARL: Dein Glück sei fortan deines Königs Sorge!
Denn deinen Namen will ich herrlich machen

In Frankreich, seligpreisen sollen dich
Die spätesten Geschlechter – und gleich jetzt
Erfüll ich es. – Knie nieder!

Er zieht das Schwert und berührt sie mit demselben.

Und steh auf
Als eine Edle! Ich erhebe dich,
Dein König, aus dem Staube deiner dunkeln
Geburt – Im Grabe adl ich deine Väter –
Du sollst die Lilie im Wappen tragen,
Den Besten sollst du ebenbürtig sein
In Frankreich, nur das königliche Blut
Von Valois sei edler als das deine!
Der Größte meiner Großen fühle sich
Durch deine Hand geehrt, mein sei die Sorge
Dich einem edeln Gatten zu vermählen.

DUNOIS *tritt vor*: Mein Herz erkor sie, da sie niedrig war,
Die neue Ehre, die ihr Haupt umglänzt,
Erhöht nicht ihr Verdienst, noch meine Liebe.
Hier in dem Angesichte meines Königs
Und dieses heil'gen Bischofs reich ich ihr
Die Hand als meiner fürstlichen Gemahlin,
Wenn sie mich würdig hält, sie zu empfangen.

KARL: Unwiderstehlich Mädchen, du häufst Wunder
Auf Wunder! Ja, nun glaub ich, daß dir nichts
Unmöglich ist. Du hast dies stolze Herz
Bezwungen, das der Liebe Allgewalt
Hohnsprach bis jetzt.

LA HIRE *tritt vor*: Johannas schönster Schmuck,
Kenn ich sie recht, ist ihr bescheidnes Herz.
Der Huldigung des Größten ist sie wert,
Doch nie wird sie den Wunsch so hoch erheben.
Sie strebt nicht schwindelnd ird'scher Hoheit nach,
Die treue Neigung eines redlichen
Gemüts genügt ihr, und das stille Los,
Das ich mit dieser Hand ihr anerbiete.

KARL: Auch du La Hire? Zwei treffliche Bewerber
An Heldentugend gleich und Kriegesruhm!
– Willst du, die meine Feinde mir versöhnt,
Mein Reich vereinigt, mir die liebsten Freunde
Entzwein? Es kann sie einer nur besitzen,
Und jeden acht ich solches Preises wert.

So rede du, dein Herz muß hier entscheiden.
SOREL *tritt näher*: Die edle Jungfrau seh ich überrascht,
Und ihre Wangen färbt die zücht'ge Scham.
Man geb ihr Zeit, ihr Herz zu fragen, sich
Der Freundin zu vertrauen und das Siegel
Zu lösen von der fest verschloßnen Brust.
Jetzt ist der Augenblick gekommen, wo
Auch ich der strengen Jungfrau schwesterlich
Mich nahen, ihr den treu verschwiegnen Busen
Darbieten darf. – Man laß uns weiblich erst
Das Weibliche bedenken und erwarte
Was wir beschließen werden.
KARL *im Begriff zu gehen*: Also sei's!
JOHANNA: Nicht also Sire! Was meine Wangen färbte,
War die Verwirrung nicht der blöden Scham.
Ich habe dieser edeln Frau nichts zu vertraun,
Des ich vor Männern mich zu schämen hätte.
Hoch ehrt mich dieser edeln Ritter Wahl,
Doch nicht verließ ich meine Schäfertrift,
Um weltlich eitle Hoheit zu erjagen,
Noch mir den Brautkranz in das Haar zu flechten,
Legt ich die ehrne Waffenrüstung an.
Berufen bin ich zu ganz anderm Werk,
Die reine Jungfrau nur kann es vollenden.
Ich bin die Kriegerin des höchsten Gottes,
Und keinem Manne kann ich Gattin sein.
ERZBISCHOF: Dem Mann zur liebenden Gefährtin ist
Das Weib geboren – wenn sie der Natur
Gehorcht, dient sie am würdigsten dem Himmel!
Und hast du dem Befehle deines Gottes,
Der in das Feld dich rief, genuggetan,
So wirst du deine Waffen von dir legen,
Und wiederkehren zu dem sanfteren
Geschlecht, das du verleugnet hast, das nicht
Berufen ist zum blut'gen Werk der Waffen.
JOHANNA: Ehrwürd'ger Herr, ich weiß noch nicht zu sagen,
Was mir der Geist gebieten wird zu tun;
Doch wenn die Zeit kommt, wird mir seine Stimme
Nicht schweigen, und gehorchen werd ich ihr.
Jetzt aber heißt er mich mein Werk vollenden,
Die Stirne meines Herren ist noch nicht

Gekrönt, das heil'ge Öl hat seine Scheitel
Noch nicht benetzt, noch heißt mein Herr nicht König.
KARL: Wir sind begriffen auf dem Weg nach Reims.
JOHANNA: Laß uns nicht stillstehn, denn geschäftig sind
Die Feinde rings, den Weg dir zu verschließen.
Doch mitten durch sie alle führ ich dich!
DUNOIS: Wenn aber alles wird vollendet sein,
Wenn wir zu Reims nun siegend eingezogen,
Wirst du mir dann vergönnen, heilig Mädchen –
JOHANNA: Will es der Himmel, daß ich sieggekrönt
Aus diesem Kampf des Todes wiederkehre,
So ist mein Werk vollendet – und die Hirtin
Hat kein Geschäft mehr in des Königs Hause.
KARL *ihre Hand fassend*:
Dich treibt des Geistes Stimme jetzt, es schweigt
Die Liebe in dem gotterfüllten Busen.
Sie wird nicht immer schweigen, glaube mir!
Die Waffen werden ruhn, es führt der Sieg
Den Frieden an der Hand, dann kehrt die Freude
In jeden Busen ein, und sanftere
Gefühle wachen auf in allen Herzen –
Sie werden auch in deiner Brust erwachen,
Und Tränen süßer Sehnsucht wirst du weinen,
Wie sie dein Auge nie vergoß – dies Herz,
Das jetzt der Himmel ganz erfüllt, wird sich
Zu einem ird'schen Freunde liebend wenden –
Jetzt hast du rettend Tausende beglückt,
Und einen zu beglücken wirst du enden!
JOHANNA: Dauphin! Bist du der göttlichen Erscheinung
Schon müde, daß du ihr Gefäß zerstören,
Die reine Jungfrau, die dir Gott gesendet,
Herab willst ziehn in den gemeinen Staub?
Ihr blinden Herzen! Ihr Kleingläubigen!
Des Himmels Herrlichkeit umleuchtet euch,
Vor eurem Aug enthüllt er seine Wunder,
Und ihr erblickt in mir nichts als ein Weib.
Darf sich ein Weib mit kriegerischem Erz
Umgeben, in die Männerschlacht sich mischen?
Weh mir, wenn ich das Rachschwert meines Gottes
In Händen führte, und im eiteln Herzen
Die Neigung trüge zu dem ird'schen Mann!

Mir wäre besser, ich wär nie geboren!
Kein solches Wort mehr, sag ich euch, wenn ihr
Den Geist in mir nicht zürnend wollt entrüsten!
Der Männer Auge schon, das mich begehrt,
Ist mir ein Grauen und Entheiligung.
KARL: Brecht ab. Es ist umsonst sie zu bewegen.
JOHANNA: Befiehl, daß man die Kriegstrommete blase!
Mich preßt und ängstigt diese Waffenstille,
Es jagt mich auf aus dieser müß'gen Ruh,
Und treibt mich fort, daß ich mein Werk erfülle,
Gebietrisch mahnend meinem Schicksal zu.

Fünfter Auftritt

Ein Ritter *eilfertig*.

KARL: Was ist's?
RITTER: Der Feind ist über die Marne gegangen,
Und stellt sein Heer zum Treffen.
JOHANNA *begeistert*: Schlacht und Kampf!
Jetzt ist die Seele ihrer Banden frei.
Bewaffnet euch, ich ordn indes die Scharen.
Sie eilt hinaus.
KARL: Folgt ihr La Hire – Sie wollen uns am Tore
Von Reims noch um die Krone kämpfen lassen!
DUNOIS: Sie treibt nicht wahrer Mut. Es ist der letzte
Versuch ohnmächtig wütender Verzweiflung.
KARL: Burgund, Euch sporn ich nicht. Heut ist der Tag,
Um viele böse Tage zu vergüten.
BURGUND: Ihr sollt mit mir zufrieden sein.
KARL: Ich selbst
Will Euch vorangehn auf dem Weg des Ruhms,
Und in dem Angesicht der Krönungsstadt
Die Krone mir erfechten. – Meine Agnes!
Dein Ritter sagt dir Lebewohl!
AGNES *umarmt ihn*:
Ich weine nicht, ich zittre nicht für dich,
Mein Glaube greift vertrauend in die Wolken!
So viele Pfänder seiner Gnade gab
Der Himmel nicht, daß wir am Ende trauern!
Vom Sieg gekrönt umarm ich meinen Herrn,

Mir sagt's das Herz, in Reims' bezwungnen Mauern.

Trompeten erschallen mit mutigem Ton und gehen, während daß verwandelt wird, in ein wildes Kriegsgetümmel über, das Orchester fällt ein bei offener Szene und wird von kriegerischen Instrumenten hinter der Szene begleitet.

Der Schauplatz verwandelt sich in eine freie Gegend, die von Bäumen begrenzt wird. Man sieht während der Musik Soldaten über den Hintergrund schnell wegziehen.

SECHSTER AUFTRITT

TALBOT *auf* FASTOLF *gestützt und von* SOLDATEN *begleitet. Gleich darauf* LIONEL.

TALBOT: Hier unter diesen Bäumen setzt mich nieder,
Und ihr begebt euch in die Schlacht zurück,
Ich brauche keines Beistands um zu sterben.

FASTOLF: O unglückselig jammervoller Tag!
Lionel tritt auf.
Zu welchem Anblick kommt Ihr Lionel?
Hier liegt der Feldherr auf den Tod verwundet.

LIONEL: Das wolle Gott nicht! Edler Lord steht auf!
Jetzt ist's nicht Zeit, ermattet hinzusinken.
Weicht nicht dem Tod, gebietet der Natur
Mit Eurem mächt'gen Willen, daß sie lebe!

TALBOT: Umsonst! Der Tag des Schicksals ist gekommen,
Der unsern Thron in Frankreich stürzen soll.
Vergebens in verzweiflungsvollem Kampf
Wagt ich das Letzte noch, ihn abzuwenden.
Vom Strahl dahingeschmettert lieg ich hier,
Um nicht mehr aufzustehn. – Reims ist verloren,
So eilt Paris zu retten!

LIONEL: Paris hat sich vertragen mit dem Dauphin,
Soeben bringt ein Eilbot uns die Nachricht.

TALBOT *reißt den Verband ab*:
So strömet hin ihr Bäche meines Bluts,
Denn überdrüssig bin ich dieser Sonne!

LIONEL:
Ich kann nicht bleiben. – Fastolf, bringt den Feldherrn
An einen sichern Ort, wir können uns

Nicht lange mehr auf diesem Posten halten.
Die Unsern fliehen schon von allen Seiten,
Unwiderstehlich dringt das Mädchen vor –

TALBOT: Unsinn, du siegst und ich muß untergehn!
Mit der Dummheit kämpfen Götter selbst vergebens.
Erhabene Vernunft, lichthelle Tochter
Des göttlichen Hauptes, weise Gründerin
Des Weltgebäudes, Führerin der Sterne,
Wer bist du denn, wenn du dem tollen Roß
Des Aberwitzes an den Schweif gebunden,
Ohnmächtig rufend, mit dem Trunkenen
Dich sehend in den Abgrund stürzen mußt!
Verflucht sei, wer sein Leben an das Große
Und Würd'ge wendet und bedachte Plane
Mit weisem Geist entwirft! Dem Narrenkönig
Gehört die Welt –

LIONEL: Mylord! Ihr habt nur noch
Für wenig Augenblicke Leben – denkt
An Euren Schöpfer!

TALBOT: Wären wir als Tapfre
Durch andre Tapfere besiegt, wir könnten
Uns trösten mit dem allgemeinen Schicksal,
Das immer wechselnd seine Kugel dreht –
Doch solchem groben Gaukelspiel erliegen!
War unser ernstes arbeitvolles Leben
Keines ernsthaftern Ausgangs wert?

LIONEL *reicht ihm die Hand*:
Mylord fahrt wohl! Der Tränen schuld'gen Zoll
Will ich Euch redlich nach der Schlacht entrichten,
Wenn ich alsdann noch übrig bin. Jetzt aber
Ruft das Geschick mich fort, das auf dem Schlachtfeld
Noch richtend sitzt und seine Lose schüttelt.
Auf Wiedersehn in einer andern Welt,
Kurz ist der Abschied für die lange Freundschaft. *Geht ab.*

TALBOT: Bald ist's vorüber und der Erde geb ich,
Der ew'gen Sonne die Atome wieder,
Die sich zu Schmerz und Lust in mir gefügt –
Und von dem mächt'gen Talbot, der die Welt
Mit seinem Kriegsruhm füllte, bleibt nichts übrig,
Als eine Handvoll leichten Staubs. – So geht
Der Mensch zu Ende – und die einzige

Ausbeute, die wir aus dem Kampf des Lebens
Wegtragen, ist die Einsicht in das Nichts,
Und herzliche Verachtung alles dessen
Was uns erhaben schien und wünschenswert –

Siebenter Auftritt

Karl. Burgund. Dunois. Du Chatel *und* Soldaten *treten auf.*

BURGUND: Die Schanze ist erstürmt.
DUNOIS: Der Tag ist unser.
KARL *Talbot bemerkend*:
Seht, wer es ist der dort vom Licht der Sonne
Den unfreiwillig schweren Abschied nimmt?
Die Rüstung zeigt mir keinen schlechten Mann,
Geht, springt ihm bei, wenn ihm noch Hülfe frommt.
Soldaten aus des Königs Gefolge treten hinzu.
FASTOLF: Zurück! Bleibt fern! Habt Achtung vor dem Toten,
Dem ihr im Leben nie zu nahn gewünscht!
BURGUND: Was seh ich! Talbot liegt in seinem Blut!
Er geht auf ihn zu. Talbot blickt ihn starr an und stirbt.
FASTOLF: Hinweg Burgund! Den letzten Blick des Helden
Vergifte nicht der Anblick des Verräters!
DUNOIS: Furchtbarer Talbot! Unbezwinglicher!
Nimmst du vorlieb mit so geringem Raum,
Und Frankreichs weite Erde konnte nicht
Dem Streben deines Riesengeistes gnügen.
– Erst jetzo, Sire, begrüß ich Euch als König,
Die Krone zitterte auf Eurem Haupt,
Solang ein Geist in diesem Körper lebte.
KARL *nachdem er den Toten stillschweigend betrachtet*:
Ihn hat ein Höherer besiegt, nicht wir!
Er liegt auf Frankreichs Erde, wie der Held
Auf seinem Schild, den er nicht lassen wollte.
Bringt ihn hinweg!
Soldaten heben den Leichnam auf und tragen ihn fort.
Fried sei mit seinem Staube!
Ihm soll ein ehrenvolles Denkmal werden,
Mitten in Frankreich, wo er seinen Lauf
Als Held geendet, ruhe sein Gebein!
So weit als er, drang noch kein feindlich Schwert,

Seine Grabschrift sei der Ort, wo man ihn findet.
FASTOLF *gibt sein Schwert ab*:
Herr, ich bin dein Gefangener.
KARL *gibt ihm sein Schwert zurück*: Nicht also!
Die fromme Pflicht ehrt auch der rohe Krieg,
Frei sollt Ihr Eurem Herrn zu Grabe folgen.
Jetzt eilt, Du Chatel – Meine Agnes zittert –
Entreißt sie ihrer Angst um uns – Bringt ihr
Die Botschaft, daß wir leben, daß wir siegten,
Und führt sie im Triumph nach Reims!
Du Chatel geht ab.

Achter Auftritt

La Hire *zu den* Vorigen.

DUNOIS: La Hire!
Wo ist die Jungfrau?
LA HIRE: Wie? Das frag ich Euch.
An Eurer Seite fechtend ließ ich sie.
DUNOIS: Von Eurem Arme glaubt ich sie beschützt,
Als ich dem König beizuspringen eilte.
BURGUND: Im dichtsten Feindeshaufen sah ich noch
Vor kurzem ihre weiße Fahne wehn.
DUNOIS: Weh uns, wo ist sie? Böses ahndet mir!
Kommt, eilen wir sie zu befrein. – Ich fürchte,
Sie hat der kühne Mut zu weit geführt,
Umringt von Feinden kämpft sie ganz allein,
Und hülflos unterliegt sie jetzt der Menge.
KARL: Eilt, rettet sie!
LA HIRE: Ich folg euch, kommt!
BURGUND: Wir alle!
Sie eilen fort.

Eine andre öde Gegend des Schlachtfelds. Man sieht die Türme von Reims in der Ferne, von der Sonne beleuchtet.

NEUNTER AUFTRITT

EIN RITTER *in ganz schwarzer Rüstung, mit geschloßnem Visier.* JOHANNA *verfolgt ihn bis auf die vordere Bühne, wo er stillesteht und sie erwartet.*

JOHANNA: Arglist'ger! Jetzt erkenn ich deine Tücke!
Du hast mich trüglich durch verstellte Flucht
Vom Schlachtfeld weggelockt und Tod und Schicksal
Von vieler Britensöhne Haupt entfernt.
Doch jetzt ereilt dich selber das Verderben.

SCHWARZER RITTER:
Warum verfolgst du mich und heftest dich
So wutentbrannt an meine Fersen? Mir
Ist nicht bestimmt, von deiner Hand zu fallen.

JOHANNA: Verhaßt in tiefster Seele bist du mir,
Gleich wie die Nacht, die deine Farbe ist.
Dich wegzutilgen von dem Licht des Tags
Treibt mich die unbezwingliche Begier.
Wer bist du? Öffne dein Visier. – Hätt ich
Den kriegerischen Talbot in der Schlacht
Nicht fallen sehn, so sagt ich, du wärst Talbot.

SCHWARZER RITTER:
Schweigt dir die Stimme des Prophetengeistes?

JOHANNA: Sie redet laut in meiner tiefsten Brust,
Daß mir das Unglück an der Seite steht.

SCHWARZER RITTER:
Johanna d'Arc! Bis an die Tore Reims'
Bist du gedrungen auf des Sieges Flügeln.
Dir gnüge der erworbne Ruhm. Entlasse
Das Glück, das dir als Sklave hat gedient,
Eh es sich zürnend selbst befreit, es haßt
Die Treu und keinem dient es bis ans Ende.

JOHANNA: Was heißest du in Mitte meines Laufs
Mich stillestehen und mein Werk verlassen?
Ich führ es aus und löse mein Gelübde!

SCHWARZER RITTER:
Nichts kann dir, du Gewalt'ge, widerstehn,
In jedem Kampfe siegst du. – Aber gehe

In keinen Kampf mehr. Höre meine Warnung!
JOHANNA: Nicht aus den Händen leg ich dieses Schwert,
Als bis das stolze England niederliegt.
SCHWARZER RITTER:
Schau hin! Dort hebt sich Reims mit seinen Türmen,
Das Ziel und Ende deiner Fahrt – die Kuppel
Der hohen Kathedrale siehst du leuchten,
Dort wirst du einziehn im Triumphgepräng,
Deinen König krönen, dein Gelübde lösen.
– Geh nicht hinein. Kehr um. Hör meine Warnung.
JOHANNA: Wer bist du doppelzüngig falsches Wesen,
Das mich erschrecken und verwirren will?
Was maßest du dir an, mir falsch Orakel
Betrüglich zu verkündigen?
Der schwarze Ritter will abgehen, sie tritt ihm in den Weg.
Nein, du stehst
Mir Rede, oder stirbst von meinen Händen!
Sie will einen Streich auf ihn führen.
SCHWARZER RITTER *berührt sie mit der Hand, sie bleibt unbeweglich stehen*: Töte was sterblich ist!
Nacht, Blitz und Donnerschlag. Der Ritter versinkt.
JOHANNA *steht anfangs erstaunt, faßt sich aber bald wieder*:
Es war nichts Lebendes. – Ein trüglich Bild
Der Hölle war's, ein widerspenst'ger Geist,
Heraufgestiegen aus dem Feuerpfuhl,
Mein edles Herz im Busen zu erschüttern.
Wen fürcht ich mit dem Schwerte meines Gottes?
Siegreich vollenden will ich meine Bahn,
Und käm die Hölle selber in die Schranken,
Mir soll der Mut nicht weichen und nicht wanken!
Sie will abgehen.

Zehenter Auftritt

Lionel. Johanna.

LIONEL: Verfluchte rüste dich zum Kampf – Nicht beide
Verlassen wir lebendig diesen Platz.
Du hast die Besten meines Volks getötet,
Der edle Talbot hat die große Seele
In meinen Busen ausgehaucht. – Ich räche

Den Tapfern oder teile sein Geschick.
Und daß du wissest, wer dir Ruhm verleiht,
Er sterbe oder siege – Ich bin Lionel,
Der letzte von den Fürsten unsers Heers,
Und unbezwungen noch ist dieser Arm.

Er dringt auf sie ein, nach einem kurzen Gefecht schlägt sie ihm das Schwert aus der Hand.

Treuloses Glück! *Er ringt mit ihr.*

JOHANNA *ergreift ihn von hinten zu am Helmbusch und reißt ihm den Helm gewaltsam herunter, daß sein Gesicht entblößt wird, zugleich zuckt sie das Schwert mit der Rechten:* Erleide was du suchtest,
Die heil'ge Jungfrau opfert dich durch mich!

In diesem Augenblicke sieht sie ihm ins Gesicht, sein Anblick ergreift sie, sie bleibt unbeweglich stehen und läßt dann langsam den Arm sinken.

LIONEL: Was zauderst du und hemmst den Todesstreich?
Nimm mir das Leben auch, du nahmst den Ruhm,
Ich bin in deiner Hand, ich will nicht Schonung.

Sie gibt ihm ein Zeichen mit der Hand, sich zu entfernen.

Entfliehen soll ich? Dir soll ich mein Leben
Verdanken? – Eher sterben!

JOHANNA *mit abgewandtem Gesicht:* Rette dich!
Ich will nichts davon wissen, daß dein Leben
In meine Macht gegeben war.

LIONEL: Ich hasse dich und dein Geschenk – Ich will
Nicht Schonung – Töte deinen Feind, der dich
Verabscheut, der dich töten wollte.

JOHANNA: Töte mich
– Und fliehe!

LIONEL: Ha! Was ist das?

JOHANNA *verbirgt das Gesicht:* Wehe mir!

LIONEL *tritt ihr näher:*
Du tötest, sagt man, alle Engelländer,
Die du im Kampf bezwingst – Warum nur mich
Verschonen?

JOHANNA *erhebt das Schwert mit einer raschen Bewegung gegen ihn, läßt es aber, wie sie ihn ins Gesicht faßt, schnell wieder sinken:*
Heil'ge Jungfrau!

LIONEL: Warum nennst du
Die Heil'ge? Sie weiß nichts von dir, der Himmel
Hat keinen Teil an dir.

JOHANNA *in der heftigsten Beängstigung*:
Was hab ich
Getan! Gebrochen hab ich mein Gelübde!
Sie ringt verzweifelnd die Hände.
LIONEL *betrachtet sie mit Teilnahme und tritt ihr näher*:
Unglücklich Mädchen! Ich beklage dich,
Du rührst mich, du hast Großmut ausgeübt
An mir allein, ich fühle daß mein Haß
Verschwindet, ich muß Anteil an dir nehmen!
– Wer bist du? Woher kommst du?
JOHANNA: Fort! Entfliehe!
LIONEL: Mich jammert deine Jugend, deine Schönheit!
Dein Anblick dringt mir an das Herz. Ich möchte
Dich gerne retten – Sage mir, wie kann ich's!
Komm! Komm! Entsage dieser gräßlichen
Verbindung – Wirf sie von dir diese Waffen!
JOHANNA: Ich bin unwürdig, sie zu führen!
LIONEL: Wirf
Sie von dir, schnell, und folge mir!
JOHANNA *mit Entsetzen*: Dir folgen!
LIONEL: Du kannst gerettet werden. Folge mir!
Ich will dich retten, aber säume nicht.
Mich faßt ein ungeheurer Schmerz um dich,
Und ein unnennbar Sehnen, dich zu retten –
Bemächtigt sich ihres Armes.
JOHANNA: Der Bastard naht! Sie sind's! Sie suchen mich!
Wenn sie dich finden –
LIONEL: Ich beschütze dich!
JOHANNA: Ich sterbe, wenn du fällst von ihren Händen!
LIONEL: Bin ich dir teuer?
JOHANNA: Heilige des Himmels!
LIONEL: Werd ich dich wiedersehen? Von dir hören?
JOHANNA: Nie! Niemals!
LIONEL: Dieses Schwert zum Pfand, daß ich
Dich wiedersehe! *Er entreißt ihr das Schwert.*
JOHANNA: Rasender du wagst es?
LIONEL: Jetzt weich ich der Gewalt, ich seh dich wieder!
Er geht ab.

Eilfter Auftritt

Dunois *und* La Hire. Johanna.

LA HIRE: Sie lebt! Sie ist's!
DUNOIS: Johanna, fürchte nichts!
Die Freunde stehen mächtig dir zur Seite.
LA HIRE: Flieht dort nicht Lionel?
DUNOIS: Laß ihn entfliehn!
Johanna, die gerechte Sache siegt,
Reims öffnet seine Tore, alles Volk
Strömt jauchzend seinem Könige entgegen –
LA HIRE: Was ist der Jungfrau? Sie erbleicht, sie sinkt!
Johanna schwindelt und will sinken.
DUNOIS: Sie ist verwundet – Reißt den Panzer auf –
Es ist der Arm und leicht ist die Verletzung.
LA HIRE: Ihr Blut entfließt.
JOHANNA: Laßt es mit meinem Leben
Hinströmen!
Sie liegt ohnmächtig in La Hires Armen.

VIERTER AUFZUG

Ein festlich ausgeschmückter Saal, die Säulen sind mit Festons umwunden, hinter der Szene Flöten und Hoboen.

Erster Auftritt

JOHANNA: Die Waffen ruhn, des Krieges Stürme schweigen,
Auf blut'ge Schlachten folgt Gesang und Tanz,
Durch alle Straßen tönt der muntre Reigen,
Altar und Kirche prangt in Festesglanz,
Und Pforten bauen sich aus grünen Zweigen,
Und um die Säule windet sich der Kranz,
Das weite Reims faßt nicht die Zahl der Gäste,
Die wallend strömen zu dem Völkerfeste.

Und einer Freude Hochgefühl entbrennet,
Und ein Gedanke schlägt in jeder Brust,
Was sich noch jüngst in blut'gem Haß getrennet,
Das teilt entzückt die allgemeine Lust,

Wer nur zum Stamm der Franken sich bekennet,
Der ist des Namens stolzer sich bewußt,
Erneuert ist der Glanz der alten Krone,
Und Frankreich huldigt seinem Königssohne.

Doch mich, die all dies Herrliche vollendet,
Mich rührt es nicht das allgemeine Glück,
Mir ist das Herz verwandelt und gewendet,
Es flieht von dieser Festlichkeit zurück,
Ins brit'sche Lager ist es hingewendet,
Hinüber zu dem Feinde schweift der Blick,
Und aus der Freude Kreis muß ich mich stehlen,
Die schwere Schuld des Busens zu verhehlen.

Wer? Ich? Ich eines Mannes Bild
In meinem reinen Busen tragen?
Dies Herz, von Himmelsglanz erfüllt,
Darf einer ird'schen Liebe schlagen?
Ich meines Landes Retterin,
Des höchsten Gottes Kriegerin,
Für meines Landes Feind entbrennen!
Darf ich's der keuschen Sonne nennen,
Und mich vernichtet nicht die Scham!

Die Musik hinter der Szene geht in eine weiche schmelzende Melodie über.

Wehe! Weh mir! Welche Töne!
Wie verführen sie mein Ohr!
Jeder ruft mir seine Stimme,
Zaubert mir sein Bild hervor!

Daß der Sturm der Schlacht mich faßte,
Speere sausend mich umtönten
In des heißen Streites Wut!
Wieder fänd ich meinen Mut!

Diese Stimmen, diese Töne,
Wie umstricken sie mein Herz,
Jede Kraft in meinem Busen,
Lösen sie in weichem Sehnen,
Schmelzen sie in Wehmutstränen!

Nach einer Pause lebhafter.

Sollt ich ihn töten? Konnt ich's, da ich ihm
Ins Auge sah? Ihn töten! Eher hätt ich
Den Mordstahl auf die eigne Brust gezückt!
Und bin ich strafbar, weil ich menschlich war?
Ist Mitleid Sünde? – Mitleid! Hörtest du
Des Mitleids Stimme und der Menschlichkeit
Auch bei den andern, die dein Schwert geopfert?
Warum verstummte sie, als der Walliser dich,
Der zarte Jüngling, um sein Leben flehte?
Arglistig Herz! Du lügst dem ew'gen Licht,
Dich trieb des Mitleids fromme Stimme nicht!

Warum mußt ich ihm in die Augen sehn!
Die Züge schaun des edeln Angesichts!
Mit deinem Blick fing dein Verbrechen an
Unglückliche! Ein blindes Werkzeug fodert Gott,
Mit blinden Augen mußtest du's vollbringen!
Sobald du sahst, verließ dich Gottes Schild,
Ergriffen dich der Hölle Schlingen!

Die Flöten wiederholen, sie versinkt in eine stille Wehmut.

Frommer Stab! O hätt ich nimmer
Mit dem Schwerte dich vertauscht!
Hätt es nie in deinen Zweigen
Heil'ge Eiche! mir gerauscht!
Wärst du nimmer mir erschienen,
Hohe Himmelskönigin!
Nimm, ich kann sie nicht verdienen,
Deine Krone nimm sie hin!

Ach, ich sah den Himmel offen
Und der Sel'gen Angesicht!
Doch auf Erden ist mein Hoffen,
Und im Himmel ist es nicht!
Mußtest du ihn auf mich laden
Diesen furchtbaren Beruf,
Konnt ich dieses Herz verhärten,
Das der Himmel fühlend schuf!

Willst du deine Macht verkünden,
Wähle sie, die frei von Sünden
Stehn in deinem ew'gen Haus,
Deine Geister sende aus,
Die Unsterblichen, die Reinen,
Die nicht fühlen, die nicht weinen!
Nicht die zarte Jungfrau wähle,
Nicht der Hirtin weiche Seele!

Kümmert mich das Los der Schlachten,
Mich der Zwist der Könige?
Schuldlos trieb ich meine Lämmer
Auf des stillen Berges Höh.
Doch du rissest mich ins Leben,
In den stolzen Fürstensaal,
Mich der Schuld dahinzugeben,
Ach! es war nicht meine Wahl!

Zweiter Auftritt

Agnes Sorel. Johanna.

SOREL *kommt in lebhafter Rührung, wie sie die Jungfrau erblickt eilt sie auf sie zu und fällt ihr um den Hals; plötzlich besinnt sie sich, läßt sie los und fällt vor ihr nieder*:
Nein! Nicht so! Hier im Staub vor dir –
JOHANNA *will sie aufheben*: Steh auf!
Was ist dir? Du vergissest dich und mich.
SOREL: Laß mich! Es ist der Freude Drang, der mich
Zu deinen Füßen niederwirft – ich muß
Mein überwallend Herz vor Gott ergießen,
Den Unsichtbaren bet ich an in dir.
Du bist der Engel, der mir meinen Herrn
Nach Reims geführt und mit der Krone schmückt.
Was ich zu sehen nie geträumt, es ist
Erfüllt! Der Krönungszug bereitet sich,
Der König steht im festlichen Ornat,
Versammelt sind die Pairs, die Mächtigen
Der Krone, die Insignien zu tragen,
Zur Kathedrale wallend strömt das Volk,
Es schallt der Reigen und die Glocken tönen,

O dieses Glückes Fülle trag ich nicht!

Johanna hebt sie sanft in die Höhe. Agnes Sorel hält einen Augenblick inne, indem sie der Jungfrau näher ins Auge sieht.

Doch du bleibst immer ernst und streng, du kannst
Das Glück erschaffen, doch du teilst es nicht.
Dein Herz ist kalt, du fühlst nicht unsre Freuden,
Du hast der Himmel Herrlichkeit gesehn,
Die reine Brust bewegt kein irdisch Glück.

Johanna ergreift ihre Hand mit Heftigkeit, läßt sie aber schnell wieder fahren.

O könntest du ein Weib sein und empfinden!
Leg diese Rüstung ab, kein Krieg ist mehr,
Bekenne dich zum sanfteren Geschlechte!
Mein liebend Herz flieht scheu vor dir zurück,
Solange du der strengen Pallas gleichst.

JOHANNA: Was foderst du von mir!

SOREL: Entwaffne dich!
Leg diese Rüstung ab, die Liebe fürchtet,
Sich dieser stahlbedeckten Brust zu nahn.
O sei ein Weib und du wirst Liebe fühlen!

JOHANNA: Jetzt soll ich mich entwaffnen! Jetzt! Dem Tod
Will ich die Brust entblößen in der Schlacht!
Jetzt nicht – o möchte siebenfaches Erz
Vor euren Festen, vor mir selbst mich schützen!

SOREL: Dich liebt Graf Dunois. Sein edles Herz
Dem Ruhm nur offen und der Heldentugend,
Es glüht für dich in heiligem Gefühl.
O es ist schön, von einem Helden sich geliebt
Zu sehn – es ist noch schöner, ihn zu lieben!

Johanna wendet sich mit Abscheu hinweg.

Du hassest ihn! – Nein, nein du kannst ihn nur
Nicht lieben – Doch wie solltest du ihn hassen!
Man haßt nur den, der den Geliebten uns
Entreißt, doch dir ist keiner der Geliebte!
Dein Herz ist ruhig – Wenn es fühlen könnte –

JOHANNA: Beklage mich! Beweine mein Geschick!

SOREL: Was könnte dir zu deinem Glücke mangeln?
Du hast dein Wort gelöst, Frankreich ist frei,
Bis in die Krönungsstadt hast du den König
Siegreich geführt, und hohen Ruhm erstritten,

Dir huldiget, dich preist ein glücklich Volk,
Von allen Zungen überströmend fließt
Dein Lob, du bist die Göttin dieses Festes,
Der König selbst mit seiner Krone strahlt
Nicht herrlicher als du.

JOHANNA: O könnt ich mich
Verbergen in den tiefsten Schoß der Erde!

SOREL: Was ist dir? Welche seltsame Bewegung!
Wer dürfte frei aufschaun an diesem Tage,
Wenn du die Blicke niederschlagen sollst!
Mich laß erröten, mich die neben dir
So klein sich fühlt, zu deiner Heldenstärke sich
Zu deiner Hoheit nicht erheben kann!
Denn soll ich meine ganze Schwäche dir
Gestehen? – Nicht der Ruhm des Vaterlandes,
Nicht der erneute Glanz des Thrones, nicht
Der Völker Hochgefühl und Siegesfreude
Beschäftigt dieses schwache Herz. Es ist
Nur einer, der es ganz erfüllt, es hat
Nur Raum für dieses einzige Gefühl:
Er ist der Angebetete, ihm jauchzt das Volk,
Ihn segnet es, ihm streut es diese Blumen,
Er ist der Meine, der Geliebte ist's.

JOHANNA: O du bist glücklich! Selig preise dich!
Du liebst wo alles liebt! Du darfst dein Herz
Aufschließen, laut aussprechen dein Entzücken
Und offen tragen vor der Menschen Blicken!
Dies Fest des Reichs ist deiner Liebe Fest,
Die Völker alle, die unendlichen,
Die sich in diesen Mauren flutend drängen,
Sie teilen dein Gefühl, sie heil'gen es,
Dir jauchzen sie, dir flechten sie den Kranz,
Eins bist du mit der allgemeinen Wonne,
Du liebst das all Erfreuende, die Sonne,
Und was du siehst, ist deiner Liebe Glanz!

SOREL *ihr um den Hals fallend*:
O du entzückst mich, du verstehst mich ganz!
Ja ich verkannte dich, du kennst die Liebe,
Und was ich fühle, sprichst du mächtig aus.
Von seiner Furcht und Scheue löst sich mir
Das Herz, es wallt vertrauend dir entgegen –

JOHANNA *entreißt sich mit Heftigkeit ihren Armen*:
Verlaß mich. Wende dich von mir! Beflecke
Dich nicht mit meiner pesterfüllten Nähe!
Sei glücklich, geh, mich laß in tiefster Nacht
Mein Unglück, meine Schande, mein Entsetzen
Verbergen –

SOREL: Du erschreckst mich, ich begreife
Dich nicht, doch ich begriff dich nie – und stets
Verhüllt war mir dein dunkel tiefes Wesen.
Wer möcht es fassen, was dein heilig Herz,
Der reinen Seele Zartgefühl erschreckt!

JOHANNA: Du bist die Heilige! Du bist die Reine!
Sähst du mein Innerstes, du stießest schaudernd
Die Feindin von dir, die Verräterin!

DRITTER AUFTRITT

DIE VORIGEN. DUNOIS. DU CHATEL *und* LA HIRE *mit der Fahne der Johanna.*

DUNOIS: Dich suchen wir Johanna. Alles ist
Bereit, der König sendet uns, er will
Daß du vor ihm die heil'ge Fahne tragest,
Du sollst dich schließen an der Fürsten Reihn,
Die nächste an ihm selber sollst du gehn,
Denn er verleugnet's nicht und alle Welt
Soll es bezeugen, daß er dir allein
Die Ehre dieses Tages zuerkennt.

LA HIRE: Hier ist die Fahne. Nimm sie edle Jungfrau,
Die Fürsten warten und es harrt das Volk.

JOHANNA: Ich vor ihm herziehn! Ich die Fahne tragen!

DUNOIS: Wem anders ziemt es! Welche andre Hand
Ist rein genug, das Heiligtum zu tragen!
Du schwangst sie im Gefechte, trage sie
Zur Zierde nun auf diesem Weg der Freude.

La Hire will ihr die Fahne überreichen, sie bebt schaudernd davor zurück.

JOHANNA: Hinweg! Hinweg!

LA HIRE: Was ist dir? Du erschrickst
Vor deiner eignen Fahne! – Sieh sie an!

Er rollt die Fahne auseinander.

Es ist dieselbe, die du siegend schwangst.
Die Himmelskönigin ist drauf gebildet,
Die über einer Erdenkugel schwebt,
Denn also lehrte dich's die heil'ge Mutter.

JOHANNA *mit Entsetzen hinschauend*:
Sie ist's! Sie selbst! Ganz so erschien sie mir.
Seht wie sie herblickt und die Stirne faltet,
Zornglühend aus den finstern Wimpern schaut!

SOREL: O sie ist außer sich! Komm zu dir selbst!
Erkenne dich, du siehst nichts Wirkliches!
Das ist ihr irdisch nachgeahmtes Bild,
Sie selber wandelt in des Himmels Chören!

JOHANNA: Furchtbare, kommst du dein Geschöpf zu strafen?
Verderbe, strafe mich, nimm deine Blitze,
Und laß sie fallen auf mein schuldig Haupt.
Gebrochen hab ich meinen Bund, entweiht,
Gelästert hab ich deinen heil'gen Namen!

DUNOIS: Weh uns! Was ist das! Welch unsel'ge Reden!

LA HIRE *erstaunt zu Du Chatel*:
Begreift Ihr diese seltsame Bewegung?

DU CHATEL: Ich sehe was ich seh. Ich hab es längst
Gefürchtet.

DUNOIS: Wie? Was sagt Ihr?

DU CHATEL: Was ich denke,
Darf ich nicht sagen. Wollte Gott, es wäre
Vorüber und der König wär gekrönt!

LA HIRE: Wie? Hat der Schrecken, der von dieser Fahne
Ausging, sich auf dich selbst zurückgewendet?
Den Briten laß vor diesem Zeichen zittern,
Den Feinden Frankreichs ist es fürchterlich,
Doch seinen treuen Bürgern ist es gnädig.

JOHANNA: Ja du sagst recht! Den Freunden ist es hold,
Und auf die Feinde sendet es Entsetzen!

Man hört den Krönungsmarsch.

DUNOIS: So nimm die Fahne! Nimm sie! Sie beginnen
Den Zug, kein Augenblick ist zu verlieren!

Sie dringen ihr die Fahne auf, sie ergreift sie mit heftigem Widerstreben und geht ab, die andern folgen.

Die Szene verwandelt sich in einen freien Platz vor der Kathedralkirche.

Vierter Auftritt

Zuschauer *erfüllen den Hintergrund, aus ihnen heraus treten* Bertrand, Claude Marie *und* Etienne *kommen vorwärts. Der Krönungsmarsch erschallt gedämpft aus der Ferne.*

bertrand: Hört die Musik! Sie sind's! Sie nahen schon!
Was ist das Beste? Steigen wir hinauf
Auf die Platforme, oder drängen uns
Durchs Volk, daß wir vom Aufzug nichts verlieren?
etienne: Es ist nicht durchzukommen. Alle Straßen sind
Von Menschen vollgedrängt, zu Roß und Wagen.
Laßt uns hieher an diese Häuser treten,
Hier können wir den Zug gemächlich sehen,
Wenn er vorüberkommt!
claude marie: Ist's doch, als ob
Halb Frankreich sich zusammen hier gefunden!
So allgewaltig ist die Flut, daß sie
Auch uns im fernen lothringischen Land
Hat aufgehoben und hiehergespült!
bertrand: Wer wird
In seinem Winkel müßig sitzen, wenn
Das Große sich begibt im Vaterland!
Es hat auch Schweiß und Blut genug gekostet
Bis daß die Krone kam aufs rechte Haupt!
Und unser König, der der wahre ist,
Dem wir die Kron itzt geben, soll nicht schlechter
Begleitet sein, als der Pariser ihrer,
Den sie zu Saint Denis gekrönt! Der ist
Kein Wohlgesinnter, der von diesem Fest
Wegbleibt und nicht mitruft: es lebe der König!

Fünfter Auftritt

Margot *und* Louison *treten zu ihnen.*

louison: Wir werden unsre Schwester sehen, Margot!
Mir pocht das Herz.
margot: Wir werden sie im Glanz

Und in der Hoheit sehn, und zu uns sagen:
Es ist Johanna, es ist unsre Schwester!
LOUISON: Ich kann's nicht glauben, bis ich sie mit Augen
Gesehn, daß diese Mächtige, die man
Die Jungfrau nennt von Orleans, unsre Schwester
Johanna ist, die uns verlorenging.
Der Marsch kommt immer näher.
MARGOT: Du zweifelst noch! Du wirst's mit Augen sehn!
BERTRAND: Gebt acht! Sie kommen!

SECHSTER AUFTRITT

FLÖTENSPIELER *und* HOBOISTEN *eröffnen den Zug.* KINDER *folgen, weiß gekleidet, mit Zweigen in der Hand, hinter diesen* ZWEI HEROLDE. *Darauf ein Zug von* HELLEBARDIERERN. MAGISTRATSPERSONEN *in der Robe folgen. Hierauf zwei* MARSCHÄLLE *mit dem Stabe,* HERZOG VON BURGUND *das Schwert tragend,* DUNOIS *mit dem Szepter, andere* GROSSE *mit der Krone, dem Reichsapfel und dem Gerichtsstabe, andere mit Opfergaben; hinter diesen* RITTER *in ihrem Ordensschmuck,* CHORKNABEN *mit dem Rauchfaß, dann* ZWEI BISCHÖFE *mit der Sainte Ampoule,* ERZBISCHOF *mit dem Kruzifix; ihm folgt* JOHANNA *mit der Fahne. Sie geht mit gesenktem Haupt und ungewissen Schritten, die Schwestern geben bei ihrem Anblick Zeichen des Erstaunens und der Freude. Hinter ihr kommt der* KÖNIG, *unter einem Thronhimmel, welchen vier* BARONE *tragen,* HOFLEUTE *folgen,* SOLDATEN *schließen. Wenn der Zug in die Kirche hinein ist, schweigt der Marsch.*

SIEBENTER AUFTRITT

LOUISON. MARGOT. CLAUDE MARIE. ETIENNE. BERTRAND.

MARGOT: Sahst du die Schwester?
CLAUDE MARIE: Die im goldnen Harnisch,
Die vor dem König herging mit der Fahne!
MARGOT: Sie war's. Es war Johanna unsre Schwester!
LOUISON: Und sie erkannt uns nicht! Sie ahndete
Die Nähe nicht der schwesterlichen Brust.
Sie sah zur Erde und erschien so blaß,
Und unter ihrer Fahne ging sie zitternd –
Ich konnte mich nicht freun, da ich sie sah.

MARGOT: So hab ich unsre Schwester nun im Glanz
Und in der Herrlichkeit gesehn. – Wer hätte
Auch nur im Traum geahndet und gedacht,
Da sie die Herde trieb auf unsern Bergen,
Daß wir in solcher Pracht sie würden schauen.
LOUISON: Der Traum des Vaters ist erfüllt, daß wir
Zu Reims uns vor der Schwester würden neigen.
Das ist die Kirche, die der Vater sah
Im Traum und alles hat sich nun erfüllt.
Doch der Vater sah auch traurige Gesichte,
Ach, mich bekümmert's, sie so groß zu sehn!
BERTRAND: Was stehn wir müßig hier? Kommt in die Kirche,
Die heil'ge Handlung anzusehn!
MARGOT: Ja kommt!
Vielleicht, daß wir der Schwester dort begegnen.
LOUISON: Wir haben sie gesehen, kehren wir
In unser Dorf zurück.
MARGOT: Was? Eh wir sie
Begrüßt und angeredet?
LOUISON: Sie gehört
Uns nicht mehr an, bei Fürsten ist ihr Platz
Und Königen – Wer sind wir, daß wir uns
Zu ihrem Glanze rühmend eitel drängen?
Sie war uns fremd, da sie noch unser war!
MARGOT: Wird sie sich unser schämen, uns verachten?
BERTRAND: Der König selber schämt sich unser nicht,
Er grüßte freundlich auch den Niedrigsten.
Sei sie so hoch gestiegen als sie will,
Der König ist doch größer!
Trompeten und Pauken erschallen aus der Kirche.
CLAUDE MARIE: Kommt zur Kirche!
Sie eilen nach dem Hintergrund, wo sie sich unter dem Volke verlieren.

ACHTER AUFTRITT

THIBAUT *kommt, schwarz gekleidet,* RAIMOND *folgt ihm und will ihn zurücke halten.*

RAIMOND: Bleibt Vater Thibaut! Bleibt aus dem Gedränge
Zurück! Hier seht Ihr lauter frohe Menschen,
Und Euer Gram beleidigt dieses Fest.

Kommt! Fliehn wir aus der Stadt mit eil'gen Schritten.
THIBAUT: Sahst du mein unglückselig Kind? Hast du
Sie recht betrachtet?
RAIMOND: O ich bitt Euch, flieht!
THIBAUT: Bemerktest du wie ihre Schritte wankten,
Wie bleich und wie verstört ihr Antlitz war!
Die Unglückselige fühlt ihren Zustand,
Das ist der Augenblick, mein Kind zu retten,
Ich will ihn nutzen. *Er will gehen.*
RAIMOND: Bleibt! Was wollt Ihr tun?
THIBAUT: Ich will sie überraschen, will sie stürzen
Von ihrem eiteln Glück, ja mit Gewalt
Will ich zu ihrem Gott, dem sie entsagt,
Zurück sie führen.
RAIMOND: Ach! Erwägt es wohl!
Stürzt Euer eigen Kind nicht ins Verderben!
THIBAUT: Lebt ihre Seele nur, ihr Leib mag sterben.
Johanna stürzt aus der Kirche heraus, ohne ihre Fahne, Volk dringt zu, adoriert sie und küßt ihre Kleider, sie wird durch das Gedränge im Hintergrunde aufgehalten.
Sie kommt! Sie ist's! Bleich stürzt sie aus der Kirche,
Es treibt die Angst sie aus dem Heiligtum,
Das ist das göttliche Gericht, das sich
An ihr verkündiget! –
RAIMOND: Lebt wohl!
Verlangt nicht, daß ich länger Euch begleite!
Ich kam voll Hoffnung und ich geh voll Schmerz.
Ich habe Eure Tochter wiedergesehn,
Und fühle, daß ich sie aufs neu verliere!
Er geht ab, Thibaut entfernt sich auf der entgegengesetzten Seite.

Neunter Auftritt

Johanna. Volk. *Hernach ihre* Schwestern.

JOHANNA *hat sich des Volks erwehrt und kommt vorwärts:*
Ich kann nicht bleiben – Geister jagen mich,
Wie Donner schallen mir der Orgel Töne,
Des Doms Gewölbe stürzen auf mich ein,
Des freien Himmels Weite muß ich suchen!
Die Fahne ließ ich in dem Heiligtum,

Nie, nie soll diese Hand sie mehr berühren!
– Mir war's, als hätt ich die geliebten Schwestern,
Margot und Louison, gleich einem Traum
An mir vorübergleiten sehen. – Ach!
Es war nur eine täuschende Erscheinung!
Fern sind sie, fern und unerreichbar weit,
Wie meiner Kindheit, meiner Unschuld Glück!

MARGOT *hervortretend*:
Sie ist's, Johanna ist's.

LOUISON *eilt ihr entgegen*: O meine Schwester!

JOHANNA: So war's kein Wahn – Ihr seid es – Ich umfaß euch,
Dich meine Louison! Dich meine Margot!
Hier in der fremden menschenreichen Öde
Umfang ich die vertraute Schwesterbrust!

MARGOT: Sie kennt uns noch, ist noch die gute Schwester.

JOHANNA: Und eure Liebe führt euch zu mir her
So weit, so weit! Ihr zürnt der Schwester nicht,
Die lieblos ohne Abschied euch verließ!

LOUISON: Dich führte Gottes dunkle Schickung fort.

MARGOT: Der Ruf von dir, der alle Welt bewegt,
Der deinen Namen trägt auf allen Zungen,
Hat uns erweckt in unserm stillen Dorf,
Und hergeführt zu dieses Festes Feier.
Wir kommen deine Herrlichkeit zu sehn,
Und wir sind nicht allein!

JOHANNA *schnell*: Der Vater ist mit euch!
Wo, wo ist er? Warum verbirgt er sich?

MARGOT: Der Vater ist nicht mit uns.

JOHANNA: Nicht? Er will sein Kind
Nicht sehn? Ihr bringt mir seinen Segen nicht?

LOUISON: Er weiß nicht, daß wir hier sind.

JOHANNA: Weiß es nicht!
Warum nicht? – Ihr verwirret euch? Ihr schweigt
Und seht zur Erde! Sagt, wo ist der Vater?

MARGOT: Seitdem du weg bist –

LOUISON *winkt ihr*: Margot!

MARGOT: Ist der Vater
Schwermütig worden.

JOHANNA: Schwermütig!

LOUISON: Tröste dich!
Du kennst des Vaters ahndungsvolle Seele!

Er wird sich fassen, sich zufriedengeben,
Wenn wir ihm sagen, daß du glücklich bist.

MARGOT: Du bist doch glücklich? Ja du mußt es sein,
Da du so groß bist und geehrt!

JOHANNA: Ich bin's,
Da ich euch wiedersehe, eure Stimme
Vernehme, den geliebten Ton, mich heim
Erinnre an die väterliche Flur.
Da ich die Herde trieb auf unsern Höhen,
Da war ich glücklich wie im Paradies –
Kann ich's nicht wieder sein, nicht wieder werden!

Sie verbirgt ihr Gesicht an Louisons Brust. Claude Marie, Etienne und Bertrand zeigen sich und bleiben schüchtern in der Ferne stehen.

MARGOT: Kommt Etienne! Bertrand! Claude Marie!
Die Schwester ist nicht stolz, sie ist so sanft
Und spricht so freundlich, als sie nie getan,
Da sie noch in dem Dorf mit uns gelebt.

Jene treten näher und wollen ihr die Hand reichen, Johanna sieht sie mit starren Blicken an, und fällt in ein tiefes Staunen.

JOHANNA: Wo war ich? Sagt mir! War das alles nur
Ein langer Traum und ich bin aufgewacht?
Bin ich hinweg aus Dom Remi? Nicht wahr!
Ich war entschlafen unterm Zauberbaum,
Und bin erwacht, und ihr steht um mich her,
Die wohlbekannten traulichen Gestalten?
Mir hat von diesen Königen und Schlachten
Und Kriegestaten nur geträumt – es waren
Nur Schatten, die an mir vorübergingen,
Denn lebhaft träumt sich's unter diesem Baum.
Wie kämet ihr nach Reims? Wie käm ich selbst
Hieher? Nie, nie verließ ich Dom Remi!
Gesteht mir's offen und erfreut mein Herz.

LOUISON: Wir sind zu Reims. Dir hat von diesen Taten
Nicht bloß geträumt, du hast sie alle wirklich
Vollbracht. – Erkenne dich, blick um dich her,
Befühle deine glänzend goldne Rüstung!

Johanna fährt mit der Hand nach der Brust, besinnt sich und erschrickt.

BERTRAND: Aus meiner Hand empfingt Ihr diesen Helm.

CLAUDE MARIE: Es ist kein Wunder, daß Ihr denkt zu träumen,
Denn was Ihr ausgerichtet und getan,
Kann sich im Traum nicht wunderbarer fügen.

JOHANNA *schnell*:
Kommt, laßt uns fliehn! Ich geh mit euch, ich kehre
In unser Dorf, in Vaters Schoß zurück.
LOUISON: O komm! komm mit uns!
JOHANNA: Diese Menschen alle
Erheben mich weit über mein Verdienst!
Ihr habt mich kindisch, klein und schwach gesehn,
Ihr liebt mich, doch ihr betet mich nicht an!
MARGOT: Du wolltest allen diesen Glanz verlassen!
JOHANNA: Ich werf ihn von mir den verhaßten Schmuck,
Der euer Herz von meinem Herzen trennt,
Und eine Hirtin will ich wieder werden.
Wie eine niedre Magd will ich euch dienen,
Und büßen will ich's mit der strengsten Buße,
Daß ich mich eitel über euch erhob!
Trompeten erschallen.

Zehnter Auftritt

Der König *tritt aus der Kirche, er ist im Krönungsornat,* Agnes Sorel, Erzbischof, Burgund, Dunois, La Hire, Du Chatel, Ritter, Hofleute *und* Volk.

ALLE STIMMEN *rufen wiederholt, während daß der König vorwärts kommt*: Es lebe der König! Karl der Siebente!
Trompeten fallen ein. Auf ein Zeichen das der König gibt, gebieten die Herolde mit erhobenem Stabe Stillschweigen.
KÖNIG: Mein gutes Volk! Habt Dank für eure Liebe!
Die Krone, die Uns Gott aufs Haupt gesetzt,
Durchs Schwert ward sie gewonnen und erobert,
Mit edelm Bürgerblut ist sie benetzt,
Doch friedlich soll der Ölzweig sie umgrünen.
Gedankt sei allen, die für Uns gefochten,
Und allen, die Uns widerstanden, sei
Verziehn, denn Gnade hat Uns Gott erzeigt,
Und Unser erstes Königswort sei – Gnade!
VOLK: Es lebe der König! Karl der Gütige!
KÖNIG: Von Gott allein, dem höchsten Herrschenden,
Empfangen Frankreichs Könige die Krone.
Wir aber haben sie s i c h t b a r e r w e i s e

Aus seiner Hand empfangen. *Zur Jungfrau sich wendend:*
Hier steht die Gottgesendete, die euch
Den angestammten König wiedergab,
Das Joch der fremden Tyrannei zerbrochen!
Ihr Name soll dem heiligen Denis
Gleich sein, der dieses Landes Schützer ist,
Und ein Altar sich ihrem Ruhm erheben!

VOLK: Heil, Heil der Jungfrau, der Erretterin!

Trompeten.

KÖNIG *zur Johanna*:
Wenn du von Menschen bist gezeugt wie wir,
So sage, welches Glück dich kann erfreuen;
Doch wenn dein Vaterland dort oben ist,
Wenn du die Strahlen himmlischer Natur
In diesem jungfräulichen Leib verhüllst,
So nimm das Band hinweg von unsern Sinnen
Und laß dich sehn in deiner Lichtgestalt,
Wie dich der Himmel sieht, daß wir anbetend
Im Staube dich verehren.

Ein allgemeines Stillschweigen, jedes Auge ist auf die Jungfrau gerichtet.

JOHANNA *plötzlich aufschreiend*: Gott! Mein Vater!

EILFTER AUFTRITT

THIBAUT *tritt aus der Menge und steht Johanna gerade gegenüber.*

MEHRERE STIMMEN:
Ihr Vater!

THIBAUT: Ja ihr jammervoller Vater,
Der die Unglückliche gezeugt, den Gottes
Gericht hertreibt, die eigne Tochter anzuklagen.

BURGUND: Ha! Was ist das!

DU CHATEL: Jetzt wird es schrecklich tagen!

THIBAUT *zum König*:
Gerettet glaubst du dich durch Gottes Macht?
Betrogner Fürst! Verblendet Volk der Franken!
Du bist gerettet durch des Teufels Kunst.

Alle treten mit Entsetzen zurück.

DUNOIS: Rast dieser Mensch?

THIBAUT: Nicht ich, du aber rasest,

Und diese hier, und dieser weise Bischof,
Die glauben, daß der Herr der Himmel sich
Durch eine schlechte Magd verkünden werde.
Laß sehn, ob sie auch in des Vaters Stirn
Der dreisten Lüge Gaukelspiel behauptet,
Womit sie Volk und König hinterging.
Antworte mir im Namen des Dreieinen,
Gehörst du zu den Heiligen und Reinen?

Allgemeine Stille, alle Blicke sind auf sie gespannt, sie steht unbeweglich.

SOREL: Gott, sie verstummt!

THIBAUT: Das muß sie vor dem furchtbarn Namen
Der in der Hölle Tiefen selbst
Gefürchtet wird! – Sie eine Heilige,
Von Gott gesendet! – An verfluchter Stätte
Ward es ersonnen, unterm Zauberbaum,
Wo schon von alters her die bösen Geister
Den Sabbat halten – hier verkaufte sie
Dem Feind der Menschen ihr unsterblich Teil,
Daß er mit kurzem Weltruhm sie verherrliche.
Laßt sie den Arm aufstreifen, seht die Punkte,
Womit die Hölle sie gezeichnet hat!

BURGUND: Entsetzlich! – Doch dem Vater muß man glauben,
Der wider seine eigne Tochter zeugt!

DUNOIS: Nein, nicht zu glauben ist dem Rasenden,
Der in dem eignen Kind sich selber schändet!

SOREL *zur Johanna*:
O rede! Brich dies unglücksel'ge Schweigen!
Wir glauben dir! Wir trauen fest auf dich!
Ein Wort aus deinem Mund, ein einzig Wort
Soll uns genügen – Aber sprich! Vernichte
Die gräßliche Beschuldigung – Erkläre,
Du seist unschuldig, und wir glauben dir.

Johanna steht unbeweglich, Agnes Sorel tritt mit Entsetzen von ihr hinweg.

LA HIRE: Sie ist erschreckt. Erstaunen und Entsetzen
Schließt ihr den Mund. – Vor solcher gräßlichen
Anklage muß die Unschuld selbst erbeben.

Er nähert sich ihr.

Faß dich Johanna. Fühle dich. Die Unschuld
Hat eine Sprache, einen Siegerblick

Der die Verleumdung mächtig niederblitzt!
In edelm Zorn erhebe dich, blick auf,
Beschäme, strafe den unwürd'gen Zweifel,
Der deine heil'ge Tugend schmäht.

Johanna steht unbeweglich. La Hire tritt entsetzt zurück, die Bewegung vermehrt sich.

DUNOIS: Was zagt das Volk? Was zittern selbst die Fürsten?
Sie ist unschuldig – Ich verbürge mich,
Ich selbst, für sie mit meiner Fürstenehre!
Hier werf ich meinen Ritterhandschuh hin,
Wer wagt's, sie eine Schuldige zu nennen?

Ein heftiger Donnerschlag, alle stehen entsetzt.

THIBAUT: Antworte bei dem Gott, der droben donnert!
Sprich, du seist schuldlos. Leugn es, daß der Feind
In deinem Herzen ist, und straf mich Lügen!

Ein zweiter stärkerer Schlag, das Volk entflieht zu allen Seiten.

BURGUND: Gott schütz uns! Welche fürchterliche Zeichen!

DU CHATEL *zum König*:
Kommt! Kommt mein König! Fliehet diesen Ort!

ERZBISCHOF *zur Johanna*:
Im Namen Gottes frag ich dich. Schweigst du
Aus dem Gefühl der Unschuld oder Schuld?
Wenn dieses Donners Stimme für dich zeugt,
So fasse dieses Kreuz und gib ein Zeichen!

Johanna bleibt unbeweglich. Neue heftige Donnerschläge. Der König, Agnes Sorel, Erzbischof, Burgund, La Hire und Du Chatel gehen ab.

Zwölfter Auftritt

Dunois. Johanna.

DUNOIS: Du bist mein Weib – Ich hab an dich geglaubt
Beim ersten Blick, und also denk ich noch.
Dir glaub ich mehr als diesen Zeichen allen,
Als diesem Donner selbst, der droben spricht.
Du schweigst in edelm Zorn, verachtest es,
In deine heil'ge Unschuld eingehüllt,
So schändlichen Verdacht zu widerlegen.
– Veracht es, aber mir vertraue dich,
An deiner Unschuld hab ich nie gezweifelt.
Sag mir kein Wort, die Hand nur reiche mir

Zum Pfand und Zeichen, daß du meinem Arme
Getrost vertraust und deiner guten Sache.

Er reicht ihr die Hand hin, sie wendet sich mit einer zuckenden Bewegung von ihm hinweg; er bleibt in starrem Entsetzen stehen.

Dreizehnter Auftritt

Johanna. Du Chatel. Dunois, *zuletzt* Raimond

du chatel *zurückkommend*:
Johanna d'Arc! Der König will erlauben,
Daß Ihr die Stadt verlasset ungekränkt.
Die Tore stehn Euch offen. Fürchtet keine
Beleidigung. Euch schützt des Königs Frieden –
Folgt mir Graf Dunois – Ihr habt nicht Ehre,
Hier länger zu verweilen – Welch ein Ausgang!

Er geht. Dunois fährt aus seiner Erstarrung auf, wirft noch einen Blick auf Johanna und geht ab. Diese steht einen Augenblick ganz allein. Endlich erscheint Raimond, bleibt eine Weile in der Ferne stehen und betrachtet sie mit stillem Schmerz. Dann tritt er auf sie zu und faßt sie bei der Hand.

raimond: Ergreift den Augenblick. Kommt! Kommt!
Die Straßen sind leer. Gebt mir die Hand.
Ich will Euch führen.

Bei seinem Anblick gibt sie das erste Zeichen der Empfindung, sieht ihn starr an und blickt zum Himmel, dann ergreift sie ihn heftig bei der Hand und geht ab.

FÜNFTER AUFZUG

Ein wilder Wald, in der Ferne Köhlerhütten. Es ist ganz dunkel, heftiges Donnern und Blitzen, dazwischen Schießen.

Erster Auftritt

Köhler *und* Köhlerweib.

köhler: Das ist ein grausam, mördrisch Ungewitter,
Der Himmel droht in Feuerbächen sich
Herabzugießen, und am hellen Tag
Ist's Nacht, daß man die Sterne könnte sehn.
Wie eine losgelaßne Hölle tobt

Der Sturm, die Erde bebt und krachend beugen
Die altverjährten Eschen ihre Krone.
Und dieser fürchterliche Krieg dort oben,
Der auch die wilden Tiere Sanftmut lehrt,
Daß sie sich zahm in ihre Gruben bergen,
Kann unter Menschen keinen Frieden stiften –
Aus dem Geheul der Winde und des Sturms
Heraus hört ihr das Knallen des Geschützes;
Die beiden Heere stehen sich so nah,
Daß nur der Wald sie trennt und jede Stunde
Kann es sich blutig fürchterlich entladen.
KÖHLERWEIB: Gott steh uns bei! Die Feinde waren ja
Schon ganz aufs Haupt geschlagen und zerstreut,
Wie kommt's, daß sie aufs neu uns ängstigen?
KÖHLER: Das macht, weil sie den König nicht mehr fürchten.
Seitdem das Mädchen eine Hexe ward
Zu Reims, der böse Feind uns nicht mehr hilft,
Geht alles rückwärts.
KÖHLERWEIB: Horch! Wer naht sich da?

Zweiter Auftritt

Raimond *und* Johanna *zu den* Vorigen.

RAIMOND: Hier seh ich Hütten. Kommt, hier finden wir
Ein Obdach vor dem wüt'gen Sturm. Ihr haltet's
Nicht länger aus, drei Tage schon seid Ihr
Herumgeirrt, der Menschen Auge fliehend,
Und wilde Wurzeln waren Eure Speise.
Der Sturm legt sich, es wird hell und heiter.
Es sind mitleid'ge Köhler. Kommt herein.
KÖHLER: Ihr scheint der Ruhe zu bedürfen. Kommt!
Was unser schlechtes Dach vermag, ist euer.
KÖHLERWEIB: Was will die zarte Jungfrau unter Waffen?
Doch freilich! Jetzt ist eine schwere Zeit,
Wo auch das Weib sich in den Panzer steckt!
Die Königin selbst, Frau Isabeau, sagt man,
Läßt sich gewaffnet sehn in Feindeslager,
Und eine Jungfrau, eines Schäfers Dirn,
Hat für den König unsern Herrn gefochten.
KÖHLER: Was redet Ihr? Geht in die Hütte, bringt

Der Jungfrau einen Becher zur Erquickung.
Köhlerweib geht nach der Hütte.

RAIMOND *zur Johanna:*
Ihr seht, es sind nicht alle Menschen grausam,
Auch in der Wildnis wohnen sanfte Herzen.
Erheitert Euch! Der Sturm hat ausgetobt,
Und friedlich strahlend geht die Sonne nieder.

KÖHLER: Ich denk, ihr wollt zu unsers Königs Heer,
Weil ihr in Waffen reiset – Seht euch vor!
Die Engelländer stehen nah gelagert,
Und ihre Scharen streifen durch den Wald.

RAIMOND: Weh uns! Wie ist da zu entkommen?

KÖHLER: Bleibt
Bis daß mein Bub zurück ist aus der Stadt.
Der soll euch auf verborgnen Pfaden führen,
Daß ihr nichts zu befürchten habt. Wir kennen
Die Schliche.

RAIMOND *zur Johanna:*
Legt den Helm ab und die Rüstung,
Sie macht Euch kenntlich und beschützt Euch nicht.
Johanna schüttelt den Kopf.

KÖHLER: Die Jungfrau ist sehr traurig – Still! Wer kommt da?

Dritter Auftritt

Vorige. Köhlerweib *kommt aus der Hütte mit einem Becher.* Köhlerbub.

KÖHLERWEIB: Es ist der Bub, den wir zurückerwarten.
Zur Johanna:
Trinkt edle Jungfrau! Mög's Euch Gott gesegnen!

KÖHLER *zu seinem Sohn:*
Kommst du Anet? Was bringst du?

KÖHLERBUB *hat die Jungfrau ins Auge gefaßt, welche eben den Becher an den Mund setzt; er erkennt sie, tritt auf sie zu und reißt ihr den Becher vom Munde:* Mutter! Mutter!
Was macht Ihr? Wen bewirtet Ihr? Das ist die Hexe
Von Orleans!

KÖHLER *und* KÖHLERWEIB: Gott sei uns gnädig!
Bekreuzen sich und entfliehen.

Vierter Auftritt

Raimond. Johanna.

JOHANNA *gefaßt und sanft*:
Du siehst, mir folgt der Fluch, und alles flieht mich,
Sorg für dich selber und verlaß mich auch.
RAIMOND: Ich Euch verlassen! Jetzt! Und wer soll Euer
Begleiter sein?
JOHANNA: Ich bin nicht unbegleitet.
Du hast den Donner über mir gehört.
Mein Schicksal führt mich. Sorge nicht, ich werde
Ans Ziel gelangen, ohne daß ich's suche.
RAIMOND: Wo wollt Ihr hin? Hier stehn die Engelländer,
Die Euch die grimmig blut'ge Rache schwuren –
Dort stehn die Unsern, die Euch ausgestoßen,
Verbannt –
JOHANNA: Mich wird nichts treffen, als was sein muß.
RAIMOND:
Wer soll Euch Nahrung suchen? Wer Euch schützen
Vor wilden Tieren und noch wildern Menschen?
Euch pflegen wenn Ihr krank und elend werdet?
JOHANNA: Ich kenne alle Kräuter, alle Wurzeln,
Von meinen Schafen lernt ich das Gesunde
Vom Gift'gen unterscheiden – ich verstehe
Den Lauf der Sterne und der Wolken Zug
Und die verborgnen Quellen hör ich rauschen.
Der Mensch braucht wenig und an Leben reich
Ist die Natur.
RAIMOND *faßt sie bei der Hand*:
Wollt Ihr nicht in Euch gehn?
Euch nicht mit Gott versöhnen – in den Schoß
Der heil'gen Kirche reuend wiederkehren?
JOHANNA: Auch du hältst mich der schweren Sünde schuldig?
RAIMOND: Muß ich nicht? Euer schweigendes Geständnis –
JOHANNA: Du, der mir in das Elend nachgefolgt,
Das einz'ge Wesen, das mir treu geblieben,
Sich an mich kettet, da mich alle Welt
Ausstieß, du hältst mich auch für die Verworfne,
Die ihrem Gott entsagt –
Raimond schweigt.
O das ist hart!

RAIMOND *erstaunt*: Ihr wäret wirklich keine Zauberin?
JOHANNA: Ich eine Zauberin!
RAIMOND: Und diese Wunder,
Ihr hättet sie vollbracht mit Gottes Kraft
Und seiner Heiligen?
JOHANNA: Mit welcher sonst!
RAIMOND: Und Ihr verstummtet auf die gräßliche
Beschuldigung? – Ihr redet jetzt, und vor dem König,
Wo es zu reden galt, verstummtet Ihr!
JOHANNA: Ich unterwarf mich schweigend dem Geschick,
Das Gott, mein Meister, über mich verhängte.
RAIMOND: Ihr konntet Eurem Vater nichts erwidern!
JOHANNA: Weil es vom Vater kam, so kam's von Gott,
Und väterlich wird auch die Prüfung sein.
RAIMOND: Der Himmel selbst bezeugte Eure Schuld!
JOHANNA: Der Himmel sprach, drum schwieg ich.
RAIMOND: Wie? Ihr konntet
Mit einem Wort Euch reinigen, und ließt
Die Welt in diesem unglücksel'gen Irrtum?
JOHANNA: Es war kein Irrtum, eine Schickung war's.
RAIMOND: Ihr littet alle diese Schmach unschuldig,
Und keine Klage kam von Euren Lippen!
– Ich staune über Euch, ich steh erschüttert,
Im tiefsten Busen kehrt sich mir das Herz!
O gerne nehm ich Euer Wort für Wahrheit,
Denn schwer ward mir's, an Eure Schuld zu glauben.
Doch konnt ich träumen, daß ein menschlich Herz
Das Ungeheure schweigend würde tragen!
JOHANNA: Verdient ich's, die Gesendete zu sein,
Wenn ich nicht blind des Meisters Willen ehrte!
Und ich bin nicht so elend, als du glaubst.
Ich leide Mangel, doch das ist kein Unglück
Für meinen Stand, ich bin verbannt und flüchtig,
Doch in der Öde lernt ich mich erkennen.
Da, als der Ehre Schimmer mich umgab,
Da war der Streit in meiner Brust, ich war
Die Unglückseligste, da ich der Welt
Am meisten zu beneiden schien – Jetzt bin ich
Geheilt, und dieser Sturm in der Natur,
Der ihr das Ende drohte, war mein Freund,
Er hat die Welt gereinigt und auch mich.

In mir ist Friede – Komme was da will,
Ich bin mir keiner Schwachheit mehr bewußt!
RAIMOND: O kommt, kommt, laßt uns eilen, Eure Unschuld
Laut, laut vor aller Welt zu offenbaren!
JOHANNA: Der die Verwirrung sandte, wird sie lösen!
Nur wenn sie reif ist, fällt des Schicksals Frucht!
Ein Tag wird kommen, der mich reiniget.
Und die mich jetzt verworfen und verdammt,
Sie werden ihres Wahnes innewerden,
Und Tränen werden meinem Schicksal fließen.
RAIMOND: Ich sollte schweigend dulden, bis der Zufall –
JOHANNA *ihn sanft bei der Hand fassend*:
Du siehst nur das Natürliche der Dinge,
Denn deinen Blick umhüllt das ird'sche Band.
Ich habe das Unsterbliche mit Augen
Gesehen – ohne Götter fällt kein Haar
Vom Haupt des Menschen – Siehst du dort die Sonne
Am Himmel niedergehen – So gewiß
Sie morgen wiederkehrt in ihrer Klarheit,
So unausbleiblich kommt der Tag der Wahrheit!

Fünfter Auftritt

Die Vorigen. Königin Isabeau *mit* Soldaten *erscheint im Hintergrund.*

ISABEAU *noch hinter der Szene*:
Dies ist der Weg ins engelländ'sche Lager!
RAIMOND: Weh uns! die Feinde!
Soldaten treten auf, bemerken im Hervorkommen die Johanna, und taumeln erschrocken zurück.
ISABEAU: Nun! was hält der Zug!
SOLDATEN: Gott steh uns bei!
ISABEAU: Erschreckt euch ein Gespenst!
Seid ihr Soldaten? Memmen seid ihr! – Wie?
Sie drängt sich durch die andern, tritt hervor und fährt zurück wie sie die Jungfrau erblickt.
Was seh ich! Ha! *Schnell faßt sie sich und tritt ihr entgegen.*
Ergib dich! Du bist meine
Gefangene.
JOHANNA: Ich bin's.

Raimond entflieht mit Zeichen der Verzweiflung.

ISABEAU *zu den Soldaten*: Legt sie in Ketten!

Die Soldaten nahen sich der Jungfrau schüchtern, sie reicht den Arm hin und wird gefesselt.

Ist das die Mächtige, Gefürchtete,
Die eure Scharen wie die Lämmer scheuchte,
Die jetzt sich selber nicht beschützen kann?
Tut sie nur Wunder wo man Glauben hat,
Und wird zum Weib, wenn ihr ein Mann begegnet?

Zur Jungfrau:

Warum verließest du dein Heer? Wo bleibt
Graf Dunois, dein Ritter und Beschützer?

JOHANNA: Ich bin verbannt.

ISABEAU *erstaunt zurücktretend*: Was? Wie? Du bist verbannt?
Verbannt vom Dauphin!

JOHANNA: Frage nicht! Ich bin
In deiner Macht, bestimme mein Geschick.

ISABEAU: Verbannt, weil du vom Abgrund ihn gerettet,
Die Krone ihm hast aufgesetzt zu Reims,
Zum König über Frankreich ihn gemacht?
Verbannt! Daran erkenn ich meinen Sohn!
– Führt sie ins Lager. Zeiget der Armee
Das Furchtgespenst, vor dem sie so gezittert!
Sie eine Zauberin! Ihr ganzer Zauber
Ist euer Wahn und euer feiges Herz!
Eine N ä r r i n ist sie, die für ihren König
Sich opferte, und jetzt den Königslohn
Dafür empfängt – Bringt sie zu Lionel –
Das Glück der Franken send ich ihm gebunden,
Gleich folg ich selbst.

JOHANNA: Zu Lionel! Ermorde mich
Gleich hier, eh du zu Lionel mich sendest.

ISABEAU *zu den Soldaten*: Gehorchet dem Befehle. Fort mit ihr!

Geht ab.

Sechster Auftritt

JOHANNA. SOLDATEN.

JOHANNA *zu den Soldaten*:
Engländer, duldet nicht daß ich lebendig
Aus eurer Hand entkomme! Rächet euch!

Zieht eure Schwerter, taucht sie mir ins Herz,
Reißt mich entseelt zu eures Feldherrn Füßen!
Denkt, daß ich's war, die eure Trefflichsten
Getötet, die kein Mitleid mit euch trug,
Die ganze Ströme engelländ'schen Bluts
Vergossen, euren tapfern Heldensöhnen
Den Tag der frohen Wiederkehr geraubt!
Nehmt eine blut'ge Rache! Tötet mich!
Ihr habt mich jetzt, nicht immer möchtet ihr
So schwach mich sehn –

ANFÜHRER DER SOLDATEN:
Tut was die Königin befahl!

JOHANNA: Sollt ich
Noch unglücksel'ger werden als ich war!
Furchtbare Heil'ge! deine Hand ist schwer!
Hast du mich ganz aus deiner Huld verstoßen?
Kein Gott erscheint, kein Engel zeigt sich mehr,
Die Wunder ruhn, der Himmel ist verschlossen.

Sie folgt den Soldaten.

SIEBENTER AUFTRITT

Das französische Lager.

DUNOIS *zwischen dem* ERZBISCHOF *und* DU CHATEL.

ERZBISCHOF: Bezwinget Euern finstern Unmut, Prinz!
Kommt mit uns! Kehrt zurück zu Euerm König!
Verlasset nicht die allgemeine Sache
In diesem Augenblick, da wir aufs neu
Bedränget, Eures Heldenarms bedürfen.

DUNOIS: Warum sind wir bedrängt? Warum erhebt
Der Feind sich wieder? Alles war getan,
Frankreich war siegend und der Krieg geendigt.
Die Retterin habt ihr verbannt, nun rettet
Euch selbst! Ich aber will das Lager
Nicht wiedersehen, wo sie nicht mehr ist.

DU CHATEL: Nehmt bessern Rat an, Prinz. Entlaßt uns nicht
Mit einer solchen Antwort!

DUNOIS: Schweigt Du Chatel!
Ich hasse Euch, von Euch will ich nichts hören.

Ihr seid es, der zuerst an ihr gezweifelt.
ERZBISCHOF: Wer ward nicht irr an ihr und hätte nicht
Gewankt an diesem unglücksel'gen Tage,
Da alle Zeichen gegen sie bewiesen!
Wir waren überrascht, betäubt, der Schlag
Traf zu erschütternd unser Herz – Wer konnte
In dieser Schreckensstunde prüfend wägen?
Jetzt kehrt uns die Besonnenheit zurück,
Wir sehn sie, wie sie unter uns gewandelt,
Und keinen Tadel finden wir an ihr.
Wir sind verwirrt – wir fürchten schweres Unrecht
Getan zu haben. – Reue fühlt der König,
Der Herzog klagt sich an, La Hire ist trostlos,
Und jedes Herz hüllt sich in Trauer ein.
DUNOIS: Sie eine Lügnerin! Wenn sich die Wahrheit
Verkörpern will in sichtbarer Gestalt,
So muß sie ihre Züge an sich tragen!
Wenn Unschuld, Treue, Herzensreinigkeit,
Auf Erden irgend wohnt – auf ihren Lippen,
In ihren klaren Augen muß sie wohnen!
ERZBISCHOF: Der Himmel schlage durch ein Wunder sich
Ins Mittel, und erleuchte dies Geheimnis,
Das unser sterblich Auge nicht durchdringt –
Doch wie sich's auch entwirren mag und lösen,
Eins von den beiden haben wir verschuldet!
Wir haben uns mit höll'schen Zauberwaffen
Verteidigt oder eine Heilige verbannt!
Und beides ruft des Himmels Zorn und Strafen
Herab auf dieses unglücksel'ge Land!

Achter Auftritt

Ein Edelmann *tritt auf zu den* Vorigen, *hernach* Raimond.

EDELMANN: Ein junger Schäfer fragt nach deiner Hoheit,
Er fodert dringend, mit dir selbst zu reden,
Er komme, sagt er, von der Jungfrau –
DUNOIS: Eile!
Bring ihn herein! Er kommt von ihr!
Edelmann öffnet dem Raimond die Türe, Dunois eilt ihm entgegen.
Wo ist sie?

Wo ist die Jungfrau?

RAIMOND: Heil Euch edler Prinz,
Und Heil mir, daß ich diesen frommen Bischof,
Den heil'gen Mann, den Schirm der Unterdrückten,
Den Vater der Verlaßnen bei Euch finde!

DUNOIS: Wo ist die Jungfrau?

ERZBISCHOF: Sag es uns, mein Sohn!

RAIMOND: Herr, sie ist keine schwarze Zauberin!
Bei Gott und allen Heiligen bezeug ich's.
Im Irrtum ist das Volk. Ihr habt die Unschuld
Verbannt, die Gottgesendete verstoßen!

DUNOIS: Wo ist sie? Sage!

RAIMOND: Ihr Gefährte war ich
Auf ihrer Flucht in dem Ardennerwald,
Mir hat sie dort ihr Innerstes gebeichtet.
In Martern will ich sterben, meine Seele
Hab keinen Anteil an dem ew'gen Heil,
Wenn sie nicht rein ist, Herr, von aller Schuld!

DUNOIS: Die Sonne selbst am Himmel ist nicht reiner!
Wo ist sie, sprich!

RAIMOND: O wenn Euch Gott das Herz
Gewendet hat – So eilt! So rettet sie!
Sie ist gefangen bei den Engelländern.

DUNOIS: Gefangen! Was!

ERZBISCHOF: Die Unglückselige!

RAIMOND: In den Ardennen, wo wir Obdach suchten,
Ward sie ergriffen von der Königin,
Und in der Engelländer Hand geliefert.
O rettet sie, die euch gerettet hat,
Von einem grausenvollen Tode!

DUNOIS:
Zu den Waffen! Auf! Schlagt Lärmen! Rührt die Trommeln!
Führt alle Völker ins Gefecht! Ganz Frankreich
Bewaffne sich! Die Ehre ist verpfändet,
Die Krone, das Palladium entwendet,
Setzt alles Blut! Setzt euer Leben ein!
Frei muß sie sein, noch eh der Tag sich endet!

Gehen ab.

Ein Wartturm, oben eine Öffnung.

NEUNTER AUFTRITT

JOHANNA *und* LIONEL. FASTOLF. ISABEAU.

FASTOLF *eilig hereintretend*:
Das Volk ist länger nicht zu bändigen.
Sie fodern wütend, daß die Jungfrau sterbe.
Ihr widersteht vergebens. Tötet sie,
Und werft ihr Haupt von dieses Turmes Zinnen,
Ihr fließend Blut allein versöhnt das Heer.
ISABEAU *kommt*: Sie setzen Leitern an, sie laufen Sturm!
Befriediget das Volk. Wollt Ihr erwarten,
Bis sie den ganzen Turm in blinder Wut
Umkehren und wir alle mit verderben?
Ihr könnt sie nicht beschützen, gebt sie hin.
LIONEL: Laßt sie anstürmen! Laßt sie wütend toben!
Dies Schloß ist fest, und unter seinen Trümmern
Begrab ich mich, eh mich ihr Wille zwingt.
– Antworte mir Johanna! Sei die Meine,
Und gegen eine Welt beschütz ich dich.
ISABEAU: Seid Ihr ein Mann?
LIONEL: Verstoßen haben dich
Die Deinen, aller Pflichten bist du ledig
Für dein unwürdig Vaterland. Die Feigen,
Die um dich warben, sie verließen dich,
Sie wagten nicht den Kampf um deine Ehre.
Ich aber, gegen mein Volk und das deine
Behaupt ich dich. – Einst ließest du mich glauben,
Daß dir mein Leben teuer sei! Und damals
Stand ich im Kampf als Feind dir gegenüber,
Jetzt hast du keinen Freund als mich!
JOHANNA: Du bist
Der Feind mir, der verhaßte, meines Volks.
Nichts kann gemein sein zwischen dir und mir.
Nicht lieben kann ich dich, doch wenn dein Herz
Sich zu mir neigt, so laß es Segen bringen
Für unsre Völker. – Führe deine Heere
Hinweg von meines Vaterlandes Boden,
Die Schlüssel aller Städte gib heraus,

Die ihr bezwungen, allen Raub vergüte,
Gib die Gefangnen ledig, sende Geiseln
Des heiligen Vertrags, so biet ich dir
Den Frieden an in meines Königs Namen.
ISABEAU: Willst du in Banden uns Gesetze geben?
JOHANNA: Tu es beizeiten, denn du mußt es doch.
Frankreich wird nimmer Englands Fesseln tragen.
Nie, nie wird das geschehen! Eher wird es
Ein weites Grab für eure Heere sein.
Gefallen sind euch eure Besten, denkt
Auf eine sichre Rückkehr, euer Ruhm
Ist doch verloren, eure Macht ist hin.
ISABEAU: Könnt Ihr den Trotz der Rasenden ertragen?

ZEHNTER AUFTRITT

DIE VORIGEN. EIN HAUPTMANN *kommt eilig.*

HAUPTMANN:
Eilt Feldherr, eilt, das Heer zur Schlacht zu stellen,
Die Franken rücken an mit fliegenden Fahnen,
Von ihren Waffen blitzt das ganze Tal.
JOHANNA *begeistert*:
Die Franken rücken an! Jetzt stolzes England,
Heraus ins Feld, jetzt gilt es, frisch zu fechten!
FASTOLF: Unsinnige, bezähme deine Freude!
Du wirst das Ende dieses Tags nicht sehn.
JOHANNA: Mein Volk wird siegen und ich werde sterben,
Die Tapfern brauchen meines Arms nicht mehr.
LIONEL: Ich spotte dieser Weichlinge! Wir haben
Sie vor uns her gescheucht in zwanzig Schlachten,
Eh dieses Heldenmädchen für sie stritt!
Das ganze Volk veracht ich bis auf eine,
Und diese haben sie verbannt. – Kommt Fastolf!
Wir wollen ihnen einen zweiten Tag
Bei Crequi und Poitiers bereiten.
Ihr, Königin, bleibt in diesem Turm, bewacht
Die Jungfrau, bis das Treffen sich entschieden,
Ich laß Euch funfzig Ritter zur Bedeckung.
FASTOLF: Was? Sollen wir dem Feind entgegengehn,
Und diese Wütende im Rücken lassen?

JOHANNA: Erschreckt dich ein gefesselt Weib?
LIONEL: Gib mir
Dein Wort Johanna, dich nicht zu befreien!
JOHANNA: Mich zu befreien ist mein einz'ger Wunsch.
ISABEAU: Legt ihr dreifache Fesseln an. Mein Leben
Verbürg ich, daß sie nicht entkommen soll.
Sie wird mit schweren Ketten um den Leib und um die Arme gefesselt.
LIONEL *zur Johanna*:
Du willst es so! Du zwingst uns! Noch steht's bei dir!
Entsage Frankreich! Trage Englands Fahne,
Und du bist frei, und diese Wütenden,
Die jetzt dein Blut verlangen, dienen dir!
FASTOLF *dringend*:
Fort, fort mein Feldherr!
JOHANNA: Spare deine Worte!
Die Franken rücken an, verteid'ge dich!
Trompeten ertönen, Lionel eilt fort.
FASTOLF: Ihr wißt, was Ihr zu tun habt, Königin!
Erklärt das Glück sich gegen uns, seht Ihr
Daß unsre Völker fliehen –
ISABEAU *einen Dolch ziehend*: Sorget nicht!
Sie soll nicht leben, unsern Fall zu sehn.
FASTOLF *zur Johanna*:
Du weißt was dich erwartet. Jetzt erflehe
Glück für die Waffen deines Volks! *Er geht ab.*

Eilfter Auftritt

Isabeau. Johanna. Soldaten.

JOHANNA: Das will ich!
Daran soll niemand mich verhindern. – Horch!
Das ist der Kriegsmarsch meines Volks! Wie mutig
Er in das Herz mir schallt und siegverkündend!
Verderben über England! Sieg den Franken!
Auf, meine Tapfern! Auf! Die Jungfrau ist
Euch nah, sie kann nicht vor euch her wie sonst
Die Fahne tragen – schwere Bande fesseln sie,
Doch frei aus ihrem Kerker schwingt die Seele
Sich auf den Flügeln eures Kriegsgesangs.

ISABEAU *zu einem Soldaten*:
Steig auf die Warte dort, die nach dem Feld
Hinsieht und sag uns, wie die Schlacht sich wendet.
Soldat steigt hinauf.

JOHANNA: Mut, Mut mein Volk! Es ist der letzte Kampf!
Den einen Sieg noch, und der Feind liegt nieder.
ISABEAU: Was siehest du?
SOLDAT: Schon sind sie aneinander.
Ein Wütender auf einem Barberroß,
Im Tigerfell, sprengt vor mit den Gendarmen.
JOHANNA: Das ist Graf Dunois! Frisch wackrer Streiter!
Der Sieg ist mit dir!
SOLDAT: Der Burgunder greift
Die Brücke an.
ISABEAU: Daß zehen Lanzen ihm
Ins falsche Herz eindrängen, dem Verräter!
SOLDAT: Lord Fastolf tut ihm mannhaft Widerstand.
Sie sitzen ab, sie kämpfen Mann für Mann,
Des Herzogs Leute und die Unsrigen.
ISABEAU: Siehst du den Dauphin nicht? Erkennst du nicht
Die königlichen Zeichen?
SOLDAT: Alles ist
In Staub vermengt. Ich kann nichts unterscheiden.
JOHANNA: Hätt er mein Auge oder stünd ich oben,
Das Kleinste nicht entginge meinem Blick!
Das wilde Huhn kann ich im Fluge zählen,
Den Falk erkenn ich in den höchsten Lüften.
SOLDAT: Am Graben ist ein fürchterlich Gedräng,
Die Größten, scheint's, die Ersten kämpfen dort.
ISABEAU: Schwebt unsre Fahne noch?
SOLDAT: Hoch flattert sie.
JOHANNA: Könnt ich nur durch der Mauer Ritze schauen,
Mit meinem Blick wollt ich die Schlacht regieren!
SOLDAT: Weh mir! Was seh ich! Unser Feldherr ist
Umzingelt!
ISABEAU *zuckt den Dolch auf Johanna*:
Stirb Unglückliche!
SOLDAT *schnell*: Er ist befreit.
Im Rücken faßt der tapfere Fastolf
Den Feind – er bricht in seine dichtsten Scharen.

ISABEAU *zieht den Dolch zurück*:
Das sprach dein Engel!
SOLDAT: Sieg! Sieg! Sie entfliehen!
ISABEAU: Wer flieht?
SOLDAT: Die Franken, die Burgunder fliehn,
Bedeckt mit Flüchtigen ist das Gefilde.
JOHANNA: Gott! Gott! So sehr wirst du mich nicht verlassen!
SOLDAT: Ein schwer Verwundeter wird dort geführt.
Viel Volk sprengt ihm zu Hülf, es ist ein Fürst.
ISABEAU: Der Unsern einer oder Fränkischen?
SOLDAT: Sie lösen ihm den Helm, Graf Dunois ist's.
JOHANNA *greift mit krampfhafter Anstrengung in ihre Ketten*:
Und ich bin nichts als ein gefesselt Weib!
SOLDAT: Sieh! Halt! Wer trägt den himmelblauen Mantel
Verbrämt mit Gold?
JOHANNA *lebhaft*: Das ist mein Herr, der König!
SOLDAT: Sein Roß wird scheu – es überschlägt sich – stürzt,
Er windet schwer arbeitend sich hervor –
Johanna begleitet diese Worte mit leidenschaftlichen Bewegungen.
Die Unsern nahen schon in vollem Lauf –
Sie haben ihn erreicht – umringen ihn –
JOHANNA: O hat der Himmel keine Engel mehr!
ISABEAU *hohnlachend*: Jetzt ist es Zeit! Jetzt Retterin errette!
JOHANNA *stürzt auf die Knie, mit gewaltsam heftiger Stimme betend*:
Höre mich Gott, in meiner höchsten Not,
Hinauf zu dir, in heißem Flehenswunsch,
In deine Himmel send ich meine Seele.
Du kannst die Fäden eines Spinngewebs
Stark machen wie die Taue eines Schiffs,
Leicht ist es deiner Allmacht, ehrne Bande
In dünnes Spinngewebe zu verwandeln –
Du willst und diese Ketten fallen ab,
Und diese Turmwand spaltet sich – du halfst
Dem Simson, da er blind war und gefesselt,
Und seiner stolzen Feinde bittern Spott
Erduldete. – Auf dich vertrauend faßt' er
Die Pfosten seines Kerkers mächtig an,
Und neigte sich und stürzte das Gebäude –
SOLDAT: Triumph! Triumph!
ISABEAU: Was ist's?

SOLDAT: Der König ist
Gefangen!
JOHANNA *springt auf*: So sei Gott mir gnädig!

Sie hat ihre Ketten mit beiden Händen kraftvoll gefaßt und zerrissen. In demselben Augenblick stürzt sie sich auf den nächststehenden Soldaten, entreißt ihm sein Schwert und eilt hinaus. Alle sehen ihr mit starrem Erstaunen nach.

Zwölfter Auftritt

Vorige *ohne Johanna.*

ISABEAU *nach einer langen Pause*:
Was war das? Träumte mir? Wo kam sie hin?
Wie brach sie diese zentnerschweren Bande?
Nicht glauben würd ich's einer ganzen Welt,
Hätt ich's nicht selbst gesehn mit meinen Augen.
SOLDAT *auf der Warte*:
Wie? Hat sie Flügel? Hat der Sturmwind sie
Hinabgeführt?
ISABEAU: Sprich, ist sie unten?
SOLDAT: Mitten
Im Kampfe schreitet sie – Ihr Lauf ist schneller
Als mein Gesicht – Jetzt ist sie hier – jetzt dort –
Ich sehe sie zugleich an vielen Orten!
– Sie teilt die Haufen – Alles weicht vor ihr,
Die Franken stehn, sie stellen sich aufs neu!
– Weh mir! Was seh ich! Unsre Völker werfen
Die Waffen von sich, unsre Fahnen sinken –
ISABEAU: Was? Will sie uns den sichern Sieg entreißen?
SOLDAT: Grad auf den König dringt sie an – Sie hat ihn
Erreicht – Sie reißt ihn mächtig aus dem Kampf.
– Lord Fastolf stürzt – Der Feldherr ist gefangen.
ISABEAU: Ich will nicht weiterhören. Komm herab.
SOLDAT: Flieht Königin! Ihr werdet überfallen.
Gewaffnet Volk dringt an den Turm heran.

Er steigt herunter.

ISABEAU *das Schwert ziehend*:
So fechtet Memmen!

Dreizehnter Auftritt

Die Vorigen. La Hire *mit* Soldaten *kommt. Bei seinem Eintritt streckt das Volk der Königin die Waffen.*

LA HIRE *naht ihr ehrerbietig*: Königin, unterwerft Euch
Der Allmacht – Eure Ritter haben sich
Ergeben, aller Widerstand ist unnütz!
– Nehmt meine Dienste an. Befehlt, wohin
Ihr wollt begleitet sein.
ISABEAU: Jedweder Ort
Gilt gleich, wo ich dem Dauphin nicht begegne.
Gibt ihr Schwert ab und folgt ihm mit den Soldaten.

Die Szene verwandelt sich in das Schlachtfeld.

Vierzehnter Auftritt

Soldaten *mit fliegenden Fahnen erfüllen den Hintergrund. Vor ihnen der* König *und der* Herzog von Burgund, *in den Armen beider Fürsten liegt* Johanna *tödlich verwundet, ohne Zeichen des Lebens. Sie treten langsam vorwärts.* Agnes Sorel *stürzt herein.*

SOREL *wirft sich an des Königs Brust*:
Ihr seid befreit – Ihr lebt – Ich hab Euch wieder!
KÖNIG: Ich bin befreit – Ich bin's um diesen Preis!
Zeigt auf Johanna.
SOREL: Johanna! Gott! Sie stirbt!
BURGUND: Sie hat geendet!
Seht einen Engel scheiden! Seht wie sie daliegt,
Schmerzlos und ruhig wie ein schlafend Kind!
Des Himmels Friede spielt um ihre Züge,
Kein Atem hebt den Busen mehr, doch Leben
Ist noch zu spüren in der warmen Hand.
KÖNIG: Sie ist dahin – Sie wird nicht mehr erwachen,
Ihr Auge wird das Ird'sche nicht mehr schauen.
Schon schwebt sie droben ein verklärter Geist,
Sieht unsern Schmerz nicht mehr und unsre Reue.
SOREL: Sie schlägt die Augen auf, sie lebt!
BURGUND *erstaunt*: Kehrt sie
Uns aus dem Grab zurück? Zwingt sie den Tod?
Sie richtet sich empor! Sie steht!

JOHANNA *steht ganz aufgerichtet und schaut umher:*
Wo bin ich?
BURGUND: Bei deinem Volk Johanna! Bei den Deinen!
KÖNIG: In deiner Freunde, deines Königs Armen!
JOHANNA *nachdem sie ihn lange starr angesehen:*
Nein, ich bin keine Zauberin! Gewiß
Ich bin's nicht.
KÖNIG: Du bist heilig wie die Engel,
Doch unser Auge war mit Nacht bedeckt.
JOHANNA *sieht heiter lächelnd umher:*
Und ich bin wirklich unter meinem Volk,
Und bin nicht mehr verachtet und verstoßen?
Man flucht mir nicht, man sieht mich gütig an?
– Ja jetzt erkenn ich deutlich alles wieder!
Das ist mein König! Das sind Frankreichs Fahnen!
Doch meine Fahne seh ich nicht – Wo ist sie?
Nicht ohne meine Fahne darf ich kommen,
Von meinem Meister ward sie mir vertraut,
Vor seinem Thron muß ich sie niederlegen,
Ich darf sie zeigen, denn ich trug sie treu.
KÖNIG *mit abgewandtem Gesicht:* Gebt ihr die Fahne!
Man reicht sie ihr. Sie steht ganz frei aufgerichtet, die Fahne in der Hand – Der Himmel ist von einem rosigten Schein beleuchtet.
JOHANNA: Seht ihr den Regenbogen in der Luft?
Der Himmel öffnet seine goldnen Tore,
Im Chor der Engel steht sie glänzend da,
Sie hält den ew'gen Sohn an ihrer Brust,
Die Arme streckt sie lächelnd mir entgegen.
Wie wird mir – Leichte Wolken heben mich –
Der schwere Panzer wird zum Flügelkleide.
Hinauf – hinauf – Die Erde flieht zurück –
Kurz ist der Schmerz und ewig ist die Freude!
Die Fahne entfällt ihr, sie sinkt tot darauf nieder – Alle stehen lange in sprachloser Rührung – Auf einen leisen Wink des Königs, werden alle Fahnen sanft auf sie niedergelassen, daß sie ganz davon bedeckt wird.

WILHELM TELL

Schauspiel

Personen

Hermann Geßler, *Reichsvogt in Schwyz und Uri*
Werner, Freiherr von Attinghausen, *Bannerherr*
Ulrich von Rudenz, *sein Neffe*

Werner Stauffacher Konrad Hunn Itel Reding Hans auf der Mauer Jörg im Hofe Ulrich der Schmied Jost von Weiler	*Landleute aus Schwyz*
Walther Fürst Wilhelm Tell Rösselmann *der Pfarrer* Petermann *der Sigrist* Kuoni *der Hirte* Werni *der Jäger* Ruodi *der Fischer*	*aus Uri*
Arnold vom Melchtal Konrad Baumgarten Meier von Sarnen Struth von Winkelried Klaus von der Flüe Burkhardt am Bühel Arnold von Sewa	*aus Unterwalden*

Pfeiffer von Luzern
Kunz von Gersau
Jenni, *Fischerknabe*
Seppi, *Hirtenknabe*
Gertrud, *Stauffachers Gattin*
Hedwig, *Tells Gattin, Fürsts Tochter*
Berta von Bruneck, *eine reiche Erbin*

Armgard Mechthild Elsbeth Hildegard	*Bäuerinnen*

Walther | *Tells Knaben*
Wilhelm |

Frießhardt | *Söldner*
Leuthold |

Rudolf der Harras, *Geßlers Stallmeister*
Johannes Parricida, *Herzog von Schwaben*
Stüssi, *der Flurschütz*
Der Stier von Uri
Ein Reichsbote
Fronvogt
Meister Steinmetz, Gesellen *und* Handlanger
Öffentliche Ausrufer
Barmherzige Brüder
Geßlerische *und* Landenbergische Reiter
Viele Landleute, Männer *und* Weiber *aus den* Waldstätten

ERSTER AUFZUG

ERSTE SZENE

Hohes Felsenufer des Vierwaldstättensees, Schwyz gegenüber. Der See macht eine Bucht ins Land, eine Hütte ist unweit dem Ufer, Fischerknabe fährt sich in einem Kahn. Über den See hinweg sieht man die grünen Matten, Dörfer und Höfe von Schwyz im hellen Sonnenschein liegen. Zur Linken des Zuschauers zeigen sich die Spitzen des Haken, mit Wolken umgeben; zur Rechten im fernen Hintergrund sieht man die Eisgebirge. Noch ehe der Vorhang aufgeht, hört man den Kuhreihen und das harmonische Geläut der Herdenglocken, welches sich auch bei eröffneter Szene noch eine Zeitlang fortsetzt.

FISCHERKNABE *singt im Kahn:*

Melodie des Kuhreihens

Es lächelt der See, er ladet zum Bade,
Der Knabe schlief ein am grünen Gestade,
  Da hört er ein Klingen,
  Wie Flöten so süß,
  Wie Stimmen der Engel
  Im Paradies.
Und wie er erwachet in seliger Lust,
Da spülen die Wasser ihm um die Brust,
  Und es ruft aus den Tiefen:
  Lieb Knabe, bist mein!
  Ich locke den Schläfer,
  Ich zieh ihn herein.

HIRTE *auf dem Berge:*

Variation des Kuhreihens

Ihr Matten lebt wohl,
Ihr sonnigen Weiden!
Der Senne muß scheiden,
Der Sommer ist hin.
  Wir fahren zu Berg, wir kommen wieder,
  Wenn der Kuckuck ruft, wenn erwachen die Lieder,

Wenn mit Blumen die Erde sich kleidet neu,
Wenn die Brünnlein fließen im lieblichen Mai.
Ihr Matten lebt wohl,
Ihr sonnigen Weiden!
Der Senne muß scheiden,
Der Sommer ist hin.

ALPENJÄGER *erscheint gegenüber auf der Höhe des Felsen:*

Zweite Variation

Es donnern die Höhen, es zittert der Steg,
Nicht grauet dem Schützen auf schwindlichtem Weg,
Er schreitet verwegen
Auf Feldern von Eis,
Da pranget kein Frühling,
Da grünet kein Reis;
Und unter den Füßen ein neblichtes Meer,
Erkennt er die Städte der Menschen nicht mehr,
Durch den Riß nur der Wolken
Erblickt er die Welt,
Tief unter den Wassern
Das grünende Feld.

Die Landschaft verändert sich, man hört ein dumpfes Krachen von den Bergen, Schatten von Wolken laufen über die Gegend.

RUODI DER FISCHER *kommt aus der Hütte,* WERNI DER JÄGER *steigt vom Felsen,* KUONI DER HIRTE *kommt, mit dem Melknapf auf der Schulter.* SEPPI *sein Handbube, folgt ihm.*

RUODI: Mach hurtig Jenni. Zieh die Naue ein.
Der graue Talvogt kommt, dumpf brüllt der Firn,
Der Mythenstein zieht seine Haube an,
Und kalt her bläst es aus dem Wetterloch,
Der Sturm, ich mein, wird dasein, eh wir's denken.

KUONI: 's kommt Regen, Fährmann. Meine Schafe fressen
Mit Begierde Gras, und Wächter scharrt die Erde.

WERNI: Die Fische springen, und das Wasserhuhn
Taucht unter. Ein Gewitter ist im Anzug.

KUONI *zum Buben:*
Lug Seppi, ob das Vieh sich nicht verlaufen.

SEPPI: Die braune Liesel kenn ich am Geläut.

KUONI: So fehlt uns keine mehr, die geht am weitsten.

RUODI: Ihr habt ein schön Geläute, Meister Hirt.

WERNI:
Und schmuckes Vieh – Ist's Euer eignes, Landsmann?

KUONI: Bin nit so reich – 's ist meines gnäd'gen Herrn,
Des Attinghäusers, und mir zugezählt.
RUODI: Wie schön der Kuh das Band zu Halse steht!
KUONI: Das weiß sie auch, daß sie den Reihen führt,
Und nähm ich ihr's, sie hörte auf zu fressen.
RUODI: Ihr seid nicht klug! Ein unvernünft'ges Vieh –
WERNI: Ist bald gesagt. Das Tier hat auch Vernunft,
Das wissen wir, die wir die Gemsen jagen,
Die stellen klug, wo sie zur Weide gehn,
'ne Vorhut aus, die spitzt das Ohr und warnet
Mit heller Pfeife, wenn der Jäger naht.
RUODI *zum Hirten*:
Treibt Ihr jetzt heim?
KUONI: Die Alp ist abgeweidet.
WERNI: Glücksel'ge Heimkehr, Senn!
KUONI: Die wünsch ich Euch,
Von Eurer Fahrt kehrt sich's nicht immer wieder.
RUODI: Dort kommt ein Mann in voller Hast gelaufen.
WERNI: Ich kenn ihn, 's ist der Baumgart von Alzellen.

KONRAD BAUMGARTEN *atemlos hereinstürzend*.

BAUMGARTEN: Um Gottes willen, Fährmann, Euren Kahn!
RUODI: Nun, nun, was gibt's so eilig?
BAUMGARTEN: Bindet los!
Ihr rettet mich vom Tode! Setzt mich über!
KUONI: Landsmann, was habt Ihr?
WERNI: Wer verfolgt Euch denn?
BAUMGARTEN *zum Fischer*:
Eilt, eilt, sie sind mir dicht schon an den Fersen!
Des Landvogts Reiter kommen hinter mir,
Ich bin ein Mann des Tods, wenn sie mich greifen.
RUODI: Warum verfolgen Euch die Reisigen?
BAUMGARTEN: Erst rettet mich, und dann steh ich Euch Rede.
WERNI: Ihr seid mit Blut befleckt, was hat's gegeben?
BAUMGARTEN: Des Kaisers Burgvogt, der auf Roßberg saß –
KUONI: Der Wolfenschießen! Läßt Euch der verfolgen?
BAUMGARTEN:
Der schadet nicht mehr, ich hab ihn erschlagen.
ALLE *fahren zurück*:
Gott sei Euch gnädig! Was habt Ihr getan?
BAUMGARTEN: Was jeder freie Mann an meinem Platz!
Mein gutes Hausrecht hab ich ausgeübt

Am Schänder meiner Ehr und meines Weibes.
KUONI: Hat Euch der Burgvogt an der Ehr geschädigt?
BAUMGARTEN: Daß er sein bös Gelüsten nicht vollbracht,
Hat Gott und meine gute Axt verhütet.
WERNI: Ihr habt ihm mit der Axt den Kopf zerspalten?
KUONI: O laßt uns alles hören, Ihr habt Zeit,
Bis er den Kahn vom Ufer losgebunden.
BAUMGARTEN: Ich hatte Holz gefällt im Wald, da kommt
Mein Weib gelaufen in der Angst des Todes.
Der Burgvogt lieg in meinem Haus, er hab
Ihr anbefohlen, ihm ein Bad zu rüsten.
Drauf hab er Ungebührliches von ihr
Verlangt, sie sei entsprungen mich zu suchen.
Da lief ich frisch hinzu, so wie ich war,
Und mit der Axt hab ich ihm 's Bad gesegnet.
WERNI: Ihr tatet wohl, kein Mensch kann Euch drum schelten.
KUONI: Der Wüterich! Der hat nun seinen Lohn!
Hat's lang verdient ums Volk von Unterwalden.
BAUMGARTEN: Die Tat ward ruchtbar, mir wird nachgesetzt –
Indem wir sprechen – Gott – verrinnt die Zeit –

Es fängt an zu donnern.

KUONI: Frisch Fährmann – Schaff den Biedermann hinüber.
RUODI: Geht nicht. Ein schweres Ungewitter ist
Im Anzug. Ihr müßt warten.
BAUMGARTEN: Heil'ger Gott!
Ich kann nicht warten. Jeder Aufschub tötet –
KUONI *zum Fischer*:
Greif an mit Gott, dem Nächsten muß man helfen,
Es kann uns allen Gleiches ja begegnen.

Brausen und Donnern.

RUODI: Der Föhn ist los, ihr seht wie hoch der See geht,
Ich kann nicht steuern gegen Sturm und Wellen.
BAUMGARTEN *umfaßt seine Knie*:
So helf Euch Gott, wie Ihr Euch mein erbarmet –
WERNI: Es geht ums Leben, sei barmherzig, Fährmann.
KUONI: 's ist ein Hausvater, und hat Weib und Kinder!

Wiederholte Donnerschläge.

RUODI: Was? Ich hab auch ein Leben zu verlieren,
Hab Weib und Kind daheim, wie er – Seht hin
Wie's brandet, wie es wogt und Wirbel zieht,
Und alle Wasser aufrührt in der Tiefe.

– Ich wollte gern den Biedermann erretten,
Doch es ist rein unmöglich, ihr seht selbst.

BAUMGARTEN *noch auf den Knien:*
So muß ich fallen in des Feindes Hand,
Das nahe Rettungsufer im Gesichte!
– Dort liegt's! Ich kann's erreichen mit den Augen,
Hinüberdringen kann der Stimme Schall,
Da ist der Kahn, der mich hinübertrüge,
Und muß hier liegen, hülflos, und verzagen!

KUONI: Seht wer da kommt!

WERNI: Es ist der Tell aus Bürglen.

TELL *mit der Armbrust.*

TELL: Wer ist der Mann, der hier um Hülfe fleht?

KUONI: 's ist ein Alzeller Mann, er hat sein Ehr
Verteidigt, und den Wolfenschieß erschlagen,
Des Königs Burgvogt, der auf Roßberg saß –
Des Landvogts Reiter sind ihm auf den Fersen,
Er fleht den Schiffer um die Überfahrt,
Der fürcht't sich vor dem Sturm und will nicht fahren.

RUODI: Da ist der Tell, er führt das Ruder auch,
Der soll mir's zeugen, ob die Fahrt zu wagen.

TELL: Wo's not tut, Fährmann, läßt sich alles wagen.

Heftige Donnerschläge, der See rauscht auf.

RUODI: Ich soll mich in den Höllenrachen stürzen?
Das täte keiner, der bei Sinnen ist.

TELL: Der brave Mann denkt an sich selbst zuletzt,
Vertrau auf Gott und rette den Bedrängten.

RUODI: Vom sichern Port läßt sich's gemächlich raten,
Da ist der Kahn und dort der See! Versucht's!

TELL: Der See kann sich, der Landvogt nicht erbarmen,
Versuch es Fährmann!

HIRTEN *und* JÄGER: Rett ihn! Rett ihn! Rett ihn!

RUODI: Und wär's mein Bruder und mein leiblich Kind,
Es kann nicht sein, 's ist heut Simons und Judä,
Da rast der See und will sein Opfer haben.

TELL: Mit eitler Rede wird hier nichts geschafft,
Die Stunde dringt, dem Mann muß Hülfe werden.
Sprich, Fährmann, willst du fahren?

RUODI: Nein, nicht ich!

TELL: In Gottes Namen denn! Gib her den Kahn,
Ich will's mit meiner schwachen Kraft versuchen.

KUONI: Ha wackrer Tell!
WERNI: Das gleicht dem Weidgesellen!
BAUMGARTEN: Mein Retter seid Ihr und mein Engel, Tell!
TELL: Wohl aus des Vogts Gewalt errett ich Euch,
Aus Sturmesnöten muß ein andrer helfen.
Doch besser ist's, Ihr fallt in Gottes Hand,
Als in der Menschen! *Zu dem Hirten:*
Landsmann, tröstet Ihr
Mein Weib, wenn mir was Menschliches begegnet,
Ich hab getan, was ich nicht lassen konnte.
Er springt in den Kahn.
KUONI *zum Fischer*: Ihr seid ein Meister Steuermann. Was sich
Der Tell getraut, das konntet Ihr nicht wagen?
RUODI: Wohl beßre Männer tun's dem Tell nicht nach,
Es gibt nicht zwei, wie der ist, im Gebirge.
WERNI *ist auf den Fels gestiegen*:
Er stößt schon ab. Gott helf dir, braver Schwimmer!
Sieh, wie das Schifflein auf den Wellen schwankt!
KUONI *am Ufer*:
Die Flut geht drüber weg – Ich seh's nicht mehr.
Doch halt, da ist es wieder! Kräftiglich
Arbeitet sich der Wackre durch die Brandung.
SEPPI: Des Landvogts Reiter kommen angesprengt.
KUONI: Weiß Gott, sie sind's! das war Hülf in der Not.
Ein Trupp Landenbergischer Reiter.
ERSTER REITER: Den Mörder gebt heraus, den ihr verborgen.
ZWEITER: Des Wegs kam er, umsonst verhehlt ihr ihn.
KUONI *und* RUODI:
Wen meint ihr, Reiter?
ERSTER REITER *entdeckt den Nachen*:
Ha, was seh ich! Teufel!
WERNI *oben*: Ist's der im Nachen, den ihr sucht? – Reit zu!
Wenn ihr frisch beilegt, holt ihr ihn noch ein.
ZWEITER: Verwünscht! Er ist entwischt.
ERSTER *zum Hirten und Fischer*: Ihr habt ihm fortgeholfen,
Ihr sollt uns büßen – Fallt in ihre Herde!
Die Hütte reißet ein, brennt und schlagt nieder!
Eilen fort.
SEPPI *stürzt nach*: O meine Lämmer!
KUONI *folgt*: Weh mir! Meine Herde!
WERNI: Die Wütriche!

RUODI *ringt die Hände*: Gerechtigkeit des Himmels,
Wann wird der Retter kommen diesem Lande?
Folgt ihnen.

ZWEITE SZENE

Zu Steinen in Schwyz. Eine Linde vor des Stauffachers Hause an der Landstraße, nächst der Brücke.

WERNER STAUFFACHER, PFEIFFER VON LUZERN *kommen im Gespräch.*

PFEIFFER: Ja, ja Herr Stauffacher, wie ich Euch sagte.
Schwört nicht zu Östreich, wenn Ihr's könnt vermeiden.
Haltet fest am Reich und wacker wie bisher,
Gott schirme Euch bei Eurer alten Freiheit!
Drückt ihm herzlich die Hand und will gehen.
STAUFFACHER: Bleibt doch, bis meine Wirtin kommt – Ihr seid
Mein Gast zu Schwyz, ich in Luzern der Eure.
PFEIFFER: Viel Dank! Muß heute Gersau noch erreichen.
– Was ihr auch Schweres mögt zu leiden haben
Von eurer Vögte Geiz und Übermut,
Tragt's in Geduld! Es kann sich ändern, schnell,
Ein andrer Kaiser kann ans Reich gelangen.
Seid ihr erst Österreichs, seid ihr's auf immer.
Er geht ab. Stauffacher setzt sich kummervoll auf eine Bank unter der Linde. So findet ihn GERTRUD, *seine Frau, die sich neben ihn stellt, und ihn eine Zeitlang schweigend betrachtet.*
GERTRUD: So ernst, mein Freund? Ich kenne dich nicht mehr.
Schon viele Tage seh ich's schweigend an,
Wie finstrer Trübsinn deine Stirne furcht.
Auf deinem Herzen drückt ein still Gebresten,
Vertrau es mir, ich bin dein treues Weib,
Und meine Hälfte fodr ich deines Grams.
Stauffacher reicht ihr die Hand und schweigt.
Was kann dein Herz beklemmen, sag es mir.
Gesegnet ist dein Fleiß, dein Glücksstand blüht,
Voll sind die Scheunen, und der Rinder Scharen,
Der glatten Pferde wohlgenährte Zucht
Ist von den Bergen glücklich heimgebracht
Zur Winterung in den bequemen Ställen.

– Da steht dein Haus, reich, wie ein Edelsitz,
Von schönem Stammholz ist es neu gezimmert
Und nach dem Richtmaß ordentlich gefügt,
Von vielen Fenstern glänzt es wohnlich, hell,
Mit bunten Wappenschildern ist's bemalt,
Und weisen Sprüchen, die der Wandersmann
Verweilend liest und ihren Sinn bewundert.
STAUFFACHER: Wohl steht das Haus gezimmert und gefügt,
Doch ach – es wankt der Grund, auf den wir bauten.
GERTRUD: Mein Werner sage, wie verstehst du das?
STAUFFACHER: Vor dieser Linde saß ich jüngst wie heut,
Das schön Vollbrachte freudig überdenkend,
Da kam daher von Küßnacht, seiner Burg,
Der Vogt mit seinen Reisigen geritten.
Vor diesem Hause hielt er wundernd an,
Doch ich erhub mich schnell, und unterwürfig
Wie sich's gebührt, trat ich dem Herrn entgegen,
Der uns des Kaisers richterliche Macht
Vorstellt im Lande. „Wessen ist dies Haus?"
Fragt' er bösmeinend, denn er wußt es wohl.
Doch schnell besonnen ich entgegn ihm so:
Dies Haus, Herr Vogt, ist meines Herrn des Kaisers,
Und Eures und mein Lehen – da versetzt er:
„Ich bin Regent im Land an Kaisers Statt,
Und will nicht, daß der Bauer Häuser baue
Auf seine eigne Hand, und also frei
Hinleb, als ob er Herr wär in dem Lande,
Ich werd mich unterstehn, euch das zu wehren."
Dies sagend ritt er trutziglich von dannen,
Ich aber blieb mit kummervoller Seele,
Das Wort bedenkend, das der Böse sprach.
GERTRUD: Mein lieber Herr und Ehewirt! Magst du
Ein redlich Wort von deinem Weib vernehmen?
Des edeln Ibergs Tochter rühm ich mich,
Des vielerfahrnen Manns. Wir Schwestern saßen,
Die Wolle spinnend, in den langen Nächten,
Wenn bei dem Vater sich des Volkes Häupter
Versammelten, die Pergamente lasen
Der alten Kaiser, und des Landes Wohl
Bedachten in vernünftigem Gespräch.
Aufmerkend hört ich da manch kluges Wort,

Was der Verständ'ge denkt, der Gute wünscht,
Und still im Herzen hab ich mir's bewahrt.
So höre denn und acht auf meine Rede,
Denn was dich preßte, sieh das wußt ich längst.
– Dir grollt der Landvogt, möchte gern dir schaden,
Denn du bist ihm ein Hindernis, daß sich
Der Schwyzer nicht dem neuen Fürstenhaus
Will unterwerfen, sondern treu und fest
Beim Reich beharren, wie die würdigen
Altvordern es gehalten und getan. –
Ist's nicht so Werner? Sag es, wenn ich lüge!

STAUFFACHER: So ist's, das ist des Geßlers Groll auf mich.

GERTRUD: Er ist dir neidisch, weil du glücklich wohnst,
Ein freier Mann auf deinem eignen Erb
– Denn er hat keins. Vom Kaiser selbst und Reich
Trägst du dies Haus zu Lehn, du darfst es zeigen,
So gut der Reichsfürst seine Länder zeigt,
Denn über dir erkennst du keinen Herrn
Als nur den Höchsten in der Christenheit –
Er ist ein jüngrer Sohn nur seines Hauses,
Nichts nennt er sein als seinen Rittermantel,
Drum sieht er jedes Biedermannes Glück
Mit scheelen Augen gift'ger Mißgunst an,
Dir hat er längst den Untergang geschworen –
Noch stehst du unversehrt – Willst du erwarten,
Bis er die böse Lust an dir gebüßt?
Der kluge Mann baut vor.

STAUFFACHER: Was ist zu tun!

GERTRUD *tritt näher*: So höre meinen Rat! Du weißt, wie hier
Zu Schwyz sich alle Redlichen beklagen
Ob dieses Landvogts Geiz und Wüterei.
So zweifle nicht, daß sie dort drüben auch
In Unterwalden und im Urner Land
Des Dranges müd sind und des harten Jochs –
Denn wie der Geßler hier, so schafft es frech
Der Landenberger drüben überm See –
Es kommt kein Fischerkahn zu uns herüber,
Der nicht ein neues Unheil und Gewalt-
Beginnen von den Vögten uns verkündet.
Drum tät es gut, daß eurer etliche,
Die's redlich meinen, still zu Rate gingen,

Wie man des Drucks sich möcht erledigen,
So acht ich wohl, Gott würd euch nicht verlassen,
Und der gerechten Sache gnädig sein –
Hast du in Uri keinen Gastfreund, sprich,
Dem du dein Herz magst redlich offenbaren?
STAUFFACHER: Der wackern Männer kenn ich viele dort,
Und angesehen große Herrenleute,
Die mir geheim sind und gar wohl vertraut. *Er steht auf.*
Frau, welchen Sturm gefährlicher Gedanken
Weckst du mir in der stillen Brust! Mein Innerstes
Kehrst du ans Licht des Tages mir entgegen,
Und was ich mir zu denken still verbot,
Du sprichst's mit leichter Zunge kecklich aus.
– Hast du auch wohl bedacht, was du mir rätst?
Die wilde Zwietracht und den Klang der Waffen
Rufst du in dieses friedgewohnte Tal –
Wir wagten es, ein schwaches Volk der Hirten,
In Kampf zu gehen mit dem Herrn der Welt?
Der gute Schein nur ist's, worauf sie warten,
Um loszulassen auf dies arme Land
Die wilden Horden ihrer Kriegesmacht,
Darin zu schalten mit des Siegers Rechten,
Und unterm Schein gerechter Züchtigung
Die alten Freiheitsbriefe zu vertilgen.
GERTRUD: Ihr seid auch Männer, wisset eure Axt
Zu führen, und dem Mutigen hilft Gott!
STAUFFACHER: O Weib! Ein furchtbar wütend Schrecknis ist
Der Krieg, die Herde schlägt er und den Hirten.
GERTRUD: Ertragen muß man, was der Himmel sendet,
Unbilliges erträgt kein edles Herz.
STAUFFACHER: Dies Haus erfreut dich, das wir neu erbauten.
Der Krieg, der ungeheure, brennt es nieder.
GERTRUD: Wüßt ich mein Herz an zeitlich Gut gefesselt,
Den Brand würf ich hinein mit eigner Hand.
STAUFFACHER:
Du glaubst an Menschlichkeit! Es schont der Krieg
Auch nicht das zarte Kindlein in der Wiege.
GERTRUD: Die Unschuld hat im Himmel einen Freund!
– Sieh vorwärts, Werner, und nicht hinter dich.
STAUFFACHER: Wir Männer können tapfer fechtend sterben,
Welch Schicksal aber wird das eure sein?

GERTRUD: Die letzte Wahl steht auch dem Schwächsten offen,
Ein Sprung von dieser Brücke macht mich frei.
STAUFFACHER *stürzt in ihre Arme*:
Wer solch ein Herz an seinen Busen drückt,
Der kann für Herd und Hof mit Freuden fechten,
Und keines Königs Heermacht fürchtet er –
Nach Uri fahr ich stehnden Fußes gleich,
Dort lebt ein Gastfreund mir, Herr Walther Fürst,
Der über diese Zeiten denkt wie ich.
Auch find ich dort den edeln Bannerherrn
Von Attinghaus – obgleich von hohem Stamm
Liebt er das Volk und ehrt die alten Sitten.
Mit ihnen beiden pfleg ich Rats, wie man
Der Landesfeinde mutig sich erwehrt –
Leb wohl – und weil ich fern bin, führe du
Mit klugem Sinn das Regiment des Hauses –
Dem Pilger, der zum Gotteshause wallt,
Dem frommen Mönch, der für sein Kloster sammelt,
Gib reichlich und entlaß ihn wohlgepflegt.
Stauffachers Haus verbirgt sich nicht. Zuäußerst
Am offnen Heerweg steht's, ein wirtlich Dach
Für alle Wandrer, die des Weges fahren.
Indem sie nach dem Hintergrund abgehen, tritt WILHELM TELL *mit* BAUMGARTEN *vorn auf die Szene.*
TELL *zu Baumgarten*: Ihr habt jetzt meiner weiter nicht vonnöten,
Zu jenem Hause gehet ein, dort wohnt
Der Stauffacher, ein Vater der Bedrängten.
– Doch sieh, da ist er selber – Folgt mir, kommt!
Gehen auf ihn zu, die Szene verwandelt sich.

DRITTE SZENE

Öffentlicher Platz bei Altdorf. Auf einer Anhöhe im Hintergrund sieht man eine Feste bauen, welche schon so weit gediehen, daß sich die Form des Ganzen darstellt. Die hintere Seite ist fertig, an der vordern wird eben gebaut, das Gerüste steht noch, an welchem die Werkleute auf und nieder steigen, auf dem höchsten Dach hängt der Schieferdecker – Alles ist in Bewegung und Arbeit.

FRONVOGT. MEISTER STEINMETZ. GESELLEN *und* HANDLANGER.

FRONVOGT *mit dem Stabe, treibt die Arbeiter*:
Nicht lange gefeiert, frisch! Die Mauersteine
Herbei, den Kalk, den Mörtel zugefahren!
Wenn der Herr Landvogt kommt, daß er das Werk
Gewachsen sieht – Das schlendert wie die Schnecken.
Zu zwei Handlangern, welche tragen:
Heißt das geladen? Gleich das Doppelte!
Wie die Tagdiebe ihre Pflicht bestehlen!
ERSTER GESELL: Das ist doch hart, daß wir die Steine selbst
Zu unserm Twing und Kerker sollen fahren!
FRONVOGT: Was murret ihr? Das ist ein schlechtes Volk,
Zu nichts anstellig als das Vieh zu melken,
Und faul herumzuschlendern auf den Bergen.
ALTER MANN *ruht aus*:
Ich kann nicht mehr.
FRONVOGT *schüttelt ihn*: Frisch Alter an die Arbeit!
ERSTER GESELL: Habt Ihr denn gar kein Eingeweid, daß Ihr
Den Greis, der kaum sich selber schleppen kann,
Zum harten Frondienst treibt?
MEISTER STEINMETZ *und* GESELLEN: 's ist himmelschreiend!
FRONVOGT: Sorgt ihr für euch, ich tu was meines Amts.
ZWEITER GESELL:
Fronvogt, wie wird die Feste denn sich nennen,
Die wir da baun?
FRONVOGT: Zwing Uri soll sie heißen,
Denn unter dieses Joch wird man euch beugen.
GESELLEN: Zwing Uri!
FRONVOGT: Nun was gibt's dabei zu lachen?
ZWEITER GESELL: Mit diesem Häuslein wollt ihr Uri zwingen?
ERSTER GESELL:
Laß sehn, wieviel man solcher Maulwurfshaufen

Muß übernander setzen, bis ein Berg
Draus wird, wie der geringste nur in Uri!

Fronvogt geht nach dem Hintergrund.

MEISTER STEINMETZ:
Den Hammer werf ich in den tiefsten See,
Der mir gedient bei diesem Fluchgebäude!

TELL *und* STAUFFACHER *kommen.*

STAUFFACHER: O hätt ich nie gelebt, um das zu schauen!
TELL: Hier ist nicht gut sein. Laßt uns weitergehn.
STAUFFACHER: Bin ich zu Uri in der Freiheit Land?
MEISTER STEINMETZ: O Herr, wenn Ihr die Keller erst gesehn
Unter den Türmen! Ja wer die bewohnt,
Der wird den Hahn nicht fürder krähen hören!
STAUFFACHER: O Gott!
STEINMETZ: Seht diese Flanken, diese Strebepfeiler,
Die stehn, wie für die Ewigkeit gebaut!
TELL: Was Hände bauten, können Hände stürzen.

Nach den Bergen zeigend:

Das Haus der Freiheit hat uns Gott gegründet.

Man hört eine Trommel, es kommen Leute, die einen Hut auf einer Stange tragen, ein Ausrufer folgt ihnen, Weiber und Kinder dringen tumultuarisch nach.

ERSTER GESELL: Was will die Trommel? Gebet acht!
MEISTER STEINMETZ: Was für
Ein Fasnachtsaufzug und was soll der Hut?
AUSRUFER: In des Kaisers Namen! Höret!
GESELLEN: Still doch! Höret!
AUSRUFER: Ihr sehet diesen Hut, Männer von Uri!
Aufrichten wird man ihn auf hoher Säule,
Mitten in Altdorf, an dem höchsten Ort,
Und dieses ist des Landvogts Will und Meinung:
Dem Hut soll gleiche Ehre wie ihm selbst geschehn,
Man soll ihn mit gebognem Knie und mit
Entblößtem Haupt verehren – Daran will
Der König die Gehorsamen erkennen.
Verfallen ist mit seinem Leib und Gut
Dem Könige, wer das Gebot verachtet.

Das Volk lacht laut auf, die Trommel wird gerührt, sie gehen vorüber.

ERSTER GESELL: Welch neues Unerhörtes hat der Vogt
Sich ausgesonnen! Wir 'nen Hut verehren!
Sagt! Hat man je vernommen von dergleichen?

MEISTER STEINMETZ: Wir unsre Kniee beugen einem Hut!
Treibt er sein Spiel mit ernsthaft würd'gen Leuten?
ERSTER GESELL: Wär's noch die kaiserliche Kron! So ist's
Der Hut von Österreich, ich sah ihn hangen
Über dem Thron, wo man die Lehen gibt!
MEISTER STEINMETZ: Der Hut von Österreich! Gebt acht, es ist
Ein Fallstrick, uns an Östreich zu verraten!
GESELLEN: Kein Ehrenmann wird sich der Schmach bequemen.
MEISTER STEINMETZ:
Kommt, laßt uns mit den andern Abred nehmen.

Sie gehen nach der Tiefe.

TELL *zum Stauffacher*:
Ihr wisset nun Bescheid. Lebt wohl, Herr Werner!
STAUFFACHER: Wo wollt Ihr hin? O eilt nicht so von dannen.
TELL: Mein Haus entbehrt des Vaters. Lebet wohl.
STAUFFACHER: Mir ist das Herz so voll, mit Euch zu reden.
TELL: Das schwere Herz wird nicht durch Worte leicht.
STAUFFACHER: Doch könnten Worte uns zu Taten führen.
TELL: Die einz'ge Tat ist jetzt Geduld und Schweigen.
STAUFFACHER: Soll man ertragen, was unleidlich ist?
TELL: Die schnellen Herrscher sind's, die kurz regieren.
– Wenn sich der Föhn erhebt aus seinen Schlünden,
Löscht man die Feuer aus, die Schiffe suchen
Eilends den Hafen, und der mächt'ge Geist
Geht ohne Schaden, spurlos, über die Erde.
Ein jeder lebe still bei sich daheim,
Dem Friedlichen gewährt man gern den Frieden.
STAUFFACHER: Meint Ihr?
TELL: Die Schlange sticht nicht ungereizt.
Sie werden endlich doch von selbst ermüden,
Wenn sie die Lande ruhig bleiben sehn.
STAUFFACHER: Wir könnten viel, wenn wir zusammenstünden.
TELL: Beim Schiffbruch hilft der einzelne sich leichter.
STAUFFACHER: So kalt verlaßt Ihr die gemeine Sache?
TELL: Ein jeder zählt nur sicher auf sich selbst.
STAUFFACHER:
Verbunden werden auch die Schwachen mächtig.
TELL: Der Starke ist am mächtigsten allein.
STAUFFACHER: So kann das Vaterland auf Euch nicht zählen,
Wenn es verzweiflungsvoll zur Notwehr greift?

TELL *gibt ihm die Hand*:
Der Tell holt ein verlornes Lamm vom Abgrund,
Und sollte seinen Freunden sich entziehen?
Doch was ihr tut, laßt mich aus eurem Rat,
Ich kann nicht lange prüfen oder wählen,
Bedürft ihr meiner zu bestimmter Tat,
Dann ruft den Tell, es soll an mir nicht fehlen.

Gehen ab zu verschiedenen Seiten. Ein plötzlicher Auflauf entsteht um das Gerüste.

MEISTER STEINMETZ *eilt hin*: Was gibt's?

ERSTER GESELL *kommt vor, rufend*:
Der Schieferdecker ist vom Dach gestürzt.

BERTA *mit* GEFOLGE.

BERTA *stürzt herein*:
Ist er zerschmettert? Rennet, rettet, helft –
Wenn Hilfe möglich, rettet, hier ist Gold –
Wirft ihr Geschmeide unter das Volk.

MEISTER: Mit eurem Golde – Alles ist euch feil
Um Gold, wenn ihr den Vater von den Kindern
Gerissen und den Mann von seinem Weibe,
Und Jammer habt gebracht über die Welt,
Denkt ihr's mit Golde zu vergüten – Geht!
Wir waren frohe Menschen eh ihr kamt,
Mit euch ist die Verzweiflung eingezogen.

BERTA *zu dem Fronvogt, der zurückkommt*:
Lebt er?
Fronvogt gibt ein Zeichen des Gegenteils.
O unglücksel'ges Schloß, mit Flüchen
Erbaut, und Flüche werden dich bewohnen!
Geht ab.

VIERTE SZENE

Walther Fürsts Wohnung

WALTHER FÜRST *und* ARNOLD VON MELCHTAL *treten zugleich ein, von verschiedenen Seiten.*

MELCHTAL: Herr Walther Fürst –

WALTHER FÜRST: Wenn man uns überraschte!
Bleibt, wo Ihr seid. Wir sind umringt von Spähern.

MELCHTAL: Bringt Ihr mir nichts von Unterwalden? Nichts
Von meinem Vater? Nicht ertrag ich's länger,
Als ein Gefangner müßig hier zu liegen.
Was hab ich denn so Sträfliches getan,
Um mich gleich einem Mörder zu verbergen?
Dem frechen Buben, der die Ochsen mir,
Das trefflichste Gespann, vor meinen Augen
Weg wollte treiben auf des Vogts Geheiß,
Hab ich den Finger mit dem Stab gebrochen.
WALTHER FÜRST: Ihr seid zu rasch. Der Bube war des Vogts,
Von Eurer Obrigkeit war er gesendet,
Ihr wart in Straf gefallen, mußtet Euch,
Wie schwer sie war, der Buße schweigend fügen.
MELCHTAL: Ertragen sollt ich die leichtfert'ge Rede
Des Unverschämten: „Wenn der Bauer Brot
Wollt essen, mög er selbst am Pfluge ziehn!"
In die Seele schnitt mir's, als der Bub die Ochsen,
Die schönen Tiere, von dem Pfluge spannte,
Dumpf brüllten sie, als hätten sie Gefühl
Der Ungebühr, und stießen mit den Hörnern,
Da übernahm mich der gerechte Zorn,
Und meiner selbst nicht Herr, schlug ich den Boten.
WALTHER FÜRST: O kaum bezwingen wir das eigne Herz,
Wie soll die rasche Jugend sich bezähmen!
MELCHTAL: Mich jammert nur der Vater – Er bedarf
So sehr der Pflege, und sein Sohn ist fern.
Der Vogt ist ihm gehässig, weil er stets
Für Recht und Freiheit redlich hat gestritten.
Drum werden sie den alten Mann bedrängen,
Und niemand ist, der ihn vor Unglimpf schütze.
– Werde mit mir was will, ich muß hinüber.
WALTHER FÜRST: Erwartet nur und faßt Euch in Geduld,
Bis Nachricht uns herüberkommt vom Walde.
– Ich höre klopfen, geht – Vielleicht ein Bote
Vom Landvogt – Geht hinein – Ihr seid in Uri
Nicht sicher vor des Landenbergers Arm,
Denn die Tyrannen reichen sich die Hände.
MELCHTAL: Sie lehren uns, was w i r tun sollten.
WALTHER FÜRST: Geht!
Ich ruf Euch wieder, wenn's hier sicher ist.

Melchtal geht hinein.

Der Unglückselige, ich darf ihm nicht
Gestehen, was mir Böses schwant – Wer klopft?
Sooft die Türe rauscht, erwart ich Unglück.
Verrat und Argwohn lauscht in allen Ecken,
Bis in das Innerste der Häuser dringen
Die Boten der Gewalt, bald tät es not,
Wir hätten Schloß und Riegel an den Türen.

Er öffnet und tritt erstaunt zurück, da WERNER STAUFFACHER *hereintritt.*

Was seh ich? Ihr, Herr Werner! Nun bei Gott!
Ein werter, teurer Gast – Kein beßrer Mann
Ist über diese Schwelle noch gegangen.
Seid hoch willkommen unter meinem Dach!
Was führt Euch her? Was sucht Ihr hier in Uri?

STAUFFACHER *ihm die Hand reichend*:
Die alten Zeiten und die alte Schweiz.

WALTHER FÜRST:
Die bringt Ihr mit Euch – Sieh, mir wird so wohl,
Warm geht das Herz mir auf bei Eurem Anblick.
– Setzt Euch, Herr Werner – Wie verließet Ihr
Frau Gertrud, Eure angenehme Wirtin,
Des weisen Ibergs hochverständ'ge Tochter?
Von allen Wandrern aus dem deutschen Land,
Die über Meinradszell nach Welschland fahren,
Rühmt jeder Euer gastlich Haus – Doch sagt,
Kommt Ihr soeben frisch von Flüelen her,
Und habt Euch nirgend sonst noch umgesehn,
Eh Ihr den Fuß gesetzt auf diese Schwelle?

STAUFFACHER *setzt sich*:
Wohl ein erstaunlich neues Werk hab ich
Bereiten sehen, das mich nicht erfreute.

WALTHER FÜRST:
O Freund, da habt Ihr's gleich mit einem Blicke!

STAUFFACHER: Ein solches ist in Uri nie gewesen –
Seit Menschendenken war kein Twinghof hier,
Und fest war keine Wohnung als das Grab.

WALTHER FÜRST:
Ein Grab der Freiheit ist's. Ihr nennt's mit Namen.

STAUFFACHER:
Herr Walther Fürst, ich will Euch nicht verhalten,
Nicht eine müß'ge Neugier führt mich her,

Mich drücken schwere Sorgen – Drangsal hab ich
Zu Haus verlassen, Drangsal find ich hier.
Denn ganz unleidlich ist's, was wir erdulden,
Und dieses Dranges ist kein Ziel zu sehn.
Frei war der Schweizer von uralters her,
Wir sind's gewohnt, daß man uns gut begegnet,
Ein solches war im Lande nie erlebt,
Solang ein Hirte trieb auf diesen Bergen.
WALTHER FÜRST: Ja, es ist ohne Beispiel wie sie's treiben!
Auch unser edler Herr von Attinghausen,
Der noch die alten Zeiten hat gesehn,
Meint selber, es sei nicht mehr zu ertragen.
STAUFFACHER: Auch drüben unterm Wald geht Schweres vor,
Und blutig wird's gebüßt – der Wolfenschießen,
Des Kaisers Vogt, der auf dem Roßberg hauste,
Gelüsten trug er nach verbotner Frucht,
Baumgartens Weib, der haushält zu Alzellen,
Wollt er zu frecher Ungebühr mißbrauchen,
Und mit der Axt hat ihn der Mann erschlagen.
WALTHER FÜRST: O die Gerichte Gottes sind gerecht!
– Baumgarten sagt Ihr? Ein bescheidner Mann!
Er ist gerettet doch und wohlgeborgen?
STAUFFACHER: Euer Eidam hat ihn übern See geflüchtet,
Bei mir zu Steinen halt ich ihn verborgen –
– Noch Greulichers hat mir derselbe Mann
Berichtet, was zu Sarnen ist geschehn,
Das Herz muß jedem Biedermanne bluten.
WALTHER FÜRST *aufmerksam*:
Sagt an, was ist's?
STAUFFACHER: Im Melchtal, da wo man
Eintritt bei Kerns, wohnt ein gerechter Mann,
Sie nennen ihn den Heinrich von der Halden,
Und seine Stimm gilt was in der Gemeinde.
WALTHER FÜRST:
Wer kennt ihn nicht! Was ist's mit ihm? Vollendet.
STAUFFACHER: Der Landenberger büßte seinen Sohn
Um kleinen Fehlers willen, ließ die Ochsen,
Das beste Paar, ihm aus dem Pfluge spannen,
Da schlug der Knab den Knecht und wurde flüchtig.
WALTHER FÜRST *in höchster Spannung*:
Der Vater aber – Sagt, wie steht's um den?

STAUFFACHER: Den Vater läßt der Landenberger fodern,
Zur Stelle schaffen soll er ihm den Sohn,
Und da der alte Mann mit Wahrheit schwört,
Er habe von dem Flüchtling keine Kunde,
Da läßt der Vogt die Folterknechte kommen –
WALTHER FÜRST *springt auf und will ihn auf die andre Seite führen*:
O still, nichts mehr!
STAUFFACHER *mit steigendem Ton*:
„Ist mir der Sohn entgangen,
So hab ich dich" – Läßt ihn zu Boden werfen,
Den spitz'gen Stahl ihm in die Augen bohren –
WALTHER FÜRST: Barmherz'ger Himmel!
MELCHTAL *stürzt heraus*: In die Augen, sagt Ihr?
STAUFFACHER *erstaunt zum Walther Fürst*:
Wer ist der Jüngling?
MELCHTAL *faßt ihn mit krampfhafter Heftigkeit*:
In die Augen? Redet.
WALTHER FÜRST: O der Bejammernswürdige!
STAUFFACHER: Wer ist's?
Da Walther Fürst ihm ein Zeichen gibt:
Der Sohn ist's? Allgerechter Gott!
MELCHTAL: Und ich
Muß ferne sein! – In seine beiden Augen?
WALTHER FÜRST: Bezwinget Euch, ertragt es wie ein Mann!
MELCHTAL: Um meiner Schuld, um meines Frevels willen!
– Blind also? Wirklich blind, und ganz geblendet?
STAUFFACHER: Ich sagt's. Der Quell des Sehns ist ausgeflossen,
Das Licht der Sonne schaut er niemals wieder.
WALTHER FÜRST:
Schont seines Schmerzens!
MELCHTAL: Niemals! Niemals wieder!
Er drückt die Hand vor die Augen, und schweigt einige Momente, dann wendet er sich von dem einen zu dem andern, und spricht mit sanfter, von Tränen erstickter Stimme:
O eine edle Himmelsgabe ist
Das Licht des Auges – Alle Wesen leben
Vom Lichte, jedes glückliche Geschöpf –
Die Pflanze selbst kehrt freudig sich zum Lichte.
Und er muß sitzen, fühlend, in der Nacht,
Im ewig Finstern – ihn erquickt nicht mehr
Der Matten warmes Grün, der Blumen Schmelz,

Die roten Firnen kann er nicht mehr schauen –
Sterben ist nichts – doch leben und nicht sehen,
Das ist ein Unglück – Warum seht ihr mich
So jammernd an? Ich hab zwei frische Augen,
Und kann dem blinden Vater keines geben,
Nicht einen Schimmer von dem Meer des Lichts,
Das glanzvoll, blendend, mir ins Auge dringt.
STAUFFACHER: Ach, ich muß Euren Jammer noch vergrößern,
Statt ihn zu heilen – Er bedarf noch mehr!
Denn alles hat der Landvogt ihm geraubt,
Nichts hat er ihm gelassen als den Stab,
Um nackt und blind von Tür zu Tür zu wandern.
MELCHTAL: Nichts als den Stab dem augenlosen Greis!
Alles geraubt, und auch das Licht der Sonne,
Des Ärmsten allgemeines Gut – Jetzt rede
Mir keiner mehr von Bleiben, von Verbergen!
Was für ein feiger Elender bin ich,
Daß ich auf meine Sicherheit gedacht,
Und nicht auf deine – dein geliebtes Haupt
Als Pfand gelassen in des Wütrichs Händen!
Feigherz'ge Vorsicht fahre hin – Auf nichts
Als blutige Vergeltung will ich denken,
Hinüber will ich – Keiner soll mich halten –
Des Vaters Auge von dem Landvogt fodern –
Aus allen seinen Reisigen heraus
Will ich ihn finden – Nichts liegt mir am Leben,
Wenn ich den heißen ungeheuren Schmerz
In seinem Lebensblute kühle. *Er will gehen.*
WALTHER FÜRST: Bleibt!
Was könnt Ihr gegen ihn? Er sitzt zu Sarnen
Auf seiner hohen Herrenburg und spottet
Ohnmächt'gen Zorns in seiner sichern Feste.
MELCHTAL: Und wohnt' er droben auf dem Eispalast
Des Schreckhorns oder höher, wo die Jungfrau
Seit Ewigkeit verschleiert sitzt – Ich mache
Mir Bahn zu ihm, mit zwanzig Jünglingen
Gesinnt wie ich, zerbrech ich seine Feste.
Und wenn mir niemand folgt, und wenn ihr alle
Für eure Hütten bang und eure Herden,
Euch dem Tyrannenjoche beugt – die Hirten
Will ich zusammenrufen im Gebirg,

Dort unterm freien Himmelsdache, wo
Der Sinn noch frisch ist und das Herz gesund,
Das ungeheuer Gräßliche erzählen.

STAUFFACHER *zu Walther Fürst*:
Es ist auf seinem Gipfel – wollen wir
Erwarten, bis das Äußerste –

MELCHTAL: Welch Äußerstes
Ist noch zu fürchten, wenn der Stern des Auges
In seiner Höhle nicht mehr sicher ist?
– Sind wir denn wehrlos? Wozu lernten wir
Die Armbrust spannen und die schwere Wucht
Der Streitaxt schwingen? Jedem Wesen ward
Ein Notgewehr in der Verzweiflungsangst,
Es stellt sich der erschöpfte Hirsch und zeigt
Der Meute sein gefürchtetes Geweih,
Die Gemse reißt den Jäger in den Abgrund –
Der Pflugstier selbst, der sanfte Hausgenoß
Des Menschen, der die ungeheure Kraft
Des Halses duldsam unters Joch gebogen,
Springt auf, gereizt, wetzt sein gewaltig Horn,
Und schleudert seinen Feind den Wolken zu.

WALTHER FÜRST: Wenn die drei Lande dächten wie wir drei,
So möchten wir vielleicht etwas vermögen.

STAUFFACHER: Wenn Uri ruft, wenn Unterwalden hilft,
Der Schwyzer wird die alten Bünde ehren.

MELCHTAL: Groß ist in Unterwalden meine Freundschaft,
Und jeder wagt mit Freuden Leib und Blut,
Wenn er am andern einen Rücken hat
Und Schirm – O fromme Väter dieses Landes!
Ich stehe nur ein Jüngling zwischen euch,
Den Vielerfahrnen – meine Stimme muß
Bescheiden schweigen in der Landsgemeinde.
Nicht weil ich jung bin und nicht viel erlebte,
Verachtet meinen Rat und meine Rede,
Nicht lüstern jugendliches Blut, mich treibt
Des höchsten Jammers schmerzliche Gewalt,
Was auch den Stein des Felsen muß erbarmen.
Ihr selbst seid Väter, Häupter eines Hauses,
Und wünscht euch einen tugendhaften Sohn,
Der eures Hauptes heil'ge Locken ehre,
Und euch den Stern des Auges fromm bewache.

O weil ihr selbst an eurem Leib und Gut
Noch nichts erlitten, eure Augen sich
Noch frisch und hell in ihren Kreisen regen,
So sei euch darum unsre Not nicht fremd.
Auch über euch hängt das Tyrannenschwert,
Ihr habt das Land von Östreich abgewendet,
Kein anderes war meines Vaters Unrecht,
Ihr seid in gleicher Mitschuld und Verdammnis.

STAUFFACHER *zu Walther Fürst*:
Beschließet Ihr, ich bin bereit zu folgen.

WALTHER FÜRST: Wir wollen hören, was die edeln Herrn
Von Sillinen, von Attinghausen raten –
Ihr Name, denk ich, wird uns Freunde werben.

MELCHTAL: Wo ist ein Name in dem Waldgebirg
Ehrwürdiger als Eurer und der Eure?
An solcher Namen echte Währung glaubt
Das Volk, sie haben guten Klang im Lande.
Ihr habt ein reiches Erb von Vätertugend,
Und habt es selber reich vermehrt – Was braucht's
Des Edelmanns? Laßt's uns allein vollenden.
Wären wir doch allein im Land! Ich meine,
Wir wollten uns schon selbst zu schirmen wissen.

STAUFFACHER: Die Edeln drängt nicht gleiche Not mit uns,
Der Strom, der in den Niederungen wütet,
Bis jetzt hat er die Höhn noch nicht erreicht –
Doch ihre Hülfe wird uns nicht entstehn,
Wenn sie das Land in Waffen erst erblicken.

WALTHER FÜRST:
Wäre ein Obmann zwischen uns und Östreich,
So möchte Recht entscheiden und Gesetz,
Doch der uns unterdrückt, ist unser Kaiser
Und höchster Richter – so muß Gott uns helfen
Durch unsern Arm – erforschet Ihr die Männer
Von Schwyz, ich will in Uri Freunde werben.
Wen aber senden wir nach Unterwalden –

MELCHTAL: Mich sendet hin – wem läg es näher an –

WALTHER FÜRST:
Ich geb's nicht zu, Ihr seid mein Gast, ich muß
Für Eure Sicherheit gewähren!

MELCHTAL: Laßt mich!
Die Schliche kenn ich und die Felsensteige,

Auch Freunde find ich gnug, die mich dem Feind
Verhehlen und ein Obdach gern gewähren.
STAUFFACHER: Laßt ihn mit Gott hinübergehn. Dort drüben
Ist kein Verräter – so verabscheut ist
Die Tyrannei, daß sie kein Werkzeug findet.
Auch der Alzeller soll uns nid dem Wald
Genossen werben und das Land erregen.
MELCHTAL: Wie bringen wir uns sichre Kunde zu,
Daß wir den Argwohn der Tyrannen täuschen?
STAUFFACHER: Wir könnten uns zu Brunnen oder Treib
Versammeln, wo die Kaufmannsschiffe landen.
WALTHER FÜRST: So offen dürfen wir das Werk nicht treiben.
– Hört meine Meinung. Links am See, wenn man
Nach Brunnen fährt, dem Mythenstein grad über,
Liegt eine Matte heimlich im Gehölz,
Das Rütli heißt sie bei dem Volk der Hirten,
Weil dort die Waldung ausgereutet ward.
Dort ist's wo unsre Landmark und die Eure *Zu Melchtal:*
Zusammengrenzen, und in kurzer Fahrt *Zu Stauffacher:*
Trägt Euch der leichte Kahn von Schwyz herüber.
Auf öden Pfaden können wir dahin
Bei Nachtzeit wandern und uns still beraten.
Dahin mag jeder zehn vertraute Männer
Mitbringen, die herzeinig sind mit uns,
So können wir gemeinsam das Gemeine
Besprechen und mit Gott es frisch beschließen.
STAUFFACHER: So sei's. Jetzt reicht mir Eure biedre Rechte,
Reicht Ihr die Eure her, und so wie wir
Drei Männer jetzo, unter uns, die Hände
Zusammenflechten, redlich, ohne Falsch,
So wollen wir drei Länder auch, zu Schutz
Und Trutz, zusammenstehn auf Tod und Leben.
WALTHER FÜRST *und* MELCHTAL:
Auf Tod und Leben!

Sie halten die Hände noch einige Pausen lang zusammengeflochten und schweigen.

MELCHTAL: Blinder alter Vater!
Du kannst den Tag der Freiheit nicht mehr schauen,
Du sollst ihn hören – Wenn von Alp zu Alp
Die Feuerzeichen flammend sich erheben,
Die festen Schlösser der Tyrannen fallen,

In deine Hütte soll der Schweizer wallen,
Zu deinem Ohr die Freudenkunde tragen,
Und hell in deiner Nacht soll es dir tagen.
Sie gehen auseinander.

ZWEITER AUFZUG

Erste Szene

Edelhof des Freiherrn von Attinghausen.

Ein gotischer Saal mit Wappenschildern und Helmen verziert. Der Freiherr *ein Greis von fünfundachtzig Jahren, von hoher edler Statur, an einem Stabe worauf ein Gemsenhorn, und in ein Pelzwams gekleidet.* Kuoni *und noch* sechs Knechte *stehen um ihn her mit Rechen und Sensen –* Ulrich von Rudenz *tritt ein in Ritterkleidung.*

rudenz: Hier bin ich Oheim – Was ist Euer Wille?
attinghausen: Erlaubt, daß ich nach altem Hausgebrauch
Den Frühtrunk erst mit meinen Knechten teile.
Er trinkt aus einem Becher, der dann in der Reihe herumgeht.
Sonst war ich selber mit in Feld und Wald,
Mit meinem Auge ihren Fleiß regierend,
Wie sie mein Banner führte in der Schlacht,
Jetzt kann ich nichts mehr als den Schaffner machen,
Und kommt die warme Sonne nicht zu mir,
Ich kann sie nicht mehr suchen auf den Bergen.
Und so in enger stets und engerm Kreis,
Beweg ich mich dem engesten und letzten,
Wo alles Leben stillsteht, langsam zu,
Mein Schatte bin ich nur, bald nur mein Name.
kuoni *zu Rudenz mit dem Becher*:
Ich bring's Euch, Junker.
Da Rudenz zaudert den Becher zu nehmen:
Trinket frisch! Es geht
Aus einem Becher und aus einem Herzen.
attinghausen: Geht Kinder, und wenn's Feierabend ist,
Dann reden wir auch von des Lands Geschäften.
Knechte gehen ab.

ATTINGHAUSEN *und* RUDENZ

ATTINGHAUSEN: Ich sehe dich gegürtet und gerüstet,
Du willst nach Altorf in die Herrenburg?
RUDENZ: Ja Oheim, und ich darf nicht länger säumen –
ATTINGHAUSEN *setzt sich*:
Hast du's so eilig? Wie? Ist deiner Jugend
Die Zeit so karg gemessen, daß du sie
An deinem alten Oheim mußt ersparen?
RUDENZ: Ich sehe, daß Ihr meiner nicht bedürft,
Ich bin ein Fremdling nur in diesem Hause.
ATTINGHAUSEN *hat ihn lange mit den Augen gemustert*:
Ja leider bist du's. Leider ist die Heimat
Zur Fremde dir geworden! – Uli! Uli!
Ich kenne dich nicht mehr. In Seide prangst du,
Die Pfauenfeder trägst du stolz zur Schau,
Und schlägst den Purpurmantel um die Schultern,
Den Landmann blickst du mit Verachtung an,
Und schämst dich seiner traulichen Begrüßung.
RUDENZ: Die Ehr, die ihm gebührt, geb ich ihm gern,
Das Recht, das er sich nimmt, verweigr ich ihm.
ATTINGHAUSEN: Das ganze Land liegt unterm schweren Zorn
Des Königs – Jedes Biedermannes Herz
Ist kummervoll ob der tyrannischen Gewalt
Die wir erdulden – Dich allein rührt nicht
Der allgemeine Schmerz – Dich siehet man
Abtrünnig von den Deinen auf der Seite
Des Landesfeindes stehen, unsrer Not
Hohnsprechend nach der leichten Freude jagen,
Und buhlen um die Fürstengunst, indes
Dein Vaterland von schwerer Geißel blutet.
RUDENZ: Das Land ist schwer bedrängt – Warum mein Oheim?
Wer ist's, der es gestürzt in diese Not?
Es kostete ein einzig leichtes Wort,
Um augenblicks des Dranges los zu sein,
Und einen gnäd'gen Kaiser zu gewinnen.
Weh ihnen, die dem Volk die Augen halten,
Daß es dem wahren Besten widerstrebt.
Um eignen Vorteils willen hindern sie,
Daß die Waldstätte nicht zu Östreich schwören,
Wie ringsum alle Lande doch getan.
Wohl tut es ihnen, auf der Herrenbank

Zu sitzen mit dem Edelmann – den Kaiser
Will man zum Herrn, um keinen Herrn zu haben.

ATTINGHAUSEN: Muß ich das hören und aus deinem Munde!

RUDENZ: Ihr habt mich aufgefodert, laßt mich enden.
– Welche Person ist's, Oheim, die Ihr selbst
Hier spielt? Habt Ihr nicht höhern Stolz, als hier
Landammann oder Bannerherr zu sein
Und neben diesen Hirten zu regieren?
Wie? Ist's nicht eine rühmlichere Wahl,
Zu huldigen dem königlichen Herrn,
Sich an sein glänzend Lager anzuschließen,
Als Eurer eignen Knechte Pair zu sein,
Und zu Gericht zu sitzen mit dem Bauer?

ATTINGHAUSEN: Ach Uli! Uli! Ich erkenne sie
Die Stimme der Verführung! Sie ergriff
Dein offnes Ohr, sie hat dein Herz vergiftet.

RUDENZ: Ja ich verberg es nicht – in tiefer Seele
Schmerzt mich der Spott der Fremdlinge, die uns
Den Baurenadel schelten – Nicht ertrag ich's,
Indes die edle Jugend ringsumher
Sich Ehre sammelt unter Habsburgs Fahnen,
Auf meinem Erb hier müßig stillzuliegen,
Und bei gemeinem Tagewerk den Lenz
Des Lebens zu verlieren – Anderswo
Geschehen Taten, eine Welt des Ruhms
Bewegt sich glänzend jenseits dieser Berge –
Mir rosten in der Halle Helm und Schild,
Der Kriegstrommete mutiges Getön,
Der Heroldsruf, der zum Turniere ladet,
Er dringt in diese Täler nicht herein,
Nichts als den Kuhreihn und der Herdeglocken
Einförmiges Geläut vernehm ich hier.

ATTINGHAUSEN: Verblendeter, vom eiteln Glanz verführt!
Verachte dein Geburtsland! Schäme dich
Der uralt frommen Sitte deiner Väter!
Mit heißen Tränen wirst du dich dereinst
Heimsehnen nach den väterlichen Bergen,
Und dieses Herdenreihens Melodie,
Die du in stolzem Überdruß verschmähst,
Mit Schmerzenssehnsucht wird sie dich ergreifen,
Wenn sie dir anklingt auf der fremden Erde.

O mächtig ist der Trieb des Vaterlands!
Die fremde falsche Welt ist nicht für dich,
Dort an dem stolzen Kaiserhof bleibst du
Dir ewig fremd mit deinem treuen Herzen!
Die Welt, sie fodert andre Tugenden,
Als du in diesen Tälern dir erworben.
– Geh hin, verkaufe deine freie Seele,
Nimm Land zu Lehen, werd ein Fürstenknecht,
Da du ein Selbstherr sein kannst und ein Fürst
Auf deinem eignen Erb und freien Boden.
Ach Uli! Uli! Bleibe bei den Deinen!
Geh nicht nach Altdorf – O verlaß sie nicht
Die heil'ge Sache deines Vaterlands!
– Ich bin der Letzte meines Stamms. Mein Name
Endet mit mir. Da hängen Helm und Schild,
Die werden sie mir in das Grab mitgeben.
Und muß ich denken bei dem letzten Hauch,
Daß du mein brechend Auge nur erwartest,
Um hinzugehn vor diesen neuen Lehenhof,
Und meine edeln Güter, die ich frei
Von Gott empfing, von Östreich zu empfangen!

RUDENZ: Vergebens widerstreben wir dem König,
Die Welt gehört ihm, wollen wir allein
Uns eigensinnig steifen und verstocken,
Die Länderkette ihm zu unterbrechen,
Die er gewaltig rings um uns gezogen?
Sein sind die Märkte, die Gerichte, sein
Die Kaufmannsstraßen, und das Saumroß selbst,
Das auf dem Gotthard ziehet, muß ihm zollen.
Von seinen Ländern wie mit einem Netz
Sind wir umgarnet rings und eingeschlossen.
– Wird uns das Reich beschützen? Kann es selbst
Sich schützen gegen Östreichs wachsende Gewalt?
Hilft Gott uns nicht, kein Kaiser kann uns helfen.
Was ist zu geben auf der Kaiser Wort,
Wenn sie in Geld- und Kriegesnot die Städte,
Die untern Schirm des Adlers sich geflüchtet,
Verpfänden dürfen und dem Reich veräußern?
– Nein Oheim! Wohltat ist's und weise Vorsicht,
In diesen schweren Zeiten der Parteiung,
Sich anzuschließen an ein mächtig Haupt.

Die Kaiserkrone geht von Stamm zu Stamm,
Die hat für treue Dienste kein Gedächtnis,
Doch um den mächt'gen Erbherrn wohl verdienen,
Heißt Saaten in die Zukunft streun.

ATTINGHAUSEN: Bist du so weise?
Willst heller sehn als deine edeln Väter,
Die um der Freiheit kostbarn Edelstein
Mit Gut und Blut und Heldenkraft gestritten?
– Schiff nach Luzern hinunter, frage dort,
Wie Östreichs Herrschaft lastet auf den Ländern!
Sie werden kommen, unsre Schaf und Rinder
Zu zählen, unsre Alpen abzumessen,
Den Hochflug und das Hochgewilde bannen
In unsern freien Wäldern, ihren Schlagbaum
An unsre Brücken, unsre Tore setzen,
Mit unsrer Armut ihre Länderkäufe,
Mit unserm Blute ihre Kriege zahlen –
– Nein, wenn wir unser Blut dransetzen sollen,
So sei's für uns – wohlfeiler kaufen wir
Die Freiheit als die Knechtschaft ein!

RUDENZ: Was können wir,
Ein Volk der Hirten gegen Albrechts Heere!

ATTINGHAUSEN: Lern dieses Volk der Hirten kennen, Knabe!
Ich kenn's, ich hab es angeführt in Schlachten,
Ich hab es fechten sehen bei Favenz.
Sie sollen kommen, uns ein Joch aufzwingen,
Das wir entschlossen sind, nicht zu ertragen!
– O lerne fühlen, welches Stamms du bist!
Wirf nicht für eiteln Glanz und Flitterschein
Die echte Perle deines Wertes hin –
Das Haupt zu heißen eines freien Volks,
Das dir aus Liebe nur sich herzlich weiht,
Das treulich zu dir steht in Kampf und Tod –
Das sei dein Stolz, des Adels rühme dich –
Die angebornen Bande knüpfe fest,
Ans Vaterland, ans teure, schließ dich an,
Das halte fest mit deinem ganzen Herzen.
Hier sind die starken Wurzeln deiner Kraft,
Dort in der fremden Welt stehst du allein,
Ein schwankes Rohr, das jeder Sturm zerknickt.
O komm, du hast uns lang nicht mehr gesehn,

Versuch's mit uns nur einen Tag – nur heute
Geh nicht nach Altorf – Hörst du? Heute nicht,
Den einen Tag nur schenke dich den Deinen!

Er faßt seine Hand.

RUDENZ: Ich gab mein Wort – Laßt mich – Ich bin gebunden.

ATTINGHAUSEN *läßt seine Hand los, mit Ernst*:
Du bist gebunden – Ja Unglücklicher!
Du bist's, doch nicht durch Wort und Schwur,
Gebunden bist du durch der Liebe Seile!

Rudenz wendet sich weg.

– Verbirg dich wie du willst. Das Fräulein ist's,
Berta von Bruneck, die zur Herrenburg
Dich zieht, dich fesselt an des Kaisers Dienst.
Das Ritterfräulein willst du dir erwerben
Mit deinem Abfall von dem Land – Betrüg dich nicht!
Dich anzulocken zeigt man dir die Braut,
Doch deiner Unschuld ist sie nicht beschieden.

RUDENZ: Genug hab ich gehört. Gehabt Euch wohl.

Er geht ab.

ATTINGHAUSEN: Wahnsinn'ger Jüngling bleib! – Er geht dahin!
Ich kann ihn nicht erhalten, nicht erretten –
So ist der Wolfenschießen abgefallen
Von seinem Land – so werden andre folgen,
Der fremde Zauber reißt die Jugend fort,
Gewaltsam strebend über unsre Berge.
– O unglücksel'ge Stunde, da das Fremde
In diese still beglückten Täler kam,
Der Sitten fromme Unschuld zu zerstören!
Das Neue dringt herein mit Macht, das Alte
Das Würd'ge scheidet, andre Zeiten kommen,
Es lebt ein andersdenkendes Geschlecht!
Was tu ich hier? Sie sind begraben alle,
Mit denen ich gewaltet und gelebt.
Unter der Erde schon liegt meine Zeit,
Wohl dem, der mit der neuen nicht mehr braucht zu leben!

Geht ab.

Zweite Szene

Eine Wiese von hohen Felsen und Wald umgeben. Auf den Felsen sind Steige, mit Geländern, auch Leitern, von denen man nachher die Landleute herabsteigen sieht. Im Hintergrunde zeigt sich der See, über welchem anfangs ein Mondregenbogen zu sehen ist. Den Prospekt schließen hohe Berge, hinter welchen noch höhere Eisgebirge ragen. Es ist völlig Nacht auf der Szene, nur der See und die weißen Gletscher leuchten im Mondlicht.

Melchtal, Baumgarten, Winkelried, Meier von Sarnen, Burkhardt am Bühel, Arnold von Sewa, Klaus von der Flüe *und noch vier andere Landleute, alle bewaffnet.*

melchtal *noch hinter der Szene*:
Der Bergweg öffnet sich, nur frisch mir nach,
Den Fels erkenn ich und das Kreuzlein drauf,
Wir sind am Ziel, hier ist das Rütli.
Treten auf mit Windlichtern.
winkelried: Horch!
sewa: Ganz leer.
meier: 's ist noch kein Landmann da. Wir sind
Die ersten auf dem Platz, wir Unterwaldner.
melchtal: Wie weit ist's in der Nacht?
baumgarten: Der Feuerwächter
Vom Selisberg hat eben zwei gerufen.
Man hört in der Ferne läuten.
meier: Still! Horch!
am bühel: Das Mettenglöcklein in der Waldkapelle
Klingt hell herüber aus dem Schwyzerland.
von der flüe: Die Luft ist rein und trägt den Schall so weit.
melchtal: Gehn einige und zünden Reisholz an,
Daß es loh brenne, wenn die Männer kommen.
Zwei Landleute gehen.
sewa: 's ist eine schöne Mondennacht. Der See
Liegt ruhig da als wie ein ebner Spiegel.
am bühel: Sie haben eine leichte Fahrt.
winkelried *zeigt nach dem See*: Ha seht!
Seht dorthin! Seht ihr nichts?
meier: Was denn? – Ja wahrlich!
Ein Regenbogen mitten in der Nacht!
melchtal: Es ist das Licht des Mondes das ihn bildet.

VON DER FLÜE: Das ist ein seltsam wunderbares Zeichen!
Es leben viele, die das nicht gesehn.
SEWA: Er ist doppelt, seht, ein blässerer steht drüber.
BAUMGARTEN: Ein Nachen fährt soeben drunter weg.
MELCHTAL: Das ist der Stauffacher mit seinem Kahn,
Der Biedermann läßt sich nicht lang erwarten.
Geht mit Baumgarten nach dem Ufer.
MEIER: Die Urner sind es, die am längsten säumen.
AM BÜHEL: Sie müssen weit umgehen durchs Gebirg,
Daß sie des Landvogts Kundschaft hintergehen.

Unterdessen haben die zwei Landleute in der Mitte des Platzes ein Feuer angezündet.

MELCHTAL *am Ufer*: Wer ist da? Gebt das Wort!
STAUFFACHER *von unten*: Freunde des Landes.

Alle gehen nach der Tiefe, den Kommenden entgegen. Aus dem Kahn steigen STAUFFACHER, ITEL REDING, HANS AUF DER MAUER, JÖRG IM HOFE, KONRAD HUNN, ULRICH DER SCHMIED, JOST VON WEILER, *und noch* DREI ANDRE LANDLEUTE, *gleichfalls bewaffnet.*

ALLE *rufen*: Willkommen!

Indem die übrigen in der Tiefe verweilen und sich begrüßen, kommt Melchtal mit Stauffacher vorwärts.

MELCHTAL: O Herr Stauffacher! Ich hab ihn
Gesehn, der mich nicht wiedersehen konnte!
Die Hand hab ich gelegt auf seine Augen,
Und glühend Rachgefühl hab ich gesogen
Aus der erloschnen Sonne seines Blicks.
STAUFFACHER:
Sprecht nicht von Rache. Nicht Geschehnes rächen,
Gedrohtem Übel wollen wir begegnen.
– Jetzt sagt, was Ihr im Unterwaldner Land
Geschafft und für gemeine Sach geworben,
Wie die Landleute denken, wie Ihr selbst
Den Stricken des Verrats entgangen seid.
MELCHTAL: Durch der Surennen furchtbares Gebirg,
Auf weit verbreitet öden Eisesfeldern,
Wo nur der heisre Lämmergeier krächzt,
Gelangt ich zu der Alpentrift, wo sich
Aus Uri und vom Engelberg die Hirten
Anrufend grüßen und gemeinsam weiden,
Den Durst mir stillend mit der Gletscher Milch,

Die in den Runsen schäumend niederquillt.
In den einsamen Sennhütten kehrt ich ein,
Mein eigner Wirt und Gast, bis daß ich kam
Zu Wohnungen gesellig lebender Menschen.
– Erschollen war in diesen Tälern schon
Der Ruf des neuen Greuels der geschehn,
Und fromme Ehrfurcht schaffte mir mein Unglück
Vor jeder Pforte, wo ich wandernd klopfte.
Entrüstet fand ich diese graden Seelen
Ob dem gewaltsam neuen Regiment,
Denn so wie ihre Alpen fort und fort
Dieselben Kräuter nähren, ihre Brunnen
Gleichförmig fließen, Wolken selbst und Winde
Den gleichen Strich unwandelbar befolgen,
So hat die alte Sitte hier vom Ahn
Zum Enkel unverändert fortbestanden,
Nicht tragen sie verwegne Neuerung
Im altgewohnten gleichen Gang des Lebens.
– Die harten Hände reichten sie mir dar,
Von den Wänden langten sie die rost'gen Schwerter,
Und aus den Augen blitzte freudiges
Gefühl des Muts, als ich die Namen nannte,
Die im Gebirg dem Landmann heilig sind,
Den Eurigen und Walther Fürsts – Was Euch
Recht würde dünken, schwuren sie zu tun,
Euch schwuren sie bis in den Tod zu folgen.
– So eilt ich sicher unterm heil'gen Schirm
Des Gastrechts von Gehöfte zu Gehöfte –
Und als ich kam ins heimatliche Tal,
Wo mir die Vettern viel verbreitet wohnen –
Als ich den Vater fand, beraubt und blind,
Auf fremdem Stroh, von der Barmherzigkeit
Mildtät'ger Menschen lebend –

STAUFFACHER: Herr im Himmel!

MELCHTAL: Da weint ich nicht! Nicht in ohnmächt'gen Tränen
Goß ich die Kraft des heißen Schmerzens aus,
In tiefer Brust wie einen teuern Schatz
Verschloß ich ihn und dachte nur auf Taten.
Ich kroch durch alle Krümmen des Gebirgs,
Kein Tal war so versteckt, ich späht es aus,
Bis an der Gletscher eisbedeckten Fuß

Erwartet ich und fand bewohnte Hütten,
Und überall, wohin mein Fuß mich trug,
Fand ich den gleichen Haß der Tyrannei,
Denn bis an diese letzte Grenze selbst
Belebter Schöpfung, wo der starre Boden
Aufhört zu geben, raubt der Vögte Geiz –
Die Herzen alle dieses biedern Volks
Erregt ich mit dem Stachel meiner Worte,
Und unser sind sie all mit Herz und Mund.

STAUFFACHER: Großes habt Ihr in kurzer Frist geleistet.

MELCHTAL: Ich tat noch mehr. Die beiden Festen sind's,
Roßberg und Sarnen, die der Landmann fürchtet,
Denn hinter ihren Felsenwällen schirmt
Der Feind sich leicht und schädiget das Land.
Mit eignen Augen wollt ich es erkunden,
Ich war zu Sarnen und besah die Burg.

STAUFFACHER: Ihr wagtet Euch bis in des Tigers Höhle?

MELCHTAL: Ich war verkleidet dort in Pilgerstracht,
Ich sah den Landvogt an der Tafel schwelgen –
Urteilt, ob ich mein Herz bezwingen kann,
Ich sah den Feind und ich erschlug ihn nicht.

STAUFFACHER: Fürwahr das Glück war Eurer Kühnheit hold.

Unterdessen sind die andern Landleute vorwärts gekommen, und nähern sich den beiden.

Doch jetzo sagt mir, wer die Freunde sind,
Und die gerechten Männer, die Euch folgten?
Macht mich bekannt mit ihnen, daß wir uns
Zutraulich nahen und die Herzen öffnen.

MEIER: Wer kennte Euch nicht, Herr, in den drei Landen?
Ich bin der Mei'r von Sarnen, dies hier ist
Mein Schwestersohn, der Struth von Winkelried.

STAUFFACHER: Ihr nennt mir keinen unbekannten Namen.
Ein Winkelried war's, der den Drachen schlug
Im Sumpf bei Weiler und sein Leben ließ
In diesem Strauß.

WINKELRIED: Das war mein Ahn, Herr Werner.

MELCHTAL *zeigt auf zwei Landleute*:
Die wohnen hinterm Wald, sind Klosterleute
Vom Engelberg – Ihr werdet sie drum nicht
Verachten, weil sie eigne Leute sind,
Und nicht wie wir frei sitzen auf dem Erbe –

Sie lieben 's Land, sind sonst auch wohl berufen.

STAUFFACHER *zu den beiden*:
Gebt mir die Hand. Es preise sich, wer keinem
Mit seinem Leibe pflichtig ist auf Erden,
Doch Redlichkeit gedeiht in jedem Stande.

KONRAD HUNN: Das ist Herr Reding, unser Altlandammann.

MEIER: Ich kenn ihn wohl. Er ist mein Widerpart,
Der um ein altes Erbstück mit mir rechtet.
– Herr Reding, wir sind Feinde vor Gericht,
Hier sind wir einig.

Schüttelt ihm die Hand.

STAUFFACHER: Das ist brav gesprochen.

WINKELRIED: Hört ihr? Sie kommen. Hört das Horn von Uri!

Rechts und links sieht man bewaffnete Männer mit Windlichtern die Felsen herabsteigen.

AUF DER MAUER:
Seht! Steigt nicht selbst der fromme Diener Gottes,
Der würd'ge Pfarrer mit herab? Nicht scheut er
Des Weges Mühen und das Graun der Nacht,
Ein treuer Hirte für das Volk zu sorgen.

BAUMGARTEN: Der Sigrist folgt ihm und Herr Walther Fürst,
Doch nicht den Tell erblick ich in der Menge.

WALTHER FÜRST, RÖSSELMANN *der Pfarrer*, PETERMANN *der Sigrist*, KUONI *der Hirt*, WERNI *der Jäger*, RUODI *der Fischer und noch fünf andere* LANDLEUTE, *alle zusammen, dreiunddreißig an der Zahl, treten vorwärts und stellen sich um das Feuer.*

WALTHER FÜRST: So müssen wir auf unserm eignen Erb
Und väterlichen Boden uns verstohlen
Zusammenschleichen wie die Mörder tun,
Und bei der Nacht, die ihren schwarzen Mantel
Nur dem Verbrechen und der sonnenscheuen
Verschwörung leihet, unser gutes Recht
Uns holen, das doch lauter ist und klar,
Gleichwie der glanzvoll offne Schoß des Tages.

MELCHTAL: Laßt's gut sein. Was die dunkle Nacht gesponnen,
Soll frei und fröhlich an das Licht der Sonnen.

RÖSSELMANN: Hört was mir Gott ins Herz gibt Eidgenossen!
Wir stehen hier statt einer Landsgemeinde,
Und können gelten für ein ganzes Volk,
So laßt uns tagen nach den alten Bräuchen
Des Lands, wie wir's in ruhigen Zeiten pflegen,

Was ungesetzlich ist in der Versammlung,
Entschuldige die Not der Zeit. Doch Gott
Ist überall, wo man das Recht verwaltet,
Und unter seinem Himmel stehen wir.

STAUFFACHER: Wohl, laßt uns tagen nach der alten Sitte,
Ist es gleich Nacht, so leuchtet unser Recht.

MELCHTAL: Ist gleich die Zahl nicht voll, das Herz ist hier
Des ganzen Volks, die Besten sind zugegen.

KONRAD HUNN: Sind auch die alten Bücher nicht zur Hand,
Sie sind in unsre Herzen eingeschrieben.

RÖSSELMANN: Wohlan, so sei der Ring sogleich gebildet,
Man pflanze auf die Schwerter der Gewalt.

AUF DER MAUER: Der Landesammann nehme seinen Platz,
Und seine Weibel stehen ihm zur Seite!

SIGRIST: Es sind der Völker dreie. Welchem nun
Gebührt's, das Haupt zu geben der Gemeinde?

MEIER: Um diese Ehr mag Schwyz mit Uri streiten,
Wir Unterwaldner stehen frei zurück.

MELCHTAL: Wir stehn zurück, wir sind die Flehenden,
Die Hülfe heischen von den mächt'gen Freunden.

STAUFFACHER: So nehme Uri denn das Schwert, sein Banner
Zieht bei den Römerzügen uns voran.

WALTHER FÜRST: Des Schwertes Ehre werde Schwyz zuteil,
Denn seines Stammes rühmen wir uns alle.

RÖSSELMANN:
Den edeln Wettstreit laßt mich freundlich schlichten,
Schwyz soll im Rat, Uri im Felde führen.

WALTHER FÜRST *reicht dem Stauffacher die Schwerter*:
So nehmt!

STAUFFACHER: Nicht mir, dem Alter sei die Ehre.

IM HOFE: Die meisten Jahre zählt Ulrich der Schmied.

AUF DER MAUER:
Der Mann ist wacker, doch nicht freien Stands,
Kein eigner Mann kann Richter sein in Schwyz.

STAUFFACHER:
Steht nicht Herr Reding hier der Altlandammann?
Was suchen wir noch einen Würdigern?

WALTHER FÜRST: Er sei der Ammann und des Tages Haupt!
Wer dazu stimmt erhebe seine Hände.

Alle heben die rechte Hand auf.

REDING *tritt in die Mitte*:
Ich kann die Hand nicht auf die Bücher legen,
So schwör ich droben bei den ew'gen Sternen,
Daß ich mich nimmer will vom Recht entfernen.
Man richtet die zwei Schwerter vor ihm auf, der Ring bildet sich um ihn her, Schwyz hält die Mitte, rechts stellt sich Uri und links Unterwalden. Er steht auf sein Schlachtschwert gestützt.
Was ist's, das die drei Völker des Gebirgs
Hier an des Sees unwirtlichem Gestade
Zusammenführte in der Geisterstunde?
Was soll der Inhalt sein des neuen Bunds,
Den wir hier unterm Sternenhimmel stiften?
STAUFFACHER *tritt in den Ring*:
Wir stiften keinen neuen Bund, es ist
Ein uralt Bündnis nur von Väterzeit,
Das wir erneuern! Wisset Eidgenossen!
Ob uns der See, ob uns die Berge scheiden,
Und jedes Volk sich für sich selbst regiert,
So sind wir eines Stammes doch und Bluts,
Und eine Heimat ist's, aus der wir zogen.
WINKELRIED: So ist es wahr, wie's in den Liedern lautet,
Daß wir von fernher in das Land gewallt?
O teilt's uns mit, was Euch davon bekannt,
Daß sich der neue Bund am alten stärke.
STAUFFACHER: Hört, was die alten Hirten sich erzählen.
– Es war ein großes Volk, hinten im Lande
Nach Mitternacht, das litt von schwerer Teurung.
In dieser Not beschloß die Landsgemeinde,
Daß je der zehnte Bürger nach dem Los
Der Väter Land verlasse – das geschah!
Und zogen aus, wehklagend, Männer und Weiber,
Ein großer Heerzug, nach der Mittagsonne,
Mit dem Schwert sich schlagend durch das deutsche Land,
Bis an das Hochland dieser Waldgebirge.
Und eher nicht ermüdete der Zug,
Bis daß sie kamen in das wilde Tal,
Wo jetzt die Muotta zwischen Wiesen rinnt –
Nicht Menschenspuren waren hier zu sehen,
Nur eine Hütte stand am Ufer einsam,
Da saß ein Mann, und wartete der Fähre –
Doch heftig wogete der See und war

Nicht fahrbar; da besahen sie das Land
Sich näher und gewahrten schöne Fülle
Des Holzes und entdeckten gute Brunnen,
Und meinten, sich im lieben Vaterland
Zu finden – Da beschlossen sie zu bleiben,
Erbaueten den alten Flecken Schwyz,
Und hatten manchen sauren Tag, den Wald
Mit weitverschlungnen Wurzeln auszuroden –
Drauf als der Boden nicht mehr Gnügen tat
Der Zahl des Volks, da zogen sie hinüber
Zum schwarzen Berg, ja bis ans Weißland hin,
Wo hinter ew'gem Eiseswall verborgen,
Ein andres Volk in andern Zungen spricht.
Den Flecken Stanz erbauten sie am Kernwald,
Den Flecken Altorf in dem Tal der Reuß –
Doch blieben sie des Ursprungs stets gedenk,
Aus all den fremden Stämmen, die seitdem
In Mitte ihres Lands sich angesiedelt,
Finden die Schwyzer Männer sich heraus,
Es gibt das Herz, das Blut sich zu erkennen.
Reicht rechts und links die Hand hin.

AUF DER MAUER: Ja wir sind eines Herzens, eines Bluts!

ALLE *sich die Hände reichend*:
Wir sind ein Volk, und einig wollen wir handeln.

STAUFFACHER: Die andern Völker tragen fremdes Joch,
Sie haben sich dem Sieger unterworfen.
Es leben selbst in unsern Landesmarken
Der Sassen viel, die fremde Pflichten tragen,
Und ihre Knechtschaft erbt auf ihre Kinder.
Doch wir, der alten Schweizer echter Stamm,
Wir haben stets die Freiheit uns bewahrt.
Nicht unter Fürsten bogen wir das Knie,
Freiwillig wählten wir den Schirm der Kaiser.

RÖSSELMANN: Frei wählten wir des Reiches Schutz und Schirm,
So steht's bemerkt in Kaiser Friedrichs Brief.

STAUFFACHER: Denn herrenlos ist auch der Freiste nicht.
Ein Oberhaupt muß sein, ein höchster Richter,
Wo man das Recht mag schöpfen in dem Streit.
Drum haben unsre Väter für den Boden,
Den sie der alten Wildnis abgewonnen,
Die Ehr gegönnt dem Kaiser, der den Herrn

Sich nennt der deutschen und der welschen Erde,
Und wie die andern Freien seines Reichs
Sich ihm zu edelm Waffendienst gelobt,
Denn dieses ist der Freien einz'ge Pflicht,
Das Reich zu schirmen, das sie selbst beschirmt.
MELCHTAL: Was drüber ist, ist Merkmal eines Knechts.
STAUFFACHER: Sie folgten, wenn der Heribann erging,
Dem Reichspanier und schlugen seine Schlachten.
Nach Welschland zogen sie gewappnet mit,
Die Römerkron ihm auf das Haupt zu setzen.
Daheim regierten sie sich fröhlich selbst
Nach altem Brauch und eigenem Gesetz,
Der höchste Blutbann war allein des Kaisers.
Und dazu ward bestellt ein großer Graf,
Der hatte seinen Sitz nicht in dem Lande,
Wenn Blutschuld kam, so rief man ihn herein,
Und unter offnem Himmel, schlicht und klar,
Sprach er das Recht und ohne Furcht der Menschen.
Wo sind hier Spuren, daß wir Knechte sind?
Ist einer, der es anders weiß, der rede!
IM HOFE: Nein, so verhält sich alles wie Ihr sprecht,
Gewaltherrschaft ward nie bei uns geduldet.
STAUFFACHER: Dem Kaiser selbst versagten wir Gehorsam,
Da er das Recht zugunst der Pfaffen bog.
Denn als die Leute von dem Gotteshaus
Einsiedeln uns die Alp in Anspruch nahmen,
Die wir beweidet seit der Väter Zeit,
Der Abt herfürzog einen alten Brief,
Der ihm die herrenlose Wüste schenkte –
Denn unser Dasein hatte man verhehlt –
Da sprachen wir: „Erschlichen ist der Brief,
Kein Kaiser kann was unser ist verschenken.
Und wird uns Recht versagt vom Reich, wir können
In unsern Bergen auch des Reichs entbehren."
– So sprachen unsre Väter! Sollen *wir*
Des neuen Joches Schändlichkeit erdulden,
Erleiden von dem fremden Knecht, was uns
In seiner Macht kein Kaiser durfte bieten?
– Wir haben diesen Boden uns *erschaffen*
Durch unsrer Hände Fleiß, den alten Wald,
Der sonst der Bären wilde Wohnung war,

Zu einem Sitz für Menschen umgewandelt,
Die Brut des Drachen haben wir getötet,
Der aus den Sümpfen giftgeschwollen stieg,
Die Nebeldecke haben wir zerrissen,
Die ewig grau um diese Wildnis hing,
Den harten Fels gesprengt, über den Abgrund
Dem Wandersmann den sichern Steg geleitet,
Unser ist durch tausendjährigen Besitz
Der Boden – und der fremde Herrenknecht
Soll kommen dürfen und uns Ketten schmieden,
Und Schmach antun auf unsrer eignen Erde?
Ist keine Hülfe gegen solchen Drang?
Eine große Bewegung unter den Landleuten.
Nein, eine Grenze hat Tyrannenmacht,
Wenn der Gedrückte nirgends Recht kann finden,
Wenn unerträglich wird die Last – greift er
Hinauf getrosten Mutes in den Himmel,
Und holt herunter seine ew'gen Rechte,
Die droben hangen unveräußerlich
Und unzerbrechlich wie die Sterne selbst –
Der alte Urstand der Natur kehrt wieder,
Wo Mensch dem Menschen gegenübersteht –
Zum letzten Mittel, wenn kein andres mehr
Verfangen will, ist ihm das Schwert gegeben –
Der Güter höchstes dürfen wir verteid'gen
Gegen Gewalt – Wir stehn vor unser Land,
Wir stehn vor unsre Weiber, unsre Kinder!
ALLE *an ihre Schwerter schlagend*:
Wir stehn vor unsre Weiber, unsre Kinder!
RÖSSELMANN *tritt in den Ring*:
Eh ihr zum Schwerte greift, bedenkt es wohl.
Ihr könnt es friedlich mit dem Kaiser schlichten.
Es kostet euch ein Wort und die Tyrannen,
Die euch jetzt schwer bedrängen, schmeicheln euch.
– Ergreift, was man euch oft geboten hat,
Trennt euch vom Reich, erkennet Östreichs Hoheit –
AUF DER MAUER:
Was sagt der Pfarrer? Wir zu Östreich schwören!
AM BÜHEL: Hört ihn nicht an!
WINKELRIED: Das rät uns ein Verräter,
Ein Feind des Landes!

REDING: Ruhig Eidgenossen!
SEWA: Wir Östreich huldigen, nach solcher Schmach!
VON DER FLÜE: Wir uns abtrotzen lassen durch Gewalt,
Was wir der Güte weigerten!
MEIER: Dann wären
Wir Sklaven und verdienten es zu sein!
AUF DER MAUER:
Der sei gestoßen aus dem Recht der Schweizer,
Wer von Ergebung spricht an Österreich!
– Landammann, ich bestehe drauf, dies sei
Das erste Landsgesetz, das wir hier geben.
MELCHTAL: So sei's. Wer von Ergebung spricht an Östreich,
Soll rechtlos sein und aller Ehren bar,
Kein Landmann nehm ihn auf an seinem Feuer.
ALLE *heben die rechte Hand auf*:
Wir wollen es, das sei Gesetz!
REDING *nach einer Pause*: Es ist's.
RÖSSELMANN:
Jetzt seid ihr frei, ihr seid's durch dies Gesetz,
Nicht durch Gewalt soll Österreich ertrotzen
Was es durch freundlich Werben nicht erhielt –
JOST VON WEILER: Zur Tagesordnung, weiter.
REDING: Eidgenossen!
Sind alle sanften Mittel auch versucht?
Vielleicht weiß es der König nicht, es ist
Wohl gar sein Wille nicht, was wir erdulden.
Auch dieses letzte sollten wir versuchen,
Erst unsre Klage bringen vor sein Ohr,
Eh wir zum Schwerte greifen. Schrecklich immer
Auch in gerechter Sache ist Gewalt,
Gott hilft nur dann, wenn Menschen nicht mehr helfen.
STAUFFACHER *zu Konrad Hunn*:
Nun ist's an Euch, Bericht zu geben. Redet.
KONRAD HUNN: Ich war zu Rheinfeld an des Kaisers Pfalz,
Wider der Vögte harten Druck zu klagen,
Den Brief zu holen unsrer alten Freiheit,
Den jeder neue König sonst bestätigt.
Die Boten vieler Städte fand ich dort,
Vom schwäb'schen Lande und vom Lauf des Rheins,
Die all erhielten ihre Pergamente,
Und kehrten freudig wieder in ihr Land.

Mich, euren Boten, wies man an die Räte,
Und die entließen mich mit leerem Trost:
„Der Kaiser habe diesmal keine Zeit,
Er würde sonst einmal wohl an uns denken."
– Und als ich traurig durch die Säle ging
Der Königsburg, da sah ich Herzog Hansen
In einem Erker weinend stehn, um ihn
Die edeln Herrn von Wart und Tägerfeld.
Die riefen mir und sagten: „Helft euch selbst,
Gerechtigkeit erwartet nicht vom König.
Beraubt er nicht des eignen Bruders Kind,
Und hinterhält ihm sein gerechtes Erbe?
Der Herzog fleht' ihn um sein Mütterliches,
Er habe seine Jahre voll, es wäre
Nun Zeit, auch Land und Leute zu regieren.
Was ward ihm zum Bescheid? Ein Kränzlein setzt' ihm
Der Kaiser auf: das sei die Zier der Jugend."

AUF DER MAUER: Ihr habt's gehört. Recht und Gerechtigkeit
Erwartet nicht vom Kaiser! Helft euch selbst!

REDING: Nichts andres bleibt uns übrig. Nun gebt Rat,
Wie wir es klug zum frohen Ende leiten.

WALTHER FÜRST *tritt in den Ring*:
Abtreiben wollen wir verhaßten Zwang,
Die alten Rechte, wie wir sie ererbt
Von unsern Vätern, wollen wir bewahren,
Nicht ungezügelt nach dem Neuen greifen.
Dem Kaiser bleibe, was des Kaisers ist,
Wer einen Herrn hat, dien ihm pflichtgemäß.

MEIER: Ich trage Gut von Österreich zu Lehen.

WALTHER FÜRST: Ihr fahret fort, Östreich die Pflicht zu leisten.

JOST VON WEILER: Ich steure an die Herrn von Rappersweil.

WALTHER FÜRST: Ihr fahret fort, zu zinsen und zu steuern.

RÖSSELMANN: Der großen Frau zu Zürch bin ich vereidet.

WALTHER FÜRST: Ihr gebt dem Kloster was des Klosters ist.

STAUFFACHER: Ich trage keine Lehen als des Reichs.

WALTHER FÜRST:
Was sein muß, das geschehe, doch nicht drüber.
Die Vögte wollen wir mit ihren Knechten
Verjagen und die festen Schlösser brechen,
Doch wenn es sein mag, ohne Blut. Es sehe
Der Kaiser, daß wir notgedrungen nur

Der Ehrfurcht fromme Pflichten abgeworfen.
Und sieht er uns in unsern Schranken bleiben,
Vielleicht besiegt er staatsklug seinen Zorn,
Denn bill'ge Furcht erwecket sich ein Volk,
Das mit dem Schwerte in der Faust sich mäßigt.
REDING: Doch lasset hören! Wie vollenden wir's?
Es hat der Feind die Waffen in der Hand,
Und nicht fürwahr in Frieden wird er weichen.
STAUFFACHER: Er wird's, wenn er in Waffen uns erblickt,
Wir überraschen ihn, eh er sich rüstet.
MEIER: Ist bald gesprochen, aber schwer getan.
Uns ragen in dem Land zwei feste Schlösser,
Die geben Schirm dem Feind und werden furchtbar,
Wenn uns der König in das Land sollt fallen.
Roßberg und Sarnen muß bezwungen sein,
Eh man ein Schwert erhebt in den drei Landen.
STAUFFACHER: Säumt man so lang, so wird der Feind gewarnt,
Zu viele sind's, die das Geheimnis teilen.
MEIER: In den Waldstätten findt sich kein Verräter.
RÖSSELMANN: Der Eifer auch, der gute, kann verraten.
WALTHER FÜRST:
Schiebt man es auf, so wird der Twing vollendet
In Altorf und der Vogt befestigt sich.
MEIER: Ihr denkt an euch.
SIGRIST: Und ihr seid ungerecht.
MEIER *auffahrend*: Wir ungerecht! Das darf uns Uri bieten!
REDING: Bei eurem Eide! Ruh!
MEIER: Ja, wenn sich Schwyz
Versteht mit Uri, müssen wir wohl schweigen.
REDING: Ich muß euch weisen vor der Landsgemeinde,
Daß ihr mit heft'gem Sinn den Frieden stört!
Stehn wir nicht alle für dieselbe Sache?
WINKELRIED: Wenn wir's verschieben bis zum Fest des Herrn
Dann bringt's die Sitte mit, daß alle Sassen
Dem Vogt Geschenke bringen auf das Schloß,
So können zehen Männer oder zwölf
Sich unverdächtig in der Burg versammeln,
Die führen heimlich spitz'ge Eisen mit,
Die man geschwind kann an die Stäbe stecken,
Denn niemand kommt mit Waffen in die Burg.
Zunächst im Wald hält dann der große Haufe,

Und wenn die andern glücklich sich des Tors
Ermächtiget, so wird ein Horn geblasen,
Und jene brechen aus dem Hinterhalt,
So wird das Schloß mit leichter Arbeit unser.
MELCHTAL: Den Roßberg übernehm ich zu ersteigen,
Denn eine Dirn des Schlosses ist mir hold,
Und leicht betör ich sie, zum nächtlichen
Besuch die schwanke Leiter mir zu reichen,
Bin ich droben erst, zieh ich die Freunde nach.
REDING: Ist's aller Wille, daß verschoben werde?
Die Mehrheit erhebt die Hand.
STAUFFACHER *zählt die Stimmen*:
Es ist ein Mehr von zwanzig gegen zwölf!
WALTHER FÜRST: Wenn am bestimmten Tag die Burgen fallen,
So geben wir von einem Berg zum andern
Das Zeichen mit dem Rauch, der Landsturm wird
Aufgeboten, schnell, im Hauptort jedes Landes,
Wenn dann die Vögte sehn der Waffen Ernst,
Glaubt mir, sie werden sich des Streits begeben,
Und gern ergreifen friedliches Geleit,
Aus unsern Landesmarken zu entweichen.
STAUFFACHER: Nur mit dem Geßler fürcht ich schweren Stand,
Furchtbar ist er mit Reisigen umgeben,
Nicht ohne Blut räumt er das Feld, ja selbst
Vertrieben bleibt er furchtbar noch dem Land,
Schwer ist's und fast gefährlich, ihn zu schonen.
BAUMGARTEN: Wo's halsgefährlich ist, da stellt mich hin,
Dem Tell verdank ich mein gerettet Leben,
Gern schlag ich's in die Schanze für das Land,
Mein Ehr hab ich beschützt, mein Herz befriedigt.
REDING: Die Zeit bringt Rat. Erwartet's in Geduld.
Man muß dem Augenblick auch was vertrauen.
– Doch seht, indes wir nächtlich hier noch tagen,
Stellt auf den höchsten Bergen schon der Morgen
Die glühnde Hochwacht aus – Kommt, laßt uns scheiden,
Eh uns des Tages Leuchten überrascht.
WALTHER FÜRST:
Sorgt nicht, die Nacht weicht langsam aus den Tälern.
Alle haben unwillkürlich die Hüte abgenommen und betrachten mit stiller Sammlung die Morgenröte.
RÖSSELMANN: Bei diesem Licht, das uns zuerst begrüßt

Von allen Völkern, die tief unter uns
Schweratmend wohnen in dem Qualm der Städte,
Laßt uns den Eid des neuen Bundes schwören.
– Wir wollen sein ein einzig Volk von Brüdern,
In keiner Not uns trennen und Gefahr.

Alle sprechen es nach mit erhobenen drei Fingern.

– Wir wollen frei sein wie die Väter waren,
Eher den Tod, als in der Knechtschaft leben.

Wie oben.

– Wir wollen trauen auf den höchsten Gott
Und uns nicht fürchten vor der Macht der Menschen.

Wie oben. Die Landleute umarmen einander.

STAUFFACHER: Jetzt gehe jeder seines Weges still
Zu seiner Freundschaft und Genoßsame,
Wer Hirt ist, wintre ruhig seine Herde,
Und werb im stillen Freunde für den Bund,
– Was noch bis dahin muß erduldet werden,
Erduldet's! Laßt die Rechnung der Tyrannen
Anwachsen, bis ein Tag die allgemeine
Und die besondre Schuld auf einmal zahlt.
Bezähme jeder die gerechte Wut,
Und spare für das Ganze seine Rache,
Denn Raub begeht am allgemeinen Gut,
Wer selbst sich hilft in seiner eignen Sache.

Indem sie zu drei verschiednen Seiten in größter Ruhe abgehen, fällt das Orchester mit einem prachtvollen Schwung ein, die leere Szene bleibt noch eine Zeitlang offen und zeigt das Schauspiel der aufgehenden Sonne über den Eisgebirgen.

DRITTER AUFZUG

ERSTE SZENE

Hof vor Tells Hause. TELL *ist mit der Zimmeraxt,* HEDWIG *mit einer häuslichen Arbeit beschäftigt.* WALTHER *und* WILHELM *in der Tiefe spielen mit einer kleinen Armbrust.*

WALTHER *singt*: Mit dem Pfeil, dem Bogen,
Durch Gebirg und Tal

Kommt der Schütz gezogen
Früh am Morgenstrahl.

Wie im Reich der Lüfte
König ist der Weih –
Durch Gebirg und Klüfte
Herrscht der Schütze frei.

Ihm gehört das Weite
Was sein Pfeil erreicht,
Das ist seine Beute,
Was da kreucht und fleugt.

Kommt gesprungen.

Der Strang ist mir entzwei. Mach mir ihn Vater.
TELL: Ich nicht. Ein rechter Schütze hilft sich selbst.

Knaben entfernen sich.

HEDWIG: Die Knaben fangen zeitig an zu schießen.
TELL: Früh übt sich, was ein Meister werden will.
HEDWIG: Ach wollte Gott, sie lernten's nie!
TELL: Sie sollen alles lernen. Wer durchs Leben
Sich frisch will schlagen, muß zu Schutz und Trutz
Gerüstet sein.
HEDWIG: Ach, es wird keiner seine Ruh
Zu Hause finden.
TELL: Mutter, ich kann's auch nicht,
Zum Hirten hat Natur mich nicht gebildet,
Rastlos muß ich ein flüchtig Ziel verfolgen,
Dann erst genieß ich meines Lebens recht,
Wenn ich mir's jeden Tag aufs neu erbeute.
HEDWIG: Und an die Angst der Hausfrau denkst du nicht,
Die sich indessen, deiner wartend, härmt,
Denn mich erfüllt's mit Grausen, was die Knechte
Von euren Wagefahrten sich erzählen.
Bei jedem Abschied zittert mir das Herz,
Daß du mir nimmer werdest wiederkehren.
Ich sehe dich im wilden Eisgebirg,
Verirrt, von einer Klippe zu der andern
Den Fehlsprung tun, seh wie die Gemse dich
Rückspringend mit sich in den Abgrund reißt,
Wie eine Windlawine dich verschüttet,
Wie unter dir der trügerische Firn

Einbricht und du hinabsinkst, ein lebendig
Begrabner, in die schauerliche Gruft –
Ach, den verwegnen Alpenjäger hascht
Der Tod in hundert wechselnden Gestalten,
Das ist ein unglückseliges Gewerb,
Das halsgefährlich führt am Abgrund hin!

TELL: Wer frisch umherspäht mit gesunden Sinnen,
Auf Gott vertraut und die gelenke Kraft,
Der ringt sich leicht aus jeder Fahr und Not,
Den schreckt der Berg nicht, der darauf geboren.

Er hat seine Arbeit vollendet, legt das Gerät hinweg.

Jetzt, mein ich, hält das Tor auf Jahr und Tag.
Die Axt im Haus erspart den Zimmermann.

Nimmt den Hut.

HEDWIG: Wo gehst du hin?

TELL: Nach Altorf, zu dem Vater.

HEDWIG: Sinnst du auch nichts Gefährliches? Gesteh mir's.

TELL: Wie kommst du darauf Frau?

HEDWIG: Es spinnt sich etwas
Gegen die Vögte – Auf dem Rütli ward
Getagt, ich weiß, und du bist auch im Bunde.

TELL: Ich war nicht mit dabei – doch werd ich mich
Dem Lande nicht entziehen, wenn es ruft.

HEDWIG: Sie werden dich hinstellen, wo Gefahr ist,
Das Schwerste wird dein Anteil sein, wie immer.

TELL: Ein jeder wird besteuert nach Vermögen.

HEDWIG: Den Unterwaldner hast du auch im Sturme
Über den See geschafft – Ein Wunder war's,
Daß ihr entkommen – Dachtest du denn gar nicht
An Kind und Weib?

TELL: Lieb Weib, ich dacht an euch,
Drum rettet ich den Vater seinen Kindern.

HEDWIG: Zu schiffen in dem wüt'gen See! Das heißt
Nicht Gott vertrauen! Das heißt Gott versuchen.

TELL: Wer gar zu viel bedenkt, wird wenig leisten.

HEDWIG: Ja du bist gut und hilfreich, dienest allen,
Und wenn du selbst in Not kommst, hilft dir keiner.

TELL: Verhüt es Gott, daß ich nicht Hülfe brauche.

Er nimmt die Armbrust und Pfeile.

HEDWIG: Was willst du mit der Armbrust? Laß sie hier.

TELL: Mir fehlt der Arm, wenn mir die Waffe fehlt.

Die Knaben kommen zurück.

WALTHER: Vater, wo gehst du hin?
TELL: Nach Altorf, Knabe,
Zum Ehni – Willst du mit?
WALTHER: Ja freilich will ich.
HEDWIG: Der Landvogt ist jetzt dort. Bleib weg von Altorf.
TELL: Er geht, noch heute.
HEDWIG: Drum laß ihn erst fort sein.
Gemahn ihn nicht an dich, du weißt, er grollt uns.
TELL: Mir soll sein böser Wille nicht viel schaden,
Ich tue recht und scheue keinen Feind.
HEDWIG: Die recht tun, eben die haßt er am meisten.
TELL: Weil er nicht an sie kommen kann – Mich wird
Der Ritter wohl in Frieden lassen, mein ich.
HEDWIG: So, weißt du das?
TELL: Es ist nicht lange her,
Da ging ich jagen durch die wilden Gründe
Des Schächentals auf menschenleerer Spur,
Und da ich einsam einen Felsensteig
Verfolgte, wo nicht auszuweichen war,
Denn über mir hing schroff die Felswand her,
Und unten rauschte fürchterlich der Schächen,

Die Knaben drängen sich rechts und links an ihn und sehen mit gespannter Neugier an ihm hinauf.

Da kam der Landvogt gegen mich daher,
Er ganz allein mit mir, der auch allein war,
Bloß Mensch zu Mensch und neben uns der Abgrund.
Und als der Herre mein ansichtig ward,
Und mich erkannte, den er kurz zuvor
Um kleiner Ursach willen schwer gebüßt,
Und sah mich mit dem stattlichen Gewehr
Dahergeschritten kommen, da verblaßt' er,
Die Knie versagten ihn, ich sah es kommen,
Daß er jetzt an die Felswand würde sinken.
– Da jammerte mich sein, ich trat zu ihm
Bescheidentlich und sprach: „Ich bin's, Herr Landvogt."
Er aber konnte keinen armen Laut
Aus seinem Munde geben – Mit der Hand nur
Winkt' er mir schweigend, meines Wegs zu gehn,
Da ging ich fort, und sandt ihm sein Gefolge.
HEDWIG: Er hat vor dir gezittert – Wehe dir!

Daß du ihn schwach gesehn, vergibt er nie.
TELL: Drum meid ich ihn, und er wird mich nicht suchen.
HEDWIG: Bleib heute nur dort weg. Geh lieber jagen.
TELL: Was fällt dir ein?
HEDWIG: Mich ängstigt's. Bleibe weg.
TELL: Wie kannst du dich so ohne Ursach quälen?
HEDWIG: Weil's keine Ursach hat – Tell, bleibe hier.
TELL: Ich hab's versprochen, liebes Weib, zu kommen.
HEDWIG: Mußt du, so geh – Nur lasse mir den Knaben!
WALTHER: Nein, Mütterchen. Ich gehe mit dem Vater.
HEDWIG: Wälti, verlassen willst du deine Mutter?
WALTHER: Ich bring dir auch was Hübsches mit vom Ehni.
Geht mit dem Vater.
WILHELM: Mutter, ich bleibe bei dir!
HEDWIG *umarmt ihn*: Ja, du bist
Mein liebes Kind, du bleibst mir noch allein!
Sie geht an das Hoftor, und folgt den Abgehenden lange mit den Augen.

Zweite Szene

Eine eingeschlossene wilde Waldgegend, Staubbäche stürzen von den Felsen.

BERTA *im Jagdkleid. Gleich darauf* RUDENZ.

BERTA: Er folgt mir. Endlich kann ich mich erklären.
RUDENZ *tritt rasch ein*: Fräulein, jetzt endlich find ich Euch allein,
Abgründe schließen rings umher uns ein,
In dieser Wildnis fürcht ich keinen Zeugen,
Vom Herzen wälz ich dieses lange Schweigen –
BERTA: Seid Ihr gewiß, daß uns die Jagd nicht folgt?
RUDENZ: Die Jagd ist dort hinaus – Jetzt oder nie!
Ich muß den teuren Augenblick ergreifen –
Entschieden sehen muß ich mein Geschick,
Und sollt es mich auf ewig von Euch scheiden.
– O waffnet Eure güt'gen Blicke nicht
Mit dieser finstern Strenge – Wer bin ich,
Daß ich den kühnen Wunsch zu Euch erhebe?
Mich hat der Ruhm noch nicht genannt, ich darf
Mich in die Reih nicht stellen mit den Rittern,
Die siegberühmt und glänzend Euch umwerben.

Nichts hab ich als mein Herz voll Treu und Liebe –
BERTA *ernst und streng*:
Dürft Ihr von Liebe reden und von Treue,
Der treulos wird an seinen nächsten Pflichten?
Rudenz tritt zurück.
Der Sklave Österreichs, der sich dem Fremdling
Verkauft, dem Unterdrücker seines Volks?
RUDENZ: Von Euch, mein Fräulein, hör ich diesen Vorwurf?
Wen such ich denn, als Euch auf jener Seite?
BERTA: Mich denkt Ihr auf der Seite des Verrats
Zu finden? Eher wollt ich meine Hand
Dem Geßler selbst, dem Unterdrücker schenken,
Als dem naturvergeßnen Sohn der Schweiz,
Der sich zu seinem Werkzeug machen kann!
RUDENZ: O Gott, was muß ich hören!
BERTA: Wie? Was liegt
Dem guten Menschen näher als die Seinen?
Gibt's schönre Pflichten für ein edles Herz,
Als ein Verteidiger der Unschuld sein,
Das Recht des Unterdrückten zu beschirmen?
– Die Seele blutet mir um Euer Volk,
Ich leide mit ihm, denn ich muß es lieben,
Das so bescheiden ist und doch voll Kraft,
Es zieht mein ganzes Herz mich zu ihm hin,
Mit jedem Tage lern ich's mehr verehren.
– Ihr aber, den Natur und Ritterpflicht
Ihm zum geborenen Beschützer gaben,
Und der's verläßt, der treulos übertritt
Zum Feind, und Ketten schmiedet seinem Land,
Ihr seid's, der mich verletzt und kränkt, ich muß
Mein Herz bezwingen, daß ich Euch nicht hasse.
RUDENZ: Will ich denn nicht das Beste meines Volks?
Ihm unter Östreichs mächt'gem Zepter nicht
Den Frieden –
BERTA: Knechtschaft wollt Ihr ihm bereiten!
Die Freiheit wollt Ihr aus dem letzten Schloß,
Das ihr noch auf der Erde blieb, verjagen.
Das Volk versteht sich besser auf sein Glück,
Kein Schein verführt sein sicheres Gefühl,
Euch haben sie das Netz ums Haupt geworfen –
RUDENZ: Berta! Ihr haßt mich, Ihr verachtet mich!

BERTA: Tät ich's, mir wäre besser – Aber den
Verachtet sehen und verachtungswert,
Den man gern lieben möchte –
RUDENZ: Berta! Berta!
Ihr zeiget mir das höchste Himmelsglück,
Und stürzt mich tief in einem Augenblick.
BERTA: Nein, nein, das Edle ist nicht ganz erstickt
In Euch! Es schlummert nur, ich will es wecken,
Ihr müßt Gewalt ausüben an Euch selbst,
Die angestammte Tugend zu ertöten,
Doch wohl Euch, sie ist mächtiger als Ihr,
Und trotz Euch selber seid Ihr gut und edel!
RUDENZ: Ihr glaubt an mich! O Berta, alles läßt
Mich Eure Liebe sein und werden!
BERTA: Seid
Wozu die herrliche Natur Euch machte!
Erfüllt den Platz, wohin sie Euch gestellt,
Zu Eurem Volke steht und Eurem Lande,
Und kämpft für Euer heilig Recht.
RUDENZ: Weh mir!
Wie kann ich Euch erringen, Euch besitzen,
Wenn ich der Macht des Kaisers widerstrebe?
Ist's der Verwandten mächt'ger Wille nicht,
Der über Eure Hand tyrannisch waltet?
BERTA: In den Waldstätten liegen meine Güter,
Und ist der Schweizer frei, so bin auch ich's.
RUDENZ: Berta! welch einen Blick tut Ihr mir auf!
BERTA: Hofft nicht durch Östreichs Gunst mich zu erringen,
Nach meinem Erbe strecken sie die Hand,
Das will man mit dem großen Erb vereinen.
Dieselbe Ländergier, die Eure Freiheit
Verschlingen will, sie drohet auch der meinen!
– O Freund, zum Opfer bin ich ausersehn,
Vielleicht um einen Günstling zu belohnen –
Dort wo die Falschheit und die Ränke wohnen,
Hin an den Kaiserhof will man mich ziehn,
Dort harren mein verhaßter Ehe Ketten,
Die Liebe nur – die Eure kann mich retten!
RUDENZ: Ihr könntet Euch entschließen, hier zu leben,
In meinem Vaterlande mein zu sein?
O Berta, all mein Sehnen in das Weite,

Was war es, als ein Streben nur nach Euch?
Euch sucht ich einzig auf dem Weg des Ruhms,
Und all mein Ehrgeiz war nur meine Liebe.
Könnt Ihr mit mir Euch in dies stille Tal
Einschließen und der Erde Glanz entsagen –
O dann ist meines Strebens Ziel gefunden,
Dann mag der Strom der wildbewegten Welt
Ans sichre Ufer dieser Berge schlagen –
Kein flüchtiges Verlangen hab ich mehr
Hinauszusenden in des Lebens Weiten –
Dann mögen diese Felsen um uns her
Die undurchdringlich feste Mauer breiten,
Und dies verschloßne sel'ge Tal allein
Zum Himmel offen und gelichtet sein!

BERTA: Jetzt bist du ganz, wie dich mein ahnend Herz
Geträumt, mich hat mein Glaube nicht betrogen!

RUDENZ: Fahr hin, du eitler Wahn, der mich betört!
Ich soll das Glück in meiner Heimat finden.
Hier wo der Knabe fröhlich aufgeblüht,
Wo tausend Freudespuren mich umgeben,
Wo alle Quellen mir und Bäume leben,
Im Vaterland willst du die Meine werden!
Ach, wohl hab ich es stets geliebt! Ich fühl's,
Es fehlte mir zu jedem Glück der Erden.

BERTA: Wo wär die sel'ge Insel aufzufinden,
Wenn sie nicht hier ist in der Unschuld Land?
Hier, wo die alte Treue heimisch wohnt,
Wo sich die Falschheit noch nicht hingefunden,
Da trübt kein Neid die Quelle unsers Glücks,
Und ewig hell entfliehen uns die Stunden.
– Da seh ich dich im echten Männerwert,
Den Ersten von den Freien und den Gleichen,
Mit reiner freier Huldigung verehrt,
Groß wie ein König wirkt in seinen Reichen.

RUDENZ: Da seh ich dich, die Krone aller Frauen,
In weiblich reizender Geschäftigkeit,
In meinem Haus den Himmel mir erbauen,
Und, wie der Frühling seine Blumen streut,
Mit schöner Anmut mir das Leben schmücken,
Und alles rings beleben und beglücken!

BERTA: Sieh, teurer Freund, warum ich trauerte,

Als ich dies höchste Lebensglück dich selbst
Zerstören sah – Weh mir! Wie stünd's um mich,
Wenn ich dem stolzen Ritter müßte folgen,
Dem Landbedrücker auf sein finstres Schloß!
– Hier ist kein Schloß. Mich scheiden keine Mauern
Von einem Volk, das ich beglücken kann!

RUDENZ: Doch wie mich retten – wie die Schlinge lösen,
Die ich mir töricht selbst ums Haupt gelegt?

BERTA: Zerreiße sie mit männlichem Entschluß!
Was auch draus werde – Steh zu deinem Volk,
Es ist dein angeborner Platz.

Jagdhörner in der Ferne.

Die Jagd
Kommt näher – Fort, wir müssen scheiden – Kämpfe
Fürs Vaterland, du kämpfst für deine Liebe!
Es ist ein Feind, vor dem wir alle zittern,
Und eine Freiheit macht uns alle frei!

Gehen ab.

Dritte Szene

Wiese bei Altorf. Im Vordergrund Bäume, in der Tiefe der Hut auf einer Stange. Der Prospekt wird begrenzt durch den Bannberg, über welchem ein Schneegebirg emporragt.

FRIESSHARDT *und* LEUTHOLD *halten Wache.*

FRIESSHARDT: Wir passen auf umsonst. Es will sich niemand
Heranbegeben und dem Hut sein Reverenz
Erzeigen. 's war doch sonst wie Jahrmarkt hier,
Jetzt ist der ganze Anger wie verödet,
Seitdem der Popanz auf der Stange hängt.

LEUTHOLD: Nur schlecht Gesindel läßt sich sehn und schwingt
Uns zum Verdrieße die zerlumpten Mützen.
Was rechte Leute sind, die machen lieber
Den langen Umweg um den halben Flecken,
Eh sie den Rücken beugten vor dem Hut.

FRIESSHARDT: Sie müssen über diesen Platz, wenn sie
Vom Rathaus kommen um die Mittagstunde.
Da meint ich schon, 'nen guten Fang zu tun,
Denn keiner dachte dran, den Hut zu grüßen.

Da sieht's der Pfaff, der Rösselmann – kam just
Von einem Kranken her – und stellt sich hin
Mit dem Hochwürdigen, grad vor die Stange –
Der Sigrist mußte mit dem Glöcklein schellen,
Da fielen all aufs Knie, ich selber mit,
Und grüßten die Monstranz, doch nicht den Hut. –

LEUTHOLD: Höre Gesell, es fängt mir an zu deuchten,
Wir stehen hier am Pranger vor dem Hut,
's ist doch ein Schimpf für einen Reitersmann,
Schildwach zu stehn vor einem leeren Hut –
Und jeder rechte Kerl muß uns verachten.
– Die Reverenz zu machen einem Hut,
Es ist doch traun! ein närrischer Befehl!

FRIESSHARDT: Warum nicht einem leeren hohlen Hut?
Bückst du dich doch vor manchem hohlen Schädel.

HILDEGARD, MECHTHILD *und* ELSBETH *treten auf mit* KINDERN *und stellen sich um die Stange.*

LEUTHOLD: Und du bist auch so ein dienstfert'ger Schurke,
Und brächtest wackre Leute gern ins Unglück.
Mag, wer da will, am Hut vorübergehn,
Ich drück die Augen zu und seh nicht hin.

MECHTHILD:
Da hängt der Landvogt – Habt Respekt, ihr Buben.

ELSBETH: Wollt's Gott, er ging und ließ uns seinen Hut,
Es sollte drum nicht schlechter stehn ums Land!

FRIESSHARDT *verscheucht sie*:
Wollt ihr vom Platz? Verwünschtes Volk der Weiber!
Wer fragt nach euch? Schickt eure Männer her,
Wenn sie der Mut sticht, dem Befehl zu trotzen.

Weiber gehen.

TELL *mit der Armbrust tritt auf, den* KNABEN *an der Hand führend. Sie gehen an dem Hut vorbei gegen die vordere Szene, ohne darauf zu achten.*

WALTHER *zeigt nach dem Bannberg*:
Vater ist's wahr, daß auf dem Berge dort
Die Bäume bluten, wenn man einen Streich
Drauf führte mit der Axt?

TELL: Wer sagt das Knabe?

WALTHER: Der Meister Hirt erzählt's – Die Bäume seien
Gebannt, sagt er, und wer sie schädige,
Dem wachse seine Hand heraus zum Grabe.

TELL: Die Bäume sind gebannt, das ist die Wahrheit.
– Siehst du die Firnen dort, die weißen Hörner,
Die hoch bis in den Himmel sich verlieren?
WALTHER: Das sind die Gletscher, die des Nachts so donnern,
Und uns die Schlaglawinen niedersenden.
TELL: So ist's, und die Lawinen hätten längst
Den Flecken Altorf unter ihrer Last
Verschüttet, wenn der Wald dort oben nicht
Als eine Landwehr sich dagegenstellte.
WALTHER *nach einigem Besinnen*:
Gibt's Länder, Vater, wo nicht Berge sind?
TELL: Wenn man hinuntersteigt von unsern Höhen,
Und immer tiefer steigt, den Strömen nach,
Gelangt man in ein großes ebnes Land,
Wo die Waldwasser nicht mehr brausend schäumen,
Die Flüsse ruhig und gemächlich ziehn,
Da sieht man frei nach allen Himmelsräumen,
Das Korn wächst dort in langen schönen Auen,
Und wie ein Garten ist das Land zu schauen.
WALTHER: Ei Vater, warum steigen wir denn nicht
Geschwind hinab in dieses schöne Land,
Statt daß wir uns hier ängstigen und plagen?
TELL: Das Land ist schön und gütig wie der Himmel,
Doch die's bebauen, sie genießen nicht
Den Segen, den sie pflanzen.
WALTHER: Wohnen sie
Nicht frei wie du auf ihrem eignen Erbe?
TELL: Das Feld gehört dem Bischof und dem König.
WALTHER: So dürfen sie doch frei in Wäldern jagen?
TELL: Dem Herrn gehört das Wild und das Gefieder.
WALTHER: Sie dürfen doch frei fischen in dem Strom?
TELL: Der Strom, das Meer, das Salz gehört dem König.
WALTHER: Wer ist der König denn, den alle fürchten?
TELL: Es ist der eine, der sie schützt und nährt.
WALTHER: Sie können sich nicht mutig selbst beschützen?
TELL: Dort darf der Nachbar nicht dem Nachbar trauen.
WALTHER: Vater, es wird mir eng im weiten Land,
Da wohn ich lieber unter den Lawinen.
TELL: Ja wohl ist's besser, Kind, die Gletscherberge
Im Rücken haben, als die bösen Menschen.

Sie wollen vorübergehen.

WALTHER: Ei Vater, sieh den Hut dort auf der Stange.
TELL: Was kümmert uns der Hut? Komm, laß uns gehen.

Indem er abgehen will, tritt ihm Frießhardt mit vorgehaltner Pike entgegen.

FRIESSHARDT: In des Kaisers Namen! Haltet an und steht!
TELL *greift in die Pike*:
Was wollt Ihr? Warum haltet Ihr mich auf?
FRIESSHARDT: Ihr habt's Mandat verletzt, Ihr müßt uns folgen.
LEUTHOLD: Ihr habt dem Hut nicht Reverenz bewiesen.
TELL: Freund, laß mich gehen.
FRIESSHARDT: Fort, fort ins Gefängnis!
WALTHER: Den Vater ins Gefängnis! Hülfe! Hülfe!

In die Szene rufend:

Herbei, ihr Männer, gute Leute helft,
Gewalt, Gewalt, sie führen ihn gefangen.

RÖSSELMANN *der Pfarrer und* PETERMANN *der Sigrist, kommen herbei, mit* DREI ANDERN MÄNNERN.

SIGRIST: Was gibt's?
RÖSSELMANN: Was legst du Hand an diesen Mann?
FRIESSHARDT: Er ist ein Feind des Kaisers, ein Verräter!
TELL *faßt ihn heftig*:
Ein Verräter, ich!
RÖSSELMANN: Du irrst dich Freund, das ist
Der Tell, ein Ehrenmann und guter Bürger.
WALTHER *erblickt Walther Fürsten und eilt ihm entgegen*:
Großvater hilf, Gewalt geschieht dem Vater.
FRIESSHARDT: Ins Gefängnis, fort!
WALTHER FÜRST *herbeieilend*: Ich leiste Bürgschaft, haltet!
– Um Gottes willen, Tell, was ist geschehen?

MELCHTAL *und* STAUFFACHER *kommen.*

FRIESSHARDT: Des Landvogts oberherrliche Gewalt
Verachtet er, und will sie nicht erkennen.
STAUFFACHER: Das hätt der Tell getan?
MELCHTAL: Das lügst du Bube!
LEUTHOLD: Er hat dem Hut nicht Reverenz bewiesen.
WALTHER FÜRST: Und darum soll er ins Gefängnis? Freund,
Nimm meine Bürgschaft an und laß ihn ledig.
FRIESSHARDT: Bürg du für dich und deinen eignen Leib!
Wir tun, was unsers Amtes – Fort mit ihm!
MELCHTAL *zu den Landleuten*:
Nein, das ist schreiende Gewalt! Ertragen wir's,

Daß man ihn fortführt, frech, vor unsern Augen?
SIGRIST: Wir sind die Stärkern. Freunde, duldet's nicht,
Wir haben einen Rücken an den andern!
FRIESSHARDT: Wer widersetzt sich dem Befehl des Vogts?
NOCH DREI LANDLEUTE *herbeieilend*:
Wir helfen euch. Was gibt's? Schlagt sie zu Boden.
HILDEGARD, MECHTHILD *und* ELSBETH *kommen zurück.*
TELL: Ich helfe mir schon selbst. Geht, gute Leute,
Meint ihr, wenn ich die Kraft gebrauchen wollte,
Ich würde mich vor ihren Spießen fürchten?
MELCHTAL *zu Frießhardt*:
Wag's, ihn aus unsrer Mitte wegzuführen!
WALTHER FÜRST *und* STAUFFACHER:
Gelassen! Ruhig!
FRIESSHARDT *schreit*: Aufruhr und Empörung!
Man hört Jagdhörner.
WEIBER: Da kommt der Landvogt!
FRIESSHARDT *erhebt die Stimme*: Meuterei! Empörung!
STAUFFACHER:
Schrei, bis du berstest, Schurke!
RÖSSELMANN *und* MELCHTAL: Willst du schweigen?
FRIESSHARDT *ruft noch lauter*:
Zu Hülf, zu Hülf den Dienern des Gesetzes.
WALTHER FÜRST:
Da ist der Vogt! Weh uns, was wird das werden!
GESSLER *zu Pferd, den Falken auf der Faust,* RUDOLF DER HARRAS, BERTA *und* RUDENZ, *ein großes* GEFOLGE *von bewaffneten Knechten, welche einen Kreis von Piken um die ganze Szene schließen.*
RUDOLF DER HARRAS:
Platz, Platz dem Landvogt!
GESSLER: Treibt sie auseinander!
Was läuft das Volk zusammen? Wer ruft Hilfe?
Allgemeine Stille.
Wer war's? Ich will es wissen. *Zu Frießhardt:*
Du tritt vor!
Wer bist du und was hältst du diesen Mann?
Er gibt den Falken einem Diener.
FRIESSHARDT: Gestrenger Herr, ich bin dein Waffenknecht
Und wohlbestellter Wächter bei dem Hut.
Diesen Mann ergriff ich über frischer Tat,
Wie er dem Hut den Ehrengruß versagte.

Verhaften wollt ich ihn, wie du befahlst,
Und mit Gewalt will ihn das Volk entreißen.
GESSLER *nach einer Pause*: Verachtest du so deinen Kaiser, Tell,
Und mich, der hier an seiner Statt gebietet,
Daß du die Ehr versagst dem Hut, den ich
Zur Prüfung des Gehorsams aufgehangen?
Dein böses Trachten hast du mir verraten.
TELL: Verzeiht mir lieber Herr! Aus Unbedacht,
Nicht aus Verachtung Eurer ist's geschehn,
Wär ich besonnen, hieß ich nicht der Tell,
Ich bitt um Gnad, es soll nicht mehr begegnen.
GESSLER *nach einigem Stillschweigen*:
Du bist ein Meister auf der Armbrust, Tell,
Man sagt, du nähmst es auf mit jedem Schützen?
WALTHER TELL:
Und das muß wahr sein, Herr – 'nen Apfel schießt
Der Vater dir vom Baum auf hundert Schritte.
GESSLER: Ist das dein Knabe, Tell?
TELL: Ja, lieber Herr.
GESSLER: Hast du der Kinder mehr?
TELL: Zwei Knaben, Herr.
GESSLER: Und welcher ist's, den du am meisten liebst?
TELL: Herr, beide sind sie mir gleich liebe Kinder.
GESSLER: Nun Tell! Weil du den Apfel triffst vom Baume
Auf hundert Schritte, so wirst du deine Kunst
Vor mir bewähren müssen – Nimm die Armbrust –
Du hast sie gleich zur Hand – und mach dich fertig,
Einen Apfel von des Knaben Kopf zu schießen –
Doch will ich raten, ziele gut, daß du
Den Apfel treffest auf den ersten Schuß,
Denn fehlst du ihn, so ist dein Kopf verloren.
Alle geben Zeichen des Schreckens.
TELL: Herr – Welches Ungeheure sinnet Ihr
Mir an – Ich soll vom Haupte meines Kindes –
– Nein, nein doch, lieber Herr, das kömmt Euch nicht
Zu Sinn – Verhüt's der gnäd'ge Gott – das könnt Ihr
Im Ernst von einem Vater nicht begehren!
GESSLER: Du wirst den Apfel schießen von dem Kopf
Des Knaben – Ich begehr's und will's.
TELL: Ich soll
Mit meiner Armbrust auf das liebe Haupt

Des eignen Kindes zielen – Eher sterb ich!
GESSLER: Du schießest oder stirbst mit deinem Knaben.
TELL: Ich soll der Mörder werden meines Kinds!
Herr, Ihr habt keine Kinder – wisset nicht,
Was sich bewegt in eines Vaters Herzen.
GESSLER: Ei Tell, du bist ja plötzlich so besonnen!
Man sagte mir, daß du ein Träumer seist,
Und dich entfernst von andrer Menschen Weise.
Du liebst das Seltsame – Drum hab ich jetzt
Ein eigen Wagstück für dich ausgesucht.
Ein andrer wohl bedächte sich – Du drückst
Die Augen zu, und greifst es herzhaft an.
BERTA: Scherzt nicht, o Herr! mit diesen armen Leuten!
Ihr seht sie bleich und zitternd stehn – So wenig
Sind sie Kurzweils gewohnt aus Eurem Munde.
GESSLER: Wer sagt Euch, daß ich scherze?
Greift nach einem Baumzweige, der über ihn herhängt.
Hier ist der Apfel.
Man mache Raum – Er nehme seine Weite,
Wie's Brauch ist – Achzig Schritte geb ich ihm –
Nicht weniger, noch mehr – Er rühmte sich,
Auf ihrer hundert seinen Mann zu treffen –
Jetzt Schütze triff, und fehle nicht das Ziel!
RUDOLF DER HARRAS:
Gott, das wird ernsthaft – Falle nieder Knabe,
Es gilt, und fleh den Landvogt um dein Leben.
WALTHER FÜRST *beiseite zu Melchtal, der kaum seine Ungeduld bezwingt*: Haltet an Euch, ich fleh Euch drum, bleibt ruhig.
BERTA *zum Landvogt*:
Laßt es genug sein Herr! Unmenschlich ist's,
Mit eines Vaters Angst also zu spielen.
Wenn dieser arme Mann auch Leib und Leben
Verwirkt durch seine leichte Schuld, bei Gott!
Er hätte jetzt zehnfachen Tod empfunden.
Entlaßt ihn ungekränkt in seine Hütte,
Er hat Euch kennen lernen, dieser Stunde
Wird er und seine Kindeskinder denken.
GESSLER: Öffnet die Gasse – Frisch! Was zauderst du?
Dein Leben ist verwirkt, ich kann dich töten,
Und sieh, ich lege gnädig dein Geschick
In deine eigne kunstgeübte Hand.

Der kann nicht klagen über harten Spruch,
Den man zum Meister seines Schicksals macht.
Du rühmst dich deines sichern Blicks! Wohlan!
Hier gilt es, Schütze, deine Kunst zu zeigen,
Das Ziel ist würdig und der Preis ist groß!
Das Schwarze treffen in der Scheibe, das
Kann auch ein andrer, der ist mir der Meister,
Der seiner Kunst gewiß ist überall,
Dem 's Herz nicht in die Hand tritt noch ins Auge.

WALTHER FÜRST *wirft sich vor ihm nieder*:
Herr Landvogt, wir erkennen Eure Hoheit,
Doch lasset Gnad vor Recht ergehen, nehmt
Die Hälfte meiner Habe, nehmt sie ganz,
Nur dieses Gräßliche erlasset einem Vater!

WALTHER TELL:
Großvater, knie nicht vor dem falschen Mann!
Sagt, wo ich hinstehn soll, ich fürcht mich nicht,
Der Vater trifft den Vogel ja im Flug,
Er wird nicht fehlen auf das Herz des Kindes.

STAUFFACHER:
Herr Landvogt, rührt Euch nicht des Kindes Unschuld?

RÖSSELMANN: O denket, daß ein Gott im Himmel ist,
Dem Ihr müßt Rede stehn für Eure Taten.

GESSLER *zeigt auf den Knaben*:
Man bind ihn an die Linde dort!

WALTHER TELL: Mich binden!
Nein, ich will nicht gebunden sein. Ich will
Stillhalten, wie ein Lamm und auch nicht atmen.
Wenn ihr mich bindet, nein, so kann ich's nicht,
So werd ich toben gegen meine Bande.

RUDOLF DER HARRAS:
Die Augen nur laß dir verbinden, Knabe.

WALTHER TELL:
Warum die Augen? Denket Ihr, ich fürchte
Den Pfeil von Vaters Hand? Ich will ihn fest
Erwarten, und nicht zucken mit den Wimpern.
– Frisch Vater, zeig's, daß du ein Schütze bist,
Er glaubt dir's nicht, er denkt uns zu verderben –
Dem Wütrich zum Verdrusse, schieß und triff.

Er geht an die Linde, man legt ihm den Apfel auf.

MELCHTAL *zu den Landleuten*:
Was? Soll der Frevel sich vor unsern Augen
Vollenden? Wozu haben wir geschworen?
STAUFFACHER: Es ist umsonst. Wir haben keine Waffen,
Ihr seht den Wald von Lanzen um uns her.
MELCHTAL: O hätten wir's mit frischer Tat vollendet,
Verzeih's Gott denen, die zum Aufschub rieten!
GESSLER *zum Tell*:
Ans Werk! Man führt die Waffen nicht vergebens.
Gefährlich ist's, ein Mordgewehr zu tragen,
Und auf den Schützen springt der Pfeil zurück.
Dies stolze Recht, das sich der Bauer nimmt,
Beleidiget den höchsten Herrn des Landes.
Gewaffnet sei niemand, als wer gebietet.
Freut's Euch, den Pfeil zu führen und den Bogen,
Wohl, so will ich das Ziel Euch dazu geben.
TELL *spannt die Armbrust und legt den Pfeil auf*:
Öffnet die Gasse! Platz!
STAUFFACHER: Was Tell? Ihr wolltet – Nimmermehr – Ihr [zittert,
DieHand erbebt Euch, Eure Kniee wanken –
TELL *läßt die Armbrust sinken*:
Mir schwimmt es vor den Augen!
WEIBER: Gott im Himmel!
TELL *zum Landvogt*:
Erlasset mir den Schuß. Hier ist mein Herz!
Er reißt die Brust auf.
Ruft Eure Reisigen und stoßt mich nieder.
GESSLER: Ich will dein Leben nicht, ich will den Schuß.
– Du kannst ja alles, Tell, an nichts verzagst du,
Das Steuerruder führst du wie den Bogen,
Dich schreckt kein Sturm, wenn es zu retten gilt,
Jetzt Retter hilf dir selbst – du rettest alle!

Tell steht in fürchterlichem Kampf, mit den Händen zuckend, und die rollenden Augen bald auf den Landvogt, bald zum Himmel gerichtet – Plötzlich greift er in seinen Köcher, nimmt einen zweiten Pfeil heraus und steckt ihn in seinen Goller. Der Landvogt bemerkt alle diese Bewegungen.

WALTHER TELL *unter der Linde*:
Vater schieß zu, ich fürcht mich nicht.
TELL: Es muß!
Er rafft sich zusammen und legt an.

RUDENZ *der die ganze Zeit über in der heftigsten Spannung gestanden und mit Gewalt an sich gehalten, tritt hervor*:
Herr Landvogt, weiter werdet Ihr's nicht treiben,
Ihr werdet nicht – Es war nur eine Prüfung –
Den Zweck habt Ihr erreicht – Zu weit getrieben
Verfehlt die Strenge ihres weisen Zwecks,
Und allzu straff gespannt zerspringt der Bogen.
GESSLER: Ihr schweigt, bis man Euch aufruft.
RUDENZ: Ich will reden,
Ich darf's, des Königs Ehre ist mir heilig,
Doch solches Regiment muß Haß erwerben.
Das ist des Königs Wille nicht – Ich darf's
Behaupten – Solche Grausamkeit verdient
Mein Volk nicht, dazu habt Ihr keine Vollmacht.
GESSLER: Ha, Ihr erkühnt Euch!
RUDENZ: Ich hab stillgeschwiegen
Zu allen schweren Taten, die ich sah,
Mein sehend Auge hab ich zugeschlossen,
Mein überschwellend und empörtes Herz
Hab ich hinabgedrückt in meinen Busen.
Doch länger schweigen wär Verrat zugleich
An meinem Vaterland und an dem Kaiser.
BERTA *wirft sich zwischen ihn und den Landvogt*:
O Gott, Ihr reizt den Wütenden noch mehr.
RUDENZ: Mein Volk verließ ich, meinen Blutsverwandten
Entsagt ich, alle Bande der Natur
Zerriß ich, um an Euch mich anzuschließen –
Das Beste aller glaubt ich zu befördern,
Da ich des Kaisers Macht befestigte –
Die Binde fällt von meinen Augen – Schaudernd
Seh ich an einen Abgrund mich geführt –
Mein freies Urteil habt Ihr irrgeleitet,
Mein redlich Herz verführt – Ich war daran,
Mein Volk in bester Meinung zu verderben.
GESSLER: Verwegner, diese Sprache deinem Herrn?
RUDENZ: Der Kaiser ist mein Herr, nicht Ihr – Frei bin ich
Wie Ihr geboren, und ich messe mich
Mit Euch in jeder ritterlichen Tugend.
Und stündet Ihr nicht hier in Kaisers Namen,
Den ich verehre, selbst wo man ihn schändet,
Den Handschuh wärf ich vor Euch hin, Ihr solltet

Nach ritterlichem Brauch mir Antwort geben.
– Ja winkt nur Euren Reisigen – Ich stehe
Nicht wehrlos da, wie die – *Auf das Volk zeigend:*
Ich hab ein Schwert,
Und wer mir naht –

STAUFFACHER *ruft:* Der Apfel ist gefallen!

Indem sich alle nach dieser Seite gewendet und Berta zwischen Rudenz und den Landvogt sich geworfen, hat Tell den Pfeil abgedrückt.

RÖSSELMANN: Der Knabe lebt!

VIELE STIMMEN: Der Apfel ist getroffen!

Walther Fürst schwankt und droht zu sinken, Berta hält ihn.

GESSLER *erstaunt:* Er hat geschossen? Wie? der Rasende!

BERTA: Der Knabe lebt! kommt zu Euch, guter Vater!

WALTHER TELL *kommt mit dem Apfel gesprungen:*
Vater, hier ist der Apfel – Wußt ich's ja,
Du würdest deinen Knaben nicht verletzen.

Tell stand mit vorgebognem Leib, als wollt er dem Pfeil folgen – die Armbrust entsinkt seiner Hand – wie er den Knaben kommen sieht, eilt er ihm mit ausgebreiteten Armen entgegen, und hebt ihn mit heftiger Inbrunst zu seinem Herzen hinauf, in dieser Stellung sinkt er kraftlos zusammen. Alle stehen gerührt.

BERTA: O güt'ger Himmel!

WALTHER FÜRST *zu Vater und Sohn:*
Kinder! meine Kinder!

STAUFFACHER: Gott sei gelobt!

LEUTHOLD: Das war ein Schuß! Davon
Wird man noch reden in den spätsten Zeiten.

RUDOLF DER HARRAS:
Erzählen wird man von dem Schützen Tell,
Solang die Berge stehn auf ihrem Grunde.
Reicht dem Landvogt den Apfel.

GESSLER: Bei Gott! der Apfel mitten durchgeschossen!
Es war ein Meisterschuß, ich muß ihn loben.

RÖSSELMANN: Der Schuß war gut, doch wehe dem, der ihn
Dazu getrieben, daß er Gott versuchte.

STAUFFACHER:
Kommt zu Euch, Tell, steht auf, Ihr habt Euch männlich
Gelöst, und frei könnt Ihr nach Hause gehen.

RÖSSELMANN:
Kommt, kommt und bringt der Mutter ihren Sohn.
Sie wollen ihn wegführen.

GESSLER: Tell, höre!
TELL *kommt zurück*: Was befehlt Ihr, Herr?
GESSLER: Du stecktest
Noch einen zweiten Pfeil zu dir – Ja, ja,
Ich sah es wohl – Was meintest du damit?
TELL *verlegen*: Herr, das ist also bräuchlich bei den Schützen.
GESSLER: Nein Tell, die Antwort laß ich dir nicht gelten,
Es wird was anders wohl bedeutet haben.
Sag mir die Wahrheit frisch und fröhlich, Tell,
Was es auch sei, dein Leben sichr ich dir.
Wozu der zweite Pfeil?
TELL: Wohlan, o Herr,
Weil Ihr mich meines Lebens habt gesichert,
So will ich Euch die Wahrheit gründlich sagen.

Er zieht den Pfeil aus dem Goller und sieht den Landvogt mit einem furchtbaren Blick an.

Mit diesem zweiten Pfeil durchschoß ich – Euch,
Wenn ich mein liebes Kind getroffen hätte,
Und Eurer – wahrlich! hätt ich nicht gefehlt.
GESSLER: Wohl, Tell! Des Lebens hab ich dich gesichert,
Ich gab mein Ritterwort, das will ich halten –
Doch weil ich deinen bösen Sinn erkannt,
Will ich dich führen lassen und verwahren,
Wo weder Mond noch Sonne dich bescheint,
Damit ich sicher sei vor deinen Pfeilen.
Ergreift ihn, Knechte! Bindet ihn!

Tell wird gebunden.

STAUFFACHER: Wie, Herr?
So könntet Ihr an einem Manne handeln,
An dem sich Gottes Hand sichtbar verkündigt?
GESSLER: Laß sehn, ob sie ihn zweimal retten wird.
– Man bring ihn auf mein Schiff, ich folge nach
Sogleich, ich selbst will ihn nach Küßnacht führen.
RÖSSELMANN: Ihr wollt ihn außer Lands gefangen führen?
LANDLEUTE: Das dürft Ihr nicht, das darf der Kaiser nicht,
Das widerstreitet unsern Freiheitsbriefen!
GESSLER: Wo sind sie? Hat der Kaiser sie bestätigt?
Er hat sie nicht bestätigt – Diese Gunst
Muß erst erworben werden durch Gehorsam.
Rebellen seid ihr alle gegen Kaisers
Gericht und nährt verwegene Empörung.

Ich kenn euch alle – ich durchschau euch ganz –
Den nehm ich jetzt heraus aus eurer Mitte,
Doch alle seid ihr teilhaft seiner Schuld,
Wer klug ist, lerne schweigen und gehorchen.

Er entfernt sich, Berta, Rudenz, Harras und Knechte folgen, Frieß-hardt und Leuthold bleiben zurück.

WALTHER FÜRST *in heftigem Schmerz*:
Es ist vorbei, er hat's beschlossen, mich
Mit meinem ganzen Hause zu verderben!

STAUFFACHER *zum Tell*:
O warum mußtet Ihr den Wütrich reizen!

TELL: Bezwinge sich, wer meinen Schmerz gefühlt!

STAUFFACHER: O nun ist alles, alles hin! Mit Euch
Sind wir gefesselt alle und gebunden!

LANDLEUTE *umringen den Tell*:
Mit Euch geht unser letzter Trost dahin!

LEUTHOLD *nähert sich*:
Tell, es erbarmt mich – doch ich muß gehorchen.

TELL: Lebt wohl!

WALTHER TELL *sich mit heftigem Schmerz an ihn schmiegend*:
O Vater! Vater! Lieber Vater!

TELL *hebt die Arme zum Himmel*:
Dort droben ist dein Vater! den ruf an!

STAUFFACHER: Tell, sag ich Eurem Weibe nichts von Euch?

TELL *hebt den Knaben mit Inbrunst an seine Brust*:
Der Knab ist unverletzt, mir wird Gott helfen.

Reißt sich schnell los und folgt den Waffenknechten.

VIERTER AUFZUG

ERSTE SZENE

Östliches Ufer des Vierwaldstättensees, die seltsam gestalteten schroffen Felsen im Westen schließen den Prospekt. Der See ist bewegt, heftiges Rauschen und Tosen, dazwischen Blitze und Donnerschläge.

KUNZ VON GERSAU. FISCHER *und* FISCHERKNABE.

KUNZ: Ich sah's mit Augen an, Ihr könnt mir's glauben,
's ist alles so geschehn, wie ich Euch sagte.

FISCHER: Der Tell gefangen abgeführt nach Küßnacht,
Der beste Mann im Land, der bravste Arm,
Wenn's einmal gelten sollte für die Freiheit.
KUNZ: Der Landvogt führt ihn selbst den See herauf,
Sie waren eben dran sich einzuschiffen,
Als ich von Flüelen abfuhr, doch der Sturm,
Der eben jetzt im Anzug ist, und der
Auch mich gezwungen, eilends hier zu landen,
Mag ihre Abfahrt wohl verhindert haben.
FISCHER: Der Tell in Fesseln, in des Vogts Gewalt!
O glaubt, er wird ihn tief genug vergraben,
Daß er des Tages Licht nicht wiedersieht!
Denn fürchten muß er die gerechte Rache
Des freien Mannes, den er schwer gereizt!
KUNZ: Der Altlandammann auch, der edle Herr
Von Attinghausen, sagt man, lieg am Tode.
FISCHER: So bricht der letzte Anker unsrer Hoffnung!
Der war es noch allein, der seine Stimme
Erheben durfte für des Volkes Rechte!
KUNZ: Der Sturm nimmt überhand. Gehabt Euch wohl,
Ich nehme Herberg in dem Dorf, denn heut
Ist doch an keine Abfahrt mehr zu denken. *Geht ab.*
FISCHER: Der Tell gefangen und der Freiherr tot!
Erheb die freche Stirne, Tyrannei,
Wirf alle Scham hinweg, der Mund der Wahrheit
Ist stumm, das seh'nde Auge ist geblendet,
Der Arm, der retten sollte, ist gefesselt!
KNABE: Es hagelt schwer, kommt in die Hütte, Vater,
Es ist nicht kommlich, hier im Freien hausen.
FISCHER: Raset ihr Winde, flammt herab ihr Blitze,
Ihr Wolken berstet, gießt herunter, Ströme
Des Himmels und ersäuft das Land! Zerstört
Im Keim die ungeborenen Geschlechter!
Ihr wilden Elemente werdet Herr,
Ihr Bären kommt, ihr alten Wölfe wieder
Der großen Wüste, euch gehört das Land,
Wer wird hier leben wollen ohne Freiheit!
KNABE: Hört, wie der Abgrund tost, der Wirbel brüllt,
So hat's noch nie gerast in diesem Schlunde!
FISCHER: Zu zielen auf des eignen Kindes Haupt,
Solches ward keinem Vater noch geboten!

Und die Natur soll nicht in wildem Grimm
Sich drob empören – O mich soll's nicht wundern,
Wenn sich die Felsen bücken in den See,
Wenn jene Zacken, jene Eisestürme,
Die nie auftauten seit dem Schöpfungstag,
Von ihren hohen Kulmen niederschmelzen,
Wenn die Berge brechen, wenn die alten Klüfte
Einstürzen, eine zweite Sündflut alle
Wohnstätten der Lebendigen verschlingt!

Man hört läuten.

KNABE: Hört Ihr, sie läuten droben auf dem Berg,
Gewiß hat man ein Schiff in Not gesehen,
Und zieht die Glocke, daß gebetet werde.

Steigt auf eine Anhöhe.

FISCHER: Wehe dem Fahrzeug, das jetzt unterwegs,
In dieser furchtbarn Wiege wird gewiegt!
Hier ist das Steuer unnütz und der Steurer,
Der Sturm ist Meister, Wind und Welle spielen
Ball mit dem Menschen – Da ist nah und fern
Kein Busen, der ihm freundlich Schutz gewährte!
Handlos und schroff ansteigend starren ihm
Die Felsen, die unwirtlichen, entgegen,
Und weisen ihm nur ihre steinern schroffe Brust.

KNABE *deutet links*: Vater, ein Schiff, es kommt von Flüelen her.

FISCHER: Gott helf den armen Leuten! Wenn der Sturm
In dieser Wasserkluft sich erst verfangen,
Dann rast er um sich mit des Raubtiers Angst,
Das an des Gitters Eisenstäbe schlägt,
Die Pforte sucht er heulend sich vergebens,
Denn ringsum schränken ihn die Felsen ein,
Die himmelhoch den engen Paß vermauren.

Er steigt auf die Anhöhe.

KNABE: Es ist das Herrenschiff von Uri, Vater,
Ich kenn's am roten Dach und an der Fahne.

FISCHER: Gerichte Gottes! Ja, er ist es selbst,
Der Landvogt, der da fährt – Dort schifft er hin,
Und führt im Schiffe sein Verbrechen mit!
Schnell hat der Arm des Rächers ihn gefunden,
Jetzt kennt er über sich den stärkern Herrn,
Diese Wellen geben nicht auf seine Stimme,
Diese Felsen bücken ihre Häupter nicht

Vor seinem Hute – Knabe, bete nicht,
Greif nicht dem Richter in den Arm!
KNABE: Ich bete für den Landvogt nicht – Ich bete
Für den Tell, der auf dem Schiff sich mit befindet.
FISCHER: O Unvernunft des blinden Elements!
Mußt du, um einen Schuldigen zu treffen,
Das Schiff mitsamt dem Steuermann verderben!
KNABE: Sieh, sieh, sie waren glücklich schon vorbei
Am Buggisgrat, doch die Gewalt des Sturms,
Der von dem Teufelsmünster widerprallt,
Wirft sie zum großen Axenberg zurück.
– Ich seh sie nicht mehr.
FISCHER: Dort ist das Hakmesser,
Wo schon der Schiffe mehrere gebrochen.
Wenn sie nicht weislich dort vorüberlenken,
So wird das Schiff zerschmettert an der Fluh,
Die sich gähstotzig absenkt in die Tiefe.
– Sie haben einen guten Steuermann
Am Bord, könnt einer retten, wär's der Tell,
Doch dem sind Arm und Hände ja gefesselt.

WILHELM TELL *mit der Armbrust.*

Er kommt mit raschen Schritten, blickt erstaunt umher, und zeigt die heftigste Bewegung. Wenn er mitten auf der Szene ist, wirft er sich nieder, die Hände zu der Erde und dann zum Himmel ausbreitend.

KNABE *bemerkt ihn*:
Sieh, Vater, wer der Mann ist, der dort kniet?
FISCHER: Er faßt die Erde an mit seinen Händen,
Und scheint wie außer sich zu sein.
KNABE *kommt vorwärts*:
Was seh ich! Vater! Vater, kommt und seht!
FISCHER *nähert sich*:
Wer ist es? – Gott im Himmel! Was! der Tell?
Wie kommt Ihr hieher? Redet!
KNABE: Wart Ihr nicht
Dort auf dem Schiff gefangen und gebunden?
FISCHER: Ihr wurdet nicht nach Küßnacht abgeführt?
TELL *steht auf*: Ich bin befreit.
FISCHER *und* KNABE: Befreit! O Wunder Gottes!
KNABE: Wo kommt Ihr her?
TELL: Dort aus dem Schiffe.
FISCHER: Was?

KNABE *zugleich*: Wo ist der Landvogt?
TELL: Auf den Wellen treibt er.
FISCHER: Ist's möglich? Aber Ihr? Wie seid Ihr hier?
Seid Euren Banden und dem Sturm entkommen?
TELL: Durch Gottes gnäd'ge Fürsehung – Hört an!
FISCHER *und* KNABE: O redet, redet!
TELL: Was in Altorf sich
Begeben, wißt Ihr's?
FISCHER: Alles weiß ich, redet!
TELL: Daß mich der Landvogt fahen ließ und binden,
Nach seiner Burg zu Küßnacht wollte führen.
FISCHER: Und sich mit Euch zu Flüelen eingeschifft!
Wir wissen alles, sprecht, wie Ihr entkommen?
TELL: Ich lag im Schiff, mit Stricken fest gebunden,
Wehrlos, ein aufgegebner Mann – nicht hofft ich,
Das frohe Licht der Sonne mehr zu sehn,
Der Gattin und der Kinder liebes Antlitz,
Und trostlos blickt ich in die Wasserwüste –
FISCHER: O armer Mann!
TELL: So fuhren wir dahin,
Der Vogt, Rudolf der Harras und die Knechte.
Mein Köcher aber mit der Armbrust lag
Am hintern Gransen bei dem Steuerruder.
Und als wir an die Ecke jetzt gelangt
Beim kleinen Axen, da verhängt' es Gott,
Daß solch ein grausam mördrisch Ungewitter
Gählings herfürbrach aus des Gotthards Schlünden,
Daß allen Ruderern das Herz entsank,
Und meinten alle, elend zu ertrinken.
Da hört ich's, wie der Diener einer sich
Zum Landvogt wendet' und die Worte sprach:
„Ihr sehet Eure Not und unsre, Herr,
Und daß wir all am Rand des Todes schweben –
Die Steuerleute aber wissen sich
Für großer Furcht nicht Rat und sind des Fahrens
Nicht wohlberichtet – Nun aber ist der Tell
Ein starker Mann und weiß ein Schiff zu steuern,
Wie, wenn wir sein jetzt brauchten in der Not?"
Da sprach der Vogt zu mir: „Tell, wenn du dir's
Getrautest, uns zu helfen aus dem Sturm,
So möcht ich dich der Bande wohl entled'gen."

Ich aber sprach: „Ja, Herr, mit Gottes Hülfe
Getrau ich mir's, und helf uns wohl hiedannen."
So ward ich meiner Bande los und stand
Am Steuerruder und fuhr redlich hin.
Doch schielt ich seitwärts, wo mein Schießzeug lag,
Und an dem Ufer merkt ich scharf umher,
Wo sich ein Vorteil auftät zum Entspringen.
Und wie ich eines Felsenriffs gewahre,
Das abgeplattet vorsprang in den See –

FISCHER: Ich kenn's, es ist am Fuß des großen Axen,
Doch nicht für möglich acht ich's – so gar steil
Geht's an – vom Schiff es springend abzureichen –

TELL: Schrie ich den Knechten, handlich zuzugehn,
Bis daß wir vor die Felsenplatte kämen,
Dort, rief ich, sei das Ärgste überstanden –
Und als wir sie frischrudernd bald erreicht,
Fleh ich die Gnade Gottes an, und drücke,
Mit allen Leibeskräften angestemmt,
Den hintern Gransen an die Felswand hin –
Jetzt schnell mein Schießzeug fassend, schwing ich selbst
Hochspringend auf die Platte mich hinauf,
Und mit gewalt'gem Fußstoß hinter mich
Schleudr ich das Schifflein in den Schlund der Wasser –
Dort mag's, wie Gott will, auf den Wellen treiben!
So bin ich hier, gerettet aus des Sturms
Gewalt und aus der schlimmeren der Menschen.

FISCHER: Tell, Tell, ein sichtbar Wunder hat der Herr
An Euch getan, kaum glaub ich's meinen Sinnen –
Doch saget! Wo gedenket Ihr jetzt hin,
Denn Sicherheit ist nicht für Euch, wofern
Der Landvogt lebend diesem Sturm entkommt.

TELL: Ich hört ihn sagen, da ich noch im Schiff
Gebunden lag, er woll bei Brunnen landen,
Und über Schwyz nach seiner Burg mich führen.

FISCHER: Will er den Weg dahin zu Lande nehmen?

TELL: Er denkt's.

FISCHER: O so verbergt Euch ohne Säumen,
Nicht zweimal hilft Euch Gott aus seiner Hand.

TELL: Nennt mir den nächsten Weg nach Arth und Küßnacht.

FISCHER: Die offne Straße zieht sich über Steinen,
Doch einen kürzern Weg und heimlichern

Kann Euch mein Knabe über Lowerz führen.
TELL *gibt ihm die Hand*:
Gott lohn Euch Eure Guttat. Lebet wohl.
Geht und kehrt wieder um.
– Habt Ihr nicht auch im Rütli mit geschworen?
Mir deucht, man nannt Euch mir –
FISCHER: Ich war dabei,
Und hab den Eid des Bundes mit beschworen.
TELL: So eilt nach Bürglen, tut die Lieb mir an,
Mein Weib verzagt um mich, verkündet ihr,
Daß ich gerettet sei und wohlgeborgen.
FISCHER: Doch wohin sag ich ihr, daß Ihr geflohn?
TELL: Ihr werdet meinen Schwäher bei ihr finden
Und andre, die im Rütli mit geschworen –
Sie sollen wacker sein und gutes Muts,
Der Tell sei frei und seines Armes mächtig,
Bald werden sie ein Weitres von mir hören.
FISCHER: Was habt Ihr im Gemüt? Entdeckt mir's frei.
TELL: Ist es getan, wird's auch zur Rede kommen. *Geht ab.*
FISCHER: Zeig ihm den Weg, Jenni – Gott steh ihm bei!
Er führt's zum Ziel, was er auch unternommen. *Geht ab.*

Zweite Szene

Edelhof zu Attinghausen.

Der Freiherr, *in einem Armsessel, sterbend.* Walther Fürst, Stauffacher, Melchtal *und* Baumgarten *um ihn beschäftigt.* Walther Tell *knieend vor dem Sterbenden.*

WALTHER FÜRST: Es ist vorbei mit ihm, er ist hinüber.
STAUFFACHER: Er liegt nicht wie ein Toter – Seht, die Feder
Auf seinen Lippen regt sich! Ruhig ist
Sein Schlaf und friedlich lächeln seine Züge.
Baumgarten geht an die Türe und spricht mit jemand.
WALTHER FÜRST *zu Baumgarten*:
Wer ist's?
BAUMGARTEN *kommt zurück*:
Es ist Frau Hedwig, Eure Tochter,
Sie will Euch sprechen, will den Knaben sehn.
Walther Tell richtet sich auf.

WALTHER FÜRST: Kann ich sie trösten? Hab ich selber Trost?
Häuft alles Leiden sich auf meinem Haupt?
HEDWIG *hereindringend*:
Wo ist mein Kind? Laßt mich, ich muß es sehn –
STAUFFACHER:
Faßt Euch, bedenkt, daß Ihr im Haus des Todes –
HEDWIG *stürzt auf den Knaben*:
Mein Wälti! O er lebt mir.
WALTHER TELL *hängt an ihr*: Arme Mutter!
HEDWIG: Ist's auch gewiß? Bist du mir unverletzt?
Betrachtet ihn mit ängstlicher Sorgfalt.
Und ist es möglich? Konnt er auf dich zielen?
Wie konnt er's? O er hat kein Herz – Er konnte
Den Pfeil abdrücken auf sein eignes Kind!
WALTHER FÜRST:
Er tat's mit Angst, mit schmerzzerrißner Seele,
Gezwungen tat er's, denn es galt das Leben.
HEDWIG: O hätt er eines Vaters Herz, eh er's
Getan, er wäre tausendmal gestorben!
STAUFFACHER: Ihr solltet Gottes gnäd'ge Schickung preisen,
Die es so gut gelenkt –
HEDWIG: Kann ich vergessen,
Wie's hätte kommen können – Gott des Himmels!
Und lebt ich achtzig Jahr – Ich seh den Knaben ewig
Gebunden stehn, den Vater auf ihn zielen,
Und ewig fliegt der Pfeil mir in das Herz.
MELCHTAL: Frau, wüßtet Ihr, wie ihn der Vogt gereizt!
HEDWIG: O rohes Herz der Männer! Wenn ihr Stolz
Beleidigt wird, dann achten sie nichts mehr,
Sie setzen in der blinden Wut des Spiels
Das Haupt des Kindes und das Herz der Mutter!
BAUMGARTEN: Ist Eures Mannes Los nicht hart genug,
Daß Ihr mit schwerem Tadel ihn noch kränkt?
Für seine Leiden habt Ihr kein Gefühl?
HEDWIG *kehrt sich nach ihm um und sieht ihn mit einem großen Blick an*:
Hast du nur Tränen für des Freundes Unglück?
– Wo waret ihr, da man den Trefflichen
In Bande schlug? Wo war da eure Hülfe?
Ihr sahet zu, ihr ließt das Gräßliche geschehn,
Geduldig littet ihr's, daß man den Freund
Aus eurer Mitte führte – Hat der Tell

Auch so an euch gehandelt? Stand er auch
Bedaurend da, als hinter dir die Reiter
Des Landvogts drangen, als der wüt'ge See
Vor dir erbrauste? Nicht mit müß'gen Tränen
Beklagt' er dich, in den Nachen sprang er, Weib
Und Kind vergaß er und befreite dich –

WALTHER FÜRST: Was konnten wir zu seiner Rettung wagen,
Die kleine Zahl, die unbewaffnet war!

HEDWIG *wirft sich an seine Brust*:
O Vater! Und auch du hast ihn verloren!
Das Land, wir alle haben ihn verloren!
Uns allen fehlt er, ach! wir fehlen ihm!
Gott rette seine Seele vor Verzweiflung.
Zu ihm hinab ins öde Burgverlies
Dringt keines Freundes Trost – Wenn er erkrankte!
Ach, in des Kerkers feuchter Finsternis
Muß er erkranken – Wie die Alpenrose
Bleicht und verkümmert in der Sumpfesluft,
So ist für ihn kein Leben als im Licht
Der Sonne, in dem Balsamstrom der Lüfte.
Gefangen! Er! Sein Atem ist die Freiheit,
Er kann nicht leben in dem Hauch der Grüfte.

STAUFFACHER: Beruhigt Euch. Wir alle wollen handeln,
Um seinen Kerker aufzutun.

HEDWIG: Was könnt ihr schaffen ohne ihn? – Solang
Der Tell noch frei war, ja da war noch Hoffnung,
Da hatte noch die Unschuld einen Freund,
Da hatte einen Helfer der Verfolgte,
Euch alle rettete der Tell – Ihr alle
Zusammen könnt nicht seine Fesseln lösen!

Der Freiherr erwacht.

BAUMGARTEN: Er regt sich, still!

ATTINGHAUSEN *sich aufrichtend*:
Wo ist er?

STAUFFACHER: Wer?

ATTINGHAUSEN: Er fehlt mir,
Verläßt mich in dem letzten Augenblick!

STAUFFACHER: Er meint den Junker – Schickte man nach ihm?

WALTHER FÜRST: Es ist nach ihm gesendet – Tröstet Euch!
Er hat sein Herz gefunden, er ist unser.

ATTINGHAUSEN: Hat er gesprochen für sein Vaterland?

STAUFFACHER: Mit Heldenkühnheit.
ATTINGHAUSEN: Warum kommt er nicht,
Um meinen letzten Segen zu empfangen?
Ich fühle, daß es schleunig mit mir endet.
STAUFFACHER: Nicht also, edler Herr! Der kurze Schlaf
Hat Euch erquickt, und hell ist Euer Blick.
ATTINGHAUSEN: Der Schmerz ist Leben, er verließ mich auch,
Das Leiden ist, so wie die Hoffnung, aus.
Er bemerkt den Knaben.
Wer ist der Knabe?
WALTHER FÜRST: Segnet ihn o Herr!
Er ist mein Enkel und ist vaterlos.
Hedwig sinkt mit dem Knaben vor dem Sterbenden nieder.
ATTINGHAUSEN: Und vaterlos laß ich euch alle, alle
Zurück – Weh mir, daß meine letzten Blicke
Den Untergang des Vaterlands gesehn!
Mußt ich des Lebens höchstes Maß erreichen,
Um ganz mit allen Hoffnungen zu sterben!
STAUFFACHER *zu Walther Fürst*:
Soll er in diesem finstern Kummer scheiden?
Erhellen wir ihm nicht die letzte Stunde
Mit schönem Strahl der Hoffnung? – Edler Freiherr!
Erhebet Euren Geist! Wir sind nicht ganz
Verlassen, sind nicht rettungslos verloren.
ATTINGHAUSEN:
Wer soll euch retten?
WALTHER FÜRST: Wir uns selbst. Vernehmt!
Es haben die drei Lande sich das Wort
Gegeben, die Tyrannen zu verjagen.
Geschlossen ist der Bund, ein heil'ger Schwur
Verbindet uns. Es wird gehandelt werden,
Eh noch das Jahr den neuen Kreis beginnt,
Euer Staub wird ruhn in einem freien Lande.
ATTINGAUSEN: O saget mir! Geschlossen ist der Bund?
MELCHTAL: Am gleichen Tage werden alle drei
Waldstätte sich erheben. Alles ist
Bereit, und das Geheimnis wohlbewahrt
Bis jetzt, obgleich viel Hunderte es teilen.
Hohl ist der Boden unter den Tyrannen,
Die Tage ihrer Herrschaft sind gezählt,
Und bald ist ihre Spur nicht mehr zu finden.

ATTINGHAUSEN: Die festen Burgen aber in den Landen?
MELCHTAL: Sie fallen alle an dem gleichen Tag.
ATTINGHAUSEN: Und sind die Edeln dieses Bunds teilhaftig?
STAUFFACHER: Wir harren ihres Beistands, wenn es gilt,
Jetzt aber hat der Landmann nur geschworen.
ATTINGHAUSEN *richtet sich langsam in die Höhe, mit großem Erstaunen*: Hat sich der Landmann solcher Tat verwogen,
Aus eignem Mittel, ohne Hülf der Edeln,
Hat er der eignen Kraft so viel vertraut –
Ja, dann bedarf es unserer nicht mehr,
Getröstet können wir zu Grabe steigen,
Es lebt nach uns – durch andre Kräfte will
Das Herrliche der Menschheit sich erhalten.

Er legt seine Hand auf das Haupt des Kindes, das vor ihm auf den Knieen liegt.

Aus diesem Haupte, wo der Apfel lag,
Wird euch die neue beßre Freiheit grünen,
Das Alte stürzt, es ändert sich die Zeit,
Und neues Leben blüht aus den Ruinen.
STAUFFACHER *zu Walther Fürst*:
Seht, welcher Glanz sich um sein Aug ergießt!
Das ist nicht das Erlöschen der Natur,
Das ist der Strahl schon eines neuen Lebens.
ATTINGHAUSEN: Der Adel steigt von seinen alten Burgen,
Und schwört den Städten seinen Bürgereid,
Im Üchtland schon, im Thurgau hat's begonnen,
Die edle Bern erhebt ihr herrschend Haupt,
Freiburg ist eine sichre Burg der Freien,
Die rege Zürich waffnet ihre Zünfte
Zum kriegerischen Heer – Es bricht die Macht
Der Könige sich an ihren ew'gen Wällen –

Er spricht das Folgende mit dem Ton eines Sehers – seine Rede steigt bis zur Begeisterung:

Die Fürsten seh ich und die edeln Herrn
In Harnischen herangezogen kommen,
Ein harmlos Volk von Hirten zu bekriegen.
Auf Tod und Leben wird gekämpft und herrlich
Wird mancher Paß durch blutige Entscheidung.
Der Landmann stürzt sich mit der nackten Brust,
Ein freies Opfer, in die Schar der Lanzen,
Er bricht sie, und des Adels Blüte fällt,

Es hebt die Freiheit siegend ihre Fahne.
Walther Fürsts und Stauffachers Hände fassend:
Drum haltet fest zusammen – fest und ewig –
Kein Ort der Freiheit sei dem andern fremd –
Hochwachten stellet aus auf euren Bergen,
Daß sich der Bund zum Bunde rasch versammle –
Seid einig – einig – einig –

Er fällt in das Küssen zurück – seine Hände halten entseelt noch die andern gefaßt. Fürst und Stauffacher betrachten ihn noch eine Zeitlang schweigend, dann treten sie hinweg, jeder seinem Schmerz überlassen. Unterdessen sind die Knechte still hereingedrungen, sie nähern sich mit Zeichen eines stillern oder heftigern Schmerzens, einige knieen bei ihm nieder und weinen auf seine Hand, während dieser stummen Szene wird die Burgglocke geläutet.

RUDENZ *zu den* VORIGEN.

RUDENZ *rasch eintretend:*
Lebt er? O saget, kann er mich noch hören?

WALTHER FÜRST *deutet hin mit weggewandtem Gesicht:*
Ihr seid jetzt unser Lehensherr und Schirmer,
Und dieses Schloß hat einen andern Namen.

RUDENZ *erblickt den Leichnam und steht von heftigem Schmerz ergriffen:* O güt'ger Gott – Kommt meine Reu zu spät?
Konnt er nicht wen'ge Pulse länger leben,
Um mein geändert Herz zu sehn?
Verachtet hab ich seine treue Stimme,
Da er noch wandelte im Licht – Er ist
Dahin, ist fort auf immerdar, und läßt mir
Die schwere unbezahlte Schuld! – O saget!
Schied er dahin im Unmut gegen mich?

STAUFFACHER: Er hörte sterbend noch was Ihr getan,
Und segnete den Mut, mit dem Ihr spracht!

RUDENZ *kniet an dem Toten nieder:*
Ja heil'ge Reste eines teuren Mannes!
Entseelter Leichnam! Hier gelob ich dir's
In deine kalte Totenhand – Zerrissen
Hab ich auf ewig alle fremden Bande,
Zurückgegeben bin ich meinem Volk,
Ein Schweizer bin ich und ich will es sein
Von ganzer Seele – – *Aufstehend.*
Trauert um den Freund,
Den Vater aller, doch verzaget nicht!

Nicht bloß sein Erbe ist mir zugefallen,
Es steigt sein Herz, sein Geist auf mich herab,
Und leisten soll euch meine frische Jugend,
Was euch sein greises Alter schuldig blieb.
– Ehrwürd'ger Vater, gebt mir Eure Hand!
Gebt mir die Eurige! Melchtal auch Ihr!
Bedenkt Euch nicht! O wendet Euch nicht weg!
Empfanget meinen Schwur und mein Gelübde.

WALTHER FÜRST: Gebt ihm die Hand. Sein wiederkehrend Herz
Verdient Vertraun.

MELCHTAL: Ihr habt den Landmann nichts geachtet.
Sprecht, wessen soll man sich zu Euch versehn?

RUDENZ: O denket nicht des Irrtums meiner Jugend!

STAUFFACHER *zu Melchtal*:
Seid einig! war das letzte Wort des Vaters,
Gedenket dessen!

MELCHTAL: Hier ist meine Hand!
Des Bauern Handschlag, edler Herr, ist auch
Ein Manneswort! Was ist der Ritter ohne uns?
Und unser Stand ist älter als der Eure.

RUDENZ: Ich ehr ihn, und mein Schwert soll ihn beschützen.

MELCHTAL: Der Arm, Herr Freiherr, der die harte Erde
Sich unterwirft und ihren Schoß befruchtet,
Kann auch des Mannes Brust beschützen.

RUDENZ: Ihr
Sollt meine Brust, ich will die eure schützen,
So sind wir einer durch den andern stark.
– Doch wozu reden, da das Vaterland
Ein Raub noch ist der fremden Tyrannei?
Wenn erst der Boden rein ist von dem Feind,
Dann wollen wir's in Frieden schon vergleichen.

Nachdem er einen Augenblick innegehalten.

Ihr schweigt? Ihr habt mir nichts zu sagen? Wie!
Verdien ich's noch nicht, daß ihr mir vertraut?
So muß ich wider euren Willen mich
In das Geheimnis eures Bundes drängen.
– Ihr habt getagt – geschworen auf dem Rütli –
Ich weiß – weiß alles, was ihr dort verhandelt,
Und was mir nicht von euch vertrauet ward,
Ich hab's bewahrt gleich wie ein heilig Pfand.
Nie war ich meines Landes Feind, glaubt mir,

Und niemals hätt ich gegen euch gehandelt.
– Doch übel tatet ihr, es zu verschieben,
Die Stunde dringt und rascher Tat bedarf's –
Der Tell ward schon das Opfer eures Säumens –
STAUFFACHER: Das Christfest abzuwarten schwuren wir.
RUDENZ: Ich war nicht dort, ich hab nicht mit geschworen.
Wartet ihr ab, ich handle.
MELCHTAL: Was? Ihr wolltet –
RUDENZ: Des Landes Vätern zähl ich mich jetzt bei,
Und meine erste Pflicht ist, euch zu schützen.
WALTHER FÜRST: Der Erde diesen teuren Staub zu geben,
Ist Eure nächste Pflicht und heiligste.
RUDENZ: Wenn wir das Land befreit, dann legen wir
Den frischen Kranz des Siegs ihm auf die Bahre.
– O Freunde! Eure Sache nicht allein,
Ich habe meine eigne auszufechten
Mit dem Tyrannen – Hört und wißt! Verschwunden
Ist meine Berta, heimlich weggeraubt,
Mit kecker Freveltat aus unsrer Mitte!
STAUFFACHER: Solcher Gewalttat hätte der Tyrann
Wider die freie Edle sich verwogen?
RUDENZ: O meine Freunde! Euch versprach ich Hülfe,
Und ich zuerst muß sie von euch erflehn.
Geraubt, entrissen ist mir die Geliebte,
Wer weiß, wo sie der Wütende verbirgt,
Welcher Gewalt sie frevelnd sich erkühnen,
Ihr Herz zu zwingen zum verhaßten Band!
Verlaßt mich nicht, o helft mir sie erretten –
Sie liebt euch, o sie hat's verdient ums Land,
Daß alle Arme sich für sie bewaffnen –
WALTHER FÜRST: Was wollt Ihr unternehmen?
RUDENZ: Weiß ich's? Ach!
In dieser Nacht, die ihr Geschick umhüllt,
In dieses Zweifels ungeheurer Angst,
Wo ich nichts Festes zu erfassen weiß,
Ist mir nur dieses in der Seele klar:
Unter den Trümmern der Tyrannenmacht
Allein kann sie hervorgegraben werden,
Die Festen alle müssen wir bezwingen,
Ob wir vielleicht in ihren Kerker dringen.
MELCHTAL: Kommt, führt uns an. Wir folgen Euch. Warum

Bis morgen sparen, was wir heut vermögen?
Frei war der Tell, als wir im Rütli schwuren,
Das Ungeheure war noch nicht geschehen.
Es bringt die Zeit ein anderes Gesetz,
Wer ist so feig, der jetzt noch könnte zagen!

RUDENZ *zu Stauffacher und Walther Fürst*:
Indes bewaffnet und zum Werk bereit
Erwartet ihr der Berge Feuerzeichen,
Denn schneller als ein Botensegel fliegt,
Soll euch die Botschaft unsers Siegs erreichen,
Und seht ihr leuchten die willkommnen Flammen,
Dann auf die Feinde stürzt, wie Wetters Strahl,
Und brecht den Bau der Tyrannei zusammen.

Gehen ab.

DRITTE SZENE

Die hohle Gasse bei Küßnacht. Man steigt von hinten zwischen Felsen herunter und die Wanderer werden, ehe sie auf der Szene erscheinen, schon von der Höhe gesehen. Felsen umschließen die ganze Szene, auf einem der vordersten ist ein Vorsprung mit Gesträuch bewachsen.

TELL *tritt auf mit der Armbrust*:
Durch diese hohle Gasse muß er kommen,
Es führt kein andrer Weg nach Küßnacht – Hier
Vollend ich's – Die Gelegenheit ist günstig.
Dort der Holunderstrauch verbirgt mich ihm,
Von dort herab kann ihn mein Pfeil erlangen,
Des Weges Enge wehret den Verfolgern.
Mach deine Rechnung mit dem Himmel Vogt,
Fort mußt du, deine Uhr ist abgelaufen.
Ich lebte still und harmlos – Das Geschoß
War auf des Waldes Tiere nur gerichtet,
Meine Gedanken waren rein von Mord –
Du hast aus meinem Frieden mich heraus
Geschreckt, in gärend Drachengift hast du
Die Milch der frommen Denkart mir verwandelt,
Zum Ungeheuren hast du mich gewöhnt –
Wer sich des Kindes Haupt zum Ziele setzte,
Der kann auch treffen in das Herz des Feinds.

Die armen Kindlein, die unschuldigen,
Das treue Weib muß ich vor deiner Wut
Beschützen, Landvogt – Da, als ich den Bogenstrang
Anzog – als mir die Hand erzitterte –
Als du mit grausam teufelischer Lust
Mich zwangst, aufs Haupt des Kindes anzulegen –
Als ich ohnmächtig flehend rang vor dir,
Damals gelobt ich mir in meinem Innern
Mit furchtbarm Eidschwur, den nur Gott gehört,
Daß meines nächsten Schusses erstes Ziel
Dein Herz sein sollte – Was ich mir gelobt
In jenes Augenblickes Höllenqualen,
Ist eine heil'ge Schuld, ich will sie zahlen.
Du bist mein Herr und meines Kaisers Vogt,
Doch nicht der Kaiser hätte sich erlaubt
Was du – Er sandte dich in diese Lande,
Um Recht zu sprechen – strenges, denn er zürnet –
Doch nicht um mit der mörderischen Lust
Dich jedes Greuels straflos zu erfrechen,
Es lebt ein Gott zu strafen und zu rächen.
Komm du hervor, du Bringer bittrer Schmerzen,
Mein teures Kleinod jetzt, mein höchster Schatz –
Ein Ziel will ich dir geben, das bis jetzt
Der frommen Bitte undurchdringlich war –
Doch dir soll es nicht widerstehn – Und du
Vertraute Bogensehne, die so oft
Mir treu gedient hat in der Freude Spielen,
Verlaß mich nicht im fürchterlichen Ernst.
Nur jetzt noch halte fest du treuer Strang,
Der mir so oft den herben Pfeil beflügelt –
Entränn er jetzo kraftlos meinen Händen,
Ich habe keinen zweiten zu versenden.

Wanderer gehen über die Szene.

Auf dieser Bank von Stein will ich mich setzen,
Dem Wanderer zur kurzen Ruh bereitet –
Denn hier ist keine Heimat – Jeder treibt
Sich an dem andern rasch und fremd vorüber,
Und fraget nicht nach seinem Schmerz – Hier geht
Der sorgenvolle Kaufmann und der leicht
Geschürzte Pilger – der andächt'ge Mönch,
Der düstre Räuber und der heitre Spielmann,

Der Säumer mit dem schwer beladnen Roß,
Der ferne herkommt von der Menschen Ländern,
Denn jede Straße führt ans End der Welt.
Sie alle ziehen ihres Weges fort
An ihr Geschäft – und meines ist der Mord!

Setzt sich.

Sonst wenn der Vater auszog, liebe Kinder,
Da war ein Freuen, wenn er wiederkam,
Denn niemals kehrt' er heim, er bracht euch etwas,
War's eine schöne Alpenblume, war's
Ein seltner Vogel oder Ammonshorn,
Wie es der Wandrer findet auf den Bergen –
Jetzt geht er einem andern Weidwerk nach,
Am wilden Weg sitzt er mit Mordgedanken.
Des Feindes Leben ist's, worauf er lauert.
– Und doch an euch nur denkt er, lieben Kinder,
Auch jetzt – Euch zu verteid'gen, eure holde Unschuld
Zu schützen vor der Rache des Tyrannen
Will er zum Morde jetzt den Bogen spannen!

Steht auf.

Ich laure auf ein edles Wild – Läßt sich's
Der Jäger nicht verdrießen, tagelang
Umherzustreifen in des Winters Strenge,
Von Fels zu Fels den Wagesprung zu tun,
Hinanzuklimmen an den glatten Wänden,
Wo er sich anleimt mit dem eignen Blut,
– Um ein armselig Grattier zu erjagen.
Hier gilt es einen köstlicheren Preis,
Das Herz des Todfeinds, der mich will verderben.

Man hört von ferne eine heitre Musik, welche sich nähert.

Mein ganzes Leben lang hab ich den Bogen
Gehandhabt, mich geübt nach Schützenregel,
Ich habe oft geschossen in das Schwarze,
Und manchen schönen Preis mir heimgebracht
Vom Freudenschießen – Aber heute will ich
Den Meisterschuß tun und das Beste mir
Im ganzen Umkreis des Gebirgs gewinnen.

Eine Hochzeit zieht über die Szene und durch den Hohlweg hinauf. Tell betrachtet sie, auf seinen Bogen gelehnt, STÜSSI *der Flurschütz gesellt sich zu ihm.*

STÜSSI: Das ist der Klostermei'r von Mörlischachen,

Der hier den Brautlauf hält – Ein reicher Mann,
Er hat wohl zehen Senten auf den Alpen.
Die Braut holt er jetzt ab zu Imisee,
Und diese Nacht wird hoch geschwelgt zu Küßnacht,
Kommt mit! 's ist jeder Biedermann geladen.
TELL: Ein ernster Gast stimmt nicht zum Hochzeithaus.
STÜSSI:
Drückt Euch ein Kummer, werft ihn frisch vom Herzen,
Nehmt mit was kommt, die Zeiten sind jetzt schwer.
Drum muß der Mensch die Freude leicht ergreifen.
Hier wird gefreit und anderswo begraben.
TELL: Und oft kommt gar das eine zu dem andern.
STÜSSI: So geht die Welt nun. Es gibt allerwegen
Unglücks genug – Ein Ruffi ist gegangen
Im Glarner Land und eine ganze Seite
Vom Glärnisch eingesunken.
TELL: Wanken auch
Die Berge selbst? Es steht nichts fest auf Erden.
STÜSSI: Auch anderswo vernimmt man Wunderdinge.
Da sprach ich einen, der von Baden kam.
Ein Ritter wollte zu dem König reiten,
Und unterwegs begegnet ihm ein Schwarm
Von Hornissen, die fallen auf sein Roß,
Daß es für Marter tot zu Boden sinkt,
Und er zu Fuße ankommt bei dem König.
TELL: Dem Schwachen ist sein Stachel auch gegeben.
ARMGARD *kommt mit mehreren Kindern und stellt sich an den Eingang des Hohlwegs.*
STÜSSI: Man deutet's auf ein großes Landesunglück,
Auf schwere Taten wider die Natur.
TELL: Dergleichen Taten bringet jeder Tag,
Kein Wunderzeichen braucht sie zu verkünden.
STÜSSI: Ja, wohl dem, der sein Feld bestellt in Ruh,
Und ungekränkt daheim sitzt bei den Seinen.
TELL: Es kann der Frömmste nicht im Frieden bleiben,
Wenn es dem bösen Nachbar nicht gefällt.
Tell sieht oft mit unruhiger Erwartung nach der Höhe des Weges.
STÜSSI: Gehabt Euch wohl – Ihr wartet hier auf jemand?
TELL: Das tu ich.
STÜSSI: Frohe Heimkehr zu den Euren!
– Ihr seid aus Uri? Unser gnäd'ger Herr

Der Landvogt wird noch heut von dort erwartet.
WANDERER *kommt*:
Den Vogt erwartet heut nicht mehr. Die Wasser
Sind ausgetreten von dem großen Regen,
Und alle Brücken hat der Strom zerrissen.
Tell steht auf.
ARMGARD *kommt vorwärts*:
Der Landvogt kommt nicht!
STÜSSI: Sucht Ihr was an ihn?
ARMGARD: Ach freilich!
STÜSSI: Warum stellet Ihr Euch denn
In dieser hohlen Gaß ihm in den Weg?
ARMGARD: Hier weicht er mir nicht aus, er muß mich hören.
FRIESSHARDT *kommt eilfertig den Hohlweg herab, und ruft in die Szene*: Man fahre aus dem Weg – Mein gnäd'ger Herr
Der Landvogt kommt dicht hinter mir geritten.
Tell geht ab.
ARMGARD *lebhaft*:
Der Landvogt kommt!
Sie geht mit ihren Kindern nach der vordern Szene. GESSLER *und* RUDOLF DER HARRAS *zeigen sich zu Pferd auf der Höhe des Wegs.*
STÜSSI *zum Frießhardt*: Wie kamt ihr durch das Wasser,
Da doch der Strom die Brücken fortgeführt?
FRIESSHARDT: Wir haben mit dem See gefochten, Freund,
Und fürchten uns vor keinem Alpenwasser.
STÜSSI: Ihr wart zu Schiff in dem gewalt'gen Sturm?
FRIESSHARDT: Das waren wir. Mein Lebtag denk ich dran –
STÜSSI: O bleibt, erzählt!
FRIESSHARDT: Laßt mich, ich muß voraus,
Den Landvogt muß ich in der Burg verkünden. *Ab.*
STÜSSI: Wärn gute Leute auf dem Schiff gewesen,
In Grund gesunken wär's mit Mann und Maus,
Dem Volk kann weder Wasser bei noch Feuer.
Er sieht sich um.
Wo kam der Weidmann hin, mit dem ich sprach?
Geht ab.

GESSLER *und* RUDOLF DER HARRAS *zu Pferd.*

GESSLER: Sagt was Ihr wollt, ich bin des Kaisers Diener
Und muß drauf denken, wie ich ihm gefalle.
Er hat mich nicht ins Land geschickt, dem Volk
Zu schmeicheln und ihm sanft zu tun – Gehorsam

Erwartet er, der Streit ist, ob der Bauer
Soll Herr sein in dem Lande oder der Kaiser.

ARMGARD: Jetzt ist der Augenblick! Jetzt bring ich's an!

Nähert sich furchtsam.

GESSLER: Ich hab den Hut nicht aufgesteckt zu Altorf
Des Scherzes wegen, oder um die Herzen
Des Volks zu prüfen, diese kenn ich längst.
Ich hab ihn aufgesteckt, daß sie den Nacken
Mir lernen beugen, den sie aufrecht tragen –
Das Unbequeme hab ich hingepflanzt
Auf ihren Weg, wo sie vorbeigehn müssen,
Daß sie drauf stoßen mit dem Aug, und sich
Erinnern ihres Herrn, den sie vergessen.

RUDOLF DER HARRAS:
Das Volk hat aber doch gewisse Rechte –

GESSLER: Die abzuwägen ist jetzt keine Zeit!
– Weitschicht'ge Dinge sind im Werk und Werden,
Das Kaiserhaus will wachsen, was der Vater
Glorreich begonnen, will der Sohn vollenden.
Dies kleine Volk ist uns ein Stein im Weg –
So oder so – Es muß sich unterwerfen.

Sie wollen vorüber. Die Frau wirft sich vor dem Landvogt nieder.

ARMGARD: Barmherzigkeit, Herr Landvogt! Gnade! Gnade!

GESSLER: Was dringt Ihr Euch auf offner Straße mir
In Weg – Zurück!

ARMGARD: Mein Mann liegt im Gefängnis,
Die armen Waisen schrein nach Brot – Habt Mitleid
Gestrenger Herr, mit unserm großen Elend.

RUDOLF DER HARRAS: Wer seid Ihr? Wer ist Euer Mann?

ARMGARD: Ein armer
Wildheuer, guter Herr, vom Rigiberge,
Der überm Abgrund weg das freie Gras
Abmähet von den schroffen Felsenwänden,
Wohin das Vieh sich nicht getraut zu steigen –

RUDOLF DER HARRAS *zum Landvogt*:
Bei Gott, ein elend und erbärmlich Leben!
Ich bitt Euch, gebt ihn los den armen Mann,
Was er auch Schweres mag verschuldet haben,
Strafe genug ist sein entsetzlich Handwerk. *Zu der Frau:*
Euch soll Recht werden – Drinnen auf der Burg
Nennt Eure Bitte – Hier ist nicht der Ort.

ARMGARD: Nein, nein, ich weiche nicht von diesem Platz,
Bis mir der Vogt den Mann zurückgegeben!
Schon in den sechsten Mond liegt er im Turm,
Und harret auf den Richterspruch vergebens.
GESSLER: Weib, wollt Ihr mir Gewalt antun, hinweg.
ARMGARD: Gerechtigkeit, Landvogt! Du bist der Richter
Im Lande an des Kaisers Statt und Gottes.
Tu deine Pflicht! So du Gerechtigkeit
Vom Himmel hoffest, so erzeig sie uns.
GESSLER: Fort, schafft das freche Volk mir aus den Augen.
ARMGARD *greift in die Zügel des Pferdes*:
Nein, nein, ich habe nichts mehr zu verlieren.
– Du kommst nicht von der Stelle Vogt, bis du
Mir Recht gesprochen – Falte deine Stirne,
Rolle die Augen wie du willst – Wir sind
So grenzenlos unglücklich, daß wir nichts
Nach deinem Zorn mehr fragen –
GESSLER: Weib, mach Platz,
Oder mein Roß geht über dich hinweg.
ARMGARD: Laß es über mich dahingehn – da –
Sie reißt ihre Kinder zu Boden und wirft sich mit ihnen ihm in den Weg.
Hier lieg ich
Mit meinen Kindern – Laß die armen Waisen
Von deines Pferdes Huf zertreten werden,
Es ist das Ärgste nicht, was du getan –
RUDOLF DER HARRAS: Weib, seid Ihr rasend?
ARMGARD *heftiger fortfahrend*: Tratest du doch längst
Das Land des Kaisers unter deine Füße!
– O ich bin nur ein Weib! Wär ich ein Mann,
Ich wüßte wohl was Besseres, als hier
Im Staub zu liegen –
Man hört die vorige Musik wieder auf der Höhe des Wegs, aber gedämpft.
GESSLER: Wo sind meine Knechte?
Man reiße sie von hinnen oder ich
Vergesse mich und tue was mich reuet.
RUDOLF DER HARRAS:
Die Knechte können nicht hindurch, o Herr,
Der Hohlweg ist gesperrt durch eine Hochzeit.
GESSLER: Ein allzu milder Herrscher bin ich noch

Gegen dies Volk – die Zungen sind noch frei,
Es ist noch nicht ganz wie es soll gebändigt –
Doch es soll anders werden, ich gelob es,
Ich will ihn brechen diesen starren Sinn,
Den kecken Geist der Freiheit will ich beugen.
Ein neu Gesetz will ich in diesen Landen
Verkündigen – Ich will –

Ein Pfeil durchbohrt ihn, er fährt mit der Hand ans Herz und will sinken. Mit matter Stimme:

Gott sei mir gnädig!

RUDOLF DER HARRAS:

Herr Landvogt – Gott was ist das? Woher kam das?

ARMGARD *auffahrend*:

Mord! Mord! Er taumelt, sinkt! Er ist getroffen!
Mitten ins Herz hat ihn der Pfeil getroffen!

RUDOLF DER HARRAS *springt vom Pferde*:

Welch gräßliches Ereignis – Gott – Herr Ritter –
Ruft die Erbarmung Gottes an – Ihr seid
Ein Mann des Todes! –

GESSLER: Das ist Tells Geschoß.

Ist vom Pferde herab dem Rudolf Harras in den Arm gegleitet und wird auf der Bank niedergelassen.

TELL *erscheint oben auf der Höhe des Felsen*:

Du kennst den Schützen, suche keinen andern!
Frei sind die Hütten, sicher ist die Unschuld
Vor dir, du wirst dem Lande nicht mehr schaden.

Verschwindet von der Höhe. Volk stürzt herein.

STÜSSI *voran*: Was gibt es hier? Was hat sich zugetragen?

ARMGARD: Der Landvogt ist von einem Pfeil durchschossen.

VOLK *im Hereinstürzen*:

Wer ist erschossen?

Indem die vordersten von dem Brautzug auf die Szene kommen, sind die hintersten noch auf der Höhe, und die Musik geht fort.

RUDOLF DER HARRAS: Er verblutet sich.

Fort, schaffet Hilfe! Setzt dem Mörder nach!
– Verlorner Mann, so muß es mit dir enden,
Doch meine Warnung wolltest du nicht hören!

STÜSSI: Bei Gott! da liegt er bleich und ohne Leben!

VIELE STIMMEN:

Wer hat die Tat getan?

RUDOLF DER HARRAS: Rast dieses Volk,

Daß es dem Mord Musik macht? Laßt sie schweigen.
Musik bricht plötzlich ab, es kommt noch mehr Volk nach.
Herr Landvogt, redet, wenn Ihr könnt – Habt Ihr
Mir nichts mehr zu vertraun?
Geßler gibt Zeichen mit der Hand, die er mit Heftigkeit wiederholt, da sie nicht gleich verstanden werden.
Wo soll ich hin?
– Nach Küßnacht? – Ich versteh Euch nicht – O werdet
Nicht ungeduldig – Laßt das Irdische,
Denkt jetzt, Euch mit dem Himmel zu versöhnen.
Die ganze Hochzeitgesellschaft umsteht den Sterbenden mit einem fühllosen Grausen.
STÜSSI: Sieh wie er bleich wird – Jetzt, jetzt tritt der Tod
Ihm an das Herz – die Augen sind gebrochen.
ARMGARD *hebt ein Kind empor*:
Seht Kinder, wie ein Wüterich verscheidet!
RUDOLF DER HARRAS:
Wahnsinn'ge Weiber, habt ihr kein Gefühl,
Daß ihr den Blick an diesem Schrecknis weidet?
– Helft – Leget Hand an – Steht mir niemand bei,
Den Schmerzenspfeil ihm aus der Brust zu ziehn?
WEIBER *treten zurück*:
Wir ihn berühren, welchen Gott geschlagen!
RUDOLF DER HARRAS:
Fluch treff euch und Verdammnis!
Zieht das Schwert.
STÜSSI *fällt ihm in den Arm*: Wagt es Herr!
Eur Walten hat ein Ende. Der Tyrann
Des Landes ist gefallen. Wir erdulden
Keine Gewalt mehr. Wir sind freie Menschen.
ALLE *tumultuarisch*:
Das Land ist frei!
RUDOLF DER HARRAS: Ist es dahin gekommen?
Endet die Furcht so schnell und der Gehorsam?
Zu den Waffenknechten, die hereindringen:
Ihr seht die grausenvolle Tat des Mords
Die hier geschehen – Hülfe ist umsonst –
Vergeblich ist's, dem Mörder nachzusetzen.
Uns drängen andre Sorgen – Auf, nach Küßnacht,
Daß wir dem Kaiser seine Feste retten!
Denn aufgelöst in diesem Augenblick

Sind aller Ordnung, aller Pflichten Bande,
Und keines Mannes Treu ist zu vertrauen.

Indem er mit den Waffenknechten abgeht, erscheinen sechs Barmherzige Brüder.

ARMGARD: Platz! Platz! da kommen die Barmherz'gen Brüder.
STÜSSI: Das Opfer liegt – Die Raben steigen nieder.
BARMHERZIGE BRÜDER *schließen einen Halbkreis um den Toten und singen in tiefem Ton:*

Rasch tritt der Tod den Menschen an,
Es ist ihm keine Frist gegeben,
Es stürzt ihn mitten in der Bahn,
Es reißt ihn fort vom vollen Leben,
Bereitet oder nicht, zu gehen,
Er muß vor seinen Richter stehen!

Indem die letzten Zeilen wiederholt werden, fällt der Vorhang.

FÜNFTER AUFZUG

ERSTE SZENE

Öffentlicher Platz bei Altorf. Im Hintergrunde rechts die Feste Zwing Uri mit dem noch stehenden Baugerüste, wie in der dritten Szene des ersten Aufzugs; links eine Aussicht in viele Berge hinein, auf welchen allen Signalfeuer brennen. Es ist eben Tagesanbruch, Glocken ertönen aus verschiedenen Fernen.

RUODI, KUONI, WERNI, MEISTER STEINMETZ *und viele andere* LANDLEUTE, *auch* WEIBER *und* KINDER.

RUODI: Seht ihr die Feuersignale auf den Bergen?
STEINMETZ: Hört ihr die Glocken drüben überm Wald?
RUODI: Die Feinde sind verjagt.
STEINMETZ: Die Burgen sind erobert.
RUODI: Und wir im Lande Uri dulden noch
Auf unserm Boden das Tyrannenschloß?
Sind wir die letzten, die sich frei erklären?
STEINMETZ: Das Joch soll stehen, das uns zwingen wollte?
Auf, reißt es nieder!
ALLE: Nieder! Nieder! Nieder!
RUODI: Wo ist der Stier von Uri?

STIER VON URI: Hier. Was soll ich?
RUODI: Steigt auf die Hochwacht, blast in Euer Horn,
Daß es weitschmetternd in die Berge schalle,
Und jedes Echo in den Felsenklüften
Aufweckend, schnell die Männer des Gebirgs
Zusammenrufe.

Stier von Uri geht ab. WALTHER FÜRST *kommt.*

WALTHER FÜRST: Haltet Freunde! Haltet!
Noch fehlt uns Kunde was in Unterwalden
Und Schwyz geschehen. Laßt uns Boten erst
Erwarten.
RUODI: Was erwarten? Der Tyrann
Ist tot, der Tag der Freiheit ist erschienen.
STEINMETZ: Ist's nicht genug an diesen flammenden Boten,
Die ringsherum auf allen Bergen leuchten?
RUODI:
Kommt alle, kommt, legt Hand an, Männer und Weiber!
Brecht das Gerüste! Sprengt die Bogen! Reißt
Die Mauern ein! Kein Stein bleib auf dem andern.
STEINMETZ: Gesellen kommt! Wir haben's aufgebaut,
Wir wissen's zu zerstören.
ALLE: Kommt! Reißt nieder.

Sie stürzen sich von allen Seiten auf den Bau.

WALTHER FÜRST:
Es ist im Lauf. Ich kann sie nicht mehr halten.

MELCHTAL *und* BAUMGARTEN *kommen.*

MELCHTAL:
Was? Steht die Burg noch und Schloß Sarnen liegt
In Asche und der Roßberg ist gebrochen?
WALTHER FÜRST:
Seid Ihr es Melchtal? Bringt Ihr uns die Freiheit?
Sagt! Sind die Lande alle rein vom Feind?
MELCHTAL *umarmt ihn*:
Rein ist der Boden. Freut Euch, alter Vater!
In diesem Augenblicke, da wir reden,
Ist kein Tyrann mehr in der Schweizer Land.
WALTHER FÜRST:
O sprecht, wie wurdet ihr der Burgen mächtig?
MELCHTAL: Der Rudenz war es, der das Sarner Schloß
Mit mannlich kühner Wagetat gewann,
Den Roßberg hatt ich nachts zuvor erstiegen.

– Doch höret, was geschah. Als wir das Schloß
Vom Feind geleert, nun freudig angezündet,
Die Flamme prasselnd schon zum Himmel schlug,
Da stürzt der Diethelm, Geßlers Bub, hervor,
Und ruft, daß die Bruneckerin verbrenne.

WALTHER FÜRST:
Gerechter Gott!

Man hört die Balken des Gerüstes stürzen.

MELCHTAL: Sie war es selbst, war heimlich
Hier eingeschlossen auf des Vogts Geheiß.
Rasend erhub sich Rudenz – denn wir hörten
Die Balken schon, die festen Pfosten stürzen,
Und aus dem Rauch hervor den Jammerruf
– Der Unglückseligen.

WALTHER FÜRST: Sie ist gerettet?

MELCHTAL: Da galt Geschwindsein und Entschlossenheit!
– Wär er nur unser Edelmann gewesen,
Wir hätten unser Leben wohl geliebt,
Doch er war unser Eidgenoß und Berta
Ehrte das Volk – So setzten wir getrost
Das Leben dran, und stürzten in das Feuer.

WALTHER FÜRST: Sie ist gerettet?

MELCHTAL: Sie ist's. Rudenz und ich,
Wir trugen sie selbander aus den Flammen,
Und hinter uns fiel krachend das Gebälk.
– Und jetzt, als sie gerettet sich erkannte,
Die Augen aufschlug zu dem Himmelslicht,
Jetzt stürzte mir der Freiherr an das Herz,
Und schweigend ward ein Bündnis jetzt beschworen,
Das fest gehärtet in des Feuers Glut
Bestehen wird in allen Schicksalsproben –

WALTHER FÜRST: Wo ist der Landenberg?

MELCHTAL: Über den Brünig.
Nicht lag's an mir, daß er das Licht der Augen
Davontrug, der den Vater mir geblendet.
Nach jagt ich ihm, erreicht ihn auf der Flucht,
Und riß ihn zu den Füßen meines Vaters.
Geschwungen über ihm war schon das Schwert,
Von der Barmherzigkeit des blinden Greises
Erhielt er flehend das Geschenk des Lebens.
Urfehde schwur er, nie zurückzukehren,

Er wird sie halten, unsern Arm hat er
Gefühlt.

WALTHER FÜRST:
Wohl Euch, daß Ihr den reinen Sieg
Mit Blute nicht geschändet!

KINDER *eilen mit Trümmern des Gerüstes über die Szene*:
Freiheit! Freiheit!

Das Horn von Uri wird mit Macht geblasen.

WALTHER FÜRST:
Seht, welch ein Fest! Des Tages werden sich
Die Kinder spät als Greise noch erinnern.

Mädchen bringen den Hut auf einer Stange getragen, die ganze Szene füllt sich mit Volk an.

RUODI: Hier ist der Hut, dem wir uns beugen mußten.

BAUMGARTEN: Gebt uns Bescheid, was damit werden soll.

WALTHER FÜRST: Gott! Unter diesem Hute stand mein Enkel!

MEHRERE STIMMEN:
Zerstört das Denkmal der Tyrannenmacht!
Ins Feuer mit ihm!

WALTHER FÜRST: Nein, laßt ihn aufbewahren!
Der Tyrannei mußt er zum Werkzeug dienen,
Er soll der Freiheit ewig Zeichen sein!

Die Landleute, Männer, Weiber und Kinder stehen und sitzen auf den Balken des zerbrochenen Gerüstes malerisch gruppiert in einem großen Halbkreis umher.

MELCHTAL: So stehen wir nun fröhlich auf den Trümmern
Der Tyrannei, und herrlich ist's erfüllt,
Was wir im Rütli schwuren, Eidgenossen.

WALTHER FÜRST: Das Werk ist angefangen, nicht vollendet.
Jetzt ist uns Mut und feste Eintracht not,
Denn seid gewiß, nicht säumen wird der König,
Den Tod zu rächen seines Vogts, und den
Vertriebnen mit Gewalt zurückzuführen.

MELCHTAL: Er zieh heran mit seiner Heeresmacht,
Ist aus dem Innern doch der Feind verjagt,
Dem Feind von außen wollen wir begegnen.

RUODI: Nur wen'ge Pässe öffnen ihm das Land,
Die wollen wir mit unsern Leibern decken.

BAUMGARTEN: Wir sind vereinigt durch ein ewig Band,
Und seine Heere sollen uns nicht schrecken!

RÖSSELMANN *und* STAUFFACHER *kommen.*

RÖSSELMANN *im Eintreten*:
Das sind des Himmels furchtbare Gerichte.
LANDLEUTE: Was gibt's?
RÖSSELMANN: In welchen Zeiten leben wir!
WALTHER FÜRST:
Sagt an, was ist es? – Ha, seid Ihr's Herr Werner?
Was bringt Ihr uns?
LANDLEUTE: Was gibt's?
RÖSSELMANN: Hört und erstaunet!
STAUFFACHER: Von einer großen Furcht sind wir befreit –
RÖSSELMANN: Der Kaiser ist ermordet.
WALTHER FÜRST: Gnäd'ger Gott!
Landleute machen einen Aufstand und umdrängen den Stauffacher.
ALLE: Ermordet! Was! Der Kaiser! Hört! Der Kaiser!
MELCHTAL: Nicht möglich! Woher kam Euch diese Kunde?
STAUFFACHER: Es ist gewiß. Bei Bruck fiel König Albrecht
Durch Mördershand – ein glaubenwerter Mann,
Johannes Müller bracht es von Schaffhausen.
WALTHER FÜRST: Wer wagte solche grauenvolle Tat?
STAUFFACHER: Sie wird noch grauenvoller durch den Täter.
Es war sein Neffe, seines Bruders Kind,
Herzog Johann von Schwaben, der's vollbrachte.
MELCHTAL: Was trieb ihn zu der Tat des Vatermords?
STAUFFACHER: Der Kaiser hielt das väterliche Erbe
Dem ungeduldig Mahnenden zurück,
Es hieß, er denk ihn ganz darum zu kürzen,
Mit einem Bischofshut ihn abzufinden.
Wie dem auch sei – der Jüngling öffnete
Der Waffenfreunde bösem Rat sein Ohr,
Und mit den edeln Herrn von Eschenbach,
Von Tegerfelden, von der Wart und Palm,
Beschloß er, da er Recht nicht konnte finden,
Sich Rach zu holen mit der eignen Hand.
WALTHER FÜRST: O sprecht, wie ward das Gräßliche vollendet?
STAUFFACHER: Der König ritt herab vom Stein zu Baden,
Gen Rheinfeld, wo die Hofstatt war, zu ziehn,
Mit ihm die Fürsten, Hans und Leopold,
Und ein Gefolge hochgeborner Herren.
Und als sie kamen an die Reuß, wo man
Auf einer Fähre sich läßt übersetzen,
Da drängten sich die Mörder in das Schiff,

Daß sie den Kaiser vom Gefolge trennten.
Drauf als der Fürst durch ein geackert Feld
Hinreitet – eine alte große Stadt
Soll drunter liegen aus der Heiden Zeit –
Die alte Feste Habsburg im Gesicht,
Wo seines Stammes Hoheit ausgegangen –
Stößt Herzog Hans den Dolch ihm in die Kehle,
Rudolf von Palm durchrennt ihn mit dem Speer,
Und Eschenbach zerspaltet ihm das Haupt,
Daß er heruntersinkt in seinem Blut,
Gemordet von den Seinen, auf dem Seinen.
Am andern Ufer sahen sie die Tat,
Doch durch den Strom geschieden, konnten sie
Nur ein ohnmächtig Wehgeschrei erheben;
Am Wege aber saß ein armes Weib,
In ihrem Schoß verblutete der Kaiser.

MELCHTAL: So hat er nur sein frühes Grab gegraben,
Der unersättlich alles wollte haben!

STAUFFACHER: Ein ungeheurer Schrecken ist im Land umher,
Gesperrt sind alle Pässe des Gebirgs,
Jedweder Stand verwahret seine Grenzen,
Die alte Zürich selbst schloß ihre Tore,
Die dreißig Jahr lang offenstanden, zu,
Die Mörder fürchtend und noch mehr – die Rächer.
Denn mit des Bannes Fluch bewaffnet kommt
Der Ungarn Königin, die strenge Agnes,
Die nicht die Milde kennet ihres zarten
Geschlechts, des Vaters königliches Blut
Zu rächen an der Mörder ganzem Stamm,
An ihren Knechten, Kindern, Kindeskindern,
Ja an den Steinen ihrer Schlösser selbst.
Geschworen hat sie, ganze Zeugungen
Hinabzusenden in des Vaters Grab,
In Blut sich wie in Maientau zu baden.

MELCHTAL: Weiß man, wo sich die Mörder hingeflüchtet?

STAUFFACHER: Sie flohen alsbald nach vollbrachter Tat
Auf fünf verschiednen Straßen auseinander,
Und trennten sich, um nie sich mehr zu sehn –
Herzog Johann soll irren im Gebirge.

WALTHER FÜRST: So trägt die Untat ihnen keine Frucht!
Rache trägt keine Frucht! Sich selbst ist sie

Die fürchterliche Nahrung, ihr Genuß
Ist Mord, und ihre Sättigung das Grausen.
STAUFFACHER: Den Mördern bringt die Untat nicht Gewinn,
Wir aber brechen mit der reinen Hand
Des blut'gen Frevels segenvolle Frucht.
Denn einer großen Furcht sind wir entledigt,
Gefallen ist der Freiheit größter Feind,
Und, wie verlautet, wird das Szepter gehn
Aus Habsburgs Haus zu einem andern Stamm,
Das Reich will seine Wahlfreiheit behaupten.
WALTHER FÜRST *und* MEHRERE:
Vernahmt Ihr was?
STAUFFACHER: Der Graf von Luxemburg
Ist von den mehrsten Stimmen schon bezeichnet.
WALTHER FÜRST: Wohl uns, daß wir beim Reiche treu gehalten,
Jetzt ist zu hoffen auf Gerechtigkeit!
STAUFFACHER:
Dem neuen Herrn tun tapfre Freunde not,
Er wird uns schirmen gegen Östreichs Rache.
Die Landleute umarmen einander.
SIGRIST *mit einem* REICHSBOTEN.
SIGRIST: Hier sind des Landes würd'ge Oberhäupter.
RÖSSELMANN *und* MEHRERE:
Sigrist, was gibt's?
SIGRIST: Ein Reichsbot bringt dies Schreiben.
ALLE *zu Walther Fürst*:
Erbrecht und leset.
WALTHER FÜRST *liest*: „Den bescheidnen Männern
Von Uri, Schwyz und Unterwalden bietet
Die Königin Elsbeth Gnad und alles Gutes."
VIELE STIMMEN:
Was will die Königin? Ihr Reich ist aus.
WALTHER FÜRST *liest*:
„In ihrem großen Schmerz und Witwenleid
Worein der blut'ge Hinscheid ihres Herrn
Die Königin versetzt, gedenkt sie noch
Der alten Treu und Lieb der Schwyzerlande."
MELCHTAL: In ihrem Glück hat sie das nie getan.
RÖSSELMANN: Still! Lasset hören!
WALTHER FÜRST *liest*:
„Und sie versieht sich zu dem treuen Volk,

Daß es gerechten Abscheu werde tragen
Vor den verfluchten Tätern dieser Tat.
Darum erwartet sie von den drei Landen,
Daß sie den Mördern nimmer Vorschub tun,
Vielmehr getreulich dazu helfen werden,
Sie auszuliefern in des Rächers Hand,
Der Lieb gedenkend und der alten Gunst,
Die sie von Rudolfs Fürstenhaus empfangen."
Zeichen des Unwillens unter den Landleuten.
VIELE STIMMEN: Der Lieb und Gunst!
STAUFFACHER: Wir haben Gunst empfangen von dem Vater,
Doch wessen rühmen wir uns von dem Sohn?
Hat er den Brief der Freiheit uns bestätigt,
Wie vor ihm alle Kaiser doch getan?
Hat er gerichtet nach gerechtem Spruch,
Und der bedrängten Unschuld Schutz verliehn?
Hat er auch nur die Boten wollen hören,
Die wir in unsrer Angst zu ihm gesendet?
Nicht eins von diesem allen hat der König
An uns getan und hätten wir nicht selbst
Uns Recht verschafft mit eigner mut'ger Hand,
Ihn rührte unsre Not nicht an – Ihm Dank?
Nicht Dank hat er gesät in diesen Tälern.
Er stand auf einem hohen Platz, er konnte
Ein Vater seiner Völker sein, doch ihm
Gefiel es, nur zu sorgen für die Seinen,
Die er gemehrt hat, mögen um ihn weinen!
WALTHER FÜRST:
Wir wollen nicht frohlocken seines Falls,
Nicht des empfangnen Bösen jetzt gedenken,
Fern sei's von uns! Doch, daß wir rächen sollten
Des Königs Tod, der nie uns Gutes tat,
Und die verfolgen, die uns nie betrübten,
Das ziemt uns nicht und will uns nicht gebühren.
Die Liebe will ein freies Opfer sein,
Der Tod entbindet von erzwungnen Pflichten,
– Ihm haben wir nichts weiter zu entrichten.
MELCHTAL: Und weint die Königin in ihrer Kammer,
Und klagt ihr wilder Schmerz den Himmel an,
So seht ihr hier ein angstbefreites Volk
Zu ebendiesem Himmel dankend flehen –

Wer Tränen ernten will, muß Liebe säen.
Reichsbote geht ab.

STAUFFACHER *zu dem Volk*:
Wo ist der Tell? Soll er allein uns fehlen,
Der unsrer Freiheit Stifter ist? Das Größte
Hat er getan, das Härteste erduldet,
Kommt alle, kommt, nach seinem Haus zu wallen,
Und rufet Heil dem Retter von uns allen.
Alle gehen ab.

Zweite Szene

Tells Hausflur. Ein Feuer brennt auf dem Herd. Die offenstehende Türe zeigt ins Freie.

Hedwig. Walther *und* Wilhelm.

HEDWIG: Heut kommt der Vater. Kinder, liebe Kinder!
Er lebt, ist frei, und wir sind frei und alles!
Und euer Vater ist's, der's Land gerettet.
WALTHER: Und ich bin auch dabeigewesen, Mutter!
Mich muß man auch mit nennen. Vaters Pfeil
Ging mir am Leben hart vorbei und ich
Hab nicht gezittert.
HEDWIG *umarmt ihn*: Ja du bist mir wieder
Gegeben! Zweimal hab ich dich geboren!
Zweimal litt ich den Mutterschmerz um dich!
Es ist vorbei – Ich hab euch beide, beide!
Und heute kommt der liebe Vater wieder!
Ein Mönch *erscheint an der Haustüre.*
WILHELM: Sieh Mutter sieh – dort steht ein frommer Bruder,
Gewiß wird er um eine Gabe flehn.
HEDWIG: Führ ihn herein, damit wir ihn erquicken,
Er fühl's, daß er ins Freudenhaus gekommen.
Geht hinein und kommt bald mit einem Becher wieder.
WILHELM *zum Mönch*:
Kommt, guter Mann. Die Mutter will Euch laben.
WALTHER:
Kommt, ruht Euch aus und geht gestärkt von dannen.
MÖNCH *scheu umherblickend, mit zerstörten Zügen*:
Wo bin ich? Saget an, in welchem Lande?
WALTHER: Seid Ihr verirret, daß Ihr das nicht wißt?

Ihr seid zu Bürglen, Herr, im Lande Uri,
Wo man hineingeht in das Schächental.

MÖNCH *zur Hedwig, welche zurückkommt*:
Seid Ihr allein? Ist Euer Herr zu Hause?

HEDWIG: Ich erwart ihn eben – doch was ist Euch, Mann?
Ihr seht nicht aus, als ob Ihr Gutes brächtet.
– Wer Ihr auch seid, Ihr seid bedürftig, nehmt!
Reicht ihm den Becher.

MÖNCH:
Wie auch mein lechzend Herz nach Labung schmachtet,
Nichts rühr ich an, bis Ihr mir zugesagt –

HEDWIG: Berührt mein Kleid nicht, tretet mir nicht nah,
Bleibt ferne stehn, wenn ich Euch hören soll.

MÖNCH: Bei diesem Feuer, das hier gastlich lodert,
Bei Eurer Kinder teurem Haupt, das ich
Umfasse – *Ergreift die Knaben.*

HEDWIG: Mann, was sinnet Ihr? Zurück
Von meinen Kindern! – Ihr seid kein Mönch! Ihr seid
Es nicht! Der Friede wohnt in diesem Kleide,
In Euren Zügen wohnt der Friede nicht.

MÖNCH: Ich bin der unglückseligste der Menschen.

HEDWIG: Das Unglück spricht gewaltig zu dem Herzen,
Doch Euer Blick schnürt mir das Innre zu.

WALTHER *aufspringend*:
Mutter, der Vater! *Eilt hinaus.*

HEDWIG: O mein Gott!
Will nach, zittert und hält sich an.

WILHELM *eilt nach*: Der Vater!

WALTHER *draußen*: Da bist du wieder!

WILHELM *draußen*: Vater, lieber Vater!

TELL *draußen*: Da bin ich wieder – Wo ist eure Mutter?
Treten herein.

WALTHER: Da steht sie an der Tür und kann nicht weiter,
So zittert sie für Schrecken und für Freude.

TELL: O Hedwig, Hedwig! Mutter meiner Kinder!
Gott hat geholfen – Uns trennt kein Tyrann mehr.

HEDWIG *an seinem Halse*:
O Tell! Tell! Welche Angst litt ich um dich!
Mönch wird aufmerksam.

TELL: Vergiß sie jetzt und lebe nur der Freude!
Da bin ich wieder! Das ist meine Hütte!

Ich stehe wieder auf dem Meinigen!
WILHELM: Wo aber hast du deine Armbrust Vater?
Ich seh sie nicht.
TELL: Du wirst sie nie mehr sehn.
An heil'ger Stätte ist sie aufbewahrt,
Sie wird hinfort zu keiner Jagd mehr dienen,
HEDWIG: O Tell! Tell!
Tritt zurück, läßt seine Hand los.
TELL: Was erschreckt dich, liebes Weib?
HEDWIG: Wie – wie kommst du mir wieder? – Diese Hand
– Darf ich sie fassen? – Diese Hand – O Gott!
TELL *herzlich und mutig*:
Hat euch verteidigt und das Land gerettet,
Ich darf sie frei hinauf zum Himmel heben.
Mönch macht eine rasche Bewegung, er erblickt ihn.
Wer ist der Bruder hier?
HEDWIG: Ach ich vergaß ihn!
Sprich du mit ihm, mir graut in seiner Nähe.
MÖNCH *tritt näher*:
Seid Ihr der Tell, durch den der Landvogt fiel?
TELL: Der bin ich, ich verberg es keinem Menschen.
MÖNCH: Ihr seid der Tell! Ach es ist Gottes Hand,
Die unter Euer Dach mich hat geführt.
TELL *mißt ihn mit den Augen*:
Ihr seid kein Mönch! Wer seid Ihr?
MÖNCH: Ihr erschlugt
Den Landvogt, der Euch Böses tat – Auch ich
Hab einen Feind erschlagen, der mir Recht
Versagte – Er war Euer Feind wie meiner –
Ich hab das Land von ihm befreit.
TELL *zurückfahrend*: Ihr seid –
Entsetzen! – Kinder! Kinder geht hinein.
Geh liebes Weib! Geh! Geh! – Unglücklicher,
Ihr wäret –
HEDWIG: Gott, wer ist es?
TELL: Frage nicht!
Fort! Fort! Die Kinder dürfen es nicht hören.
Geh aus dem Hause – Weit hinweg – Du darfst
Nicht unter einem Dach mit diesem wohnen.
HEDWIG: Weh mir, was ist das? Kommt!
Geht mit den Kindern.

TELL *zu dem Mönch*: Ihr seid der Herzog
Von Österreich – Ihr seid's! Ihr habt den Kaiser
Erschlagen, Euern Ohm und Herrn.
JOHANNES PARRICIDA: Er war
Der Räuber meines Erbes.
TELL: Euren Ohm
Erschlagen, Euern Kaiser! Und Euch trägt
Die Erde noch! Euch leuchtet noch die Sonne!
PARRICIDA: Tell, hört mich, eh Ihr –
TELL: Von dem Blute triefend
Des Vatermordes und des Kaisermords,
Wagst du zu treten in mein reines Haus,
Du wagst's, dein Antlitz einem guten Menschen
Zu zeigen und das Gastrecht zu begehren?
PARRICIDA: Bei Euch hofft ich Barmherzigkeit zu finden,
Auch Ihr nahmt Rach an Euerm Feind.
TELL: Unglücklicher!
Darfst du der Ehrsucht blut'ge Schuld vermengen
Mit der gerechten Notwehr eines Vaters?
Hast du der Kinder liebes Haupt verteidigt?
Des Herdes Heiligtum beschützt? das Schrecklichste,
Das Letzte von den Deinen abgewehrt?
– Zum Himmel heb ich meine reinen Hände,
Verfluche dich und deine Tat – Gerächt
Hab ich die heilige Natur, die du
Geschändet – Nichts teil ich mit dir – Gemordet
Hast du, ich hab mein Teuerstes verteidigt.
PARRICIDA:
Ihr stoßt mich von Euch, trostlos, in Verzweiflung?
TELL: Mich faßt ein Grausen, da ich mit dir rede.
Fort! Wandle deine fürchterliche Straße,
Laß rein die Hütte, wo die Unschuld wohnt.
PARRICIDA *wendet sich zu gehn*:
So kann ich, und so will ich nicht mehr leben!
TELL: Und doch erbarmt mich deiner – Gott des Himmels!
So jung, von solchem adelichen Stamm,
Der Enkel Rudolfs, meines Herrn und Kaisers,
Als Mörder flüchtig, hier an meiner Schwelle,
Des armen Mannes, flehend und verzweifelnd –
Verhüllt sich das Gesicht.
PARRICIDA: O wenn Ihr weinen könnt, laßt mein Geschick

Euch jammern, es ist fürchterlich – Ich bin
Ein Fürst – ich war's – ich konnte glücklich werden
Wenn ich der Wünsche Ungeduld bezwang.
Der Neid zernagte mir das Herz – Ich sah
Die Jugend meines Vetters Leopold
Gekrönt mit Ehre und mit Land belohnt,
Und mich, der gleiches Alters mit ihm war,
In sklavischer Unmündigkeit gehalten –
TELL: Unglücklicher, wohl kannte dich dein Ohm,
Da er dir Land und Leute weigerte!
Du selbst mit rascher wilder Wahnsinnstat
Rechtfertigst furchtbar seinen weisen Schluß.
– Wo sind die blut'gen Helfer deines Mords?
PARRICIDA: Wohin die Rachegeister sie geführt,
Ich sah sie seit der Unglückstat nicht wieder.
TELL: Weißt du, daß dich die Acht verfolgt, daß du
Dem Freund verboten und dem Feind erlaubt?
PARRICIDA: Darum vermeid ich alle offne Straßen,
An keine Hütte wag ich anzupochen –
Der Wüste kehr ich meine Schritte zu,
Mein eignes Schrecknis irr ich durch die Berge,
Und fahre schaudernd vor mir selbst zurück,
Zeigt mir ein Bach mein unglückselig Bild.
O wenn Ihr Mitleid fühlt und Menschlichkeit –
Fällt vor ihm nieder.
TELL *abgewendet*: Steht auf! Steht auf!
PARRICIDA: Nicht bis Ihr mir die Hand gereicht zur Hülfe.
TELL: Kann ich Euch helfen? Kann's ein Mensch der Sünde?
Doch stehet auf – Was Ihr auch Gräßliches
Verübt – Ihr seid ein Mensch – Ich bin es auch –
Vom Tell soll keiner ungetröstet scheiden –
Was ich vermag, das will ich tun.
PARRICIDA *aufspringend und seine Hand mit Heftigkeit ergreifend*:
O Tell!
Ihr rettet meine Seele von Verzweiflung.
TELL: Laßt meine Hand los – Ihr müßt fort. Hier könnt
Ihr unentdeckt nicht bleiben, könnt entdeckt
Auf Schutz nicht rechnen – Wo gedenkt Ihr hin?
Wo hofft Ihr Ruh zu finden?
PARRICIDA: Weiß ich's? Ach!
TELL: Hört was mir Gott ins Herz gibt – Ihr müßt fort

Ins Land Italien, nach Sankt Peters Stadt,
Dort werft Ihr Euch dem Papst zu Füßen, beichtet
Ihm Eure Schuld und löset Eure Seele.
PARRICIDA: Wird er mich nicht dem Rächer überliefern?
TELL: Was er Euch tut, das nehmet an von Gott.
PARRICIDA: Wie komm ich in das unbekannte Land?
Ich bin des Wegs nicht kundig, wage nicht
Zu Wanderern die Schritte zu gesellen.
TELL: Den Weg will ich Euch nennen, merket wohl!
Ihr steigt hinauf, dem Strom der Reuß entgegen,
Die wildes Laufes von dem Berge stürzt –
PARRICIDA *erschrickt*: Seh ich die Reuß? Sie floß bei meiner Tat.
TELL: Am Abgrund geht der Weg und viele Kreuze
Bezeichnen ihn, errichtet zum Gedächtnis
Der Wanderer, die die Lawine begraben.
PARRICIDA: Ich fürchte nicht die Schrecken der Natur,
Wenn ich des Herzens wilde Qualen zähme.
TELL: Vor jedem Kreuze fallet hin und büßet
Mit heißen Reuetränen Eure Schuld –
Und seid Ihr glücklich durch die Schreckensstraße,
Sendet der Berg nicht seine Windeswehen
Auf Euch herab von dem beeisten Joch,
So kommt Ihr auf die Brücke, welche stäubet.
Wenn sie nicht einbricht unter Eurer Schuld,
Wenn Ihr sie glücklich hinter Euch gelassen,
So reißt ein schwarzes Felsentor sich auf,
Kein Tag hat's noch erhellt – da geht Ihr durch,
Es führt Euch in ein heitres Tal der Freude –
Doch schnellen Schritts müßt Ihr vorübereilen,
Ihr dürft nicht weilen, wo die Ruhe wohnt.
PARRICIDA: O Rudolf! Rudolf! Königlicher Ahn!
So zieht dein Enkel ein auf deines Reiches Boden!
TELL: So immer steigend kommt Ihr auf die Höhen
Des Gotthards, wo die ew'gen Seen sind,
Die von des Himmels Strömen selbst sich füllen.
Dort nehmt Ihr Abschied von der deutschen Erde,
Und muntern Laufs führt Euch ein andrer Strom
Ins Land Italien hinab, Euch das gelobte –

Man hört den Kuhreihen von vielen Alphörnern geblasen.

Ich höre Stimmen. Fort.
HEDWIG *eilt herein*: Wo bist du Tell?

Der Vater kommt! Es nahn in frohem Zug
Die Eidgenossen alle –
PARRICIDA *verhüllt sich*: Wehe mir!
Ich darf nicht weilen bei den Glücklichen.
TELL: Geh liebes Weib. Erfrische diesen Mann,
Belad ihn reich mit Gaben, denn sein Weg
Ist weit und keine Herberg findet er.
Eile! Sie nahn.
HEDWIG: Wer ist es?
TELL: Forsche nicht!
Und wenn er geht, so wende deine Augen,
Daß sie nicht sehen, welchen Weg er wandelt!

Parricida geht auf den Tell zu mit einer raschen Bewegung, dieser aber bedeutet ihn mit der Hand und geht. Wenn beide zu verschiedenen Seiten abgegangen, verändert sich der Schauplatz, und man sieht in der

Letzten Szene

den ganzen Talgrund vor Tells Wohnung, nebst den Anhöhen, welche ihn einschließen, mit LANDLEUTEN *besetzt, welche sich zu einem Ganzen gruppieren.* ANDRE *kommen über einen hohen Steg, der über den Schächen führt, gezogen.* WALTHER FÜRST *mit den beiden Knaben,* MELCHTAL *und* STAUFFACHER *kommen vorwärts, andre drängen nach; wie* TELL *heraustritt, empfangen ihn alle mit lautem Frohlocken.*

ALLE: Es lebe Tell! der Schütz und der Erretter!

Indem sich die vordersten um den Tell drängen und ihn umarmen, ercheinen noch RUDENZ *und* BERTA, *jener die Landleute, diese die Hedwig umarmend. Die Musik vom Berge begleitet diese stumme Szene. Wenn sie geendigt, tritt Berta in die Mitte des Volks.*

BERTA: Landleute! Eidgenossen! Nehmt mich auf
In euern Bund, die erste Glückliche,
Die Schutz gefunden in der Freiheit Land.
In eure tapfre Hand leg ich mein Recht,
Wollt ihr als eure Bürgerin mich schützen?
LANDLEUTE: Das wollen wir mit Gut und Blut.
BERTA: Wohlan!
So reich ich diesem Jüngling meine Rechte,
Die freie Schweizerin dem freien Mann!
RUDENZ: Und frei erklär ich alle meine Knechte.

Indem die Musik von neuem rasch einfällt, fällt der Vorhang.

NACHWORT

Am 13. Januar 1782 gab es in Mannheim ein spektakuläres Theaterereignis: Schillers *Die Räuber* wurde uraufgeführt, und am Schluß ging ein wahrer Begeisterungssturm durch die Zuschauer. Ein Augenzeuge berichtete: „Das Theater glich einem Irrenhause, rollende Augen, geballte Fäuste, stampfende Füße, heisere Aufschreie im Zuschauerraum! Fremde Menschen fielen einander schluchzend in die Arme, Frauen wankten, einer Ohnmacht nahe, zur Thüre. Es war eine allgemeine Auflösung wie im Chaos, aus deßen Nebeln eine neue Schöpfung hervorbricht." Selbst wenn wir annehmen wollen, daß ein hohes Maß an Begeisterung auch die Feder des Berichterstatters geführt hat: die Aufführung war eine Sensation. Ein Rezensent schrieb: „Haben wir je einen teutschen Shakespear zu erwarten, so ist es dieser." Auf der Hohen Karlsschule, an der Schiller sein Medizinstudium absolvierte, hatte ihm der Herzog von Württemberg bescheinigt, daß er ein *os magna sonaturum* sei – ein Mund, aus dem man noch viel hören werde. Er sollte schon mit Schillers erstem Drama Recht behalten. *Die Räuber:* da will jemand heraus aus den Zwängen einer engen Welt, aus dem Bannkreis eines allzu starren aufklärerischen Denkens, da protestiert ein junger Mensch gegen Betrug, Verrat, Unterdrückung und Ungerechtigkeit, und dieser Rebell kriecht vor keiner Institution zu Kreuze; da will einer sich selbst bestimmen. Aber mehr noch: weil Karl Moor sich von seinem Vater verstoßen glaubt, weil er sich ohne Grund zurückgesetzt glaubt, nimmt er Rache und wird zum Rechtsbrecher. Er schließt sich einer Räuberbande an, wird ihr Hauptmann; in den böhmischen Wäldern will sich die Bande ihr eigenes Recht schaffen, soll eine neue Republik gegründet werden. Die Rebellion geht nicht ohne Gewalt ab; Mord und Totschlag sind die blutigen Spuren, die die Räuber hinterlassen.

Doch Karl Moors Aufrührertum, sein Ausstieg aus der Welt der geordneten Verhältnisse war, wie sich nur zu bald herausstellt, das Werk einer teuflischen Intrige: der böse Bruder Franz hatte einen abgefeimten Betrug inszeniert, um den vom Vater abgöttisch geliebten älteren Bruder aus dem Weg zu räumen und sich dabei auch noch in den Besitz seiner Braut zu setzen; er hatte dem landflüchtigen älteren Bruder einen Brief geschrieben, der eine Lüge enthielt: daß der Vater ihn verstoßen habe – und erst jetzt, als Karl Moor das liest, wird seine Rebellion zu einem Flächenbrand, der die Pfeiler der damaligen Ordnung zum Einsturz zu bringen droht.

Ein Familienstreit mit entsetzlichen Folgen. Aber es geht in Schillers Drama um mehr als um den blutigen Protest eines angeblich von seinem Vater Verstoßenen – Himmel und Hölle werden in diesem Drama beschworen, biblische Geschichte kommt hinein: es ist der verlorene Sohn, der sich rächen will, und er rächt sich fürchterlich. Und es wird nicht nur dessen Drama neu inszeniert – da stehen auch Kain und Abel auf der Bühne und mit ihnen der tödliche Haß von Brüdern aufeinander, die Wut des Zweitgeborenen auf alles, was dem Erstgeborenen zugekommen war. Und da ist im Hintergrund auch Josephs Weg in die Fremde, ist die Trennung vom geliebten Vater Jakob sichtbar – Schiller hat einige sprachliche Signale gesetzt, die erkennen lassen, daß das nicht eine zufällige Beigabe war, sondern daß er in voller Absicht die Dimensionen seines Dramas ins Menschengeschichtliche hinein ausweiten wollte.

Ein Revolutionsdrama in biblischen Ausmaßen? Bis zur Französischen Revolution werden noch fast zwei Jahrzehnte vergehen, und das Motto *in tyrannos*, das der zweiten Auflage des Dramas beigegeben war, stammte nicht von Schiller. Man kann hier durchaus schon die ersten Wellen eines Bebens spüren, das die europäische Welt 1789 so gründlich verändern sollte. Zwingend ist das jedoch nicht. Denn eigentlich berichtet das *Räuber*-Drama ja vor allem von einer Emanzipation des Ich, die ihresgleichen bis dahin nicht gehabt hatte. Ausbrechen aus überkommenen Ordnungen, die sinnlos geworden sind, das Lebensrecht des einzelnen verteidigt gegen eine feindliche Welt, der Versuch der Gegengründung einer neuen Gemeinschaft in den böhmischen Wäldern, quasi eine erste revolutionäre Jugendbewegung gegen die Generation der Älteren gerichtet, gegen eine unglaubwürdig gewordene Obrigkeit, der es an den Kragen gehen sollte – das alles muß damals wohl die Zuschauer bewegt haben.

Aber da war noch mehr. Da war mit dem Aufstand gegen den Vater die Urzelle der menschlichen Gemeinschaft, da war die Familie aufgesprengt worden, und mit der gestörten sozialen Ordnung war die Ordnung der ganzen Welt in Frage gestellt worden. So ist die versuchte Staatengründung in den böhmischen

Wäldern denn auch mehr als der Überlebensversuch von einigen Versprengten und in der Welt Schlechtweggekommenen, nämlich die versuchte Errichtung einer Gegenwelt, die nicht auf einer jahrtausendealten patriarchalischen Ordnung basierte, sondern sich lautstark von ihr verabschiedete. Karl Moors Revolte stellt die ganze Weltordnung in Frage – aber die neue Welt, die er heraufrufen will, widerlegt sich selbst. Denn da wird gemordet und gebrandschatzt, da werden Kinder erschlagen, Säuglinge ins Feuer geworfen – mit jedem Schritt der Räuber in die vermeintlich neue schöne Welt hinein wird diese schlechter, verbrecherischer, unmenschlicher. Aus der Gründung einer neuen Republik wird unversehens ein Weltuntergang, der den Aufbruch, die Rebellion des Karl Moor noch gründlicher in Frage stellt, als sein Auszug aus der Vaterwelt das tat.

Natürlich war Schillers Drama auch Protest gegen die strenge Erziehung auf der Hohen Karlsschule; seine eigene Flucht aus Mannheim nach dem über Schiller verhängten Schreibverbot des Herzogs wiederholt gleichsam die Flucht Karl Moors aus dessen Ordnung. Schiller hatte auf der Karlsschule eine erstklassige Ausbildung genossen – aber er muß sein Dasein dort als schlimmen Freiheitsentzug empfunden haben. Und schon *Die Räuber* machen verständlich, warum er später jenen Satz von Kant, „Bestimme Dich aus Dir selbst", das größte Wort genannt hat, das je von einem Sterblichen geäußert worden sei: Karl Moor versuchte eben diese Selbstbestimmung, zehn Jahre bevor Schiller Kants *Kritik der Urteilskraft* las. Von freien Lebensentwürfen konnte auf der Hohen Karlsschule nicht die Rede sein, und das macht verständlich, warum der Begriff der Freiheit bei Schiller später eine so große Bedeutung bekommen sollte. Und es war nicht der Aufruhr gegen die bestehende Ordnung, die die Räuberbande probte, nicht die blutige Kritik an den Herrschenden – es war die Selbstbestimmung, die auf das vordeutete, was in der Französischen Revolution dann zum Ausbruch kam.

Der Psychologe Schiller hat sich auch noch für anderes interessiert: für den großen Bösewicht, die bedeutende Ausnahme, den edlen Räuber. An Karl Moor klebte nichts Kleinliches; es war gerade die Größe des Verbrechens, die eine eigentümliche Magie entwickelte und die Schiller fesselte. Schillers Karl Moor ist die erste große Charakterstudie in der neueren deutschen Literatur, nicht nur der Unbedingtheit seines Aufbruchs wegen, die in „Universalhaß" endete, sondern auch, weil sich hier Licht und

Schatten auf unnachahmliche Weise mischen, weil Karl Moor ein Held war und doch schließlich an sich verzweifelte. Die Liebesgeschichte mit Amalie, der von den beiden Brüdern gleichzeitig begehrten jungen Frau: eher ein rührseliges Intermezzo, aber die Zeit liebte dergleichen und wollte in Gefühlen schwelgen, und das konnte sie hier, das Zeitalter der Empfindsamkeit kam darin voll auf seine Kosten. Doch die psychologische Studie ist wichtiger. Das war es, was das zeitgenössische Interesse erregte. *Die Räuber* waren Gegenwartsliteratur – Berichte über Räuberbanden machten in Württemberg damals durchaus die Runde. Schiller hat sich mit Händen und Füßen dagegen gewehrt, daß das Stück ins Mittelalter zurückverlegt werden sollte, wie der Mannheimer Intendant Dalberg das gefordert hatte – eine Krähe mit Pfauenfedern werde es, wenn das geschehe, meinte er, und Schiller sagte das, obwohl er wußte, das Ritterstücke Erfolg hatten und beim Publikum außerordentlich beliebt waren.

Die Räuber sollten, so Schiller, „das Gemälde einer verirrten großen Seele" bringen. Aber in seinem Drama kam noch etwas anderes zum Ausdruck, und das darf über der Geschichte vom Ausbruchsversuch eines ungerecht behandelten und angeblich vom Vater verstoßenen Sohnes auf keinen Fall in den Hintergrund geraten. Es war der Gedanke der Ordnung, die hier verletzt worden war, und Schiller beschrieb nicht nur, daß und wie das geschah – er wußte auch, daß eine verletzte Ordnung wiederhergestellt werden mußte, wenn die Welt nicht endgültig aus den Fugen geraten sollte. In seiner Vorrede zu den *Räubern* schrieb er, daß das Laster mitsamt seinem ganzen inneren Räderwerk entfaltet werde, aber: das Stück „nimmt den Ausgang, der seiner würdig ist. Der Verirrte tritt wieder in das Gelaise der Geseze. Die Tugend geht siegend davon". Das ist bestes Aufklärungsdenken, es läßt den Bruch der Gesetze nicht zu: der Rechtsbrecher spricht sich denn auch am Ende selbst schuldig und überliefert sich den Gerichten. Das große Ich, das sieht auch der junge Schiller, ist aus sich heraus nicht lebensfähig.

Man hat Schillers *Räuber* oft mißverstanden als Sturm-und-Drang-Drama, in dem ein einzelner sich titanengleich seine eigene Welt erobert und gegen alles und jedes rebelliert. Sicher steht hinter dem Drama Schillers Interesse am großen Mann, aber nicht weniger bedeutsam ist, daß der Universalhaß des Empörers die Welt zwar für einen Augenblick erschüttern, die Werteordnung am Ende aber nicht durch einen einzelnen in Frage gestellt werden kann. Schillers Drama steht im Schnittpunkt von Aufklärung und Sturm und Drang, im Schnittpunkt auch des Tugenddenkens und des Versuchs, dagegen zu opponieren. Das Drama beschreibt die Geschichte einer Rebellion, die am Ende zur Festigung jener Strukturen führt, die bekämpft werden sollten. Aber dahinter werden mit Vaterkonflikt und Bruderhaß Urthemen sichtbar, die erkennen lassen, daß die so fraglos überkommene patriarchalische Ordnung hier erstmals gründlich in Frage gestellt wird. Und damit gerät auch der Staat, der sich auf jene Ordnung gründet, in ein düsteres Licht. Schillers Drama ist kein politisches Stück – wohl aber kommt hier die soziale Ordnung der Gesellschaft des 18. Jahrhunderts auf den Prüfstand. Auch wenn man hinter allem lediglich die schwierige Beziehung Schillers zu seinem Landesvater sehen will – es geht um mehr, nämlich um die Prinzipien einer Gesellschaftsstruktur, die jetzt in Frage gestellt werden. Die Rebellion gegen den Vater ist ihr sichtbarster Ausdruck. Das zeigt sich auch darin, daß das Bild des Vaters sich verändert hat: hier wird nicht der starke, sondern der schwache Vater gezeigt, der sich durch seinen nichtswürdigen zweiten Sohn täuschen läßt. Am Ende wird der zwar als Bösewicht verdammt, ist die Vaterordnung zumindest provisorisch wiederhergestellt und damit die Welt der Aufklärung, ist das Tugend- und Lastersystem, ist der Glaube an die Gerechtigkeit auch auf dieser Erde gerettet. Wenn selbst der große Bösewicht in die Gesellschaftsordnung zurückfindet, so ist sie – noch einmal – restituiert, ist das Drama zum Exempelstück geworden, das dem Zuschauer zeigen soll, wohin derjenige gerät, der eine so schrankenlose Rebellion versucht. Der Versuch einer Selbstbestimmung des Räubers Moor endet dort, wo damit der Vater in seiner Dominanz in Frage gestellt werden soll. Und dennoch ist unverkennbar, daß die so fraglose Rolle des Vaters unterminiert ist. Schillers *Räuber* zeichnen den Weg in die vaterlose Gesellschaft vor – und das macht vielleicht die spezifische Modernität dieses Stückes aus. Was Rebellion und Gesetzlichkeit anging, so sollte das Drama im übrigen nicht Schillers letztes Wort gewesen sein.

Schillers Drama ist oft als Werk eines literarischen Kraftkerls gesehen worden, als großer, ungestümer Wurf, der mit nachtwandlerischer Sicherheit Themen der Zeit getroffen hatte: Generationskonflikte, Bruderkämpfe, Rebellion gegen väterliche Autorität, versuchte Selbstbestimmung. Aber dieses Bild ist korrekturbedürftig. Schiller ist nicht nur das Originalgenie, als das er sich auch in seine eigene Wirkungsgeschichte einschrieb – er ist auch ein geschickter Kompilator, der einen großen Fundus an angelesenem Wissen nutzt, um ihn in sein Drama einzubringen. Er selbst hat auf „Plutarch, Cervantes“ aufmerksam gemacht und auf den „ehrwürdigen Räuber Roque aus dem Don Quijote“, aber genutzt hat er vor allem einen Aufsatz von Christian Friedrich Daniel Schubart mit dem Titel *Zur Geschichte des menschlichen Herzens*, den er 1775 gelesen hatte: dort ist das Grundgerüst der Figuren schon vorgezeichnet, nämlich der Vater zwischen zwei ungleichen Söhnen. Aber Schiller hat vieles verändert, hat im übrigen ebenso aus der Bibel zitiert wie aus Homers *Ilias*, aus Dramen Shakespeares (*Macbeth*, *Richard III*, *Hamlet*, *Julius Caesar*) wie aus Klopstocks *Messias* und seinen Oden, aus Lessings *Nathan der Weise* und Lavaters *Physiognomischen Fragmenten*, aus Goethes *Götz von Berlichingen* und aus einem *Beitrag zur Geschichte der Liebe aus einer Sammlung von Briefen* seines Karlsschul-Lehrers Abel. Das alles ist geschickt eingeschwärzt und nimmt dem Stück nichts an dramatischer Wucht und an Eigenwert.

*

Schiller war so gut wie mittellos, war auf Gedeih und Verderb auf die Gunst des Mannheimer Theaterintendanten Dalberg angewiesen – und weil der schon versucht hatte, *Die Räuber* zu einem Ritterstück umzubiegen, wollte Schiller ihm entgegenkommen und plante ein historisches Drama – *Die Verschwörung des Fiesko zu Genua*. Viel Erfolg hatte er damit nicht. Und so experimentierte er weiter – und versuchte sich an einem „bürgerlichen Trauerspiel“, das er *Luise Millerin* nannte und das später von Iffland, dem großen Dramatiker und Bühnengewaltigen, den Titel *Kabale und Liebe* erhielt. Doppeltitel waren damals gerade Mode geworden, und das konnte Schillers Drama nur nutzen. Eigentlich war dieser Begriff des bürgerlichen Trauerspiels ein Widerspruch in sich: Trauerspiele hatten nach herkömmlicher Lesart unter hohen Standespersonen zu spielen, der bürgerlichen Welt war die Komödie vorbehalten. Aber seit Lessings *Miß Sara Sampson* war das bürgerliche Trauerspiel das literarische Forum, auf dem soziale Konflikte jeder Art ausgetragen werden konnten: Standeskonflikte, wie sie aus dem Zusammenprall von bürgerlicher Weltordnung und adeligem Anspruchsdenken resultierten, aber nicht weniger auch Konflikte innerhalb der bürgerlichen Welt selbst, in der es fast immer um die fragwürdig gewordene Vormachtstellung des Familienvaters ging, um den Protest der jüngeren Generation gegen autoritäre Strukturen der patriarchalischen Welt, um Besitzansprüche der älteren Generation und Selbstbestimmungswünsche der jüngeren. In keinem anderen Drama der Zeit ist die Gefährdung der alten Sozialordnung, also die der Familie, deutlicher zu spüren als hier, in keinem anderen Drama ist der Ständekonflikt zwischen den Besitzansprüchen des Adels und der bürgerlichen Weigerung, diese anzuerkennen, so markant herausmodelliert wie in Schillers bürgerlichem Trauerspiel.

Schillers Zeitgenossen haben den Rang des Dramas kaum richtig einschätzen können. Ein überspannter Ton, überzeichnete Charaktere: das wurde wiederholt gegen das Stück vorgebracht. Man hat dem Stück unglaubwürdige psychologische Motivationen vorgehalten und Schiller seine Bühnensprache verübelt, aber kein anderes Drama hat die Selbstzerstörung der bürgerlichen Welt deutlicher werden lassen als *Kabale und Liebe.* Hier ist das Räderwerk der bürgerlichen Welt, sind ihre hohen moralischen Werte und gleichzeitig die Mechanismen der Unterdrückung geradezu beispielhaft deutlich aufgedeckt worden.

Die Selbstzerstörung der Familie, der Zusammenbruch aller Ordnungen, die fatale Instrumentalisierung der Religion zum Zwecke des eigenen Machterhalts, die Erpressung und Erpreßbarkeit des Menschen durch Macht und Verführung wird vor allem dort sichtbar, wo es um das geht, was im Zentrum des Dramas steht: die Liebesgeschichte zwischen Luise Miller und Ferdinand von Walter.

Es ist die Geschichte einer gescheiterten Liebe, weil sie eine unbedingte Liebe sein sollte. Die noch jugendlichen Helden des Dramas waren bereit, alle Schranken zu überwinden, aber sie wurden das Opfer einer bösartigen Intrige, die sie nicht durchschauten und vor allem: der sie nichts entgegenzusetzen hatten. Die Liebe des jungen Adeligen ist eine unbedingte, sie macht vor den Schranken des Standes so wenig halt wie vor den Verpflichtungen, die der Vater dem Sohn auferlegen möchte. Diese Liebe ist fast schon Hybris, sie läßt eine Radikalität der Empfindungen erkennen, die in ihrer Übersteigerung spüren läßt, wie gefährdet sie ist. Ferdinand schlägt alles aus, was ihm das Leben am Hofe zu bieten hat: die Hand der ihm zugedachten fürstlichen Mätresse, väterliche Gunst, eine glänzende Laufbahn als Offizier, eine gesicherte Zukunft – um der Liebe zur Tochter eines armen Musikus willen. Diese Liebe macht ihn blind für die Kabalen am Hofe, für den teuflischen Plan Wurms. Der von diesem angezettelte Störversuch, die Briefintrige (Briefe sind bei Schiller so gut wie immer trügerische Zeichen und Täuschungsmittel), die dazu dienen soll, daß Ferdinand seiner Geliebten mißtraut und sich von ihr abwendet – sie ist töricht, könnte niemals gelingen, wenn nicht Ferdinand, ohnehin noch befangen im Denken des Adels, in seiner unbedingten Liebe so blind wäre für alles, was um ihn herum geschieht, und damit verwundbar in dem Bereich, der ihm der allerwichtigste ist: in seiner Liebe zu der armen Musikantentochter. Alles, was sich bei vernünftiger Beleuchtung und ruhigem Blut betrachtet als fadenscheiniges Störmanöver enthüllt hätte: er sieht es nicht. Vernünftige Betrachtung ist nicht Sache des Verliebten, und so fällt er herein auf die böswillige Inszenierung jenes Sekretärs, der Luise auf diese hinterhältige Weise zu gewinnen hofft und gleichzeitig dem Präsidenten gefällig sein möchte, und der wiederum möchte eben die Liaison seines Sohnes mit der Mätresse des Herzogs. Aber die Intrige und damit das tödliche Ende der ihr Ausgelieferten kommt nicht deswegen ans Ziel, weil Ferdinand in seinem Liebeswahn für alle Realitäten blind geworden ist, wenn er plötzlich das Gefühl hat, von Luise betrogen worden zu sein – diese Liebe muß scheitern, weil Luise nicht die Kraft aufbrachte, sich ihrem Vater und dessen Vorhaltungen zu widersetzen. Der fürchtet, seine Tochter an den Adeligen zu verlieren, und er fürchtet noch mehr: daß dieser Adelige sie über kurz oder lang fallen lassen werde, wie das bei Hofe nicht selten üblich war. So verpflichtet er Luise im wahrsten Sinne in Gottes Namen, von Ferdinand abzulassen, bei ihm zu bleiben, wünscht sich einen bürgerlichen Schwiegersohn, und das nicht zuletzt, um seinem Alter unbesorgt entgegensehen zu können. Und so zwingt er Luise, ihrer Liebe zu Ferdinand zu entsagen, und sie, eingeschüchtert durch ihren Vater, erklärt sich unter den Drohungen des Sekretärs Wurm, der seinen Namen nicht zufällig trägt, bereit, einen fingierten Liebesbrief an den läppischen Hofmarschall von Kalb zu schreiben, der in die Hände Ferdinands fallen und ihn zur Abkehr von Luise bewegen soll: alles gelingt aufs fürchterlichste, aber es kann eben nur gelingen, weil Luise, ganz anders als Ferdinand, nicht wagt, ihrem Vater entgegenzutreten und sich wenigstens in ihrer Liebe selbst zu bestimmen. Ferdinands Liebe zu ihr ist unbedingt, ihre Liebe zu Ferdinand opfert sie dem Vater auf – und damit ist das Schicksal der beiden Liebenden besiegelt. Luise weiß: nur im Tode können sie zusammenkommen, an jenem dritten Ort, den sie schon früh dem Vater nennt. Der begreift nicht, was gemeint ist, und als er begreift, ist es zu spät.

Die Tragödie einer unbedingten und einer zugleich bedingten Liebe – der Ausbruchsversuch aus den heimatlichen Welten, der Adelswelt und der bürgerlichen Welt, mißlingt gründlich. Das Drama beschreibt nur vordergründig einen Ständekonflikt: die Fronten verlaufen eigentlich ganz anders. Dem schlechten, egoistisch denkenden Adeligen, nämlich dem Präsidenten von Walter, steht der gute Adelige Ferdinand, sein Sohn, gegenüber, und so wird aus dem Ständekonflikt unversehens ein Konflikt innerhalb einer Familie. Diesem Familienkonflikt auf der adeligen Seite entspricht der unterdrückte Konflikt zwischen bürgerlicher Tochter und bürgerlichem Vater: Luise fügt sich. Beide Male sind es die Väter, die das Unglück ihrer Kinder verursachen, und damit ist auch dieses Drama eine Auseinandersetzung mit den Vätern – der Weg in die vaterlose Gesellschaft, mit Schillers *Räubern* begonnen, wird hier fortgesetzt.

Ein bewegendes Schauspiel – es hat die Zuschauer gefesselt, und tut es bis heute. Aber das Drama macht noch etwas anderes sichtbar: bürgerliche Verhaltensweisen, die hier in den Untergang führen. Das Drama enthält untergründig auch eine Geschichte der deutschen Bürgerlichkeit, beschreibt ihre Antriebskräfte, und es zeigt zugleich, daß eben diese auf die Selbstzerstörung der bürgerlichen Welt hinauslaufen. In der Gestalt der Mutter Miller verkörpert sich das fast überdeutlich: sie sitzt noch am späten Vormittag im Nachtgewand untätig in der bürgerlichen Stube, trinkt Kaffee, schnupft Taback: eine Imitation adeliger Lebensformen. Sie möchte die Tochter höher hinaufpoussieren, möchte sie zur gnädigen Frau machen – und sieht nicht, daß das in die Katastrophe führen muß. Auf der adeligen Seite: ähnliche Gesinnungen, ähnliche Fehler, eine ähnliche Katastrophe. Präsident von Walter, dessen Adel noch nicht allzu lange bestehen dürfte, möchte seinen Sohn ebenfalls hochbringen, hofft, daß die Heirat mit der herzoglichen Mätresse ihn und seinen Sohn in der Gunst des Fürsten für immer festigen möge: auch das eigentlich eine bürgerliche Haltung, das Höher-hinauf-Wollen zum Thron, und während Musikus Miller noch so etwas wie eine bürgerliche Ethik, ein bürgerliches Verhalten, bürgerliches Selbstbewußtsein und bürgerliche Selbstbeschränkung erkennen läßt, ist das Streben des Präsidenten von Walter auf nichts anderes als auf Fürstengunst gerichtet: er ist es eigentlich, der seinen Sohn in den Tod treibt, so wie es auf der anderen Seite Musikus Miller ist, der das Beste für seine Tochter will und das Schlechteste erreicht. So vollendet sich denn die Katastrophe: als Katastrophe einer unbedingten Liebe, die mit der Bedingtheit der anderen nicht zurechtkommt, als Katastrophe eines bürgerlichen Denkens und Wollens, das deutlich macht, wie sehr die bürgerliche Orientierung am Höheren hier in eine Krise geraten ist.

Aber auch hier noch einmal, wie in den *Räubern*, am Ende die Rückkehr in die Ordnung. Der Präsident übergibt sich den Gerichtsdienern, er will büßen. Wurm, der intrigante Bösewicht, will gerichtet sein und nimmt die Schuld auf sich. Der Sohn des Präsidenten vergibt seinem Vater, und damit ist, sofern das nach dieser Katastrophe noch möglich ist, eine Ordnung wiederhergestellt: die theologische Grundierung ist stark genug, um dieses Drama, das wie *Die Räuber* zwischen Himmel und Hölle, Schuld und Unschuld spielt, mit einem wenn auch zweifelhaften versöhnlichen Schluß zu beenden. Die Religion hat die Katastrophe nicht verhindern können – aber das Ende bekommt nachträglich mit dem Hinweis auf die gewährte Vergebung einen christlichen Nebensinn. Es bleibt dennoch ein bitterer Nachgeschmack: „Glück“, im Zeitalter der Aufklärung durchaus noch etwas Einzuforderndes und als dem Menschen Zugehöriges betrachtet, ist hier nicht mehr zu finden. Die Sprache der Herzen ist verstummt, alle Besitzansprüche haben sich als zerstörerisch erwiesen, Mißverständnisse und Zweifel sind stärker als die Unbedingtheit der Liebe. Selbstbestimmung ist nicht durchsetzbar, Luise hält den Standesgegensatz für eine „ewige Ordnung“, die nicht zu durchbrechen ist, Ferdinands Liebe ist nicht gesichert gegen den Einbruch von außen in Gestalt der von Wurm angezettelten Briefintrige. Ein Weltuntergang, das Ende dessen, was Menschen aneinander binden kann. Die bürgerlichen Tugenden und Erwartungen gleichsam als Brandbeschleuniger, der Tod der jüngeren Generation, die Älteren als Überlebende: hier ist die Weltordnung in Frage gestellt, und mehr noch: sie ist unterminiert, zerstört, ins Absurde geführt, und das christliche Vergeben kann nicht bemänteln, daß am Ende dieser Tragödie nichts mehr ist wie früher. Ein Abgesang auf die bürgerliche Welt – und verständlich, daß diese das nicht so sehr gerne hören mochte. Aber von allen Schillerschen Dramen, die mehr als zwei Jahrhunderte lang überlebt haben, ist *Kabale und Liebe* vielleicht das bewegendste.

*

Das am häufigsten gespielte Drama freilich dürfte *Don Carlos* sein. Es ist, was Handlung und Charaktere angeht, aber wohl auch das verwickeltste: weniger als die anderen Stücke Schillers läßt es sich auf eine zentrale Botschaft festlegen.

Schiller war aus seinen materiellen Sorgen noch nicht heraus, er experimentierte weiter, und das Experiment, das er mit *Don Carlos* anging, war kühn. Denn Schiller plante nichts geringeres als ein „Familiengemählde in einem fürstlichen Hauße" – ein Widerspruch in sich, denn Familiengemälde pflegten in der bürgerlichen Welt zu spielen, nicht aber in der des Adels – und die des Adels wiederum war bis dahin nicht in Verbindung gebracht worden mit Konflikten, wie sie im Bürgertum beschrieben und dargestellt worden waren. Schillers Plan lebte aus dem Spannungsfeld, dem Widerspruch zwischen hoher Tragödie und Familiendrama. An den Mannheimer Intendanten Dalberg berichtete er, was er darstellen wollte: „Die schrekliche Situazion eines Vaters, der mit seinem eigenen Sohn unglüklich eifert, die schreklichere Situazion eines Sohns, der bei allen Ansprüchen auf das gröste Königreich der Welt ohne Hoffnung liebt, und endlich aufgeopfert wird, müsten, denke ich, höchst intereßant ausfallen." Ähnlich hatte schon sein Entwurf im März 1783 ausgesehen: „Der Karakter eines feurigen, grosen und empfinden Jünglings, der zugleich der Erbe einiger Kronen ist – einer *Königin* die durch den Zwang ihrer Empfindung bei allen Vortheilen ihres Schiksals verunglückt, – eines eifersüchtigen Vaters und Gemals – eines grausamen heuchlerischen Inquisitors, und barbarischen Herzogs von Alba und s. f. solten mir, dächte ich, nicht wohl mislingen."

Ein fast überbordender Konfliktstoff, alles bis aufs äußerste extremisiert – aber nur so hoffte Schiller, das reichbesetzte Feld der Familiengemälde um eine eindrucksvolle Variante zu bereichern. Familiendramen: das war literarische Mode, und nahezu alle Stücke dieser Art, die auf die Bühne kamen, waren auch Erfolgsstücke; so etwa Otto Heinrich von Gemmingen, *Der deutsche Hausvater. Ein Schauspiel* (1780), August Wilhelm Iffland, *Verbrechen aus Ehrsucht. Ernsthaftes Familiengemälde* (1784),

Friedrich Ludwig Schröder, *Der Vetter in Lissabon. Ein bürgerliches Familiengemälde in drey Aufzügen* (1786) oder August von Kotzebue, *Menschenhaß und Reue. Ein Schauspiel in fünf Aufzügen* (1788). Auch sie zeigten in der Regel nicht heile Welten: die Familienstrukturen waren in diesen Jahrzehnten problematisch geworden, und von dorther erklärt sich wohl das überbordende Interesse an diesen Dramen, die Familien mehr in ihren Gefährdungen als in ihrer Sicherheit und Geborgenheit zeigten.

Schiller war, wie uns ein früher Plan, der sogenannte Bauerbacher Entwurf zeigt, entschlossen, auf dieser Welle des Erfolges mitzusegeln, zumal er ein Thema wieder aufgreifen konnte, das bereits Erfolg gehabt hatte: die Rebellion eines Sohnes gegen seinen Vater. Hier war es zugleich die Rebellion des Thronerben gegen den mächtigsten Herrn der Welt, König Philipp II. Im Zentrum standen ursprünglich aber nur die Liebe Carlos' zu seiner Stiefmutter, der Königin, der er einst verlobt gewesen war, und die Gegenliebe der Königin. Schiller hatte, entgegen der historischen Wirklichkeit, die in einer Novelle des Abbé de Saint Réal, *Histoire de Dom Carlos, fils de Philippe II. Roy d'Espagne* überliefert war, die Altersdifferenz zwischen dem König und seinem Sohn und auch die zu seiner Frau drastisch vergrößert: Carlos ist bei ihm dreiundzwanzig, Philipp sechzig Jahre alt, die Königin von Carlos' Alter. „Philipps Alter, Disharmonie mit ihrer Empfindung" wird von Schiller ausdrücklich hervorgehoben, dann der wachsende Unwille Philipps über seinen Sohn bis hin zu den fürchterlichen Sätzen: „Der König beschließt seines Sohnes Verderben", und: „Der König entdeckt eine Rebellion seines Sohnes". Zu diesem frühen Zeitpunkt der Entstehung des Dramas ist die Rebellion Carlos' gegen seinen Vater das eigentliche Thema, und Teil dieser Rebellion ist die Liebe des Sohnes zu seiner Stiefmutter. Politische Untertöne gibt es nicht, das Stück war als Charakterdrama konzipiert. Marquis Posa, der Vertraute des Sohnes, dient nur dazu, den Rebellionsverdacht auf sich zu lenken und den Knoten aufs neue zu verwirren, wie Schiller das selbst genannt hat. Damit war das traditionelle Familiendrama bis an die Grenzen des Möglichen und Wahrscheinlichen ausgedehnt worden, das Familiendrama ausgeweitet zur hohen Tragödie – daneben bot es sich als ein Charakterdrama dar, wie es eindrucksvoller kaum präsentiert werden konnte.

Eine Vater-Sohn-Tragödie blieb das Drama, auch durch die Jahre der Veränderungen und Umarbeitung hindurch. Der Vater hatte dem Sohn die Braut genommen: das machte den Konflikt zwischen ihnen im Grunde unlösbar. Zwar wirbt der Sohn einmal fast verzweifelt um den Vater – aber Philipp fragt sich, ob er nicht seinen Mörder vor sich habe, zerstört die sich anbahnende Versöhnung gründlich und für alle Zeiten, und da er sich nicht einmal sicher ist, ob seine Tochter wirklich die seinige ist, wird die Familie zu einem „dunklen Labyrinth". Hier wird die Misere einer königlichen Familie sichtbar, deren absurde, verquere, unlösbare Familienverhältnisse. Am Ende überliefert Philipp seinen Sohn der Inquisition – und glaubt, daß sein eigentlicher Sohn der Marquis Posa gewesen sei, spricht sein „In diesem Jüngling / Ging mir ein neuer, schönrer Morgen auf". Am Ende der vollkommene Untergang dieser Königsfamilie, der Sieg des Alters über die Jugend, des Vaters über den Sohn. Marquis Posa, der Verkünder und Garant einer neuen Freiheit, tot, und so präsentiert sich denn der Schluß hier erneut als Weltuntergang, doch gemessen an *Kabale und Liebe*, wo auch die Älteren überleben und die Kinder gestorben sind, in ungeheuren Dimensionen.

Doch aus Schillers Familienstück war im Verlauf der vielen Jahre, in denen Schiller daran gearbeitet hatte, mehr geworden. Denn Marquis Posa, ursprünglich nur der Vertraute, der Freund, der Bruder im Geiste, bekam im Drama immer mehr Gewicht, und mit ihm auch das Politische: Posas „kühnes Traumbild eines neuen Staates" paßt nicht mehr in das Familiengemälde in einem fürstlichen Hause hinein. Mit Posa melden sich deutlicher noch als in den anderen frühen Dramen Schillers Vorklänge der Französischen Revolution, denn Posa träumt einen Menschheitstraum, und das geht weit über „der Freundschaft arme Flamme" hinaus: so sieht es auch König Philipp. Posa ist Garant und Träger von Aufklärungsideen, und sein berühmter Satz „Geben Sie Gedankenfreiheit" ist eine Forderung der europäischen Aufklärung, wie sie in England und Frankreich gleichermaßen erhoben wurde. So wurde aus der Familienkatastrophe eine Staatstragödie: Posa, der Verkünder einer neuen Zeit, die Utopie eines neuen Staates vor Augen, geht unter und opfert sich für Carlos, von dem er die Verwirklichung seiner Vision erhofft – aber wir wissen ja: auch Carlos geht unter, von seinem Vater der Inquisition geopfert. Nur die Botschaft des Marquis bleibt, denn Posa weiß: „Das Jahrhundert / Ist meinem Ideal nicht reif. Ich lebe / Ein Bürger derer, welche kommen werden".

Bei alledem ist nicht entscheidend, daß Schiller seinen Familienstoff politisiert hat – bedeutsamer ist, daß er seine Selbstbestimmungsideen, die auch hinter diesem Stück stehen, ins Staatliche, ins Menschheitliche überführt hat. Derartiges ist bei Schiller freilich immer mit Erziehungs- und Aufklärungsideen verbunden: so erscheint Posa weniger als Freund denn vielmehr als Erzieher des Prinzen, und nachdem er an Philipp gescheitert ist, der nicht mehr belehrt werden wollte, konzentrieren sich alle seine Bemühungen auf Carlos, von dem er ein neues Zeitalter erhofft. Für Philipp war die Forderung nach Gedankenfreiheit nichts anderes als „Schwärmerei" – für Posa und Carlos, der seiner Liebe zur Königin entsagt hat, wird der Entwurf eines neuen Staates ein neues Lebensziel. Schiller hat aus seiner späteren Sicht die Absicht des Dramas so beschrieben: „Unter beiden Freunden bildet sich also ein *enthusiastischer Entwurf, den glücklichsten Zustand hervorzubringen, der der menschlichen Gesellschaft erreichbar ist, und von diesem enthusiastischen Entwurf, wie er nämlich im Konflikt mit der Leidenschaft erscheint*, handelt das gegenwärtige Drama." Schiller hat in sein Drama Ideen Rousseaus ebenso übernommen wie jene aus Montesquieus *De l'esprit des lois*; aus Schillers Sicht ist es der eigentliche Sieg, wenn die Vernunft Herrschaft über die Empfindung gewinnt, die Privatliebe zurücktreten muß zugunsten einer allgemeinen und menschheitlichen, wie sie von Carlos in den Niederlanden verwirklicht werden sollte. Wenig später wird Schiller die Formel von der Selbstbestimmung des Menschen, jenes „Bestimme Dich aus Dir selbst", zum Kernsatz seiner Aufklärung machen und darin die Essenz der Kantischen Philosophie sehen.

*

Zwischen *Don Carlos* und *Maria Stuart* liegen mehr als zehn Jahre – sie haben ihre Spuren in Schillers Werk hinterlassen. Die Französische Revolution, von Schiller Jahre zuvor schon vorausgespürt, war für ihn, als sie kam, jedoch eine einzige Enttäuschung geworden: ein blutiges Geschehen, das Volk nicht reif, die Ideale der Revolution zu verwirklichen, und so hatte er denn, angewidert von dem, was in Frankreich geschehen war, eine ästhetische Erziehung gefordert, die das ermöglichen sollte, was Schiller einen „Vernunftstaat" genannt hat. Die Französische Revolution hatte die Ideale der Aufklärung auf die Probe gestellt, und die Probe war nicht bestanden worden: Schillers tiefes Mißtrauen in die Geschichte, das seine späten Dramen kennzeichnet, hat eine ihrer Wurzeln in den Erfahrungen mit Frankreich.

Aber zwischen *Don Carlos* und *Maria Stuart* lagen auch Schillers philosophische Jahre, in denen er sich mit dem im 18. Jahrhundert so ausgiebig diskutierten Phänomen des Schönen beschäftigte, mit Anmut und Würde, mit den verschiedenen Zeitaltern und den Möglichkeiten der Dichtung, der „naiven" und der „sentimentalischen", und zwischen den beiden Dramen lagen seine historischen Arbeiten: allen voran die *Geschichte des Abfalls der Vereinigten Niederlande von der Spanischen Regierung* und die *Geschichte des Dreißigjährigen Kriegs*. Letztere mündete in das gewaltige Drama um Wallenstein, in dem Schiller den Untergang eines Mannes beschrieb, der für ein neues Leben eingetreten war; schon Schillers Zeitgenossen sahen in Wallensteins Familie ein „Haus der Atriden", wo „das Schicksal haust, wo die Bewohner vertrieben sind", und Hegel erkannte in diesem monumentalen Geschichtsdrama „ein gewaltiges und unversöhnliches Schicksal" am Werk: „Wenn das Stück endigt, so ist alles aus, das Reich des Nichts, des Todes hat den Sieg behalten, es endigt nicht als eine Theodizee ... es steht nur Tod gegen Leben auf, und unglaublich! abscheulich! Der Tod siegt über das Leben. Dieß ist nicht tragisch, sondern entsetzlich!"

Geschichtsfatalismus? Das mag sein. Es hat Schiller freilich nicht davon abgehalten, weitere Geschichtsdramen zu schreiben, und *Maria Stuart* folgte als nächstes auf *Wallenstein*. Mit *Maria Stuart* hat Schiller sich aus den engen Fesseln dieser Gattung befreit; sein Verhältnis zur Geschichte hatte sich so gewandelt, daß er entschlossen war, nur noch die Personen und das historische Kolorit der Geschichte zu entnehmen, alles übrige aber „poetisch frey zu erfinden": er wollte eine mittlere Gattung von Stoffen, „welche die Vortheile des historischen Dramas mit dem erdichteten vereinigte". Anders gesagt: Schiller wollte die Geschichte poetisieren, und so sind denn seine Geschichtsdramen von *Maria Stuart* an nicht mehr historische, sondern poetische Tragödien. Die Macht der Geschichte war gebrochen, die Zwänge einer historisch getreuen Darstellung von Schiller über Bord geworfen, die poetische Erfindung stand jetzt höher als alle historische Glaubwürdigkeit, die Geschichte selbst war also gleichsam Mittel zum Zweck geworden, indem Schiller nunmehr seine Menschheitsthemen, seine philosophischen Ideen in Szene setzen wollte. Er hatte sich von der Fessel der Geschichte befreit, um die

Geschichte besser nutzen zu können: als Folie, als Beispiel, als Darstellungsmöglichkeit, Themen zu behandeln, die weit über das hinausreichten, was der geschichtliche Fall, was die historische Wirklichkeit lehren konnte. Schiller hat die Geschichte zu einem dichterischen Stoff gemacht, und *Maria Stuart* ist dafür das erste eindringliche Beispiel.

Im Hintergrund seiner gewandelten Einstellung zur Geschichte steht allerdings noch etwas anderes: die von ihm für vorbildlich gehaltene antike Tragödie. Mit Sophokles und Euripides hatte er sich ausführlich beschäftigt, und ihm hatte es die „euripidische Methode" angetan: Schiller sah darin eine Möglichkeit, auch die Vorgeschichte des Dramas einzubringen und ein Drama zu schreiben, das sich gleichzeitig voran- und zurückbewegte, das die Vorgeschichte aufrollte und sich dennoch entwickelte, kurzum: ein analytisches Drama zu schreiben, das jedoch auf die „aktuelle" Geschichte nicht verzichtete. So war er von vornherein entschlossen, die Geschichte der Maria Stuart mit ihrer Verurteilung zu beginnen, um in einer tragischen Analysis das bereits Geschehene so darzustellen, daß alles nur „herausgewickelt" werde. Die Vorgeschichte war aber nicht beliebiger, sondern notwendiger Bestandteil des Ganzen: sie erlaubte es ihm, das Fragwürdige der Verurteilung der Maria Stuart zu zeigen und dennoch die innere Berechtigung dieses Urteils zu demonstrieren. Maria die Unschuldige und doch eigentlich Schuldige: ein raffiniertes dramatisches Gebilde, das Schiller überdies gestattete, jene für ihn so zentrale Idee der Kantischen Philosophie, das „Bestimme Dich aus Dir selbst", erneut als Exempel zu statuieren.

Mit dem Nachvollzug der Geschichte hatte Schillers Drama so gut wie nichts mehr zu tun – das ließ bereits die Komposition des Ganzen erkennen. In einer ebenso straffen wie klaren Gliederung hat Schiller die Akte den königlichen Gegenspielerinnen zugeordnet: Akt I und Akt V werden von Maria dominiert, Akt II und Akt IV von Elisabeth, in Akt III begegnen sich beide Königinnen, und das Gespräch zwischen ihnen markiert den Wendepunkt der tragischen Geschichte. Das ist eine fast mathematisch genaue Symmetrie, und sie zeichnet sich auch in Einzelheiten ab: Elisabeth ist unehelich geboren, dennoch Königin geworden – Maria als die eigentlich legitime Königin aber ist ihre Gefangene. Doch schließlich, nach dem Ende des III. Aktes, wird die richtende Elisabeth zur Verurteilten, die verurteilte Maria zur Richterin: Elisabeth begibt sich ihrer inneren Freiheit, Maria erlangt sie, und schließlich ist der durch die Hinrichtung Marias erreichte Alleinanspruch der Elisabeth eigentlich ein Selbstgericht, während Maria, die zum Tode Verurteilte, innerlich eben die Freiheit erlangt, um die Elisabeth sich selbst bringt. Die Symmetrie gilt auch für Nebenfiguren: Leicester begibt sich im II. Akt in die Hand Mortimers, Mortimer im IV. Akt in die Hand Leicesters; beider Verschwörung scheint im II. Akt zu gelingen, nach den Ereignissen des IV. Aktes droht ihnen beiden der Untergang.

Ein kunstvoller Bau, dieses Drama, bis hin zum Künstlichen: Kritiker haben denn auch getadelt, daß Schiller hier „künstlerische Berechnung" geleitet habe, daß das Drama zu seinen „unpersönlichsten Werken" gehöre. Aber für Schiller war die Kunstform dieser Tragödie nicht ein rein artistisches Spiel, sondern ein Ordnungsversuch der Geschichte gegenüber, und der streng symmetrische Bau des Ganzen zeugt von seinem Bemühen, ein poetisch befriedigendes, das heißt nach Gesetzen der dramatischen Harmonie gebautes Drama zu schreiben. Die Geschichte war ungerecht, verwirrend, undurchsichtig, labyrinthisch, unverständlich und dunkel: das Drama sollte von glasklarer Durchschaubarkeit sein, und nicht zuletzt darin sah Schiller die Möglichkeit, die Geschichte zu „poetisieren". So entstand ein ausgewogenes Trauerspiel, fast gegen die geschichtliche Überlieferung angeschrieben.

Maria Stuart bezeugt nicht die Abkehr Schillers von der Geschichte, sondern den Versuch, sie auf neue Art zu ordnen und ihr eine Botschaft einzuschreiben, um deren Vermittlung es Schiller vor allem ging. Schiller hat zwar seine historischen Quellen sorgfältig studiert, aber ihn interessierten nicht die Vorgänge in England, sondern das, was sich in den beiden Königinnen abspielte: da war die eigentliche dramatische Entwicklung zu finden, dort kam tragische Spannung auf, und auch den Zuschauer sollte interessieren, was sich im Inneren der Personen abspielte. Alles andere war letztlich dramatisches Dekor. Die „euripidische Methode", also der Einbezug der Vorgeschichte, war, wenn Schiller ein Drama schreiben wollte, das weniger ein historisches als vielmehr ein Wandlungsdrama war, unumgänglich.

Marias Wandlung ist das eigentliche Thema des Dramas. Maria ist schuldig – aber nicht als Usurpatorin, sondern schuldig des Mordes an ihrem Gatten. Der war ihr untreu geworden, und so hatte sie sich an ihm gerächt, tödlich. Das Blut war nicht abzuwaschen gewesen, und so trägt sie ihre Schuld denn weiter mit sich herum. Als das Drama beginnt, ist sie eine Gefangene – aber nicht ihrer früheren Schuld wegen, sondern weil ihre Gegenspielerin Elisabeth sie stürzen und vernichten möchte; zu Beginn des Stückes ist Elisabeth die unbeschränkte Herrscherin, die ihre königliche Schwester Maria der Usurpation und Rebellion bezichtigt. Aber der III. Akt, der Elisabeth auf ihrem Höhepunkt zeigen sollte, enthüllt sie bereits als Unterlegene: nicht eine bußfertige Maria tritt ihr entgegen, sondern eine selbstsichere und mit sich einige Maria. Die Begegnung zwischen den beiden Königinnen, die übrigens freie Erfindung Schillers ist, zeigt, daß Maria im Sinne der Anklage auf Hochverrat und Staatsrebellion völlig unschuldig ist. Aber das Todesurteil darf keine Schuldlose treffen: ein unschuldiges Opfer ist nach Schillers Vorstellung kein Stoff für ein Trauerspiel, zumal Schiller auch nach der Französischen Revolution noch an einen letztlich geordneten Weltenplan glaubt, der Fehler und Unrecht nicht zuläßt – mag die Weltgeschichte zunächst auch dunkel, unbegreiflich und irrational verlaufen. Aber dunkle Reste durfte es bei Schiller nicht geben; und eine unschuldig zum Tode verurteilte Maria vertrug sich nicht mit seiner Tragödienvorstellung und auch nicht mit seiner Überzeugung von einem höheren Sinn auch des scheinbar ungerechten Geschehens. Und so nutzte Schiller die Vorgeschichte zu einer einzigartigen Rechtfertigung der Maria: sie war nicht schuldig im Sinne der Anklage, ein Staatsverbrechen geplant zu haben, wohl aber schuldig, weil sie selbst einen Mord auf dem Gewissen hatte; ihr Todesurteil ist gleichzeitig ungerecht wie auch gerecht. Maria gewinnt ihre moralische Integrität am Schluß zurück, weil sie das Opfer akzeptiert, das sie bringen muß, vor allem aber, weil sie sich bewußt in ihr Urteil fügt: auch das ist Selbstbestimmung, ein Ausdruck wiedergewonnener innerer Freiheit. Elisabeth aber begibt sich in Unfreiheit: ihren Ratgebern ausgeliefert, aber auch den Furien eines schlechten Gewissens, und wenn Maria in ihrem Tode zu einer freien Persönlichkeit wird, so ist Elisabeth die am Ende Zerstörte und Verlassene. Maria wird von ihrem Priester freigesprochen, aber den wichtigeren Freispruch erteilt sie sich durch die freiwillige Annahme ihres Urteils selbst. Das ist nicht mehr die Selbstbefreiung eines ganzen Volkes, wie das in *Don Carlos* als Fernziel der Geschichte zu erkennen war – es ist ein Akt der Selbstbefreiung einer einzelnen. Auch für Maria gilt das „Bestimme Dich aus Dir selbst" als einziger Weg zur Freiheit. Die Weltordnung kann durch äußeres Geschehen nicht wiederhergestellt werden – aber sie bleibt im Inneren des Menschen gewahrt.

Marias Tod ist ein Triumph: der einer freien Persönlichkeit, die einen moralischen Sieg erringt, wenn sie sich in ihren Untergang fügt.

*

Schiller war noch immer auf der Suche nach der „wahren Tragödie“, und er war zugleich auf der Suche nach Erfolg. Das bedeutete, daß er sich bei allem Bemühen um die ideale Tragödie dem literarischen Geschmack der Zeit anpassen mußte, und nicht zuletzt deswegen hat er wohl sein nächstes Drama, *Die Jungfrau von Orleans*, mit dem Untertitel *Eine romantische Tragödie* versehen. Man darf den Begriff „romantisch“ allerdings nicht mißverstehen: mit dem Wort war in erster Linie „edle Rührung“ gemeint, das „schöne Herz“ sollte zum Ausdruck kommen, und in einem Brief vom 10. Februar 1802 hat Schiller gesagt: „Dieses Stück floss *aus dem Herzen* und *zu dem Herzen* sollte es auch sprechen.“ Zugleich gedachte Schiller damit gegen Voltaires komisches Epos *La Pucelle d'Orleans* anzugehen; Voltaire hatte die Jungfrau von Orleans dem Spott preisgegeben, Schiller bemühte sich, sie in eine Aura des Legendären zu versetzen, um ihr ihre Würde zurückzugeben. An die historischen Quellen hielt er sich weniger denn je; er nutzte die Legende um die Wundertaten der Jungfrau von Orleans, und der Schluß machte jedem Zuschauer deutlich, wie sehr Schiller sich von der Geschichte entfernt hatte: die historische Jeanne d'Arc wurde auf dem Markt zu Rouen auf einem Scheiterhaufen verbrannt, Schillers Johanna wird in den Himmel entführt. Wunderbares durchsetzt ihre Geschichte, und Schiller nutzte reichlich das, was die Legende mitüberliefert hat und was das Gefühl des Zuschauers unmittelbar ansprach: Zeichen, Embleme, Fahnen, Symbole, das Schwert der Jungfrau; und wenn der schwarze Ritter auftrat, so war von vornherein deutlich, was damit gemeint war. Das Stück sollte zum Herzen sprechen, und darin war es auch Zeitkritik: „Unsere Tragödie“, so schrieb er, „wenn wir eine solche hätten, hat mit der Ohnmacht, der Schlaffheit, der Charakterlosigkeit des Zeitgeistes und mit einer gemeinen Denkart zu ringen, sie muß also Kraft und Charakter zeigen, sie muß das Gemüth zu erschüttern, zu erheben, aber nicht aufzulösen suchen.“

Jeanne d'Arc wird in Schillers Drama quasi zu einer Heiligen. Ihre überirdische Rolle ist schon zu Beginn des Stückes vorgezeichnet, wenn sie von den Bergen herniedersteigt: ein symbolischer Abstieg in die Niederungen der Menschenwelt. Dennoch erfüllt sie das, was sie für ihren irdischen Auftrag hält: Karl VII. von Frankreich aus seiner kriegerischen Notlage zu befreien, und so wird ihr Leben zu einem Triumphzug. Sie will schließlich in ihr Hirtendasein zurückkehren – doch ihr Vater verteufelt sie und bezichtigt sie der Hexerei; und nachdem sie noch einmal einen Sieg für den König von Frankreich erstritten hat, erlebt sie, tödlich verwundet, ihre Himmelfahrt: ein opernhafter Schluß. Das grenzt ans Unwahrscheinliche, ist eben nur in der Legende möglich. Aber Schiller hat hier etwas verwirklichen wollen, was er in seinen ästhetischen Schriften wiederholt beschrieben hat: den Übertritt des Menschen in das Göttliche, und das läßt erkennen, in welchem Ausmaß seine philosophischen Überlegungen in das Drama zumindest indirekt eingegangen sind.

Ein religiöses Drama? Es bleibt rätselhaft, wenn man in dem Stück mehr sehen will als nur ein Zugeständnis an den Zeitgeschmack. Sicherlich ist es ein poetisches Drama; die wirkliche Weltgeschichte war hier umgeschrieben worden, denn das Drama endet mit einer Befreiung Johannas aus allen irdischen Nöten durch eine überirdische Macht. Der Preis freilich, den Schiller gezahlt hat, war hoch: der tragische Gehalt war in der wirklichen Geschichte der wirklichen Jeanne d'Arc zu finden, nicht im Schillerschen Drama, und man wird sogar sagen dürfen, daß Schiller der historischen Wirklichkeit zu weit aus dem Wege gegangen ist. Indem Schiller das Stück auf das Rührende konzentrierte, das Herz bewegen wollte, wurde die Geschichte verinnerlicht; etwas Transzendentes sollte zum Ausdruck kommen, aber der Zuschauer mag sich auch heute noch fragen, ob das nicht bloß mit Hilfe eines auf Bühneneffekte hin gearbeiteten Stücks und durch die Nutzung aller theatralischen Möglichkeiten gelungen ist. Die Verständnisschwierigkeiten begannen im übrigen schon zu Schillers Zeiten: das Drama wurde abgelehnt, vor allem, weil Schiller die Geschichte so bewußt und gründlich verfälscht hatte.

*

Doch Schiller blieb der Geschichte treu; ein Geschichtsstoff war auch der zu *Wilhelm Tell*. Schiller kehrte aus dem Bereich des Legendären zurück; er hat hier wie auch bei den anderen historischen Dramen gründlich seine Quellen studiert, vor allem das

Chronicon Helveticum von Ägidius Tschudi, in dem die Ereignisse aus der Geschichte der Schweiz in den Jahren 1304 bis 1308 festgehalten sind. Goethe hat behauptet, daß er Schiller den Tell-Stoff abgetreten habe, doch man darf bezweifeln, ob Schiller ihn tatsächlich von Goethe übernommen hat. Denn Goethes Plan eines „Wilhelm Tell" nahm sich ganz anders aus; Goethe sah in Tell den „urkräftigen, in sich selbstzufriedenen, kindlich-unbewußten Heldenmenschen ... überall hilfreich, übrigens ruhig sein Gewerbe treibend, für Weib und Kind sorgend, und sich nicht kümmernd, wer Herr oder Knecht sei". Schillers Tell mag dem noch in einigen Punkten ähneln, aber den Tyrannen Geßler dachte Goethe sich „zwar als einen Tyrannen, aber als einen von der behaglichen Sorte, der gelegentlich Gutes tut, wenn es ihm Spaß macht, und gelegentlich Schlechtes tut, wenn es ihm Spaß macht, und dem übrigens das Volk und dessen Wohl und Wehe so völlig gleichgültige Dinge sind, als ob sie gar nicht existierten". Schiller hat später behauptet, er habe *Wilhelm Tell* nur deswegen geschrieben, weil davon die Rede gegangen sei, daß er ein solches Stück mache – dadurch sei er auf den Stoff überhaupt erst aufmerksam geworden und habe Lust bekommen; die Idee zu dem Stück habe sich bei ihm entwickelt, und so sei es denn entstanden. Ein Geschichtsdrama, ein nationaler Stoff, ein Familienstück, ein Befreiungsschauspiel zudem: Schiller gedachte, eine große Tragödie zu schreiben, welche die Bühnen Deutschlands erschüttern sollte. Aber ganz wohl war ihm dabei nicht; er fürchtete, dem Publikum und dem Zeitgeist zu große Zugeständnisse gemacht zu haben. In einem Brief, der so etwas wie einen Rechenschaftsbericht enthält, äußerte er am 2. April 1805: „Noch hoffe ich in meinem poetischen Streben keinen Rückschritt gethan zu haben, einen Seitenschritt vielleicht, indem es mir begegnet seyn kann, den materiellen Foderungen der Welt und der Zeit etwas eingeräumt zu haben. Die Werke des dramatischen Dichters werden schneller als alle andre von dem Zeitstrom ergriffen, er kommt, selbst wider Willen, mit der großen Masse in eine vielseitige Berührung, bei der man nicht immer rein bleibt. Anfangs gefällt es, den Herrscher zu machen über die Gemüther, aber welchem Herrscher begegnet es nicht, daß er auch wieder Diener seiner Diener wird, um seine Herrschaft zu behaupten; und so kann es leicht geschehen seyn, daß ich, indem ich die deutschen Bühnen mit dem Geräusch meiner Stücke erfüllte, auch von den deutschen Bühnen etwas angenommen habe." Doch wie dem auch sei: an der Publikumswirksamkeit seines letzten vollendeten Dramas bestand und besteht kein Zweifel.

Tell steht im Mittelpunkt des Ganzen, und er ist anfangs alles andere als ein Revolutionär: ein Friedfertiger, in einer idyllischen Welt lebend, ein Urbild Schweizer Aufrichtigkeit, pater familias in einer intakten Gemeinschaft, sonst aber ein Einzelgänger, der eine Existenz außerhalb der übrigen sozialen Bindungen führt ganz wie Johanna von Orleans, Symbol eines naiven Daseins, den aber gerade deswegen die Bedrohung durch die Tyrannei des Landvogts besonders trifft; der bedroht nicht nur Tell in seinem redlich-frommen Dasein, sondern durch sein Apfelschuß-Urteil auch seine Familie, und damit ist nicht nur diese der Willkür des Tyrannen ausgeliefert, sondern in ihr die Menschheit schlechthin. Und indem Tell zur Symbolfigur des Widerstandes gegen den Landvogt wird, zeichnet sich die Revolution als eigentliches Thema des Stückes ab. Hier werden nicht politische Ideen der Französischen Revolution verteidigt – verteidigt wird ein Dasein, in das die Tyrannei des Landvogts zerstörend eingreift. Ein altes Thema: auch *Don Carlos* war schon eine Revolutionsgeschichte gewesen, Rebellion hatte bereits *Die Räuber* bestimmt – hier, in *Wilhelm Tell*, geht es weiter, nämlich um den Aufstand gegen die Tyrannei eines Herrschers, der sich absolut gesetzt hat und über Leben und Tod bestimmen will.

Ein politisches Drama also, das auch die Frage beantwortet, ob ein Volksaufstand einer Tyrannei ein Ende machen kann. Schillers Antwort ist eindeutig. Die Szene auf dem Rütli gehört bei Theateraufführungen zwar immer zum Glanzstück des Dramas; ihr eignet geradezu etwas Opernhaftes, aber nur zu bald wird deutlich, daß die Versammlung nicht über eine bloße Beratung hinauskommt: das Recht der Notwehr wird von jedermann anerkannt, aber zur revolutionären Tat kommt es nicht. Sie ist Werk eines einzelnen – als Tell dem Hut auf der Stange (schon ein römisches Herrschaftszeichen) als dem Symbol der Tyrannei keine Beachtung schenkt, wird er verhaftet, und dann folgt die verbrecherische Aufforderung des Landvogts, seinem Sohn einen Apfel vom Kopf zu schießen. Das unmöglich Scheinende gelingt, aber Tell wird dennoch verhaftet und abgeführt – er kann jedoch fliehen, und in der „hohlen Gasse bei Küßnacht“ nimmt er Rache und ermordet den Landvogt.

Schiller hat Tells Tat durch einen langen Monolog gerechtfertigt, der demonstrieren soll, daß Tell einen gerechten Mord begeht: der Landvogt hat sich an der Natur und am Humanen selbst vergangen, und er stirbt, als er noch einmal bekräftigt, daß es mit der Schweizer Freiheit ein Ende haben wird. Schiller hat die Parricida-Handlung als weiteres Rechtfertigungsinstrument eingesetzt: der hat den Kaiser aus niedrigen egoistischen Gründen getötet, und Tell distanziert sich aufs deutlichste davon.

Auch in diesem Drama ist die Nähe zur Französischen Revolution zu spüren, aber Schillers Haltung ist nicht eindeutig zu erkennen. Stimmt er der Französischen Revolution als einer Befreiungsaktion, gegen Tyrannen gerichtet, zu? Oder lehnt er sie ab, weil die Revolution sich nur dann rechtfertigen läßt, wenn die Tyrannei wie hier das Menschlichste, die Urbeziehung zwischen Vater und Kind, zerstört? Schillers Drama ist sicherlich nur mit Vorbehalt als Rechtfertigung der Französischen Revolution zu lesen. Aber sein Stück ist eine dramatische Erklärung der Menschenrechte, wie sie deutlicher nicht hätten proklamiert werden können. Auch hier steht im Hintergrund Schillers aus Kant abgelesener Satz: „Bestimme Dich aus Dir selbst" – gegen jede Tyrannei und staatliche Willkür gerichtet.

*

Schillers große Dramen – sie sind sicherlich stärker mit seiner Zeit verbunden, als er das je zugegeben hätte. Aber sie berühren Themen, die zeitlos sind: Generationskonflikte, Selbstbestimmungsforderungen, Fragen nach der wahren Freiheit des Menschen und die Überzeugung, daß der zwar schuldig werden, sich von seiner Schuld aber befreien kann durch die Annahme eines Urteils, das aus ganz anderem Grund über ihn verhängt wird. Schiller hat mit seinen Dramen experimentiert, hat nahezu alle Sparten der Theaterwelt ausgelotet, um den Erfolg zu haben, den er brauchte, um überleben zu können. Sie sind in einer Sprache geschrieben, die bis jetzt nicht nur verständlich ist, sondern die auch heute noch an Eindringlichkeit kaum zu überbieten ist. Schiller wurde zu allen Zeiten gelesen und gespielt. Er wurde das, was er sich immer gewünscht hatte: Zeitgenosse aller Epochen zu sein. Seine Wirkung reichte selbst tief in Zeiten der Tyrannei hinein. In der Ära des Nationalsozialismus brach immer wieder Beifall auf, wenn Marquis Posa sein „Geben Sie Gedankenfreiheit" sprach, und daß *Wilhelm Tell* von Hitler 1941 an Schulen und Theatern verboten wurde, spricht für sich.

In Schiller spiegeln sich die Krisen seiner Zeit, wird die Brüchigkeit der alten Sozialordnung, der alten Welt sichtbar, zeichnet sich bereits die vaterlose Gesellschaft späterer Jahrzehnte ab. Aber aus fast allen seinen Dramen spricht der Glaube an die Durchsetzbarkeit der Selbstbestimmung. „Die Freiheit blieb das Grundmotiv seines Denkens und Dichtens“, hat Thomas Mann 1955 in seiner großen Schiller-Rede über ihn gesagt. Seine Dramen bezeugen das.

Helmut Koopmann

WEITERFÜHRENDE LITERATUR

Wiese, Benno von: Friedrich Schiller. Stuttgart 1959 u. ö.

Gerhard Storz: Der Dichter Friedrich Schiller. Stuttgart 1959.

Koopmann, Helmut: Friedrich Schiller. I: 1759–1794; II: 1795–1805. Stuttgart 1966, ^{2}1977.

Staiger, Emil: Friedrich Schiller. Zürich 1967.

Michelsen, Peter: Der Bruch mit der Vater-Welt. Studien zu Schillers *Räubern*. Heidelberg 1979.

Polheim, Karl Konrad: Von der Einheit des *Don Karlos*. In: Jahrbuch des Freien Deutschen Hochstifts 1985, S. 64–100; auch in: Karl Konrad Polheim: Kleine Schriften zur Textkritik und Interpretationen. Bern u. a. 1992, S. 125–161.

Fink, Gonthier-Louis: Schillers *Wilhelm Tell*, ein antijakobinisches republikanisches Schauspiel. In: Französische Revolution und deutsche Literatur. Hg. von Karl Eibl. Hamburg 1986.

Reed, T. J.: Schiller. Oxford/New York 1991.

Hinderer, Walter (Hg.): Schillers Dramen. Interpretationen. Stuttgart 1992.

Guthke, Karl S.: Schillers Dramen. Idealismus und Skepsis. Tübingen/Basel 1994.

Koopmann, Helmut (Hg.): Schiller-Handbuch (mit großem Forschungsbericht). Stuttgart 1998.

Alt, Peter-André: Schiller. Leben – Werk – Zeit. Eine Biographie. München 2000.

ZEITTAFEL

1759 10. November: Johann Christoph Friedrich Schiller in Marbach/Neckar als zweites Kind des Johann Kaspar Schiller und seiner Frau Dorothea, geb. Kodweiß, geboren.

1767 Schiller kommt in die Ludwigsburger Lateinschule.

1773 16. Januar: Schiller wird in die „Militär-Pflanzschule" auf der Solitude bei Stuttgart aufgenommen. Herzog Karl Eugen von Württemberg hatte sie 1770 für Kinder unbemittelter Offiziere gegründet.

1774 Die Militärakademie wird um eine juristische Abteilung erweitert. Schiller entschließt sich zum Jurastudium.

1775 18. November: Die Militärakademie wird als „Hohe Karlsschule" nach Stuttgart verlegt. Schiller bricht sein Jurastudium ab und beginnt ein Medizinstudium.

1779 10. Januar: Schillers erste Karlsschulrede: *Gehört allzuviel Güte, Leutseligkeit und große Freigebigkeit im engsten Verstande zur Tugend?*

12.–14. Dezember: Goethe besucht mit Herzog Karl August von Weimar die Hohe Karlsschule.

1780 10. Januar: Zweite Karlsschulrede Schillers: *Die Tugend in ihren Folgen betrachtet.*

15. Dezember: Entlassung aus der Hohen Karlsschule. Schiller wird Regimentsmedikus in Stuttgart.

1781 Mai/Juni: *Die Räuber. Ein Schauspiel* erscheint anonym und mit fingiertem Druckort.

1782 13. Januar: Uraufführung der *Räuber* in Mannheim. Schiller reist zusammen mit seinem Freund Petersen dorthin und wird nach einer zweiten Reise am 25. Mai mit Arrest bestraft. Der Herzog verbietet ihm jede weitere schriftstellerische Tätigkeit.

Mitte April: *Die Räuber. Ein Trauerspiel* erscheint als „Neue für die Mannheimer Bühne verbesserte Auflage" bei Schwan in Mannheim.

22. September: Schiller flieht zusammen mit Andreas Streicher nach Mannheim.

31. Oktober: Schiller wird aus der Stuttgarter Regimentsliste gestrichen.

1783 März/April: Abschluß der *Luise Millerin.* Beschäftigung mit *Don Carlos.*

Ende April: *Die Verschwörung des Fiesco zu Genua* erscheint bei Schwan in Mannheim.

20. Juli: Das Drama wird in Bonn uraufgeführt.

1784 13. April: *Luise Millerin* als *Kabale und Liebe* in Frankfurt uraufgeführt. Das Drama war zuvor im März als „bürgerliches Trauerspiel" bei Schwan in Mannheim erschienen.

26. Juni: Schiller spricht in der „Kurfürstlichen Deutschen Gesellschaft" über *Was kann eine gute stehende Schaubühne eigentlich wirken?*

Dezember: Schiller liest dem Herzog Karl August von Weimar den ersten Akt des *Don Carlos* vor.

1785 Anfang Mai: Schiller zieht zu Freunden nach Gohlis bei Leipzig, um dort am *Don Carlos* zu arbeiten; er zieht später (11. September) weiter nach Dresden.

1786 April: Intensive historische Studien in Zusammenhang mit *Don Carlos.*

1787 Ende Juni: Erste Buchausgabe des *Don Carlos* bei Göschen in Leipzig.

20. Juli: Antritt einer längeren Reise nach Hamburg. Schiller kommt am 21. Juli in Weimar an und beschließt nach Besuchen bei Wieland und Herder, mindestens drei Monate in Weimar zu bleiben.

29. August: *Don Carlos* in Hamburg uraufgeführt.

Ende Oktober: Arbeit an der *Geschichte des Abfalls der Vereinigten Niederlande von der Spanischen Regierung.*

1788 7. September: Begegnung mit Goethe, ohne daß es jedoch zu einem engeren Austausch kommt.

1789 11. Mai: Schiller zieht nach Jena.

1790 22. Februar: Hochzeit mit Charlotte von Lengefeld.

Juni: Die *Geschichte des Dreißigjährigen Kriegs* beginnt im *Historischen Kalender 1791* zu erscheinen.

1791 Januar: Schiller schwer erkrankt.

Ende Februar: Beginn des Kant-Studiums.

1792 21. September: Abschluß der *Geschichte des Dreißigjährigen Kriegs.*

1792–95 Arbeit an den philosophischen Schriften.

1794 20. Juli: Begegnung mit Goethe in der „Naturforschenden Gesellschaft" in Jena. Beginn des intensiven Austausches zwischen ihnen.

1795 Zahlreiche philosophische Gedichte entstehen und erscheinen im Dezember im *Musenalmanach für das Jahr 1796.*

1796 Frühjahr: Schiller entscheidet sich nach Gesprächen mit Goethe für den Wallenstein-Stoff.

1797 Oktober: Der *Musenalmanach für das Jahr 1798* mit zahlreichen Balladen Schillers erscheint.

1798 12. Oktober: *Wallensteins Lager* in Weimar uraufgeführt.

1799 30. Januar: *Die Piccolomini* und 20. April: *Wallensteins Tod* in Weimar uraufgeführt.

Sommer: Arbeit an *Maria Stuart.*

3. Dezember: Umzug nach Weimar.

1800 14. Juni: *Maria Stuart* in Weimar uraufgeführt.

1801 April: *Maria Stuart* bei Cotta in Stuttgart erschienen.

Juni: Erste Beschäftigung mit *Die Jungfrau von Orleans.*

11. September: *Die Jungfrau von Orleans* in Leipzig uraufgeführt.

12. Oktober: *Die Jungfrau von Orleans* erscheint im *Kalender auf das Jahr 1802.*

1802 Mitte August: Beginn der Arbeit an der *Braut von Messina.*

1803 19. März: *Die Braut von Messina* in Weimar uraufgeführt und im Juni als Buch bei Cotta in Stuttgart erschienen.

1804 17. März: *Wilhelm Tell* in Weimar uraufgeführt und im Oktober bei Cotta in Stuttgart erschienen. Beginn der Arbeit am nichtvollendeten *Demetrius.*

1805 Anfang Februar: Schwere Erkrankung Schillers.

9. Mai: Tod Schillers; am 11. Mai Bestattung, am 16. Dezember 1827 Überführung in die Fürstengruft zu Weimar.

INHALT

ANHANG